I0603735

www.ingramcontent.com/pod-product-compliance
Lightning Source LLC
Chambersburg PA
CBHW070700100726
47907CB00001B/4
9781942912460

Savior

Season Two: Memory

Amin Ebrahimi

Title: **Savior** (Season Two: **Memory**)

Author: **Amin Ebrahimi**

Publisher: **Supreme Art**, Reseda,CA, USA

ISBN: **978-1942912460**

Library Congress Control Number: **2018949531**

ناجی

فصل دوم:

....   حافظه

نویسنده : امین ابراهیمی

عنوان: ناجی (فصل دوم: حافظه)

ناشر: هنر برتر (سوپریم آرت، آمریکا)

شابک: ۹۷۸-۱۹۴۲۹۱۲۴۶۰

شماره کنترلی کتابخانه کنگره: ۲۰۱۸۹۴۹۵۳۱

تقدیم به:

گل سرخ

رازهای
گورستان

(کتاب اول)

بخش اول: در یک نگاه

حوادثی که در این مدت رخ داده بود باعث آن شده بود که خیلی حوصلهٔ بیرون رفتن از خانه را نداشته باشم. به همین دلیل کمی از پنجره اتاقم به بیرون نگاه کردم اما احساس دلتنگی عجیبی می کردم بنابراین تصمیم گرفتم تا برای تغییر روحیه ام حتی اگر برای مدت کوتاهی هم شده است از اتاقم خارج شوم و نزدیک ترین مکان برای این کار باغ خانه خودمان بود بنابراین به باغ خانه رفتم و شروع به قدم زدن در آن کردم. همین که به بوتهٔ گل سرخ رسیدم ناخودآگاه نگاهم به آن گره خورد. حسی عجیب در خودم احساس کردم، و به دنبال این حس بود که ناخودآگاه کنار بوته گل سرخ نشستم و مدتی همینطور به آن نگاه کردم. درخشش و تلألوئی بی نظیر داشت که هر اندازه هم بی حوصله و ناراحت بودی باز هم آدم را تشویق به ماندن کنار خودش می کرد. و شاید تاثیر جادوئی همین ماندن در کنار آن بوته گل سرخ بود که کمی آرام تر شده بودم به برگ ها و غنچه هایش دست می کشیدم، دلم می خواست کمی با آن درد دل کنم امّا مگر یک بوته گل می توانست با آدم درد دل بکند، شاید این انتظار که یک بوته گل سرخ به حرف هایت گوش بدهد و سنگ صبور درد دل هایت بشود انتظاری عجیب و غیر عادی بود این دلیل و دلایلی مانند این کمی پذیرش درد دل

کردن با آن بوته گل سرخ را برایم سخت کرده بود بنابراین تصمیم
گرفتم به جای نشستن در آنجا و یا قدم زدن در باغ خانه برای
مدت بیشتری از خانه خارج شده و در بیرون از خانه قدم بزنم و به
آنچه در این روزها گذشته بود فکر کنم شاید این موضوع باعث آن
می شد که حوصله ام سرجایش می آمد. آری گویی فضای بیشتری
برای قدم زدن نیاز داشتم، بنابراین تمام تلاشم را کردم تا بر حسی
که مانع آن می شد که به خارج از خانه بروم غلبه کنم و سرانجام
موفق شدم و تصمیمم را گرفتم به همین دلیل به اتاقم بازگشتم و
کمی داخل کمد لباس بدنبال لباسی مناسب گشتم، پس از یافتن
لباسی مناسب، لباسم را عوض کردم، لباس مناسبی برای قدم زدن
در بیرون از خانه پوشیده بودم و از این بابت احساس خوشایندی
داشتم. این اولین مرتبه بود که نوع لباسی که قرار بود بپوشم تا
این اندازه برایم اهمیت پیدا کرده بود! به هر حال از خانه بیرون
آمدم هنوز چند قدمی از خانه دور نشده بودم که احساس کردم
چیزی را در خانه جا گذاشته ام قبل از اینکه پیاده روی را شروع
بکنم باید این شک خودم را بر طرف می کردم. بنابراین ایستادم و
دستم را به داخل جیبم بردم دسته کلیدم، کیف پول و دسته ای
پول که داخل آن بود و یک گوشی موبایل، برای یک پیاده روی

۳

معمولی چیز بیشتری نیاز نبود. اما برای اینکه نسبت به این احساسم بی توجه نبوده باشم به سمت خانه بازگشتم. درست بود به دلیل حواس پرتی در منزل را بازگذاشته بودم. در را بستم و سپس به پیاده روی ادامه دادم اما تا کجا باید می رفتم؟ نمی شد که همینطور بی هدف در خیابان قدم زد، اینکه آدم بی هدف در خیابان قدم بزند که چندان خوشایند نبود هر چند که پیش از این چندین مرتبه اینکار یعنی بی هدف قدم زدن در خیابان ها را انجام داده بودم پس شاید بهتر اینکار بود که به پارک نزدیک خانه می رفتم در آنجا هم فضای بیشتری برای قدم زدن بود و هم درختان زیبائی داشت. برای رفتن به پارک باید به آن سمت خیابان می رفتم و پس از آن تنها کمی پیاده روی لازم بود تا به پارک زیبای نزدیک خانه برسم. به پارک که رسیدم مدتی را در آن آهسته دویدم و سپس برای اینکه نفسی تازه کنم کمی ایستادم، و مانند همیشه به سمت صندلی از آن پارک که معمولاً بر روی آن می نشستم راه افتادم اما زمانی که به آنجا رسیدم دیدم که اشخاص دیگری روی آن نشسته بودند در حالی که مشغول صحبت کردن و خندیدن بودند.

بنابراین چاره ای نبود باید صندلی دیگری در جای دیگری از آن پارک برای نشستن می یافتم و یا انتخاب می کردم این شاید اولین بد شانسی امروزم بود، آخر این همه صندلی چرا آنها باید بروی صندلی مورد علاقه من می نشستند؟!

برای اینکه دید بهتری داشته باشم به کنار پارک رفتم و با نگاهم همه جای پارک را جستجو کردم تا صندلی مناسب دیگری را برای نشستن بر روی آن بیابم صدای بوق اتومبیلی از پشت سرم توجه مرا به خودش جلب کرد و در همین برگشتن من به سمت خیابان بود که ناگهان نگاهم به اتومبیلی در حال حرکت در خیابان کنار پارک افتاد یک اتومبیل بزرگ، راننده اش و شخصی که کنار او نشسته بود را نمی توانستم از پشت شیشه های نیمه دودی آن اتومبیل ببینم اما در پنجرهٔ نیمه باز عقب آن اتومبیل نیمرخ دختری را دیدم. گوئی چیزی درون دلم لرزید، از حالی به حال دیگر شدم قلبم بگونه ای دیگر می نواخت و این موضوع باعث آن می شد که از قلبم انرژی متفاوتی آزاد شود، و این موضوع را به وضوح می توانستم احساس کنم و نتیجه تمام این تحولاتی که در من رخ داده بود نقش بستن رنگین کمانی بر آسمان آنجا بود. مردم به سمت آن رنگین کمان نگاه می کردند و آن را در آسمان به

یکدیگر نشان می دادند اما من در جهت مخالف نگاه مردم به سمت آن اتومبیل و به نیمرخی که از آن دختر از پنجره نیمه باز آن اتومبیل دیده می شد نگاه می کردم. چراغ قرمز باعث شده بود تا اتومبیل آن ها برای مدتی بایستد و این فرصتی بود که باید از آن نهایت استفاده را می بردم با سبز شدن چراغ راهنمایی و حرکت سایر اتومبیل ها، آن اتومبیل نیز مانند همه اتومبیل ها به راه خودش ادامه داد. اما من نگاهم را تا آخرین لحظه بر آن دوخته بودم تا دور شد و سر انجام از دید من خارج شد هنوز در همان حال و هوا بودم که فردی در کنارم مرا صدا زد در این زمان بود که به حال خودم بازگشتم، ظاهراً او به دنبال آدرسی می گشت و در حال پرسیدن آن آدرس از من بود، کمی به او نگاه کردم هنوز هم دقیقا نمی دانستم که چه اتفاقی افتاده است با این حال آدرس را به طور کامل به او نشان دادم.

به همان صندلی که همیشه روی آن می نشستم نگاهی انداختم افرادی که چند دقیقه قبل رویش نشسته بودند از آنجا رفته بودند، آن صندلی خالی شده بود. چند قدم به سمت آن رفتم تا بر روی آن بنشینم اما دیگر تمایلی برای نشستن بروی آن نداشتم شاید اگر این صندلی امروز خالی بود و من بر روی آن می نشستم هیچگاه

شاهد این اتفاقات نمی بودم و شاید آن دختر را هم نمی دیدم، شاید سرنوشت این باشد و من به سرنوشت اعتقاد داشتم، کم کم داشت زمان ماندن من در پارک طولانی می شد بنابراین تصمیم گرفتم تا به خانه بازگردم. در تمام طول مسیر بازگشت به خانه و پس از رسیدن به آن و همچنین مدتی که در خانه بودم آن اتفاق ذهنم را به خودش مشغول کرده بود، آن دختری که دیده بودم و آن رنگین کمان چه ارتباطی با یکدیگر داشتند؟! و چرا با دیدن او آن حالت عجیب به من دست داده بود؟! هر چه که بود مطمئن بودم عادی نبود! اما من هنوز هم به تمام این اتفاقات با یک دید منطقی و عقلی نگاه می کردم و بدنبال علت آن بودم فارغ از اینکه شاید تمام این اتفاقات ریشه در احساس آدمی داشته باشند، غرق در همین افکار بودم که مادرم به اتاقم آمد و گفت: "برای امشب آماده ای دیگر؟"

با این سوال مادرم به یاد امشب افتادم آری امشب جشن ازدواج دختر یکی از دوستان صمیمی مادرم بود حتماً جشن زیبائی خواهد بود به مادرم گفتم: "هنوز که نه اما آماده شدنم زیاد طول نخواهد کشید"

از مادرم پرسیدم: " مادر؛ عشق در انسان چگونه اتفاق خواهد افتاد؟"

مادرم پاسخ داد: "هیچکس تاکنون نتوانسته است در این مورد چیزی بگوید اما شاید در یک نگاه، در یک ...... اما مطمئن هستم که انسان زمانی در عشق حقیقی خودش خواهد بود که عاشق روح آن فرد شده باشد و نه جسم آن"

به مادرم متحیرانه نگاه می کردم و به حرف هایش گوش می دادم انگار مادرم هم متوجه این موضوع شده بود و با لبخندی پرسید: " چرا این سوال را می پرسی؟ نکند..."

که فوراً موضوع را عوض کردم و با زیرکی خاصی به سراغ لباس هایم برای جشن امشب رفتم مادرم با دیدن این رفتارم اندکی با گوشه چشم به من نگاه کرد، لبخندی بر لبش نشست و از اتاق خارج شد همین که مادرم از اتاق خارج شد بر روی تختم نشستم و به گوشهٔ اتاق خیره شدم گویی نیروئی در من شکل گرفته بود از جنسی متفاوت و ناشناخته بود و در حال قدرت گرفتن.... شاید هرچه زودتر آمادهٔ رفتن می شدم بهتر بود! و شاید در جشن امشب این موضوع را فراموش می کردم... شاید زندگی چیزی نبود جز

آنچه که در لحظه اتفاق می افتاد، و یا همان رویایی که در سر داشتیم، پس باید آن را ساخت... باید آن رویا را زندگی کرد... پس زندگی همان لحظه ست که در حال ساختن رویای خویش هستیم، پس زندگی باید آن طوری که باید ساخته شود، آنطوریکه به دل بنشیند... چرا که در غیر اینصورت آنچه ساخته می شود اندوهی بر گذشته خواهد بود...

از پنجره به بیرون نگاه می کردم، شاید تغییر نگاهی عظیم لازم بود تا یک زندگی دوباره ساخته شود... یک تحول .... یک حرکت از نو.... و یا شاید انگیزه و امید.... در همان لحظه به یاد آن حس غریب در وجودم افتادم شاید این خودش بود همان انگیزه و امید .... اما تا آن لحظه گویی من به دنبال حس زیبای آن لحظه و آن اتفاق نبودم و آنچه ذهنم را به خودش مشغول کرده بود تنها میل به دانستن علت آن بود و بس. شاید و یا نه حتما نیاز بود به آن لحظه باز گردم، پس دوباره لحظه به لحظه آن را در ذهنم مرور کردم، شخصی در یک لحظه بود که همه چیز به او باز می گشت، آری خودش بود... آری خودش بود....او همان آغاز بود. آغازی که برای تغییری بزرگ در زندگیم به آن نیاز داشتم... در این لحظه صدای مادرم که مرا صدا می زد شنیدم چند مرتبه هم تکرار شد، شاید

در آن شرایط بهترین کاری که می توانستم انجام بدهم رفتن به
طبقهٔ پائین و انتظار کشیدن برای این بود که مادر و پدرم هم آمادهٔ
رفتن به آن جشن ازدواج بشوند. از روی تخت بلند شدم لباسم را
پوشیدم و به طبقهٔ پائین رفتم اما در آنجا با کمال تعجب پدر و
مادرم را دیدم که قبل از من حاضر و آماده برای رفتن به جشن
ازدواج بودند، ظاهراً آن ها مدتی بود که انتظار آمدن من را می
کشیدند.

با دیدن من که از پله ها به سمت پایین می آمدم می شد خوشحالی
را در چهره های آنها دید که نتیجه پایان انتظاری بود که می
کشیدند و بلافاصله به سمت درب خروجی رفتند، من هم پشت سر
آن ها به راه افتادم. در طول مسیر ساکت و آرام به خیابان و به
مردمی که هر کدام با عجله به سمتی می رفتند نگاه می کردم که
ناگهان مادرم برای اینکه سکوت بین ما در اتومبیل را بشکند شروع
به صحبت کردن با پدرم کرد. نسبت به حرف هایی که بین آن ها
رد و بدل می شد بی توجه بودم و سعی می کردم که تنها به خیابان
های اطراف نگاه کنم، این موضوع ادامه داشت تا سرانجام به محل
برگزاری جشن عروسی رسیدیم. تالار برگزاری مراسم در وسط یک

باغ قرار گرفته بود، ما کنار در اصلی تالار از اتومبیل پیاده شدیم و به سمت داخل تالار رفتیم.

در طول مراسم من کنار پدرم نشسته بودم، پدرم مثل همیشه همراه با آشنایانی که اطراف آن میز نشسته بودند گرم صحبت بود، من با رعایت ادب از جمع آن ها جدا شدم و کنار در ورودی سالن ایستادم. در ابتدا تنها می خواستم کمی حال و هوایم عوض شود، اما در آنجا مدام افراد مختلف و آشنایان برای شرکت در جشن می آمدند، و دائما در حال احوال پرسی با آنها بودم پس برای اینکه مدتی از جمعیت و شلوغی آنجا دور بمانم به داخل باغ رفتم و بر روی لبۀ یکی از باغچه ها نشستم. جای دنجی بود، در یک سمتم بوتۀ گل رز سرخ بزرگی بود که به راحتی مانع دیده شدن من توسط میهمانان می شد، اما مانع دید من نمی شد و من به راحتی از لا به لای شاخه های آن بوتۀ گل سرخ می توانستم میهمان ها را ببینم به نظرم مکان آرام و مناسبی بود تصمیم گرفتم مدتی را در آنجا بمانم. آن بوتۀ گل سرخ بین من و مسیر عبور اتومبیل های میهمانان قرار داشت، تنها صدائی که می توانستم علاوه بر صدای جشن بشنوم صدای حرکت اتومبیل ها در آن مسیر بود اما چرا صدای آخرین اتومبیل قطع نمی شد؟ و یا چرا از مکان خودش

حرکت نمی کرد؟! چرا همانجا ایستاده بود؟! مگر افراد داخل آن قصد نداشتند به مراسم بروند؟ کمی که گذشت نسبت به حضور آن اتومبیل بی توجه شده بودم، مشغول ور رفتن با گوشی تلفن همراه خودم بودم که احساس کردم مدت ماندن این اتومبیل کمی غیر عادی شده است. بنابراین با گوشهٔ چشم به آن نگاهی انداختم یک اتومبیل بزرگ بود و هیچ چیز غیر عادی هم در مورد آن وجود نداشت، دو مرتبه مشغول کار با گوشی تلفن همراه خودم شدم یکباره به یاد اتومبیلی افتادم که امروز در خیابان کنار پارک دیده بودم... دوباره به سمت آن اتومبیل نگاه کردم، خدای من این اتومبیل دقیقا شبیه به همان اتومبیلی بود که امروز در خیابان کنار پارک دیده بودم گویی این اتفاق قرار نبود به این راحتی از ذهن من خارج شود، و یا شاید این خود سرنوشت بود که مسیر خودش را دنبال می کرد... نمی دانستم در آن شرایط چکاری باید انجام بدهم ابتدا تصمیم گرفتم دوباره خودم را با تلفن همراهم سرگرم کنم اما نمی توانستم زیرا همواره حسی مانع آن می شد که ذهنم را متمرکز کنم، گیج کننده تر آن بود که دقیقا نمی دانستم که این مانع چیست؟! گویی همین احساس از من می خواست که نگاهی دوباره به آن اتومبیل بیندازم بنابراین دوباره به پنجرهٔ عقب اتومبیل

نگاه کردم اما این مرتبه کمی دقیق تر، خدای من انگار این همان اتومبیل بود اما نه شاید شبیه آن بود؟! هنوز هم در شک بودم که آیا می تواند خودش باشد؟ در همین زمان شخصی شیشهٔ پنجره عقب اتومبیل را پایین آورد و من توانستم از میان شاخه های آن بوتهٔ گل سرخ داخل اتومبیل را ببینم، خدای من همان دختر بود ظاهرا او هم به این جشن دعوت شده بود برای همین هم به اینجا آمده بود. کمی خودم را به عقب کشیدم تا بیشتر در بین شاخه های آن بوته گل سرخ پنهان شوم، نمی خواستم او مرا ببیند و دوباره او را از بین شاخه های آن بوته گل سرخ نگاه کردم. از آنجائیکه من او را می دیدم چهرهٔ او در میان چند گل سرخ از آن بوتهٔ گل قرار گرفته بود زیبا بود نام او را نمی دانستم بنابراین تصمیم گرفتم نام او را تا زمانیکه نام اصلی او را بدانم گل سرخ بگذارم. این اولین مرتبه در طول زندگیم بود که حسی مانند این را تجربه می کردم، واقعا نمی توانستم نگاهم را از او بردارم یا شاید از اعماق قلبم نمی خواستم که این کار را انجام بدهم همچنان به او از میان آن گل های سرخ نگاه می کردم. انگار حسی از درون به من می گفت: " در این چند ثانیه به اندازهٔ یک عمر به او نگاه کن".

در همین لحظه بود که اتومبیل آن ها شروع به حرکت کرد، در لحظه حرکت اتومبیل او به سمت من نگاهی انداخت اما انگار در میان آن بوتهٔ گل سرخ بزرگ و تاریکی شب من را ندیده بود. همچنان از دور به او نگاه می کردم تا اینکه در تالار از خودرویش پیاده شد و به داخل آن رفت. از آنجا بلند شدم انگار روحیه ای دوباره پیدا کرده بودم، گویی امیدی تازه یافته بودم بنابراین به سمت تالار راه افتادم و بداخل آن رفتم در آنجا می خواستم این ماجرا را برای پدرم تعریف کنم اما به یاد جمله ای افتادم که پیش از این در کتابی خوانده بودم و این جمله می گفت:" در زمانی که تنهائی مراقب افکارت باش و در زمانی که با دیگران هستی مراقب کلامت باش ".

پس با خودم گفتم مطمئنا گفتن این مطلب به پدرم در بین آن همه میهمان چندان درست نخواهد بود، پس باید کمی صبر می کردم... یاد آوری این جمله باعث شد تا از گفتن این موضوع منصرف شوم بنابراین کمی آرام تر راه رفتم. سعی کردم برخودم مسلط باشم نمی دانستم چرا از لحظه ای که او را دیده بودم بی اختیار لبخند می زدم، این احساس شادی دلنشین از کجا سرچشمه می گرفت؟! نباید دوباره او را گم می کردم بنابراین

تصمیم گرفتم کاری انجام بدهم. همیشه در جعبه کوچکی که در خودروی خودمان پنهان کرده بودم تعدادی ابزار و لوازم مختلف نگهداری می کردم، تقریبا این جعبه و لوازم داخل آن همیشه همراه خودرو ما بود. یادم آمد که یک رهیاب هم در آن جعبه دارم که فکر نمی کردم روزی به کارم بیاید اما ظاهرا اینجا بهترین زمان برای استفاده از آن فرا رسیده بود. بنابراین ابتدا به سراغ اتومبیل خودمان رفتم، رهیاب و تعدادی لوازم و ابزار دیگر را برداشتم سپس به سراغ اتومبیل آن ها رفتم رهیاب را به آن متصل کردم تا از این طریق از محل زندگی او آگاه شوم. پس از نصب، رهیاب را روشن کردم اما از شانس بد کار نمی کرد باید تعمیرش می کردم اما من برای شرکت در یک جشن آمده بودم و هیچ وسیله ای برای تعمیر آن همراه من نبود بنابراین با خودم گفتم: " شاید بهتر باشد بگذارم این موضوع با شیوهٔ ای که سرنوشت برای آن تصمیم گرفته بود راه خودش را پیدا کند".

و در حالی که از دیدن دوباره او سرشار از آرامش بودم به داخل سالن رفتم و به پدرم و دوستانش پیوستم که هنوز هم مشغول به صحبت در مورد موضوعات مختلف بویژه مباحث اقتصادی بودند.

و من هم به جمع آن ها پیوستم، به حرف های آن ها نه به طور
کامل ولی تا حدودی گوش می دادم. تقریباً یکی دو ساعت از شروع
جشن گذشته بود، تقریباً می شد گفت که اگر هر جشن ازدواجی
از چند بخش اصلی تشکیل شده باشد یکی دو قسمت از آن جشن
به صورت کامل به اتمام رسیده بود. معمولاً در جشن ها کمتر به
اطرافم نگاه می کردم اما در آن جشن نگاهم دائماً در بین جمعیت
می گشت، انگار به دنبال گمشده ای می گشت. تقریباً به انتهای
مراسم نزدیک می شدیم اما من آن دختر را دو مرتبه در جشن
امشب ندیدم. در پایان جشن زمانی که میهمانها برای بازگشتن به
خانه هایشان آماده می شدند از دور او را برای دومین بار در امشب
دیدم. ناخودآگاه به سمت او حرکت کردم اما جمعیت حاضر در
جشن با آمدن عروس و داماد بلند شدند، سر و صدای زیادی بلند
شد. من در بین این جمعیت در حال حرکت به سمت عروس و
داماد گیر افتاده بودم و نمی توانستم جلوتر بروم تقریباً می شد
گفت که حرکت ناگهانی این جمعیت مانع از حرکت من شده بود
و تنها از دور توانستم شاهد دور شدن و رفتن او باشم. زمانی که
سوار اتومبیل می شد دوباره به جمعیتی که من در آن گیر افتاده
بودم نگاهی انداخت انگار چیزی در جمعیت آن قسمت از سالن

توجهش را جلب کرده بود، به اطرافم نگاهی انداختم چیز خاصی ندیدم. زمانی که دوباره به سمت او نگاه کردم تنها سوار شدن به اتومبیل او را از دور دیدم. جشن آن شب هم تمام شد و همه با هم به خانه برگشتیم. مادر و پدر دائماً در طول مسیر در مورد اتفاقات مورد علاقه خودشان حرف می زدند و گاه و بی گاه می خندیدند، من به خیابانهای خالی از مردم شهر چشم دوخته بودم. به خانه که رسیدیم به اتاقم رفتم، لباسم را روی صندلی داخل اتاق گذاشتم و خودم را روی تختم انداختم در افکار مختلف غرق شدم؛ آیا دوباره می توانستم او را ببینم یا نه؟ شاید در بین افکار مختلفم در آن زمان این موضوع مهمترین بخش را به خودش اختصاص داده بود....

و در همین فکر خوابم برد تا اینکه صبح از خواب بیدار شدم، به ساعت نگاهی انداختم خوشبختانه امروز تعطیل بود و می توانستم کمی بیشتر بخوابم اما خوابم نمی برد ظاهراً آن روز تعطیل بود و من هم کار خاصی نداشتم مدام با خودم فکر می کردم که آیا او را خواهم دید و یا خیر؟ آیا دوباره او را می بینم؟

بخش دوم: سفر

برای خوردن صبحانه به طبقهٔ پائین رفتم اشتهای چندانی برای
اینکار نداشتم، امروز همچنان بی حوصله و کسالت بار می گذشت.
تا اینکه شب فرا رسید و من امشب زودتر از همیشه خوابیدم، صبح
که از خواب بیدار شدم متوجه شدم که پدر و مادرم برای سفری
کوتاه در حال تصمیم گیری هستند به نظر من هم در آن زمان
ایدهٔ مناسبی بود و من هم با آن موافق بودم بنابراین با اکثریت آراء
قرار شد فردا صبح به یک مسافرت کوتاه برویم. بلافاصله به اتاقم
رفتم انگار نیاز شدیدی به آن مسافرت داشتم، شروع به بستن
چمدان هایم کردم و برای فردا و سفری که در پیش داشتیم لحظه
شماری می کردم. انگار این سفر مرا به خود می خواند، در این سفر
اتفاقات زیادی چشم انتظار من بود، حتما خیلی خوش خواهد
گذشت... شب را زودتر از همیشه به رختخواب رفتم و صبح هم
زودتر از سایرین از خواب بیدار شدم. چمدان ها را به طبقهٔ پائین
بردم و در خروجی تالار پذیرایی گذاشتم کمی بعدتر همراه پدر و
مادرم در هواپیما به سمت یک شهر دیگر برای یک مسافرت کوتاه
مدت نشسته بودیم. و همه منتظر رسیدن به مقصد بودیم هنوز
چند دقیقه ای از سوار شدن ما نگذشته بود که احساس بی
حوصلگی دوباره به سراغم آمد، به این دلیل مجله ای که در هواپیما

به مسافران داده بودند برداشتم و شروع به صفحه زدن آن کردم. در صفحه اول نه اما در صفحه دوم آن یک عکس وجود داشت که توجه من را به خودش جلب کرد، این همه شباهت از نظر من غیر ممکن بود آن دختر همان که من به او گل سرخ می گفتم شباهت غیر قابل باوری به این عکس داخل مجله داشت؟! برایم غیرقابل باور بود اما کمی بیشتر دقت کردم تقریبا کاملاً یقین پیدا کرده بودم که این عکس متعلق به خودش بود، این عکس همان دختری بود که شب گذشته در جشن عروسی دیده بودم. آیا واقعا این تصویر در مجله عکس آن دختر بود؟ هنوز نسبت به این موضوع در شک بودم نمی توانستم بطور صد در صد در این مورد نظری بدهم اما هرچه بیشتر به تصویر داخل مجله نگاه می کردم بیشتر یقین پیدا می کردم که این تصویر خودش است و این یقین من زمانی بیشتر شد که شروع به خواندن متن زیر آن عکس کردم و همانطور به خواندن متن ادامه دادم صفحه اول که تمام شد با دقت بیشتری شروع به خواندن ادامه آن متن کردم، بر خلاف همیشه که خواندن متن ها را بی نهایت سریع انجام می دادم این مرتبه این متن را بسیار آهسته می خواندم بطوریکه قبل از تمام شدن آن متن، هواپیما در مقصد در باند فرودگاه به زمین نشست. مجله را تا کردم

و آن را همراه با خودم آوردم زمانی که بین راهروهای هواپیما در حال حرکت بودم چیزی توجهم را به خودش جلب کرد جالب بود، عکسی از کوردل بود که خودم در بین صندلی های هواپیما چند وقت قبل گذاشته بودم اما چطور امکان داشت که این همه مدت هیچ فردی آن را جا به جا نکرده باشد؛ به این دلیل به میهماندار هواپیما موضوع را گفتم و از او خواستم که آن عکس را از بین صندلی های هواپیما بردارد اما آن میهمان دار با بررسی آن قسمت از صندلی ها دوباره نزد من آمد و گفت: "می شود دقیقاً محل آن را به من نشان بدهید؟"

همراه با او به محل عکس کوردل رفتم و با اشاره انگشت به او محل آن را نشان دادم اما انگار میهمان دار هواپیما آن را نمی دید و این من بودم که آن را می دیدم، یعنی فقط من توانائی آن را داشتم که آن را ببینم. به آن میهمان دار نمی شد واقعیت را توضیح داد به این دلیل از او عذر خواهی کردم او هم پذیرفت. اما مطمئناً قانع نشده بود، زمانی که در حال خروج از هواپیما بودم او را می دیدم که در حال بررسی بیشتر آن صندلی از هواپیما است ناگهان از آن قسمت هواپیما سرو صدائی بلند شد متأسفانه آن میهماندار هواپیما بیهوش شده بود و این موضوع اگر چه برای سایر افراد

تعجب آور بود اما من با آگاهی از آنچه در آنجا بود تعجبی نداشت،
می توانستم حتی حوادث بدتر از آن را هم بدون هیچ شکی بپذیرم
و قبول کنم. میهماندار به خارج از هواپیما منتقل شد و ما هم به
سالن فرودگاه رفتیم. از آنجا هم به هتلی رفتیم که از قبل در آن
اتاق رزرو کرده بودیم. پس از آنکه به اتاق هایمان رفتیم بر روی
صندلی نزدیک پنجره نشستم و دوباره متن مربوط به آن عکس را
در آن مجله خواندم مربوط به زندگینامه همان دختر بود، دختری
که روز قبل دیده بودم، آنچه که در آنجا می خواندم برای من بسیار
جالب تر از آن بود که فکرش را کنم. آن دختر یعنی همان فردی
که من اسم او را گل سرخ گذاشته بودم یک هنرمند بود، اشعار
زیادی گفته بود و در نواختن ساز های مختلف مهارت داشت از
طرف دیگر اشعار خودش را می خواند. این اتفاق در کنار سایر
اتفاقات این چند روز برای من واقعه ای جالب و جدید را رقم می
زد و به سرنوشت اعتقاد بیشتری پیدا کرده بودم. با این وجود به
راحتی می شد محل زندگی و سایر چیزهایی که می خواستم از او
بدانم را بدست آوردم بنابراین به یقین رسیدم که گاهی سرنوشت
بازی هائی عجیب را پیش روی آدمی انجام می دهد، وقایعی که
صرف نظر از نتایج کوتاه مدت خود تأثیری بسیار فراتر از تصور آن

بر سرنوشت هر نفری خواهد گذاشت. اگر آن روز در پارک صندلی مورد علاقه ام خالی می بود مطمئناً سرنوشت به گونه ای دیگر رقم می خورد یا اگر به آن مجلس ازدواج نمی رفتم و یا اینکه به جای آن مجله، مجلهٔ دیگری را می خواندم همه و همه وقایع را بگونه ای دیگر رقم می زد اما همهٔ آن ها دست به دست هم داده بود تا در آن لحظه من در آنجا نشسته باشم و به موضوعی بیندیشم که پیش از این حتی فکرش را هم نمی کردم. مدتی به آن عکس در آن مجله نگاه کردم سپس آن را روی میز کنار تخت قرار دادم و به لابی هتل رفتم در آنجا یک فنجان قهوه خوردم سپس از مسئول پذیرش هتل آدرس نزدیکترین مسیر به ساحل را پرسیدم. همواره ساحل برای من سرشار از خاطرات خوب و آرامش بود، این موضوع باعث می شد تا اکنون که برای اولین مرتبه همراه با خانواده ام به این شهر می آمدم تصمیم بگیرم که اولین جائی که بروم ساحل آنجا باشد. به ساحل که رسیدم افراد زیادی مشغول بازی بودند و عده ای هم تنها به تماشای ساحل مشغول بودند. من دورتر از آن ها بر روی ماسه های ساحل نشستم و به تماشای دریا مشغول شدم. کمی که گذشت چشم هایم را بستم و با صدای امواج آب غرق در آرامشی وصف ناپذیر شدم زمانی که چشم هایم را باز کردم

خورشید در حال غروب بود کمی بعد شب از راه می رسید بنابراین تصمیم گرفتم به هتل برگردم. به هتل که رسیدم در خروجی آن پدر و مادرم را دیدم که برای دیدن شهر در حال خروج از هتل بودند. مادرم گفت: " برای دیدن شهر و بخصوص بازار محلی می رویم و ممکن است کمی دیرتر به هتل باز گردیم"

و سپس رفتند و بعد از آن به اتاق خودم رفتم کمی بین شبکه های تلویزیونی سرگردان بودم تا اینکه برای خوردن شام به رستوران آن هتل رفتم پشت یکی از آن میزها نشستم و منتظر شدم تا غذایی که برای شام سفارش داده بودم آماده شود. کمتر به اطراف نگاه می کردم و بیشتر با قاشقی که روی میز بود در حال بازی کردن بودم، چشمم به گل سرخی افتاد که در گلدانی کوچک بروی آن میز قرار داشت دوباره به یاد آن دختر افتادم و دوباره حس و حالی عجیب را تجربه کردم. در همین حس و حال بودم که سفارش غذایم را یکی از کارکنان رستوران آورد، مشغول خوردن آن غذا بودم که صدائی توجه مرا به خودش جلب کرد. صدائی از پشت سرم بود، دو خانم در حال صحبت کردن با یکدیگر بودند نمی خواستم بصورت مستقیم به عقب برگردم و به آن ها نگاه کنم این رفتار چندان مؤدبانه نبود، اما حس کنجکاوی من هم به شدت تحریک شده بود،

به این دلیل به دنبال راهی برای دیدن آن دو نفر بودم که چشمم به بدنۀ استیل گلدان روی میز افتاد آن را بگونه ای روی میز جابه جا کردم که در بازتاب بدنه گلدان آن دو خانم را پشت سرم ببینم.

با دیدن آن ها در جایم خشکم زده بود، خودش بود همان دختری بود که چند روز قبل دیده بودم همان گل سرخ بود البته این نامگذاری تا زمانی که نام اصلی او را می دانستم تنها راهی بود که او را صدا بزنم. تصمیم گرفتم کمی به صحبت های آن ها گوش بدهم، می دانستم که این کار چندان درست نیست اما هرچه که بود تنها راهی بود که می توانستم از او چیز بیشتری بدانم. در حال گوش دادن به صحبت های آن ها و خوردن شام بودم سرانجام تصمیم گرفتم که حداقل چند کلمه ای با او صحبت کنم از جایم نیم خیز شدم که خانم همراه او به گل سرخ گفت: "پس فقط به افرادی که مثل خودت در زمینه های هنری فعالیت داشته باشند علاقه داری؟"

گل سرخ پاسخی نداد و خانم همراه او کمی که گذشت ادامه داد: "یا که اینطور نیست؟ و من اینطور گمان می کنم".

گل سرخ پاسخی نداده بود و خانم همراهش هم بعد از پرسیدن این سوال همچنان منتظر بود تا گل سرخ به او پاسخ بدهد، من هم با دیدن اینکه هنوز گل سرخ پاسخی نداده بود در حال رفتن به سمت او بودم تا اولین قدم برای آشنایی بیشتر را بردارم که گل سرخ پاسخ داد: " آری"

گویی یک سطل آب یخ رویم ریختند و بدون گفتن هیچ حرفی از کنار او رد شدم و به سمت دیگر رستوران هتل رفتم، از دور او را نگاه می کردم و این جمله را یکبار دیگر در ذهنم تکرار شد: "هنرمند"

با خودم گفتم: " حالا نمی شد به یک دانشمند علاقه می داشتی؟!"

و پس از آن به در خروجی هتل رفتم تا حداقل در زمان خروج گل سرخ بتوانم محل اقامت او را پیدا کنم اما در زمان خروج وی از هتل با اتفاقی عجیب روبرو شدم، تعداد زیادی خبرنگار و عکاس در حال گرفتن عکس بودند و چند نفر هم مشغول دور نگه داشتن عکاسها و همینطور خبرنگارها از او بودند. درستش هم همین بود اگر آن جمعیت را از او دور نمی کردند، مطمئنا تا ساعت ها باید با آن ها صحبت می کرد. از دور به این اتفاقات نگاه می کردم و در

کنارم یک پسر بچهٔ خردسال بود کنارش نشستم و از او پرسیدم: "او را می شناسی؟"

با نگاهی که سرشار از تعجب بود به من نگاه کرد و گفت: "آری، مگر تو او را نمی شناسی؟"

به او پاسخ دادم: "خب نه نمی شناسم".

با شنیدن پاسخ من آن پسر بچه خردسال با عصبانیت از من دور شد و به جمع طرفداران گل سرخ پیوست، این موضوع دیگر برای من عجیب تر از عجیب بود.

بدون هیچ کاری به اتاقم در هتل بازگشتم و آن مجله را دوباره برداشتم و خواندم. این مرتبه دقیق تر از قبل این کار را انجام دادم بلافاصله بعد از آن از طریق لپ تاپی که همراه خودم آورده بودم شروع به جست جوی اطلاعاتی دربارهٔ او کردم تقریباً همه چیز را می شد یافت کمی بعد از مطالعه بخشی از آنچه که جستجو کرده بودم خوابیدم.

صبح شده بود و از خواب بیدار شده بودم و در تخت خواب در حال فکر کردن به اتفاقات این چند روز بودم. قصد داشتم کمی بیشتر

در مورد گل سرخ بدانم اما با شرایطی که دیده بودم با راههای عادی نمی شد چیزی بیشتر از نوشته های مجلات و روزنامه ها در مورد او بدست آورد. به این دلیل تصمیم گرفتم امروز کمی لوازم گریم از فروشگاه های شهر تهیه کنم. با کمی لباس های متفاوت، با یک دوربین عکاسی و یک گریم ساده می توانستم خودم را شبیه به یکی از همان عکاس ها کنم و به محل زندگی او بروم. به این دلیل بعد از خوردن صبحانه به سرعت لباس پوشیدم و به مراکز خرید شهر رفتم لوازم مورد نیازم را خریدم و به هتل بازگشتم. در آنجا خودم را با استفاده از گریم و لباس هائی که خریده بودم به شکل یک عکاس در آوردم اما دوربین های امنیتی هتل بگونه ای در تمام راهروها بود که این تغییر قیافه من به سرعت در آن ها مشخص می شد بنابراین باید راه حل دیگری پیدا می کردم. به اطراف اتاق نگاهی انداختم و سراغ پنجره ها رفتم، پنجره ها در معرض دید افرادی قرار داشت که از آن خیابان عبور می کردند بنابراین امکان نداشت که بدون دیده شدن بتوان از آن ها برای خروج از هتل استفاده کرد. همینطور وارد شدن به هتل هم از طریق آن ها چندان آسان نبود بنابراین تنها راه باقی مانده استفاده از کانال های هواساز بود.

پیچ های پنجره یکی از دریچه های کانال هوا را باز کردم، پس از برداشتن پنجره دریچه به آن کانال وارد شدم شدت هوائی که در آن ها جریان داشت تاثیر بدی بر روی گریمم داشت. بگونه ای که وقتی به موتورخانه و بخش تأسیسات هتل رسیدم تقریباً مقدار قابل ملاحظه ای از گریمم از بین رفته بود و ظاهرم حسابی به هم ریخته شده بود. به این دلیل بود که مجبور شدم به اتاقم برگردم و برای جلوگیری از تکرار این اتفاق لوازم گریم را به موتورخانه هتل بردم البته رعایت احتیاط را هم فراموش نکردم و دریچه هوا را در اتاقم در جای خودش با استفاده از چند تکه چسب قرار دادم اما پیچ های آن را نبستم تا اگر فردی به اتاق وارد شد از این کاری که انجام می دادم خبردار نشود.

به موتورخانه هتل رفتم و در آنجا خودم را دوباره گریم کردم و پس از پایان انجام گریمم نباید اثری از لوازم گریم در آنجا باقی می گذاشتم زیرا ممکن بود که فردی به هر دلیلی به موتورخانه هتل بیاید بنابراین لوازم گریم را در گوشه ای از کانال های هوا پنهان کردم به این ترتیب تا حدودی خیالم از بابت آنها راحت تر شد، سپس دریچه هوا در موتورخانه هتل را در جای خودش قرار دادم و با رعایت احتیاط کامل در موتورخانه را باز کردم ابتدا سرکی

کشیدم و سپس به راهروی هتل رفتم و از آنجا با سرعت خودم را به لابی هتل رساندم. کمی در آنجا ماندم با مناسب شدن اوضاع و در یک زمان مناسب از هتل خارج شدم. در خروجی هتل همان پسر بچه دیشبی ایستاده بود از او پرسیدم: "اینجا چکار می کنی؟ "

او پاسخ داد:"منتظر مادرم هستم تا همراه با هم به دیدن گل سرخ برویم".

وقتی از او آدرسی که قرار بود با مادرش برود را پرسیدم او تنها یک آدرس شکسته بسته به من داد ظاهراً خودش هم بدرستی آدرس را بلد نبود. در همین حال مادرش آمد و از دیدن من که با فرزندش در حال صحبت کردن بودم چندان راضی به نظر نمی رسید. خیلی مؤدبانه به او سلام کردم و از او آدرس را پرسیدم. او آدرس را بر روی تکه کاغذی نوشت و به من داد. با دیدن ظاهر من، حدس زده بود که من یک عکاس هستم و او که تا حدودی خیالش راحت شده بود از من خواست تا در صورت امکان همراه با یکدیگر به محل اقامت گل سرخ برویم، این پیشنهاد او را پذیرفتم و همراه با یکدیگر سوار برتاکسی به آنجا رفتیم.

زمانی که به آنجا رسیدیم با جمعیت زیادی مواجه شدیم و آن پسر بچه به همراه مادرش بلافاصله بعد از پیاده شدن از تاکسی به سمت جمعیت دویدند و در بین آن جمعیت از دیدم پنهان شدند. اما این همه شور و اشتیاق او و مادرش برای چه موضوعی می توانست باشد؟!

به آرامی به درون جمعیت رفتم، با کمی دقت می شد فهمید که این بخش مربوط به طرفدارها و هوادارهای او بود، و برای اینکار در نظر گرفته شده بود. خبرنگارها و عکاس ها باید در قسمت دیگری جمع می شدند. من هم در بین آن ها رفتم برخی از عکاس ها یکدیگر را می شناختند و در حال صحبت کردن با یکدیگر بودند. تعداد دیگری هم در حال تنظیم کردن دوربین هایشان بودند اما از همۀ آن ها که بگذریم تعداد کمی از آن ها به صورت مداوم در حال امتحان کردن زوایای مختلف برای یافتن بهترین زاویۀ عکاسی بودند. در بین آن ها ایستادم و سعی کردم تا کمترین جلب توجه را داشته باشم، منتظر ماندم تا او خارج شود البته قبل از آن کمی هم تنظیمات دوربینم را دستکاری کردم تا به این ترتیب از بقیۀ عکاس ها چیزی کم تر نداشته باشم. سرانجام او خارج شد و من بدون آنکه کاری انجام بدهم در جایی که بودم خشکم زده بود. نمی

توانستم حرکت کنم، جوری به او خیره شده بودم که کاملا غیر طبیعی بود و توجهی به اطرافم نداشتم. ناگهان با حرکت جمعیت و خبرنگارها و عکاس ها به گوشه ای پرت شدم و نمی دانم چرا اما تقریباً تمام آن ها از اطرافم بصورت ناگهانی شروع به دویدن کرده بودند. پس از رفتن آن ها من مانده بودم و یک دوربین شکسته که همانجا آن را روی زمین باقی گذاشتم و گل سرخی که حتی نتوانسته بودم او را بخوبی ببینم. شاید تنها اتفاق خوب در آن لحظه این بود که حرکت آن ها باعث از بین رفتن گریم من نشده بود. با بدن کوفته به هتل بازگشتم اما باید ابتدا به موتورخانه می رفتم، از آنجا از طریق کانال هوا خودم را به اتاقم می رساندم اما تصمیم گرفتم تا دوباره برای خرید یک دوربین عکاسی جدید به فروشگاه های اطراف هتل بروم. برای رسیدن به آن فروشگاه ها بهترین راه قدم زدن بود. هنوز چند قدمی نرفته بودم که آن پسر بچه را دیدم که خوشحال و خندان دست مادرش را گرفته بود. مدام به هوا می پرید، لبخندی به او زدم و لپش را کشیدم با خوشحالی امضای گل سرخ را به من نشان داد که بر روی عکسش از گل سرخ گرفته بود. با دیدن آن امضا فکری به ذهنم رسید، شاید می شد برای امضا گرفتن از او چند لحظه ای با او صحبت کنم. در همین فکر بودم

که پسر بچه از من خداحافظی کرد و رفت و من هم به راه خودم ادامه دادم تا به فروشگاه نسبتا بزرگی رسیدم. در آنجا مستقیما به بخش کالاهای دیجیتال رفتم و مشغول به بررسی مدل های مختلف دوربین شدم. اگر قرار بود اتفاق قبلی برای این دوربین جدید هم بیفتد، بهتر این است که یک نمونه معمولی از آن را بخرم. اما حسی از درون به من می گفت دوربینی با بالاترین کیفیت بخرم احتمالا در آینده و در شرایط خاصی به آن نیاز داشته باشم. در حال بررسی دوربین ها بودم که گل سرخ را از دور دیدم ظاهراً او هم در حال خرید از آن فروشگاه بود، از فکر خریدن دوربین بیرون آمده بودم و به اطراف نگاه می کردم تا راهی برای باز کردن صحبت با او پیدا کنم اما این گریم من که ظاهرم را شبیه به خبرنگارها و عکاس ها کرده بود مطمئناً باعث آن می شد که من بیشتر از آنکه شبیه به یک فرد عادی باشم برای او در نقش یک خبرنگار یا عکاس باشم که او تمایلی به صحبت کردن با آن ها را نداشت. به این دلیل فکر دیگری به سرم زد یک دختر بچه کوچک را دیدم که در حال انتخاب شکلات بود فورا لباس رویی خودم را درآوردم و دختر بچه را بغل کردم چند شکلات از قفسهٔ بالائی برای او برداشتم تا به گریه نیفتد، دختر بچه هم با دیدن آن شکلات ها

لبخندی زد و خوشحال همراه من آمد. من و آن کودک یک مجله از همانی که عکس گل سرخ را در آن دیده بودم برداشتیم و به سراغ او رفتیم، ابتدا با یک حال و احوال عادی شروع کردیم و سپس از تمایل آن بچه برای داشتن امضا از او گفتم. او بدون هیچ مشکلی آن را برای کودک امضا کرد، در حقیقت برای من امضا کرد. در لحظه ای که در حال صحبت کردن با او بودم از او پرسیدم از چه گروهی از افراد بیشتر خوشش می آید و او هم دوبار گفت مطمئناً هنرمندان و با آمدن سایر افراد از بخش های مختلف فروشگاه به آنجا او هم رفت پس از رفتن او من ماندم و آن کودک که در حالی که لبخندی به لب داشت آن مجله را از دستم گرفت و گفت: "ممنون".

و سپس به سرعت به سمت پدر و مادرش دوید، از این کارش خنده ام گرفته بود و با نگاهم او را که مجله من را با خودش می برد دنبال کردم و با خودم گفتم: "حداقل با اینکارم این دختر بچه را شاد کردم"

لباس رویی خودم را از روی قفسه برداشتم و به بخش دوربین ها رفتم یکی از آن ها را برداشتم و سپس به بخش صندوق فروشگاه

رفتم تا قیمت آن را بپردازم، در حال پرداخت وجه بودم که صندوق دار گفت: "من کار شما را دیدم".

کمی هول شدم و دست و پایم را گم کردم و بلافاصله در حالی که سعی داشتم آرامش خودم را حفظ کنم گفتم: "کدام کار؟ "

و او ادامه داد: "همان کار که برای آن دختر بچه از آن خانم امضا گرفتید".

در حالی که نفس راحتی می کشیدم به او گفتم: " آن دختر کوچک هم طرفدار او بود".

و در دلم گفتم" مطمئناً اصل ماجرا این نبوده است".

به دوربینی که گرفته بودم نگاهی انداختم شاید می توانستم از او عکس بگیرم بنابراین بدون هیچ اتلاف وقتی دوربین را روشن کردم، شاید دوباره او را به همان نزدیکی چند دقیقه قبل می دیدم. اما خبری نبود....

بنابراین کمی قدم زدم تا به نزدیکی هتل رسیدم، انگار هنوز هم دلم راضی به برگشتن به هتل نبود انگارچیزی را گم کرده بود و به

دنبال آن می گشت. هرچه که بود تنها می دانستم در آن لحظه بی تاب چیزیست بنابراین تصمیم گرفتم به ساحل بروم و با صدای امواج دریا کمی آرامش بیابم و بر بی تابی دلم غلبه کنم. به ساحل که رسیدم شب بود و تقریباً همه جا تاریک شده بود. آتشی در ساحل روشن کردم و بر روی تنهٔ درختی که آنجا بود نشستم. به دور دست ها خیره شدم در آن تاریکی چیزی به جز چراغ هایی در دور دست دیده نمی شد که ناگهان نوری را بر سطح آب دریا پدیدار شد و هر لحظه به من نزدیکتر می شد. گمان کردم که فرشته عدالت بازگشته است اما با نزدیک تر شدن آن نور دانستم که مقلد مادر است. نزدیک آتش که رسید آتش شعله ور شد و عدالت آتش هم از آن بیرون آمد و با موج بعدی روح سرداب هم به جمع ما پیوست با دیدن آن ها آرام تر شده بودم، دیدن دوستان در هر شرایطی آرامش بخش است. از آمدن آن ها در آن شرایط خوشحال شده بودم. مقلد مادر بر روی تنه درخت کمی آن طرف تر از من نشست و زیر چشمی نگاهی به من انداخت و پرسید: " چه خبر؟"

با بی حوصلگی به او پاسخ دادم: " خبر خاصی ندارم، چرا؟"

با زیرکی دوباره پرسید: "این را نمی گویم، منظورم چیز دیگریست، خودت خوب می دانی منظورم چیست"

با تعجب گفتم: " می شود بیشتر توضیح بدهی ؟"

لبخندی زد و گفت: " فکر می کنم این بار این تو هستی که باید بیشتر توضیح بدهی".

منظور مقلد مادر را دقیقاً نفهمیده بودم، به این دلیل همچنان به او نگاه می کردم، منتظر فرصت مناسبی بودم که چند سوال که جدیداً در ذهنم نقش بسته بود از او بپرسم و او به آنها پاسخ دهد. همین که می خواستم شروع به پرسیدن آن سوالات کنم مقلد مادر گفت: " می دانی ناجی، اگر عاشق شدی چه باید بکنی؟"

زیر چشمی به مقلد مادر نگاهی انداختم و سرم را از روی خجالت پایین انداختم و در حالی که به ماسه ها نگاه می کردم گفتم: " نه واقعا نمی دانم اما می دانم که گفتن دوستت دارم به آن شخص حتماً خیلی سخت خواهد بود".

و مقلد مادر به من نگاهی مهربان کرد و گفت: "آری می دانم، اما سخت تر از آن هم هست و آن اثبات عشقت به اوست".

یکی از سوالات من همین بود بنابراین از مقلد مادر پرسیدم:
"چگونه می توانم عشقم را به او ثابت بکنم؟"

مقلد مادر در حالی که راه دریا را در پیش گرفته بود گفت: " برای
اثبات عشقت به او باید اول پادشاه قلبش بشوی" .

از جایم بلند شدم به طرف مقلد مادر دویدم، جلوی او ایستادم و از
او پرسیدم: " چگونه؟ چگونه می توان پادشاه قلب کسی شد؟"

مقلد مادر پرسید: "چرا عاشق او شدی؟"

گفتم: " نمی دانم، فقط می دانم که عاشق او شده ام".

مقلد مادر لبخندی زد و گفت: " عشق واقعی دلیل نمی خواهد".

و سپس رو به سوی آتش کرد و گفت: " در آن آتش چه می بینی
"؟

به آتش نگاهی انداختم و گفتم: "سوز و گداز".

و مقلد مادر به من نگاهی کرد و گفت: " در دریا چه می بینی؟"

به دریا نگاهی انداختم و گفتم: "در حال حاضر خیلی تاریک است و فقط صدای امواج را می شنوم".

مقلد مادر از من پرسید: "پس از کجا می دانی که آنجا دریاست؟"

گفتم: " از روی نشانه هایش".

مقلد مادر پرسید: "چقدر مطمئنی؟"

به او پاسخ دادم: "مطمئن؟ من یقین دارم که آنجا دریا وجود دارد".

مقلد مادر لبخند زنان به من گفت: " یقین! تو به چیزی یقین داری که آن را نمی بینی؟!"

گفتم: "آری".

مقلد مادر گفت: "هرگاه آنقدر نشانه های عشقت قوی باشد که قلعه ای از اعتماد را برایش بسازد آن وقت او به عشق تو یقین پیدا خواهد کرد".

هنوز هم کاملاً منظورش را نفهمیده بودم و با دقت به حرف های مقلد مادر گوش می کردم و مقلد مادر ادامه داد: " برای یقین پیدا

کردن به عشقی که آن را ندیده است ابتدا باید به تو اعتماد پیدا کند".

همچنان به مقلد مادر نگاه می کردم و او هم در حال توضیح دادن بود ناگهان دوباره به سمت دریا چرخید و گفت: "برای او کاری ارزشمند انجام بده تا قلب او را بدست آوری؟"

به مقلد مادر گفتم: "اما من می توانم با استفاده از قدرتم او را بدست آورم، چرا باید قلب او را بدست بیاورم"

از این حرف من مقلد مادر ناراحت و خشمگین شد و گفت: " اگر این کار را انجام دهی تنها جسم او را بدست خواهی آورد".

سپس به من نگاهی انداخت و گفت: " در ضمن این نکته را هم فراموش نکن هر چقدر هم که نیرومند باشی باز هم در مقابل او مهربان خواهی بود".

با تعجب به او نگاه کردم و او ادامه داد: "رفتار تو با او براساس قلبت است و نه عقلت پس به ندای قلبت عمل کن".

و سپس راه دریا را در پیش گرفت و رفت و بعد از آن عدالت آتش و روح سرداب هر کدام به راهی رفتند. هنوز کمی نگذشته بود که روح سرداب بازگشت و گفت: " ناجی برای او نشانه های عشقت را نشان بده، اما قبل از آن باید احترام او را نسبت به خودت بدست بیاوری ".

این را گفت و سپس به راه خودش ادامه داد و رفت. اکنون من مانده بودم و تنهائی، من و یک دل بی تاب، بی تابی دلم کلافه ام کرده بود. این سوال و جواب ها گیجم کرده بود و این موضوع باعث عصبانیت من شد. روی ماسه ها قدم زدم تا از عصبانیت خودم بکاهم اما انگار قدم زدن کافی نبود. به درون آب دریا رفتم و از روی خشم فریاد زدم ناگهان دریای آرام متلاطم شد و امواج بسیار بلندی در دور دست شکل گرفت و به سمت ساحل آمد. نیروئی عجیب از من شکل گرفته بود که تا به حال آن را تجربه نکرده بودم بر روی آب ایستاده بودم و به امواج خروشان که سمت ساحل می آمد نگاه می کردم ناگهان از شدت خشم تصمیم گرفتم تا به جای نظاره کردن امواج بلندی که سمت من می آمد من نیز در جهت آن امواج بدوم اینکار را کردم دلم می خواست آن امواج را متلاشی کنم. کمی بعد حاصل برخوردم با آن امواج فرو نشستن امواج به شکلی غیر

قابل باور بود. دوباره دریا آرام شده بود از آب بیرون آمدم، روح سرداب را دیدم در حالی که به من می نگریست گفت: " همیشه خشم راه حل مناسبی نیست ناجی".

به روح سرداب گفتم: " اما ساده ترین راه است".

روح سرداب جلو آمد و گفت: " می دانم به چه چیزی فکر می کنی، اما اگر گل سرخ را می خواهی او را عاشق خودت بکن، همین".

به او نگاهی کردم و گفتم: " همین... همین... گفتن این کلمه آسان است اما..."

هنوز حرفم تمام نشده بود که روح سرداب حرفم را قطع کرد سپس تصویری از گل سرخ را بر سطح آب نمایان کرد به آن تصویر نگاه کردم و احساس آرامش می کردم، احساسی عمیق را در قلبم تجربه می کردم.

به روح سرداب نگاه کردم و گفتم: " تمام سعی خودم را خواهم کرد".

روح سرداب نگاهی به من کرد و گفت: " صبور باش روزی خواهی فهمید که این صبر کردن ارزش آن را داشته است، صبور باش ناجی"

روح سرداب رفت و من هم به سمت هتل رفتم. برای ورود به هتل مشکلی نداشتم زیرا در آب دریا و در برخورد با امواج سهمگین دریا گریمم کاملاً از بین رفته بود. به اتاقم رفتم و برروی تختم به خواب رفتم.

تازه از خواب بیدار شده بودم، از این پهلو به آن پهلو شدم، نگاهم به دریچهٔ کانال هوای اتاق افتاد. دیشب فراموش کرده بودم پیچ های آن را ببندم. به سرعت از جایم بلند شدم و یکی از صندلی ها را زیر پایم گذاشتم و با هر زحمتی بود پیچ ها را سر جایشان بستم. تازه از صندلی پائین آمده بودم که مادرم وارد اتاق شد و به سرعت به سمت من آمد و گفت: "دیشب کجا بودی؟"

از او پرسیدم: "چرا؟ مگر اتفاقی افتاده است؟"

مادرم پاسخ داد: "دیشب ظاهراً موج بلندی به ساحل برخورد کرده است نمی دانم کهبرای کسی اتفاق بدی افتاده است یا نه؟ اما این

موضوع باعث نگرانی من برای تو شده بود که دیشب در هتل نبودی".

و سپس ادامه داد: " راستی امشب جائی نرو قرار است با هم به منزل یکی از دوستانم برویم".

در حالی که به مادرم نگاه می کردم گفتم: " باشد قبول است اما کدام دوستتان ؟"

مادرم پاسخ داد: " از دوستان کودکی ام است اگر صبرکنی او را خواهی دید".

با گفتن این جمله از اتاقم خارج شد و به اتاق خودشان رفت. با گوشه چشم به دریچهٔ کانال هوا نگاهی انداختم، درست مثل حالت اول خودش شده بود. به لابی هتل رفتم میلی به خوردن صبحانه نداشتم و تنها یک فنجان چای سفارش دادم، منتظر بودم تا کمی خنک شود به اطراف نگاه می کردم. در آن طرف خیابان یک روزنامه فروشی بود، تصمیم گرفتم تا یک روزنامه بگیرم شاید مطالعه آن کمی باعث آرامش من شود. نمی دانستم که این سوز و گداز برای چه بود اما هرچه که بود گویی به این راحتی ها دست بردار نبود...

به دیوار آنجا نگاهی انداختم طرح های مختلفی برای تزیین خودش داشت. در بخشی از آن که توسط قطعات چوبی کنده کاری شده از قسمت عمومی لابی هتل جدا شده بود چند چراغ دکوراتیو نورافشانی زیبائی داشت. توجهم حسابی به آن دیوار جلب شده بود بنابراین قبل از اینکه برای خرید روزنامه به بیرون از هتل بروم به سمت آن دیوار رفتم، با دست روی آن را لمس کردم. به صورت غیر طبیعی از سایر بخش ها گرم تر به نظر می رسید. پذیرش هتل را در جریان این اتفاق گذاشتم، همراه هم به سمت آن دیوار رفتیم. آن ها گرمای بیشتر و غیر عادی آن دیوار را تأیید کردند. جالب اینجا بود که در پشت آن دیوار هیچ تأسیسات گرمایشی وجود نداشت و تنها آسانسور هتل واقع شده بود. به هر حال قرار شد که این موضوع توسط بخش تأسیسات هتل پیگیری گردد. من هم به روزنامه فروشی رفتم و بعد از خرید یک عدد روزنامه به میز خودم در لابی هتل بازگشتم متأسفانه چای سرد شده بود بنابراین فنجان دیگری سفارش دادم. در حال خواندن روزنامه بودم که متوجه حس جدیدی در خودم شدم نوعی خلاء از تنهایی و یا شاید چیزی مشابه آن بود، گویی جای کسی در کنارم خالی بود. فنجای چای را برداشتم و مقداری از چای نوشیدم اما این احساس تنهایی بگونه

۴۵

ای که حتی فنجان چای هم در این حس تنهائی طعم قبل خودش را نداشت. روزنامه را دولا کردم و زیر بغلم گذاشتم به سمت اتاق خودم رفتم، در اتاق ابتدا قصد داشتم تا روزنامه را بخوانم اما از روی بی حوصلگی تنها آن را ورق می زدم انگار هدفم از خریدن آن روزنامه این بود که ببینم آیا عکسی از گل سرخ در آن چاپ شده است و یا خیر؟ متاسفانه عکسی چاپ نشده بود آنرا بر روی میز کنار تختم ذاشتم و با بی حوصلگی به تلویزیون تماشا کردن مشغول شدم اصلا متوجه نشدم که چه زمانی خوابم برد، وقتی با صدای مادرم از خواب بیدار شدم که پی در پی از من می خواست که برای میهمانی امشب آماده شوم. مدتی طول کشید تا برای میهمانی امشب آماده بشوم اما سرانجام به خانۀ دوست کودکی مادرم رفتیم. در آنجا حواسم به طور کلی پرت بود، چندان تمایل به شرکت در گفت و گوهای آن ها را نداشتم. به بهانه ای از جایم بلند شدم تا از پنجرۀ خانه به بیرون و کوچه نگاهی بیندازم، آنقدر گرم صحبت با یکدیگر بودند که اصلا متوجه این کار من نشدند. به پنجره رسیدم و از آن به بیرون نگاه می کردم که ناگهان متوجه آن خودروی بزرگ شدم که آن طرف خیابان پارک شده بود. مطمئن بودم که آن خودروی گل سرخ است. به دنبال فرصتی بودم که از خانه خارج

شوم اما امکان آن در آن زمان وجود نداشت بنابراین فکر دیگری به سرم زد که باید آن را امشب و بعد از رسیدن به هتل انجام می دادم. میهمانی مادرم و دوستش تا دیر وقت طول کشید و این فرصت مناسبی بود تا به هر بهانه ای خودم را به آن پنجره برسانم و به آن خانه نگاهی بیندازم. زمانی که به هتل بازگشتیم، دیر وقت بود و زمان مناسبی برای رفتن به آن خانه نبود. تصمیم گرفتم فردا صبح به آن محله باز گردم. شب را به امید فردا به راحتی خوابیدم.

امروز صبح خیلی مشتاق تر از روزهای قبل از خواب بیدار شدم و آمادهٔ رفتن به آن محله شدم و براه افتادم هنگامیکه به آن محله رسیدم از آنچه که می دیدم متعجب شدم تعداد زیادی خبرنگار و عکاس و تعدادی هم از هوادارهایش او در آنجا بودند، جلوی منزل او ایستاده بودند و منتظر بودند تا او از آنجا خارج شود. این فرصت مناسبی بود که من در بین جمعیت منتظر آمدن او بمانم خودم را به جمعیت هوادارهایش رساندم و مانند آن ها منتظر بیرون آمدن او شدم اما دوباره همان حالت عجیب چند وقت قبل به من دست داده بود. می توانستم همهٔ مکان های آن اطراف را در جلوی چشمم ببینم با این تفاوت که این بار او را در اتاق خودش می دیدم. در آن لحظه، این زیباترین حسی بود که می توانستم انتظار آن را

داشته باشم. مشغول نوشتن بود و داشت در دفترچه ای چیزی می
نوشت. با وجود اینکه به اصولی خاص در این زمینه پایبند بودم اما
نتوانستم جلوی کنجکاوی خودم را بگیرم و شروع به خواندن متنی
کردم که نوشته بود. متنی که نوشته بود زیبا بود و به دل می
نشست گوئی آن را از صمیم قلب خودش می نوشت. اما چرا گاهی
آن را خط می زد و هر بار که بخشی از آن متن را خط می زد آثار
غم در چهره اش نمایان می شد، در همین زمان بود که متوجه
شدم افرادی که در اطرافم هستند در حال صحبت کردن با یکدیگر
هستند. به اطراف نگاهی انداختم، گویی آن ها رفتارهای عجیبی
در من دیده بودند. این موضوع از یک طرف و از طرف دیگر اینکه
می دانستم گل سرخ قرار نیست به این زودی از خانه اش خارج
شود باعث شد تا تصمیم گرفتم که آنجا را ترک کنم و شب با گریم
دیگری بازگردم. به هتل بازگشتم و نهار را همراه با پدر و مادرم
خوردیم، اما در تمام طول بعد از ظهر چند مرتبه کارهایی را که
امشب قرار بود انجام دهم را مرور کردم سپس از طریق کانال هوا
موتورخانه هتل رفتم و مدت باقی مانده تا شب را به گریم خودم
مشغول شدم. سرانجام با پایان گریمم برای رفتن به آن محله آماده
بودم، زمانی که به آن محل رسیدم شب شده بود و تقریباً هیچ

کسی هم در آن کوچه نبود دوباره از آن نیروی خارق العاده ای که
داشتم استفاده کردم بنابراین می توانستم هر جائی که تمایل
داشتم را ببینم، این مرتبه او در اتاق نشیمن خانه بود. روی مبل
جلوی تلویزیون نشسته بود. ظاهراً در حال تماشای برنامه ای بود
که از تلویزیون درحال پخش شدن بود، به او نگاه کردم گوئی
موضوعی او را عصبانی کرده بود اما سعی می کرد تا به روی خودش
نیاورد. در زمان مناسبی وارد حیاط خانه اش شدم همینکه چند
قدم در حیاط خانه جلو رفتم توجهم به گلهائی که در حیاط خانه
اش بود جلب شد ظاهراً فردی و یا حیوانی آن ها را لگدمال کرده
بود. کنار آن ها نشستم و با قدرتی که در دستانم بود آن ها را
مجدداً احیا کردم و زندگی را به آن ها بازگرداندم. کمی جلوتر
نزدیک ورودی در خانه اش بوتۀ گلی قرار داشت که زیبائی اش
چشم نواز بود. نگاهی به گل سرخ انداختم دیگر تلویزیون نگاه نمی
کرد انگار برای بیرون رفتن از خانه اش در حال آماده شدن بود
بنابراین هنوز فرصت داشتم دوباره به آن بوته گل نگاه کردم، در
آن بوتۀ گل چندین غنچه وجود داشت که هنوز باز نشده بود به
این دلیل به کنارش رفتم و دستی به آن ها کشیدم تمام آن ها

شکوفا شدند و درخششی بیشتر از سایر گل های آن بوتۀ گل یافتند درخشش خاصی که مخصوص خودشان بود.

به گل سرخ نگاهی انداختم و متوجه شدم که او در حال خروج از خانه است خودم را در گوشه ای پنهان کردم، او درست از مقابل من عبور کرد. به چشمانش نگریستم زیبا بود، این چه حسی بود که چون جاذبه مرا به خویش می خواند؟!

انگار کودتایی دوباره در دلم ایجاد شده بود. در حالی که او در حال خروج از خانه اش بود، در همان جائی که پنهان شده بودم نشستم و بسته شدن در را نگاه کردم. حس و حال من در آن زمان دیدنی بود واقعاً دلم می خواست به داخل خانه اش بروم، هیچ چیزی هم مانع من نبود بنابراین به داخل خانه رفتم. اولین چیزی که توجهم را جلب کرد همان دفترچۀ یادداشت او بود، می خواستم تمام آن را بخوانم اما بدون اجازه اش؟ به نظرم کار درستی نبود. بنابراین منصرف شدم و دفترچه را در جای خودش گذاشتم، با خودم گفتم شاید روزی خودش آن را برای من بخواند.

روی همان مبل جلوی تلویزیون چند دقیقه ای نشستم و به اطراف نگاهی انداختم، اما آن خانه بدون او صفایی نداشت از آنجا خارج

شدم و شروع به قدم زدن در خیابان های اطراف خانه اش کردم. پس از چند دقیقه تصمیم گرفتم به هتل بازگردم اما... حس قریبی داشتم، پس در میانهٔ راه به کنار ساحل رفتم روی همان تنهٔ درخت باقی مانده از حوادث روزگار نشستم و مشغول گوش دادن به نجوای عاشقانه امواج شدم. چشم هایم را بسته بودم زمانی که چشم هایم را باز کردم چقدر نیاز داشتم تا مقلد مادر را در آن شب ببینم اما گویی امشب، با وجود اینکه سؤالات زیادی در ذهن داشتم خبری از مقلد مادر نبود. تقریباً تا نزدیک صبح منتظرش بودم اما با طلوع خورشید به سمت هتل به راه افتادم. زمانی که به اتاقم در هتل بازگشتم مستقیم به سراغ تخت خواب رفتم، اما انگار همانطوری که خبری از مقلد مادر نبود خبری هم از خواب نبود.

هنوز مدت زیادی از طلوع خورشید نگذشته بود، بدون آنکه زمان را از دست بدهم به همان محله و مقابل همان خانه رفتم. همان جمعیت دیروز و یا شاید بیشتر از آن در آنجا منتظر ایستاده بودند. در بین جمعیت طرفدارهای او، نزدیک به یک عکاس، ایستاده بودم که متوجه شدم آن عکاس در حال نشان دادن عکسی از گل سرخ به فرد دیگری است. در آن عکس به نکته ای اشاره می کردند و به چیزی می خندیدند، این موضوع برایم ناراحت کننده بود نوعی

احساس از جنس عصبانیت را تجربه می کردم که عصبانیت نبود، حسی نزدیک و بین ناراحتی و عصبانیت... تصمیم گرفتم تا درسی به آن عکاس بدهم، به سمت وی حرکت کردم در طول راه تصمیم های مختلفی برای تنبیه او می گرفتم اما در نزدیکی او همان حس مبهم بر من غلبه کرده بود، نه تنها می توانستم آنچه آن عکاس می دید را ببینم که هر چیزی هم که به آن فکر می کرد هم برای من واضح بود. در این زمان بود که فهمیدم آنچه آن ها به آن می خندیدند چهرۀ آن گربه ای بود که روی دیوار در حال خمیازه کشیدن بود بلافاصله بعد از دانستن این موضوع به سمت جمعیت هوادارهای او بازگشتم، از اینکه ممکن بود به آن دو نفر صدمه بزنم احساس ناراحتی می کردم بنابراین از آنجا کمی دورتر رفتم و سپس به انتهای کوچه آنها رفتم. سپس به هتل بازگشتم این حس و حال که از انجام ندادن کاری خوشحال باشم برای من تاکنون پیش نیامده بود در حالی که در اتاق قدم می زدم، البته قدم زدن که نمی شد گفت تنها یک حرکت رفت و برگشت در طول اتاق بود، به آنچه امروز گذشته بود فکر می کردم. به این می اندیشیدم که یک تصمیم ناخودآگاه چگونه می توانست بر رفتار یک فرد تأثیر بگذارد اگر از علت خنده آن مرد آگاه نشده بودم، مشخص نبود که

چه اتفاقی برای او می افتاد ... در آن روز تمام فکرم مشغول همین موضوع و اینکه چگونه می توانم خودم را به گل سرخ برسانم بود تا اینکه شب فرا رسید. با فرا رسیدن شب دوباره این من بودم که بی مهابا و بدون اندیشیدن به آنچه که قرار بود اتفاق بیفتد در آن محله و مقابل آن خانه ایستاده بودم، تنها کافی بود تا از قدرتم استفاده می کردم تا بتوانم او را در خانه اش ببینم همین کار را انجام دادم و دیدم چگونه گل سرخ غمگین در اتاق خودش نشسته بود. شاید حالش خوب نبود و یا حتی بد هم بود، هرچه که بود باید دلیل ناراحتی او را می دانستم. در همین زمان چشمهایش به خاطرم آمد و می توانستم آنچه فکر می کرد و می دید را در ذهنم ببینم، آنچه می دیدم چهرهٔ فردی جوان بود که ظاهراً باعث ناراحتی گل سرخ شده بود. در همان لحظه می توانستم افکار آن فرد جوان را هم در کنار افکار گل سرخ ببینم، این قدرتی فوق تصور بشر بود. اما او ناراحت بود و آن فرد باید برای رنجاندن گل سرخ جواب پس می داد. تصمیم گرفتم در اولین گام درس کوچکی به او بدهم، شاید سردرد خوب بود، بنابراین سردرد شدیدی را در آن جوان ایجاد کردم بگونه ای که می شد حس درد را در چهره اش دید. با توجه به اینکه می دانستم اگر بیشتر از این، آن فرد جوان را آزار دهم

۵۳

باعث آسیب سخت او خواهد شد ادامه اینکار را متوقف کردم پس از اینکار دوباره به اتاقم در هتل بازگشتم. هنوز شب به نیمه های خودش نرسیده بود اما بی تاب بودم تصمیم گرفتم تا بیرون از هتل کمی قدم بزنم. همین کار را انجام دادم. همینطور که در حال قدم زدن در بیرون از هتل بودم ناگهان خودم را بیرون از خانۀ گل سرخ دیدم که ایستاده ام و در حال نگاه کردن به پنجره خانه هستم. کمی شک کردم، دوباره خودم را در همان خیابانی دیدم که مشغول قدم زدن بودم، گویی از مکانی به مکان دیگر منتقل می شدم. اما در زمانی کوتاه تر از پلک زدن؟! و این تجربه ای جدید و جدی برای من به شمار می رفت اما این روزها انگار این تجربیات هر روز بیشتر و بیشتر می شد. جا به جائی آن هم به این سرعت امری غیر قابل باور بود به هر حال این اتفاقی بود که رخ داده بود و چاره ای جز قبول آن نداشتم. با کمی فکر کردن به نظر خوب هم بود، می شد هر زمان به هر جائی که می خواستم بروم پس باید دوباره سعی می کردم اما نیازی به هیچ سعی و کوشش نبود تنها کافی بود اراده کنم همین!

و همین کار را هم انجام دادم اما هنوز چندان مهارت کافی نداشتم به این دلیل به جای خیابان خانۀ او درست به داخل خانه اش آمدم.

می توانستم به راحتی راه بروم و همه جای آن را ببینم. صدایی شنیدم، این دفعه شرایط کمی متفاوت بود خودش هم خانه بود و من هم بودم. پس باید نهایت دقت را بکار می بردم تا او متوجه من نشود نباید من را می دید، مطمئناً دیده شدن من در آنجا باعث می شد همه چیز متفاوت از آنچه فکرش را می کردم در آینده اتفاق بیفتد. شاید ترس حاصل از دیدن من باعث می شد همه چیز برای همیشه خراب شود و هزاران اتفاق ناخواسته ی دیگری که ممکن بود رخ بدهد. به این دلیل در ابتدا تصمیم گرفتم که از آنجا بروم و در زمان دیگری بازگردم اما در دلم نیاز به ماندن بود که مرا وادار به ماندن در آنجا کرد. باید جائی را پیدا می کردم که بتوانم در آنجا پنهان شوم. خوشبختانه مبل های آنجا بگونه ای چیده شده بود که می توانستم بدون هیچ دغدغه ای از دیده شدن در پشت آن ها پنهان شوم. در حال نگاه کردن به آن محل بودم که صدای قدم هایش را که در حال پائین آمدن بود از طبقه بالا شنیدم. بنابراین به سرعت به پشت آن مبل ها رفتم باید همانجا منتظر اتفاقات بعدی می ماندم. از بین مبل ها می توانستم او را ببینم، در حالی که مشغول کار با گوشی تلفن همراه خودش است به پائین می آمد. آنچه که تنش بود او را بسیار زیبا و با وقار نشان می داد.

آنچه می دیدم مرا تحت تأثیر خودش قرار داده بود. اما اگر به آنجائیکه من بودم سرک می کشید چه اتفاقی ممکن بود بیفتد؟

برای همین با احتیاط بیشتری از بین مبل ها به او نگاه می کردم، در عین حال تمام سعیم را می کردم تا دیده نشوم. او از طبقه بالا به آشپزخانه رفت. پشت مبل نشسته بودم و به صداهایی که می آمد گوش می کردم. در آن شرایط این صداهائی که می شنیدم تنها راهنمای من بود و نشان می داد که او در حال خوردن خوراکی و یا غذاست. پس از آن درست بر روی مبلی نشست که بهترین زاویهٔ دید را نسبت به من داشت شاید این بهترین اتفاق آن شب بود، روی مبل نشسته بود و مشغول خواندن پیام و یا چیزی مثل آن درون گوشی همراه خودش بود به این دلیل چندان توجهی به اطراف نداشت. ابتدا سعی کردم تا خودم را به او نزدیک تر کنم، اما با توجه به محل نشستن او محل من بهترین وضعیت را نسبت به او داشت و چه بهتر که کمی هم بی دغدغه می نشستم. امیدوار بودم که آن شب به آن سرعت به صبح نرسد اما گوئی آن شب ماه بی تاب برای رسیدن به خورشید دوان دوان از نردبان شب بالا می رفت. کمی که گذشت از جایش بلند شد به سمت من نگاه کرد در ابتدا گمان کردم که مرا دیده است اما گوئی موضوع دیگری توجه

او را به خود جلب کرده بود کمی به آنطرف تر از محل پنهان شدن
من نگریست سپس به سمت پله ها رفت تا به طبقهٔ بالا برود، نمی
دانم اگر می دانست که آن شب چند ساعت در خانهٔ او بوده ام چه
واکنشی نشان می داد. به هر حال فکر می کنم وقت رفتن بود و
من باید برای رفتن از آنجا آماده می شدم سرم را بلند کردم اما
همینکه می خواستم از جایم بلند شوم برق چشمانی که از بالای
مبل من را نگاه می کرد باعث میخ کوب شدن من گردید. به بالای
سرم و لبهٔ مبل نگاه می کردم، یعنی همان محلی که آن دو چشم
براق و درخشان را دیده بودم، گوئی یک سطل آب یخ را روی من
ریخته بودند. با دقت بیشتری به آنجا نگاه کردم اما به علت تاریکی
اتاق بصورت واضح قادر به دیدن او نبودم، اگر او گل سرخ بود و مرا
دیده بود چه اتفاقی می افتاد؟ به هر حال باید منتظر واکنش او می
ماندم... اما اگر او گل سرخ بود چرا هیچ واکنشی نشان نمی داد او
حتی یک جیغ کوچک هم نمی زد؟! بنابراین چشمهایم را تیز تر
کردم و با دقت بیشتری به او نگاه کردم. خدای من او یک گربه بود
که آنطور باعث یکه خوردن من شده بود انگار این ماجرا به خیر
گذشته بود. همین که خواستم از جای خودم بلند شوم صدای غرش
او را شنیدم، انگار خیلی هم جدی بود، اما چاره ای نداشتم باید از

جای خودم بلند می شدم نیم خیز شده بودم که به جای غریدن شروع به میو میو های بلند کرد به گونه ای که اگر فقط چند ثانیه دیگر به این کار ادامه می داد حتماً گل سرخ بیدار می شد و به طبقه پایین می آمد بنابراین دوباره در جای خودم نشستم و به او نگاه کردم او هم به من نگاه کرد در چهره اش که در تاریکی چندان واضح هم نبود یک حس غرور خاصی مشاهده می کردم. از نشستن آنجا خسته شده بودم، در عین حال قصد نداشتم کاری کنم که آن گربه گل سرخ را از خوابش بیدار کند بنابراین در حالی که با دست به آرامی به آن گربه اشاره می کردم، از او خواستم که آرام باشد، خودم را روی زمین کشاندم تا به دیوار نزدیک آنجا برسم و بتوانم به آن تکیه بدهم در تمام طول این مدت آن گربه حتی برای لحظه ای هم از من چشم برنداشت. همینکه سریع تر حرکت می کردم می غرید بنابراین چاره ای نبود باید صبر می کردم، کمی که گذشت انگار او هم خسته شده بود و کم کم چشمانش را بست اما همین که از جایم تکان خوردم همه لاله گوشش به سمت من چرخید این خودش نشان می داد که او شاید چشم هایش را بسته باشد اما همچنان حواسش به من است. این کشمکش بین من و او همچنان ادامه داشت تا اینکه خوابم برد.

۵۸

زمانی که از خواب بیدار شدم صبح شده بود کمی هل شدم و با دقت به اطراف نگاه می کردم انگار هنوز هیچکس از خواب بیدار نشده بود خبری هم از آن گربه بر بالای آن مبل نبود بنابراین فرصت مناسبی بود که تا بیشتر از این دیر نشده است به هتل بازگردم. به این دلیل آرام نیم خیز شده بودم که صدای غریدن همان گربه را از روی دستهٔ مبل کناری در طرف دیگرم شنیدم، به چشمانش خیره شدم و او همچنان مثل شب قبل به من نگاه می کرد انگار قصد نداشت از آنجا برود هنوز در همین کشمکش با آن گربه بودم که گل سرخ را دیدم در حالی که آثار کم خوابی شب گذشته را می شد در چهره اش دید. از پله ها به سمت پائین می آمد فکر می کنم برای رفتن کمی دیر شده بود باید همانجائیکه بودم یعنی پشت مبل باقی می ماندم و منتظر اتفاقات بعدی می شدم. او آرام آرام به طبقهٔ پایین آمد در حالی که لبخند می زد به سمت آن گربه رفت و او را بغل کرد اما گربه اش که از وجود من آگاه بود همچنان به من نگاه می کرد و در حالی که تقلا می کرد سعی می کرد از بغل او به پائین بیاید، مطمئن بودم که اگر موفق می شد خودش را از بغل گل سرخ به پائین بیندازد مستقیماً به سمت می آمد بعد از آن مشخص نبود که چه اتفاقی می افتاد. به

آن گربه نگاه می کردم که چطور از دیشب تا آن لحظه مرا به خودش مشغول کرده بود اما در دلم به آن گربه آفرین می گفتم از دیشب تا این لحظه بدون آنکه چشم از من بردارد مشغول مراقبت از خانه و گل سرخ بود، اما انگار برندهٔ جدال بین آن گربه و گل سرخ، گل سرخ بود که گربه را محکم در آغوش خودش گرفته بود و به سمت طبقهٔ بالا می برد. در حالی که نفس راحتی می کشیدم به گربه نگاهی انداختم و او هم در حال نگاه کردن به من بود و مدام میو میو می کرد انگار در حال گفتن محل من به گل سرخ بود، در حالی که لبخند می زدم برای آن گربه ژست پیروزمندانه ای گرفتم و دستی تکان دادم انگار دقیقاً مفهوم این کارم را فهمیده بود و دوباره شروع به تقلا کردن کرد اما دیگر دیر شده بود و گل سرخ او را به طبقهٔ بالا برد و در پیچ پله ها دوباره چهره اش را در حال غریدن دیدم. حالا باید تا قبل از آنکه دیر می شد به هتل باز می گشتم، خوشبختانه تنها نیاز به یک ارادهٔ کوچک بود که در خیابان کناری هتل باشم. اما از آنجائیکه هنوز تازه با این قدرت خودم آشنا شده بودم در طول شب گذشته نمی توانستم ریسک استفاده از آن را در هر شرایطی بپذیرم این استعداد جدید را خیلی دوست داشتم چرا که با استفاده از آن به راحتی به هر کجا که دلم

می خواست می رفتم، مثل همین الان که پس از رفتن گل سرخ و آن گربه با خیال راحت از آن استفاده می کردم و بدون هیچ مشکلی به خیابان کناری هتل رفتم و از آنجا به هتل بازگشتم. در حالی که از ماجرای آن گربه در شب گذشته کمی بهم ریخته بودم به سمت اتاقم رفتم در راهروی منتهی به اتاقم مادرم را دیدم که با دیدن ظاهر من پرسید: "چه اتفاقی برایت افتاده است؟"

در حالی که درب اتاقم را باز می کردم پاسخ دادم: " این کار یک گربهٔ بدجنس است"

مادرم در حالی که می خندید به راهش ادامه داد و من هم به اتاقم رفتم در آنجا لباسم را عوض کردم، سپس از پنجره اتاق به بیرون نگاه می کردم که متوجه یک بیلبورد شدم که عده ای در حال نصب آن بودند. کمی در اتاق قدم زدم و دوباره به سمت آن بیلبورد نگاهی انداختم کار نصب آن تقریباً تمام شده بود احتمالاً تا چند دقیقهٔ دیگر می شد نوشته های روی آن را دید اما پس از آنکه نصب آن تمام شد همان چند نفری که مشغول نصب آن بودند بدون آنکه روکش روی آن را بردارند از آنجا رفتند. این موضوع باعث شد تا دانستن آنچه که بر روی آن نوشته شده بود برایم

جذاب تر شود همچنان به آن نگاه می کردم هنوز چند دقیقه ای از رفتن آن ها نگذشته بود که یک نفر برای رو نمایی از آن به کنار بیلبورد آمد و روکش آن را با باز کردن و کشیدن چند طناب برداشت و چند نفر هم فیلم و عکس تهیه می کردند آنچه می دیدم در آن شرایط باورنکردنی بود، نوشته های روی آن بیلبورد مربوط به مراسمی بود که در آن هنرمندان زیادی شرکت می کردند آیا امکان داشت که گل سرخ هم در آن شرکت کند؟

هرچه بود از این موضوع که او در آن مراسم شرکت می کند یا خیر باید مطمئن می شدم و دانستن آن تنها یک راه حل داشت و آن هم سر زدن به خانه گل سرخ بود. اما....

اینکه دیگر اما نداشت، آماده رفتن شدم، و استفاده از نیروی ناشناخته و جدید من گام بعدی بود... لحظه ای طول نکشید که در حیاط خانۀ او بودم. این مرتبه نمی خواستم ریسک مواجه شدن با آن گربه دوست داشتنی اما بازیگوش را بپذیرم. به آرامی خودم را به پنجرۀ خانه رساندم و خیلی با احتیاط از آن به داخل خانه نگاهی انداختم، خبری نبود انگار هیچ کس خانه نبود. فرصت مناسبی بود پس به طبقۀ بالا رفتم، دلم می خواست آنجا را بهتر

ببینم می دانم این کار چندان درست نبود اما هرچه بود باعث آرام شدن حس کنجکاوی من می شد. این موضوعی بود که در آن شرایط می توانست برای شناخت بیشتر من از او مفید باشد. به دیوارهای آنجا نگاهی انداختم، چند عدد تابلو از آن ها آویزان بود در گوشه ای از آنجا مجموعه ای از لوازم تزیینی چیده شده بود. به اطراف حریصانه و مشتاقانه نگاه می کردم، متوجه شدم در چیدن لوازم در آنجا از شیوه ای خاص و مبتکرانه ای استفاده شده است. این موضوع جذابیت آن مکان را برای من بسیار زیاد می کرد علی الخصوص زمانیکه فکر می کردم این چیدمان خانه سلیقه گل سرخ است به وجد می آمدم، اما نکته مهمتری که توجهم را به خودش جلب کرده بود رنگ آمیزی و ترکیب آن با نورهای موجود فضای داخلی خانه بود که ترکیب زیبا و هارمونیکی را بوجود می آورد، به این دلیل کمی با روشن و خاموش کردن چراغ های آنجا با این ترکیب نور در آنجا بازی کردم. خوشبختانه روز بود و اینکار سبب جلب توجه افراد در خارج از خانه نمی شد. به نورهای تابیده شده بر روی دیوار نگاه می کردم و از دیدن آن ها لذت می بردم اما موضوع دیگری در حال شکل گیری بود که احتمالا مربوط به شکل گیری نیروهای ماورایی در من بود. چرا که می توانستم کلیه فعالیت

هایی که گل سرخ در آن خانه قبل از بیرون رفتن انجام داده بود را ببینم. این موضوع هم احتمالاً در ادامهٔ همان اتفاقات چند وقت اخیر بود، در آن لحظه به این موضوع توجه چندانی نکردم و سعی کردم به ادامهٔ کارم بپردازم یعنی سرک کشیدن به قسمت های مختلف این خانه... پس از بررسی نور پردازی آنجا به اتاق خواب گل سرخ رفتم، کمد لباس او که البته کمی به هم ریخته بود و یک لیوان آب بر روی میز کنار تختش، شاید در آن زمان تنها بهم ریختگی بود که هارمونی آن اتاق را بهم می زد، البته آن چیزی که در گوشه اتاق بود اصلاً هماهنگی با سایر قسمت ها نداشت. بر روی تخت نشستم و از آنجا به اطراف نگاه می کردم و کاملاً از روی کنجکاوی به زیرتختش نگاهی انداختم در تاریکی زیر تخت متوجه شدم که در زیر تختش شی ای افتاده است، ظاهری شبیه به یک عروسک داشت، بر روی زمین در اتاق نشستم و سعی کردم تا آن را از زیر تخت بردارم اما دستم به آن نمی رسید بنابراین مجبور بودم تا کمی به زیر تخت بروم همینکه احساس کردم نوک انگشتانم به آن شی برخورد کرد در اتاق باز شد، گل سرخ و آن گربه دوست داشتنی به داخل اتاق آمدند تنها راه باقی مانده برای من این بود که تماماً به زیر تخت بروم بنابراین تمام بدنم را با یک حرکت زیر

تخت کشیدم. از زیر آن تخت خواب تنها می شد پاهای گل سرخ
را دید که در حال قدم زدن و جابه جائی اسباب یا لوازمی در اتاق
بود، ولی آن گربه درست مقابل من نشسته بود و به من نگاه می
کرد، به عمق نگاهش که نگاه می کردم می توانستم بفهمم که این
مرتبه کاملاً تصمیم گرفته است تا به هر شکل ممکن جای مرا به
گل سرخ نشان بدهد. و این شاید تلافی دست تکان دادن من در
دفعه قبلی دیدار من و آن گربه بود از این کار گربه گل سرخ خنده
ام گرفته بود و نمی دانستم چرا در حضور گل سرخ به راحتی نمی
توانستم از آن خانه خارج شوم، شاید خواسته و میلی برای با او
بودن بود و یا جاذبه ای که او برای من داشت مانع اینکار می شد،
و یا شاید بعلت اینکه تازه استفاده از این نیرو را شروع کرده بودم
دقت کافی را هنوز بدست نیاورده بودم. اما هر چه که بود فعلا باید
رفتاری نشان می دادم که آن گربه بیشتر از این تحریک نشود
بنابراین لبخندی از سر اجبار به آن گربه زدم و به او نگاه می کردم
و او هم به من نگاه می کرد انگار سرانجام تصمیم خودش را گرفت
و به سمت تخت خواب شروع به دویدن کرد. هنوز یک قدم مانده
بود به تخت خواب که گل سرخ او را گرفت و بغل کرد صدای گربه
می آمد احتمالاً در حال تقلا کردن برای رها شدن از آغوش گل

سرخ بود و مطمئن بودم که تنها هدفش نشان دادن محل من به
گل سرخ است و غیر از این هدفی نداشت. گل سرخ همراه با او به
بیرون از اتاق رفتند و من به سرعت از زیر آن تخت بیرون آمدم و
به سمت در اتاق رفتم تا از آنجا خارج شوم اما در میانهٔ راه نگاهم
به کارت دعوت نامه ای که روی میز کنار تخت بود افتاد، آرم بالای
آن دعوتنامه نشان می داد که گل سرخ هم به آن مراسم دعوت
شده است. نگاهی سریع به آن کارت و تاریخ و زمان و مکان مراسم
انداختم سپس آن را همانطور که بود سرجایش گذاشتم
خوشبختانه گل سرخ هنوز در طبقهٔ پائین بود اما آن گربه در اتاق
روی دو پایش نشسته بود. تا آن زمان ندیده بودم که گربه ای به
این شکل بر روی زمین بنشیند و در همان حالت به من نگاه می
کرد با یک صدای غرش به سمت من حرکت کرد، من برای اینکه
وضع از آنچه بود بدتر نشود شروع به دویدن بر روی انگشتان پایم
کردم تا صدای دویدن من به طبقهٔ پائین نرود اما انگار آن گربه
سریع تر می دوید و به سمت من می آمد سرانجام با پرش بلندی
خودش را به سمت من انداخت. برای اینکه به من برخورد نکند
خودم را به یک طرف کشیدم و او هم به میز گوشه اتاق برخورد
کرد و متأسفانه برخی از وسائل و لوازم روی آن گربه افتاد. به

ناجی

سمتش رفتم و آن ها را کنار زدم ولی انگار حال خوبی نداشت و
کمی هم گیج بود. به سرعت او را از جایش بلند کردم و روی تخت
خواب به حالتی که انگار در حال چرت زدن است گذاشتم، سپس
لوازم و وسائل پخش شده در کف اتاق را تا جائیکه می توانستم در
جای خودشان قرار دادم و تا حدودی مرتب کردم. همینکه می
خواستم از اتاق خارج شوم صدای پای گل سرخ را شنیدم که در
حال آمدن به طبقه بالا بود، انگار این اتفاقات در آن جا برای من
تمامی نداشت. هیچ چاره ای نداشتم دو مرتبه باید به زیر تخت می
رفتم و خودم را پنهان می کردم هنگامی که گل سرخ وارد اتاق
شد از دیدن گربه اش که روی تخت به حالت چرت زدن بود خیلی
خوشحال شده بود و حسابی آن گربه را نوازش کرد. خبر نداشت
که آن گربه هنوز گیج است و سپس خودش هم روی تخت خوابید.
این موضوع به نفع من هم بود فقط باید کمی منتظر می ماندم تا
خواب او کمی سنگین تر می شد و سپس از آنجا خارج می شدم
همین... اما ممکن بود که آن گربه هم دو مرتبه سراغ من بیاید و...
بعد از گذشت حدود نیم ساعت آرام آرام از زیر تخت خواب خودم
را بیرون کشیدم در حالیکه با تمام دقت به اطراف نگاه می کردم
تا از خواب بودن او اطمینان حاصل کنم. همینکه روی تخت را نگاه

۶۷

کردم، با صورت گل سرخ مواجه شدم که خوابیده بود اما آن گربه در حالی که هنوز هم کمی گیج بود با شنیدن صدای حرکت من به من خیره شد سعی کردم تا هنوز گیج است از آن اتاق خارج شوم اما قبل از من او خودش را به زمین انداخت و شروع به سر و صدا کرد، این کار باعث شد تا گل سرخ از خواب بیدار شود بنابراین دوباره من خودم را زیر تخت کشیدم و منتظر واکنش آن ها شدم. دختر در حالی که از تخت پائین می آمد، پایش را روی دست من گذاشت اما من نفسم را حبس کردم تا صدایم در نیاید. پس از آنکه پایش را از روی دستم برداشت، یکی از لوازمی که روی زمین ریخته بود را با دستم کشیدم و روی زمین گذاشتم تا گمان بکند که آنرا لگد کرده است، او آن را برداشت و نگاهی به گربه اش انداخت و آن وسیله را سر جایش گذاشت من هم دستم را با دست دیگرم گرفته بودم و بعد از آن گل سرخ همراه با گربه اش به طبقهٔ پائین رفتند. دیگر جای تعلل نبود به سرعت از اتاق خارج شدم و در حال حرکت در آن راهرو بودم که سعی کردم از نیروی خودم استفاده کنم، اولش کمی مردد بودم اما پس از آنکه تصمیم خودم را گرفتم به اتاق هتل منتقل شدم. چند دقیقه بعد از پنجره اتاق هتل به آن بیلبورد نگاه می کردم و منتظر رسیدن زمان آن مراسم بودم.

ناجی_____

بخش سوم: نجات در سوئیت هتل

برای رفتن به آن مراسم دعوتنامه نداشتم بنابراین برای رفتن به آنجا بایداز روش دیگری استفاده می کردم. برای اینکار استفاده از گریم بهترین راهی بود که به ذهنم می رسید. تا شروع آن مراسم دو روز زمان باقی مانده بود و من باید قبل از شروع آن به محل اجرای آن مراسم می رفتم و آن محل را کاملا بررسی می کردم تا در روز اجرای مراسم به راحتی بتوانم در آنجا حضور پیدا کنم. برای اینکار امشب وقت نداشتم زیرا امشب قرار بود به همراه پدر و مادرم برای دیدن شهر به گردشی خانوادگی برویم، برای همین تصمیم گرفتم تا رفتن به محل اجرای مراسم را به عنوان یکی از کارهایی که قرار بود انجام بدهم در اولویت کارهای فردا قرار بدهم شب فرا رسید و تمام آنشب به همراه پدر و مادرم در حال گشت و گذار در شهر بودیم. شهر زیبائی بود، از روزی که به آن شهر آمده بودیم این اولین مرتبه بود که این گونه بی دغدغه به تماشای شهر می پرداختم. اما زمانی که به هتل بازگشتیم باز هم تکرار آنچه که به آن زندگی من می گفتم بنابراین به سرعت به اتاقم رفتم و سعی کردم آن شب زودتر به تختخواب بروم زیرا حدس می زدم فردا روز پر کاری خواهم داشت. چشمانم را که گشودم اولین چیزی که دیدم پنجرۀ نیمه باز اتاق بود که خودش آن بیلبورد را بیاد من

آورد و آن بیلبورد هم یاد آور آن مراسم بود. از تخت خواب بلند شدم و قبل از همه چیز یک دوش آب گرم گرفتم و سپس سعی کردم تا با آرامش صبحانه ام را بخورم اما فکرم مشغول به اتفاقاتی بود که قرار بود امروز برایم رخ بدهد بنابراین هنوز صبحانه ام تمام نشده بود که ترجیح دادم تا بخشی از امروز را شروع بکنم که احتمالاً این آرامش صبح را نداشت. وارد کانال هوای اتاق شدم اما این مرتبه برای اینکه فراموش نکنم همان ابتدا دریچه را که با یک طناب نازک بسته بودم به بالا کشیدم و بدون استفاده از پیچ آن را در جایش محکم کردم به این ترتیب اگر مادرم و یا هر فرد دیگری به اتاق می آمد نمی توانست باز بودن دریچه کانال هوا را ببیند و سپس درون مسیر کانال های هوا شروع به حرکت کردم. کمی جلوتر که رفتم متوجه شدم چند نفر در بخشی از کانال های هوای منتهی به بخش تأسیسات هتل مشغول به انجام تعمیر و یا شاید تغییر هستند بنابراین مجبور شدم تا مسیر دیگری را برای رسیدن به موتورخانه هتل پیدا کنم. همینطور که در کانال های هوا جلوتر می رفتم از روی نقشه های قدیمی هتل که روی تلفن همراه خودم داشتم مسیرهای کانال ها را کنترل می کردم و سعی می کردم تا مسیر کوتاه تر و مناسب تری را به سمت موتورخانه بیابم و تا زمانی

که کار آن ها به اتمام می رسید از آن برای رفتن به بخش تاسیسات هتل استفاده کنم. در مسیر عبورم گاهی نگاهم ناخواسته به درون اتاق های هتل می افتاد و بخش هایی از داخل آن ها را می دیدم. همانطوری که در حال عبور از یکی از سوئیت های آن هتل بودم نگاهم به طور ناخواسته به درون اتاقی افتاد که گوئی شرایط در آن سوئیت متفاوت از سایر اتاق ها بود. فردی در آنجا پشت به دریچهٔ کانال هوا ایستاده بود و شخص دیگری هم در کنار او کمی آنطرف تر ایستاده بود و یک زوج مسن هم بر روی مبلی در مقابل آن ها نشسته بودند در ابتدا از آن دریچهٔ کانال هوا عبور کردم اما حس کنجکاوی من باعث شد تا برگردم و نگاهی دوباره به آن سوئیت از هتل بیندازم. گویی شرایط کمی فرق کرده بود یکی از آن دو مرد در حالی که یک سیلی محکم به آن خانم مسن زد در حال فشردن گلوی آن پیر مرد بود، پس از چند ثانیه آن را رها کرد و دوباره گلوی او را فشرد گوئی می خواست پیرمرد را تا پای مرگ برساند و او را مجبور کند تا موضوع خاصی را به او بگوید. این اتفاق باعث شد تا کمی به فکر فرو بروم یا باید بی تفاوت از کنار آن اتفاق می گذشتم، یا برای نجات آن ها کاری می کردم. اما چه کاری در آن لحظه درست بود؟ این سوال برای من تنها یک پاسخ داشت، باید

نجاتشان می دادم، در ابتدای اجرای نقشه ام به کانال کناری رفتم تا صدایم به گوش آن افراد نرسد، سپس به کمک یک فرستنده و گیرنده که قبلا ساخته بودم و همراه خودم به هتل آورده بودم از یکی از خطوط تلفن هتل ارتباط تلفنی با بخش خدمات هتل برقرار کردم، از آن ها خواستم که برای خدمات خشکشوئی به آن سوئیت بروند. به این ترتیب اگر کارکنان بخش خدمات هتل آن ها را در آن وضعیت می دیدند شاید این مشکل حل می شد. به آن دریچهٔ هوا برگشتم به داخل سوئیت نگاه کردم و با گذشت مدت زمان کوتاهی در اتاق چند مرتبه کوبیده شد یک نفر با چرخ دستی از بخش خدمات هتل آمده بود و با صدای آرامی از پشت در گفت: " خدمات هتل "

یکی از آن دو نفر به سمت در رفت از چشمی نگاهی به بیرون انداخت و موضوعی را به آرامی در نزدیک گوش نفر دیگر گفت: پس از آن یکی از آن دو نفر به سمت زوج مسن رفت و کنار آن ها نشست و سپس اسلحه ای را که در جیب کتش داشت در آورد و به آن ها نشان داد ظاهراً منظورش این بود که باید آرام و بی صدا همانجا بنشینند زیرا در صورتیکه هر عمل ناخواسته ای انجام بدهند که باعث به خطر افتادن آن دو نفر بشود او با شلیک گلوله

به آن زوج مسن پاسخ آن را خواهد داد، از آن بدتر این بود که اسلحه اش هم صدا خفه کن داشت. این موضوع باعث می شد که حتی جان آن کارمند بخش خدمات هتل هم به خطر بیفتد، باید هرچه زودتر راه دیگری پیدا می کردم. در حالی که به این موضوع فکر می کردم از داخل دریچهٔ هوا به داخل آن سوئیت نگاه کردم تا شاید بتوانم راه حل بهتری بیابم. کارمند بخش خدمات هتل به داخل اتاق آمده بود و ظاهراً از آن دو نفر و گاهی از آن پیر مرد و پیر زن در مورد لباسها و جایی که پیرمرد و پیرزن آنها را گذاشته بودند و همینطور لباس هایی که قرار بود با خودش به خشکشویی هتل ببرد سوالاتی می پرسید از آنجائیکه آن زوج مسن اجازه بلند شدن از جایشان را نداشتند و برای تمام شدن این پرسش و پاسخ خطرناک از وی خواستند که خودش لباس ها را از چمدان آن ها بردارد. برای کارمند بخش خدمات هتل این موضوع کمی تازگی داشت و سوال بر انگیز شده بود! درست است که او تا آن لحظه لباس زیادی از مسافران هتل تحویل گرفته بود اما فکر نمی کنم که تا آن لحظه خودش لباس ها را از چمدان مسافران هتل برداشته باشد با این وجود خودش را نسبت به این موضوع بی تفاوت نشان می داد و مشغول همین کار شد. در طول مدتی که او مشغول جدا

کردن لباس ها بود ظاهرا فرصتی که به دنبال آن بودم را بدست
آورده بودم و در همین زمان چشمم به سرویس های بهداشتی افتاد
که مطمئنا در آن دقایق هیچ فردی از آن ها استفاده نمی کرد
بنابراین درون کانال های هوا شروع به حرکت کردم تا خودم را به
بخش سرویس های بهداشتی آن سوئیت برسانم شاید از دریچۀ
آنجا می توانستم وارد آن سوئیت بشوم. خوشبختانه برخلاف همۀ
دریچه های سرویس های بهداشتی، دریچه های سرویس بهداشتی
این سوئیت به اندازه کافی بزرگ بود تا بتوانم از طریق آن وارد
سوئیت بشوم. برای باز کردن پیچ های دریچۀ هوا از ابزاری که برای
این منظور درست کرده بودم و چیزی بین همزن دستی و پیچ
گوشتی بود استفاده کردم و این ابزار در تسریع باز شدن پیچ های
آن دریچه کمک زیادی به من کرد، بلافاصله بعد از ورود به سرویس
های بهداشتی آن سوئیت دریچه را دوباره بستم زیرا نمی خواستم
تا هیچ کس از محل ورود و خروجم به آن سوئیت مطلع شود. برای
آنکه شناخته نشوم تی شرتی را که پوشیده بودم روی سر و صورتم
محکم بستم، نوبت آن رسیده بود که اقدامی عملی از خودم نشان
بدهم نباید هیچگونه ریسکی را متحمل می شدم به این دلیل از
لای در سرویس های بهداشتی به داخل اتاق نگاه کردم پیرمرد و

پیرزن روی تخت نشسته بودند و روبروی آن ها یکی از آن دو مرد بر روی مبل نشسته بود و با اسلحه ای که کاملاً از درون جیب لباسش مشخص بود هر چند ثانیه اشاره ای به آن پیرمرد و پیرزن بیچاره می کرد تا مبادا حرکتی انجام بدهند و باعث شوند تا کارمند هتل به این موضوع پی ببرد. کارمند هتل در حالی که لباس ها را از داخل چمدان خارج می کرد و یکی یکی از نظر تمیز بودن کنترل می کرد مدام در حال حرف زدن بود و گاه گاهی با گوشه چشم به پیر مرد و پیر زن نگاهی می انداخت، اینجا بود که در دلم گفتم ای کاش می شد او را به نحوی از اتفاقات داخل اتاق آگاه کرد. به او نگاهی انداختم که چقدر بی پروا صحبت می کرد، چقدر غرق در ظواهر شده بود و از خطری پنهان که هر لحظه او را تهدید می کرد بی خبر بود. ظاهراً در آن لحظه برای او بی خبری خوش خبری بود و بس.

مرد دوم از پر حرفی کارمند هتل خسته شده بود و از طولانی شدن مدت حضور او در اتاق حوصله اش سر رفته بود، از جایش بلند شد و درست کنار در خروجی سوئیت ایستاد و از شدت حرص خوردن در حال ور رفتن با ناخن هایش بود ظاهراً از پرحرفی کارمند هتل خیلی عصبانی شده بود و هرچند مرتبه با خشم به او نگاه می کرد.

مطمئن بودم اگر کوچکترین احساس خطری می کرد در کشتن آن کارمند هتل کوچکترین تردیدی به خودش راه نمی داد. جمع آوری لباس ها تقریباً تمام شده بود آخرین لباس ها را هم جمع کرد و در حالی که از اتاق خارج می شد به آن مرد که کنار در ایستاده بود مدتی خیره شد، این عمل او باعث شده بود که آن مرد دست و پایش را گم کند اما برای اینکه این موضوع را سایرین متوجه نشوند دستش را به داخل جیبش فرو برد و اسکناسی به عنوان پاداش به او داد. کارمند هتل در حالی که می خندید رو به سوی پیرمرد و پیرزن کرد و گفت: " خانم شما پسر سخاوتمندی دارید"

پیر مرد و پیرزن لبخندی از روی اجبار زدند و مطمئن بودم که از عمق وجودشان می خواستند فریادی بلند بر سر آن کارمند هتل بزنند.

با رفتن کارمند هتل مردی که بر روی صندلی نشسته بود در حالی که شروع به خنده کرده بود به همراهش اشاره کرد و گفت: "تو تا به حال در عمرت به هیچ فردی انعام نداده بودی اما اینبار ...."

هنوز حرفش تمام نشده بود که مرد کنار در با عصبانیت به سمت پیرمرد رفت و یک سیلی محکم به او زد، این کار باعث شد تا سکوت برای مدتی در فضای اتاق حکم فرما شود، خودش به کنار پنجره رفت تا به بیرون نگاه کند شاید با اینکار می خواست تا از شدت فشار عصبی که در حضور آن کارمند هتل تحمل کرده بود بکاهد. بلافاصله سیگاری را روشن کرد، فرد دیگر از جایش بلند شد خیلی آرام به سمت پیرمرد رفت و خونی را که از گوشش جاری شده بود را با دستش جمع کرد در حالی که با انگشتش با آن بازی می کرد در نوری که از پنجره می آمد نگاهی به آن انداخت سپس آن خون را با انگشت به دهان پیرزن فرو برد و با اسلحه ای که در دستش داشت ضربهٔ نه چندان محکمی به سر پیرزن زد، پیرزن بر روی تخت افتاد. آن فرد قدم زنان به سمت میز داخل اتاق رفت و یک لیوان بزرگ را از آب میوه پر کرد همینکه می خواست آن را بنوشد مرد دیگر از کنار پنجره فریاد زد نه احمق می خوای اثری برای شناسائی خودت باقی بگذاری؟!

او هم با عصبانیت لیوان آب میوه را بر روی پیرمرد پاشید و به سمت سرویس بهداشتی داخل سوئیت آمد انگار قصد داشت به داخل بیاید. این موضوع باعث شد تا در را ببندم و در آنجا به دنبال

جائی برای پنهان شدن باشم. فرصت آن را نداشتم که بخواهم دریچهٔ کانال هوا را باز کنم و از آنجا خارج شوم به این دلیل با سرعت به اطراف نگاه می کردم تنها جایی که می شد پنهان شد پشت پرده ای بود که وان حمام را از سایر بخش ها جدا می کرد بنابراین پشت آن پنهان شدم. آن مرد وارد شد ابتدا به اطراف نگاهی کرد مشغول شستن دستهایش شد که پر از آب میوه شده بود. از کنار پرده به او نگاه می کردم شاید این بهترین فرصت بود تا او را در آن شرایط تنها در اختیار داشته باشم اما امکان نداشت بتوانم بدون آنکه مرا در آینه ببیند از پشت پرده خارج شده و به او نزدیک شوم. به این دلیل باید تمام سعیم را می کردم تا بسیار سریع به او ضربه بزنم همینکه می خواستم به او حمله کنم گویی شانس با من یار بود چرا که او از تشنگی زیادی که داشت مشغول نوشیدن آب از شیر آب سرویس بهداشتی شد و برای اینکار سرش را خم کرد باید از این فرصت طلائی استفاده می کردم به آهستگی از پشت پرده خارج شدم و با تمام نیرو با دسته پیچ باز کنی که ساخته بودم ضربه ای به پشت سرش زدم، با دست خیسش که با آن آب خورده بود سرش را گرفت و به سمت من برگشت می خواست حرفی بزند اما توان آن را نداشت خونی که از سرش جاری شده بود وارد چشم

هایش شده بود و اجازهٔ اینکه به خوبی من را ببیند به او نمی داد. چهره ای متعجب پیدا کرده بود هیچ شکی به خودم راه ندادم و با تمام قدرت مشتی به صورتش زدم و این یک ضربه خلاص کننده بود و او بیهوش شد اما قبل از اینکه به زمین بیافتد او را گرفتم نمی خواستم سر و صدای حاصل از افتادن او باعث شود تا نفر دوم آنها به اینجا بیاید، او را کف آنجا گذاشتم، هیکل درشت او تقریباً تمام فضای سرویس بهداشتی را گرفته بود. فکری به سرم زد برای عملی کردن آن لباس هایش را از تنش در آوردم و با بند کفش هایش دستهایش را بستم، پس از پوشیدن لباس هایش که برایم گشاد بود از لای در به بیرون نگاهی انداختم مرد دیگر در حال کتک زدن پیرمرد بود و پیرزن هم بیهوش روی تخت افتاده بود برای همین قبل از اینکه کتک زدن پیرمرد تمام شود از سرویس بهداشتی خارج شدم او آنقدر مشغول کتک زدن پیر مرد بود که حتی به سمت من نگاه هم نکرد. آرام آرام به او نزدیک شدم و با اسلحه ای که از جیب همان فرد بیهوش در داخل سرویس ها پیدا کرده بودم ضربه ای محکم به سرش زدم، برخلاف همکارش به سرعت بیهوش شد و کف اتاق افتاد. به پیرمرد نگاه کردم از شدت ضربات بیهوش شده بود، این موضوع برای من بهتر بود چرا که او

چهرهٔ مرا نمی دید نبض او و پیرزن را چک کردم خوشبختانه هنوز
می زد. به او که کف اتاق افتاده بود نگاه کردم نمی شد ریسک کرد
ممکن بود به هوش بیاید بنابراین به سرعت دست هایش را با بند
کفش های خودش بستم و او را کشان کشان کنار دیوار کشیدم. به
داخل سرویس بهداشتی رفتم خوشبختانه او هنوز بیهوش بود. باید
همه چیز طبیعی به نظر می رسید لباس هایش را در آوردم و دوباره
تنش کردم. او را هم به داخل اتاق کشان کشان بردم خیلی سنگین
بود، او را به دیوار تیکه دادم بندهای کفش هر کدام را دوباره به
کفش هایشان بستم و گره زدم. برای اینکه در بین کار به هوش
نیایند دستهایشان را با استفاده از طناب نازکی که همراهم بود و از
آن برای جابه جائی دریچه های کانال های هوا استفاده می کردم
بستم. اسلحه ها را برداشتم، اثر انگشتم را از روی یکی از آن ها
پاک کردم و یکی را در دست پیر مرد و دیگری را در دست پیرزن
قرار دادم اما این فکر ایده آلی نبود. هر فردی می توانست با دیدن
آن صحنه حدس بزند که فرد دیگری هم داخل اتاق بوده است
بنابراین باید راه دیگری را پیدا می کردم. بلافاصله فکری به ذهنم
رسید میز شیشه ای داخل اتاق را با استفاده تی شرتم و یکی از
اسلحه ها شکستم و یکی از آن دو مرد را که داخل سرویس ها زده

بودمش را به آنجا کشیدم و سرش را بین میز شکسته شده قرار
دادم به این ترتیب هر فردی که کمی بررسی می کرد فکر می کرد
که او بر روی میز افتاده است و میز هم به همین علت شکسته
است. از آنجائیکه آثار مشت بر روی صورت و به ویژه گونه اش بود
مطمئن می شدند که او بر اثر ضربهٔ مشت بر روی میز شیشه ای
وسط اتاق پرت شده است. فرد دیگر را هم نزدیک او کشیدم
همچنین پیرمرد را نزدیک او بردم و اسلحه را در دست پیرمرد قرار
دادم. دستش و اسلحه را بگونه ای روی زمین قرار دادم که هر
فردی گمان می کرد که او با آن اسلحه به مرد دوم ضربه زده است
و او در اثر این ضربه بیهوش شده است پس از این صدای تلویزیون
اتاق را تا بالاترین حد آن بلند کردم و کنترل آن را هم در دست
پیرزن قرار دادم تا به این صورت جلوه کند که او برای اطلاع دیگران
این کار را انجام داده است.

پس از این به سرعت به سرویس ها رفتم طناب نازک خودم را هم
همراه خودم بردم پس از باز کردن دریچهٔ کانال هوا وارد آن شدم
طناب نازک را از بین پرده های دریچه عبور دادم و به سرعت دریچه
هوا را بستم. حالا باید منتظر می ماندم تا مسافران سایر اتاق ها به
علت صدای زیاد تلویزیون به مدیریت هتل شکایت کنند و با

رسیدگی مدیریت هتل به این موضوع احتمالا از آنجاییکه هر چهار نفر داخل سوئیت هتل بیهوش بودند و کسی در را باز نمی کرد کارکنان هتل با کلید یدک وارد شده و با دیدن آن ها در آن وضعیت همه چیز به خوبی به پایان می رسید. من درون دریچه کانال هوای داخل سوئیت بودم و منتظر ورود مدیریت و یا یکی از کارکنان هتل... که متوجه حرکت آرام دستگیره در شدم و به سرعت به دریچه هوای سرویس ها رفتم و طناب نازک خودم را کشیدم تا گره پاپیون آن باز شود و دست های آن دو مرد آزاد شود و به این ترتیب آخرین مرحله از این نقشه هم به پایان برسد، گره ها باز شده بودند اما هنوز طناب را به طور کامل جمع نکرده بودم که صدای شدید شکستن در ورودی اتاق را شنیدم. با تمام سرعتی که می توانستم طناب را به داخل کانال هوا کشیدم و خودم به سمت دریچهٔ کانال هوای داخل اتاق رفتم تا علت آن صدا را ببینم. اندکی بعد نیروهای پلیس داخل اتاق ایستاده بودند و چند نفر هم در حال بررسی اتاق بودند و یکی هم از طریق بی سیم در خواست نیروهای امدادی می داد. درحدود یک دقیقه بعد همان کارمند بخش خانه داری هتل وارد شد و با همان سرعت قبل در حال شرح دادن ماجرا و اینکه متوجه خلافکار بودن آن دو مرد شده است بود.

ظاهراً او در هنگامیکه لباس ها را از داخل چمدان در می آورده
است متوجه اسلحهٔ آن مرد بر روی صندلی شده و در هنگام خروج
هم متوجه اسلحه مرد دیگر... ظاهرا در هنگامیکه به او انعام داده
بود و پس از خروج از اتاق به سرعت به مدیریت هتل اطلاع داده
بود، آن ها پلیس را در جریان موضوع و اتفاقاتی که داخل سوئیت
هتل حدس می زدند افتاده است قرار داده بودند و مأموران هم به
سرعت به محل حادثه رسیده بودند. چهره پیرمرد برایم آشنا بود و
آنطوریکه از حرف های مأموران پلیس می شد فهمید او یکی از
چهره های تاثیر گذار در آن منطقه محسوب می شد و پلیس از
این موضوع خوشحال بود که قبل از اینکه اتفاق بدی برای او بیفتد
او را نجات داده بود. در همین زمان صدای دو نفر از مأموران را که
درست در زیر دریچه کانال هوا ایستاده بودند و صحبت می کردند
می شنیدم که در توضیح اتفاقات می گفتند احتمالاً بین آن دو
مرد درگیری و نزاعی پیش آمده است و نفر اول با مشت به صورت
دیگری زده است که این موضوع باعث برخورد او به میز و بیهوشی
او شده است و سپس پیرمرد با شهامت زیاد فرد دیگر را با ضربه
ای به سرش احتمالا با استفاده از آن اسلحه بیهوش کرده و سپس
خودش از شدت جراحات بیهوش شده است و پس از آن پیرزن با

بلند کردن صدای تلویزیون قصد اطلاع به سایر افراد را داشته است و .... پس از شنیدن این حرف ها، دیگر وقت رفتن من هم رسیده بود پس از کانال هوای آن اتاق خارج شدم و به کانال اصلی آن بخش رفتم زمانی که در کانال های هوای هتل در حال جابه جائی بودم متوجه حضور تیم پزشکی شدم که در راهروهای هتل در حال حرکت بودند. اما چرا باید یک تیم پزشکی به یک هتل می آمدند؟

این موضوع باعث شد تا پشت آن دریچهٔ هوا باقی بمانم و به آن ها نگاه کنم با کمال تعجب دیدم که آن ها به یکی از اتاق های دیگر هتل رفتند. اما چرا؟ در چنین شرایطی که در آن دو مرد یک پیرمرد و پیرزن را به شدت مجروح کرده بودند چرا باید شاهد چنین اتفاقی باشم؟ کنجکاو شده بودم به هر حال انتقال آن پیرمرد و پیرزن به بیمارستان به مراتب راحت تر از آوردن یک تیم پزشکی به هتل بود؟! این موضوع باعث بر انگیخته شدن کنجکاوی من شده بود، باید هر طوری که بود خودم را به کانال های هوای آن اتاق می رساندم مدتی را در کانال های هوا به این طرف و آن طرف رفتم تا بالاخره کانال های هوای آن اتاق که در آن طرف راهرو بود را یافتم و به آنجا رفتم. ظاهراً در طول این مدت اتفاقات زیادی افتاده بود و آنچه می دیدم قابل باور نبود چطور ممکن بود در آن مدت کوتاه

یکی از سوئیت های هتل اینقدر برای درمان تجهیز شده باشد و این موضوع کمی غیر منتظره بود، آیا آن همه امکانات و آن گروه پزشکی برای درمان آن پیرمرد و آن پیرزن بود؟!

و این شاید نقطۀ اوج این ماجرا بود اگر این پیرمرد و پیرزن اینقدر مهم بودند رفتار آن دو مرد قابل توجیح تر می شد اما آن دو نفر با چه هدفی دست به این عمل زده بودند، و چرا باید این همه ریسک را می پذیرفتند؟

در همان حالی که این افکار از ذهنم عبور می کرد به داخل اتاق نگاه می کردم و می دیدم که به همراه گروه پزشکی که چهار مرد بودند مردانی درشت هیکل و کت وشلوار پوش، کت مشکی و پیراهن سفید و دستانی کلفت و بزرگ!

به درخواست گروه پزشکی آن ها از سوئیت هتل بیرون رفتند خودم را به یکی از کانال های هوای راهرو رساندم آن ها در داخل راهرو پخش شده بودند و هر یک خودش را به کاری مشغول کرده بود بگونه ای که شناخته نشوند و جلب توجه هم نکنند اما آن ها در حقیقت در راهرو به مراقبت از آن اتاق می پرداختند.....

دوباره به کانال هوای اتاق بازگشتم و به داخل نگاه کردم ظاهراً کار گروه پزشکی خوب پیشرفته بود و هر دوی آن ها نجات یافته بودند پیرزن در حالی که هنوز هم می شد نگرانی را در چشمانش دید به پیرمرد نگاهی می کرد اما پیرمرد هنوز بیهوش بود. تیم پزشکی در حال ترک اتاق بودند تنها یک کت و شلوار پوش آمده بود و آن ها را بدرقه می کرد و سپس یکی از آن ها به پیرزن چیزی گفت و به بیرون از اتاق رفت ظاهراً چیزی برای تسلای خاطر او بود. نمی دانم که چه اتفاقی افتاده بود اما هر چه که بود باعث شد که مدتی دیگر آنجا بمانم تا از سلامت آن ها اطمینان حاصل بکنم، ناخودآگاه به چشمان پیرزن خیره شدم که ناگهان اشکی که از چشمان او بر روی تخت ریخت، چیزی در دلم لرزید صورتم را با همان تی شرتی که پوشیده بودم بستم تا نتواند مرا بشناسد و برای اینکه از ماجرای اتفاق افتاده چیزی بپرسم دریچهٔ کانال را باز کردم و به درون سوئیت رفتم. در حال نزدیک شدن به آن پیرزن بودم اما ظاهراً اصلاً از دیدن من دچار ترس و نگرانی نشده بود و مستقیم به من نگاه می کرد کنارش که رسیدم ماسک اکسیژنی که بر روی صورتش بود را برداشت و با لبخندی گفت: "من تو را در تمام

ماجرایی که در آن اتاق اتفاق افتاد دیدم، من در آن اتاق تنها خودم را به بیهوشی زده بودم اما بیهوش نبودم".

و با گفتن این جملات نفسش تنگ شده بود، بصورت بریده بریده چیزی گفت انگار قصد داشت چیزی بگوید دوباره آن ماسک اکسیژن را بر روی صورتش گذاشتم با توجه به حال او انتظار نداشتم بتواند کمک زیادی به من کند به این دلیل از او پرسیدم:

"آن دو نفر را می شناختی؟ چرا این بلا را سر شما آورند؟"

نگاهی به من کرد و سپس نگاهش را از من برگرداند و در حالی که به دیوار نگاه می کرد ماسک اکسیژن را برداشت و گفت: " ماجرا خیلی پیچیده است خودت را وارد این موضوع نکن"

با خودم اندیشیدم با وضعیتی که او دارد مطمئناً این زمان مناسبی برای پرسیدن این سؤال از او نیست، بنابراین از او خداحافظی کردم و به سمت دریچه راه افتادم اصلاً دلم نمی خواست که یکی از آن کت و شلوار پوش ها ناگهان وارد اتاق شده و به ماجراهای امروز من اضافه شود. از کنار پیرمرد که عبور می کردم ناگهان به یاد داخل باغچه افتادم که چگونه با دستم آن گل را بارور کرده بودم

به این دلیل تصمیم گرفتم یکبار دیگر آن را تکرار کنم در همان
حالی که به سمت دریچه می رفتم دستی به پیشانی آن پیر مرد
کشیدم در همین زمان احساس می کردم قدرتی فوق العاده در من
جریان یافته است و در حال درمان آن پیرمرد است و همینطور هم
شد پیرمرد به هوش آمد و همینطور که به سمت دریچه می رفتم
صدای پیرزن را می شنیدم که می گفت: "ناجی هر کجای دنیا که
باشی روی حمایت ما حساب کن ".

به سمت او نگاهی کردم و لبخندی به نشانۀ تشکر زدم و به داخل
کانال هوا رفتم و دریچه را بستم و به بخش تأسیسات و از آنجا به
موتورخانه هتل رفتم و از آنجا راهی اتاقم شدم؛ در اتاقم به
موضوعاتی فکر می کردم که تا آن لحظه در این هتل اتفاق افتاده
بود. از پنجره اتاقم به بیرون نگاهی انداختم کمی بی حوصله بودم
و تصمیم گرفتم تا یک فنجان قهوه سفارش بدهم اما خوردن قهوه
آن هم به تنهائی و در یک اتاق چندان فکر جالبی نبود و خودش
باعث بی حوصلگی بیشتر می شد بنابراین تصمیم گرفتم تا به لابی
هتل بروم و آنجا یک فنجان قهوه بنوشم شاید دیدن سایر افراد می
توانست به تغییر روحیه ام در آن شرایط کمک کند، به آنجا رفتم
در آنجا نشسته بودم و بی توجه به اطرافم در حالی که تیترهای

روزنامه را در تلفن همراهم نگاه می کردم متوجه شدم که مردان کت و شلوار پوش آن دو نفر را که پیرمرد و پیرزن را کتک زده بودند به بیرون از هتل می بردند لابد آن ها را به زندان منتقل می کردند و آن ها باید منتظر مجازات می ماندند اما اینکه آن ها که بودند و چه اتفاقی برای آن ها می افتاد در آن لحظه برایم چندان اهمیتی نداشت مهم آن زوج مسن بودند که نجات یافته بودند و اکنون در سلامت کامل بسر می بردند البته جراحاتی هم برداشته بودند که به زودی درمان می شد.

بخش چهارم: محل برگزاری مراسم

در بین تیترهای روزنامه ها چشمم به خبری در مورد آن مراسم
افتاد تا مراسم زمان زیادی نمانده بود، مراسم فردا شب بود اتفاقات
امروز باعث شده بود تا بخشی از یک روز از زمانی را که برنامه ریزی
کرده بودم از دست بدهم بنابراین مجبور بودم همان لحظه برای
دیدن محل برگزاری مراسم بروم. با عجله قهوه را سر کشیدم و به
اتاقم بازگشتم این کار برای اینکه تصویرم در دوربین های هتل
باشد لازم بود و از دریچۀ هوای اتاقم به موتورخانه رفتم تغییر چهره
ای با عجله دادم اما به مراتب نسبت به دفعات قبلی بهتر شده بود
مانند دفعات قبلی از هتل خارج شدم یک خیابان آن طرف تر سوار
یک تاکسی شدم و از او خواستم تا مستقیماً به محل برگزاری آن
مراسم برود، زمان زیای نداشتم مطمئناً فردا آن محل بسیار شلوغ
می شد و افراد زیادی به آنجا رفت و آمد می کردند پس امشب
تنها فرصت من برای بررسی آن محل بشمار می رفت، اما چرا نباید
از نیرویی که جدیدا آن را درک کرده بودم برای رفتن به آن سالن
استفاده نکنم، کمی نگران بودم زیرا هنوز بطور کامل بر استفاده از
آن تسلط نداشتم و همین موضوع باعث آن می شد که رفتن با
روش های معمول را ترجیح بدهم. در همین حال و هوا بودم که
راننده پرسید: "شما از کارکنان بخش برگزاری آن مراسم
هستید؟!"

هنوز جوابش را نداده بودم که خودش پاسخ خودش را داد: "حتماً هستید؟ در غیر اینصورت در این ساعت از شب به آنجا نمی رفتید".

ناخودآگاه از این رفتارش خنده ام گرفت؛ چند ثانیه به او خیره شدم و دوباره مشغول تماشای بیرون شدم، آن ساعت از شب و آن شور و شوق بین مردم جالب بود. هیاهوی بیرون و سکوت داخل تاکسی خودش تضاد عجیبی بود. دوباره سکوت تاکسی توسط راننده شکسته شد و او گفت: " خوش به حال شما، حتماً فردا شب ستاره های زیادی را از نزدیک خواهید دید".

در جوابش گفتم: "شاید از نزدیک، شاید از دور"

با شنیدن این جواب از من بصورت کامل به سمت من برگشت و به من نگاه می کرد؛ این کارش باعث شد تا تاکسی از مسیر خودش کمی منحرف بشود و با صدای بوق شدید اتومبیل هائی که از رو به رو می آمدند دوباره به جلو نگاه کرد و با چند پیچ و تاب که به تاکسی داد به مسیر خودش باز گشت. با دلخوری به من گفت: " از این جواب های هنری چندان خوشم نمی آید! بالاخره یا آن ها را می بینی و یا نمی بینی دیگر!"

به او گفتم: "منظوری نداشتم، هنوز نمی دانم در کجای سالن خواهم بود و یا کجای آن بهتر است به همین خاطر این پاسخ را دادم ".

زیر چشمی به من نگاهی کرد و به رانندگی اش ادامه داد ظاهراً دلخوری او تا پایان مسیر ادامه داشت"

کرایه اش را پرداخت کردم و از تاکسی پیاده شدم درست جلوی سالن محل اجرای مراسم بودم باید خودم را به هر نحوی که شده بود به محل خلوت تری می رساندم و برای اینکار بهترین محل ورودی های پشت آن سالن بود. به هر نحوی که می شد خودم را به پشت آن سالن رساندم و در های ورودی آنجا را یکی پس از دیگری امتحان کردم، تمام آن ها بسته بودند و ظاهراً تنها راه ورود همان ورودی اصلی بود اما این راه چندان مناسب به نظر نمی رسید باید راه دیگری را امتحان می کردم. ابتدا سعی کردم تا با استفاده از همان نیروی خودک به داخل ساختمان بروم اما به جای داخل ساختمان سر از کوچه کناری در آوردم این موضوع یعنی رفتن من به آنجا خودش به اندازه کافی ریسک همراه خودش داشت بنابراین برای کاستن از ریسک این موضوع باید حداقل امشب از این نیرو استفاده نمی کردم تا بعدا در استفاده از آن مهارت بیشتری کسب می کردم. خودم را دو مرتبه به پشت ساختمان رساندم و دوباره شروع به راه رفتن در اطراف آنجا کردم و با دقت همه چیز را بررسی می کردم تک تک در ها را و از همه مهمتر پنجره ها را، سرانجام به پنجرۀ نیمه بازی در طبقۀ اول برخوردم که مربوط به یکی از بخش های آنجا بود به اطرافم نگاهی انداختم و متوجه شدم که به

جز من و چند رهگذر و یک باغبان که احتمالاً برای رسیدگی به
کارهای مربوط به فردا اضافه کاری ایستاده بود شخص دیگری آن
اطراف نبود. در سیاهی کنار دیوار و زیر آن پنجره ایستادم و منتظر
فرصت مناسب ماندم اما انگار رسیدن این فرصت برای من امری
دست نیافتنی شده بود هنوز نفر اول نرفته بود که نفر بعدی از راه
رسید و تقریبا هیچ زمانی آنجا خالی از جمعیت نبود. برگزاری
مراسم فردا شب بود و آماده سازی مقدمات آن باعث ازدحام
جمعیت در آن ساعت شب در آنجا شده بود تصمیم گرفتم تا
جائیکه امکان داشت در سایهٔ دیوار بالا بروم خوشبختانه سایهٔ دیوار
بگونه ای بود که مانع از دیده شدن من می شد و این در آن شرایط
یعنی یک شانس بزرگ... تقریباً نزدیک پنجرهٔ نیمه باز رسیده بودم
که صدای افتادن چیزی در دوردست باعث جلب توجه افراد به آنجا
شد، این فرصت طلائی با توجه به این اتفاق و انتظاری که برای
رسیدن به آن کشیده بودم بدست آمده بود، به همین دلیل در
حالی که توجه افراد به آن صدا پرت بود به سرعت خودم را به
سمت پنجره پرتاب کردم و لبهٔ آن را گرفتم و با یک حرکت خودم
را به داخل آن پنجره کشاندم و وارد آن اتاق شدم. نور کمی از
پنجرهٔ به داخل اتاق وارد می شد و تنها نزدیک پنجره را روشن می
کرد اما بقیه اتاق بسیار تاریک بود. کورمال کورمال خودم را به در
آنجا رساندم، نمی توانستم چراغ لامپ را در آنجا روشن کنم زیرا
نمی خواستم توجه سایر افراد به آنجا جلب شود. بنابراین باید به

همان وضعیت اکتفا می کردم آرام دستگیرهٔ در را فشردم تا باز شود و در را کمی باز کردم و از شکاف بین در و دیوار به بیرون نگاهی انداختم یک راهروی طولانی با لامپ هائی که تمام آن را روشن می کرد، به افرادی که از آنجا عبور می کردند نگاهی انداختم لباس های آن ها با لباس هائی که در آن لحظه به تن داشتم متفاوت بود تقریباً تمام آن ها کت و شلوار داشتند و باقی آن ها هم لباس های کار مخصوص برتن داشتند. در را بستم و به فکر فرو رفتم که ناگهان در نور ورودی از پنجره چشمم به لوازم داخل اتاق افتاد، از خوش شانسی من آنجا یک آرشیو لباس بود و این یعنی من می توانستم لباس هائی مناسب بیابم، چراغ قوه کوچکم را روشن کردم البته با احتیاط فراوان که مبادا نوری که از آن پنجره ممکن بود ساطع شود جلب توجه کند سرانجام یک دست کت و شلوار هم سایز خودم پیدا کرده و پوشیدم. به کنار در ورودی رفتم و از لای در به بیرون نگاه کردم، منتظر یک فرصت مناسب ماندم تا اینکه در یک زمان مناسب وارد آن راهرو شدم در آن راهرو تمام سعیم این بود که جلب توجه نکنم اما انگار این کار آن چنان که بنظر می رسید راحت نبود زیرا افراد کت و شلواری همدیگر را می شناختند. و این موضوع می توانست باعث جلب توجه آن ها شود بنابراین به سرعت خودم را به رختکن پرسنل آنجا رساندم و یک دست از لباس های کاری که در آنجا بود را پوشیدم و مطمئن بودم این مرتبه زمانی که در راهرو راه می رفتم جلب توجه کمتری می کنم. تمام بخش

ها را به دقت نگاه می کردم و مورد بررسی قرار می دادم تا اینکه به سالن اصلی رسیدم، سالنی بزرگ و بی نظیر بود تقریبا تمام بخش های آن را گشتم کردم و به دنبال محل مناسبی می گشتم که بهترین دید را نسبت به صحنه داشته باشد و مهمتر از آن چندان هم جلب توجه نکند، امیدوار بودم که این جستجو زودتر به اتمام برسد به این دلیل بر سرعتم افزودم. سایر افراد داخل آن سالن هر یک سرگرم انجام کاری بودند و چندان توجهی به اطراف نداشتند و این موضوع کار مرا راحت تر می کرد. تقریباً تمام سالن را جستجو کرده و یکی دو محل مناسب را برای منظوری که داشتم یافته بودم، اولا باید آن ها را بیشتر بررسی می کردم و ثانیا آن ها به شکلی که می خواستم مناسب نبود برای همین تصمیم گرفتم بر روی صندلی که در آنجا بود کمی بنشینم و استراحت کنم. روی صندلی نشسته بودم و به اطراف نگاه می کردم که توجهم به سقف آنجا جلب شد در بخشی از آن تعداد زیادی نورافکن بود که صفحهٔ نمایش و سن را روشن می کردند اما نکته ای که وجود داشت این بود، نور آن نورافکن ها مانع آن می شد که کسی پشت آن ها را به راحتی ببیند و این موضوع می توانست یک مزیت برای من که می خواستم دیده نشوم باشد باید خودم را به آنجا می رساندم و کمی هم در مورد آن محل بررسی می کردم شاید آنجا همان محلی بود که جست و جویم را برای یافتن یک محل مناسب برای فردا شب به اتمام می رساند. از سالن خارج شدم و به پشت صحنه رفتم در

آنجا توانستم ورودی آن محل را که یک راه پلهٔ فلزی بود بیابم
شروع به بالا رفتن از آنجا کردم و به محل نصب نور افکن ها که
رسیدم کمی به اطراف نگاه کردم حدسم درست بود نور آن ها بگونه
ای بود که مانع آن می شد که فردی بتواند به راحتی من را در آنجا
ببیند اما من می توانستم به راحتی از آنجا همه اطراف را ببینم و
این برای من خیلی مناسب بود شاید تنها نکته منفی آنجا این بود
که حرارت ناشی از نورافکن باعث افزایش دمای آنجا می شد اما
این موضوع در مقابل ایده آل هایی که آنجا داشت قابل صرف نظر
کردن بود. در حال تماشای اطراف بودم که متوجه شدم شخصی
در حال دستکاری تأسیسات مربوط به صدای آن سالن است اما اگر
او قصد تنظیم آن را داشت چرا برخی از سیم ها را قطع می کرد،
با دیدن این موضوع تقریباً مطمئن شده بودم که او مشغول خراب
کاری می باشد به سرعت از پله ها پائین رفتم و خودم را به آنجا
رساندم اما خبری از او نبود احتمالاً پس از آنکه خراب کاری را
انجام داده بود از آنجا رفته بود اما در آن لحظه چه کاری از دست
من بر می آمد؟

در آن جعبه کنترل مربوط به بخش صدای سالن را گشودم و به
سرعت مشغول بررسی آن شدم نگرانی من بیشتر از این بود که
نکند خراب کاری او تاثیر بدی بر روی اجرای برنامه های مراسم
داشته باشد. با دیدن دستکاری که او در آنجا انجام داده بود تقریباً

مطمئن شده بودم که آن فرد قصد خرابکاری داشته است و با دیدن چک لیست سیستمی که در آن جعبه بود می شد فهمید که تکنسین مربوط به آن کنترل های نهائی را انجام داده است، پس تا اجرای فردا شب به آنجا باز نمی گشت و این فرد هم در زمانی به آنجا آمده بود که مطمئن شود کسی بعد از او به آنجا نخواهد آمد. حتماً این خرابکاری فردا شب می توانست موجب ناراحتی خیلی ها شود باید کاری می کردم، به این دلیل سیم های قطع شده را مشخص کردم و طول مورد نیاز از آن ها را اندازه گرفتم. آن فرد برای اینکه از نتیجه دادن خرابکاری خودش مطمئن شود تنها سیم ها را قطع نکرده بود بلکه از هر کدام از سیم ها قطعه ای را بریده و با خودش برده بود بنابراین برای تعمیر آن ها نیاز به مقداری از هر کدام از آن سیم ها داشتم، پس رنگ آن ها را یادداشت کردم در آن جعبه را بستم و به سرعت از آنجا رفتم باید انبار آنجا را پیدا می کردم، به سرعت به دنبال انبار می گشتم تا اینکه سرانجام آنجا را پیدا کردم داخل انبار به آرامی و دقت به دنبال لوازم مورد نیازم گشتم یعنی یک پیچ گوشتی، انبردست، سیم چین و سیم هائی هم رنگ سیم هایی که قطع شده بود می گشتم تا سر و صدای اینکار باعث جلب توجه سایر افراد نشود اما این کار چندان هم چندان راحت نبود و تقریباً نیم ساعت طول کشید یافتن لوازم مورد نیاز و به ویژه آن سیم ها کمی دشوار بود زیرا در آن انبار همه چیز بسیار مرتب در کمدهایی قرار گرفته بود

و من باید برای یافتن آنها بسیاری از آن کمدها را جستجو می کردم سرانجام آن ها را یافتم اما هنوز هم قطعه ای کابل کم داشتم به یاد کابلی افتادم که در خودروها برای اتصال سیستم برق خودرو به باطری آن استفاده می شد پس برای بدست آوردن آن قطعه کابل باید خودم را به پارکینگ می رساندم.

با لباسی که پوشیده بودم از در اصلی سالن خارج شدم و به سمت پارکینگ رفتم برای اینکار تنها کافی بود که جلب توجه نکنم به پارکینگ رسیدم خودروهای زیادی آنجا بود از بین آن ها به سراغ قدیمی ترین آن ها رفتم زیرا این خودرو حداقل دارای دزدگیر ساده تری نسبت به سایر خودروهای پارک شده در آن پارکینگ بود و می شد به راحتی کاپوت آن را باز کرد، به سمت آن خودرو رفتم همین که به نزدیکی آن خودرو رسیدم و از بیرون داخل آن را نگاه کردم دستی از پشت سر بروی شانه ام زد با تعجب به عقب برگشتم! کمی جا خورده بودم به صورت آن مرد خیره شدم، شخصی چهار شانه با چهره ای آفتاب سوخته بود از من می خواست تا به او کمک کنم تا خودروی وانتش را که کمی آن طرف تر بود جا به جا کند ظاهراً برای مراسم فردا شب کمی لوازم با خودش آورده بود اما خودرو او به علت نقص فنی که پیدا کرده بود حتی روشن هم نمی شد. از اینکه با دست از پشت سر بر روی شانه ام زده بودجاخورده بودم و برای همین هم چند نفس عمیق کشیدم و کمی بر خودم

مسلط شدم سعی می کردم آرامش خودم را بدست آورم همراه او
به سمت خودرویش رفتیم و من با گوشۀ چشمی به اتومبیل قدیمی
داخل پارکینگ نگاه می کردم شبیه به خودرویی بود که که آن دو
نفر داشتند یعنی همان هائی که مسئول فروش شرکت تولید کننده
مواد شیمیائی را به قتل رسانده بودند و توسط عدالت آتش مجازات
شده بودند، به خودروی وانت که رسیدیم دو نفری شروع به هل
دادنش کردیم همینطور که وانت به حرکت خودش ادامه می داد
به داخل خودروی او نگاهی کردم مقداری لوازم و ابزار درون جعبه
ابزاری قرار داشت که بر روی صندلی عقب وانت قرار گرفته بود
مقداری روزنامه که احتمالاً مربوط به تاریخ قبل از امروز بودند و
شاید او از آن ها برای تمیز کاری استفاده می کرد و همینطور
یکدست لباس کار و.... اما بر روی صندلی جلو یک دسته گل قرار
گرفته بود وانت را داخل پارکینگ و در اولین جای خالی که وجود
داشت پارک کردیم. همانطور که ظاهر وانت نشان می داد وزن
زیادی داشت و هل دادن دو نفره آن در یک مسیر شیب دار باعث
شده بود که هر دوی ما به نفس زدن بیفتیم برای همین کمی
آنطرف تر بر روی لبۀ باغچه کنار پارکینگ نشستم و به آن خودروی
قدیمی نگاه می کردم. با وجود راننده وانت و اینکه مشخص نبود تا
چه زمانی آنجا باقی می ماند نمی توانستم به آن نزدیک بشوم و به
این ترتیب کار من هم عقب می افتاد او در حال تماس گرفتن با
شخص دیگری بود احتمالاً برای تعمیر خودرویش تماس گرفته بود.

به آن خودروی وانت نگاه کردم پشت آن جعبه ها و لوازم مختلفی
قرار داشت. شاید او تماس گرفته بود که کارمندان آن سالن برای
بردن آن ها بیایند این موضوع می توانست باعث شود تا آن ها
بفهمند که من از کارکنان آنجا نیستم حتی با وجود اینکه لباس
آن ها را پوشیده بودم به این دلیل باید کم کم از آنجا دور می شدم
چند قدم به او نزدیک شدم تا ببینیم چه اتفاقی قرار است بیفتد او
تماس تلفنی خودش را به اتمام رساند و کمی به من نزدیک شد
ظاهراً منظورش تنها این بود که از من بابت کمکی که به او کرده
بودم تشکر کند دستم را محکم گرفت و پس از تشکر لبخندی زد
و گفت: " راستی این موقع شب در پارکینگ چکار می کردی؟ "

در پاسخ به او گفتم: " به دنبال یک کابل برای شارژ باطری
خودرویم بودم."

نگاهی به من انداخت و سپس به سمت خودرو وانتش رفت و یک
کابل باطری خودرو برای من آورد از آنجائی که به آن کابل نیاز
داشتم کابل را گرفتم و به او گفتم: " کجا می توانم این کابل را به
شما بازگردانم؟"

لبخندی زد و گفت: " نیازی به این کار نیست یک عدد دیگر هم
دارم ".

از او تشکر کردم و به سمت سالن رفتم کمی که از او دور شدم به سمت او برگشتم و نگاهش کردم و آنچه که می دیدم جالب بود او همان دسته گل را به خانمی که به پارکینگ آمده بود داد، ظاهر او به هیچ وجه نشان دهنده این همه مهربانی در خود داشت را به نمایش نمی گذاشت. به سالن بازگشتم و به سمت آن تابلوی برق رفتم که آن فرد ناشناس آن را دستکاری کرده بود. باید با دقت تمام آن را بررسی می کردمو به بهترین شکل آنرا تعمیر می کردم به این دلیل نسبت به آنچه که در پیرامون من در جریان بود تقریباً بی تفاوت شده بودم بعضی از سیم های قطع شده را به دقت تعویض کردم برخی را نیز با اضافه کردن قطعاتی از سیم هاییکه از انبار آورده بودم کامل کردم و آن کابلی را که آن مرد در پارکینگ به من داده بود را نیز از دو سر قیچی کردم و به وسیله آن، کابل قبلی را به یکدیگر متصل کردم و سپس در جای خودش آن ها را بستم به این ترتیب تمام خراب کاریهای آن مرد ناشناس را درست کردم و برای اطمینان از اینکه همه چیز درست است دوباره تمام سیم ها را کنترل کردم در آن را بستم و تکه های سیم را از روی زمین جمع کردم و به داخل سطل زباله ریختم تقریباً آنچه را که باید در مورد محل برگزاری مراسم می دانستم را فهمیده بودم و دیگر باید به هتل باز می گشتم. اما قبل از آن باید دوباره به همان اتاق آرشیو لباس باز می گشتم و لباس هایم را عوض می کردم به رختکن رفتم و شروع به تعویض کردن لباس هایی کردم که قبلا در اینجا

پوشیده بودم و مشخص نبود که مربوط به کدامیک از کارکنان آنجا
بوده است و در حال بیرون رفتن از آن اتاق بودم که چشمم به
دستگیره در افتاد و توجهم به جای کلید روی در جلب شد مطمئناً
اگر می توانستم کلیدی برای خودم از آن در ها تهیه کنم در مراسم
فردا شب راحت تر می توانستم وارد و یا خارج بشوم بنابراین به
سمت کمد های داخل رختکن کارکنان رفتم و شروع به جستجوی
آن ها کردم تا سرانجام دسته کلیدی را در یکی از آن کمدها داخل
جیب شلواری که آویزان بود پیدا کردم. با استفاده از موبایلم چند
عکس از آن ها گرفتم اما با وجود پیدا کردن این دسته کلید حسی
از درون به من می گفت باز هم باید در این مکان به دنبال راه حل
ساده تری برای ساخت آن کلید باشم، ساخت یک کلید از روی
تنها چند عکس کار آسانی نبود تصمیمم را گرفتم و قبل از اینکه
دوباره به آنجا بازگردم دسته کلید را سرجایش و داخل جیب همان
شلوار داخل کمد گذاشتم زیرا دلم نمی خواست اگر موفق به
بازگشت به اینجا بشوم و یا تصمیمم عوض شود برای آن شخص
که دسته کلید متعلق به او بود ناراحتی و یا مشکلی بوجود بیاید
پس از این کار دوباره لباس های کارکنان آنجا را پوشیدم و به
بیرون از اتاق رفتم باید به دنبال ماده ای مانند خمیز بازی بچه ها
می گشتم اما از کجا می توانستم چنین ماده ای را پیدا کنم شاید
در آنجا بهترین مکان برای جست جوی این چنین ماده ای در اتاق
گریم بود این دلیل باعث آن شد تا به دنبال اتاق گریم بگردم و

سرانجام با گذشت چند دقیقه آنجا را یافتم اما نباید عجله باعث آن می شد تا بی دقت عمل می کردم مدتی را در راهروهای اطراف اتاق گریم به قدم زدن پرداختم و سر و گوشی آب دادم انگار خبری نبود نزدیک تر شدم و خودم را مشغول به بررسی وضعیت روشنایی در اطراف در ورودی اتاق نشان دادم تا اینکه سرانجام خودم را به در اتاق گریم رساندم. به اطراف نگاه کردم در آن لحظه هیچ شخصی در آن راهرو نبود به سرعت دستگیره در را پیچاندم، خوشبختانه در قفل نبود از شکاف در نگاهی به داخل اتاق انداختم ظاهراً قبلا از من فردی در آنجا مشغول به انجام گریم و یا کار دیگری مشغول بوده است و در حال حاضر برای مدتی اتاق گریم را ترک کرده است پس این فرصت مناسبی بود تا وارد اتاق گریم شوم، پس از وارد شدن به آنجا با تجربه ای که در این مدت از لوازم و مواد گریم بدست آورده بودم به دنبال ماده ای مناسب برای کپی طرح کلید می گشتم و سرانجام ماده ای مناسب برای اینکار پیدا کردم جعبه ای پلاستیکی روی میز گذاشته شده بود آن را برداشتم و مقداری از آن ماده را در آن جعبه گذاشتم جعبه ای که انگار قبل از این مربوط به کرم های آرایشی یا چیزی مثل آن بوده است. آن را داخل جیبم قرار دادم همینکه می خواستم از آن اتاق خارج بشوم صدائی را از پشت در شنیدم دو نفر در حال راه رفتن و صحبت کردن در راهرو بودند از صداهایی که می شنیدم به نظر می رسید آن ها به این اتاق نزدیک می شدند غرق صحبت کردن

با یکدیگر بودند هنوز دستم بر روی دستگیره بود که او قبل از من
دستگیره را چرخاند و من در حالی که بسرعت از در دور می شدم
به اولین محلی که می شد در آن پنهان شد رفتم یعنی کمد لباس
و خودم را بین آنهمه لباس پنهان کردم شاید پنهان شدن در بین
لباس ها روشی تکراری و ساده محسوب می شد اما در آن شرایط
واقعاً موثر بود و من را از چشم آن مردی که در آن اتاق وارد شده
بود پنهان نگه می داشت. مدتی در اتاق قدم زد و لیستی از لوازم
و موادی را که باید برای فردا تهیه می کرد برداشت و از اتاق خارج
شد اما نفر دیگری که در راهرو همراه او بود کجا رفته بود؟! از بین
لباس ها بیرون آمدم و همینکه می خواستم دو مرتبه به سمت در
بروم دوباره در باز شد این مرتبه یک خانم بود و تعدادی عکس را
روی میز گذاشت و از آنجا خارج شد ناخودآگاه حس کنجکاوی،
من را به سمت آن عکسها برد به آن ها نگاهی انداختم احتمالاً
عکس تعدادی از افرادی بود که فردا باید در آنجا و در آن مراسم
شرکت می کردند و ظاهراً او آن ها را برای گرفتن امضا به آنجا
آورده بود و به این دلیل روی میز گذاشته بود تا فردا در یک زمان
مناسب امضای آن ها را بگیرد در بین آن ها یک عکس از گل سرخ
هم بود بی اختیار از آن با استفاده از گوشی تلفن همراه خودم یک
عکس گرفتم و پس از آن به سرعت از آن اتاق خارج شدم و به
رختکن کارمندان آن سالن رفتم. ابتدا قبل از اینکه لباسم را عوض
کنم دسته کلید را دوباره از جایش که داخل کمد یکی از کارکنان

آن سالن بود برداشتم و تقریباً تمام کلیدهای آن را برروی خمیری که از اتاق گریم آورده بودم فشردم تا اثر آن ها باقی بماند تا به حال فکر نمی کردم که از خمیرهائی با این ویژگی ها هم برای گریم استفاده می کنند، سپس به سرعت لباسم را عوض کردم و وارد راهرو شدم نزدیک به طلوع خورشید بود و تعداد کمی از آن افراد در مجموعه باقی مانده بودند شاید شیفت کاری آن ها تمام شده بود و این کار مرا راحت تر می کرد اما کم کم سر و کله افراد جدیدی پیدا شد. بنابراین به سرعت خودم را به آرشیو لباس رساندم و لباس های خودم را پوشیدم و از همان پنجره ای که وارد شده بودم خارج شدم البته باید بگویم که خارج شدن به مراتب راحت تر از وارد شدن به آن بود. در خیابان کناری توانستم یک تاکسی بگیرم و خودم را به هتل برسانم زمانی که جلوی در هتل از تاکسی پیاده شدم تقریباً هوا گرگ و میش بود و باید قبل از روشن شدن کامل آن از طریق کانال های هوا به اتاقم می رفتم. اینکار با توجه به خلوت بودن هتل در آن ساعت و همینطور خواب آلودگی کارمندان هتل کار سختی نبود اما دوربین های آنجا می توانستند تصویر مرا بگیرند بنابراین به محوطه پشت هتل رفتم و از طریق پنجره کوچکی که به موتورخانه راه داشت وارد آنجا شدم. زمانی که به اتاقم در هتل رسیدم خورشید طلوع کرده بود و من هم با آن همه ماجرایی که پشت سر گذاشته بودم احساس خستگی زیادی می کردم بنابراین لباسم را عوض کردم و قبل از اینکه

بخواهم بخوابم کمی از پنجره به بیرون از اتاق نگاه کردم امروز روز بزرگی برای من بود و من بسیار مشتاق آن مراسم بودم برای امروز عصر و امشب کارهای زیادی برای انجام دادن داشتم بنابراین نیاز به استراحت داشتم روی تخت هتل دراز کشیدم و خیلی راحت خوابیدم.

بخش پنجم: جشن

چشم هایم را که باز کردم عصر شده بود. ابتدا با دیدن اطرافم گمان کردم که هنوز صبح است چه اتفاق جالبی پرتوهای نور در عصر مانند پرتوهای نور در صبح شده بودند تا اینکه یادداشتی از مادرم را برروی میز کنار تخت دیدم که نوشته بود که او همراه با پدرم برای بازدید از چند بخش شهر و خرید رفته اند و این یعنی من ماندم و مراسمی که باید برای رفتن به آن آماده می شدم. به یاد عکس های روی میز در اتاق گریم افتادم با توجه به آن ها می شد حدس زد که چند نفر از هنرمندان و بازیگران بزرگ هم به آن مراسم دعوت شده اند بنابراین این می توانست راهی باشد که بتوانم امشب به آن مراسم بروم آن هم راحت تر از آنچه که فکرش را کنم. دوباره عکس ها را در ذهنم مرور کردم و آن اشخاص را به خاطر آوردم اینکه بخواهم خودم را به شکل یکی از آن افراد مشهور در بیاورم نه تنها فکر چندان جالبی نبود بلکه غیر منطقی هم بود، زیرا که این افراد در آن مراسم در محل های مشخص می نشستند و وجود دو نفر با یک شکل آنهم دو نفر شناخته شده به سرعت آشکار می شد و در عین حال این افراد بسیار هم جلب توجه می کردند و این موضوع برای من که پنهانی به آنجا می رفتم چندان خوب نبود اما رانندهٔ آن ها می توانست گزینه مناسبی باشد چرا که چندان مورد توجه نبودند و در عین حال برای ورود و خروج به آنجا هم با مشکل خاصی مواجه نمی شدند. به سرعت خودم را به بخش تأسیسات هتل رساندم باید خودم را شبیه به یکی از آن راننده ها

می کردم بنابراین در اولین مرتبه باید لباسی مشابه به آن ها می
خریدم برای اینکار به سرعت از هتل بیرون آمدم و به فروشگاه
لباسی که در نزدیکی هتل بود رفتم اما در آنجا نمی شد مشابه
لباس های یک راننده که لباس فرم بود را خرید بنابراین چاره ای
نبود باید به بازار اصلی شهر می رفتم. این موضوعی بود که زمان
آن را قبل از این محاسبه نکرده بودم بنابراین اگر عجله نمی کردم
ممکن بود دیرتر از برنامه زمانبندی به آن مراسم برسم، مراسم
امشب .... موضوع کلیدها را بطور کلی فراموش کرده بودم باید به
اتاقم در هتل باز می گشتم، آن جعبه پلاستیکی و خمیر داخل آن
در یخچال اتاق بود، اگر کسی آنها را می دید همه چیز خراب می
شد... به اتاق که رسیدم نفس نفس زنان جعبه خمیر را از یخچال
برداشتم و به اثر کلید ها برروی آن نگاه می کردم اما چطور می
توانستم در آن شهر آن ها را بسازم. برای اینکار ابزار لازم را همراهم
نیاورده بودم شاید راحت ترین راه ممکن استفاده از پلاستیک بود
به این دلیل چند قطعه پلاستیکی برای ذوب کردن نیاز داشتم به
اطراف اتاق نگاه می کردم دستۀ گلدان داخل اتاق هتل تنها چیزی
بود که می شد از آن استفاده کرد و جنس پلاستیک آن برای اینکار
خیلی ایده آل بود. دستۀ گلدان را شکستم و با استفاده از فندک
در سرویس بهداشتی اتاق هتل آن را ذوب کردم و هریک از اثرهای
کلید بر روی خمیر را با آن پلاستیک مایع پر کردم با وجود اینکه
تهویه را روشن کرده بودم بوی عجیبی در سرویس بهداشتی

پیچیده بود اما چاره ای هم نبود کمی ادکلن به داخل سرویس های بهداشتی اسپری کردم و در آن را بستم تا بوی پلاستیک ذوب شده بداخل اتاق نپیچد و سپس منتظر خشک و سرد شدن پلاستیک کلیدهای ساخت خودم ماندم سپس هر یک از دو نیمهٔ یک کلید را با دقت به یکدیگر چسباندم. کلیدهای پلاستیکی و زیبائی شده بودند اما هنوز باید روی آن ها کار می کردم بنابراین با استفاده از سوهان ناخن مادرم که دیروز از اتاق آن ها آورده بودم حسابی لبه های آن ها را صاف کردم و این هم دسته کلید من که آماده شده بود اما ساخت آن ها کمی بیشتر از آنچه فکرش را کنم طول کشیده بود بنابراین باید سریع تر حرکت می کردم در تمام طول مدت ساخت کلیدها به فکر آن سالن و اتفاقاتی که ممکن بود آنجا رخ بدهد بودم، از هتل خارج شدم و با تاکسی به بازار مرکزی شهر رفتم شروع به جستجوی فروشگاههای لباس کردم هر قسمت از لباس های فرم راننده ها را در فروشگاهی یافتم به عنوان مثال کفش ها را در کفش فروشی ابتدای بازار و کلاه را در فروشگاه دیگری در وسط بازار یافتم و غیره را هم همینطور ... و در فروشگاهی که آخرین آن ها را یافتم فرصتی بدست آوردم تا علاوه بر اینکه آن را بخرم آنها را با لباس هایی که تنم بود در همانجا با آن ها عوض کردم و پس از خروج از فروشگاه لباس های قدیمی را درون یک سطل زباله انداختم نباید اثری باقی می گذاشتم. با استفاده از خطوط مترو و یک تاکسی خودم را به سالن محل مراسم

رساندم کمی دیر رسیده بودم اما ظاهراً شانس هم با من یار بود شخصی که من خودم را به شکل راننده اش در آورده بودم تازه به محل سالن برگزاری مراسم رسیده بود از خودرو پیاده شد و به همراه چند نفر به سالن رفت راننده هم همراه با خودرو به پارکینگ سالن رفت و من هم به پشت سالن محل برگزاری آن مراسم رفتم از آنجا با استفاده از دسته کلید ساخت خودم از یکی از در های ورودی فرعی وارد بخش های پشتی سالن شدم و البته خوشحال بودم که این دفعه مجبور نبودم از آن پنجره وارد سالن بشوم. در راهروها می رفتم و البته این مرتبه نگرانی دفعه قبل را نیز نداشتم چرا که آنقدر آن راهرو ازدحام جمعیت داشت که رفت و آمد یک نفر چندان جلب توجه نمی کرد بعلاوه مانند دفعه قبلی به راهروهای آنجا نا آشنا نبودم، به آرامی از مقابل اتاق گریم عبور کردم در آن بسته بود و یک نفر آنجا ایستاده بود و این نشان می داد که به احتمال زیاد افرادی در آن اتاق مشغول آماده شدن برای اجرای مراسم بودند. به هرحال از آنجا عبور کردم دل توی دلم نبود امشب می شد گل سرخ را از نزدیک دید. شاید بهتر بود قبل از شروع مراسم خودم را به محل نورافکن ها می رساندم اما نه اگر تا قبل از شروع مراسم در محل نورافکن ها می رفتم ممکن بود افرادی به آنجا نگاه کنند و در این صورت ممکن بود توسط آن ها دیده می شدم هر چند که چیدمان نورافکن ها به گونه ای بود که مانع از دید واضح افراد حاضر در سالن می شد اما با این وجود بهتر بود

همه جوانب احتیاط را رعایت می کردم بنابراین تا شروع مراسم مدتی زمان داشتم اما کاری برای انجام دادن نداشتم. بهترین حالت برای گذراندن این مدت زمان و اینکه جلب توجه نکنم این بود که کمی در راهروهای آنجا قدم بزنم بنابراین شروع به قدم زدن در راهروهای اطراف کردم. راهروهائی پر از جمعیت که هر یک از افراد مشغول انجام دادن کاری مخصوص به خود بودند تا بتوانند مراسم را به بهترین شکل آن برگزار بکنند و گوئی در آن لحظه هیچکدامشان نه احساس خستگی می کردند و نه خستگی را می شناسند. در راهروهای آنجا در حال حرکت بودم و از آنجاییکه کاری برای انجام نداشتم بر روی افرادی که در راهرو می دیدم دقت بیشتری می کردم همه آنها بدنبال هدفی برای انجام دادن می رفتند تا اینکه در یک لحظه چشمم به شخصی افتاد که در راهروها بی هدف در حال رفت و آمد بود و شباهت زیادی به همان فردی داشت که در روز قبل او را در حال دستکاری تابلوی برق سالن دیده بودم، حتی اگر احتمال آن کم هم بود هم اکنون زمانی بدست آمده بود تا بتوانم او را تعقیب کنم و نسبت به این موضوع مطمئن بشوم و اگر به این اطمینان می رسیدم که او خودش است باید او را در گوشه ای گیر بیندازم و تنها به این ترتیب از علت خراب کاری او مطلع می شدم همینطور که در تعقیب او بودم متوجه شدم که او رفتارهای عادی از خودش نشان نمی دهد و گاهی بدون آنکه متوجه باشد به دیوارها برخورد می کرد! اما چطور امکان داشت؟

همینطور به تعقیب او ادامه دادم تا اینکه کمی مانده به یکی از پیچ های راهرو خودم را به او رساندم و همینکه به آن پیچ رسیدیم در این فرصت مناسب دستم را روی شانه اش گذاشتم تا به سمت من برگردد و بتوانم صورت و چهره اش را دقیق تر ببینیم از آنچه لمس می کردم متعجب شده بودم بدنش مانند سنگ سخت شده بود اما آنچه با برگرداندن صورتش با آن مواجه شدم بسیار عجیب تر بود بگونه ای که حالت و فرم بدنش را بطور کلی فراموش کردم، چهره ای یخی که با لوازم آرایشی سعی کرده بود کمی به آن جان بدهد اما این ماجرا به اینجا ختم نمی شد، در بین موهای سرش هم یک کرم سفید و در حال حرکت دیده می شد ظاهراً عفونتی در سرش باعث بوجود آمدن و زندگی آن کرم بر روی سرش شده بود منظرهٔ ترسناک و پلیدی بود هنوز مات و مبهوت این موضوع بودم که از این فرصت استفاده کرد و با هل دادن من به گوشه ای خودش را در بین جمعیت پنهان کرد و دیگر نمی توانستم او را ببینم از روی زمین بلند شدم و همینطور نگاههای افراد در آن راهرو به سمت من بود با دست به آن ها اشاره ای کردم و به آن ها گفتم: " چیزی نیست اتفاقی بود".

از بین جمعیت یک خانم گفت: "مطمئن هستید؟! اما من دیدم که آن مرد شما را هل داد".

لبخندی از روی اجبار زدم و با خنده گفتم: " یک اتفاق و شاید یک شوخی دوستانه بود".

ظاهراً لبخندم باعث جلب اعتماد و اطمینان آن ها شده بود و جمعیتی که آنجا به نظاره کردن من مشغول شده بودند از آنجا پراکنده شدند و هر کدام برای انجام کارهای خودشان به طرفی رفتند تنها همان خانمی که در ابتدا با نگرانی واقعیت را گفته بود و واقعیت را دیده بود هنوز ایستاده بود و مات و مبهوت به من نگاه می کرد با لبخندی از او تشکر کردم و سعی کردم همه چیز را عادی نشان دهم به این دلیل رفتارم با وجود دل مشغولی به وجود آمده شکل عادی داشت، اما نمی دانم که چرا آن خانم از آنجا نمی رفت؟! و چرا اینگونه به من نگاه می کرد؟! کمی به او نزدیک شدم و بابت نگرانی که برای او بوجود آورده بودم از او عذر خواهی کردم، اما همچنان به من خیره شده بود سرانجام دلش را به دریا زد و از من پرسید: " می شود به من بگوئید من شما را کجا دیده ام؟"

با این پرسش او کمی توجهم به چهره اش جلب شد؛ یعنی امکان داشت که من قبلاً او را در جائی دیده باشم؟ بی گمان این پرسش او بی علت نبود کمی که بیشتر دقت کردم به یادم آمد، آری خودش بود همان خانمی که در آن کوچه مورد آزار و اذیت آن مرد شرور قرار گرفته بود، آری، خودش بود همان خانمی که آن مرد را با آن میله که از محل زباله ها برداشته بود به شدت مجروح کرده بود.

نگاهم را از او دزدیدم و به او گفتم: "شاید در یکی از همین خیابان ها شما را دیده باشم و یا شما من را دیده باشید به هر حال چندان تفاوتی نمی کند"

نگاهش را به من دوخته بود و من ادامه دادم:" احساسی به من می گوید که شاید هم شما من را در یکی از همین خیابان ها از دست فرد شروری نجات داده باشید"

با شنیدن این جمله از جانب او کمی خودم را جمع کردم و سرم را پائین انداختم اما در جوابش چیزی نگفتم، نمی دانستم چطور توانسته بود مرا بشناسد اما احتمالاً در آن شب او من را دیده بود، اما این موضوع امکان نداشت به خصوص اینکه در آن شب گریم هم داشتم که با گریم امشب من متفاوت بود!

گرمی نگاهش را بر روی خودم احساس می کردم دوباره برای دیدن واکنش او به سمت بالا نگاه کردم با لبخند او مواجه شدم و گفت: "شاید این احساس من اکنون حسی مانند حس ششم می باشد و یا فراتر از آن اما به طور یقین می گویم هرچه که هست حس خوب و زیبایی است که بهتر از من تو را می شناسد".

با گفتن این جمله بدون آنکه ادامه بدهد از همان سمتی که آمده بود دوباره به همان سمت رفت و هنوز هم دور شدن او را تا انتهای راهرو که به سمت راست پیچید، می دیدم و من هم با دقت اما به

گونه ای که جلب توجه نکنم راهروها و اتاق هایی را که گمان می
کردم آن موجود می تواند در آن ها پنهان شده باشد را تا جائی که
امکان داشت به دنبال آن موجود گشتم ولی انگار آب شده و به
داخل زمین رفته بود. در کنار یکی از پنجره ها ایستادم و به بیرون
نگاه کردم که ناگهان او را دیدم که در محوطهٔ باز اطراف سالن به
سمت پارکینگ می دوید و خودش را به پارکینگ سالن رساند به
سرعت سوار همان اتومبیل قدیمی شد و رفت. ظاهراً در آن شب
دیگر کاری از دست من در مورد آن موجود بر نمی آمد به جز صبر
کردن اما به هر حال در ظاهر امر خطر آن موجود امشب در آن
سالن از بین رفته بود و از این حادثه تنها مشغولیت ذهنی برای
من باقی مانده بود اول اینکه آن زن چرا و چگونه من را آشنای
خودش دانست؟ و چگونه مرا شناخت؟ و دوم اینکه آن موجود که
بود؟ و جالب بود که هر چه بیشتر فکر می کردم گوئی بیشتر به
حقیقت نزدیک می شدم تازه یادم آمد که آن چهره یخ زده را کجا
دیده بودم، خودش بود آن موجود بیشتر شبیه به آن مردی بود که
در آن شب همان زن که در راهرو بود با آن میله او را مجروح کرده
بود این خودش اولین سرنخی بود که می توانستم با استفاده از آن
به راحتی به دنبال حقیقت بگردم.

دیگر چیزی به شروع مراسم نمانده بود و من باید خودم را به محلی
که شب گذشته یافته بودم می رساندم یعنی به پشت نورافکن ها،

تنها با کمی دقت از همان راهی که دیشب یافته بودم خودم را به پشت نورافکن ها رساندم و در آنجا منتظر شروع مراسم شدم از آنجا دید کاملی داشتم و تقریباً هیچ فردی هم نمی توانست من را ببیند و این را باید مدیون نور شدید نور افکن های آنجا می بودم با شروع مراسم خانمی به روی جایگاه سالن رفت و با شروع صحبت های او مراسم آغاز شد. تنها یک مورد باقی می ماند و آن هم دمای زیاد آن جا بود که در اثر گرمای خروجی پروژکتور و نورافکن ها بوجود آمده بود، چاره ای هم به جز تحمل آن نداشتم، مجبور شدم کتی که تنم بود را از تنم در بیاورم و این کار باعث شد تا حداقل چند درجه احساس خنکی بیشتری کنم. کت را بر روی سرم انداخته بودم و بی صبرانه منتظر بودم و به آن مراسم نگاه می کردم افراد یکی پس از دیگری به سوی جایگاه می آمدند و بخش های مربوط به خودشان را انجام می دادند و یا اجرا می کردند و می رفتند و برخی دیگر نیز سخنرانی می کردند. اما هنوز نوبت به گل سرخ نرسیده بود با آمدن او به جایگاه صدای ضربان قلبم را می شنیدم و این موضوع تا آن زمان برایم اتفاق نیفتاده بود که با دیدن فردی این چنین حالتی به من دست بدهد و چه حس متفاوتی بود که در آن لحظات تجربه می کردم گوئی این حس از دنیائی دیگر آمده بود نمی توانستم چشم از او بر دارم و این شاید خودش نشانه ای از یک اتفاق در حال وقوع بود با تمام شدن اجرایش من هم باید می رفتم اما فکری به ذهنم رسید می توانستم جایم را تغییر

بدهم به این ترتیب او را که در بین حاضران نشسته بود را برای
مدت بیشتری هر چند از دور ببینم و همین کار را هم کردم حس
خوبی بود شاید از دور دیدن او هم باعث آرامش من می شد اما چه
فایده او که از این حس من بی خبر بود، شاید در این بی خبری
خوش خبری برای او بود. در آن لحظه چیزی که برای من قابل
پنهان کردن نبود همین حس من بود. همینطور که به او نگاه می
کردم گاهی به سمت من نگاه می کرد هر چند که مطمئن بودم
که آن نور حاصل از پروژکتورها مانع از دیده شدن من است اما با
این وجود مثل پسر بچه ای بازیگوش خودم را پشت لبۀ کتی که
روی سرم کشیده بودم پنهان می کردم و با گوشۀ چشمم از شکاف
کت او را نگاه می کردم شده بودم، همان خجالتی ترین پسر بچۀ
دنیا که پیش از این از هیچ چیزی ترسی نداشت. او با من چه کرده
بود که این چنین متفاوت شده بودم، بودن در کنار او حتی از دور
هم خوب بود و شاید به همین دلیل این لحظات به سرعت باد
گذشت و من تنها نظاره گر این گذر عمر بودم. مراسم به اتمام
رسیده بود و او هم همراه با دوستانش از آنجا خارج شد اما من باید
کمی منتظر می ماندم و پس از آن که کمی آنجا خلوت تر می شد
از سالن خارج می شدم به این دلیل در همانجا که بودم دراز کشیدم
و کت را روی صورتم کشیدم و غرق در رویا شدم نمی دانم که
چطور خوابم برده بود که آن کابوس را دیدم، می دیدم که کوردل
دوباره به سراغم آمده است و در آن راهروها به دنبال من می دوید

تا اینکه به آن اتاق رسیدم یعنی همان اتاق گریم و زمانی که در آن را با کلید گشودم تعداد زیادی کوردل از آن اتاق بیرون آمدند و با این کابوس از خواب پریدم، نمی دانم که دقیقاً چه مدت خوابم برده بود که همه آن جمعیت رفته بودند و من با سالنی خالی مواجه بودم که حتی یک نفر هم داخل آن نبود بنابراین با خیال راحت از آنجا بیرون آمدم و به سمت پشت سالن رفتم و هرجائی هم که به در بسته ای بر می خوردم با استفاده از همان کلید ها که ساخته بودم آن را می گشودم تا اینکه از آن سالن خارج شدم با استفاده از اتوبوس ها و مترو و تاکسی خودم را به هتل رساندم چیزی به صبح نمانده بود و هوا گرگ و میش بود. وقتی که به اتاقم رسیدم روی تخت دراز کشیدم اما خوابم نمی برد گوئی چشم انتظار چیزی بودم یکی دو ساعت به همین منوال گذشت کمی در اتاق راه رفتم و از پنجره به بیرون از اتاق نگاه کردم تعدادی با لباس های فرم شرکت های خدماتی برای جمع کردن تابلوهای تبلیغاتی مراسم شب گذشته آمده بودند و چه زود آن ها را با تبلیغ یک خوراکی جایگزین کردند گوئی زمان برای هیچ فردی توقفی نداشت.

بخش ششم: بازگشت به خانه

صدای در اتاق را شنیدم به سمت در رفتم و در را گشودم مادرم بود با تعجب به من نگاه می کرد و می گفت: " تازه از خواب بیدار شده ای بهتر است کمی بجنبی، وگرنه ممکن است به پرواز نرسیم و رفت".

تازه یادم آمد امروز آخرین روز سفرمان در این شهر بود شهری که از دیدنیهای آن هیچ چیزی را ندیده بودم و تنها در پی دیدنی ترین پدیده این روزهای خودم رفته بودم یعنی گل سرخ و اکنون قرار بود که ما به خانه مان بازگردیم در آن لحظه تمام کاری که باید انجام می دادم این بود که لوازم و لباس هایم را داخل چمدان می گذاشتم اما تازه یادم آمد که باید لوازم داخل کانال های هوا و بخش تأسیسات هتل را هم به نوعی جمع و جور می کردم که کسی از وجود آن ها آگاه نشود برای همین حجم کاری دو برابر از آنچه انتظارش را داشتم باید انجام می دادم و بلافاصله دست بکار شدم تمام لوازم داخل کانال ها و همنیطور داخل بخش تأسیسات هتل را داخل جعبه هائی که در روزهای قبل از بسته بندی خوراکی های مختلف جمع آوری کرده بودم قرار دادم و داخل پاکت های پلاستیکی پیچیدم و پس از آن با نوار چسب محکم آن ها را بستم و بسته بندی کردم. تقریباً تمام اطراف آن ها با نوار چسب پوشانده

شده بود. از آنجائیکه در تمام طول استفاده از آن ها دستکش داشتم هیچ اثر انگشتی از من بر روی آن ها باقی نمانده نبود و تمام آن ها را در یکی از کانال های هوا که از نظر دسترسی در دورترین نقطه قرار داشت پنهان کردم. حتی اگر کسی هم آن ها را می یافت بازهم مدرکی بدست نمی آورد و لباس ها را هم درون چمدانم قرار دادم و چمدانم را بسته بودم و به این ترتیب برای بازگشت به خانه آماده شدم در فرودگاه گل سرخ را دیدم که همراه چند نفر دیگر به سمت دیگر فرودگاه می رفتند و این موضوع خودش باعث شد تا برای مدتی احساس دلتنگی کنم اما باید خودم را به دست سرنوشت می سپردم، همانطوریکه تا کنون به سرنوشت سپرده بودم. به همراه پدر و مادرم سوار هواپیما شدیم در طول پرواز هم با وجود تلاشی که کردم خوابم نبرد تا سرانجام به شهر خودمان رسیدم و به خانه رفتیم زمانی که به خانه رسیدیم احساس خوبی داشتم و اصلا احساس خواب آلودگی نمی کردم کمی در باغ قدم زدم و سپس به اتاقم رفتم و لباسم را عوض کردم بر روی تختم دراز کشیدم احساسی عجیب را تجربه می کردم گوئی دلم می خواست که کمی با بوتهٔ گل سرخ در باغ خانه از دلتنگی خودم بگویم و در همین حال و فکر بودم که به خواب سبکی فرو رفتم.

خواب عجیبی می دیدم، در آن خواب سایه ای سیاه به دنبال من می آمد اما نه حرفی می زد، نه چیزی می خواست و تنها به دنبالم می آمد گوئی خواسته ای داشت که از گفتن و خواستن آن ناتوان بود در خواب به سمتش رفتم در جای خودش میخکوب شد به او نزدیک تر شدم نزدیک و نزدیک...

تا به او رسیدم او از جای خودش هیچ تکانی نمی خورد در نزدیک او متوجهٔ پارچه ای از جنس کتان شدم که تمام بدن او را پوشانده بود اما برای دیدن و دانستن اینکه او کیست باید آن پارچه را از روی صورتش کنار می زدم اما این چه سرنوشتی بود، در میانه ای از شک و تردید و میل به دانستن غوطه ور شده بودم، یعنی چه چیزی می توانست در زیر آن پارچه انتظار مرا بکشد و چرا تا آنجا تعقیبم کرده بود، چرا هم اکنون از جای خودش تکان نمی خورد سرانجام تصمیم خودم را گرفتم شروع به کشیدن آن پارچه از روی او کردم اما گوئی پارچه به هیچ شکلی از جای خودش تکان نمی خورد به هر سمتی که آن را می کشیدم انگار راهی برای برداشتن آن نبود تا اینکه گوشه ای از آن پاره شد اما از روی صورتش کنار نرفت با این وجود من هم دست از تلاش بر نداشتم و به کار خودم ادامه دادم سرانجام از اینکه بتوانم آن پارچه را از روی او بکشم نا

امید شدم و تصمیم گرفتم آن پارچه را از روی زمین به سمت بالا لوله کنم تا اینکه به صورت آن رسیدم صورتیکه آشنا بود آری خودش بود همان فردی که در سالن آن شهر دیده بودم همان شخصی که در راهروی آن سالن به دنبالش گشته بودم با فریادی بلند ترس خودم را از این واقعه و چهرهٔ بی روح او در خواب نشان دادم و با این کار از خواب پریدم. روی تخت نشسته بودم و صورتم خیس عرق شده بود شاید از ترس و شاید از تقلای زیاد اما هر چه که بود حس خوبی نبود به گوشه ملحفه ام نگاه کردم ظاهراً آنچه در خواب از شدت کشیدن پاره شده بود همان ملحفه روی تخت بود... از خواب پریده بودم و روی تخت نشسته بودم و به این کابوس فکر می کردم. تقریباً مطمئن بودم که شخصی که توی خواب دیده بودم همان فرد بود، آری خودش بود همان مرد داخل راهروی آن سالن در آن شهر و همان دزدی که چند وقت قبل در آن خیابان دیده بودم و آن زن با میله ای به سرش ضربه زده بود اما چطور این حوادث می توانست حقیقت داشته باشد؟!

این موضوع ذهنم را به خودش مشغول کرده بود برای رهایی از آن تنها یک راه پیش روی من بود باید از حقیقت ماجرا آگاه شوم و بس!

به سرعت دست و صورتم را شستم و در آینه به خودم نگاهی انداختم هرچند که بیدار بودم اما آنچه در آینه می دیدم هنوز هم دلش می خواست که کمی بیشتر بخوابد هنوز هم به استراحت نیاز داشت اما چاره ای هم نداشتم و باید به حقیقت ماجرا پی می بردم به چهره داخل آینه قول دادم که بعد از این ماجرا کمی بیشتر به او استراحت بدهم از اینکه خودم به خودم قول می دادم که کمی بیشتر استراحت بکنم خنده ام گرفته بود، به اتاقم بازگشتم و لباس هایم را عوض کردم و دو مرتبه راهی یک ماجراجویی جدید شدم به سالن خانه که رسیدم احساس گرسنگی داشتم به آشپزخانه رفتم، زمانی که به آشپزخانه رسیدم سریع و بدون توجه به آنچه که بر می داشتم در حالت ایستاده چند لقمه ای صبحانه خوردم و راه خانهٔ قدیمی را در پیش گرفتم دوباره انگار روزها حالت عادی خودش را یافته بود و این من بودم و همان خلق و خوی ثابت و همیشگی و فردی که بدون تغییر تلاش می کرد اما هر روز بر دانش و تجربه او افزوده می شد. زندگی تکراری این روزهای آدمیان بطور مداوم حول نقطه ای ثابت در گردش است و این تنها خود انسان است که باید آن را متحول سازد و برای اینکار تنها باید یک نقطه را تغییر بدهد یعنی همان یک نقطه ثابت را. در همین افکار غرق

شده بودم که خودم را در کنار گل سرخ داخل باغ یافتم گوئی به شادابی گذشته نبود اما هر چه که بود زیبا بود و من او را دوست داشتم دستی بر آن کشیدم و نوازشش کردم گوئی جان دوباره گرفته بود اما از آن جالب تر این بود که من هم انگار با نشستن کنار او تمام خستگی این روزهای خودم را به دست نسیم سپرده بودم و فراموش کردم دقیقاً نمی دانستم که نشستنم در کنار گل چه مدت طول کشید اما زمانی به خودم آمدم که پرتوهای نور خورشید گلبرگ های گل سرخ را نوازش می داد، در این هنگام بود که او را به همان پرتوهای خورشید سپردم و دوباره به سمت آن خانه قدیمی راهی شدم به خانۀ قدیمی رسیدم بوی علاقه مندی مرا می داد یعنی جستجوی ناشناخته ها مستقیماً به سراغ کتاب خانه و کامپیوتر آنجا رفتم آری جستجوی جدید من از همین لحظه آغاز شده بود شروع به جستجوی در بین صفحات روزنامه ها کردم در آن تاریخ روزنامه ها تنها کلیاتی از واقعۀ آن شب را آنهم به صورت مختصر آورده بودند و تنها به مجروح شدن آن مرد توسط ضربه ای به سرش در صفحه حوادث روزنامه ها اشاره ای کوتاه شده بود به سراغ بایگانی پلیس هم رفت به این ترتیب داده های بیشتری در اختیارم قرار می گرفت داده های آنجا نیز چندان زیاد نبود و

تنها محدود به همان چهار چوب کلی پرونده هایی از این دست بود بنابراین ترجیح دادم تا برای بررسی بیشتر به سراغ صفحات حوادث روزنامه ها در چند روز بعد از آن حادثه هم بروم. جالب بود که آن مرد سه روز بعد از حادثه آن شب به علت شدت جراحات وارده فوت کرده بود و مطابق پرونده پلیس این موضوع به تایید پزشکی قانونی هم رسیده بود اما بر اساس آنچه که من دیده بودم این امکان نداشت و عملاً غیر ممکن بود من او را چندین مرتبه دیده بودم. کمی گیج شده بودم و نیاز به بررسی بیشتری در این مورد خاص داشتم و این آغاز ماجرا بود بنابراین دوباره وارد سایت پلیس شدم و پرونده های داخل آرشیو آن را جستجو کردم تا سرانجام چند نامه مربوط به پرونده او را یافتم شروع به خواندن آن ها کردم و تصاویر پیوست آن ها را دیدم در این پرونده هیچ اشاره ای به اظهارات آن مرد نشده بود و گفته شده بود که پس از یافتن وی تا زمان مرگ در بیهوشی به سر برده است پس از این بخش می شد فهمید که هیچ اطلاعاتی در مورد آن زن در دست نیست، تنها یکی از همسایه ها در اظهاراتش گفته بود که از پنجره خانه اش دیده است که آن ها سه نفر بوده اند یک نفر همان شخصی بوده است که با میله مجروح شده بود و دو نفر که به وی حمله کرده اند یک

نفر که او را با میله مورد حمله قرار داده است و شخص دیگری که ظاهراً کمی دورتر خودش را پنهان کرده بوده است، کمی به این بخش از پرونده فکر کردم اما آنجا که تنها آن مرد و آن خانم بودند و شخص دیگری حضور نداشت پس شخص سوم چه کسی می توانست باشد؟!

کمی بیشتر که پرونده را خواندم متوجه شدم که او مرا که آن شب آنجا بودم و کمی دورتر پنهان شده بودم را هم دیده است، خیالم راحت شده بود به این ترتیب موضوع دستیار داشتن آن مرد منتفی می شد. در پایان پرونده هم عکس های مربوطه به وی را چه در محل وقوع حادثه و چه در محل بیمارستان نگاه کردم به یاد تخت های ایزوله افتادم و ماجراهای مربوط به آن، البته این موضوع هم دست کمی از آن نداشت.

ضربه وارده به سر وی در سمت چپ جمجه بود و آن مردی هم که من در راهروی سالن دیده بودم سمت چپ جمجمه اش دارای عفونت بود و این اولین ارتباط بین آن مرد رنگ پریده در راهروی سالن و این شخص فوت شده باشد، در صفحاتی از پرونده اش عکس هائی مربوط به محل دفن او در گورستان شهر وجود داشت

که آدرس آن را نیز در توضیحات پائین آن عکس نوشته شده بود.
پس باید از واقعیت ماجرا پرده بر می داشتم، در احتمال اولیه گمان
می کردم که آن شخصی که من در راهروی سالن دیده بودم فردی
شبیه به مرد رنگ پریده می باشد اما اثری که در سمت چپ جمجۀ
او بود این موضوع را با تردید همراه می کرد.

بنابراین باید راهی برای دانستن این موضوع می یافتم و شاید اولین
و ساده ترین راهی که می شد به این موضوع پی برد رفتن به محل
دفن او و اطمینان از دفن وی بود و به این ترتیب حقیقت روشن
می شد. اما این موضوع به این سادگی هم که به نظر می رسد نبود
و نباید بدون طرح و نقشه قبلی به سراغ آن می رفتم خصوصاً که
در این مورد با توجه به نوع مرگ آن فرد که با ضربه ای در سرش
مرده بود حساسیت بیشتری وجود داشت و می توانست هر فردی
را در محل اتهام قرار بدهد و دوباره به پرونده آن مرد در آرشیو
پلیس بازگشتم و شروع به خواندن دقیق تر آن کردم محل دفن آن
مرد در قبرستان شهر و قطعه عمومی آن بود و شاید این به همین
علت بود که هیچ آشنا، دوست و یا وابسته ای هم در پرونده اش
برای او معرفی نشده بود.

بخش هفتم: گورستان

آن مرد یک فرد تنها بود حالا که آدرس محل دفن جسد وی را داشتم باید برای امشب آماده می شدم پس بهترین کار این بود که قبل از آن به محل قبرش می رفتم و از نزدیک آن محل را می دیدم نباید زمان را از دست می دادم شروع به تغییر قیافه و گریم خودم کردم تقریباً در این کار به مهارت بالائی رسیده بودم و می توانستم در زمان کوتاه تری نسبت به قبل خودم را به شکلی که می خواستم گریم کنم. این بار خودم را به شکل یک پیرمرد معقول و مورد احترام گریم کردم و با آن از خانه خارج شدم و به سمت قبرستان شهر راهی شدم چند کوچه ای را که پیاده طی کردم در ایستگاه اتوبوس منتظر ماندم با آمدن اتوبوس مسیری که به قبرستان می رسید سوار شدم و بخش بیشتر راه را با آن رفتم در این میان چند مرتبه خط هم عوض کردم در راه چند نفر در هنگام سوار و پیاده شدن از اتوبوس کمکم کردند و همینطور یک نفر جای نشستن خودش را به من داد، تقریباً مطمئن شده بودم که کار گریمم را به درستی انجام داده ام و گریمم این مرتبه خوب از کار در آمده است اما از اینکه می دیدم هنوز هم روابط انسان ها دارای احترام و نوع دوستی است به وجد آمده بودم. تا سرانجام به قبرستان رسیدم. از ورودی قبرستان وارد آن شدم در کنار بعضی از قبرها افرادی ایستاده بودند برخی به همراه خودشان شاخهٔ گلی هم آورده بودند و تعدادی هم در حال تمیز کردن قبرهای دوستان و یا وابستگان خودشان بودند. باید قطعه عمومی قبرستان را می

یافتم بنابراین از یک نفر آدرس پرسیدم باید سعی می کردم که برخلاف اتوبوس حمل و نقل شهری در این مکان زیاد جلب توجه نکنم اما با همان پرسش من آن فرد پرسید شخصی به شکل و پوشش شما با آن قسمت از قبرستان چه ارتباطی می تواند داشته باشد؟ آیا اتفاقی افتاده است؟! کمکی از دست من بر می آید؟ کمی دست و پایم را گم کردم البته زود خودم را جمع و جور کردم و با صاف کردن گلویم در حالی که صدای یک پیرمرد را تقلید می کردم گفتم: " با آنجا کاری ندارم اما .."

از همین لحظه دوباره به آن حالت قبلی دچار شدم یعنی می توانستم هر مکانی را که دلم می خواست ببینم در آن حال به محل عمومی قبرستان رفتم و در قطعهٔ مجاور آن نام یک نفر را از روی سنگ قبر وی خواندم و به حالت عادی بازگشتم.

و ادامه دادم: " در قطعهٔ کناری بخش عمومی قبرستان شخصی از دوستانم به نام .... دفن شده است می خواهم به آنجا بروم"

ظاهراً این فرد هم هنوز احترام خاصی برای افراد مسن قائل بود دست مرا گرفت و به محل آن قبر برد درست همان قبری که مدتی قبل و در آن حالت ماوراء تصویر آن را دیده بودم و نام آن را به او گفته بودم، با دیدن آن قبر گوئی هم خیال او راحت شده بود و هم اینکه من از دردسری کوچک راحت شده بودم باید تا رفتن و دور

شدن آن فرد از کنارم صبر می کردم بنابراین کنار قبر نشستم و آن مرد هم که خیالش راحت شده بود از آنجا رفت از آنجائیکه نشسته بودم همه چیز به راحتی در قطعه عمومی دیده می شد بنابراین همانجا نشستم و همهٔ اتفاق ها را زیر نظر گرفتم خوشبختانه قطعه عمومی خلوت بود و عبور و مرور خاصی در آن صورت نمی گرفت به جز چند نفر خانه به دوش که از این طرف به آن طرف بدون هدف مشخصی می رفتند، شروع به شمارش قبرها کردم تا محل احتمالی آن قبر را بیابم، محل آن اگر جهت شمارش من درست بوده باشد تقریباً وسط آن بخش از قبرستان بود از جایم بلند شدم و به سمت آن محل رفتم وقتی که به آنجا رسیدم روی سنگ قبر را خواندم شمارش من درست بود و این همان قبر مورد نظر بود یعنی همان قبری که آن مرد رنگ پریده بر طبق پرونده پلیس باید در آن دفن شده باشد. بنابراین چند دقیقهٔ دیگر آنجا ماندم و اطراف آن قبر را نگاه کردم در اطراف آن تعدادی قبر بود که اسم و مشخصات فردی روی آن ها نوشته شده بود و تعدادی هم گورهائی بود که تازه کنده شده بودند و هنوز فردی در آن ها دفن نشده بود و خالی بودند و تعدادی هم مشابه همین قبر بودند اما آشنائی برای آن ها وجود نداشت و در تنهائی خودشان به سوگ نشسته بودند اما چیز دیگری که اطراف آن قبر در آن قطعه عمومی جلب توجه می کرد تعداد افراد بی خانمان بود که در حال قدم زدن بودند و یا اینکه در گوشه ای نشسته بودند! بعد از اینکه محل

آن قبر را یافتم از قبرستان بدون جلب توجه خارج شدم و به سمت بازار شهر رفتم در آنجا مقداری ابزار خریدم قصد داشتم امشب با استفاده از این ابزارها از آنچه درون آن گور بود آگاه شوم و سپس به قبرستان بازگشتم و آن ابزارها را بدون آنکه دیده شود و یا خودمم جلب توجه کنم در گوشهٔ یک قبر خالی پنهان کردم و با خیال راحت از آماده بودن همه چیز به خانه قدیمی بازگشتم زمانی که به آنجا رسیدم تقریباً عصر شده بود به سرعت گریمم را پاک کردم و لباسم را عوض کردم و به سمت خانه رفتم در باغ مادرم را دیدم که به سمت من می آمد از او علت این کارش را پرسیدم و او پاسخ داد که در حال آمدن به سمت خانه قدیمی بوده است تا مرا برای صرف عصرانه به خانه بازگرداند، با شنیدن این حرفش نفس راحتی کشیدم که او قبل از خروج من از خانه قدیمی به آنجا نرسیده است. به هر حال همراه با او به سمت خانه رفتیم این مرتبه در میدان ورودی خانه پدرم هم بود دور میز کنار یکدیگر نشستیم و به حرف زدن مشغول شدیم این مدت زمان به حدی خوب بود که هیچ کدام از ما متوجه گذشت زمان نشدیم هوا تقریباً تاریک شده بود پدرم و مادرم به همراه هم به خانهٔ یکی از دوستان قدیمی شان رفتند و من هم مطابق معمول به خانهٔ قدیمی رفتم این مرتبه خودم را به شکل یکی از همان خانه بدوش ها در آوردم در آن موقع شب در آن قسمت از قبرستان این تنها شکلی بود که می توانست توجه کسی را جلب نکند از خانه قدیمی خارج شدم به

سمت قبرستان قدیمی راه افتادم در راه به کیسه ای که در آن یک دست لباس معمولی بود نگاه کردم با وجود آن خیالم راحت تر بود زیرا می توانستم در صورت نیاز تغییر قیافه دیگری هم بدهم و بعد از آن سوار بر آخرین اتوبوس شیفت شب به سمت آن قبرستان راهی شدم در بین راه افکار مختلفی از ذهنم عبور می کرد و نمی دانستم که در آنجا چه اتفاقی انتظار مرا می کشید به هر حال باید می رفتم گوئی این اشتیاق به مسئولیتی بود بر دوش آگاهی خودم از حقایق که باید آن را به پایان می رساندم در همین زمان بود که به ایستگاه آن قبرستان رسیدم و پیاده شدم با دیدن سر و وضعی که داشتم راننده اتوبوس هم از من کرایه ای نگرفت و رفت، حال باید به آن قطعه از قبرستان که قبر آن مرد رنگ پریده در آن بود می رفتم اما نمی خواستم از در اصلی وارد شوم چون مطمئن بودم که نگهبان آنجا مانع ورود من خواهد شد اما بد نبود که بررسی کمی هم، قبل از وارد شدن به قبرستان در اطراف اتاقک نگهبانی داشته باشم اما با رسیدن به محل نگهبانی متوجه شدم که آنجا خالی است ظاهراً او برای چند دقیقه به سرویس بهداشتی کنار اتاق نگهبانی رفته بود پس فرصت مناسبی بود تا وارد قبرستان بشوم و بلافاصله وارد آنجا شدم نور ماه و سکوت تنها چیزهائی بودند که همراه من می آمدند باید برای رسیدن به قطعه عمومی قبرستان از بین سایر قطعات که پر از قبرهای بزرگ و کوچک بود می گذشتم و چاره ای هم به جز این نداشتم من بودم نور ماه و سکوت و راهی

که از میان قبرها به قطعهٔ عمومی قبرستان می رسید بلاخره دلم را به دریا زدم و اولین گام را برداشتم هرچه که باشد از ماجراهای غار کوردل و قبرستان کنار آن وحشتناک تر نبود اما با گذاشتن اولین قدم برروی زمین بین گورها صداهائی از اطراف به گوش می رسیدند زمزمه های نامفهومی که ابتدا گمان می کردم که توهم یا چیزی شبیه به آن است اما پس از چند قدم متوجه شدم که این صداها دقیقاً از قبرستان و اطراف من به گوشم می رسد کمی به سمت راست رفتم حدسم کاملاً درست بود این صداها در فضای گورستان گسترده شده بود اما از کجا و چرا نامفهوم بودند؟ کمی جلوتر که رفتم مطمئن شدم که این صداها از نزدیک خودم است ولی آرام است و زمزه گونه پس اگر از نزدیک است می شد چند قدمی از مسیرم فاصله بگیرم و منشأ حداقل یکی از آن صداها را بیابم، پس چند قدم دیگر به سمت راست رفتم و متوجه شدم که این صداها خیلی از آنچه فکر می کردم فراگیرتر است آری تقریباً از تمام قبرستان به گوش می رسید، این صداها مربوط به چه اتفاقی می توانست باشد؟ کمی در بین قبرها راه رفتم متوجه شدم که این زمزمه ها از درون قبرهاست اما چرا؟ تا به حال چیزی به این عجیبی نشنیده بودم خم شدم تا کمی واضح تر بشنوم که این صدای چیست؟ زمزمه ها واضح تر شد اما با وجود باقی زمزمه هائی که در فضای گورستان پیچیده بود تشخیص آن صداها کمی دشوار بود، کمی بیشتر خم شدم زمزمه ها واضح تر شدند بنابراین تصمیم

گرفتم که بر روی دو زانوی خودم بنشینم و گوشم را روی سنگ قبر بگذارم و گوش دیگرم را با دستم بگیرم شاید به این ترتیب صدای واضح تری بشنوم، باید اعتراف کنم این اولین مرتبه بود که تا به این اندازه گیج می شدم با آن همه لوازمی که همراه خودم آورده بودم نمی توانستم به راحتی روی دو زانوی خودم بنشینم به این دلیل دستم را روی سنگ قبر گذاشتم تا با تکیه بر آن روی دو زانوی خودم بنشینم از آنچه احساس می کردم تعجب کردم آن سنگ قبر داغ بود بسیار داغ تر از آنچه فکرش را کنم تقریباً سوزان بود و نمی توانستم دستم را برای مدت طولانی روی آن نگه دارم دستم را از روی آن کشیدم و با دست دیگرم آستینم را رویش کشیدم، این حرارت از چه چیزی می توانست باشد؟!

زمزمه های خفیف و رمز دار گونه و قبرهائیکه از شدت حرارت حتی دستم را نمی توانستم روی آن بگذارم نشانه ای از کدام عامل ماورائی می توانست باشد و علت آن چه بود؟

این خودش معمائی جدید را پیش رویم گشوده بود به این دلیل تصمیم گرفتم اول معمای آن مرد رنگ پریده را حل کنم و بعداً به سراغ این قبرها بیایم پس باید می رفتم برای بلند شدن نیاز به کمک گرفتن از دست هایم داشتم به این دلیل ناخودآگاه و بدون آنکه خودم بخواهم دستم را روی قبری که در طرف دیگرم بود گذاشتم، بلافاصله داغی آن سنگ قبر که به خاطرم آمد دستم را

کشیدم. با کمال تعجب این سنگ قبر بر خلاف سنگ قبر قبلی داغ نبود و بر عکس خنک هم بود گوشم را نزدیک آن بردم از درون آن صدای خنده هایی مثل خنده کودکان در هنگام بازی به گوش می رسید البته زمزمه گونه و راز گونه بود دوباره به سمت سنگ قبر قبلی چرخیدم و گوشم را به سمت آن بردم تا زمزمه ها را واضح تر بشنوم پوست صورتم در جاهائیکه پوشیده نبود به راحتی تحت تاثیر حرارت برخواسته از آن سنگ قبر قرار می گرفت اما نجواهائی که زمزمه گونه از آن قبر به گوش می رسید جز ناله و زاری و شیون نبود. قبل از آنکه بیشتر جذب کنکاش و کنجکاوی در این مورد بشوم به سمت قبر آن مرد در قطعه عمومی رفتم. تقریباً به نوعی می دویدم به این دلیل در تاریکی بین قبرها بصورت ناگهانی پایم به گوشهٔ یکی از قبرها گیر کرد و به زمین افتادم به اطرافم نگاهی کردم هنوز هم زمزمه ها سکوت شب آن قبرستان را می شکست و نور ماه هم بر ترسناکی آن می افزود از جایم بلند شدم و به سمت آن قبری حرکت کردم که لوازم را قبل از این در آن پنهان کرده بودم و آنقدر به راهم ادامه دادم تا به آن رسیدم با خیال راحت در حال جا به جائی خاک بودم تا بتوانم آن لوازم را از آنجا خارج کنم که ناگهان چیزی غیر عادی را در آن جا با دستم احساس کردم گوئی جان داشت اما در یک قبر خالی و سرد چه چیزی انتظار من را می کشید دلم نمی خواست به درون آن قبر نگاه کنم اما گوئی چاره ای هم به جز این که داخل آن را ببینم نداشتم، اما چه بود؟!

۱۴۲

نگاهی به داخل آن گور انداختم دو چشم در نور کم ماه که وارد آنجا می شد می درخشید اعتراف می کنم که به شدت جا خورده بودم و از شدت این جا خوردگی به عقب پریدم اما چشم از آن گور بر نداشتم... دو مرتبه ایستادم و از بالا به درون آن گور نگاه کردم ابتدا گمان می کردم که شاید حیوانی درون آن گور جا خوش کرده است اما چند ثانیه بعد که دستی شبیه به دست انسان از آن بیرون آمد در حالی که به سمت من اشاره می کرد به یقین رسیدم که آن موجود یک حیوان نیست پس چه موجودی می توانست باشد گوئی زمان خودش در حال حل این معما بود چرا که کمی بعد صورت یک انسان از قسمت تاریک آن گور نمایان شد و کم کم می شد بخش هایی از آن را در نورماه دید چهره ای که اندک اندک در نورماه پیدا شده بود و با دستش در کنارۀ گور به دنبال چیزی می گشت و اندکی بعد به سرعت چیزی را برداشت و به داخل گور برد. دیگر اثری از آن ها نبود تا اینکه صدای گربه ای که در آن حوالی راه می رفت توجهم را به خودش جلب کرد گربه ای که به سمت من می آمد واقعاً چه اتفاقی در حال وقوع بود؟

مسیر نگاهم به سرعت بین آن گربه و آن گور جا به جا می شد باید مراقب هر دوی آن ها می بودم آنچه تاکنون تجربه کرده بودم خودش این درس را به من داده بود که در این دنیا هیچ چیزی غیرممکن نیست و اصلا بعید نبود که آن گربه با رسیدن به من به

موجودی خطرناک تبدیل می شد، آن گربه به من نزدیک تر شد
گربه ای کاملاً سیاه بود اما چرا اینگونه بدون ترس به من نزدیک
می شد؟ به چشمانش نگاه می کردم در چند متری من ایستاد و
روی یکی از سنگ قبرها نشست و به من خیره شد در همین زمان
موجودی به اندازهٔ انسان از گور برخاست با انواع لباس هائی که
روی هم پوشیده شده بود و چهره ای که با یکی از آن لباس ها آن
را پوشانده بود اما این دیگر چه موجودی می توانست باشد؟ او به
سمت دیگر قبرستان نگاه می کرد اما ناگهان به سرعت به سمت
من برگشت و آن تکه از لباسش را از روی صورتش را پوشانده بود
از روی آن بلند کرد و آنچه می دیدم مرا به یاد آن خواب انداخت
که در شب گذشته دیده بودم چند قدم به عقب رفتم، کنار رفتن
آن لباس از روی صورتش در زیر نور ماه چهره ای را نشانم داد که
هنوز هم واضح نبود و صدایی که می گفت: " تازه به اینجا آمده
ای ؟"

با شنیدن این سوال او کاملاً جا خورده بودم برای اینکه چهره اش
را کامل تر ببینم چند قدم به سمت او رفتم و به چهره اش خیره
شدم به سمت آن گربه نگاهی انداختم همچنان به ما خیره شده
بود.

این موجود هم یک انسان بود و این موضوع باعث خوشحالی من
شد چرا که در آن شرایط انتظار هر موجودی غیر از انسان را می

کشیدم و این موضوع می توانست حوادثی غیر قابل پیش بینی را بوجود بیاورد اما او آنجا چه کار می کرد؟!

از او پرسیدم: " منظورت از اینکه تازه به اینجا آمده ای چیست؟"

او پاسخ داد: " فکر می کنم منظورم واضح باشد، یعنی تازه به اینجا آمده ای؟"

از او خواستم تا بیشتر در این مورد توضیح بدهد چرا که آمدن هر فردی در آن موقع شب به آن گورستان کمی عجیب بود. اما او از دیدن من اصلا متعجب نشده بود!

با شنیدن دلایل من گوئی خنده اش گرفته بود و با صدائی تقریباً بلند گفت: "در حال حاضر ما چند نفر هستیم که در گورستان زندگی می کنیم، و این موضوع از مدتی قبل شروع شده است"

با تعجب به او نگاه کردم و علت آن را پرسیدم و او هم در کمال تعجب پاسخ داد:"بی خانمانی"

و از من پرسید:" اما تو چرا به اینجا آمده ای ؟ واقعیت را بگو؟"

مانده بودم که به او چه پاسخی بدهم و همچنان این سکوت بود که بین ما حکم فرما شده بود و ادامه داشت.

و او دوباره پرسید: "چرا به این جا آمده ای؟"

و با توجه به سکوت من حالتی تهاجمی به خودش گرفته بود، از او پرسیدم: "تنهائی؟"

او گفت: " فعلاً خب آره، اما تا یکساعت دیگر باقی افراد هم به قبرستان باز خواهند گشت "

و پس از گفتن این جمله چیزی شبیه به چاقو را از جیبش خارج کرد و در زیر پیراهنش نگه داشت. چاره ای نبود باید هر چه سریع تر برای جلوگیری از برخورد احتمالی جوابی به او می دادم بنابراین به او گفتم: "نمی خواهی امشب مبلغی پول بدست بیاوری؟"

کمی آرام تر و مشتاق به دانستن علت این پرسش من شده بود با حالتی که سرشار از تعجب بود همراه با شک و تردید گفت: "پول؟ اما چگونه؟ از کجا؟"

به او گفتم: " اگر کمکم بکنی که کاری را قبل از آمدن سایر افراد انجام بدهم مقداری پول بدست خواهی آورد"

با تعجب به من نگاهی کرد و گفت: " پول، اینجا، این موقع شب حتماً خیال زده شده ای "

به او گفتم: " به حرف هایم گوش بده، داخل همان گوری که بودی کمی بیشتر خاک ها را بکن و بیرون از گور بریز، آنگاه قبول آنچه که می گویم برایت آسان تر خواهد بود"

با تعجب نگاهم کرد و گفت: " چرا؟ نکند که می خواهی بلائی سرم بیاوری؟"

به او گفتم: " نه، به من اعتماد بکن، و این کار را انجام بده"

با شنیدن این حرف من انگار کمی آرام تر شده بود و به داخل گور رفت و هنوز چند ثانیه ای نگذشته بود که با ابزار و لوازمی که داخل آن پنهان کرده بودم از داخل آن گور بیرون آمد و گفت: "نه مثل اینکه این ماجرا در حال جالب شدن است"

به او گفتم: "چند روز قبل شخصی را در اینجا دفن کرده اند که داخل جیبش کمی پول است نمی خواهی آن را بدست بیاوریم"

لبخندی زد و گفت: "پنجاه، پنجاه"

به او نگاهی کردم و برای طبیعی جلوه دادن این داستان گفتم: " نه"

با حالتی پرخاشگر گفت: "عجله کن تصمیمت را بگیر الان است که باقی افراد برسند و آن وقت همین هم گیرمان نمی آید"

گفتم: "قبول"

و هر دو ابزار را برداشتیم و به سمت آن گور رفتیم با رسیدن به آن گور دستم را رویش گذاشتم نه سرد بود و نه داغ، در حالی که در آن شب هر قبری که دیده بودم یا سرد بود و یا داغ این هم سوالی بر سوالاتم افزود.

با هم شروع به کندن کردیم هرچه که بیشتر می کندیم اثری از وجود جنازه نبود تا اینکه او از کندن دست کشید و گفت: "این قبر خالیست"

به او گفتم: "ادامه بده این امکان ندارد"

اما او ادامه داد: "گفتم که این قبر خالیست، الان مدت هاست که من در این قبرستان زندگی می کنم در این قبرستان سابقه نداد که قبری بیشتر از این گود شود در عین حال خاک زیر آن سخت و دست نخورده است".

حرف او کاملا منطقی به نظر می رسید با این وجود از او خواستم که کمی بیشتر بکنیم و او هم از روی بی میلی گفت: " باشد اما اگر به پول نرسیم من می دانم و تو !"

و شروع به کندن دوباره آن قبر کرد من هم از همان فرصت بدست آمده استفاده کردم و لباسی را که برای خودم و برای احتیاط آورده بودم از کیسهٔ همراهم خارج کردم و هر چی پول داشتم داخل یکی از جیب هایش گذاشتم و منتظر فرصتی شدم تا آن را در زیر خاک های کف آن گور پنهان کنم، برای مدتی به همین شکل ادامه دادیم تا اینکه آن فرد که حسابی خسته و کلافه به نظر می رسید و بیشتر از آن ناامید شده بود با عصبانیت بیل را در گوشه ای پرتاب کرد و سپس در حالی که زیر لب چیزی می گفت از آن گور بیرون آمد و به طرف یکی از گورها راه افتاد تا روی آن بنشیند. این بهترین فرصت برای من بود به سرعت لباس ها را کف آن گور انداختم و با استفاده از پاهایم تا می توانستم و جلب توجه هم نمی کرد آن را با خاک های کف گور مخلوط کردم تا خاکی و گلی به نظر برسد در همین زمان آن فرد بر روی لبه همان گور نشست و با عصبانیت به من نگاه می کرد مطمئن بودم که فکر می کند حرف هایم دروغ بوده است اما در آن زمان چاره ای به جز گفتن آن حرف ها به او نداشتم اما باید قبول کرد که این اتفاق یعنی دیدن او در این زمان و در این مکان واقعا برای من اتفاق خوبی محسوب می شد پس

شاید ارزش پاداشی این چنین را داشت به این دلیل لباس را از کف گور برداشتم کمی با آن ور رفتم و سپس آن را به آن فرد نشان دادم و از دور با صدائی میان بلند و آهسته گفتم: "دیدی که درست گفته بودم، این هم از لباس اما از جنازه خبری نیست!"

شروع به گشتن جیب های آن لباس کردم و در حالی که خودم را خوشحال نشان می دادم به سمت او رفتم و پول ها را از داخل جیب آن بیرون آوردم و به او نشان دادم در حالی که لباس را به گوشه ای انداختم شروع به شمارش پول ها کردم از آنجائی که اسکناس های درشت بود مقدار آن رقم قابل توجهی می شد در ظاهر چند اسکناس برداشتم و باقی را به او دادم اما او بدون اینکه ادامه بدهد و یا اینکه آن ها را بشمارد تمام آن ها را از درون جیبش گذاشت و با انگشت به من اشاره کرد و فهمیدم که منظورش این است که در این مورد ادامه ندهیم من هم ساکت شدم و باقی حرفم را خوردم از دنبال کردن مسیر نگاه او می دانستم که شخصی یا چیزی در پشت سرم است و یا اینکه در آنجا اتفاقی در حال رخ دادن است. او از جای خودش بلند شد به سمت پشت سر من حرکت کرد و هنگامی که از کنارم عبور می کرد آهسته گفت: "تو هیچی نگو خودم همه چیز را درست خواهم کرد"

و از کنارم رد شد چند ثانیه بعد از عبور او به پشت سرم برگشتم و تازه از اتفاقی که افتاده بود آگاه شدم آری باقی افراد یا به عبارتی

همان خانه بدوش هائی که قبلاً دیده بودم بازگشته بودند و تمام آن ها اطراف آن گور حلقه زده بودند و به درون آن نگاه می کردند، من تقریباً مطمئن بودم که هیچ جنازه ای در آن گور نیست و تنها باید راهی برای خروج از آن گورستان می یافتم به این دلیل گاهی به آن ها و گاهی به اطرافم نگاه می کردم و موقعیت را ارزیابی می کردم آیا می توانستم با توجه به تاریکی شب و غفلت آن ها کم کم از آنجا خارج شوم؟ در همین افکار بودم که ناگهان مکالمۀ بین آن ها توجهم را به خودش جلب کرد، یکی از آن ها در حالی که از ترس به خودش می پیچید و عرق سردی روی پیشانی اش نقش بسته بود به سایر آن ها گفت: " دوباره یک مرده زنده شده است"

نگاه همه به سمت او جلب شده بود و یکی با حالت تمسخر گفت: "نه تو خیالاتی شده ای"

در این زمان او ادامه داد: " خودم چند شب قبل که در گور کناری خوابیده بودم با همین چشمانم دیدم که فرد به بالای سر این گور آمده بود با هیبتی انسانی اما درشت تر و بزرگ تر وردهائی را می خواند، آنگاه خاک روی گور به کنار می رفت و آن مرده از خاک بیرون آمد آنگاه آن هیبت عجیب چیزی به او داد که خورد، شبیه به مایعی که از دستش می چکید و ناگهان مرده زنده شد و به همراه او رفت"

سایر افراد به او می خندیدند و تنها من بودم که با شنیدن این حرف های او به فکر فرو رفته بودم، اما آن هیبتی که او از آن سخن می گفت چه کسی می توانست باشد؟ در این افکار خودم غرق شده بودم و به دنبال یافتن راهی بودم تا بتوانم بیشتر از او دربارۀ آن چیزی که دیده بود بپرسم شاید تنها فردی در آن جمع بودم که می دانستم او راست می گوید بنابراین چالش جدیدی پیش رو داشتم همینطور که آن ها به شوخی، مزاح و خنده در بین خودشان مشغول بودند. فردی از بین آن ها خطاب به خانه به دوش همراه من که تا چندی قبل با کمک هم به کندن آن گور مشغول بودیم گفت: "راستی چرا این گور را کنده ای ؟"

و او هم بدون معطلی پاسخ داد: "زیرا می خواستیم جائی برای یک فرد جدید در میان گورها درست بکنیم "

ظاهرا از آن زمان تا کنون بر روی این موضوع در حال فکر کردن بوده است، و در نهایت این سوال را از او پرسیده بود.

جالب بود انگار این افراد بسیار یکدیگر را درک می کردند هر یک با هر وسیله ای که می توانست آن گور را کند و سپس تا می توانستند آن را تمیز کردند و یکی از درون وسایلش تکه ای پلاستیک بیرون آوَرد و اطراف دیوارۀ گور را به وسیلۀ آن پوشاند و به عبارتی ایزوله کرد و سپس روی آن را هم با کمک چند شاخۀ

درخت پوشاند و تکه ای پارچه رویش کشید و آن را با خاک به خوبی پوشاندند و سپس با همدیگر گفتند: "آماده است"

هر یک به سمتی رفتند تازه متوجه زندگی پنهان و جاری آن گورستان شده بودم اما آن مرد که آن واقعه را دیده بود در چند گور آنطرف تر زندگی می کرد به سمت او رفتم و به بهانه اینکه خوابم نمی برد کنارش نشستم و با او شروع به صحبت کردم ظاهراً او هم از اینکه با فردی هم صحبت شود بدش نمی آمد به این دلیل می توانستم به راحتی از هر موضوعی با او صحبت کنم تا به اتفاق آن شب برسم اما او خودش پیش دستی کرد و گفت: "حرف هایم را در مورد آن موجود و جسد داخل آن گور باور می کنی"

پاسخ دادم: "آری"

پرسید : "چرا؟"

به او پاسخ دادم: "از آنجائیکه صادقانه بود"

لبخندی زد و گفت: "آن شب در این گورستان مثل سایر شب ها منتظر بودم که صبح شود آخر می دانی این گورستان شب های وحشتناکی دارد. در نیمه های شب در حالی که از گوشهٔ گور به بیرون نگاه می کردم شخصی به نظرم در حال نزدیک شدن آمد. اول گمان کردم که او یکی دیگر از بی خانمان های این گورستان

است بنابراین به روی خودم نیاوردم اما پس از اینکه نزدیکتر شد تازه متوجه شدم که چه خطری مرا تهدید می کند آری مطمئن بودم که او یک انسان نبود چهره ای بسیار زشت و تیره داشت و تا آنجائیکه چشمم در آن شب تاریک یاری می کرد می توانم بگویم موهائی ضخیم و بلند داشت که از اطراف بر روی شانه هایش ریخته شده بود در نور کم آن شب نمی توانستم به درستی ببینم اما تقریباً مطمئن هستم که او آن جسد را زنده کرد و مایعی که از دستانش بر دهان جسد ریخت همان مایعی بود که بر روی موهایش جاری بود".

ناگهان به چهره ام نگاه انداخت و پرسید: " اتفاقی افتاده است".

پاسخ دادم: "نه، می شود ادامه بدهی".

و او گفت: "اما انگار حالتان خوب نیست".

به او نگاهی کردم و گفتم: " نه طوری نیست، ادامه بده".

در حالی که خودم و تنها خودم می دانستم که با شنیدن آنچه او تعریف می کرد که چه غوغائی در دلم به راه افتاده است اگر آنچه او می گفت درست باشد دیگر شکی باقی نمی ماند که آن موجودی که او از آن تعریف می کرد کوردل بوده است.

پس از اتمام حرف های آن خانه به دوش از او پرسیدم: "آن موجود به تو کاری نداشت؟"

در پاسخ به من گفت: "فکر نمی کنم چرا که هنوز کارش تمام نشده بود که از شدت ترس بیهوش شدم"

به سرعت از او خداحافظی کردم و به داخل آن گور رفتم و از شکاف بین آن و رو اندازی که سقف آن را می پوشاند به دقت اطراف را زیر نظر گرفتم تا در فرصت مناسبی از آنجا خارج شوم اما انگار این کار نشدنی بود چرا که بعضی از خانه به دوش ها روی گورها نشسته بودند و مشغول صحبت و گفتگو با یکدیگر بودند و بعضی هم در حالی که تنها بودند اطراف را نگاه می کردند و در زیر این نگاه ها خروج از آنجا خیلی دشوار می شد اما در مقابل چاره ای هم نداشتم باید قبل از طلوع خورشید از آنجا خارج می شدم. بنابراین تنها لوازم مهم را برداشتم و باقی آن ها را درون همان گور باقی گذاشتم و سینه خیز در بین گورها شروع به حرکت کردم تا اینکه به حاشیهٔ آن قطعه رسیدم تکه ابری در حال حرکت در آسمان بود به این دلیل منتظر ماندم تا برای چند دقیقه روی ماه را بپوشاند و پس از آن به سرعت از آنجا دور شدم. مجبور بودم از گورستان تا اولین ایستگاه اتوبوس را پیاده بروم و جدای از آن هم با آن ظاهری که من داشتم فکر نمی کنم می توانستم غیر از اتوبوس وسیلهٔ دیگری را بیابم که حاضر باشد مرا با خودش ببرد کمی منتظر ماندم می

دانستم که تا شیفت بعدی شروع به کار اتوبوس ها هنوز زمان زیادی باقی مانده است در دور دست نور چراغ های اتومبیلی دیده می شد که در حال نزدیک شدن به من بود خیلی بی تفاوت بودم تقریباً مطمئن بودم که برای من توقف نخواهد کرد بنابراین بر روی صندلی ایستگاه اتوبوس نشسته بودم و به دور دست نگاه می کردم. دو مرتبه نور چراغ های خودرویی را دیدم که در حال نزدیک شدن به ایستگاه اتوبوس بود زمانی که نزدیک تر شد و می توانستم از بین نور چراغ هایش کمی آن را بهتر ببینم متوجه موضوعی شدم خودش بود خودروئی که در پارکینگ سالن برگزاری آن مراسم در آن شهر و در آن شب دیده بودم یعنی او از آن شهر به اینجا آمده بود؟! کمی بیشتر دقت کردم خودروی قدیمی آن پارکینگ بود خودم را از روی صندلی به پائین انداختم و پشت اولین چیزی که یافتم پنهان شدم آن خودرو نزدیک شد و در محل ایستگاه ایستاد پس از چند ثانیه در خودرو باز شد و شخصی را ظاهراً راننده خودرو به زور از داخل خودرو به بیرون پرتاب کرد. چهرهٔ راننده از آنجائیکه من بودم قابل دیدن نبود و پلاک خودرو هم گل مالی شده بود و نمی شد عددی از آن را خواند با دور شدن خودرو با احتیاط به سراغ آن فردی رفتم که از خودرو به بیرون پرتاب شده بود اما او هیچ تکانی نمی خورد ظاهراً او نیز خانه بدوشی بود که در اثر مصرف زیاد مواد مخدر بیهوش شده بود اما نمی شد تنفس او را مشاهده کرد با احتیاط دستش را گرفتم تا ضربان قلب او را کنترل

کنم اما او ضربان قلب نداشت ظاهراً او مرده بود زمانی که می
خواستم ضربان قلبش را برای اطمینان بیشتر از طریق رگ های
گردنش کنترل کنم. با کنار زدن یقه پیراهن او متوجه کبودی دور
گردنش شدم او قبل از بیرون انداخته شدن از آن خودرو به قتل
رسیده بود فرصت زیادی برای ماندن نداشتم سر و صدائی از دور
توجهم را به خودش جلب کرد، تعدادی بی خانمان بودند که به آن
سمت می آمدند. دوباره که پنهان شدم متوجه شدم بی خانمان ها
با دیدن آن جنازه بدون هیچ عکس العملی او را با خودشان بردند
به داخل قبرستان، فرصتی برای تعقیب آن ها نداشتم و باید قبل
از طلوع خورشید خودم را به خانه می رساندم بنابراین شروع به
دویدن در آن راه کردم تا اینکه به اولین خانه های آن اطراف رسیدم
کمی در کنار یکی از آن ها نشستم تا استراحت کنم شخصی از
خانه بیرون آمد و با دیدن من بدون اینکه تعجب کند به سمتم آمد
و سپس گفت : "اینجا چکار می کنی ؟ بلند شو و از اینجا برو"

قبل از اینکه چیزی بگویم با لگد به من کوبید عصبانی شده بودم
اما باید خودم را کنترل می کردم اما شدت عصبانیت به حدی بود
که گوئی چیزی در سرتاسر بدنم به جوش و خروش افتاده بود
دوباره همان حسی که چند وقت قبل آن را تجربه کرده بودم اتفاق
افتاد. نیروئی عظیم از دستانم آن مرد را بلند کرد به دیوار کوبید و
او بیهوش بر روی زمین افتاد بالای سر او رفتم و مطمئن بودم که

به این زودی به هوش نخواهد آمد. سوئیچ ماشینش کنار او و روی زمین افتاده بود آن را برداشتم و برای اینکه او را تنبیه کنم سوار اتومبیلش شدم. سپس به محل مناسبی که رسیدم در هایش را قفل کردم و در گوشه خیابان رها کردم و سوئیچش را هم تا جائی که می توانستم به دور دست ها پرتاب کردم. ظاهرا اولین اتوبوس های شیفت صبح هم فعالیت خودشان را آغاز کرده بودند. سوار یکی از آن ها شدم و به سمت خانه حرکت کردم اما اگر روز می شد نمی توانستم که با آن لباس ها به خانه بروم در راه چند مرحله ایستگاه عوض کردم تا اینکه سرانجام به آخرین اتوبوس سوار شدم و دیگر می شد گفت هوا گرگ و میش شده بود اما اگر می خواستم که با آن ظاهر وارد خانه شوم. مطمئناً اگر فردی من را می دید فکر دیگری در مورد من می کرد بنابراین مدتی را در خیابان ها قدم زدم با طلوع خورشید بر روی یکی از صندلی های پارک نشستم و به فکر فرو رفتم دستم را به جیبم فرو بردم ناگهان به چیزی برخورد کرد زمانی که آن را بیرون آوردم متوجه چند اسکناس شدم که دیشب قبل از رفتن به آن گورستان همراه خودم برداشته بودم و با آن خانه بدوش بخشی از آن را تقسیم کرده بودم، بنابراین تا باز شدن فروشگاه ها منتظر ماندم و سپس به یکی از فروشگاه های لباس در مرکز شهر رفتم و شروع به انتخاب یکدست لباس کردم در همین زمان شاگرد فروشگاه به نزدیک من آمد و گفت: " آیا کمکی از دست من ساخته است؟"

با لبخندی به او گفتم: " البته، اگر می شود یک دست لباس مناسب برای من بیاورید"

متوجه این عمل او نمی شدم که چرا بدون اینکه حرفی بزنم خشکش زده بود و به من نگاه می کرد که ناگهان نگاهم به خودم در آینه افتاد آری کاملاً فراموش کرده بودم من هنوز هم گریمم را داشتم ظاهر یک کارتن خواب... قبل از اینکه چیزی بگوید یکی از اسکناس ها را به او دادم و گفتم: " بجنب پسر، این هم انعام تو ".

گوئی با دیدن آن چند اسکناس دلش گرم شده بود و رفت هنوز چند ثانیه ای نگذشته بود که با یک دست لباس و یک جفت کفش بازگشت با دیدن آن ها بدون اینکه چیزی بگویم قیمت هر کدام را جمع کردم و سپس پرداخت کردم و به سرعت آن ها را در اتاق پروف فروشگاه پوشیدم و لباس های قبلی را هم در یک پاکت قرار دادم و همراه خودم آوردم ظاهرم متفاوت شده بود شروع به قدم زدن کردم. در یک فرصت مناسب آن لباس های گریم را در یک سطل زباله انداختم و به سمت خانه قدیمی رفتم به خانه قدیمی که رسیدم احساس خستگی زیادی می کردم اما با این وجود ابتدا باید از شر آن گریم خلاص می شدم. روبروی آینه و برروی صندلی نشستم اما همواره به آنچه که شنیده بودم فکر می کردم اگر آنچه که او تعریف می کرد کوردل بوده باشد چه؟ اگر کوردل بازگشته باشد چه اتفاقی می افتاد؟

به خانه خودمان رفتم و هنوز به اتاق خودم نرسیده بودم که مادرم را دیدم با دیدن من لبخندی زد و پرسید: "کجا بودی ؟"

با دیدنش لبخندی روی صورتم نقش بست و به او پاسخ دادم: "خانهٔ قدیمی"

مطمئن بودم که اگر می دانست دیشب را چگونه گذراندم انگشت به دهان می ماند.

کمی به من نزدیک شد و گفت: "امروز روز تعطیل نیست اما همه خانه هستیم دوست دارم همه اعضای خانواده کنار هم باشیم پس جائی نرو حتی خانه قدیمی، و به کسی هم قول نده "

پذیرفتم به اتاقم وارد شدم و اولین کاری که انجام دادم گرفتن یک دوش آبگرم بود پس از آن کمی آرام تر شده بودم به اتاق نشیمن رفتم. هم پدر و هم مادرم آنجا بودند، یک فنجان قهوه برای خودم ریختم و کنار آن ها نشستم شاید این فنجان قهوه می توانست کمی از خستگی دیشب بکاهد، مادرم به من نگاهی انداخت و بلافاصله گفت: "انگار کل دیشب را نخوابیدی؟"

لبخندی زدم و قهوه ام را نوشیدم و سعی کردم تا از پاسخ دادن به آن سوال اجتناب کنم گوئی مادرها با حس ششم خودشان خیلی چیزها را حدس می زنند و کاملا هم درست حدس می زنند پدر و

مادرم سرگرم صحبت با یکدیگر بودند و من هم از روی بی
حوصلگی شبکه های تلویزیون را یکی پس از دیگری عوض می
کردم گوئی می خواستم که زمان با این کار زودتر بگذرد نمی دانم
چرا در آن ساعت هیچ برنامه ای هم برای دیدن نداشت، از خیر
تلویزیون دیدن گذشتم و شروع به نگاه کردن بیرون از پنجره کردم.
دوباره آن حرف هایی که دیشب شنیده بودم در ذهنم تکرار می
شد و این موضوع برای من کمی ناراحت کننده شده بود یعنی
کوردل توانسته بود خودش را رها کرده و باز گردد؟

بخش هشتم: جسد و بازگشت به زندگی

تمام روز به همین شکل گذشت، شب هنگام تصمیم گرفتم تا دو
مرتبه به آن گورستان بروم به خانهٔ قدیمی رفتم و گریم شب قبل
را تکرار کردم منتهی با لباس های دیگری و دوباره یک بی خانمان
شدم. از خانه خارج شدم و شروع به طی کردن مسیرهای دیشب
کردم این مرتبه لباس های بیشتری زیر آن لباس ها پوشیدم تا
اتفاق دیشب تکرار نشود، به قبرستان که رسیدم از دور به چهرهٔ
نگهبان نگاه کردم خواب آلوده بود و بهتر این بود تا کمی منتظر
می ماندم تا کاملا خوابش ببرد بنابراین همانجا روی زمین نشستم.
گوئی سکوت و نور ماه در این شب ها از آن قبرستان جدا شدنی
نبودند سرانجام نگهبان خوابش برد اما همین که خواستم از جایم
حرکت کنم گروهی از افراد را دیدم که به صورت دسته جمعی وارد
آن قبرستان شدند ترجیح دادم مدت بیشتری را همانجا بمانم و از
دور همه چیز را زیر نظر بگیرم. یکی از آن ها به سراغ نگهبان رفت
و حسابی او را به علت خوابیدنش در طول این مدت سرزنش کرد
و نگهبان همچنان به حرف های او گوش می داد که ناگهان چند
خودروی ون بزرگ و چند خودروی دیگر به آنجا آمدند و آن ها
تمام بی خانمان ها را سوار آن خودروها کرده و از آنجا به مکان
دیگری برده بودند، تنها افرادی که می توانستند از آن شب و
اتفاقاتی که در آن رخ داده بود برایم چیزی بگویند از آنجا به مکان
دیگری منتقل شدند. برای رفتن به داخل گورستان مردد شده بودم
زیرا که به نظرم هیچ کدام از آن بی خانمان ها در آنجا باقی نمانده

بود. نگاهی به نگهبان انداختم دیگر چرت نمی زد تصمیم گرفتم که باز گردم در راه بازگشت دوباره به آن خانه های حاشیه شهر رسیدم هنوز چند نفری در خیابان ها در حال حرکت بودند و پیرمردی کنار یک موتور قدیمی ایستاده بود و به اطراف نگاه می کرد از کنارش که رد می شدم با لبخند گفت: "موتور"

با تعجب نگاهش کرم و گفتم: "چه گفتی؟"

و او دو مرتبه گفت:"موتور"

متوجه منظورش نمی شدم و من مبهوت به او و به موتورش نگاه می کردم که او ادامه داد: "موتور، موتور را می گویم نمی خری؟ قیمتش ارزان است و تقریباً مفت آن را می دهم".

به موتورش نگاهی کردم و پرسیدم: "چند؟"

نمی دانم چرا قیمتش را پرسیدم و او هم عددی را برای قیمت آن گفت به نسبت موتورش بالا بود اما برای اینکه گرهی از کار او هم گشوده شود قیمت موتور را به او پرداخت کردم. اکنون دارای یک موتور بودم سند و مدارک موتور را از یک پاکت پلاستیکی که آن ها را در آن پیچیده بود به من داد و با گرفتن آنها از آنجا و کنار آنها رد شدم با خودم فکر می کردم که می شود این موتور را برای روزهای بعد در جائی پنهان کنم و به این ترتیب اگر قرار باشد دفعه بعدی هم به قبرستان بیایم دیگر این مسافت را پیاده طی نمی

کردم. حالا که این موتورسیکلت را داشتم بنابراین رفتن به آن قبرستان هم راحت تر بود سوار موتور سیکلت شدم آن را روشن کردم و دور زدم و به سمت قبرستان رفتم صدای موتورسیکلت بسیار زیاد بود بنابراین برای اینکه نگهبان را با خبر نکنم نرسیده به قبرستان ایستادم موتورسیکلت را خاموش کردم و آن را در جائی پنهان کردم. سپس پیاده به سمت قبرستان رفتم نگهبان همچنان بیدار بود و من مجبور بودم تا برای ورود به گورستان از سمت دیگر آن وارد بشوم، سرانجام به گورستان وارد شدم و به سمت قطعه عمومی آن رفتم هنوز هم زمزمه های گورها ادامه داشت و می توانستم آن ها را بشنوم اما این مرتبه به مراتب واضح تر بود شاید گوش هایم با این نجواها آشناتر شده بود و لهیب برخی و خنکی بعضی دیگر از گورها را می شد از دور هم حس کرد اما تعجبم زمانی چند برابر شد که از دور دیدم همان هیبت ناشناس خودش را به گورستان رسانده است و در حال خوراندن ماده ای به جنازه ای تازه بیرون کشیده شده از گور بود زیر نور ماه نمی شد بصورت واضح او را دید اما از آنجا که من بودم بی شباهت با کوردل نبود اما مطمئن بودم که کوردل هم نبود آرام آرام به سمت او می رفتم تا متوجه حضور من نشود اما به یکباره و با سرعت تعدادی از همان افراد و همینطور مسئول جمع آوری بی خانمان ها به سمت او شروع به دویدن کردند و به صورت پی در پی فریاد می زدند و می خواستند که او از جایش تکان نخورد اما آن هیبت ناشناس همچنان

در جای خودش ایستاده بود و ظاهراً از این موضوع احساس ترس هم نمی کرد آن افراد تقریباً به او رسیده بودند و یکی از آن ها به سرعت دستبندی را ابتدا به دست خودش و سپس به دست او زد اما اتفاقی که افتاد این بود که جسم او در همانجا و بدون حرکت ایستاده بود همه چیز را از دور می دیدم اما فکر نمی کنم که آن مأمورین خطری که آن ها را تهدید می کرد را می دیدند ولی من از دور دقیقا آن را می دیدم یک شبح گونه ای بود که از سر آن هیبت ناشناس خارج می شد و بر فراز سر آن ها ایستاده بود و به یکباره با سرعت زیاد ضرباتی را به مأمورین زد آن ها بیهوش روی زمین افتاده بودند و هیبت ناشناس بدون تغییر و حرکت در جایش ایستاده بود و آن جسد هم به صورت مداوم در حال جنبیدن در دستان آن هیبت ناشناس بود در حالی که گردنش را دست های آن هیبت ناشناس محکم گرفته بود احساس عجیبی به من دست داده بود و نیروی زیادی را در خودم احساس می کردم از جایم بلند شدم و به سمت آن ها رفتم. آن شبخ سیاه با دیدن من بدون هیچ معطلی به سمت من حمله ور شد اما نیروی دستانم آنچنان ضربه ای را به او زد که با صدای فریاد بلندی به سمت آسمان رفت و ناپدید شد. به سراغ آن مأمورین رفتم شاید هنوز هم دیر نشده باشد و می شد برای آن ها کاری کرد ضربان قلب تک تک آن ها را لمس کردم ظاهراً فقط بیهوش شده بودند. باید عجله می کردم بنابراین به سرعت به سراغ قبری رفتم که شب قبل آنجا بودم کیسه

لباس ها را برداشتم و به سر آن جسد که اکنون در حال تغییر مداوم بود کشیدم و سپس پارچه هائی که بر سقف یکی از گورها بود را برداشتم و آن جسد را محکم در آن پیچیدم سپس به سمت آن هیبت ناشناس رفتم اما همینکه دستم به او خورد به شکل پودری سیاه رنگ در آمد و در آسمان پخش شد و برروی گورهای دارای لهیب نشست گوئی که خاکستری کبود رنگ به جای مانده از آتشی پلید بود. به سراغ مأمورین رفتم و سپس هر کدام را به جائی که قبل از حمله در آن پنهان شده بودند بردم و آن ها را به شکلی که انگار نشسته اند قرار دادم و بعد از این کار آن جسد را بلند کردم و روی شانه ام انداختم و به سمتی که موتور را آنجا پنهان کرده بودم حرکت کردم زمانی که کمی دورتر رفتم با خودم گفتم که شاید بتوانم با استفاده از نیروی دستم هوشیاری مأموران را باز گردانم از آنجائیکه من بودم به علت بلندی آن می توانستم آن ها را ببینم کمی از نیروهای دستم را به شکل نور به سوی آن ها فرستادم و آن ها به یکباره هوشیاری خودشان را پیدا کردند، اما گوئی هیچ چیزی از حادثهٔ چند دقیقه قبل در خاطرشان باقی نمانده بود و همچنان در آن محل منتظر بی خانمانی دیگر کشیک می کشیدند.

با آن جسد که به دست آن هیبت پلید دوباره جان گرفته بود بر روی دوشم به سمت موتورسیکلت حرکت کردم اما او حرکت می

کرد تقلا می کرد و گاهی هم ضربه هائی عجیب و محکم می زد با
هر سختی بود به موتور رسیدم و او را به ترک موتورسیکلت بستم
و به راه افتادم اما چطور می شد با آن وضعیت او را با موتور به
داخل شهر برد. به یاد آن اتومبیل دیشب افتادم دیر وقت بود و
کمتر کسی در آن ساعت از شب در آن محله ها به خیابان می آمد
اما باز هم با احتیاط زیاد به آنجا رفتم خوشبختانه آن خودرو
سرجایش بود موتور را همانجا گذاشتم و آن جسد را هم در جوی
آب خشکیده آنجا گذاشتم تا اگر هم فردی از آنجا عبور کند آن را
نبیند و خودم دوان دوان به سمتی که سوئیچ را پرتاب کرده بودم
رفتم تا محل افتادن سوئیچ را به خوبی بگردم شاید آن را پیدا می
کردم و به این ترتیب خیلی از مشکلاتم حل می شد سرانجام پس
از نیم ساعت جستجو آن را یافتم به سرعت در جعبه عقب را
گشودم و آن موجود را به درون آن انداختم و در آن را بستم بخشی
از پلاک های خودرو را با کمی گِل پوشاندم تا شماره آن قابل
خواندن نباشد و به سمت خانه قدیمی به راه افتادم، یکی دو خیابان
مانده به خانه قدیمی اتومبیل را متوقف کردم از قبل می دانستم
که یکی از خانه های آنجا خالیست کلیدی از آن نداشتم اما باز
کردن قفل آن در ها را بخوبی بلد بودم در آن ساعت از شبانه روز
تقریباً هیچ فردی از آن خیابان عبور نمی کرد پس کار باز کردن
قفل را شروع کردم به راحتی و با سرعت قفل در را باز کردم و
خودرو را به داخل حیاط بردم. آن موجود را از جعبه اتومبیل بیرون

آوردم و در گوشهٔ حیاط گذاشتم و دو مرتبه بسته بودن دست ها و پاهایش را کنترل کردم نمی خواستم که در این مورد بی دقتی من باعث فرار او بشود زیرا نمی دانستم که اگر او فرار می کرد این اتفاق چه حوادثی را می توانست بوجود بیاورد پس از آن برای اینکه این موجود سر و صدا نکند دهانش را دومرتبه از روی آن کیسه ای که رویش کشیده بودم بستم هر چند که از ابتدای مسیر تا این زمان که دو مرتبه دهانش را بستم. تقریباً هیچ صدای غیر عادی از او نشینده بودم پس باید آن خودرو را قبل از صبح از آن محل دور می کردم به این دلیل سوار آن شدم پس از بستن در منزل مشغول رانندگی با آن خودرو در خیابان ها شدم تا سرانجام خیابان خلوتی را یافتم و توانستم آن خودرو را بدون آنکه کسی مرا ببیند در آنجا رها کنم البته این دفعه سعی کردم تا سوئیچ خودرو را در زیر تخته سنگی پنهان کنم شاید بر حسب اتفاق زمانی دیگر به آن نیاز پیدا می کردم و سپس شروع به راه رفتن و یا شاید دویدن در آن خیابان کردم البته نباید نوع حرکت من باعث جلب توجه سایر افراد می شد. و از این نظر بسیار احتیاط می کردم...

هرچند که در آن ساعت از شب افراد زیادی در آن خیابان ها رفت و آمد نمی کردند. در یکی دو خیابان آن طرف تر یک تاکسی خالی در حال عبور از عرض خیابان بود با دیدن شروع به بوق زدن کرد و با دستم به او اشاره کردم و او هم ایستاد و پس از گفتن مقصدم

به او و پذیرفتن او برای رفتن به آنجا و طی کردن قیمت کرایه آن سوار تاکسی شدم و به یکی از خیابان های اطراف خانه ای که آن موجود را در آن پنهان کرده بودم رفتم و آنجا از تاکسی پیاده شدم و تا خانه ای که آن موجود در آن بود پیاده رفتم. تقریباً پیاده روی تا خانه خودمان از یکی دو خیابان مانده به آن یکی از کارهای عادی بود که معمولا پس از بازگشتن از مکان های مختلف در صورتیکه دارای گریم بودم انجام می دادم، این بخاطر این بود که از اینکه شخصی تعقیبم نکرده باشم. مطمئن شوم پس از اتفاقی که قبلاً و در ماجرای خانه خانم مشاور برای من افتاده بود همیشه سعی می کردم که از اینکه مورد تعقیب فرد قرار نگیرم مطمئن شوم به آن خانه رسیده بودم وارد آن شدم هنوز هم آن موجود در گوشه حیاط بود آن را روی دوشم انداختم و و به پشت بام رفتم و قصد داشتم از روی بام خانه های کناری و به هر شکل که می شد خودم را به خانه قدیمی برسانم در آن شرایط این مهمترین کاری بود که باید انجام می دادم و با آن موجودی که بر روی دوش من بود تقریبا تنها کاری که می توانستم انجام بدهم هم همین بود.

به خانه قدیمی رسیده بودم اما پس از تحمل این همه سختی اکنون باید به دنبال جائی برای نگهداری از آن موجود هولناک می گشتم اما در سراسر اتاق های خانه هیچ جای مناسبی پیدا نمی شد به حیاط پشتی آنجا نگاه می کردم در آنجا چشمم به آن انبار قدیمی

افتاد که آن را تبدیل به محلی برای کوره ذوب فلزات کرده بودم. به سرعت به آنجا رفتم در آن جا نسبت به سایر بخش های خانه قدیمی شرایط بهتری برای آن موجود وجود داشت بنابراین مقداری از فلزات آهنی آنجا را به داخل کوره ریختم تا ذوب گردد و پس از آن با استفاده از این مقدار فلز گداخته و مقداری میلهٔ آهنی که داشتم را برای ساخت یک قفس بزرگ آماده کردم و شروع به ساخت قفسی بزرگ و البته محکم فلزی در آنجا کردم تقریباً هنگام عصر بود که آن قفس برای نگهداری از آن موجود آماده بود اما باید تا تاریکی شب برای انتقال آن موجود از ساختمان خانه قدیمی به داخل آن قفس منتظر می ماندم به داخل خانه بازگشتم گریمم را که از دیشب همراه من بود را پاک کردم اما پس از پاک کردن آن به این فکر افتادم که اگر آن موجود یک انسان باشد ممکن است مرا بشناسد یا چهره ام در خاطرش باقی بماند و همینطور هنوز هم از نحوه انتقال این بیماری و یا پدیده مطمئن نبودم و این موضوع نیز در ابهام بود از آنجائیکه تا شب چند ساعتی زمان داشتم بلافاصله لباس مخصوص این کار آماده کردم بگونه ای که با پوشیدن آن هیچ قسمتی از من قابل دیده شدن نبود. بعلاوه که این لباس تا حدودی هم مانع از ارتباط مستقیم با بدن آن موجود می شد دیگر شب شده بود و من در حالی که آن موجود را بر روی دوشم انداخته بودم به سمت انبار قدیمی یا کارگاه ریخته گری می رفتم جالب بود آن موجود هیچ سر و صدائی نداشت و تنها تقلای

زیادی می کرد. آن را به داخل قفس انداختم و از بیرون و با احتیاط و از بین میله ها دست ها و پاهایش را باز کردم و سایر لباس هایش را در آوردم و اکنون نوبت آن بود که کیسهٔ روی سرش را بردارم و شاید این یکی از مهمترین کارهای آن لحظه من بشمار می رفت. سخت بود اما انجامش دادم کیسه را از روی سرش کشیدم و متوجه شدم که او هم یک انسان بوده است اما چرا به این شکل در آمده است؟ انگار تمام جسمش در حال فساد بود اما به تدریج!

به او نگاه می کردم و او هم به من نگاه می کرد اما این مدت زمان تنها برای دقایقی ادامه داشت و پس از آن دوباره ناآرامی های او شروع شد به او نگاه می کردم و او هم گوئی در میان ناآرامی و آرامشی که داشت و دائما در تناوب بود تا اینکه سرانجام برای مدتی آرام تر شد. در این زمان در کف قفس به دنبال چیزی می گشت اول گمان می کردم که او به دنبال راهی برای فرار از آن قفس می گردد ولی انگار چیز دیگری را جستجو می کرد تا اینکه درست در وسط قفس ایستاد و به من نگاه می کرد گوئی هنوز هم ذره ای ادراک داشت. پس به دنبال نگاهش من هم جوابی برای این رفتار او جستجو می کردم، آری... برای این رفتار او پاسخی باید می یافتم، اما او چه چیزی را جستجو می کرد؟

تا اینکه سرانجام ابتدا با دستش به من اشاره کرد و سپس دهانش را نشان داد به راحتی می شد فهمید که از این کار چه منظوری را

دنبال می کرد ناگهان نگاهم به شکم او افتاد که تقریباً به کمر او چسبیده بود آری او گرسنه بود با سرعت به خانهٔ قدیمی رفتم و برای او کمی خوراکی آوردم. می دانستم که او نمی تواند با آن شرایط جسمانی غذاهای درشت را بخورد به این دلیل مقداری کیک را در شیر خرد کردم و با کمک یک قاشق مخلوط کردم تا نرم تر بشود، پس از چند دقیقه خمیری بدست آمد که با یک لیوان شیر قصد داشتم به او بدهم اما هنوز هم دلهره داشتم نکند با نزدیک شدن به آن قفس او واکنشی غیرقابل پیش بینی از خودش نشان بدهد گوئی او خودش هم پی به این تردید من برای نزدیک شدن به قفس برده بود به این دلیل به انتهای قفس رفت و در دورترین فاصله نسبت به من قرار گرفت و این فرصتی را بوجود آورد که ظرف غذا و لیوان شیر را برای او از بین نرده های قفس به داخل قفس بگذارم و پس از آن به سرعت به عقب بازگشتم اما او هنوز هم به آن ظرف ها نزدیک نمی شد. با خودم گفتم که شاید وجود من در آنجا باعث این رفتار او شده است از کارگاه ریخته گری خارج شدم و در را هم پشت سرم قفل کردم و به این ترتیب ماجرائی تازه در این روزها آغاز شد. ماجرایی که تا این لحظه هرگز مشابه آن را تجربه نکرده بودم یعنی نگداری از مرده ای که دو مرتبه زنده شده بود! شب شده بود و طبیعتا باید به خانه باز می گشتم بنابراین به خانهٔ قدیمی رفتم و همانجا دوش گرفتم نمی خواستم با آن سر و وضع آشفته به خانه بروم و تمام لباس های آن

روز را هم در آتش سوختم. به گمانم این بهترین راهی بود که اگر آلودگی هم وجود داشته باشد از بین برود به خانه رفتم در آنجا مقداری منتظر ماندم اما فکر کنم پدر و مادرم به میهمانی رفته بود و یا جائی بیرون از خانه بودند و من تنها بودم، یک ساندویچ درست کردم و به عنوان شام خوردم. به اتاقم بازگشتم برروی تخت دراز کشیدم و به اتفاقات باور نکردنی روز و شب گذشته فکر می کردم اما این شب حس دیگری داشتم که تمایل به فکر کردن دربارهٔ اتفاقات گذشته را نداشتم دلتنگ بودم، آری دلتنگ!

این حس و حال هر چه که بود زیبا بود هرچند که تا کنون تجربه نکرده بودم اما بی نظیر بود اما در درون خودش حسی غمگین داشت، چطور می توانستم با آن کنار بیایم، انگار نمی شد، گوئی از درون سرچشمه می گرفت چشمانم را بستم تا شاید خوابم ببرد اما این امکان هم در آن شرایط وجود نداشت ناگهان اتفاق چند روز قبل افتاد می توانستم هر مکانی که در نظر داشتم را ببنیم درست همان چیزی بود که در آن لحظه لازم داشتم ناخودآگاه می توانستم خانهٔ گل سرخ را ببینم او هم آنجا بود ظاهراً مدتی اختلاف زمانی داشتیم اما این فاصله زمانی در این زمان چه اهمیتی می توانست داشته باشد، دلتنگی من بود که او را به من رسانده بود. این دیدن او از دور ادامه داشت تا اینکه خودم هم به آنجا منتقل شدم او نمی توانست من را ببینید ولی من که می توانستم او را ببینم جلوتر از

او حرکت می کردم و نگاهش می کردم و این بسیار خوب بود سرگرم بود و ظاهراً برنامهٔ فعالیت هایش را تنظیم می کرد و گاهی به سقف آنجا نگاه می کرد. این بهترین فرصت بود بر روی مبلی درست روبروی او نشستم و نمی دانستم که این کارم درست است و یا نه؟! اما هر چه که بود خوب بود توجهم به گوشهٔ اتاق جلب شد گربهٔ خانگی اش در حال نگاه کردن به من بود مطمئن نبودم که می تواند من را ببینید یا نه اما از رفتارش مطمئن بودم که حداقل می توانست من را به خوبی حس کند. می توانستم این موضوع را امتحان کنم به او نزدیک شدم و پشتش را نوازش کردم خودش را لوس می کرد در این زمان خیلی ملوس و تو دل برو شده بود پس از اطمینان از اینکه او من را حس می کند دوباره به روبروی او رفتم و روی مبل سه نفره ای که آنجا بود نشستم اما دقیقاً نمی دانم که چه زمانی بود که خوابم برد زمانی که چشم بازکردم هوا تاریک بود و دقیقاً نمی توانستم چیزی را ببینم روی لبهٔ مبل نشستم و به اطراف نگاه می کردم تا اینکه با دو چشم درخشان مواجه شدم دو چشمی که مربوط به همان گربه بود شاید نباید بیشتر از آن آنجا می ماندم. بلافاصله خودم را داخل اتاق خودم دیدم هنوز هم می شد چند ساعتی خوابید زمانی که از خواب بلند شدم تقریباً نزدیک به ظهر بود از جایم بلند شدم و چند قدمی در اتاق راه رفتم و پس از آن از پنجره اتاق به بیرون نگاه کردم که به یاد آن موجود افتادم امروز یک روز تعطیل بود و مطمئن بودم که

در خانوادهٔ ما روز تعطیل یعنی روز خانواده و زیباتر بود که آن را همراه با پدر و مادرم می گذراندم، بنابراین به اتاق نشیمن رفتم کسی آنجا نبود و تصمیم گرفتم تا کسی بیابید بروم و غذائی برای آن موجود به کارگاه ریخته گری ببرم اما در آشپزخانه بودم که مادرم آمد و دیگر به این راحتی امکان پذیر نبود. اتفاق جالبی بود من با دو بطری شیر در دستانم، مقداری شیرینی، کمی کیک و عسل و کمی هم نان درست کنار یخچال و مادرم که هاج و واج مرا نگاه می کرد و پس از چند ثانیه سکوت رو به پدرم کرد و با تعجب به او نگاه می کرد و پدرم هم زیر لب لبخند می زد مادرم به داخل آشپزخانه آمد آن ها را از دستم گرفت و گفت: "باید تا نهار منتظر بمانی، نباید با خوردن اینها اشتهایت را از بین ببری"

تا نهار چیزی هم نمانده بود چیزی در حدود نیم ساعت زمان مانده بود در نشیمن خانه روی مبل نشستم و به حرف ها و صحبت های پدرم و مادرم گوش می دادم و گاهگاهی هم وارد صحبت های آن ها شده و نظر خودم را می گفتم بعد از نهار احساس خواب آلودگی می کردم اما قبل از آن باید سری به آن موجود می زدم به آنجا رفتم و کمی هم غذا برای او بردم با دیدن من رفتاری به مراتب با خشونت بیشتری از خودش نشان می داد بگونه ای که می شد تغییر رفتار او را نسبت به دیروز دقیقاً متوجه شد غذایی که برای او در مخلوط کن آماده کرده بودم را در یک ظرف همراه با مقداری

آب به داخل قفس گذاشتم. متوجه شدم که غذای قبلی را بطور
کامل خورده است باید برای غذا دادن به او فکری می کردم. بنابراین
به خانهٔ قدیمی رفتم و بخشی را برای افزودن به آن قفس درست
کردم که می توانست غذا و آب را با فشردن اهرمی در اختیار او
قرار بدهد و سپس آن را در کنار قفس نصب کردم و در ادامه یک
مخزن آن را از آب و مخزن دیگر را از غذای مخلوط شده پر کردم
به این ترتیب نیازی نبود بصورت مداوم به او غذا بدهم. پس از آن
یک دوربین هم رو به قفس به دیوار کارگاه ریخته گری نصب کردم
تا بتوانم هر زمان که لازم باشد از طریق گوشی تلفن همراهم او را
ببینم شاید این اقدامات برای او لازم بود. به او نگاه می کردم دقیقاً
می شد فاسد شدن تدریجی و آرام جسم او را مشاهده کرد، باید
برای او کاری می کردم بنابراین به خانه قدیمی رفتم و قبل از هر
کاری باید یک بخش برای پاکسازی از آلودگی های مختلف می
ساختم و برای این کار لوازمی را که نیاز داشتم را سفارش دادم.
تقریباً چند ساعت بعد سفارشم ثبت شده بود و قرار بود آن را تا
فردا صبح به خانه مان بفرستند. برای احتیاط بیشتر یک دوش آب
گرم گرفتم و به خانه بازگشتم و پس از خوردن شام همراه خانواده
به تراس خانه رفتم و آنجا نشستم و به اطراف نگاه می کردم با
دیدن باغ به یاد بوتهٔ گل سرخ خودم افتادم و برای دیدنش به باغ
خانه رفتم کنارش نشستم، چند غنچه جدید داشت و گل سرخ
زیبائی که می درخشید در میان آن بوته بود نمی دانم چرا اما

نشستن در کنارش باعث آرامش من می شد و به این ترتیب چند ساعتی طی شد به خانه و اتاقم بازگشتم و خوابیدم فردا روز پرکاری پیش رو داشتم.

صبح زمانیکه از خواب بیدار شدم و همان اول نگاهی به ساعت انداختم ساعت ۶ صبح بود کمی بیشتر در تختم باقی ماندم هنوز هم دلم می خواست که کمی بیشتر بخوابم اما کارهای زیادی برای انجام دادن در آن روز داشتم پس چاره ای نبود، از جایم بلند شدم دست و صورتم را شستم، و برای اینکه کاملا خواب آلودگی ام بر طرف بشود دوش آب گرم گرفتم و قبل از اینکه برای صبحانه خوردن بروم از طریق موبایل به آن موجود نگاهی انداختم با کمال تعجب می شد از همان فاصله هم رفتارهای او را دید که آرام تر شده است اما چهره اش بسیار رنگ پریده تر شده بود و فساد بدنش هم افزایش یافته بود این چه تغییراتی بود که در جسم او در حال رخ دادن بود. برای صبحانه خوردن که رفتم با دیدن آنچه برای او رخ می داد تمایلی برای خوردن صبحانه نداشتم و شاید این بعلت دیدن آن موجود در آن شرایط بود و تنها به یک نوشیدن یک فنجان چای بسنده کردم و پس از آن به خانه قدیمی رفتم همزمان با رسیدن من به آنجا لوازمی هم که سفارش داده بودم رسید. در بین آنها دو دستگاه دمنده و پاک کننده هم سفارش داده بودم یکی از آن ها را بر روی در ورودی ساختمان به حیاط پشتی نصب کردم

و این کار تقریباً تا ظهر طول کشید نصب دستگاه دوم هم برای روز بعد ماند قصد داشتم آن را در ورودی زیر زمینی که در حیاط پشتی بود نصب کنم و آن زیر زمین را هم به عنوان یک فضای ایزوله برای آزمایش های بیولوژیک آماده سازی کنم و پس از رفتن نصاب آن به شهر رفتم و شروع به سفارش لوازم آزمایشگاهی کردم که برای آزمایش بر روی آن موجود به آن ها نیاز داشتم و باقی لوازم آزمایشگاهی را هم که مورد نیاز بود از آزمایشگاه زیر زمین خانه قدیمی به آن زیر زمین داخل حیاط پشتی بردم آنچه آماده شده بود برای شروع کار خوب بود مقداری هم از مادهٔ ایزوله ضد ماده را برروی قفس آن موجود کشیدم تا از انتقال هر چیزی به فضای آزاد جلوگیری کنم و تنها ورودی آن قفس مخازن آب و غذا و یک فضای کوچک بود. شب هنگام به خانه بازگشتم کنار پدر و مادرم نشستم و سعی کردم از بودن در کنار آن ها لذت ببرم.

امروز با بیدار شدن از خواب اولین تصمیم من این بود که آزمایش های مربوط به آن موجود را آغاز کنم اما قبل از آن باید دستگاه پاک سازی در ورودی زیرزمین حیاط پشتی نصب می شد و محل نصب آن هم از قبل تعیین شده بود به خانه قدیمی رفتم و تا رسیدن نماینده شرکت دیواره های زیرزمین را با استفاده از چسب و ماده ضد ماده پوشاندم و قصد داشتم همین کار را برای سقف آنجا نیز انجام بدهم که نماینده آن شرکت رسید و مشغول نصب

آن دستگاه بر روی در زیر زمین شدند. یکی از آن ها را می دیدم که با گوشهٔ چشم دیوارهای زیرزمین را نگاه می کرد گوئی سوالی برای پرسیدن داشت حدس می زدم که این سوال در مورد عایق ضد ماده باشد به این دلیل خودم پیش دستی کردم و گفتم که این پوشش نوعی عایق است بلافاصله آن فرد پرسید: " عایق چه ماده ای ؟"

و من هم بلافاصله پاسخ دادم: "عایق خود ماده"

او لبخندی زد و به کار خودش مشغول شد مطمئن بودم که گمان می کند من با این پاسخ او را جلوی دیگران دست انداخته ام اما چیزی به جز حقیقت را نگفته بودم. زیبایی کارهای خودم را آن زمانی به وضوح درک می کردم که می دیدم حتی زمانیکه آن را برای سایر افراد تعریف هم می کنم آنها باورشان نمی شد و آنرا نمی پذیرفتند. و این مورد هم جدای از موارد قبلی نبود و او واقعیت ماده ضد ماده را نپذیرفته بود.

به هر حال کار نصب آن ها تا عصر طول کشید و بعد از آن من مانده بودم و حجم زیادی از کارهائی که باید قبل از رسیدن فردا انجام می دادم. پس بلافاصله بعد از رفتن آن ها آن کارها را آغاز کردم برای این کار ابتدا عایق کاری دیوارهای زیرزمین را به اتمام رساندم تا زمانی که چسب آن ها خشک می شد تعداد زیادی صفحات شیشه ای و آلومینیومی را که دیروز سفارش داده بودم و

امروز رسیده بود را با استفاده از محلول رقیق ماده ضد ماده پوشاندم برای این کار از اسپری کردن این محلول بر روی آن ها استفاده کردم این محلول بی رنگ بود اما درخشش خاصی به سطح آن ها می داد. سپس تمام آن ها را در گوشه ای چیدم تا خشک شود به عایق های دیوارها نگاهی انداختم چسب عایق های نصب شده روی دیوار تقریباً خشک شده بود اما بهتر بود کمی دیگر منتظر می ماندم و این فرصت مناسبی بود که یک قفس جدید را برای این آزمایشگاه جدید طراحی کنم و بسازم اما زمان کافی برای اینکار در اختیار نداشتم بنابراین تصمیم گرفتم قطعات مورد نیاز را از بازار تهیه کنم و تنها آن ها را در این آزمایشگاه سر هم کنم تقریباً آخرین ساعت های کاری فروشگاه ها بود به سرعت به محل فروشگاه های ابزار و لوازم رفتم و آنچه که به نظرم برای اینکار لازم می آمد خریداری کردم و قرار شد تا پایان ساعت کاری فروشگاه آن ها را برایم ارسال کند و من به خانه بازگشتم و نیم ساعت بعد لوازم هم رسیدند آن ها را تحویل گرفتم و به زیر زمین بردم و کار نصب آن ها را شروع کردم. این کار تا صبح طول کشید اما هنوز هم کامل نبود. به خانه بازگشتم و در آنجا به چرتی کوچک بسنده کردم کمی خوراکی هم از یخچال خانه برداشتم و خوردم. سپس به خانه قدیمی بازگشتم و شروع به نصب سیستم تصفیهٔ آبی که برای آن قفس ها خریده بودم کردم از این جای کار به بعد نباید شخصی دیگری به جز من آنجا را می دید پس از نصب آن

مسیرهای فاضلاب کف قفس ها را هم به این تصفیه خانه کوچک و یک سپتیک تانک وصل کردم مشابه دستگاههائی که غذا و آب را در اختیار موجود داخل قفس قرار می داد و در قفس قبلی ساخته بودم هم برروی قفس ها نصب شد. با این کار تا حدودی به پایان کار نزدیک شده بودم سیستم های تصفیه و فیلتر ها مرحلهٔ بعدی کار را تشکیل می داد و پس از آن، سیستم های گرمایشی و سرمایشی آنجا که در ارتباط با این بخش بود، کانال های هوا و ....

گوئی کارهایی که باید در آنجا به انجام می رسید تمامی نداشت. نزدیک عصر کمی به خودم استراحت دادم بر روی چند جعبه خالی از لوازم وسط آن زیر زمین نشستم و به لوازمی که آنجا بود و به دیواره ها و سایر چیزها نگاه می کردم در یک لحظه یک سوال در ذهنم شکل گرفت چرا باید این کار را انجام می دادم؟ و این هم کار و هزینه چه نتیجه ای برای من داشت؟

این موضوع باعث شد که از زیر زمین بیرون بروم و مدتی در حیاط پشتی خانه قدم بزنم و پس از آن که احساس کردم هنوز هم از نظر فکری آماده کار برروی آن زیر زمین و تجهیزات آن نیستم تصمیم گرفتم تا به پارک نزدیک خانه بروم و آنجا را هم برای قدم زدن امتحان بکنم بدون هیچ گریمی و یا تغییر لباسی به آنجا رفتم و شروع به قدم زدن کردم تقریباً شب شده بود و من برروی یکی از صندلی های آنجا و زیر نور یکی از چراغ های پارک نشسته بودم

توجهم به یک پرندهٔ کوچک جلب شد ظاهراً زخمی شده بود به کنار او رفتم مطمئن بودم که اگر آنجا و روی زمین می ماند خوراک سایر حیوانات آنجا می شد خم شدم و آن را از روی زمین برداشتم زمانی که کف دستم را باز کردم تا زخم او را دقیق تر نگاه کنم متوجه شدم زخمی نشده است و تنها مقداری نخ گلوله شده و در هم و بهم ریخته به دور پا و بال هایش پیچیده بود آن ها را باز کردم رها و آزاد شده بود، مشتم را باز کردم تا پرواز کند اما او روی دستم نشسته بود گوئی تصمیم نداشت که جائی برود و روی دستم نشسته بود و من هم نمی خواستم که او جائی برود با دست دیگرم کمی آن را نوازش کردم از جایش بلند شد و کمی اطراف را نگاه کرد و دو مرتبه نشست از این کارش جا خورده بودم خب چاره ای هم نبود او را در جیب پیراهنم گذاشتم به گونه ای که سرش از جیبم بیرون باشد و بتواند به راحتی نفس بکشد و راهی خانه شدم به خانه که رسیدم می دانستم که مادرم اجازه نخواهد داد تا آن را داخل خانه نگهداری کنم. بنابراین به تراس اتاقم رفتم و او را روی شاخهٔ درختی که نزدیک آنجا بود قرار دادم و مدتی نگاهش کردم و به خانه بازگشتم. شب با توجه به اینکه می دانستم فردا کارهای زیادی برای انجام دادن در پیش رو خواهم داشت زودتر خوابیدم. از خواب با صدای ضربه های پی در پی به شیشه اتاقم بیدار شدم، صدای ضعیفی بود اما هر چه که بود باید علت آن را می دانستم پرده را کنار زدم با تعجب دیدم که همان پرندهٔ دیشب بود که لبهٔ

پنجره نشسته بود و با نوکش به آن می کوبید. پنجره را باز کردم گوئی فضای داخل اتاق برایش تازگی داشت چند مرتبه به داخل اتاق سرک کشید، اطراف را نگاه کرد و سپس پر زد و در بین درختان باغ ناپدید شد، بعد از خوردن صبحانه مقداری از خورده نان ها را در ظرفی ریختم و برای آن پرنده در تراس اتاقم قرار دادم، امیدوار بودم خوشش بیاید و سپس به آن خانه قدیمی رفتم و از آنجا مستقیماً به زیر زمین رفتم. کار امروزم آغاز شده بود شروع به نصب صفحات آلومینیومی و شیشه ای بر روی دیوارها و سقف کردم، نصب کردن چراغ ها و لامپ ها در پشت شیشه ها کار پر زحمتی بود و شب بود که تمام شد، احساس خستگی می کردم اما از آنجائیکه اتمام بخش قبلی کارم بیشتر از حد تصورم طول کشیده بود زمان کافی برای استراحت نداشتم و دوباره شروع به پاشیدن محلول ماده ضد ماده برروی دیوارهای آنجا کردم تا برای فردا صبح خشک و آماده شود. ساخت آن آزمایشگاه در زیرزمین یک هفته طول کشید و کار پر زحمت و پر دقتی بود. سرانجام نوبت به اجرای قسمت آخر آن رسید یعنی انتقال آن موجود به این آزمایشگاه، شب در خانه فیلم های مربوط به آن موجود را با دور تند نگاه می کردم و متوجه شدم که او در بیست و چهار ساعت یک شبانه روز هرگز نمی خوابید و دائماً در حال حرکت بود فقط در مدت زمان هائی خاص از یک شبانه روز مانند ابتدای صبح و ابتدای شب حرکت او کندتر می شد و تقریباً می شد گفت که در بررسی رفتاری

وی هیچ حرکت مشخصی که بتوان گفت او نشسته است وجود نداشت و تقریبا دائما در حالت ایستاده به سر می برد، همینطور در ظهرها هم این حالت از او دیده می شد یعنی سه مرتبه در یک شبانه روز آرام تر از سایر زمان ها بود و حرکت چندانی از خودش نشان نمی داد بنابراین می شد حدس زد که زمان احتمالی انتقال او به زیر زمین حیاط پشتی خانه قدیمی که هم اکنون به آزمایشگاه جدید من تبدیل شده بود را باید در یکی از این زمان ها انتخاب کنم، اما زمان ظهر در همان اول غیر منطقی به نظر می رسید چرا که روشنائی روز در آن زمان برای انتقال او مناسب نبود و با وجود احتمالات مختلف چندان منطقی نبود. همینطور زمان ابتدای صبح هم حالتی ریسک پذیر داشت چرا که در صورت طولانی شدن مدت آن به زمان ظهر و خطرات دیده شدن می رسیدیم پس تنها یک راه وجود داشت و آن هم انتقال او در زمان ابتدای شب بود.

امروز از همان لحظه ای که از خواب بیدار شده بودم در حال فکر کردن به چگونگی انتقال آن موجود بودم باید بگویم که تا کنون کار مشابهی با این کار در زندگیم نداشتم که بخواهم یک موجودی که دقیقاً نمی دانستم چه رفتاری خواهد داشت و یا چرا به این شکل در آمده است را از مکانی به مکان دیگر منتقل کنم، بنابراین لباس پوشیدم و به خانه قدیمی رفتم و از آنجا پس از پوشیدن لباسی که برای اینکار آماده کرده بودم به کارگاه ریخته گری رفتم

و مقابل قفس او و روی زمین نشستم و به چگونگی انتقال او فکر می کردم. خوشبختانه مصرف غذای او بسیار کمتر از چیزی بود که انتظار آن را داشتم و ظاهرا تنها برای امروز غذا داشت و این در آن لحظه تنها خبر خوشحال کننده بود که نباید دوباره به فکر پر کردم آن ظرف باشم، ظرف آبش هم تقریباً نصفه شده بود. از زمان آمدنم چند ساعتی طول کشید اما هنوز ایدهٔ خاصی به ذهنم نرسیده بود شروع به قدم زدن در آنجا کردم که چشمم به ظرفی از آبلیمو افتاد، این ظرف را قبلاُ برای شستن و تمیز کردن قطعه ای فلزی به کارگاه آورده بودم از روی بی حوصلگی آن ظرف را برداشتم مقدار زیادی آبلیمو در آن نبود دوباره آن را همانجائی که بود گذاشتم و به جایی که نشسته بودم در کف آن کارگاه بازگشتم که چشمم به لثه های آن موجود افتاد ظاهراً از کمبود ویتامین C در رنج بود بنابراین شاید ویتامین C موجود در آن آبلیمو می توانست به او کمک کند تا سلامت خودش را دوباره بدست آورد. ظرف آبلیمو را برداشتم و آن را به درون ظرف غذای او ریختم شاید آنچه بدست می آمد یک طعم نا خوشایند باشد اما برای سلامت او مفید بود و دوباره نشستم و به نحوهٔ انتقال آن موجود فکر کردم که او از جایش بلند شد و برای خوردن غذا به سراغ ظرف غذای داخل قفس رفت، هنوز مقدار زیادی از غذای داخل آن را نخورده بود که مردمک چشمانش گشاد شد و حرکات غیر طبیعی زیادی از خودش نشان داد. پس از چند ثانیه شروع به دویدن در قفس کرد و از آنجائیکه

آن قفس چندان هم بزرگ نبود دائماً به دیواره های آن برخورد می
کرد و در نهایت بر اثر شدت این برخوردها و جراحات حاص از آن
و برخورد سرش به میله های قفس بیهوش شد و برروی زمین افتاد.
ابتدا در مورد این اتفاق نگران شدم و از اینکه او به خودش آسیب
زده بود احساس بدی داشتم اما این زمان بسیار مناسبی بود که او
را از آنجا منتقل کنم به این دلیل بدون اینکه اجازه بدهم فرصت
بدست آمده از دست برود کیسه ای از جنس ماده ضد ماده که
همراهم بود را برداشتم به داخل آن قفس رفتم و به هر زحمتی که
بود او را، بدون برخورد دستم به او، داخل آن کیسه قرار دادم و
سپس او را برروی دوشم انداختم وزنش نسبت به چند روز قبل
کمتر شده بود و در حالی که او برروی دوشم بود از کارگاه ریخته
گری خارج شدم. خوشبختانه هوا هم تقریباً تاریک شده بود و چند
دقیقهٔ بعد او در محل جدید خودش قرار گرفته بود. در قفس را
بستم و از آن آزمایشگاه خارج شدم و به کارگاه بازگشتم.

بخش نهم: شناخت باز آمده به زندگی

با ورود به کارگاه آثار نگهداری آن موجود هر چند هم که کوتاه بوده باشد در سرتاسر آنجا مشاهده می شد و من در آن شرایط تنها امیدوار بودم که بتوانم او را تا صبح به حالت ایده آل قبلی آن بازگردانم و آثار این چند روز حضور آن موجود را از فضای کارگاهم برطرف کنم علی الخصوص که نسبت به آن موجود احساس خوشایندی هم نداشتم و احتمال می دادم که عاملی میکروبی و یا آلوده کننده در بیماری او دخیل باشد. از طرفی دیگر هم مطمئن بودم که اگر آنچه که آن افراد داخل قبرستان شهر برایم گفته باشند درست باشد احتمال آلودگی میکروبی کمتر خواهد بود. در حالی که به این اتفاقات فکر می کردم مشغول تمیز کردن کارگاه شدم برای اینکار ابتدا کورهٔ ذوب فلزات را روشن کردم و از لوازم آنجا هرچه که قابلیت سوختن داشت در آن کوره می انداختم و به شعله ور شدن آن می نگریستم، واقعاً زیبا بود شعله ها که گوئی رقص کنان در پی یکدیگر می دویدند و خرامان می رفتند، صدای کوره هم گوئی طنین انداز قهقهه های آن ها بود. سرگرم کار بودم و گوئی گذر زمان را هم به فراموشی سپرده بودم که چشمم به آن قفس افتاد. چگونه می توانستم آن را از بین ببرم؟ مطمئنا اینکار به این سادگی ها نبود دمای کوره را بالاتر بردم و آن را قطعه قطعه

درون آن انداختم تا ذوب شود سرانجام تمام آن ذوب شده و سایر لوازم قابل سوختن که در کوره انداخته بودم سوخته بود تقریباً کارگاه خالی شده بود و تنها چند قالب ریخته گری باقی مانده بود به سرعت با استفاده از محلول های ضدعفونی کننده ای که قبلاً در بیمارستان دیده بودم که برای ضد عفونی کردن بخش عفونی از آن استفاده می شد تمام آن کارگاه و هرچه آنجا بود را ضدعفونی کردم و حجم بیشتری از آن محلول را هم به تمام بخش های آنجا اسپری کردم تا دیگر هیچ بخشی بدون ضد عفونی شدن باقی نماند.

قالب ها را که دیدم ناگهان توجهم به آنها جلب شد ظاهر جالبی داشتند چرا که نه! می شد آنها را هم امتحان بکنم برای همین هم فلز مذابی که از ذوب فلزات داخل کارگاه بدست آمده بود را داخل این قالب ها ریختم و سپس منتظر ماندم تا سرد شود حاصل سرد شدن فلز مذاب در این قالب ها مجسمه هائی کوچک و فلزی می شد نمی دانم علت وجود آن قالب ها در کارگاه چه بود اما قبل از اینکه من این قسمت از خانه قدیمی را به این کارگاه ریخته گری تبدیل کنم این قالب ها در این خانه وجود داشتند، روزی که آن ها را یافته بودم دقیقا بخاطر دارم در آن روز برای اینکه بتوانیم کوره ذوب فلزات را نصب کنیم ناچار بودم تا مقداری زمین را بکنم

تا فضای کافی برای نصب کوره ذوب فلزات در آنجا بوجود بیاید، زمانی که مشغول حفر آن قسمت بودم ناگهان متوجه جعبه ای در زیر خاک شدم که بعد از بیرون آوردن آن ها تعداد زیادی از این قالب ها را در آن جعبه مشاهده کردم و از آنجائیکه قصد ساخت یک کارگاه ریخته گری را داشتم آن ها را در آن قسمت از کارگاه که جلوی دست و پا را هم نمی گرفت نگهداری کردم و تا امروز از آن ها استفاده ای نکرده بودم و این شاید بهترین فرصت بود تا بتوانم از آن ها استفادۀ مفیدی داشته باشم.

مقدار آن ها زیاد بود البته این موضوع چندان اهمیتی نداشت زیرا مقدار فلز گداخته ای که من از ذوب لوازم فلزی داخل کارگاه بدست آورده بودم هم حجم زیادی داشت به این دلیل در این مورد دغدغه ای نداشتم. شروع به ریختن فلز گداخته در قالب ها کردم تا که همه آن ها از فلز گداخته شد ولی هنوز ده عدد از این قالب ها بدون آنکه فلز گداخته ای در آن ریخته باشم باقی مانده بود آن ها را در یکی از گوشه های کارگاه قرار دادم و به کف آن جا نگاه کردم تمام آن از قالب های مملو از فلز گداخته پوشیده شده بود. تا آن ها سرد می شدند به سراغ خانه قدیمی رفتم و تمام مسیری را که در این مدت از آن جا رفت و آمد کرده بودم را نیز به دقت

تمیز کردم و سپس برروی تمام آن ها محلول ضد عفونی اسپری کردم و به این ترتیب خیالم از این نظر راحت شده بود و می توانستم به خانهٔ بازگردم به عنوان آخرین بخش از کارهای امروزم هم لباس های تنم را در حیاط خانه قدیمی سوزاندم و به این ترتیب ضدعفونی کردن آنجا به پایان رسید همینکه قصد داشتم به خانه بازگردم چشمم به کارگاه افتاد و تصمیم گرفتم تا قبل از اینکه به خانه بازگردم دو مرتبه قالب ها را ببینم اما زمانی که به آنجا رسیدم با منظره ای متفاوت روبرو شدم تمام آن قالب ها تغییر شکل داده بودند و قالب های آخری هم گوئی مراحل آخر تغییر شکل خودشان را می گذراندند و این شاید به این معنی بود که این قالب ها تاب تحمل حرارت فلز مذاب را نداشته اند و حرارت ایجاد شده در آن ها موجب تغییر شکل آن ها شده است!

به سراغ اولین قالبی که فلز مذاب را در آن ریخته بودم رفتم هنوز هم کمی داغ بود با انبری که در آنجا بود و یک انبر دست آن را گرفتم و سعی کردم بازش کنم اما گوئی دوباره تمام قسمت های آن به هم جوش خورده بود. این اتفاقات هرگز حالت طبیعی نداشت و نمی شد به آن بصورت یک پدیدهٔ عادی نگاه کرد با انبر چند ضربه به آن زدم تا شاید خودش را رها کند اما گوئی بی فایده بود

و این ضربات حتی ذره ای هم موثر نبود و این موضوع کنجکاوی مرا بیشتر می کرد به خانهٔ قدیمی بازگشتم و یک پتک و یک گیره از آزمایشگاه با خودم به کارگاه بردم با آن گیره قالب را به گوشهٔ کوره محکم بستم و سپس با پتک ضربه ای بسیار محکم به آن زدم اما نه تنها تغییری نکرد بلکه پتک نیز از شدت ضربه به عقب بازگشت و از دستم رها شد از باز کردن آن به این سادگی ها تقریباً ناامید شده بودم بنابراین تصمیم گرفتم تا به خانه باز گردم و فردا دوباره به سراغ آن ها بیایم. آن یک قالب را هم به جای اولش بازگرداندم و از کارگاه خارج شدم و به خانه بازگشتم زمانی که به خانه رسیدم در راهروی ورودی خانه مادرم را دیدم که به دیوار تکیه زده است و ظاهراً منتظر بازگشت من بود با دیدن من اولین سوال او این بود.

تا این وقت شب کجا بودی؟

با گوشهٔ چشم نگاهی به ساعت انداختم و متوجه شدم که چیزی تا صبح باقی نمانده است بنابراین سعی کردم تا مانند همیشه از راه شوخی و خنده وارد شوم و با لبخندی به او پاسخ دادم: "در خانهٔ قدیمی و در حال نظافت آنجا بودم".

اما او باورش نمی شد و دوباره سوال اولش را تکرار کرد و پرسید و از من خواست تا واقعیت را بگویم من هم گفتم: "راستش یک موجود عجیب را گرفته ام که خودم هم نمی دانم که چیست؟ و چرا به این شکل در آمده است.... "

هنوز حرفم را تمام نکرده بودم که او با بی حوصلگی گفت: "هنوز هم از این شوخی هایت دست بر نمی داری؟!"

و ادامه داد: "من خوابم می آید بهتر است تو هم به اتاقت بروی".

این را گفت و سپس رفت.

این مرتبه هم به خیر گذشت به اتاقم رفتم و پس از آن همه نظافت و ضدعفونی که کرده بودم هر چند که مطمئن بودم هیچ آلودگی باقی نمانده است اما یک دوش آب سرد خالی از لطف نبود البته بیشتر برای اینکه احساس تمیزی و پاکی بکنم این کار را کردم و پس از آن هم درست نمی دانم که چگونه از تراس خانه سر درآورده بودم و از آنجا به باغ نگاه می کردم البته در آن تاریکی چیز زیادی نمی شد دید اما نسیمی که به صورتم می خورد محشر بود پس از گذشت چند دقیقه به اتاق بازگشتم و خیلی سریع خوابم برد. صبح

با احساس حرکتی که روی صورتم داشتم از خواب پریدم تمام
سعیم را کردم تا حرکتی که بی حساب باشد انجام ندهم به این
دلیل اول چشمانم را بازکردم اما نه بصورت کامل و شروع به نگاه
کردن به داخل اتاق کردم تا اگر چیزی در آنجا انتظارم را می کشید
قبل از آنکه متوجه بیدار شدنم بشود اقدامی مناسب انجام بدهم
که دو مرتبه ضربه ای را برروی دستم احساس کردم کمی گردنم
را خم کردم تا بتوانم آنجا را ببینم اما چیزی دیده نمی شد کمی
بیشتر دقت کردم خودش بود پرندهٔ کوچک من که معمولا پشت
پنجره می دیدمش اما چگونه داخل اتاق آمده بود نگاهی به سمت
تراس کردم آری دیشب آخر وقت و قبل از خواب یادم رفته بود در
آنجا را ببندم حتماً او هم از آنجا به داخل اتاق آمده بود. از جایم
بلند شدم و روی تخت نشستم اما اصلاً ترسی در آن پرنده دیده
نمی شد روی تخت راه می رفت و هر چند لحظه یک مرتبه به دور
اتاق پرواز می کرد اما دوباره به تخت باز می گشت.

پرواز کوتاهی کرد و این مرتبه به روی شانه ام نشست خیلی آرام
گرفته بود گوئی سرش را برروی شانه ام گذاشته بود دلم نمی آمد
او را از جایش بلند کنم بنابراین خیلی آرام به بالش تکیه کردم و
منتظرش ماندم تا از خواب برخیزد گاهی او هم مرا با گوشه چشم

نگاه می کرد و گاهی هم سرش را بر می گرداند شاید حدود یک ساعتی که گذشت از جایش بلند شد کش و قوسی به خودش داد و پرواز کرد و برروی میز وسط اتاق نشست. فرصت خوبی بود دست و صورتم را شستم و برای خوردن صبحانه رفتم او هم به دنبال من پرواز می کرد زمانی که به آنجا رسیدم برروی دومین صندلی میز نهار خوری نشستم و صندلی او را هم کمی بیرون کشیدم و جالب بود که آن پرنده هم روی صندلی اول نشست و آن صندلی آنقدر بلند نبود که آن پرنده بتواند روی میز را ببیند و با نگاه خاصی به من نگاه می کرد با این نگاه شاید می خواست به من چیزی را بفهماند آری درست بود منظورش را درست فهمیده بودم به آشپزخانه رفتم و قوطی خالی کلوچه ها را با یک قوطی دیگر برداشتم و با خودم به آنجا آوردم شاید چندان مناسب نبود اما بصورت موقت و برای آن زمان مناسب به نظر می رسید آن ها را روی صندلی گذاشتم و او هم روی آن ها نشست کمی کلوچه را خرد کردم و برای او در ظرف کوچکی ریختم و روی آن قوطی گذاشتم و او مشغول خوردن آن ها شد و از همه جالب تر قیافه مادرم بود که از دور ما را بهت زده نگاه می کرد. صبحانه را که خوردم به اتاقم بازگشتم و برای رفتن به خانه قدیمی آماده شدم و

لباسم را عوض کردم، آن پرنده هم پرید و دوری توی اتاق زد و از
در تراس خارج شد و رفت کنار در تراس ایستادم و رفتن او را تماشا
کردم او شاید با دیدن لباس پوشیدن من فهمیده بود که وقت رفتن
است و من هم در تراس را بستم و به خانۀ قدیمی رفتم و آنجا
بدون اینکه سراغ کار دیگری بروم مستقیما به کارگاه ریخته گری
رفتم تا آن قالب ها را باز کنم اما همینکه وارد شدم با منظره ای
فوق العاده عجیب روبرو شدم گوئی تمام آن قالب ها شکافته شده
بود درست مانند غنچه ای که شکفته باشد با این تفاوت که در
وسط هر کدام از آن ها قطعه ای فلزی بود از آنجا که ایستاده بودم
نمی توانستم به خوبی آنها را ببینم بنابراین نزدیکتر رفتم و خوب
به یکی از آن ها نگاه کردم با کمال تعجب می شد نقش های
متفاوت و گوناگونی را دید که برروی آن نقش بسته است، در گوشه
ای از آن چهره ای از انسان نقش بسته بود که با چشمانی که از
حدقه بیرون زده بود در حال فریاد زدن است و در گوشه ای دیگر
نیز نقش و نگارهای دیگر باید آن را از نزدیک می دیدم. پس بدون
اینکه اجازه بدهم زمان بدون انگیزه طی شود دستم را برای
برداشتن آن به سمتش بردم با لمس دستم صدای فریاد از آن نقش
چهره بلند شد گوئی جان داشت اما ناگهان آن چهره از روی آن به

دود تبدیل شد و در هوا چرخید و سپس متراکم شد و به اندازه یک نقطه که در آمد ثابت باقی ماند و به این ترتیب از روی آن جسم پاک شد اما همان نقطه پس از چند ثانیه در هوا به نوری تبدیل شد و برروی جسمی که از روی آن به هوا رفته بود فرود آمد پس از این بود که نور شدیدی از آن جسم خارج می شد به گونه ای که دیدن آن را با شکل مواجه می کرد، نمی توانستم دقیقاً ببینم که آنجا چه اتفاقی در حال رخ دادن است پس باید منتظر اتمام آن می ماندم. سرانجام آن نور به یکباره در آن جسم فرو رفت از آنچه که می دیدم تعجب زده بودم! این امکان نداشت؟!

شاخه ای از گل سرخ اما کمی متفاوت مثلاً گلبرگ هایش همچون فلز گداخته بود به همان رنگ و به همان درخشش، دلهره آور بود گلبرگ هایش گوئی فلزی نیمه گداخته ای که در بعضی قسمت ها سرد شده بود و ساقه اش فلزی که کاملاً سرد و سخت بود که در انتها بسیار تیز و بران شده بود اما این اتفاق چگونه ممکن بود؟!

دستم را به نزدیکش بردم اما خبری از حرارت نبود حتی در گلبرگ های گداخته آن!

سرد بود و می توانستم آن را با دستم بگیرم و بلند کنم همینکه

می خواستم با دست دیگرم آن را بگیرم متوجه گلبرگ هایش شدم

که گوئی برای هدایت کامل و بی نقص یک تیر یا دارت شکل گرفته

بودند و به احتمال زیاد در زمان پرتاب باعث چرخیدن آن می شد

و آن را در یک مسیر مستقیم به حرکت در می آورد. می خواستم

آن را دوباره سرجایش بگذارم اما اینکار ممکن نبود زیرا که قالب

آن دوباره به شکل اول خودش در آمده بود یعنی همان شکلی که

اولین مرتبه در آن فلز مذاب ریخته بودم، به هر حال گل را درون

آن گذاشتم متوجه شدم که زمانی که دستم را نزدیک آن گل می

گیرم بر درخشش آن افزوده می شود و به گونه ای زیبا می درخشد.

کنجکاو شده بودم در بین قالب ها راه می رفتم و به همۀ آن ها

دست می کشیدم فریاد هر کدام از آن ها بلند می شد و یکی پس

از دیگری با درخشش خیره کننده ای به گل های سرخ تبدیل می

شدند و این حادثه ای متفاوت بود که آن را تجربه می کردم. در

آخرین قالب ها بود که متوجه شدم چهرۀ روی آن مربوط به یک

خانم است به بقیه آن ها نگاه کردم آن ها به صورت یک در میان

چهرۀ روی آن ها با هم فرق می کرد یکی مرد و یکی زن یک چهرۀ

مردانه و یک چهرۀ زنانه به کار خودم ادامه دادم و آخرین آن ها را

هم لمس کردم و او نیز تبدیل شد آن ها گل هایی فلزی و جادویی بودند به سرعت به خانه قدیمی رفتم و چندین جعبه بزرگ گل سرخ سفارش دادم زمانی که گل ها رسید آن ها را در گلدان های خانهٔ قدیمی گذاشتم و درون گلدان ها آب ریختم تا گل ها تازه تر شوند. انگار روحی تازه در خانه دمیده شده بود و جعبه های آن ها را هم به کارگاه بردم و گل های سرخ گداخته را درون آن ها با دقت زیاد چیدم و در آن ها را بستم و قالب ها را هم که به شکل اولیهٔ خود بازگشته بودند. با خودم به خانه قدیمی بردم و در یک صندوق قدیمی که در طبقهٔ بالا بود چیدم و در آن صندوق را هم قفل کرده سپس به کارگاه بازگشتم و جعبه های گل سرخ گداخته را به خانهٔ قدیمی آوردم و یکی پس از دیگری به طبقه بالا بردم و در کمد خانه پنهان کردم. هنوز خودم هم نمی دانستم که آن قالب ها دقیقا چگونه عمل می کنند و یا اینکه در آینده با چه چیزی مواجهه خواهم بود؟! و حتی کاربرد آن گل های گداخته فلزی هم برای من ناشناخته و مبهم بود.

به خانه باز می گشتم که در میانه راه چشمم به گل سرخ داخل باغ افتاد به نظرم قد کشیده بود و زیباتر شده بود گوئی گل سرخ تازه متولد شده بود و من هم این گل سرخ تازه متولد شده را بیشتر

دوست داشتم و تمامش پوشیده از غنچه هائی بود که هر یک به تنهائی می درخشید.

به یاد گل سرخ خودم افتادم باید می رفتم این چند روز باعث شده بود تا نتوانم به او سری بزنم اما چه خیالی او که در شهری دور زندگی می کرد کنار بوتهٔ گل سرخ نشستم و با سرانگشت غنچه هایش را لمس می کردم یکی پس از دیگری غنچه ها می شکفت و این منظره ای بسیار زیبا بود که ناگهان دستی را برروی شانه ام حس کردم حسابی جا خوردم و ناگهان به پشت سر برگشتم مادرم بود که با لبخند به من می گفت: " داشتم برای دیدنت به خانه قدیمی می آمدم".

پس نگاهی به من و آن بوتهٔ گل سرخ انداخت و لبخندی زد و پرسید: "چرا این قدر زمانت را در باغ و آن هم کنار این بوتهٔ گل سرخ می گذرانی؟"

آرام نگاهش کردم نمی دانم چرا اما لپ هایم کمی سرخ شده بود اما جوابی به او ندادم. این اولین مرتبه بود که این رفتار را از خودم نشان می دادم و مادرم هم کاملا متعجب کنارم لب باغچه نشست.

پس از اینکه کمی با یکدیگر صحبت کردیم وکمی هم قدم زدیم
دو نفری به خانه بازگشتیم و مادرم از من خواست که امشب را
همراه آن ها به یک میهمانی بروم در ابتدا با خودم فکر کردم که
باید هر طور شده است به این میهمانی نروم زیرا با وجود آن
موجودی که در خانه قدیمی بود کارهای زیادی برای انجام داشتم
اما به مادرم نگاه کردم، نه امکان نداشت نمی توانستم پاسخ رد به
این درخواست مادرم بدهم، پذیرفتم و به اتاقم رفتم هم نیاز داشتم
تا کمی در مورد وقایه اخیر فکر کنم و هم این که باید برای امشب
آماده می شدم.

در اتاق ایستاده بودم و به صفحۀ گوشی همراهم خیره شده بودم
که صدائی توجه من را به خودش جلب کرد، آری خودش بود همان
پرندۀ من بود که دوباره بازگشته بود تا آن لحظه از دیدن یک پرنده
به این اندازه خوشحال نشده بودم. پنجره را باز کردم تا به داخل
اتاق بیاید و خودم هم به سرعت از اتاق خارج شدم قصد داشتم
برای او لانه ای زیبا بخرم جالب بود او هم همراه من پرواز کنان
می آمد سوار اتومبیل شدم و شیشه پنجره اتومبیل را باز گذاشتم
تا واکنش آن پرونده را ببینیم چند دوری بالای اتومبیل پرواز کرد
و سرانجام برروی لبه پنجره و کمی که گذشت برروی پشتی صندلی

نشست و آماده رفتن شده بود شیشهٔ پنجره اتومبیل را بستم و همراه با او به فروشگاه پرنده فروشی رفتم.

اتومبیل را در جای مناسبی پارک کردم و سپس از خودرو پیاده شدم البته کاملاً آن پرنده را زیر نظر گرفته بودم.

بنابراین کمی در را باز نگه داشتم تا واکنش او را هم ببینیم خیلی راحت چند قدمی جا به جا شد و سپس با یک پرواز محشر و چند حلقه که زد به روی شانه من نشست و پس از آن همراه با یکدیگر وارد مغازه پرنده فروشی شدیم و مستقیماً به سراغ آشیانه های مخصوص فضای باز پرنده ها رفتیم. تعداد زیادی آشیانه آنجا بود او با دیدن آن ها ابتدا کمی گیج شده بود البته این موضوعی بود که من آن را احساس کردم اما بعد از مدتی شروع به پرواز در فضای فروشگاه کرد و پس از آن برروی یکی از آشیانه ها نشست، به نظرم از آن خوشش آمده بود بنابراین به سمت آن رفتم تا آن را از نزدیک ببینم و احتمالاً برای خرید آن اقدام کنم اما پرنده دو مرتبه پرواز کرد و برروی آشیانه دیگری نشست هنوز چند قدم به سمت او بر نداشته بودم که دو مرتبه از روی آن هم پرواز کرد اما این مرتبه بدون آنکه روی هیچ کدام از آشیانه ها بنشیند پرواز می کرد و به

سمت در خروجی می رفت و این عجیب بود و چند مرتبه این کار
را تکرار کرد شاید از آشیانه های اینجا خوشش نیامده بود و شاید
می خواست آشیانه های فروشگاههای دیگر را هم ببیند. این رفتار
از یک پرنده کوچک برای من عجیب بود اما به هر حال علاقه
داشتم تا از روی میل خودش آشیانه اش را بیابد بنابراین در را باز
کردم و همراه هم از آن فروشگاه خارج شدیم و همراه با یکدیگر در
آن خیابان می رفتیم. من قدم زنان و او پرواز کنان که ناگهان پرواز
او سریع تر از قبل شد و او به سمت دیگر خیابان رفت اما چرا به
آن سمت از خیابان رفت؟! در آن سمت از خیابان پرنده فروشی
زیاد بود اما لوازم نگهداری پرنده فروخته نمی شد؟ بنابراین با
احتیاط از خیابانی گذشتم هر چند که به علت سرعت بالای
اتومبیل ها چندین مرتبه امکان داشت با آن ها برخورد کنم اما به
هر ترتیبی که بود خودم را به او رساندم. او مقابل در یکی از آن
پرنده فروشی ها روی تابلوئی نشسته بود با دیدن من به سمت آن
در پرواز می کرد و باز می گشت، حق با او بود آن در بسته بود و
باید راهی برای عبور از آن پیدا می کرد به این دلیل جلو رفتم آن
در را برای او گشودم عالی بود گوئی دنیای دیگری پر از رنگ ها و
تنوع بود، دنیای پرندگان، اما آن پرنده به محض اینکه وارد آن

فروشگاه شد به سرعت به پرواز در آمد و چرخ زنان خود را به یک قفس در انتهای فروشگاه رساند که درون آن پرنده ای شبیه به خودش بود، آری گوئی تمام کارهایش بی دلیل نبود و چقدر آن دو پرنده به یکدیگر شبیه بودند شاید یکدیگر را می شناختند.

از مسئول فروشگاه دربارهٔ آن پرندهٔ داخل قفس سوال پرسیدم و او نیز پاسخ داد که آن پرنده را چند روز پیش از جنگل های اطراف شهر گرفته اند.

از او پرسیدم: "خودتان آن را گرفته اید؟"

با لبخندی پاسخ داد: "خودمان که نه چند پسر بچه این کار را کرده اند و ما هم از آن ها خریداری کرده و برای فروش در فروشگاه گذاشته ایم".

بدون معطلی قیمتش را پرسیدم و آن را خریدم.

قفس و آن پرنده را در حالی که پرندهٔ خانهٔ ما روی آن نشسته بود برایم آوردند، به آن ها نگاهی انداختم و تازه فهمیده بودم که این همه کارهای عجیب و غریب آن پرنده چه معنی در خود پنهان داشت آری تمام آن ها را انجام داده بود تا به اینجا برسد.

از مسئول فروشگاه نام آن پرنده را پرسیدم و او پاسخ داد که به آن ها مرغ عشق می گویند.

درب قفس را گشودم تا جفت آن هم بتواند از قفس بیرون بیاید چند ثانیه بعد آن ها هر دو در فضای فروشگاه پرواز می کردند اما شاید نمی شد نام آن را پرواز گذاشت آن ها در حال رقص و شادی بودند. شاید این پایان همهٔ ماجراهای آن پرنده بود در فروشگاه را برای چند ثانیه باز نگه داشتم تا آن ها از آن فروشگاه پرنده فروشی خارج شوند و تا زمانی که آن ها به اندازه کافی از آنجا دور شدند نگاهشان کردم و سپس کمی در بین فروشگاه های آن خیابان قدم زدم دنیائی از رنگ در میان دنیائی از پرندگان بود و این خود زیبا بود. به سمت اتومبیلم رفتم تا به خانه بازگردم، دلم هوائی شده بود زمانی که به اتومبیل خودم رسیدم با منظره ای عجیب روبرو شدم پرندهٔ خانهٔ ما و آن یکی دیگر روی سقف خودرو کنار هم نشسته بودند و به نظر می رسید منتظر آمدن من هستند خب من هم از دیدن آن دو بسیار خوشحال شده بودم به سمت آن ها رفتم لبخندی زدم و در خودرو را برای آن ها گشودم و منتظر ماندم تا واکنش آن ها را ببینم اما عجیب بود! آن ها سوار نشدند و به سمت فروشگاهی که اولین مرتبه به آنجا رفته بودیم پرواز کردند چه بهتر

من هم همراه آن ها به آن فروشگاه رفتم در را برایشان گشودم آن دو پرواز کنان به داخل رفتند مستقیماً به سمت آشیانه های فروشی پرنده رفتند پرندهٔ خانهٔ ما روی یکی نشست و آن یکی هم روی دیگری چند ثانیه ای که گذشت پرندهٔ خانهٔ ما هم برروی همان یکی نشست به نظر می رسید که از سلیقه اش به خاطر جفتش گذشته بود و این هم قابل قدردانی بود، این دو پرنده زیبا را کنار هم که می دیدم به وجد می آمدم از مسئول فروشگاه خواستم تا آن اشیانه را برایم بیاورد کمی بعد من در تراس اتاقم در حال نصب آن آشیانه برروی دیوار بودم پس از نصب آشیانه بر روی دیوار آن دو پرنده پر زنان به داخل آن رفتند سپس پرندهٔ خانهٔ ما برروی قسمت ورودی آشیانه نشسته بود و جفتش هم داخل آن، با دیدن آن ها دلم هوائی شده بود هوای گل سرخ را کرده بودم تصمیم گرفتم که با اولین پرواز به شهر او بروم. در همین حال و هوا بودم که بر روی تخت خودم دراز کشیدم اما همینکه از روی تخت بلند شدم خودم را در خانهٔ گل سرخ دیدم و این عجیب بود اولش خودم هم باورم نمی شد چگونه این اتفاق افتاده بود؟! اما این اتفاق می خواست به من بفهماند که در این مورد هرگز فاصله مهم نیست، باید از این فرصت برای دیدن او استفاده می کردم موجودی خودش

را به پایم کشید آری خودش بود آن گربهٔ ملوس که اخیراً با یکدیگر دوست شده بودیم دستی به کمرش کشیدم خودش را لوس می کرد و برای اینکه سروصدا به راه نیندازد کمی کنارش نشستم فعلا در آن خانه او می توانست مرا ببیند و حس کند و این موضوع باعث خوشحالی هر دوی ما شده بود. پس از رفتن آن گربه من هم در آن خانه به دنبال گل سرخ گشتم خانهٔ بزرگی بود فکر کردم اگر به دنبال آن گربه بروم راحت تر او را پیدا می کردم بنابراین هر جا که گربه می رفت دنبالش رفتم آن گربه به یکی از اتاق های آنجا رفت، این اتفاق یا چیزی که می دیدم هم برایم قابل فهم بود و هم جالب آن گربه به سراغ گربه دیگری که در آن خانه بود رفته بود او دو تا گربه داشت.

پس باید خودم به دنبال او می گشتم از در یکی از اتاق های خواب که عبور کردم او را دیدم خوابیده بود خب این فرصت مناسبی بود که کمی نگاهش کنم. به هر حال اگر او هم بیدار می شد من را نمی دید روی مبلی که کمی آن طرف تر از تخت او بود نشستم و در همین حال خوابم برد. زمانی که از خواب بیدار شدم خودم را در اتاق خودم دیدم مطمئن بودم آنچه روی داده است خواب نبوده است اما چرا در اتاق خودم از خواب بیدار شده بودم؟

به هر حال صبح بود و باید به سراغ کارهای روزانه ام می رفتم و
یکی از مهم ترین آن ها، آن موجود در آزمایشگاه جدیدم بود. بلند
شدم و طبق روال همیشه صبحانه خوردم، لباس پوشیدم به خانهٔ
قدیمی رفتم. در آنجا لباس مخصوصی را که از قبل تهیه کرده بودم
پوشیدم و به حیاط پشتی رفتم به آزمایشگاه که وارد شدم اول از
همه به آن موجود نگاهی انداختم تا شرایط او را بصورت ظاهری
بررسی کنم خیلی تغییر کرده بود و ظاهراً بدنش در حال پوسیدن
آرام آرام بود و این موضوع را می شد از تغییر ظاهرش دقیقاً مشاهده
کرد و کف آن قفس هم قطعاتی افتاده بود که از بخش های مختلف
بدنش بر روی زمین ریخته بود، خب فکر می کنم اولین مرحلهٔ کار
من برای امروز آغاز شده بود. آن موجود در گوشهٔ قفس نشسته بود
و با دقت به من نگاه می کرد یک ظرف آزمایشگاهی برداشتم و
همراه با یک پنس و یک برس کوچک و چند تا ابزار دیگر به سراغ
قفس رفتم تا مقداری از این نمونه ها را از کف قفس برای انجام
آزمایش بر روی آن ها جمع کنم اما همین که به قفس نزدیک
شدم متوجهٔ تغییر رفتار آن موجود شدم کمی براق تر شده بود اما
هنوز آرام بود ولی به محض اینکه دستم را به داخل قفس بردم تا
کمی از آن نمونه ها را جمع کنم به سرعت به سمت من حمله ور

شد و با چنان شدتی خودش را به میله های قفس کوبید که بخش هائی از بدنش زخمی شد البته به آن نمی شد گفت زخم تقریباً متلاشی شده بود خودم را به عقب پرت کردم و بدون آنکه واکنشی نشان بدهم که باعث عصبانیت بیشتر او شود تنها به او نگاه کردم. فعلاً این حرکت تهاجمی او آسیبی به کسی نزده بود اما باید برای مرتبه های بعدی کاملاً احتیاط می کردم، نمونه هایی را که موفق به جمع آوری آن ها از کف قفس شده بودم را داخل ظرفی ریختم و سراغ آزمایش کردن آن ها رفتم. ابتدا باید از ترکیبات شیمیائی احتمالی در آن ها آگاه می شدم احتمال آن کم بود که این اتفاق در اثر مصرف ماده ای شیمیائی رخ داده باشد درست مانند آنچه که برای افرادی که از لوازم آرایشی تقلبی استفاده کرده بودند رخ داده بود، این اتفاق ممکن بود اما احتمالش کم بود. خوشبختانه در آنجا با وجود آن موجود و آن چه در کف آن قفس ریخته بود نمونه برای انجام آزمایش کم نداشتم پس تعداد نمونه ها و شاهد ها را افزایش دادم.

و برای جمع آوری مقدار بیشتری از ضایعات بدن او هم یک جارو برقی لازم داشتم که فردا با خودم به آنجا می آوردم فعلاً آنچه که از کف قفس با خودم آورده بودم برای امروز کفایت می کرد.

از برخورد او با میله های قفس هم می شد مقداری نمونه تازه تهیه کرد پس آن ها را با احتیاط کامل از میله های قفس جدا کردم اما این مرتبه او به سمت من حمله نکرد، اما چرا ؟

به او نگاه کردم ظاهراً از شدت درد به خودش می پیچید.

نمونه های تازه جدا شده از بدن او را هم به همان ترتیب نمونه های قبلی مورد آزمایش قرار دادم. نتایج را در همان زمان ثبت کردم هم برای نمونه های کف قفس و هم برای نمونه های جدا شده از میله های قفس که تازه بود. برای نتایج چند آزمایش دیگر هم باید مدتی منتظر می ماندم تا نتیجهٔ نهائی آنها بدست آید. به او که دوباره در گوشهٔ قفس نشسته بود و ظاهراً از درد به خودش می پیچید نگاه کردم. چرا هیچگونه خروجی و یا مدفوعی از او در قفس وجود نداشت دو مرتبه به سراغ نمونه های جمع آوری شده از کف قفس رفتم متاسفانه مقدار آن ها کم بود و نمی شد به نتایج آن ها بصورت صد در صد استناد کرد. پس باید تمام آنچه در کف قفس بود را جمع آوری می کردم تا بررسی دقیق تری را برروی آن ها انجام می دادم و این کار با استفاده از جاروبرقی برای جمع آوری آن ها امکان پذیر بود. به او که درد می کشید نگاهی انداختم

دلم می خواست حداقل یک آرام بخش یا مسکن به او بدهم اما این موضوع ممکن بود برروی نتایج آزمایش ها اثر منفی بگذارد به این دلیل علی رغم میل باطنی خودم این کار را انجام ندادم. مشغول بررسی نتایج آزمایش ها بودم که متوجه شدم که رفتار او پرخاشگرانه تر از قبل شده است و اندکی بعد دوباره آرام گرفت گوئی رفتارش بین رفتار آرام و پرخاشگر مدام در حال تغییر بود. به ساعت نگاه کردم دیر وقت بود اما در این مدت که مشغول کار بر روی نمونه ها بودم اصلا گذر زمان را احساس نکرده بودم به خانۀ قدیمی رفتم و از آنجا به خانۀ خودمان بازگشتم همۀ آن ها خواب بودند پس آرام به اتاقم رفتم و شروع به خواندن مطالب علمی مختلفی در مورد بدن انسان و موارد وابسته به آن کردم تا اینکه به این کلمه برخورد کردم زامبی، بلافاصله این کلمه در ذهنم تکرار شد و این سوال برایم مطرح شد آیا او یک زامبی است؟

تقریباً از این لحظه به بعد تا زمانی که خوابم برد را به تحقیق و جستجو در مورد زامبی ها پرداختم. بیشترین اطلاعاتی که از آن ها بدست آوردم مطالب مربوط به داستان ها و فیلم ها بود به جز چند مورد که توضیح علمی مختصری در مورد آن ها داده بود. زمانی که از خواب بلند شدم تلفن همراهم که این مطالب را در

طول شب با استفاده از آن جستجو می کردم برروی بالشم بود که احتمالاً زمانی که خوابم برده بود آنجا افتاده بود و پس از آن چشمم به آشیانه آن پرنده افتاد و آن دو پرندهٔ زیبا که برلبهٔ آن آشیانه نشسته بودند. از رختخواب برخاستم و بلافاصله پنجرهٔ نزدیک آشیانه را گشودم و به آن ها نگاه کردم آن دو هم گوئی آشنای دیرینهٔ من هستند از در آن سرک می کشیدند و به هم چیزهائی می گفتند.

دست و صورتم را شستم و برای رفتن به نهارخوری آماده شدم با گشودن در اتاق متوجه شدم که آن دو پرنده هم برروی کف اتاق منتتظر باز شدن در بوده اند. به این ترتیب سه نفری و به همراه هم به نهارخوری رفتیم البته بخشی از مسیر را آن ها پرواز کنان آمدند و من همچنان پیاده تا بالاخره به آنجا رسیدیم. پدر و مادرم که از دیدن این دو پرنده همراه من تعجب زده شده بودند و می خندیدند، مثل روز قبل یک صندلی را برای آن ها آماده کردم و هردوی آن ها همراه با ما صبحانه خوردند و جالب است که آن ها برای صبحانه کاهو را با اشتهای زیادی می خوردند. مادرم پرسید: "خانهٔ آن ها کجاست؟"

و پدرم هم بلافاصله به من نگاه کرد و من ادامه دادم که به تازگی یک آشیانه برای آن ها در تراس اتاقم نصب کرده ام، آن دو آنقدر دوست داشتنی بودند که توجه مادرم را هم به خودشان جلب کردند.

با وجود اینکه می خواستم بیشتر بمانم اما کم کم داشت دیرم می شد. برای رفتن بلند شدم. آن دو پرنده هم از خوردن دست کشیدند اما مادرم اشاره کرد و گفت: " تو برو من خودم آن ها را به آشیانه شان می رسانم "

اما با رفتن من آن دو هم پرواز کنان خودشان را به من رساندند و همراه من به اتاقم آمدند و از پنجره اتاقم به آشیانه شان بازگشتند و من هم به خانهٔ قدیمی رفتم و از آنجا همراه با یک جارو برقی به سمت آزمایشگاه جدید روانه شدم. در میانهٔ راه و درست وسط حیاط پشتی خانه تصمیم گرفتم که مقداری لوازم پیشرفته تر برای آزمایشگاه بخرم و جارو برقی را همانجا گذاشتم و برای رفتن به بازار لیست جدیدی آماده کردم. یکی دو ساعت بعد در بازار مشغول خرید این لوازم بیمارستانی بودم. پس از خرید آن ها فروشنده قول داد تا آن ها را به آدرسم بفرستد و من هم از آنجا به خانه قدیمی

رفتم هنوز مدتی از رسیدنم به خانه نگذشته بود که لوازم و دستگاه
ها رسیدند و تا نیمه های شب مشغول انتقال آن ها به آزمایشگاه
خودم بودم و همینطور نصب آن ها تا صبح طول کشید البته قطعات
جدیدی هم خودم برروی آن ها نصب و یا اضافه و کم کردم که این
قطعات و بخش ها را هم از باقی ماندهٔ تخت های ایزوله موجود
داشتم و به این ترتیب می توانستم آزمایش های متنوع تر و کامل
تری را انجام دهم. اما درست در لحظهٔ خروج از آنجا بود که متوجه
شدم حال آن موجود چندان مناسب نیست و تقریباً به حالت نیمه
بیهوش در آمده است با احتیاط به داخل قفس رفتم و یک تخت
فلزی را هم که برای او آماده کرده بودم همراه خودم به داخل قفس
بردم و آن موجود را بلند کرده و روی آن تخت گذاشتم و با تسمه
هائی که تعبیه شده بود محکم بستم. آن موجود روی تخت بسته
شده بود پس دیگر احتمال حمله او وجود نداشت بخش زیادی از
دستگاه ها را به داخل قفس منتقل کردم از آنجائیکه حال آن
موجود چندان خوب نبود ماسک اکسیژنی نیز به او وصل کردم و
دستگاههای لازم که هم کنترل کننده علائم حیاتی او بودند و هم
به حفظ حیات او کمک می کردند را به او متصل کردم و به این
ترتیب می توانستم داده هائی از جمله ضربان قلب، تنفس، میزان

اکسیژن و دی اکسید کربن و .... که مربوط به آن موجود بود را از داخل قفس بدست بیاورم. هر چند که مطمئن بودم با شرایطی که او داشت مدت زیادی زنده نمی ماند هنوز نتوانسته بودم نتایج آزمایش را دقیقاً کنترل کنم اما دیگر زمان زیادی هم تا صبح باقی نمانده بود. باید برای رفتن به خانه آماده می شدم در کنار ماسک اکسیژن محفظه ای بود که غذای آن موجود را هر چند مدت که لازم بود به داخل دهانش می ریخت و خوشبختانه با وجود این بخش جدید از امکانات و تجهیزات، حضورم هم دیگر ضرورت چندانی نداشت پس می شد ادامهٔ کارها را بعد از چند ساعت دیگر دوباره از نو شروع کرد در قفس را بستم و به خانه رفتم.

همین که خوابم برد دوباره کابوسی از کوردل به سراغم آمد، اما این بار تنها نبود و همراه با چند نفر آمده بود، آن ها شبیه به کوردل بودند اما از جنس او نبودند و مطمئن بودم که هر چه بودند از نوع کوردل نبودند. در همین کش و قوس و کابوس بودم که با نشستن پرندهٔ خانهٔ ما برروی سرم از خواب بیدار شدم آری خودش بود و چه خوب و به موقع از خواب بیدارم کرده بود از کابوسی به نام خواب که با کوردل همراه شده بود رهایم کرده بود و این آغاز روز جدیدی بود پرنده را روی دستم گذاشتم و با دست دیگرم به

آرامی نوازشش کردم، پرندهٔ دیگر هم به جمع ما پیوست و هر دوی آن ها را نوازش می کردم و این وابستگی انگار دو سویه شده بود. بعد از این باید به آزمایشگاه باز می گشتم حال که امکان کنترل بسیاری از فرآیندها وجود داشت باید در کنار آن ها به بررسی نتایج آزمایش های قبلی تا آن لحظه می پرداختم اولین چیزی که در آن لحظه ۱۰۰٪ قطعی بود مرگ برخی از سلول ها و در کنار آن ها سلول هائی بود که هنوز زنده بودند اما چه عاملی می توانست این حالت را بوجود بیاورد علی الخصوص که بیشتر سلول های مرده در فاصله بیشتری نسبت به مویرگ های خونی قرار داشتند و این خود سوالی جدید بود که در زیر میکروسکوپ های نسبتا دقیق این آزمایشگاه هم قابل مشاهد بود. بعد از آن نوبت به بررسی آثار باقی مانده از آن موجود در کف قفس بود با جارو برقی تمام آن ها را جمع آوری کردم. و در ظرفی در بسته قرار دادم با رفتن دوباره درون قفس و بیرون آمدن از آن فکری به ذهنم رسید حال که اندازهٔ این قفس و تخت های ایزولیکی است و بسیاری از تجهیزات آن ها را هم درون این قفس نصب کرده ام چرا یک تخت ایزوله کامل را برای این کار استفاده نکنم پس به خانهٔ قدیمی رفتم و یک تخت ایزوله را در طول مدت ۲ الی ۳ ساعت به آزمایشگاه بردم. اما

قبل از آنکه آن را نصب کنم دوباره به بررسی آنچه از کف قفس
بدست آمده بود پرداختم. بررسی ها نشان می داد که این آثار
باقیمانده از چند بخش تشکیل شده است بخش اول مشاهده شده
پوست بدن او بود و بخش دوم هم گوشت بدن که ابتدا فاسد شده
بود و بعد از آن احتمالاً توسط خود او و به علت خارش یا رفتاری
مشابه به آن و یا در برخورد با سایر اشیاء از بدن او جدا شده و بر
زمین ریخته بود. اما بخش دیگری هم بود که جلب توجه می کرد
آری ترکیبی که نه گوشت فاسد شده بدن او بود و نه پوست و نه
چیزی شناخته شده برای من! گوئی ترکیب جدیدی بود شروع به
تجزیه و بررسی آن کردم تا به ترکیبات داخل آن پی ببرم آری
ترکیب جدیدی بود و این بررسی ها نشان داد که نوعی از فضولات
است و مشابه مواد حاصل از تجزیه و هضم غذائی است که من به
آن موجود داده بودم اما این ماده از کجا خارج شده بود. به بالای
سر آن موجود رفتم به دقت به تمام بدنش نگاه کردم و آن را بررسی
کردم حتی حدس هم نمی زدم که به این نتیجه برسم این ماده از
میان بافت های بدن او بیرون زده بود و فضای بین سلول ها و
بخش های فاسد شده ای را که از بدن او جدا شده و بر روی زمین
افتاده بود پر کرده بود و خود باعث فاسد شدن سایر سلول های

مجاور خودش می شد و به این ترتیب یک علل فاسد شدن بدن آن موجود را یافته بودم اما این ماده چه بود؟ و چرا و چگونه تولید می شد؟

با دیدن این اتفاق تصمیم گرفتم حتماً تخت ایزوله را نصب و آماده کنم تا نیمه های شب مشغول این کار بودم تا سرانجام نصب شد به این ترتیب داده های کامل تری از آن موجود در اختیار داشتم.

با اتمام کار نصب چادر تخت ایزوله من هم به خانه بازگشتم تا فردا دوباره و از نو آغاز به کار کنم.

امروز وقتی به آزمایشگاه وارد می شدم احساس می کردم که روز پر مشغله ای خواهم داشت از طرفی با آنچه دیروز با آن مواجه شده بودم می شد فهمید که با پدیده ای معمولی روبرو نیستم.

دوباره روز جدیدی آغاز شده بود و من باید با جدیت مشغول به کار می شدم. آری این یک شروع دوباره بود به آن موجود نگاهی انداختم مطمئن بودم درد دارد اما مطمئناً دردش را احساس نمی کرد احتمالاً سر سیستم عصبی اون هم همان بلائی آمده بود که سر سایر قسمت های بدنش آمده بود.

اما او در این زمان چه حالی داشت مطمئناً دردی احساس نمی
کرد و به بدنش نگاه کردم تقریباً بخش زیادی از عضلات پایش به
همان ترتیب قبلی از بین رفته بود اما شاید با توجه به اینکه دردی
احساس نمی کرد می توانست لنگ لنگان با آن راه برود بخشی از
صورتش هم از بین رفته بود و بخشی از قسمت های داخلی چشم
او دیده می شد و همینطور استخوان گونه و دندانهایش دیده می
شد و این چهره ای زشت و وحشتناک از او ساخته بود باقی بدن
او هم وضعیت بهتری نداشت.

از تخت ایزوله خارج شدم در حالی که صداهائی نامفهوم از او به
گوش می رسید دوباره مشغول به بررسی نتایج آزمایش ها شدم
تمام آن ها تأئید کننده یک موضوع بود بدن او در حال فاسد شدن
بود اما نه بصورت یکباره بلکه کم کم و موضعی و عامل آن هرچه
که بود ابتدای کارش و آغاز آن از سیستم عصبی بود. بررسی بیشتر
نشان می داد که سیستم عصبی او کامل است و این موضوع را می
شد به راحتی توسط دستگاه های متصل به او اثبات کرد.

و برای اطمینان از این موضوع دو مرتبه به داخل چادر رفتم و از
آن خارج شدم با این کار من نسبت به حضورم واکنش نشان می

داد و بعد از این به داخل بدن او سوزنی را به آرامی فرو بردم هیچ واکنشی مبنی بر احساس درد حاصل از انجام اینکار در بدنش از خودش نشان نداد و این خود نشان می داد که تنها گیرنده های درد در بدنش از بین رفته است اما سیستم عصبی بدن او کامل و سالم بود و بدرستی کار می کرد.

از آنجا خارج شدم و بررسی ها را ادامه دادم نتیجهٔ قبلی هم کاملاً تأئید شده بود یعنی هر چه سلول از مویرگ های خونی دورتر بود احتمال مردن و فاسد شدن آن بیشتر بود اما چه رابطه ای بین این سلول های مرده و فاسد شده و مویرگ های خونی وجود داشت غذا و اکسیژن محلول در خون، گلبول های سفید همه و همه باید کنترل می شدند.

در بدن آن موجود احتمالاً خون زیادی باقی نمانده بود اما چاره ای هم نداشتم بنابراین دوباره به داخل قفس رفتم مقداری خون با استفاده از یک سرنگ از او برای آزمایش های بعدی گرفتم. با بیرون آوردن سوزن سرنگ متوجه شدم که به محض بیرون آمدن سوزن جای آن با استفاده از همان ترکیب دفع شده حاصل از مصرف غذا پر شد بنابراین خونریزی صورت نگرفت اما چیزی مانند خون بسته

شده در آنجا باقی می ماند. مقداری از آن را به عنوان نمونه برداشتم و بر روی این نمونه و ترکیب تشکیل دهنده آن آزمایش کردم تا تردید در مورد اینکه این همان ماده جمع آوری شده از کف قفس است نداشته باشم. مقداری از خون او را هم مورد آزمایش قرار دادم و متوجه شدم که غلظت مواد دفعی حاصل از سلول های بدن او در خونش بالا رفته است و در حال حاضر این ماده دفعی نقش پلاکت ها را در خون او انجام می دهد و عجیب بود که این ماده دفع شده از سلول های او در خونش کار پلاکت ها را انجام می دهد و این موضوعی عجیب بود که با آن مواجه می شدم! و عجیب تر این بود که این ماده باعث شده بود که در خون آن موجود اثری هم از پلاکت نباشد یعنی احتمالا این ماده پلاکت های خون را از بین برده و یا جایگزین آن ها شده است. دوباره خون او را آزمایش کردم و بخشی از این آزمایش ها امروز نتیجهٔ آن مشخص می شد و نتایج باقی آزمایش ها هم برای بعد می ماند چاره ای نبود تا مشخص شدن نتایج آزمایش ها باید صبر می کردم تا از نتیجهٔ دقیق آن ها آگاه بشوم. در این مدت فرصت مناسبی بود تا به بررسی بدن او بپردازم اما این کار را باید برای فردا می گذاشتم زیرا

که اگر دیرتر از این به خانه باز می گشتم مطمئناً باعث ناراحتی مادرم می شدم.

امروز زمانی که به آزمایشگاه وارد شدم با بوئی زننده مواجه شدم که مربوط به بخشی از بدن آن موجود در آزمایشگاه بود که بر روی میز نمونه ها گذاشته بودم به سرعت به سمت آن رفتم و آن را درون زباله ها انداختم زمانیکه درون سطل زباله بود به آن نگاه می کردم که با کمال تعجب دیدم که بخشی از آن مرده بود اما بخش زندهٔ آن در حال تغذیه از همان بخش مرده می باشد در واقع بخش زنده آن در حال خوردن بخش مرده آن بود و مویرگ های موجود در این بخش های زنده هم علائم خاص و غیر عادی داشتند آن را دوباره از میان زباله ها برداشتم و با استفاده از ذره بین با دقت به آن ها نگاه کردم، حدسم درست بود بخش زنده در حال خوردن و بلعیدن بخش مرده بود، به سراغ آن موجود رفتم چنین رفتاری در بدن او مشاهده نمی شد دوباره به سراغ نمونه آمدم دقیقاً می شد با ذره بین ملاحظه کرد که رگ هایی که قبلاً قطع شده بودند ضایعاتی را مانند خون خشک شده در محل قطع شدگی ترشح کرده بودند این ضایعات به خودی خود بخش های مرده را هضم می کردند و دو مرتبه به رگ های خونی می فرستادند و این رگ

های خونی هم آن را در اختیار بخش های زنده می گذاشت تا از آن ها به جای مواد غذایی مورد نیاز خودشان استفاده بکنند تا به حال این چنین چیزی را ندیده بودم که در آن بخش زنده بدن یک موجود بخش مرده خودش را بخورد.

باید قبل از همه چیز به سراغ بدن آن موجود می رفتم و آن را بررسی می کردم بدن او بعلت غذائی که در اختیار آن قرار می دادم واکنشی مانند آن نمونه جدا شده از بدنش نشان نمی داد پس آن عمل وحشتناک تنها زمانی آغاز می گشت که مادۀ غذائی بصورت مستقیم وجود نداشت و در اختیار بدن آن موجود قرار نمی گرفت این بدن تغییر شکل یافته با استفاده از آن ضایعاتی که شبیه خون لخته شده در انتهای رگ ها بود به صورت غیر مستقیم و از هر راهی مادۀ غذائی خودش را بدست می آورد پس می شد حدس زد آن ضایعات شبیۀ لختۀ خون برروی بدن آن موجود دیگر سلول های مرده نبودند بلکه بر اثر تغییرات خاص و یا نوع خاصی از واکنش ها تبدیل به اندام هائی جدید در بدن او شده بودند. باید این موضوع را آزمایش می کردم. به بیرون از آزمایشگاه رفتم مقداری گوشت از یخچال خانه قدیمی برداشتم به آنها نگاه کردم یخ زده بود و برای آزمایش من مناسب نبودند بنابراین به سرعت

به فروشگاه محل رفتم و مقداری گوشت تازه و همینطور مواد غذائی دیگری که فکر می کردم مفید باشد خریدم و به سرعت به خانه قدیمی برگشتم. لباس پوشیدم و به آزمایشگاه رفتم جالب بود که نمونۀ آزمایشگاهی به صورت مداوم و سریع در حال خوردن بخش های مرده بود و با توجه به اینکه نمی توانست مقدار کافی مواد غذائی در اختیار سایر بخش های زنده قرار بدهند بخش های بیشتری می مردند و دوباره با تکرار فرآیندهای قبلی توسط بخش های زنده خورده می شدند اما حاصل کل این فرآیند تشکیل ضایعاتی شبیه به لخته خون بود که از این پس به آن ها اندام لختۀ خونی می گفتم.

آن نمونه را برداشتم در ظرف جدیدی قرار دادم. قطعه ای از گوشت را جدا کردم و در ظرفی جداگانه قرار دادم سپس در زیر ذره بین با احتیاط یک اندام لخته خونی را از روی نمونه جدا کردم و بین نمونه و آن اندام لخته خونی یک قطعۀ پلاستیک قرار دادم تا اتصال آن ها به صورت کامل قطع شود و تنها از طریق یک مویرگ خونی به نمونه متصل باشد سپس آن قطعه گوشت را برروی آن قرار دادم و منتظر واکنش و عکس العمل آن شدم. هنوز چند ثانیه ای نگذشته بود که آن اندام لخته خونی در آن قطعه گوشت ریشه

دوانید و شروع به هضم کردن آن کرد و این وحشتناک بود چرا که
به سرعت توانست آن قطعه گوشت را هضم کند و در اختیار سایر
بخش های زنده قرار دهد. شاید می شد از این طریق آن موجود را
نجات داد اما با کمی دقت متوجه شدم که همانطور که قطعهٔ
گوشت هضم می شد هضم سایر بخش های مرده هم سرعت گرفته
بود، مقدار گوشتی که از فروشگاه خریده بودم زیاد نبود شاید حدود
سه کیلوگرم وزن داشت آن را درون یک ظرف شیشه ای بزرگ
قرار دادم و این نمونهٔ عجیب را روی آن گذاشتم تا نتیجهٔ آن را با
دقت بیشتری بررسی کنم. در همین لحظه بود که سر و صدای
زیادی از داخل چادر تخت ایزوله می آمد بنابراین بررسی بیشتر
بروی این نمونه ها را باید به بعد موکول می کردم و به آنجا رفتم
ظاهراً سیکلی از رفتارهای پرخاشگرانه آن موجود شروع شده بود.
باید تا پایان آن صبر می کردم و سپس به داخل چادر تخت ایزوله
می رفتم این رفتار پرخاشگرانه او مدتی طول کشید به داخل چادر
که رفتم متوجه شدم که به یکباره این موجود دچار ضعف شدید
شده و خوردگی زیادی در جسم او بوجود آمده است به گونه ای
که می شد از سوراخ های بوجود آمده بخش هایی از داخل بدن او
را هم دید بدنش به شدت خورده شده بود و اندام های لخته خونی

فراوان تر از همیشه دیده می شدند و تقریباً همه جا بودند. از همه اینها که بگذریم این اولین دفعه ای بود که اندام های لخته خونی شروع به خوردن اندام های داخلی کرده بودند، یعنی اندام های حیاتی او، با این وجود هنوز هم آن موجود جان داشت و می شد از نگاهش تنها یک چیز را حس کرد آری او آرزوی رهائی از این وضعیت را داشت. برای ندیدن این اتفاقات به خارج از چادر تخت ایزوله رفتم در آن را بستم و برای رهایی از افکار زیادی که در سرم در حال جابه جا شدن بود در گوشۀ آزمایشگاه نشستم تا اینکه با صدای بوق های ممتد از دستگاه های کنترل کننده علائم حیاتی به خودم آمدم، آری آن موجود مرده بود. به دستگاه ها نگاه کردم او واقعاً مرده بود یعنی روح از بدن او خارج شده بود اما خدای من تمام دستگاه ها از کاهش وزن یکباره و جزئی خبر می داد و این یعنی آن موجود تا لحظاتی قبل از این دارای جان و روح بوده است. از پنجرۀ چادر به داخل آن نگاه کردم فعالیت تمام بخش های آن متوقف شده بود آرام آرام نتایج آزمایش های مختلف را نگاه کردم سطح اکسیژن و مواد غذائی در نمونه های خونی به شدت کاهش یافته بود که این باعث مرگ سلول ها به صورت منطقه ای می شد همان سلول هائی که بعدها توسط اندام های لخته خونی هضم شده

و غذای بخش های زنده را تشکیل می دادند. در حال خواندن این نتایج و مقایسهٔ آن با نتایج قبلی بودم که چشمم به ظرف شیشه ای حاوی گوشت و نمونه افتاد اما چطور ممکن بود آن گوشت ناپدید شده بود اما در آن آزمایشگاه هیچ کسی به جز من و آن موجود نبود پس اگر کار من نبود و او هم مرده بود این اتفاق نمی توانست عادی قلمداد شود به بالای ظرف شیشه ای حاوی گوشت رفتم و به داخل آن نگاه کردم ای وای، خدای من یک جنین در حال رشد در آن وجود داشت جنینی که در حال رشد بود و رگ های خونی در حال جذب مواد غذائی از باقیماندهٔ آن گوشت بود برای او بودند اما رشد بدن یک انسان و اندام های او حتی اگر یک جنین هم باشد به این سرعت امکان پذیر نبود. ناگهان به یاد تحقیقات گذشته خودم افتادم ژنوم انرژی این تنها با استفاده از ژنوم انرژی امکان پذیر بود اما من تمام آن نتایج را در جائی پنهان کرده بودم، آیا فرد و یا افرادی توانسته بودند به آن نتایج دست پیدا کنند؟!

سانیا گفت: "سهراب، سهراب می شود باقی این ماجرا را بعداً تعریف کنی، ساعت ۱۲ شب است و فکر می کنم که نیاز به استراحت دارم"

به ساینا نگاهی انداختم حق داشت باید به فکر او هم می بودم او
که نباید دائماً به ماجراهای گوناگون من گوش می کرد از جایم
بلند شدم و دستهایم را به سمت سقف کشیدم صدای استخوان
هایم هم در آمده بود. از ساینا خواستم همراه با یکدیگر به بخش
دیگری برویم اما او پاسخ داد:"می شود که این مرتبه به جائی برویم
که تا این زمان نرفته باشم".

نگاهی به چشمانش انداختم: "وقتی به این شکل می خندید و
نگاهم می کرد نمی توانستم در جوابش نه بگویم"

و به او گفتم: " حتماً"

و از آنجا خارج شدیم و چند ثانیه بود در راهروهای آن مجموعه در
حال رفتن به یکی از بخش هایی بودیم که تا به حال به آنجا نرفته
بودیم یعنی اتاق انتظار ...

هفت قصر

(کتاب دوم)

بخش اول: هفت قصر

همراه با او وارد اتاق انتظار شدیم اتاقی که در آن حقایقی نهفته وجود داشت که تنها من از آنها باخبر بودم و هیچ فرد دیگری از آنها اطلاع نداشت و علاوه بر این حقایق نهفته و پنهان، حقایقی آشکار هم وجود داشت که تنها افرادی قادر به دیدن و درک آنها بودند که در گذشته من نقشی ایفا کرده باشند بنابراین این حقایق هم برای همه آشکار نبود.

همراه با ساینا از راهروی ورودی این اتاق می گذشتیم که صدای مالش دستهای ساینا به هم توجهم را به خود جلب کرد زیر چشمی به دست های ساینا نگاهی انداختم دست هایش را در یکدیگر قفل کرده بود و هر چند ثانیه آنها را به یکدیگر می مالید! با دیدن این صحنه با خودم فکر کردم که شاید هوای اینجا برای او سرد است و یا چیزی شبیه به این، بنابراین، از او پرسیدم: "سردت است؟"

بدون آنکه نگاهی به من بیندازد پاسخ داد: "نه، فقط ...."

از او پرسیدم: "فقط؟! فقط چه ؟ اتفاقی افتاده است؟"

با دیدن این رفتار ساینا با خودم فکر کردم که شاید اتفاقی افتاده و او آن را از من پنهان می کند و ادامه دادم: " چرا حرفت را ادامه نمی دهی؟"

به او نگاه کردم به نظر می رسید که از چیزی و یا اتفاقی احساس نگرانی می کند و این موضوع را می شد به وضوح از دستانش که به یکدیگر می مالید و لحن صدایش احساس کرد. ایستادم و به صورت او نگاه کردم او هم ایستاد اما بدون اینکه به من نگاه بکند! به پایین نگاه می کرد و تمام سعیش این بود که تا جائیکه می تواند به من نگاه نکند هر دو ایستاده بودیم و سکوتی عجیب بین ما حاکم شده بود! مدت زمان کمی که گذشت شاید در حدود چند ثانیه سرش را بلند کرد. می شد غم را در چشمانش به وضوح دید، چشمانش پر از اشک شده بود.

با دستمالی اشک هایش را پاک کردم، اما او خودش رابه کناری کشید و آرام گفت: " چقدر این احساس آشناست"

پس از این اتفاق برای آنکه با من چشم در چشم نشود چند قدم از من دور شد اما می شد به وضوح بهتر شدن حالش را دید. با کمی

تعلل به من گفت: " نمی خواهی این بخش را باهم ببینیم؟ فکر می کنم قرار بود که این بخش را الان با یکدیگر ببینیم"

خودم را به او رساندم و به او گفتم: " حتماً حتما این بخش را هم به همراه یکدیگر خواهیم دید، اما قبل از آن می خواهم دلیل ناراحتی ات را بدانم"

می خواستم به او نشان بدهم که تا چه اندازه خوشحالی و ناراحتی او برایم اهمیت دارد اما او از گفتن علت ناراحتی اش طفره می رفت و تا او چیزی نمی گفت چگونه می توانستم کمکش کنم! از رفتارش کاملاً مشخص بود که در آن لحظه در حال پنهان کردن موضوعی است... اگر قبل از این تنها می خواستم علت ناراحتی او را بدانم در این لحظه واقعاً مشتاق بودم که بدانم که واقعا در حال پنهان کردن چه موضوعی است و از آن مهمتر این بود که بدانم چرا آن را از من پنهان می کند؟! آیا او نسبت به من احساس غریبگی می کرد؟ همه اشتیاق من برای دانستن این موضوع در یک طرف قرار گرفته بود و از طرف دیگر می دانستم که پافشاری بیشتر من می تواند باعث ناراحتی او و یا بوجود آمدن احساس ناامنی در وی شود، پس بناچار تصمیم گرفتم این مرتبه با وجود کنجکاوی زیادی که داشتم فعلا

در این مورد چیزی نپرسم. کمی جلوتر ناگهان ساینا به سمت من که چند قدم عقب تر از او در حال می آمدم، برگشت و نگاهی به من انداخت؛ در آن لحظه فکر می کنم فکرم از او هم مشغول تر بود، با کمی تردید گفت:"می شود اینجا نرویم؟"

از تردیدش می شد فهمید که چقدر برای این درخواستش با خود اندیشیده بود، از او پرسیدم:"چرا؟"

و او پاسخ داد:"چون احساس خوبی نسبت به اینجا ندارم"

در دلم گفتم؛ حق دارد هیچ کسی نسبت به انتظار حس خوبی ندارد، حال اینکه نام این اتاق هم اتاق انتظار است. به هر حال من خودم هم با این پیشنهاد او موافق بودم و با همدیگر از آنجا خارج شدیم. در راهرو با خودم درباره علت این اتفاق فکر می کردم و می گفتم:" اما چرا او از دیدن آنجا طفره رفت؟! شاید اشتباه از من بود، نباید ساعت ۱۲ شب او را برای دیدن اتاق انتظار می بردم".

در همین فکر بودم که به اتاق ساینا رسیدیم و او به اتاقش رفت و من هم در آن راهروها در تنهائی خودم به راهم ادامه دادم.

قبل از خواب وقایع چند روز گذشته را مرور کردم، بخصوص خاطراتی که برای ساینا از آزمایشگاه داخل حیاط گفته بودم و پیش زمینه ای که به او از ژنوم انرژی داده بودم و قصد داشتم تا در اتاق انتظار این موضوع را برای او توضیح بدهم اما با دیدن رفتار امشب او در اتاق انتظار تصمیم گرفتم تا راز مربوط به ژنوم انرژی را به او نگویم. دلیل این تصمیم برای خودم هم هنوز چندان واضح نبود اما به هر حال تصمیمی بود که گرفته بودم، و شاید ساده ترین دلیل این تصمیم من فقط و فقط این بود که نمی خواستم باعث خستگی و یا بوجود آمدن هرگونه اضطرابی برای او بشوم. شاید دیدن و یا شنیدن بخش هایی از آنچه مربوط به ژنوم انرژی بود، موجب بوجود آمدن این استرس در او می شد. در همین افکار غرق بودم و حتی نفهمیدم که چه زمانی خوابم برد، صبح که از خواب بیدار شدم برای چند ثانیه دقیقاً نمی دانستم کجا هستم؛ در خانه خانوادگی خودمان و اتاق خودم یا در مجموعه ای که من و ساینا در آن بودیم؟! روی لبهٔ تخت نشستم و به اطراف نگاه کردم و متوجه شدم که هنوز هم داخل آن مجموعه هستم، به یاد بغض و اشک های ساینا افتادم و به همین خاطر تصمیم گرفتم تا امروز صبح خودم برای او صبحانه را آماده بکنم تا اندکی از آن حال و هوایی

که داشت بیرون بیاید. دلم می خواست همه چیز را برای او تدارک ببینم به همین خاطر خانم واتسن را صدا زدم و آنچه که لازم بود را به او گفتم و از او خواستم که در این مورد چیزی به ساینا نگوید.

خانم واتسن در حالیکه زیر لب غر می زد و چیزی می گفت از آنجا رفت تا کارهایی را که از او خواسته بودم را انجام بدهد.

لرد دراکولا را فرا خواندم و از او خواستم تا درست ساعت هشت صبح ساینا را همراه با خودش به اتاق هفت قصر بیاورد. پس از رفتن لرد دراکولا خودم هم برای رفتن به آنجا آماده شدم و پس از اینکه یکبار دیگر همه چیز را مرور کردم از اتاقم خارج شدم و به سمت اتاق هفت قصر رفتم.

در آنجا ابتدا میز صبحانه را همانطوری که او دوست داشت تزئین کردم و سپس یکی پس از دیگری ظرف های صبحانه را روی میز قرار دادم. کمی عقب تر رفتم و از دور نگاهی به آن انداختم نمی خواستم کوچکترین نا هماهنگی در آن ببینم از آنجائیکه من ایستاده بودم بی نقص به نظر می رسید.

پس از آماده شدن میز صبحانه خودم جلوی درب ورودی اتاق هفت
قصر و در راهروی آنجا منتظر آمدن آنها ماندم. به اطراف نگاه می
کردم و به ساعتم و نمی دانستم چرا با وجود اینکه می دانستم آنها
راس ساعت هشت خواهند آمد اما باز هم اینقدر نگران این بودم
که لرد دراکولا ساینا را به موقع همراه با خودش به آنجا بیاورد به
ساعتم نگاهی انداختم هنوز چند دقیقه به ساعت هشت مانده بود
اما من این چنین چشم انتظار او بودم، گوئی زمان هم به خودش
اجازه می داد کمی دیرتر بگذرد.

از دور ساینا را به همراه لرد دراکولا دیدم که در حال آمدن هستند.
از آنجائیکه من بودم آنها را خیلی کوچک می دیدم اما از همین
فاصله هم آنچه می دیدم خیلی عجیب بود، لرد دراکولا در طول
مدتی که من به خاطر دارم تنها بصورت محدود و تنها زمانیکه
مجبور بود، صحبت می کرد، اما حالا با شور و هیجان در حال
تعریف کردن ماجرا و یا چیزی مانن آن برای ساینا بود و این خودش
از جمله شگفتی هائی بود که این روزها حضور ساینا در آن مجموعه
بوجود آورده بود. وقتی جلوی در رسیدند لرد دراکولا کمی خودش
را جدی تر نشان داد و در مقابل من ایستاد و گفت: " اگر دیگر
امری ندارید من بروم؟"

ساینا با دیدن من صبح بخیر گفت و سپس ما را نگاه می کرد، معمولاً پیش از این لرد دراکولا بدون هیچ پرسش و پاسخی غیبش می زد و به سرکار خودش باز می گشت اما این مرتبه بگونه ا ی جدید رفتار کرد. انگار منتظر بود که از او بخواهم نرود و همینجا و با ما بماند! در همین زمان ساینا به آرامی به من نزدیک شد و در کنار گوشم گفت:"بگو نرود"

با شنیدن حرف ساینا با خودم اندیشیدم اگر این موضوع باعث بهتر شدن حال ساینا می شود نباید با آن مخالفت بکنم هر چند که برنامه ریزی من برای قراری دو نفره بود. اما این خواسته ساینا بود بنابراین بدون آنکه شک بکنم به لرد دراکولا گفتم: "کاری برای انجام دادن در اینجا وجود ندارد اما اگر می خواهی می توانی اینجا بمانی"

برای اولین مرتبه در طول این مدت بود که لبخند لرد دراکولای عبوس را می دیدم و این را هم می شد به راحتی به حضور ساینا نسبت داد که توانسته بود آن عبوس کم حرف را این چنین تغییر دهد. لرد دراکولا بدون اینکه چیزی بگوید بلافاصله رفت و کنار

ساینا ایستاد. گمان می کنم به این ترتیب می خواست از ساینا تشکر بکند.

ساینا به اطراف نگاه می کرد شاید کمی متعجب شده بود چرا که دالان ورودی این اتاق شباهت زیادی به ورودی اتاق خودش داشت اما از چهره اش می شد فهمید که به این دلیل چندان شگفت زده نشده بود و این موضوع ادامه داشت تا به پله های ورودی صحن اصلی رسیدیم و از آنها بالا رفتیم. از این لحظه به بعد عمدا آهسته تر رفتم تا کمی از او عقب بمانم و به این ترتیب بتوانم به راحتی واکنش او را ببینم و لرد دراکولا هم کمی عقب تر از من در حال آمدن بود. از این فاصله که بودم قدم های ساینا را می شمردم و بی صبرانه منتظر واکنش او بودم تا سرانجام لحظه ای که منتظر آن بودم فرا رسید.

از پشت سر می شد کاملاً تعجب او را دید. نزدیک تر رفتم دست هایش را از شدت تعجب به روی صورتش گرفته بود و از بین انگشتانش به منظره ای که می دید خیره شده بود، زبانش بند آمده بود و با هیجان زیادی به سمت من برگشت و با دستش به آنچه می دید اشاره می کرد گویی می خواست مطمئن شود که آنچه که

او می بیند واقعیت دارد و من هم آن را می بینم، آری شگفت آور هم بود هفت قصر معلق در آسمان و در میان ابرها. از نگاهش می شد تعجب زیادش را دید و در حالیکه سعی می کرد بر خودش مسلط شود گاهی به من و گاهی به آن هفت قصر نگاه می کرد. مدتی به همین شکل گذشت، پیشنهاد دادم که کمی جلوتر برویم و در جایگاهی که برای نشستن و تماشای آن منظره ساخته شده بود به آن منظره نگاه کنیم و در آن لحظه از همه جالب تر چهرهٔ لرد دراکولا بود که با بی تفاوتی زیاد به آن منظره می نگریست و این موضوع برای من تازگی نداشت اما از آنجائیکه تا قبل از این اجازه ورود به آن اتاق را نداشت و با چنین منظره ای مواجه نشده بود انتظار عکس العمل متفاوتی از لرد دراکولا را داشتم.

از او خواستم تا روی صندلی های آنجا بنشیند و لرددراکولا هم برای او آب میوه ای که ازقبل آماده کرده بودم را آورد اما ساینا آنقدر محو تماشای آن منظره بود که حتی فراموش کرد ذره ای از آن را بخورد. کمی که گذشت از ساینا پرسیدم: "آماده ای؟"

و او با تعجب به من نگاه کرد و پاسخ داد: " برای چه کاری؟"

و ادامه دادم: "برای رفتن"

ناگهان ساینا گفت: "نه، کمی بیشتر در اینجا بمانیم، امکان دارد که کمی بیشتر در این اتاق بمانیم؟ تا آن چه را که می بینم باور بکنم"

لبخندی زدم و به او گفتم: " بله، اما دلت نمی خواهد که کمی جلوتر برویم و یا اینکه نمی خواهی آن هفت قصر را از داخل ببینی؟"

در حالیکه به من خیره شده بود پرسید: " امکان دارد؟!"

پاسخ دادم: " بله، چرا که نه"

و خودم هم چند قدم جلوتر رفتم و روی صندلی کنارش نشستم به صندلی تکیه دادم و به ساینا نگاه کردم؛ او هنوز هم روی لبهٔ صندلی نشسته بود و با هیجانی وصف ناپذیر به اطراف نگاه می کرد در حالیکه آن هفت قصر در مرکز نگاه او قرار داشت. لرد دراکولا هم کمی آنطرف تر روی صندلی دیگری نشسته بود و به دور دست خیره شده بود.

به ساینا گفتم: " می دانی این هفت قصر چرا در آسمان بنا شده ؟"

هنوز حرفم تمام نشده بود که ساینا پرسید: "این پائین به کجا می
رسد؟"

مسیر نگاهش را دنبال کردم مقابل محلی که نشسته بودیم را نشان
می داد دقیقاً منظورش را متوجه شدم او هم تعجب کرده بود زیرا
که آن قسمتی که پس از دالان ورودی به آن وارد شده بودیم یک
پیش آمدگی در دل آسمان بود که روی آن چند میز و صندلی
سنگی قرار داشت و اگر بخواهم درست حس و حال آنرا شرح بدهم
او باید حس فضانوردی را می داشت که روی فضا پیمای خودش
نشسته بود و به فضای بی کران نگاه می کرد. با این تفاوت که در
این پیش آمدگی اگر از آنجا به اطراف نگاه می کردی، در دو طرف
نمایی باز از آسمان وجود داشت که لکه هایی از ابر در آن در حال
حرکت بودند و دسته هایی از پرندگان در دور دست ها به پرواز
گروهی خودشان مشغول بودند، پروانه هایی که گاه به گاه از مکانی
نامعلوم می آمدند و در دور دست ها نا پدید می شدند. در مقابل
هم قصری بزرگ بود که یک قصر در سمت راست آن و یک قصر
هم سمت چپ آن قرار داشت. آرام از جایم بلند شدم و از ساینا
خواستم همراه من بیاید، با تعجب نگاهم می کرد گویی برای
تصمیم گیری در مورد اینکه همراه من بیاید و یا اینکه همچنان در

آنجا بماند و به آن منظره نگاه بکند، مردد بود. از دیدن این وضعیت کمی گیج شده بودم و فکر می کردم که مانند همیشه برای دیدن مکان های جدید اشتیاق زیادی داشته باشد اما این مرتبه اینگونه نبود اما او که هنوز آنجا را ندیده بود؟ و نمی دانست که آنجا هم زیبایی بی نظیری دارد... اما شاید او به همین دلیل دلش نمی خواست از این منظره دل بکند شاید مان می کرد این زیباترین منظره این روزهاست که دیده است، برای اینکه تعجبم از این رفتارش را پنهان بکنم به ساینا لبخندی زدم و او هم گوئی منتظر واکنشی به همین شکل از جانب من بود. سرانجام تصمیم خودش را گرفت و از جای خودش بلند شد، دستش را گرفتم و همراه هم به لبهٔ آن پیش آمدگی آمدیم و از او خواستم که همراه من قدم به آن آسمان بی کران بگذارد. او در لبهٔ پیش آمدگی ایستاده بود و با شک و تردید به من نگاه می کرد برای اینکه به او اطمینان دهم دستش را محکم فشردم و به سمت آن قصرها به راه افتادم او هم سر انجام بر تردید خودش غلبه کرد و همراه من آمد. این اولین تجربهٔ ساینا از معلق شدن در آسمان بود . خیلی دلم می خواست تا فرآیندی که شاید هر روز انجام می دادم را تجربه بکند. به سمت قصرها به راه افتادیم و این در حالی بود که ساینا از ترس حتی

جرأت نگاه کردن به سمت پایین را هم نداشت. پس باید بیشتر از
این مراقب او می بودم تا بتواند بر ترس خودش غلبه کند. در همین
حال لرد دراکولا را دیدیم که بی تفاوت از کنار هر دوی ما عبور
کرد و به سمت قصر معلق مرکزی رفت. من و ساینا هم آرام به
همان سمت رفتیم. به ساینا نگاهی انداختم، به راحتی می شد
نگرانی و همینطور تعجب و شگفتی او از این همه زیبائی را در
چهره اش دید اما از چشمانش می شد خواند که سوالات زیادی هم
در ذهنش وجود دارد که با رسیدن به قصر از من خواهد پرسید اما
این موضوع در آن لحظه نباید مانع از آن می شد که از زیبائی های
مسیر لذت نبریم. سرانجام به آن قصر رسیدیم. وقتی اولین قدم را
روی ایوان جلویی قصر گذاشت نفس عمیقی کشید و دستم را رها
کرد و شروع به دویدن بر روی ایوان کرد. لبخندی زد نفس های
عمیق می کشید من هم در جایم میخکوب شده بودم تا آن لحظه
او را اینگونه ندیده بودم ولی باید بگویم رفتارهای سرشار از شادی
او را دوست داشتم زمانی که این چنین با دیدن کوچکترین چیزی
به وجد می آمد روحی تازه به انسان می بخشید و برای مدتی هر
چند کوتاه تمام دغدغه ها را از انسان دور می کرد و شاید همین
رفتارهای او باعث شده بود تا این چنین موجودات داخل مجموعه

را شیفته خودش بکند و من مجذوب رفتارهای کنجکاوانه و کودکانه او شوم؛ رفتارهایی که نشان از پاکی قلب او داشت. چند قدمی از لبهٔ ایوان قصر فاصله گرفتم و به سمت درب قصر رفتم که لرد دراکولا از میان درب قصر عبور کرد و به طرف من آمد و مقابل من ایستاد. نگاهی به ساینا انداختم دلم نمی خواست که شادی کودکانه او را از بین ببرم به همین خاطر به لرد دراکولا گفتم: " من به داخل قصر می روم، تو هم بعد از چند دقیقه همراه با ساینا به داخل قصر بیا".

باید قبل از آنها وارد قصر می شدم و همه چیز را کنترل می کردم دلم نمی خواست چیزی از قلم افتاده باشد، وارد قصر شدم، شمع هائی را که نور خودشان را از منبع خورشید می گرفتند و هر کدام به جای شعله تمثالی از خورشید در بالای آن معلق بود با ورود من روشن شد و پس از آن لوستر هائی که طراحی هر کدام از آنها الهام گرفته شده از یک کهکشان بود نیز روشن شدند. نباید امروز که ساینا میهمان این قصر بود چیزی کم و یا نامناسب باشد. از مادهٔ هادی نور هم در ساخت بخش های مختلف اینجا به وفور استفاده شده بود. و در دیوارها می شد به راحتی درخشش مسحور کننده آن را دید و از همه مهمتر اینکه در این میهمانی برای اولین مرتبه

از یک نوشیدنی خوراکی که ترکیبی از مقداری مایع نور که به شکل خوراکی در آمده بود و نوشیدنی های با طعم های مختلف در مقدارهای متفاوت و چند ترکیب دیگر بود هم آورده بودم و آن را هم بر سر میز صبحانه قرار دادم. پنجره ها را گشودم و پرده هائی که از جنس حریر و مادهٔ هادی نور بود را کنار زدم نوری که از ورود نور جلوگیری می کرد هم از عجایب آن قصر بود این نوع از پرده ها در واقع پالاینده نور بود و تمام پرتوهای مضر را از نوع جذب کرده و دامنه ای از نور را که برای انسان مفید و آرامش بخش بود را اجازه عبور می داد و نکته مهم هم این بود که نور جذب شده به شکل انرژی دو مرتبه به چرخه انرژی مجموعه باز می گشت و در همین لحظه بود که ساینا به همراه لرد دراکولا به سمت درب قصر آمدند و لرد دراکولا درب را برای ساینا باز کرد و ساینا جلوی درب ایستاد و پس از آن که با دقت به اطراف نگاه کرد و وارد صحن اصلی قصر شد. ساینا نمی توانست به هیچ عنوان جلوی تعجب خودش را بگیرد و دائماً تکرار می کرد غیر قابل باور است گوئی با دیدن هر بخش از آن قصربه وجد می آمد.

نزدیک من آمد از او خواستم که پشت میز بنشیند اما او تا کنار میز صبحانه رفت و با حالتی متعجب به من نگاه می کرد نوع

نگاهش را دوست داشتم آنقدر معصوم بود که بدون آنکه حرفی بزند خواسته اش را می فهمیدی. حق داشت در اطراف آن میز هیچ صندلی نبود. از او خواستم که بنشیند اما هنوز هم به من نگاه می کرد از او خواستم که به من اعتماد بکند و بنشیند این مرتبه ساینا نشست به محض نشستن او صندلی ای از جنس بلور و نور تشکیل شد و او روی آن نشست. از او پرسیدم که آیا از شکل صندلی که روی آن نشسته خوشش می آید؟ و او پاسخ داد: "اگر کمی زیباتر و ظریف تر بود بیشتر می پسندیدم" و در همان لحظه آن صندلی به شکلی در آمد که ساینا در ذهن خودش به آن فکر می کرد. پس از تایید، آن بلور از بین رفت و تنها نور باقی ماند، ساینا در حالیکه از شدت خوشحالی دست می زد به من نگاه کرد و گفت: "چگونه این کار را انجام می دهی؟ منظورم نور است تا به حال ندیده ام که بشود بر نور نشست! چگونه با این ناشناخته ترین پدیده طبیعت اینچنین بازی می کنی"

لبخندی زدم و سری به نشانۀ همراهی با او تکان دادم اما از پاسخ دادن به این سوال هم طفره رفتم و در مقابل او به کنار میز رفتم و روی صندلی دیگری مشابه با صندلی سانیا نشستم و برای او از نوشیدنی نور در جامی از بلور ریختم. او با دیدن آن از جای خودش

بلند شد و با اشاره انگشت آن جام را نشان می داد و پشت سرهم تکرار می کرد تو هم این را می بینی؟

بدون آنکه تعجب او مرا تحت تأثیر قرار دهد از او خواستم که دوباره روی صندلی بنشیند ساینا هم در حالیکه اصلاً به این کار راضی نبود روی صندلی نشست. جام را مقابل او بر روی میز گذاشتم و به او گفتم: "بنوشید"

او با تعجب به من نگاه می کرد و سپس پرسید: "مگر امکان دارد؟"

گفتم: "آری، قبل از این هم نور مایع را دیده بودی"

ساینا پرسید: " یعنی اگر هم بشود آن را نوشید، ضرری که به انسان نمی رساند؟ یا اجازه بده واضح تر بپرسم؛ فایده ای هم دارد؟"

به او نگاهی انداختم و سپس گفتم: "آری، می شود آن را نوشید و همینطور سرشار از فایده است و بعلاوه برای انسان های نیک، مفید هم هست"

ساینا نگاهی به من انداخت و گفت: " انسان های نیک ؟منظورت چیست؟"

و دوباره جام را روی میز گذاشت.

در ابتدا قصد داشتم مانند بسیاری از سوالات دیگر از پاسخ دادن به این سوال طفره بروم یا موضوع گفتگو را عوض بکنم اما با نگاه کردن به چشمهایش نظرم عوض شد زیرا می شد از چشمهایش اوج اشتیاقش را خواند بنابراین و یا شاید به ناچار به او گفتم:" آری انسان های نیک، نوشیدنی نور تنها در انسان های نیک تأثیر مثبت و مفید دارد و انسان های بد نصیبی از آن ندارند و در بعضی موارد هم نوشیدنی نور برای آنها..." و از ادامهٔ آن خودداری کردم در آن لحظه به این فکر می کردم که لزومی ندارد با بیان بسیاری از مطالب غیر ضروری فکر ساینا را مشغول بکنم، شاید بهتر بود اجازه می دادم از زیبایی آنچه می دید لذت ببرد تا اینکه بخواهم با توضیحات علمی فکر زیبایی این مکان را برای او از بین ببرم، به او نگاه کردم همچنان در حال نگاه کردن به من بود گوئی منتظر بود تا ادامهٔ آن را به او بگویم اما من با زیرکی خاصی در حال عوض کردن موضوع صحبت بودم که دوباره پرسید، اما جواب او را ندادم می دانم. آن لحظه کمی از من دلخور شده بود اما سکوت من در آن لحظه ارزش آن را داشت شاید آن موقع کمی از من دلخور شده

بود اما می توانستم بعداً از دلش در آورم، و به او گفتم:" نمی خواهی نوشیدنی را امتحان بکنی؟"

به من نگاهی انداخت و سپس پرسید: " انسان نیک یعنی چه؟"

می دانستم که اگر پاسخ این سوالش را بدهم ممکن است باعث شود تا از خوردن آن نوشیدنی منصرف شود برای همین هم گفتم: " بعد از اینکه نوشیدنی نور را خوردی برایت کاملاً توضیح خواهم داد"

جام را برداشت و دو مرتبه به من نگاهی انداخت و گفت: "اگر آدم نیک نباشد و این نوشیدنی را بخورد چه می شود؟"

با خودم گفتم: "نمی شود این سوال را الان پاسخ بدهم"

بنابراین از او خواستم که ابتدا نوشیدنی را بنوشد و سپس پاسخ من را بشنود و او هم پذیرفت. ابتدا جام را بالا آورد و سپس با تردید به من نگاهی انداخت. در نگاهش می شد دید که هنوز هم برای انجام دادن این کار دچار شک و تردید است. دستش را گرفتم و به او نگاه کردم و گفتم: " به من اعتماد کن"

او نگاهی به من انداخت و سپس جام را نوشید و در طول این مدت محکم دستم را می فشرد. زمانیکه جام را روی میز گذاشت به من گفت: "خب، حالا بگو"

اما هنوز جمله اش تمام نشده بود که واکنش های زیادی در بدنش آغاز شد ابتدا موهایش شروع به درخشیدن کرد و پس از آن سر و صورتش درخشان شد و از آن ها نور می تابید و این نور همچنان در تمام بدنش در حال حرکت بود اما در بعضی از قسمت های بدنش تاریکی موج می زد و تقلا می کرد. مثلاً قلبش گوئی هنوز هم به من شک و تردید داشت و این موضوع به صورت تاریکی خودش را نشان می داد و چند نقطۀ تاریک دیگر هم داشت که یکی از آنها در سرش بود شروع به لرزیدن کرد و در هوا در ارتفاعی حدود یک متر یا کمی بیشتر از سطح کف قصر معلق شد. دست دیگرش را هم گرفتم و به محکمی فشردم شاید او به من شک و تردید داشت اما من به او هیچ شکی نداشتم و می خواستم کمکش کنم برای همین هم تمام سعی خودم را برای پاک کردن آن لکه تاریک تردید باید انجام می دادم. تمرکز کردم و آنگاه نوری از تمام وجودم به او راه یافت و همانند آبی که بر روی سطحی ریخته می شود و آن سطح را تمیز می کند و لکه ها را از بین می برد، شروع

به زدودن آن لکه ها از جسم و روح ساینا کرد تا خالص، یکنواخت و نورانی شد و آنگاه نورهای من و او در فضای آن قصر بلوری گسترش یافتند و دو مرتبه به جای خودشان باز گشتند تا اینکه سرانجام هر کدام از نورهای ساطع شده به جسمی که به او تعلق داشت بازگشت و دوباره فضای آنجا به حالت عادی بازگشت و ساینا هم به روی صندلی خودش فرود آمد. هنوز چند ثانیه ای نگذشته بود که او حالت طبیعی خودش را پیدا کرد اما بلافاصله به سمت من حمله ور شد و من هم به دور میز می دویدم تا دست او به من نرسد او مدام به من می گفت:" می دانستم که نباید به تو اعتماد کرد، از آن شب و غار کوردل باید درس عبرت می گرفتم"

بخش دوم: یک روز متفاوت

با شنیدن این حرف او جا خورده بودم در جای خودم ایستادم و به
او نگاه کردم. او به من رسید چند مشت به من کوبید و بیهوش شد
من هم بلافاصله او را قبل از اینکه به زمین بیفتد گرفتم. او مانند
کسی که پس از خستگی زیاد به خواب رفته باشد آرام شده بود،
در خواب چهره اش بسیار معصوم بود باید او را به اتاقش باز می
گرداندم. به لرددراکولا گفتم که آنجا را مرتب کند و خودم از آن
قصر خارج شدم. در حالیکه ساینا را به اتاقش می بردم و در آسمان
معلق بودم، به خروجی اتاق هفت قصر رسیدم؛ وارد راهرو شدم و
از آنجا مستقیماً به اتاق ساینا رفتم و او را در تختش گذاشتم و بر
روی مبل کنار تختش نشستم و به چهره اش خیره شدم چند دقیقه
بعدتر لرد دراکولا هم به اتاق رسید و در حالیکه درب را می کوبید
و اجازه ورود به اتاق را می خواست به او گفتم: " داخل بیا"

و لرد دراکولا وارد اتاق شد و کنار صندلی که بر روی آن نشسته
بودم آمد و همانجا ایستاد و در حالیکه به صورت ساینا نگاه می
کرد به من گفت: "تمام موجوداتی که در این مجموعه هستند
اعتقاد دارند که ساینا خیلی مهربان است و با آمدن به این مجموعه
به آن رنگ و احساسی خوب بخشیده است"

برای لحظاتی به او نگاه کردم و در پاسخ به او گفتم:" می دانم"

لرد دراکولا ادامه داد:"سهراب این اولین مرتبه بود که می دیدم با دستهایت چکار می توانی بکنی"

در پاسخ به او گفتم: "در مقابل قدرت ذهنی و سایر قدرت هایم چیزی نیست، البته بین خودمان بماند"

لرد دراکولا با شنیدن این حرف جا خورده بود اما سعی کرد این جا خوردن را نشان ندهد و ادامه داد:"آن کاری که کردی، آن لکه ای که پاک کردی چه بود؟"

پاسخ دادم:"آن لکه و آن سیاهی تخم شک وتردیدی بود که او در دلش کاشته بود و آن سیاهی در سرش هم تأثیری بود که حرف های او بر ذهن ساینا گذاشته بود که من هر دو را پاک کردم"

لرد دراکولا که مشخص بود قانع نشده ادامه داد: "منظورت از او کیست؟"

به او پاسخ دادم: "کوردل، اما دیگر در این مورد چیزی نپرس"

لرد دراکولا هم گفت: "باشد، دیگر در مورد این لکه ها و آن چند لکه دیگر چیزی نمی پرسم"

و هر دوی ما به او خیره شدیم گویا هر دو منتظر اتفاقی یکسان بودیم و آن این بود که ساینا چشم هایش را باز بکند.

لرد دراکولا گفت:" حتماً وقتی خانم از خواب بیدار شدند ماجرا را از خود ایشان خواهم پرسید"

به لرد دراکولا گفتم: " او از این اتفاقات چیزی را به خاطر نخواهد آورد به جز اندکی احساس شادمانی و خوشحالی بی دلیل در یک صبح زیبا چیزی را احساس نخواهد کرد وتمام این اتفاقات رازی بین من و تو خواهد بود"

لرد دراکولا این مرتبه به من خیره شده بود در مقابل این واکنش او گفتم:" برای اینکه تا حدودی قانع شوی که این موضوع را از ساینا نپرسی کمی بیشتر برای تو توضیح می دهم اما فقط کمی بیشتر"

و به او گفتم که ساینا برای مدتی تحت تأثیر کوردل بوده است لرد دراکولا پرسید:"کوردل، اما چطور؟"

به لرد دراکولا گفتم: "در این مورد ترجیح می دهم چیزی نگویم"

و ادامه دادم: در مدتی که ساینا تحت تأثیر کوردل بوده،کوردل ابتدا سعی کرده تا به قلب او دست یابد بعد از اینکه در این مورد موفق نشده با خشم مدتی به فکر پیدا کردن راهی دیگر مشغول بوده و دو مرتبه تلاش خودش را شروع کرده و فقط توانسته که لکه هائی تیره بر قلبش باقی بگذارد همانهائی که در قصر دیدی، آنها لکه هائی از شک و تردید بود که پاکشان کردم و پس از آن که کوردل از نفوذ در قلب او عاجز می شود به افکارش راه پیدا می کند و دائماً سعی در القای افکاری پوچ و بی اساس به او می کند اما این مرتبه هم کوردل از رسیدن به هدفش عاجز و ناتوان می ماند. لرد دراکولا که می شد از چهره اش فهمید قانع نشده، آرام و ساکت همانجا ایستاده بود به او گفتم: "بهتر است ما برویم تا او کمی استراحت کند. مطمئناً در هنگام پاک کردن آن لکه ها سختی زیاد را تحمل کرده است، اما اکنون با راحتی بیشتری به خوابی عمیق فرو رفته و احتمالاً ۲ الی ۳ روز آینده را در خواب خواهد بود"

و پس از گفتن این حرف ها به لرد دراکولا همراه با او از آن اتاق خارج شدیم و هر یک از ما برای انجام فعالیت ها و کارهای روزانه

خود به سمتی رفتیم تا ۳ روز بعد که ساینا از خواب بیدار می شد، می دانستم که از عملیات پاک سازی لکه ها و آن همه اتفاقات چیزی را به خاطر ندارد اما به علت پاک شدن آن لکه های تاریک صبح زمانیکه از خواب بیدار می شود احساس نشاط و شادمانی زیادی خواهد کرد.

چشمهایش را باز کرد و به بدن خودش کش و قوس داد و پس از آن بالش خودش را محکم در آغوش گرفت و شاید نیم ساعت در همین حالت باقی ماند و پس از آن از تخت خواب خودش بلند شد و به سمت دستشوئی رفت. در راه شعر و آواز می خواند، صدای دلنشینی داشت و به جای راه رفتن بالا و پائین می پرید. از نشاط و شادمانی او من هم به وجد آمده بودم و همینطور به او و کارهایش نگاه می کردم تا اینکه او صبحانه اش را هم خورد. زمان کمی داشتیم پس برخلاف میلم که نمی خواستم راحتی و آرامش او را به هم بزنم به اتاق او رفتم و پس از اینکه درب را گشود سلام دادم و از او پرسیدم:"برای یک ماجراجوئی دیگر آماده ای؟"

مات و مبهوت مرا نگاه می کرد اما پاسخی نداد. می دانستم که تمایل چندانی ندارد تا خوشحالی آن لحظۀ خودش را با اتاقی که

مشخص نیست چه ماجرایی در آنجا انتظارش را می کشید خراب کند، لبخندی زدم و قبل از اینکه چیزی بگویم ساینا گفت:" امروز احساس بسیار خوبی دارم به جای اینکه تو به من بخش جدیدی را نشان بدهی من چیز جدیدی را به تو نشان می دهم"

از پیشنهاد او جا خورده بودم و دلم هم نمی خواست که این پیشنهاد او را رد کنم بعلاوه فکر می کنم این پیشنهاد او در آن شرایط باعث خوشحالی من شده بود. مدتها بود که هیچ کسی پیشنهادی مثل این به من نداده بود برای همین هم پذیرفتم زیرا واقعیت این بود که خودم هم در دلم بدنبال تجربه ای متفاوت بودم و این پیشنهاد ساینا دقیقاً همان چیزی بود که به آن احتیاج داشتم، وارد اتاق شدم و روی مبلی که در نشیمن بود نشستم اما هنوز هم احساس راحتی نمی کردم برای همین هم روی آن مبل دراز کشیدم و به سقف آنجا خیره شدم و سعی کردم برای مدتی تنها و تنها در زمان حال زندگی کنم و دغدغه های روزانه را از خودم دور کنم. احساس بی نظیری را تجربه می کردم در همین حال می شنیدم که ساینا در حال صدا زدن لرد دراکولاست و نمی دانم که دقیقاً چه زمانی خوابم برد تا اینکه با صدای ساینا که می

گفت:"سهراب بیدارشو، الان که وقت خواب نیست از خواب بیدار شدم"

چشمانم را بازکردم، ساینا را بالای سرم دیدم که با یک لیوان آب ایستاده. با دیدن آن لیوان آب در دستش مطمئن شدم که اگر بیدار شدنم چند ثانیهٔ بیشتر طول می کشید ساینا لیوان آب را روی من می ریخت. ساینا وقتی دید چشمانم را باز کرده ام کمی هول شد و لیوان آب را پشت سرش پنهان کرد و به سرعت از آنجا رفت. دست و صورتم را شستم و به اتاق نشیمن باز گشتم اما هیچ فردی آنجا نبود نه لرددراکولا و نه ساینا. اما کجا می توانستند رفته باشند مطمئن بودم که از آن اتاق خارج نشده اند پس با کمی این طرف و آن طرف رفتن می شد آنها را پیدا کرد شاید آنها داشتند با من قائم موشک بازی می کردند، شاید!... پس به این طرف و آنطرف نگاهی انداختم و قبل از همه جا اتاق خواب را گشتم حتی کمد آنرا. کسی آنجا نبود در کتابخانه هم کسی نبود اما در اتاق نهارخوری با منظره ای رو برو شدم که خشکم زد و دیدن آن مرا ناخودآگاه در خاطرات گذشته ام فرو برد. با صدای ساینا به خودم آمدم ظاهراً امروز این ساینا بود که برنامه ریزی همه چیز را در دست گرفته بود و چه روز خوبی بود. ابتدای آن یک استراحت

کامل کرده بودم و اکنون هم با میزی از غذای چیده شده برای دو نفر رو به رو شده بودم.

از ساینا پرسیدم: "این جا چه خبر است؟"

ساینا پاسخ داد: "هیچی فقط امروز خواستم خودم نهار درست کنم"

لبخندی زدم و به سمت میز نهارخوری رفتم و در دلم گفتم: "در زمانی که تکنولوژی آدم را احاطه کرده، شاید اتفاقات کوچکی مثل این خودش بزرگ ترین ماجرای یک زندگی به شمار رود"

جالب بود که تا آن زمان به هیچ عنوان گمان نمی کردم که او بتواند غذا درست کند اما آنچه که تجربه کرده بودم نشان می داد که او در آشپزی هم مانند مهربانی زیادش، فوق العاده است. بعد از نهار هر دوی ما روی مبلهای اتاق نشیمن نشسته بودیم و من به این فکر می کردم که آیا ساعات باقی مانده از روز را هم به همین شکل بگذرانیم و یا اینکه برای انجام کاری یا دیدن اتاقی دیگر برویم تا اینکه ساینا گفت:" چای"

به او نگاه کردم و پرسیدم: " چیزی گفتی؟"

با دست آن طرف را نشان می داد به آن سمت نگاهی انداختم و لرددراکولا را همراه با یک سینی چای دیدم که به سمت ما می آمد. این فنجان های چای مطمئناً باعث می شد تا تصمیم نهائی من ماندن در آنجا و خوردن یک فنجان چای باشد. در همین زمان ساینا پرسید: " در این مجموعه نمایشگرهای زیادی وجود دارد اما خبری از برنامه های تلویزیونی و یا چیزی مشابه آن نیست؟ چرا؟"

ابتدا به سوال او خوب گوش دادم و سپس با خودم اندیشیدم که چگونه باید به او پاسخ بدهم، و بعد از کمی اندیشیدن به این موضوع سرانجام به او گفتم: " شاید دلیل آن این است که تاکنون من در اینجا تنها بوده ام و معمولاً فرصتی هم برای تماشای آنها نداشته ام اما اکنون شرایط کمی فرق کرده و شاید تو علاقه ای به دیدن آنها نداشته باشی، همینطور است؟"

به من نگاهی انداخت و گفت: " شاید اما اکنون نه چون مطمئن هستم با این برنامه ای که هر روز با هم دنبال می کنیم زمان زیادی برای تماشای تلویزیون نخواهیم داشت و برای بعد هم که مشخص نیست چه اتفاقی خواهد افتاد."

این را گفت و فتجان چای را سر کشید.

به چهر ه اش که نگاه می کردم حس می کردم که حرف های ناگفته ای در دل دارد که به هر دلیلی از گفتن آن امتناع می کند.

به او گفتم: " ساینا، تلویزیون و همه این نمایش گرها به همراه برنامه هائی که نشان می دهند مظاهری از تکنولوژی هستند که همانطوری که خودت می دانی زندگی انسان ها را تغییر زیادی داده اند"

با گوشه چشم نگاهی به من انداخت و گفت: " آری، اما اگر مثل من به اطراف نگاهی بیندازی خودت متوجه خواهی شد که اکنون من و تو در دنیائی متفاوت از تکنولوژی زندگی می کنیم، دنیائی متفاوت از تکنولوژی که من تنها ظاهر آن را می بینم و از آنچه در پس آن است بی خبر هستم و تو و فقط تو از واقعیت، تکنولوژی و علمی که در پشت آن است خبر داری"

این حرفش کمی روی من تأثیر گذاشته بود و نمی دانستم چه پاسخی باید به او بدهم، شاید منظور او این بود که او احساس می کرد نیاز دارد تا در مورد آنجا بیشتر به او بگویم، من می دانستم... آری تنها من می دانستم اما توضیح آن حجم علم غیر ممکن بود. بنابراین تصمیم گرفتم سکوت کنم و سعی کنم تا از شرکت در

ادامهٔ این گفتگو خودداری کنم. اما راه دیگری هم وجود داشت، می توانستم برای اتمام این گفتگو ساینا را با خودم به یکی دیگر از اتاق های مجموعه ببرم و آنجا را به او نشان بدهم اما با توجه به گفت و گوئی که در حال انجام بود بهترین اتاق کدام یک از اتاق های این مجموعه می توانست باشد؟ آری شاید اتاق رباتیک را بیشتر می پسندید به ویژه اینکه با موضوع تکنولوژی هم ارتباط نزدیکی داشت و آنچه در آن اتاق می دید مطمئناً برای او ملموس تر از اتاق های قبلی بود. برای همین هم از جای خودم بلند شدم و به او با سرم اشاره کردم و گفتم: "برویم"

از دور لرد دراکولا گفت:"کجا؟"

از واکنش او خنده ام گرفته بود و به او گفتم: " شاید من و ساینا بخواهیم که تنها به آنجا برویم"

چهره اش کمی در هم فرو رفت و با ناراحتی به دیوار اتاق تکیه داد و با سرعت از اتاق خارج شد.

ساینا به من نگاهی انداخت و گفت:" چرا با او اینگونه برخورد کردی؟"

به ساینا گفتم: " قصدی نداشتم، ولی او قبل از این هیچوقت رفتاری اینگونه از خود نشان نمی داد، این رفتارش به نظرم کمی عجیب است "

ساینا گفت:" یعنی چه؟ یعنی قبل از این جائی نمی رفته است ؟"

به ساینا گفتم: "آری، او قبلاً معمولاً تمایلی برای رفتن به مکان های دیگر مجموعه نداشت و سعی می کرد تنها به محل هایی برود که کاری برای انجام دادن داشته باشد، اما اکنون ؟!"

ناگهان فکری به ذهنم رسید و به ساینا گفتم:" لحظه ای صبر کن او هنوز هم تمایلی برای رفتن به مکان های مختلف مجموعه ندارد و تنها برای رفتن به مکان هائی ابراز تمایل می کند که تو به آنجا می روی، ساینا محبت زیاد تو باعث شده که او به تو وابسته شود؛ آری شاید این دلیل تغییر رفتار او باشد"

ساینا همانطور با تعجب به من نگاه می کرد.

باید این موضوع را امتحان می کردم، لرد دراکووالا را صدا زدم بلافاصله بر چارچوب درب اتاق ظاهر شد و به داخل اتاق آمد هنوز

دلخور بود با حالت دستوری به او گفتم:" برو به اتاق سرما و همان کار همیشگی را انجام بده و باز گرد"

لرد دراکولا در حالیکه تمایلی نداشت و از روی بی میلی به سمت درب اتاق می رفت در میانه راه گفت:"نمی شود خانم واستن به آنجا برود..."

به او اشاره کردم و گفتم:" نه خودت برو"

او در حال عبور از بین درب بود که دوباره صدایش کردم و گفتم:" صبر کن. رویش را به سمت من برگرداند و گفت:"بله"

گفتم:" لرددراکولا، به جای اتاق سرما حاضری همراه با ساینا به اتاق رباتیک بروی؟"

لرد درامولا لبخندی زد و گفت:"آری"

و از خوشحالی یک دور به دور اتاق نشیمن چرخید.

تازه فهمیده بودم که محبت دل سنگ ترین موجودات را هم نرم خواهد کرد اما چرا در بین انسان ها این موضوع فقط در بعضی از موارد صادق بود؟!

به ساینا اشاره کردم و گفتم:" خودت، با چشم هایت دیدی؟"

ساینا هم لبخندی زد و گفت:"آری"

لرددراکولا را صدا زدم و گفتم:" لرد دراکولا، می توانی از این به بعد کاری مهم را برای من انجام بدهی ؟"

نگاهی به من انداخت و گفت:" اگر می شود در خدمت خانم باقی بمانم "

به او نگاه کردم غم زیادی در چشمهایش دیده می شد.

لبخندی زدم و ادامه دادم: " نه نمی خواهم که کاری متفاوت انجام بدهی، و یا کاری انجام بدهی که تو را از خانم دور کند، تنها از تو می خواهم که به جای اینکه خدمتکار ساینا باشی، محافظ او باشی "

با شنیدن این جملهٔ آخر لرد دراکولا ماهیتی دیگر یافت. به گونه ای که ظاهرش از ظاهر یک خدمتکار ساده به صورت موجودی هولناک و غول پیکر در آمد حالتی بین یک اژدها و یک شبح ترسناک. در این لحظه ساینا با ترس صدایش زد و گفت:"لرد دراکولا " آن موجود به سمت ساینا بازگشت و سپس با دیدن او به

همان شکل قبلی تبدیل شد. در حالیکه ماهیتی محافظ گونه داشت، رفت و درست کنار ساینا ایستاد و گفت:"نگران نباشید از این به بعد خودم تمام مدت مراقب شما هستم"

لبخند رضایت را می شد در چهرهٔ لرد دراکولا دید و این در حالی بود که ساینا هنوز با تعجب به این اتفاق نگاه می کرد و رو به من کرد و گفت:" خب حالا خدمتکار من چه می شود ؟"

لرد دراکولا نگاهی به من کرد و گفت:" من نه، من دیگر محافظ هستم "

از این حاضر جوابی او خنده ام گرفته بود، اما جلوی خودم را گرفتم و گفتم:" ساینا یادت هست روزهای اول چگونه برای بخش های مختلف و موجودات مختلف نام انتخاب می کردی"

ساینا نگاهی به من انداخت، لبخندی زد وسرش را پائین انداخت و گفت:" آره خب، اما چرا؟"

به او گفتم:" برای خدمتکار جدیدت نام انتخاب نمی کنی ؟"

با تعجب به من نگاه کرد و گفت:" خدمتکار جدید؟خب اجازه بده فکر کنم، دلم می خواهد نام او را از بین اسامی گل ها بگذارم، شاید نیلوفر اما نه دلم می خواهد از بین شخصیت های داستان ها انتخاب بکنم، مثلاً سند باد"

در همان لحظه موجودی هم نوع با لرد دراکولا اما با ماهیت خدمتکار وارد اتاق شد و گفت:" در خدمتم "

و پس از آن من به ساینا گفتم:" حاضری با هم یک اتاق جدید را ببینیم ؟"

و او پرسید:" چه اتاقی؟"

پاسخ دادم:" اتاق بیونیک- رباتیک"

بخش سوم: اتاق بیونیک- رباتیک

من و ساینا از اتاق خارج شدیم و وارد راهروهای آنجا شدیم در میانه راه متوجه حضور نفر سومی شدم که گاهی از پشت سر و گاهی از جلوی ما رفتار ما را زیر نظر داشت اما از آنجائیکه تغییر علائم هشداری در مجموعه دیده نمی شد بدون شک او از موجودات داخل مجموعه بود. اما چه موجودی می توانست باشد؟!

با کمی فکر کردن به این موضوع می شد به راحتی فهمید که آن موجود کیست و بلند صدا زدم: لرد دراکولا !...

او از میان دیوار راهرو عبور کرد و جلوی ما آمد و گفت:" بله"

از لرد دراکولا پرسیدم: "می شود بگوئی چرا ما را دنبال می کنی؟"

و لرد دراکولا پاسخ داد: " برای محافظت از خانم "

به او نگاه کردم و گفتم:" آیا گمان می کنی که با وجود من مشکلی پیش می آید؟"

لرد دراکولا گفت:" نه ...."

دو مرتبه ساینا گفت:" می شود همراه ما بیاید؟"

قبول کردم و پذیرفتم که او هم همراه با ما به اتاق بیونیک - رباتیک بیاید و او هم در مقابل پذیرفت که در آنجا هیچ وسیله ای را بدون اطلاع من لمس نکند و دو مرتبه هر سه نفر به راه افتادیم. به اتاق بیونیک - رباتیک که رسیدیم روی درب آن چهره ای ظاهر شد که این چهره شبیه به یک ربات بود. در این زمان ساینا گفت: "اگر اسم و این صورت نقش بسته بر درب راهرو را هر فردی به جز من هم می دید می فهمید که آنچه در این اتاق هست مربوط به چیست ؟"

به او زیر چشمی نگاهی کردم و پرسیدم: "چیست؟"

در پاسخ به من گفت:" ربات یا چیزی مثل آن"

به او لبخندی زدم و گفتم:" چیزی مثل آن"

با تعجب نگاهم کرد و سپس به چهره روی درب گفت:" بازشو"

درب باز شد و صورت داخل درب به همراه جسم آن از درب بیرون آمد، آن موجود نگهبان این اتاق بود و به نوعی راهنمای آن هم محسوب می شد، وارد اتاق که شدیم با تعجب بسیار زیاد ساینا مواجه شدم البته حق هم داشت برای هر فردی که برای اولین

مرتبه با محیطی مشابه با آن مواجه می شد این تعجب عادی به شمار می آمد، اما مگر چه بود، که او این همه تعجب کرده بود؟!

دوباره به محیط آنجا نگاه کردم، به یاد روزهائی افتاده بودم که آن را می ساختیم بلافاصله پس از درب ورودی، راهروئی عریض وجود داشت که به سکوئی منتهی می شد که این سکو محل انتقال به کرهٔ میانی یا کره مرکزی بود. این اتاق از نظر امنیتی در سطح A مجموعه قرار می گرفت زیرا داده هایی که در کرهٔ معلق میانی آن وجود داشت حاصل چندین سال تحقیق و تلاش من محسوب می شد و تنها خودم می دانستم که در صورتی که آن داده ها در اختیار یک فرد فاقد صلاحیت قرار می گرفت می توانست چه فاجعه ای بوجود بیاورد. پس رعایت سطح ایمنی بالاتری نسبت به سایر قسمت های آن مجموعه برای آن لازم بود. روی سکو ایستاده بودیم و راهنمای این اتاق فرآیندهای لازم را انجام می داد تا امکان انتقال ما به کرهٔ مرکزی فراهم شود. برای همین هم فرصتی بوجود آمده بود تا همراه با ساینا به آن کرهٔ مرکزی از دور نگاه کنیم، ساینا پرسید کرهٔ به آن بزرگی را چگونه و چرا در فضا معلق نگه می دارید؟ و چگونه آنرا ساخته اید؛ زیباست؛ کره ای از جنس بلور در فضای این اتاق حیرت آور است، چرا هیچ پله ای به سمت آن کرهٔ

مرکزی معلق وجود ندارد؟ و همینطو زنجیروار در حال پرسیدن سوالات مختلف بود و اصلاً اجازه نمی داد که حتی پاسخ یکی از سوالات را بدهم. در همین زمان کره ای کوچک و معلق جلوی ما ایستاد و از وسط به دو نیم تقسیم شد و از دو نیم کره حاصل شده یک نیم کره در مقابل من و دیگری در مقابل ساینا معلق ایستاد و هر دوی ما روی آنها رفته و ایستادیم و سپس آنها به سمت کرۀ مرکزی به راه افتادند. ساینا پرسید: " چرا ابتدا یک کره بود و سپس به دو نیم کره تبدیل شد؟"

پاسخ دادم: "علت این اتفاق این است که تقریبا هیچ موجودی نمی تواند بر روی کره ای به آن ابعاد بایستد و یا بنشیند پس حتی اگر شخص غریبه ای به این بخش از مجموعه وارد شود، راهی برای دسترسی به آن کره مرکزی نخواهد داشت، اما با تایید سیستم امنیتی این مجموعه کره به دو نیم کره تبدیل خواهد شد که هر موجودی به راحتی می تواند روی آن بایستد و به کره مرکزی برود"

لرد دراکولا و راهنمای اتاق رباتیک و بیونیک هم در هوا معلق شده بودند و توسط نیم کره ها همراه ما می آمدند تا اینکه به کرۀ مرکزی رسیدیم. نیم کره ها از طریق چند پایه از آنها خارج شده و به کرۀ

مرکزی متصل شدند و درب کرهٔ مرکزی باز شد و ما وارد آن شدیم. همان ابتدای ورود ساینا گفت:" سهراب می دانی که هیچ کسی تا زمانیکه خود درب کره مرکزی ظاهر نشود قادر به تشخیص درب ورودی این کرهٔ معلق نیست و درب آن کاملاً پنهان شده است "

به ساینا گفتم:" پنهان کردن درب آن یکی از اولویت های ساخت آن کرهٔ معلق برای من بوده است"

ساینا پرسید: " چرا ؟"

گفتم:" با دیدن آنچه که در آن نگهداری می شود خودت خواهی فهمید"

منتظر بودم که مثل همیشه چیزی بگوید؛ اما با کمال تعجب دیدم که این مرتبه جوابی به من نداد. به او نگاهی کردم و دیدم که سرگرم تماشای داخل کرهٔ مرکزی است چند قدمی جلوتر از من رفت، کمی تندتر قدم هایم را برداشتم و خودم را به او رساندم و به اوگفتم:" در این مکان مراقب باش زیرا دست زدن و کنجکاوی در مورد بعضی از لوازم آن می تواند خطرناک باشد".

ساینا گفت: " باشد"

و لرد دراکولا هم که این حرف ها را می شنید گفت:" من مراقب خانم هستم "

راهنمای اتاق بیونیک – رباتیک هم در محل ورودی کرهٔ مرکزی باقی ماند و گفت: " در زمان خروج دوباره شما را ملاقات خواهم کرد"

با ورود ما به راهروی اصلی فضای آنجا به یکباره روشن شد و همه چیز قابل دیدن شد.

ساینا گفت:" این مسیر به شکل دایره وار به داخل کرهٔ مرکزی می گردد و بالا می رود"

به او گفتم:"آری و پس از چند دور مجددا به سمت پائین خواهد رفت و پس از آن باید از این کره خارج شد"

ساینا گفت:" پس با یک مسیر حلقوی در داخل یک کره معلق در هوا روبرو هستیم"

با لبخندی به او پاسخ دادم: "آری"

به اولین بخش از آن جا رسیدیم. در این بخش تصاویر زیادی از ربات های ساخته شده در جهان بود و تقریباً سعی شده بود تا دست کم ماکتی از هر کدام تهیه و ساخته و در آنجا برای نمایش قرار داده شود. برای اینکه ساینا را با جذابیت آن بخش بیشتر آشنا کنم، با انگشتم ضربهٔ کوچکی بر دیوارهٔ آنجا زدم؛ در مقابل ما محفظه ای باز شد که لوازم مختلفی درون آن بود. از آن میان ۲ عینک مخصوص را برداشتم در واقع عینک ها شامل یک کپسول کوچک بود که زمانیکه در مقابل صورت انسان قرار می گرفت از یکدیگر باز می شد و به شکل یک نمایشگر در غالب یک عینک در می آمد که هم می توانستیم فضای اطراف را ببینیم و هم می توانستیم داده های مورد نظر را به شکل تصویر و یا متن دریافت کنیم. اما جذاب ترین بخش این عینک ها برای من معلق بودنشان در مقابل صورت بود و مانند عینک های رایج نیازی نبود که توسط پایه و یا چیزی مشابه آن به سر یا کلاه انسان متصل بشود و یا پشت گوشهایش قرار بگیرد و خودشان به محض تشخیص صورت انسان در محل و فاصله مناسب نسبت به صورت قرار می گرفتند. با استفاده از این عینک ها به هر کدام از ماکت های ربات ها که نگاه می کردیم داده های مربوط به آن نمایش داده می شد. داده

هائی مانند سال ساخت، توانایی و قابلیت ها و تکنولوژی ساخت و شرکت تولید کنندهٔ آن و... در حقیقت این عینک ها به نوعی راهنمای خودکار آن جا نیز محسوب می شدند.

لرد دراکولا به آنها نیازی نداشت زیرا که داده ها را خود به خود و به شکل دیگری دریافت می کرد. زمانیکه ساینا عینک را زده بود کم حرف تر شده بود و دائماً در حال مطالعهٔ داده های هر یک از آن ماکت ها بود. اگر می خواستیم اینگونه مسیر را طی کنیم مدت زمان زیادی طول می کشید و ممکن بود که او خسته شود، برای همین هم از منوی تنظیمات آن بخش دو عدد اتو کره را درخواست دادم و چند ثانیهٔ بعد آنها در ابتدای همین بخش در حالت انتظار برای ما بودند، اتو کره ها وسیله های نقلیه ای شبیه به کره و نورانی و درخشان بودند که محلی برای نشستن یک فرد روی آنها خالی بود و مشابهٔ صندلی فرد می توانست روی آن بنشیند. این وسیلهٔ نقلیهٔ معلق در هوا برای حرکت بین بخش های مختلف آنجا بسیار مناسب بود و من و ساینا هم روی آن ها نشستیم و به حرکت خودمان در آن مسیر ادامه دادیم، جالب بود که لرد درآکولا از کنار ساینا دور نمی شد و البته مانند سایر بخش ها برای حرکت در بین بخش ها نیازی به اتو کره نداشت، کمی جلوتر که رفتیم در بخش

دوم تنها یک کتاب بود، ساینا نگاهی به من انداخت و گفت:" در این بخش چرا تنها یک کتاب وجود دارد؟"

به او گفتم:" این اولین کتابیست که در مورد ربات ها نوشته ام " البته بصورت یک داستان کوتاه"

به من نگاهی کرد و سپس به کتاب نگاهی کرد و پرسید:" می توانم آنرا بخوانم؟"

پاسخ دادم:"آری، چرا که نه، فقط کافیست آنرا از جایش برداری و ورق بزنی"

ساینا با تعجب به من نگاه می کرد و گفت:" از اینجا که نمی شود"

به او گفتم:" با وجود این همه اتفاقات غیر ممکن که تا کنون در این مجموعه دیده ای نباید در انجام کارهائی مانند این شک و تردید به خودت راه دهی، از تکنولوژی بکار رفته در اینجا استفاده کن"

ساینا دستش را به سمت کتاب دراز کرد، بلافاصله یک کپی از کتاب خارج شد، چند ثانیه در فضای آن بخش معلق باقی ماند و سپس در دستان ساینا قرار گرفت.

ساینا متعجب بود و بدون آنکه چیزی بگوید به من نگاه می کرد، این تعجب های صادقانه او را دوست داشتم، از اینکه بی پروا و به راحتی تعجب خودش را نشان می داد خوشحال بودم.

ساینا پرسید:" این کتاب را می توانم با خودم ببرم؟"

از ساینا پرسیدم:" کدام کتاب ؟"

ساینا کپی کتاب را که در دستش بود به من نشان داد و گفت:" این کتاب"

به او پاسخ دادم:" کتاب اصلی را به جز من هیچ فردی نمی تواند از این کره و از جایش خارج کند اما کپی آن را می توانی در این مجموعه همراه خودت داشته باشی، اما در خارج از این مجموعه از بین خواهد رفت، و همینطور ساینا فراموش نکن زمانیکه خواندن این کتاب را به پایان برسانی، نسخه کپی آن هم پاک خواهد شد.

ساینا همانطوری که به من نگاه می کرد کتاب را باز کرد و یک پاراگراف از آن را خواند در وسط یکی از خطوط اولین پاراگراف به یک کلمه رسید که فعل و فاعل آن با یکدیگر مطابقت نداشت و او پرسید:"اینجا چرا فعل و فاعل مطابقت ندارد"

به او پاسخ دادم: " چون داستان ها از اشخاص در واقعیت سرچشمه می گیرند و در زندگی واقعی گاهی انسان ها از جملاتی استفاده می کنند که عمداً و یا ناخودآگاه فعل و فاعل جملهٔ آنها مطابقت ندارد. پس هدفم از نوشتن این بخش همین بود که به یکی از واقعیت های روزمره یا املای نادرست کلمات در بعضی بخش ها اشاره کنم. ساینا کتاب را بست و گفت:" وقتی به اتاقم بازگشتم آنرا خواهیم خواند"

به او نگاهی کردم و لبخندی زدم و گفتم:" خواهید خواند؟! حتماً با همراهی لرد درآکولا می خواهی این کتاب را بخوانی"

اما این مرتبه ساینا لبخندی زد و گفت:" نه، این کتاب را با تو خواهم خواند"

پرسیدم: " چطور؟"

و ساینا پاسخ داد: "من می خوانم و تو گوش می دهی"

مانده بودم که چه پاسخی باید بدهم واقعا گاهی در پاسخ دادن به او کم می آوردم و این کم آوردن برایم بسیار ارزش داشت، برای همین هم به ساینا گفتم:" بهتر است به بخش بعدی برویم"

ساینا هم لبخند زنان کتاب را بست و در دستش گرفت و از همانجایی که بود و بر روی اتو کره به من نشانش می داد. خب ظاهرا کارم در آمده بود باید حداقل چند روز می نشستم و به کتابم گوش می کردم... در ادامه به همراه هم به بخش بعدی رفتیم در این بخش عکس هائی از من به دیواره ها آویخته شده بود، بعضی از این عکس ها بشکل سنتی بود و برخی دیگر از آنها نسخه ی دیجیتالی از آنها بود. در نسخه های دیجیتال که تصویری متشکل از چند فریم را نشان می داد، این امکان وجود داشت که هر یک از تصاویر را بصورت مستقل دید و یا مجموع آنها را بصورت یک فیلم کوتاه چند ثانیه ای که مربوط به موضوع آن تصاویر بود را دید.

ساینا پرسید:"سهراب این بخش مربوط به چیست؟ این مکان که این عکس ها را در آن گرفته ای کجاست؟"

به ساینا پاسخ دادم:" این تصاویر آزمایشگاه من است در واقع اولین آزمایشگاهی که برای تولید ربات ها برای خودم ساختم اگر به ترتیب به تصاویر نگاه کنی خواهی دید که در ابتدا یک آزمایشگاه کوچک بوده است و سپس گسترش پیدا کرده است "

ساینا نگاهی به من انداخت و ادامه داد:" در همان خانهٔ قدیمی کنار خانهٔ خودتان؟"

پاسخ دادم:"آری"

و سپس ساینا به تماشای تصاویر در آن بخش مشغول شد.

در طول مدتی که او به تماشای آن تصاویر مشغول بود من برای او از آن آزمایشگاه و خاطرات مربوط به آن می گفتم و همینطور گاهگاهی خاطراتی مربوط به آن زمان را تعریف می کردم حسابی به وجد آمده بودم و او هم در ظاهر به آنها گوش می داد اما در واقع محو تماشای آن تصاویر شده بود به گونه ای که تصاویر را می دید اما حرف هایم را نمی شنید! تا آن لحظه نمی دانستم که او تا به این اندازه به ربات ها علاقه دارد که این چنین به تماشای آنها مشغول شده است. خب این فرصت مناسبی بود من هم می توانستم

بدون آنکه دغدغه ای داشته باشم از دور به تماشای او بنشینم،
مدت ها بود که این کار را نکرده بودم و دلم تنگ این کار شده بود
نمی دانم دقیقاً چقدر گذشته بود و یا چه مدتی صرف این کار شده
بود اما چیزی که واضح بود این بود که زمان در لحظات لذت بخش
به مراتب تندتر می گذشت و این اصلا انصاف نبود، در همین لحظه
ساینا که گوئی تمام تصاویر را با دقت زیادی تماشا کرده بود به
سمت من برگشت و گفت:" برویم"

پرسیدم: "کجا؟"

با تعجب نگاهم کرد و گفت:" چرا از من می پرسی؟"

تا به حال کجا قرار بود برویم؟ همانجا برویم"

سپس لبخندی زد و گفت: " این اولین مرتبه است که اینگونه رفتار
می کنی"

سپس رو به بخش تصاویر کرد و گفت:" یا شاید دلت می خواهد
که دو مرتبه تمام تصاویر را از اول ببینیم"

برای اولین بار دست پاچه شده بودم وگفتم: " نه، نیازی نیست به بخش بعدی می رویم"

و در دلم اما می گفتم: " نکند در این مدت که من به او نگاه می کردم متوجه تغییر نگاهم شده باشد و یا اینکه ...، البته خانم ها حس ششم بسیار قوی دارند شاید حس ششم او چیزی را حس کرده باشد، اما هر چه که بود گذشته بود نباید دو مرتبه به او خیره می شدم و فعلاً آنچه که اهمیت داشت این بود که رفتار خودم را عادی نشان بدهم"

بخش چهارم: آن شب در پارک شهر

فکر می کنم اکنون دیگر زمان رفتن به بخش بعدی رسیده بود بنابراین به او گفتم: "برویم"

و او هم در حالیکه لبخندی بر لب داشت پرسید: "کجا؟"

به او پاسخ دادم:" به بخش بعدی، البته اگر..."

هنوز حرفم تمام نشده بود که اتو کره را یک دور به دور خودش چرخاند و سپس گفت: " برویم"

و به من نگاهی کرد و گفت:" تا آنجا چقدر راه است؟ حاضری یک مسابقه تا آنجا بدهیم؟"

به او نگاهی انداختم و سپس گفتم: " البته این بخش فاصله کمی تا اینجا دارد اما شاید بتوانیم این مسافت را کمی غیر معمولی تر طی کنیم، یعنی کمی طولانی تر"

خودم به خوبی می دانستم که فواصل در آن مجموعه معنایی به صورت عادی خودشان نداشتند و به راحتی تغییر می کردند پس اگر این فاصله که بین این بخش تا بخش بعدی وجود داشت افزایش می یافت و یا از مسیر دیگری غیر از مسیر اصلی و مستقیم آن

عبور می کرد تغییر کوچکی محسوب می شد برای همین هم پذیرفتم و با انگشتم جهتی را که باید می رفتیم نشان دادم. هر دو در یک محل و پشت یک خط فرضی که لرد دراکولا کشیده بود ایستادیم و منتظر شدیم تا لرد درآکولا برای شروع مسابقه به ما علامت دهد.

با علامت او شروع به حرکت کردیم اتو کره ها با سرعت بالائی مسیر را طی می کردند و من به راحتی از او جلو افتاده بودم. دلایل زیادی برای این اتفاق وجود داشت، شاید یکی از آنها آشنائی من با مسیری بود که بر اثر قوانین علمی به کار رفته در آن هیچگاه به پایان نمی رسید؛ مسیری بی پایان در کرهٔ مرکزی که در چشم و از دالان ورودی اتاق محدود و مشخص به نظر می رسید اما با قرار گرفتن در کره مرکزی می شد امتدادی نا محدود برای آن متصور شد. خود این پدیده هم دارای تناقصی بزرگ بود راهی بی نهایت در کره ای معلق و محدود اما این موضوع تازگی نداشت حتی در ریاضیات هم پیش از این شاهد این موضوع بوده ایم که با استفاده از بسیاری از روابط می توان ثابت کرد که ۲ برابر با ۴ می باشد و یا برعکس این موضوع هم صادق است. یعنی می توان ثابت کرد که ۲ با ۲ برابر نیست پس وجود تناقص ها در جهان همواره وجود دارد و می توان

گفت در این جهان هیچگاه شاهد قطعیت مطلق نخواهیم بود. و من برای ایجاد مسیر هایی که در ظاهر به انتها می رسید اما در اصل بی انتها بود از روابطی به نام تساوی نا مساویها استفاده کرده بودم که در دنیای واقعی ما انسانها به راحتی از آنها گذشته بودیم اما در این دنیایی که من ساخته بودم با تکیه بر معادلات تساوی نامساویها پدیده ای عظیم خلق کرده بودم یعنی جا گرفتن بی نهایت در دل محدوده ها... بعلاوه اینکه این کرهٔ مرکزی خودش قوانین مخصوص به خود را داشت به این ترتیب که هرگاه بعد زمان و مکان را ترکیب کنیم، بعد زمان و مکان به خواص پوچی یا صفر می رسد. در این سرزمین دیگر هیچ گذشته و آینده ای وجود نخواهد داشت و هیچ مکانی هم وجود ندارد تنها یک گستره وسیع و بی انتها وجود خواهد داشت که من آنرا دشت می نامیدم و یا ....

حواسم جمع شد و به صورت ساینا نگاه کردم در چشمانش نگاه غریبی بود گوئی دوست نداشت عقب بماند و برای همین هم تمام تلاش خودش را می کرد اما سیستم هوشمند اتو کره ها به گونه ای طراحی شده بود که براساس توانائی بدنی افراد سرعت می گرفت یعنی تنها تا زمانی سرعت آن افزایش می یافت که رفلکس بدنی و مغزی و قوای جسمی فرد قادر به تحمل آن سرعت و متعاقباً

کنترل اتو کره باشد، خب اکنون زمان آن رسیده بود که از ساینا
قدردانی کنم. بنابراین از سرعت خودم کاستم تا این موضوع طبیعی
جلوه کند و سرانجام از ساینا عقب افتادم هنگام عبور از کنار اتو
کرهٔ ساینا به چهره اش نگاه می کردم و از لبخندی که بر لبانش
نقش بسته بود احساس خرسندی می کردم و این اولین مرتبه بود
که این احساس را به این شکل تجربه می کردم. پیش از این
تجربیات مشابهی داشتم اما این تجربیات در این زمان متفاوت بود
مثلاً خنده ای که مدتی قبل بر لب دختر جوانی نقش بسته بود آن
هم همین احساس را بوجود آورده بود اما به گونه ای متفاوت، هنوز
هم خاطره آن را بیاد دارم و یادم هست که در آن شب در خیابانی
نزدیک به خانهٔ آن دختر هنرمند بودم البته این خانهٔ او با خانه ای
که قبلاً در آن او را دیده بودم فرق می کرد. می دانستم که او امشب
در خانه نیست برای شرکت در مراسمی هنری و یا چیزی شبیه به
آن دعوت شده است پس تا بازگشت او به خانه مدتی زمان داشتم،
وارد که شدم احساس می کردم که خانه بدون او کسالت آور و
خسته کننده است برای همین هم تصمیم گرفتم تا مدتی به پیاده
روی در خیابان های اطراف بپردازم، اما آنها هم گویی آن جذابیت
قبل را نداشتند چگونه امکان داشت که وجود یک نفر تا این اندازه

در خوب و یا بد بودن حال آدم تاثیر داشته باشد. بنابراین تصمیم گرفتم که برای دیدن پارکی در مرکز آن شهر بروم، شهر بزرگی بود و این پارک هم یکی از پارک های مشهور آن شهر بود اما نمی دانستم که گاهی در آن شهر در پارک ها افراد تنها ممکن است که مورد دستبرد و یا زورگیری قرار بگیرند پس بدون اطلاع از این موضوع به آن پارک رفتم و بدون توجه به وقایع اطراف شروع به قدم زدن کردم و غرق در افکار مختلف بودم و همینطور تا بخش های مرکزی آن پارک رفته بودم زمانیکه به خودم آمدم، ناگهان خودم را در مرکز آن پارک مشاهده کردم برای همین هم تصمیم گرفتم که در آنجا روی صندلی که خالی بود بنشینم. زمانیکه به ساعتم نگاه کردم نیمه شب را نشان می داد و تقریباً به جز چند نفر شخص دیگری در آن پارک دیده نمی شد اما درختان که نسیم ملایمی در بین آنها می وزید منظره زیبائی بوجود آورده بودند، و سکوت آن شب هم گوئی بر زیبائی آن می افزود. چند دقیقه ای به همین منوال گذشت تا اینکه متوجه موضوعی مشکوک شدم کمی که بیشتر دقت کردم متوجه شدم که چند نفر که کمی آنطرف تر ایستاده اند چیزی یا فردی را آنطرف تر به یکدیگر نشان می دهند و آرام در گوش هم چیزی در مورد آن می گویند. به آن طرف نگاه

کردم کمی آنطرف تر دو دختر جوان در حال عبور از آن پارک بودند یکی از آنها به محض دیدن جوان ها شروع به دویدن کرد اما یکی دیگر از آن دو به محض اینکه شروع به دویدن کرد توسط یکی از آن چند نفر راهش بسته شد و مجبور شد بایستد تا بقیۀ آنها هم رسیدند. آن چند نفر او را محاصره کرده بودند و با چاقوهائی در دست سعی در ترساندن او داشتند، شاید این اتفاق بی دلیل نبود و شاید این اتفاق، ماجراجوئی امشب من بود. از جایم بلند شدم و بدون معطلی به آن سمت رفتم، می دیدم که یکی از آنها با دستۀ چاقو ضربۀ محکمی به شانۀ آن دختر زد و او به زمین افتاد و در حالیکه گریه و التماس می کرد جیب هایش را خالی کردند و او هر چه که داشت به آنها داد. یکی از آنها با خشونت زیادی کیف آن دختر را از گردنش در آورد، در گوشه ای از باغچۀ سر راهم درخت خشکیده ای بود شاخه ای از آن را شکستم و همراه خودم بردم به اولین نفر از آن افراد که رسیدم، با شاخۀ شکسته ضربۀ محکمی به صورت او زدم. او روی زمین افتاد؛ دو نفر دیگر هم به طرف من دویدند اولین نفر بسیار لاغر اندام بود با ضربه ای که با مشت به صورتش زدم به زمین افتاد اما نفر دوم کمی ورزیده تر بود و توانست با لگد به پایم ضربه ای بزند. شانس با من یار بود و

آسیب جدی به من وارد نشد. اما این کار او باعث شد تا ضربه ای که با شاخهٔ خشکیده به او زدم محکم تر از نفر قبلی باشد و او بلافاصله بیهوش شد. یک نفر از آنها پا به فرار گذاشت ولی فرد باقی مانده با چاقوئی که همراه داشت تهدید می کرد که در صورت نزدیک شدن به او، به آن دختر جوان آسیب خواهد زد، خب باید بیشتر احتیاط می کردم. برای همین هم در جای خودم ایستادم و کمی فکر کردم و سرانجام تصمیم گرفتم که سنگی را که کمی آنطرف تر بود به او بزنم حداقل ارزش امتحان کردن را داشت. در یک فرصت مناسب شاخهٔ خشکیده را کمی جلوتر روی زمین انداختم. توجهٔ او کاملاً به سمت آن شاخهٔ خشکیده جلب شده بود و گمان می کرد تهدید او باعث شده که این کار را انجام دهم. همین که کمی از آن دختر فاصله گرفت سنگ را از روی زمین برداشتم و به سمت او پرتاب کردم سنگ به سرش برخورد کرد و او به زمین انداخت. چاقویی که در دستش داشت به زمین افتاده بود و او با دستش سرش را گرفته بود، آن دختر چاقوی او که به زمین افتاده بود را برداشت و با خشم به او نگاه کرد. برای اینکه آن دختر جوان عمل غیر منطقی و ناخواسته ای انجام ندهد با دو دستم

به او اشاره می کردم که آرام باشد و می گفتم:" همه چیز تمام شده است"

که ناگهان از پشت صدائی شنیدم همنیکه برگشتم همان جوانی را دیدم که کمی قبل تر پا به فرار گذاشته بود ظاهراً در میانه راه پشیمان شده بود و اکنون دوباره بازگشته بود. چاقوی خودش را دیوانه وار در هوا حرکت می داد هنوز از جایم تکان نخورده بودم که نوک آن چاقو بازوی دستم را خراش داد، خشمگین شده بودم می توانستم نیروی خشمم را احساس کنم که همچون اژدهائی خشمگین به دور خودش می پیچید و در آن لحظه کنترل آن بسیار سخت بود.

خشم من بی تاب و سرکش برای ضربه زدن به آن جوان شده بود و آن جوان هم از دیدن آن چه که اتفاق می افتاد مات و مبهوت خشکش زده بود. صدای افتادن آن چاقو را از دست دختر جوان شنیدم قصد نداشتم که جلوی خشمم را بگیرم و این مرتبه می خواستم به خشمم اجازه بدهم تا آنچه که گمان می کند صحیح است را انجام دهد. این خشم همچون اژدهایی غران از جسم من خارج شد و بسوی آن جوان حرکت کرد و آنچه که می دیدم نشان

می داد که خشم انسان در این مواقع کار خودش را خوب بلد است.
آن پسر جوان از شدت درد ناله می کرد و دیگر یارای ایستادن
نداشت. همینطور از بینی آن پسر جوان خون می ریخت. او روی
زمین افتاده بود و تمنا می کرد اما هیچ فایده ای نداشت، من
تمایلی به مهار خشم خودم نداشتم و این خشم هم همچون
اژدهائی شده بود که در کار خودش و انتقام خبره بود. صدای
شکسته شدن استخوان های او را می شنیدم تا زمانیکه بیهوش
شد. با وجود این اتفاق هنوز هم خشم من آرام نشده بود اما می
توانستم احساس کنم که با همان حال به درون جسم من بازگشته
است و این را از جوش و خروشی که در خودم احساس می کردم
فهمیدم به کنار آن دختر جوان رفتم و لوازم درون کیفش را از روی
زمین جمع کردم و برای او بردم آنها از من گرفت و به دستم اشاره
کرد و گفت:" دستتان، خون"

به دستم نگاهی انداختم شاید زخمی به طول ۱۰ سانتی متر داشت
اما عمیق نبود، از پشت سرم صدای آن چند نفر را می شنیدم که
با کمک همدیگر از آنجا دور می شدند در حالیکه این جوان آخری
را یکی از آنها بر دوش خودش حمل می کرد، به آن دختر نگاه
کردم و گفتم: "برو"

لبخندی زد که با دیدن آن به هر انسانی احساس خرسندی دست
می داد. آرام آرام از آنجا دور شد، چند قدمی دنبالش دویدم و به
او گفتم: "لطفاً از این موضوع چیزی به کسی نگو"

لبخندی زد و گفت:"باشد" و رفت.

به آن چند نفر نگاه کردم که کمی آنطرف تر مشغول دور شدن از
آنجا بودند احتمال می دادم که آنها برای آزار و اذیت آن دختر
نقشه ای داشته باشند بنابراین آرام آرام و بدون آنکه متوجه شوند
به تعقیب آنها پرداختم سوار خودروئی قدیمی شدند و بدون آنکه
چراغ های آن را روشن کنند حرکت کردند و به همان طرفی رفتند
که دختر جوان رفته بود. چند قدمی دنبال آنها دویدم اما نتوانستم
به آنها برسم، از دور نور چراغ اتومبیلی را دیدم، دستم را بلند کردم
و او جلوی من توقف کرد. یک تاکسی بود و راننده آن پرسید: "
کجا می روید؟"

بدون آنکه جواب او را بدهم سوار اتومبیل شدم و به تابلوها نگاه
کردم و گفتم:"آنطرف از آن طرف برو"

برگشت و به سمت من نگاه کرد و دوباره پرسید:" کجا؟"

نمی دانستم که در آن لحظه چه باید بگویم آدرس های آن اطراف را به خوبی نمی دانستم و از طرفی اگر زود حرکت نمی کردیم ممکن بود که آن چند نفر بلائی سر آن دختر جوان بیاورند و از طرف دیگر این راننده ممکن بود بدون دانستن مسیر از ادامه کار خودداری بکند برای همین هم گفتم "سه خیابان آن طرف تر پیاده می شوم"

ظاهراً خیال راننده راحت شده بود زخم دستم را محکم گرفته بودم تا هیچ خونی از آن به درون تاکسی نریزد و البته تا حدود زیادی خونریزی آن بند آمده بود، خوشبختانه آن راننده تاکسی با سرعت بالائی رانندگی می کرد و کم کم از دور اتومبیل آن چند نفر دیده شد و بعد از حدود یک دقیقه فاصلۀ ما با آنها به حدی رسیده بود که می شد اتومبیل آنها را به وضوح دید تا اینکه سرانجام به نزدیکی آنها رسیدیم. چهارراه بعدی چراغ قرمز بود و یک چهارراه خلوت؛ برای همین هم اولین فکری که به ذهنم رسید این بود که در این چهارراه اگر تاکسی کنار آنها بایستد احتمال دیده شدنم وجود خواهد داشت. همین که خواستم به راننده اشاره کنم متوجه شدم که جوانی که راننده اتومبیل آن چند جوان بود بر سرعت خودش افزوده است، آنطرف چهارراه آن دختر جوان در حال عبور از خیابان

بود درست در وسط خیابان در حال رفتن بود و آنها به احتمال زیاد می خواستند با اتومبیل به او بزنند و از این طریق انتقام وقایع داخل پارک را گرفته باشند. زمان کم بود و از آنها فاصله داشتیم اما همین که آنها می خواستند از چراغ قرمز آن چهار راه با سرعت عبور کنند کامیونی با سرعت بالا به آنها کوبید و شدت تصادف آنقدر زیاد بود که تقریباً مطمئن بودم که هیچکدام از آنها از آن حادثه جان سالم به در نبرده اند. به آن دختر جوان نگاهی انداختم و دیدم که او هم با دیدن این تصادف وحشتناک پا به فرار گذاشت، رانندهٔ تاکسی کنار اتومبیل آنها توقف کوتاهی کرد و سپس آنطرف خیابان به طور کامل پارک کرد و برای کمک به آن چند نفر رفت. من هم به سمت راننده کامیون رفتم، زمانیکه او را از کامیون بیرون آوردم هنوز بر اثر ضربه آن تصادف گیج بود او را بر روی جدول کنار خیابان نشاندم که رانندهٔ تاکسی هم کنار ما آمد و در حالیکه چهره اش دگرگون شده بود گفت:" همهٔ آنها مرده اند"

رانندهٔ کامیون سرش را گرفت و گفت:" بعلت رانندگی طولانی که داشتم نمی دانم چطور پشت فرمان کامیون خوابم برده بود"

گفتگوی بین راننده تاکسی و کامیون ادامه داشت که کم کم چند اتومبیل دیگر هم رسیدند و راننده یکی از آنها با اورژانس تماس گرفت و دیگری موضوع را به اطلاع پلیس رساند. دیگر نیازی به حضور من در آنجا نبود بنابراین به فکر خانهٔ آن دختر هنرمند افتادم و لحظه ای بعد خودم را در آنجا دیدم هنوز هم از این جابجایی های یکباره بین مکان های مختلف به وجد می آمدم، به خانه او که وارد شدم گربهٔ او با دیدن من پا به فرار گذاشت، علت آن را نمی دانستم که چرا اینگونه رفتار می کند. هنوز خودش به خانه اش باز نگشته بود برای همین هم به دستشویی رفتم و دستم را که خون آلود بود شستم خوشبختانه زخم آن عمیق نبود و به این فکر می کردم که چگونه علت آن زخم را به مادرم باید توضیح بدهم. به فکر افتادم تا علت را برخورد شاخهٔ درخت به دستم بگویم؛ می دانستم که پنهان کردن حقیقت به این شکل چندان درست نیست اما برای توضیح آن به مادرم و جلوگیری از نگرانی زیاد او در این مورد چارهٔ دیگری هم نبود. شاید در زمانی دیگر می توانستم راحت تر موضوع را برای او توضیح بدهم شاید در آینده شرایط برای توضیح آن مناسب تر می شد. تصمیم گرفتم فردا در باغ خانه در کنار یکی از درختان آنجا تظاهر کنم که دستم به شاخه درخت

گیر کرده و زخمی شده تا برای مادرم هم قابل قبول تر باشد. روشوئی را با آبی که در دستم جمع کرده بودم، شستم بگونه ای که لکه ای از خون دستم باقی نماند و سپس به آینه ای که در آنجا بود نگاهی انداختم. هنوز هم می شد خشم را در اطراف سرم مانند هاله ای تیره رنگ دید. گوئی امشب خشم من قصد فروکش کردن نداشت. صدای در ورودی خانه آمد او بازگشته بود اما چه دیر وقت می دانستم که او اولین جائی که بعد از بازگشتن به خانه می رود کجاست؟ پس در جائی پنهان شدم تا او را از دور ببینم و جالب بود که گربه اش هم کنار من دراز کشیده بود اما او تنها نبود و دوستش هم همراه او آمده بود. او خوشحال همراه دوستش وارد شد و لبخند زنان از جلوی جائی که من بودم عبور کرد لبخندش آرامم کرده بود و انگار خشمم را هم فراموش کرده بودم. انگار خشم هم به خواب رفته بود، خب او تنها نبود پس من هم باید کم کم می رفتم. کمی به پشت آن گربه دست کشیدم و سپس به خانه خودمان بازگشتم.

در طول مدتی که من این خاطره را در ذهنم مرور می کردم، هنوز هم ساینا در حال راندن اتو کره بود و ظاهراً خوشحال و خندان از این موضوع بود بطوریکه هر چند لحظه یکبار به من که در پشت

سر او در حال حرکت بودم نگاه می کرد اما زمان زیادی نداشتیم. زمان رسیدن به بخش بعدی بود و برای اینکار تنها کافی بود مسیر رفتن به بخش بعدی در نقشه مسیریاب اتوکره ها مشخص می شد. با انجام این کار و در همین زمان بود که بخش بعدی کمی دورتر ظاهر شد، ساینا به من نگاه کرد و با اشاره به بخش بعدی به من فهماند که برندهٔ این رقابت اوست و من هم از این همه شور و اشتیاق او به وجد آمده بودم تا اینکه به او که قبل از من توقف کرده بود رسیدم. با توقف اتو کره از آن پیاده شد و به سمت من آمد از خوشحالی بالا و پائین می پرید و من هم از خوشحالی او شاد بودم و به او نگاه می کردم. لرد دراکولاهم که تازه ظاهر شده بود از ساینا خواست تا به اتو کره بازگردد و همراه هم به دیدن بخش بعدی رفتیم.

جلوی ورودی آن بخش ایستاده بودیم و با وارد شدن به آن با تعجب ساینا روبرو شدم نگاهی به اطراف خودش انداخت و سپس گفت:" اینجا دیگر کجاست؟ گوئی وارد دنیائی دیگر شده ام"

بخش پنجم: اتاق پنهان

در این بخش اندام ها و اعضای مختلفی را که پیش از این برای ربات ها ساخته بودم نگهداری می کردم از اولین آنها تا آخرین آنها. همراه با او شروع به دیدن آنها کردیم در اولین قسمت اولین دست مصنوعی که ساخته بودم قرار گرفته بود با دیدن آن گوئی خاطرات آن زمان برایم تازه شده بود و همهٔ آنها بدون کم و کاست از جلوی چشمانم عبور می کرد. درست به خاطر داشتم که آن دست مصنوعی را چگونه و چرا ساخته بودم آن روزها آخرین روزهای بهار بود و قرار بود وارد تعطیلات تابستانی شویم. پدر و مادرم یک سفر چند روزه برای خودشان تدارک دیده بودند و از من نیز خواستند تا به همراه آنها به این سفر بروم اما حس و حال آن روزهای من به گونه ای دیگر بود چندان میلی به سفر نداشتم بیشتر دلم می خواست که در گوشه ای از باغ بنشینم و در سکون و تنهائی آنجا غرق در افکار خودم شوم. به همین علت هم تصمیم گرفتم تا در این سفر پدر و مادرم را همراهی نکنم. آنها نیز ابتدا اصرار زیادی داشتند تا این سفر را به یک سفر خانوادگی کامل تبدیل بکنن اما با مشاهده عدم تمایل من برای این سفر سرانجام پذیرفتند. اما آخرین ساعات قبل از رفتن آنها بود و من در یکی از قسمت های باغ که دور از دید بود و معمولا رفت و آمد کمی در آن می شد

نشسته بودم که پدرم را از دور دیدم که به سمت من می آید. کمی خودم را جمع و جور کردم، از طرفی آزمایشگاه و تحقیقی که در حال انجام بود ذهنم را مشغول خودش کرده بود و از طرف دیگر موضوعات وابسته به اتفاقات اخیر که هر کدام رخدادهائی مجزا برای من بشمار می آمد اما بصورت یکجا ذهنم را مشغول خودش کرده بود. از تمام آنها مهمتر این بود که آن دختر جوان که در آن شهر دیده بودم جزئی جدائی ناپذیر از ذهنم شده بود، نمی توانستم تنها بگویم که جزئی از ذهنم شده بود بلکه اکنون بخشی از زندگی من بشمار می رفت پس با این همه مشغولیات ذهنی چاره ای به جز انتخاب این گوشهٔ خلوت، ساکت و آرام نداشتم باید همه آنها را بر اساس اولویت هایشان مرتب می کردم و باید به ذهنم که پریشان شده بود نظم می دادم. هنوز افکارم را جمع نکرده بودم که پدرم دستش را روی شانه ام گذاشت و گفت:" بنشین نیازی نیست بلند شوی"

و خودش هم کنارم نشست، نگاهی به من انداخت پاکتی را از جیبش بیرون آورد و به من داد و سپس ادامه داد:" نمی دانم چرا اما حسی پدرانه مرا به این کار واداشت"

با تعجب به او نگاهی انداختم و پرسیدم: " کدام کار؟"

با اشاره به من گفت: " می شود داخل پاکت را ببینی ؟"

هنوز هم از میزان تعجب من کم نشده بود و با تعجب به این رفتار او نگاه می کردم. داخل پاکت کاغذی مربوط به رزرو یک اتاق در یک هتل بود و دو عدد بلیط که یکی رفت و دیگری برگشت بود، کمی بیشتر نگاه کردم و متوجه شدم که این همان هتلی است که چند وقت قبل هم در آنجا بودیم و آن شهر هم شهری بود که خانه آن دختر در آن قرار داشت و برای بلیط ها هم زمان خاصی تعیین نشده بود و تنها هزینه آنها کاملا پرداخت شده بود و در یک بازهٔ خاص می شد تاریخ رفت و برگشت را تعیین کرد، اما چه اتفاقی در حال رخ دادن بود؟ آیا پدرم از ماجرای آن دختر جوان آگاه شده بود؟یا نه این موضوع یک اتفاق عادی و تصادفی بود؟ همین که خواستم چیزی بگویم با اشاره انگشتش بر روی صورت گفت:"هیس"

سپس از جای خودش بلند شد و گفت: " چیزی نپرس و تنها این را بدان که هر اتفاقی درست در زمان مخصوص به خودش خواهد افتاد"

این را گفت و به سمت خانه حرکت کرد. چند قدم آنطرف تر رو به
سوی من کرد و گفت: " قبل از اینکه من و مادرت برویم حتماً
برای دیدن ما بیا" و رفت.

من مانده بودم و آن همه فکر و این فکر جدید که این کار پدرم
چه معنایی می تواند داشته باشد و از کجا به موضوع آن شهر پی
برده بود؟ و یا چقدر می توانست این موضوع اتفاقی باشد؟

به هر حال در آن لحظه فکر کردن به این موضوع می توانست در
جایگاه بعدی قرار بگیرد چرا که باید در این ساعات قبل از سفر
کنار پدر و مادرم می ماندم. بنابراین از جایم بلند شدم و به خانه
رفتم و تا زمانیکه وقت رفتن آنها رسید کنارشان بودم و سپس آنها
را بدرقه کردم. پس از رفتن آنها حس تنهائی من چند برابر شده
بود و باید راهی برای رهائی از آن می یافتم و انگار چاره ای نبود
به جز رفتن به آن خانه قدیمی و آزمایشگاه و کارهائی از این قبیل....

به خانهٔ قدیمی که رسیدم همه چیز به گونه ای دیگر رفتار می کرد
و حتی در خانه هم با صدای بیشتری باز شد و شاید سعی داشت
ابزاری باشد برای شکستن آن سکوت که در آن خانه پیچیده بود.

به طبقه بالا رفتم در آنجا بی هدف از این اتاق به آن اتاق می رفتم
و تازه فهمیده بودم که تا بحال به بعضی از قسمت های آن خانه
اصلاً دقت نکرده ام. مثلاً آن دری که در آن گوشه راهروی طبقهٔ
بالا بود، چرا تاکنون به آن اتاق نرفته بودم انگار اولین مرتبه بود که
چشمم به آن در می افتاد. این موضوع برایم جالب شده بود و مدتی
ایستادم و به این موضوع فکر کردم، چطور امکان داشت این همه
مدت در آنجا رفت و آمد کرده باشم اما آن در را در گوشه راهرو
ندیده باشم؟! مدتی را آنجا ایستادم و به آن گوشه نگاه کردم
خوشبختانه در آن راهرو یک صندلی دسته دار بود آن را به سمت
در چرخاندم و رو به آن در نشستم و به این موضوع با دقت بیشتری
فکر کردم که چرا تاکنون توجهم به آن در جلب نشده بود، در اولین
گام باید به بررسی زوایای دید می پرداختم و جالب بود که در
معماری یک خانه چقدر می شد دقت و ظرافت به خرج داد که
محل ورودی یک اتاق بگونه ای باشد که در هنگام عبور و مرور در
راهروهای آن خانه خیلی کم دیده شود. شاید به اولین دلیل این
موضوع پی برده باشم یعنی زاویه قرار گرفتن آن در نسبت به مسیر
حرکت بگونه ای بود که در نگاه فرد رهگذر از آن قسمت از راهرو
جلب توجه نمی کرد و البته که از کشف این موضوع احساس

رضایت می کردم، اما باید به دنبال دلایل دیگری هم می بودم زیرا تنها این دلیل برای دیده نشدن آن در کافی نبود و البته مطمئن بودم که دلایل دیگری هم وجود دارد. اگر محل قرار گرفتن آن در بگونه ای بود که کمتر در چشم باشد پس دومین علت باید در نور ، جهت، زاویه و مقدار تابش نور خورشید باشد. پردهٔ یکی از پنجره ها را کنار زدم و جهت تابش نور خورشید را دقیقا بر روی کف راهرو و دیوارها دنبال کردم و همینطور بررسی هایی را روی رنگ آمیزی آنجا انجام دادم. مطمئن بودم که انتخاب رنگ های دیوار و کف راهرو هم با هدف پنهان کردن آن در صورت گرفته است و این موضوع صحت داشت زیرا سایه روشن حاصل از تابش نور آفتاب با این ترکیب رنگ هماهنگی فوق العاده ای از خودش نشان می داد. همچنین در طول روز تابش نور خورشید بگونه ای بود که تابش نور به آن در بسیار کم و ناچیز بود. به نحوی که در سایه روشن این تابش نور، آن در همیشه در سایه قرار می گرفت و در بیشترین زمان تابش، نور تابیده شده تنها کمی اطراف آن در را تحت تاثیر قرار می داد. پس دومین دلیل هم می توانست این موضوع باشد. اما شب ها چطور؟ به ترتیب چراغ های خانه را روشن کردم هنوز روز بود اما می شد تشخیص داد که این در، شب ها هم در تاریک

ترین قسمت راهروی آن خانه قرار می گرفت و این موضوع باعث می شد تا زیاد جلب توجه نکند. و مهمترین دلیل هم می توانست این باشد که من هرگز بصورت دائمی در آنجا زندگی نکرده بودم و تنها برای انجام تحقیقات و آزمایشهای خودم به آنجا می آمدم و این موضوع هم همواره با مشغولیت ذهنی همراه است که به نوبه خودش باعث می شده است تا به جزئیات توجه کمتری بکنم.

فکر می کنم همین دلایل کافی بود و حالا اگر نوبت به بررسی بیشتر می رسید نوبت آن بود که داخل آن اتاق را ببینیم، اما آن در قفل بود چند مرتبه امتحان کردم اما دری که قفل باشد قفل است دیگر ...

به یاد چند کلید افتادم که در زمان تمیز و مرتب کردن خانه در طبقه پائین پیدا کرده بودم، اما راستی چرا در آن زمان متوجه این در نشده بودم؟! اکنون زمان فکر کردن بیشتر در این مورد نبود باید فوراً به سراغ کلیدها می رفتم و آنها را به طبقهٔ بالا آوردم و شروع به امتحان کردن آنها کردم، خب کلید اول؛ این کلید مربوط به این در نبود، همینطور کلید دوم و ...

این کلید ها برای این در نبودند پس چاره ای نمانده بود جز اینکه در را بشکنم و یا اینکه خودم شروع به باز کردن قفل آن بدون کلید بکنم. اما شکل این قفل نشان می داد که مانند قفل هایی که دیده ام نیست پس قبل از اینکه خودم بخواهم آن را بدون کلید و با استفاده از از روش های باز کردن قفل باز کنم، بد نبود تا کلیدهای بیشتری را امتحان می کردم. همچنین قدیمی بودن آن قفل نشان می داد که اگر برای باز کردنش از چیزی به جز کلید استفاده کنم ممکن است برای همیشه خراب شود و در اینصورت باید در را می شکستم و در آن شرایط این اصلا ایده خوبی نبود. به یاد کلید در انباری داخل حیاط افتادم، همیشه وقتی که می خواستم قفل آن در را باز کنم گیر کوچکی داشت. به عنوان آخرین راه برای این در با خودم گفتم که گاهی یک کلید بیشتر از یک قفل را باز می کند شاید یکی دیگر از کلیدهای آن خانه به این در بخورد پس به سرعت تمام کلیدهای درهای خانه را آوردم و تک تک آنها را روی در امتحان کردم دیگر شب شده بود و این کلید یعنی کلید در انباری داخل حیاط آخرین کلیدی بود که باید امتحان می کردم. آرام کلید را داخل قفل کردم و با کشیدن نفس آرامی آنرا پیچاندم قفل در باز نشد، از کلید های آن خانه نا امید شده بودم و تصمیم گرفتم

که خودم قفل در را باز کنم. برای اینکار تنها چند وسیله کوچک لازم داشتم اما قبل از اینکار همانجا و کنار در آن اتاق در راهرو نشستم و با کلید انباری بازی می کردم و آن را که با زنجیری به کلید دیگری متصل بود دور انگشتم می پیچاندم و دوباره باز می کردم تا اینکه متوجه موضوعی شدم. دو کلیدی که به همدیگر توسط زنجیری کوتاه بسته شده بود و فکر می کردم که هر دو مربوط به انباری داخل حیاط باشند اما با یکدیگر تفاوت کمی داشتند. آنها را کنار یکدیگر قرار دادم و با چشم مقایسه شان کردم حدسم درست بود آنها یک کلید نبودند همانطوریکه کف راهرو نشسته بودم این کلید جدید را داخل سوراخ قفل کردم و پیچاندم صدای باز شدن قفل را به وضوح می شنیدم یک دور، دو دور، سه دور قفل کاملاً باز شد، باورم نمی شد اما آخرین کلید زبانه قفل را کاملا جمع کرده بود پس قفل در باز شده بود دستگیره آن را با دست گرفتم و خواستم در را باز کنم اما هنوز هم باز نمی شد اما من مطمئن بودم که قفل آن باز شده است. اما در باز نمی شد و این کمی عجیب بود، دو مرتبه امتحان کردم قفل در کاملاً باز شده بود دستگیرهٔ در را چندبار تکان دادم صدای حرکت زبانه قفل را می شد شنید اما باز هم در از جایش تکان نمی خورد. ناگهان

چشمم به لرزشی که در آن دیده می شد افتاد با دست دیگرم در را کمی فشردم. به نظر کمی لقی داشت و این موضوع توجهم را جلب کرد برای همین شروع به تکان دادن دستگیره در کردم. در از محلی که باید به لولای در به چهارچوب وصل باشد حرکت های کمی داشت. دستگیره را گرفتم و آن سمت را با دست دیگرم فشردم و هل دادم در باز شد اما برعکس همهٔ در های معمولی باز شد و این خودش نشان می داد که این محل مطمئناً محلی خاص بوده است. با باز شدن در وارد آن اتاق شدم خالی خالیِ بود یک فضای نسبتاً بزرگ در طبقهٔ بالا اما بگونه ای که بدون توجه کافی نه از نمای ساختمان خودش را نشان می داد و نه در جاهای دیگر مشخص می شد و اگر فردی در ساختمان رفت و آمد می کرد بعلت بازی زوایا و نور به در آن اتاق چندان دقتی نمی کرد. پس این محل برای چه کاری ساخته شده بود؟ به هر حال هر چه که بود می توانست محل مناسبی برای یکی از فعالیت های من باشد. در آن لحظه انتخاب این که این محل مخفی را برای چکاری استفاده کنم، کمی سخت بود اما فکر می کنم بتوانم از این محل به عنوان یک آزمایشگاه برای ساخت ربات استفاده کنم و به عبارتی محلی

برای بررسی های بیونیک و رباتیک باشد و این آغاز ماجرای ساخت ربات برای من بود.

در همین لحظه با صدای ساینا به خودم آمدم، ساینا در حالیکه کاملاً متوجه شده بود که من غرق در فکر و خیال بوده ام با تعجب نگاهم کرد و گفت:"می شود در مورد این دست چوبی توضیح بدهی؟"

ناخودآگاه، گفتم:"کدام دست را می گوئی؟"

تعجب ساینا از این سوال من بیشتر شده بود و گفت:"حواست کجاست؟ آن دست مصنوعی چوبی که آنجاست دیگر، آن دست های چوبی پشت آن شیشه را می گویم."

ناگهان حواسم جمع شد و گفتم:"آها، این دو دست را می گوئی"

و ادامه دادم:" می دانی اولین روزهائی که این اتاق تقریباً مخفی را در خانهٔ قدیمی پیدا کرده بودم چندان حوصله نداشتم و تقریباً برای فرار از هجوم افکار مختلف لیستی از لوازم مختلف مورد نیاز آزمایشگاه رباتیک و بیوتیک تهیه کردم و برای خرید آنها به بازار رفتم در فروشگاههای مختلف آنها را می خریدم و کم کم به آنجا

منتقل می کردم. پس از گذشت یک هفته تقریباً آنجا تبدیل به آزمایشگاهی که می خواستم شده بود، من در کنار در ورودی ایستاده بودم و به آنجا نگاه می کردم اما هنوز هم زمانیکه به آنجا نگاه می کردم جای چند وسیله و دستگاه خالی بود. اولین چیزی که به ذهنم می رسید یک اسکلت مصنوعی انسان بود تا بتوانم از روی آن به بررسی جزئیات قرار گیری استخوانهای اسکلت انسان بپردازم و چند مولاژ مختلف از بدن یک انسان، به نظرم در این آزمایشگاه برای بررسی های بیشتر بدن انسان برای ساخت یک ربات کامل وجود آنها ضروری بود اما در کنار این ها وجود یک چاپگر ۳ بعدی هم ضروری بنظر می رسید زیرا با در اختیار داشتن ابعاد واقعی اعضای بدن یک انسان کار چندان ایده آلی به نظر نمی رسید که تمام آنها را بخواهیم از راه تراش کاری تهیه بکنیم. به علاوه خرید یک دستگاه چاپ لیزری CNC هم لازم بود و یک دستگاه تراشکاری قطعات فلزی هم می توانست کامل کنندهٔ این مجموعه باشد که از این میان دستگاه تراشکاری را به علت وزن و همچنین سروصدای زیاد آن باید در زیر زمین نصب می کردم و دستگاه چاپ لیزری CNC هم بهتر بود در کنار آن و در زیر زمین قرار داده می شد. بنابراین دوباره به بازار بازگشتم و این لوازم را هم

خریدم. حدود ۳ روز نصب و راه اندازی همهٔ آنها زمان برد و این مدت من هم همراه افرادی که برای نصب می آمدند خودم را مشغول نگه می داشتم اما پس از نصب آنها دوباره این من بودم و تنهایی و کلی از فعالیت های مختلفی که باید به اتمام می رساندم مثلاً یکی از آنها مراجعه هر روز به آزمایشگاهی بود که در حیاط قرار داشت و در آن نمونه های مربوط به آن موجود گورستان شهر را بررسی می کردم و غیره...

آن روز وقتی از خواب بیدار شدم به تراس اتاقم رفتم و اولین کارم کشیدن یک نفس آرام اما عمیق بود. آن روز بعنوان یک روز تابستانی هوای بسیار خوبی داشت، کمی آنجا نشستم و به درختان باغ نگاه کردم و از همه مهمتر پرندهٔ محبوب من هم در این صبح دل انگیز مرا همراهی می کرد. همراه با او به آشپزخانه رفتم و یک صبحانهٔ دو نفره را تدارک دیدیم و پس از صرف صبحانه پرنده طبق روال همیشه به لانه اش بازگشت و من هم به سراغ خانه قدیمی رفتم. امروز قصد داشتم تا یک رویا از کودکی خودم را بسازم آری تحقق یک رویا خودش گام مهمی در این مورد محسوب می شد. پس مشغول شدم ابتدا یک اسکن سه بعدی از دستهایم انجام دادم و اطلاعات مورد نظر را به صورت داده های مورد نیاز برای دستگاه

پرینتر ۳ بعدی تبدیل کردم و پس از آن مادۀ اولیۀ پرینتر ۳ بعدی را آماده کردم و به این ترتیب اولین ماکت از دست هایم را ساختم به نظرم به عنوان اولین کار در آن آزمایشگاه خوب از کار در آمده بود و پس از آن تا شب روی مولاژها و ماکت اسکلت مطالعه و بررسی می کردم تا ارتباطات بین بخش های مختلف بدن و بخصوص استخوان ها و رباط های متصل به آنها را درک کنم. در نیمه های شب به خانه بازگشتم کمی طول کشید تا خوابم برد شاید این موضوع به آن علت بود که برای ساختن یکی از رویاهای کودکی خودم هنوز هم ذوق زده بودم.

امروز صبح از خواب بیدار شدم و از سر شوقی که برای ساخت آن داشتم به سرعت خودم را به خانه قدیمی رساندم و در آنجا مشغول بررسی نتایج شدم. به ماکت ساخته شده از دستم نگاه کردم؛ زیبا بود اما هنوز هم آنچه می خواستم نبود برای همین هم یک قالب گچی از روی آن ساختم و سپس دو قطعه چوب از نوع چوب های سخت آوردم و با استفاده از چند وسیله مانند کاغذ سمباده،و رنده، اره و سایر لوازم نجاری مشغول به شکل دادن به آن شدم. تقریباً یک روز طول کشید تا توانستم آن چوب را کاملاً به شکل یک دست در بیاورم و فردای آن روز هم دست دیگرم را ساختم. در روز

سوم براساس آنچه که از روی مولاژها و همینطور آن ماکت اسکلت انسان دیده بودم این دو دست چوبی را از محل مفاصل جدا کردم و بعد از آن از طریق لولاهایی که داخل آنها تعبیه کرده بودم آنها را مجدداً به یکدیگر وصل کردم اما اتفاقی که افتاد این بود که آنها قابلیت تکان خوردن داشتند اما حرکتی مشخص از آنها دیده نمی شد و تنها از یک طرف به طرف دیگر خم و راست می شدند. بنابراین تصمیم گرفتم که رباط ها را هم به آنها اضافه کنم، برای اینکار از محل هایی که رباط ها را در مولاژها دیده بودم و دقیقاً از همان مسیرها سوراخ هائی را در این دست های چوبی بوجود آوردم و از درون این سوراخ ها سیم های فلزی نازکی را عبور دادم و سپس هر یک را دقیقاً به همان محلی وصل کردم که در اسکلت انسان و به استخوانها وصل می شد. حالا مانده بود نیروئی که باعث کشیده شدن این سیم ها شود برای این منظور نمی خواستم از موتورهای الکتریکی استفاده کنم زیرا دستی را که طراحی کرده بودم کاملاً قابلیت مکانیکی داشت و می خواستم که این قابلیت را از حرکت طبیعی بدن انسان تامین کند. پس برای نیروی مورد نیاز آنها نیاز به طراحی بخش های دیگری هم داشتم. اولین بخش ضمیمه آنها یک جلیقه بود که به عنوان واسطه عمل می کرد یعنی

سیم هایی که دست های چوبی را به بخش هائی از این جلیقه متصل می کرد که آنها هم قابلیت حرکت و انتقال نیرو را داشتند. بخش دوم ضمیمه هم در دستکش بلندی بود که تقریباً تا بالای بازو کشیده می شد و سیم هائی از بدنۀ آن عبور کرده بود که هر یک به بخشی از دست انسانی که قرار بود از دست های مصنوعی استفاده بکند متصل می شد و حرکت های دست را به جلیقه منتقل می کرد. این حرکت ها درجلیقه به سیم های مربوط به دست های چوبی منتقل می شد و با کشیده شدن و یا رها شدن آن سیم ها دست های چوبی به حرکت می افتاد و دقیقاً حرکتی مشابه با دستی را انجام می داد که سیم های حرکتی به آن متصل شده بود. پس از ساخت همۀ آنها، روی جلیقه جایگاهی را طراحی و اضافه کردم که دست های چوبی روی آن نصب می شد. با اضافه کردن این بخش در حقیقت کار ساخت این دستها به اتمام می رسید و اکنون باید آنرا امتحان می کردم دست کش ها و جلیقه را پوشیدم سپس دستهای چوبی را به آن وصل کردم و در انتها سیم های دست های چوبی را به جلیقه و سیم های جلیقه را به دستکش ها وصل کردم و مقابل شیشه کمد گوشۀ آزمایشگاه ایستادم و به خودم نگاه کردم یک مرد شده بودم با چهار دست که دو دست از

آنها چوبی بود دستهایم را باز کردم همزمان با باز شدن آنها دست های چوبی هم از یکدیگر باز شد و ظاهری با ابهت به من بخشیده بود چند مرتبه دستهایم را باز و بسته کردم دست های چوبی هم باز و بسته شدند دستهایم را به سوی بالا گرفتم دستهای چوبی هم این حرکت را تکرار می کردند و ظاهراً در آنچه که ساخته بودم نقص وجود نداشت به جز اینکه چوب سازندهٔ آن وزن زیادی داشت. از آزمایشگاه خارج شدم و در خانه شروع به قدم زدن کردم، اولین ربات دست ساز من اینگونه ساخته شد.

به ساینا نگاهی انداختم محو در شنیدن آنچه که می گفتم بود، دستهایش را روی شیشه محفظه آن دست های چوبی گذاشته بود و به آنها نگاه می کرد. با تمام شدن این بخش از تعریف خاطره های من او هم توجهش به من جلب شد و صورتش را به سمت من گرداند و گفت:" بقیه اش را نمی خواهی تعریف کنی ؟"

به او پاسخ دادم:" فکر می کردم برای این بخش همین مقدار کافی باشد هنوز بخش های زیادی برای دیدن مانده و بهتر است به آن بخش ها برویم"

ساینا از اتو کره پیاده شد و سپس گفت:" می خواهم آن ها را از نزدیک ببینیم "

به او گفتم:"اصلاً امکان آن نیست "

پرسید: چرا؟...

گفتم:" آن دست ها در حالت ایزوله قرار دارند و برای اینکه از این حالت خارج شوند مدتی زمان لازم هست که در حال حاضر هم زمان ما کم است و باید به بخش بعدی برویم.

ساینا با دلخوری سوار بر اتو کره شد و گفت:"برویم اما بعداً باید حتماً برای دیدن آنها بازگردیم"

لبخندی زدم و گفتم:" اگر بخش های دیگر را ببینی چه می گوئی "

و آرام آرام سوار بر اتو کره در مسیر محفظه ها به راه افتادیم چراغ بخش دست های چوبی خاموش شد و چراغ بعدی روشن شد. در این بخش هم دستی چوبی مشابه دست قبلی قرار داشت.

ساینا با تعجب به من نگاهی کرد و گفت:" این هم یک دست چوبی مانند قبلی هست فقط گمان می کنم رنگ شده است"

و من هم ادامه دادم:" آری، درست است، این دست چوبی از نظر ابعاد و اندازه کاملاً مشابه با نمونهٔ قبلی است اما تفاوت هائی هم دارد مثلاً در نمونهٔ قبلی که از چوب خام ساخته شده بود در رطوبت و یا زیر باران چوب آب را به خودش جذب می کرد و هم سنگین تر می شد و هم اینکه کارائی خودش را مثل قبل حفظ نمی کرد در عین حال که سیم های فلزی هم دچار زنگ زدگی می شدند و این نمونه به نوعی آن نمونه قبلی را کامل تر می کند. در این نمونه از زرین مخصوصی برای پوشش دادن چوب استفاده شده تا مانع از نفوذ آب به چوب آن گردد. به علاوه که در این نمونه از تارهای عنکبوت به هم بافته شد به همراه یک پوشش پلاستیکی به جای سیم های فلزی استفاده شده که حرکتی به مراتب نرم تر و درست تر را برای دست چوبی امکان پذیر می کند"

ساینا نگاهی به من و نگاهی دیگر به آن دست چوبی کرد و گفت:" چرا اینقدر ساخت آنها برای تو اهمیت داشته است؟"

به او گفتم:" خب، فکر می کنم که تحقق یک رویا همواره از اهمیت خاصی برای انسان ها برخوردار بوده است"

ساینا سری به نشانه تأئید تکان داد و به آن دست چوبی خیره شد و سپس به من گفت:" برویم"

به سمت قسمت بعدی در همین بخش رفتیم به محفظه ای بزرگ رسیدیم که اولین پای چوبی در آن قرار گرفته بود دو عدد پای چوبی مشابه دست های چوبی محفظه قبلی، ساینا گفت:" حتماً این ها هم مانند دست ها ساخته شده است"

نگاهی به ساینا کردم و گفتم:" تا حدودی، اما تفاوت های ساختاری دارد"

سپس به عینک او و راهنمای گوشهٔ آن محفظه اشاره کردم. ساینا به راهنمای این بخش نگاه کرد، راهنمای آن بخش فعال شد و دقیقاً مراحل ساخت و چگونگی استفاده از آن پای چوبی مصنوعی را به صورت یک فیلم انیمیشن شبیه سازی شده نشان داد.

پس از مشاهدهٔ آن ساینا با تعجب به من نگاه کرد و گفت:" جالب بود، خیلی جالب بود می شود بیشتر توضیح بدهی "

به او گفتم:" حتما اما همه آنچه که می خواستی بدانی در فیلم راهنمای این بخش بود"

نگاهی به من انداخت و سپس گفت:" اما می خواهم خودت برایم توضیح بدهی "

پذیرفتم و ادامه دادم: ساخت این پای مصنوعی کمی متفاوت از دست های قبلی است.

بخش ششم: سفر و دیدار در رستوران

هنوز چند روزی از اینکه پدر و مادرم به مسافرت رفته بودند نگذشته بود، صبح بود و در حال قدم زدن در خانه بودم که با دیدن تصویر پرنده ای که در پیام های بازرگانی تلویزیون پخش می شد ناگهان بیاد پرنده های تراس اتاقم افتادم برای همین هم تصمیم گرفتم برای دیدن آشیانهٔ آنها به اتاقم بروم، وارد اتاق شدم همین که می خواستم در تراس را باز کنم چشمم به پاکتی افتاد که پدرم قبل از رفتن به من داده بود. نگاهی به آن انداختم و سپس آن را از روی میز برداشتم. روی لبهٔ تخت نشستم و بلیط ها و رزرو هتل را از درون آن بیرون آوردم، هوائی شده بودم تصمیم گرفتم که به این سفر بروم. مطمئن بودم که بیشتر از آنچه که گمان می کردم به آن نیاز داشتم برای همین هم تلفن را برداشتم و هماهنگی های لازم را انجام دادم، تلفن را سرجایش گذاشتم و به تراس رفتم. خبری از آن پرنده نبود اما چرا؟ تعجب کردم زیرا همیشه با رفتن من به تراس اتاق هر جا که بود سروکله اش پیدا می شد، از گوشهٔ لانه به داخل آن نگاهی انداختم آنچه که می دیدم خیلی زیبا بود پرندهٔ کوچک خانهٔ ما همراه با جفت خودش روی تخم هایش خوابیده بود خیلی آرام نشستم و در حالت دولا به اتاقم بازگشتم نمی خواستم مزاحم آنها شده باشم.

از پنجره به بیرون نگاه می کردم و گاهگاهی با گوشه چشم به لانه آن پرنده در تراس خانه. حسابی حال و هوایم دگرگون بود. لوازم خودم را درون چمدان گذاشتم و به فرودگاه رفتم. به این ترتیب سفر تابستانی آغاز شد. هنگامی که به فرودگاه شهر مقصد رسیدم او را دیدم همان دختر هنرمند بود. جالب بود مثل همیشه همراه با چند نفر در حال رفتن به سمت در خروجی سالن بود. مسیر من هم همان طرف بود، اندکی بعد از رفتن او از سالن فرودگاه خارج شدم و با یک تاکسی خودم را به هتل رساندم و به سوئیتی که قبلاً توسط پدرم رزرو شده بود رفتم. واقعاً قصد نداشتم که در آن روز از هتل خارج شوم اما گاهی اوقات شرایط موجود موجب تصمیم های دیگری خواهد شد. برای همین هم حوالی غروب خورشید به راه افتادم و شروع به قدم زدن در خیابان های آن شهر کردم و سرانجام با دیدن رستورانی که دارای نورپردازی زیبائی بود ترغیب شدم تا شامم را هم بیرون از هتل بخورم. به آن رستوران رفتم در قسمت ورودی رستوران شخصی ایستاده بود و قبل از ورود من به رستوران پرسید که آیا میزی رزرو کرده ام و یا اینکه برای دیدن شخص خاصی به آنجا می روم؟ به او توضیح دادم که از قبل برنامه ای برای آمدن به رستوران آنها نداشته ام اما با مشاهده ظاهر و

نورپردازی رستوران آنها تصمیم گرفته ام که برای خوردن شام به آنجا بیایم. با شنیدن این موضوع او از من خواست تا مدتی را در همانجا بمانم و سپس از یکی از کارمندان آن رستوران خواست تا برای یکی از روزهای آینده یک میز برای من رزرو کند. خب این اولین قسمت از ماجرای امشب من بود یعنی رزرو یک میز برای روزهای آینده. در قسمت میزهای رزرو شده ناگهان چشمم به میزی افتاد که توسط همان دختر رزرو شده بود، خب این فرصت مناسبی بود اما نه میزی رزرو شده داشتم و نه فرصت تغییر قیافه، اما به نظرم اینجا جای آن بود که از نیروی نامرئی شدنم استفاده کنم. باید سعیم را می کردم بنابراین به سرویس های بهداشتی آنجا رفتم و سعی کردم تا روی این موضوع تمرکز کنم و می شد گفت در چند تلاش ابتدای خودم موفق نبودم اما سرانجام موفق شدم. زمانیکه در آینه سرویس های بهداشتی نگاه کردم از اینکه هیچ چیزی دیده نمی شد شگفت زده شده بودم. دو مرتبه به قسمت رزرواسیون آن رستوران رفتم و منتظر زمان مناسبی بودم تا وارد سالن اصلی بشوم. تا اینکه سرانجام یک دختر و پسر جوان آمدند آنها یک میز رزرو داشتند احتمالا زن و شوهری بودند که تازه ازدواج کرده بودند و یا اینکه نامزد و یا چیزی مثل آن، به هر حال

من هم همراه کارمند رستوران که برای راهنمایی آنها آمده بود در راهروی رستوران به راه افتادم به سالن اصلی که رسیدیم انتظار داشتم تا یکی از همین میزها را برای صرف شام آنها رزرو شده باشد. اما با کمال تعجب دیدم که در بخش اختصاصی هتل یک میز در نظر گرفته شده بود، آنها پشت میز نشستند و من هم در صندلی دیگر میز نشستم و شروع کردم به نگاه کردن غذاهای داخل منوی رستوران. جالب بود گویا امشب اشتهایم بیشتر از هر وقت دیگری اشتیاق خودش را برای خوردن غذا به من نشان می داد شاید علت آن فضا و هماهنگی زیاد بخش های مختلف آن رستوران بود و یا شاید بوی شمع های معطری که در قسمت های مختلف آن رستوران روشن کرده بودند، اما علت آن هر چه که بود نمی توانستم به علت شرایطی که در آن قرار داشتم غذائی سفارش بدهم. آدم نامرئی و سفارش غذا خودش به اندازه کافی عجیب بود! ولی آن زوجی که داخل آن رستوران و روی همان میز نشسته بودند و در واقع من روی میز آنها نشسته بودم آن کارمند رستوران را زیاد منتظر نگذاشتند و هر کدام غذایی برای خوردن سفارش داد. اسامی غذاها در رستوران ها همیشه برایم جذاب بود گاهی بعضی غذاها با نام مخصوص سر آشپز همراه می شد و گاهی نامی

ناشناخته بود که از غذاهای بومی و محلی و یا دیگر شهرها به منو
اضافه شده بود.

پس از آنکه غذا را سفارش دادند از او خواستند تا قبل از آوردن
غذا در صورتیکه امکان دارد مقداری آب برای آنها بیاورد و او هم
رفت و پس از حدود یک دقیقه بازگشت و همراه خودش یک لیوان
آب و یک پارچ آب که آورده بود روی میز گذاشت و احتمالا برای
گرفتن سفارش به میز دیگری رفت. هر دوی آنها تشنه بودند زیرا
هر کدام مقداری از آن آب را نوشیدند و در حالیکه خانم آن فرد با
دستش با لبهٔ لیوان بازی می کرد به صحبت مشغول شدند و من
هم زیر چشمی به اطراف نگاه می کردم. در اطراف این میز، میزهای
مختلفی بود ۲نفره، ۴نفره و بیشتر زوج های جوان، دوستان و
خانواده ها برای خوردن شام به آنجا آمده بودند و هر یک به صحبت
کردن با یکدیگر و یا خوردن شام مشغول بودند. در همین زمان به
در ورودی آنجا نگاهی انداختم. چند نفر همراه با یکدیگر وارد آن
بخش شدند، خودش بود همان دختر که قبلاً او را دیده بودم و
اسمش بصورت اتفاقی در لیست رزرو رستوران به چشمم خورده
بود همراه با چند نفر از دوستانش به آنجا آمده بود. کارمند رستوران
آنها را راهنمائی کرد و این اتفاق از خوش شانسی من بود چرا که

میز آنها دقیقاً در مقابل میزی بود که من به همراه آن زوج جوان دور آن نشسته بودیم. آنها نشستند و من هم زاویه صندلی را بگونه ای تغییر دادم که او در زاویه دیدم قرار بگیرد. آن زوجی که روی میز آنها نشسته بودم، آنقدر سرگرم صحبت با یکدیگر بودند که متوجه تکان خوردن صندلی در کنار خودشان نشدند، در همین زمان توجهم به حرف های آنها جلب شد. ظاهراً با یکدیگر نامزد بودند و صحبت های آنها هم در پیرامون همین موضوع شکل گرفته بود تا اینکه تلفن همراه پسر شروع به لرزش کرد، گوشی را از جیبش در آورد و خیلی آرام به گونه ای که خانم جوان همراهش متوجه آن نشود به صفحهٔ آن نگاهی انداخت. ظاهراً پیامی برای او آمده بود گوشی را کنار میز گرفت و پیام را باز کرد، من هم آن پیام را خواندم اتفاقاً از روی کنجکاوی اینکار را نکرده بودم زیرا احساسم به من می گفت که آن مرد در حال خیانت به همسرش است پس برای پی بردن به واقعیت این کار را کردم، در متن پیام که از طرف دختر دیگری به آن پسر فرستاده شده بود درخواست قراری برای فردا شب و در رستوران دیگری مطرح شده بود و با کمال تعجب دیدم که آن پسر هم این درخواست را پذیرفت از این کارش ناراحت شدم و به چهرهٔ دختری که همراه او بود نگاهی

انداختم. به نظرم باید برای او کاری انجام می دادم و فکر می کنم که این حق او بود که از خیانت پسر همراه خودش آگاه شود، پسری که شاید قصد داشت یک زندگی جدید را با او آغاز بکند، پسر پس از خواندن پیام، گوشی تلفن همراه خودش را بر روی میز گذاشت همان لحظه سفارش غذای آنها رسید گوشی تلفن همراه او در بین ظرف ها قرار گرفت. فرصت مناسبی بود، آنها که مرا نمی دیدنددر حالیکه گوشی تلفن همراهش روی میز بود سراغ دفترچه تلفن او رفتم از مکالمات بین آنها اسم آن دختر را که نامزدش بود و در حال خوردن غذا با یکدیگر بودند را پیدا کردم و تمام پیام های دختری را که این پسر قرار فردا شب را با او گذاشته بود برای او فرستادم در مدتی که اینکار را می کردم چند عدد از آن پیامها را بصورت ناخواسته خواندم و از اینکه آن پسر در حال خیانت بود مطمئن شده بودم اما آن دختر آنچنان غرق در صحبت کردن با آن پسر بود که متوجه پیام هائی که به گوشی اش فرستاده بودم نشد. البته صدای زنگ گوشی او هم نمی آمد به شک افتاده بودم که شاید پیام ها را برای شخص دیگری فرستاده باشم. اما آنچه در دفترچه تلفن گوشی او بود نشان می داد شماره مربوط به خود اوست. به ناچار زیر میز رفتم و از آنجا تلفن دختر را از کیفش در

آوردم و شروع به بررسی آن کردم آن پسر از آنچه فکرش را هم می کردم بدتر بود، شماره ای که این دختر یعنی نامزدش در گوشی خودش ذخیره کرده بود مربوط به شخص دیگری بود، یعنی این پسر همراه با نامزد خودش به رستوران آمده بود اما با دو دختر دیگر بصورت همزمان در حال رابطه بود خیلی ناراحت شده بودم برای همین هم برای جبران کار شروع به بررسی گوشی نامزد او کردم که ای کاش این کار را نمی کردم زیرا متوجه شدم آن دختر که نامزد پسر بود نیز علاوه بر نامزد خودش با پسر دیگری در ارتباط است خب جزای خیانت جز خیانت نیست پس تمام پیام های آن پسر را که به گوشی این دختر داخل رستوران فرستاده بود را هم برای نامزد دختر فرستادم، گوشی اش در کنار ظرف غذا به صدا در آمد خیلی آرام به آن پیام ها نگاهی انداخت و خیلی راحت بر روی کاغذی چیزی نوشت و به نامزد خودش یعنی همین دختر داخل رستوران داد، آن دختر با خواندن آن نوشته از جای خودش بلند شد و بعد از برداشتن کیف و سایر لوازم خودش بدون آنکه هیچگونه واکنشی از خودش نشان بدهد از رستوران خارج شد و پسر هم بعد از پرداخت صورت حساب خیلی آرام و بدون اینکه حتی ناراحتی از خودش نشان بدهد از رستوران خارج شد. انتظار

مشاجره و یا حتی تغییر رفتار بیشتری را داشتم اما ظاهراً آنها خیلی راحت با مسئلهٔ خیانت یکدیگر کنار آمده بودند.

خب از خوبیهای غیر قابل دیدن بودن شاید این باشد که می توانی به هر جائی بروی و هیچ کسی هم تو را نبیند. کنجکاو شده بودم که روی آن کاغذ چه نوشته بود پس کاغذ مچاله شده را از ظرف غذا برداشتم و بدون آنکه جلب توجه بکنم بازش کردم پسر روی آن نوشته بود" اگر تو به من خیانت کردی من هم به تو خیانت کردم خداحافظ"

با خواندن آن به ماجرای جدا شدن راحت آنها پی بردم. اما اکنون نوبت من بود و آن خانم و دوستانش، غذای آنها را آورده بودند و او و دوستانش مشغول میل کردن آن بودند اما از خوش شانسی من یک صندلی درست در کنار آن دختر خالی بود خب هیچ فردی هم که مرا نمی دید پس سر میز آنها رفتم و روی آن صندلی نشستم آنها مشغول صحبت کردن و غذا خوردن بودند و من هم غذا خوردن آنها را نگاه می کردم و به صحبت های آنها گوش می دادم، این درست بود که آنها من را نمی دیدند اما باید احتیاط را هم رعایت می کردم، چرا که هر گونه حرکت نامعمول می توانست آنها را

بشدت بترساند، در میان صحبت های آنها شنیدم که آن دختر
گفت که تا ۳۰ سالگی قصد ازدواج ندارد و ....

پس از صرف شام هنگامیکه از آن جا خارج شدند هر یک سوار بر
اتومبیل خودش از آنجا رفتند. بعضی از آنها راننده مخصوص به
خودشان را داشتند.

شب بود و من هم که باید به هتل باز می گشتم، شیطنت من هم
در آن لحظات گل کرده بود و راهی غیر معمول را در پیش گرفتم
یعنی به جای گرفتن تاکسی و برگشتن به هتل با باز شدن در
اتومبیل آن دختر سوار آن شدم و او هم کنار من نشست. خب این
اتفاق خوبی برای من بود اما نمی دانستم که اگر به وجود من پی
می برد چه واکنشی نشان می داد و تا چه اندازه می ترسید؟

در راه او بیشتر با تلفن همراه خودش حرف می زد و گاهی هم از
پنجره به بیرون نگاه می کرد، زمانیکه به خانهٔ او رسیدیم به مسیر
نگاهی انداختم فاصلهٔ زیادی تا هتل محل اقامت من نداشت اما این
موضوع هر شب اتفاق نمی افتاد همراه با او به خانه اش رفتم در
پذیرائی روی کاناپه ای که خیلی مرتب بود نشستم گربه اش هم
مدام از این ور به آن ور می رفت تا اینکه درست روبروی من روی

کف اتاق دراز کشید و به من خیره شد. گربه بود اما سنگینی نگاه خاصی داشت. برای اینکه از زیر سنگینی نگاه او رها بشوم از جایم بلند شدم و شروع به قدم زدن و تماشای اطراف کردم زیباترین چیزی که آنجا بود جوایز وی در بخش های مختلف هنری بود، در طول نگاه کردن به اطراف حواسم به آن گربه هم بود به هر سمتی که می رفتم به من نگاه می کرد. گویی مرا می دید و یا شاید حس می کرد! پس از دیدن جوایز او سراغ تابلوهائی که روی دیوار بود رفتم در همین زمان او هم از اتاق خوابش بیرون آمد و به آشپزخانه رفت و یک فنجان قهوه برای خودش ریخت و سپس روی همان کاناپه ۳ نفره نشست و مشغول کار کردن با گوشی تلفن همراه خودش شد گربه اش هم آمد و کنارش دراز کشید.

اکنون که آن گربه حواسش به من نبود فرصت مناسبی بود که من هم از آنجا بروم اما دلم گوئی به این کار راضی نبود پس روی آن مبل یک نفره کمی آنطرف تر نشستم گوئی تمام افکار و فکرهای بد آن روزها از من دور شده بود و احساس آرامش جای آن را گرفته بود، و شاید همین موضوع باعث شد تا متوجه نشوم که چه زمانی خوابم برد.

از خواب پریدم، هنوز در آن خانه بودم به اطراف با تعجب نگاه می
کردم تا اینکه آن گربه را دیدم که بغل من دراز کشیده و درست
در چشمان من نگاه می کند با دیدن او خیالم راحت شد که هنوز
اتفاق ناخوشایندی رخ نداده است آرام تر شدم زیرا هنوز هم هیچ
فردی نمی توانست من را ببیند اما آن گربه مرا به خوبی احساس
می کرد و یا شاید می دید.

چند ثانیه ای بعد گربه از روی بغلم به پائین پرید و دوان دوان به
سمت یکی از اتاق های آن خانه رفت و من هم فرصتی پیدا کردم
تا کمی فکر کنم، به نظرم کمی زیاده روی کرده بودم ممکن بود
ماندن من در آنجا باعث ترس آن دختر شود.

کمی به اطراف نگاه کردم ظاهراً او در خانه نبود، خب اگر نبود
دلیلی هم نداشت که به سرعت و با عجله آنجا را ترک کنم برای
همین هم ابتدا به سرویس بهداشتی رفتم دست و صورتم را شستم
و سپس به اتاق نشیمن بازگشتم و پس از آن در قسمت های
مختلف خانه سرک کشیدم. اتاق خواب اول خالی بود و تنها یک
تخت مرتب در آنجا بود ولی اتاق خواب دوم مرتب بود اما کمی
کوچکتر بود و اتاق خواب بعدی، وای خدای من او خانه بود و در

آنجا خوابیده بود باید در را آرام می بستم چرا که امکان داشت بیدار شود حتی اگر هم بیدار می شد من که قابل دیدن نبودم و چون مرا نمی دید مطمئنا حسابی می ترسید اگر در اتاق را در حال بسته شدن می دید. در حال بستن در بودم که چشمم به صورت او افتاد خیلی زیبا و معصوم بود، می خواستم اما دلم اجازه نمی داد برای همین هم روی مبل گوشهٔ اتاق نشستم و تنها و تنها به صورت او نگاه کردم، نمی دانم چه مدت طی شد اما هر چه که بود خوب بود تا اینکه متوجه شدم در حال بیدار شدن است در این حالت از آنجا شتابان خارج شدم و در را هم به آرامی بستم. از طبقه بالا به پائین آمدم درست وسط اتاق نشیمن با منظره ای که اصلاً انتظار آن را نداشتم روبرو شدم، مقلد مادر آنجا بود همراه با فرشته عدالت هر دوی آنها می درخشیدند. از دیدن آنها خوشحال شده بودم حداقل می توانستم با آنها کمی درد دل کنم، با حالتی بین عجله و خوشحالی گفتم:" شما اینجا چکار می کنید؟ برویم ممکن است که او ما را ببیند"

هر دوی آنها لبخندی زدند و گفتند:" نگران نباش او هنوز از خواب بیدار نشده است"

این حرف آنها کمی مرا آرام تر کرد، همانجا ایستادم و از آنها پرسیدم: " چه موضوعی باعث شده که این زمان به اینجا بیائید؟

پاسخ دادند:" تو و او"

تعجب کردم و دو مرتبه سوالم را تکرار کردم و آنها این مرتبه گفتند:" همان چیزی که تو را به اینجا کشانده است"

این مرتبه تعجبم بیشتر شده بود و مات و مبهوت به آنها نگاه می کردم و آنها هم گاهگاهی آرام در گوشی با یکدیگر صحبت می کردند. سپس با لبخند به من نگاه کردند، رفتار آنها برای من کمی گیج کننده شده بود و واقعاً کنجکاو شده بودم تا علت آمدن آنها را بدانم که مقلد مادر گفت:" کمی بنشین ما باز خواهیم گشت"

و سپس هر دوی آنها به طبقهٔ بالا رفتند من مانده بودم و کلی سوال بی جواب که گربهٔ او از جلوی من رد شد اما این مرتبه مانند دیشب نگاه نمی کرد گوئی در آن لحظه احساسش چیز دیگری را در گوشش می گفت، تقریباً بعد از ظهر شده بود که آنها بازگشتند و بدون آنکه حرفی بزنند خارج شدند و هنوز چند دقیقه ای نگذشته بود که آن دختر هم در حالیکه گربه اش را بغل کرده بود، در حال

پایین آمدن از طبقهٔ بالا به پائین بود. به نظرم بیشتر از این نباید آنجا می ماندم. سریع از آن خانه خارج شدم و در خیابان کناری دو مرتبه قابل دیدن شدم اکنون مهمترین مسئله این بود که فردی و یا دوربین مدار بسته ای در آن محل نباشد که خوشبختانه نبود. به هتل بازگشتم در حالیکه نمی دانستم در چند ساعت گذشته واقعاً چه اتفاقی افتاده بود لباس هایم را عوض کردم و برای خوردن یک فنجان قهوه به لابی هتل رفتم. در آنجا اولین چیزی که دیدم همان دختر دیشبی بود که در رستوران روی میز آنها و کنارشان نشسته بودم و من برای او پیامهای داخل گوشی نامزدش را فرستاده بودم، اما پسری که هم اکنون همراه او بود یک نفر دیگر بود! و خبری از آن پسر دیشبی که در رستوران دیده بودم نبود. از دیدن این موضوع خیلی احساس بدی داشتم و به چشم یک خیانت کار به او نگاه می کردم برای همین هم بدون آنکه قهوه ام را بخورم به اتاقم بازگشتم دائما به این موضوع فکر می کردم آنها واقعا چگونه می توانستند این کار را انجام بدهند یعنی در یک زمان با چند نفر رابطه عاطفی و یا غیر عاطفی و یا هرچی و به هر شکلی بر قرار بکنند؟! من از روزیکه آن دختر را دیده بودم اگر چشمم بصورت ناخودآگاه به دختری دیگر می افتاد احساس بدی پیدا می کردم...

همچنان که به این موضوع فکر می کردم باید سعی کردم که شب را زودتر بخوابم اما نمی شد، گوئی فکر و ذهنم و جسمم در هتل بود اما روحم و قلبم در جائی دیگر تمام سعیم را کردم که یکی شوند اما امکان پذیر نبود خلاصه تمام آن شب به این کشمکش بین فاصله ها گذشت.

بخش هفتم: مکان طلوع خورشید و سحر باد

اول صبح در حال صبحانه خوردن بودم که صدائی از پشت پنجره اتاق توجهم را به خودش جلب کرد گوئی چیزی خودش را به آن پنجره می کوبید پرده راکنار زدم و به بیرون پنجره نگاه کردم آری مانتیس بود پنجره را گشودم اما بدون آنکه داخل بیاید گفت:"ساعت ۸ صبح بیا"

پرسیدم کجا؟...

پاسخ داد:" آنجا که طلوع خورشیدش و صدای باد را شنیده ای، و با شنیدن آن تو مسحور گشته ای "

و سپس رفت.

صبحانه ام را نصفه نیمه رها کردم و از هتل بیرون رفتم.

قدم زنان به حرف های مانتیس فکر می کردم "جائی که طلوع خورشید و صدای باد را شنیده ای و مسحور گشته ای"، با فکر کردن به این موضوع در مکان دیگری ظاهر شدم بارها این اتفاق افتاده بود که به راحتی از مکانی به مکان دیگر منتقل می شدم اما این مرتبه پنجره ای بود که می شد طلوع آفتاب را از آن دید. و صدای هوای خروجی از کانال هوا هم در آنجا شنیده می شد اما

مسحور کننده نبود. برگشتم و با دیدن او در حالیکه خواب بود مسحور شدم پس این شرط سوم هم درست از آب در آمد، کنار در ورودی هم فرشته عدالت و هم مقلد مادر ایستاده بودند، به آنها سلام دادم و آنها هم به من خوش آمد گفتند و پس از آن سکوت بود که بین ما حاکم شده بود و من نمی دانستم که چرا به زمین خیره شده ام و در همان حالت مانده ام.

مقلد مادر پرسید:" می دانی چرا به این جا فرا خوانده شده ای؟"

به او پاسخ دادم: " می توانم حدس هائی بزنم"

فرشته عدالت گفت: " حدس تو درست است و ما از احساس تو خبر داریم"

زیر چشمی به آنها نگاه کردم و گفتم:" بله"

آنگاه مقلد مادر به من گفت: " ما از همان لحظهٔ اول به آن آگاه بودیم اما می خواستیم خودت به آن دست یابی و آن را در وجودت کشف بکنی "

و سپس آن دختر را به من نشان داد و ادامه داد: " می دانی که در این جهان سنگین ترین مسئولیت پذیرفتن احساسی پاک به نام عشق است؟"

به مقلد مادر نگاه کردم و پاسخ دادم:" زمانیکه کنار در ورودی غار بودیم برایم توضیح دادید"

نگاهی به من انداخت و گفت:" اکنون که آن احساس را در جان خود احساس می کنی لایق آن گشته ای"

و در این زمان فرشته عدالت به سمت من آمد و دستم را گرفت و محکم فشرد و سپس رو به مقلد مادر کرد و گفت:" این موضوع را من هم تأئید می کنم"

و سپس دستش را به سوی آسمان برد و به ناگاه حلقه ای ظاهر شد از جنس نور و آن را به انگشت من کرد و گفت:" این تأیید حرف توست و آنچه آنرا عشق می نامی "

و سپس به کنار مقلد مادر بازگشت به دستم نگاهی کردم حلقه ای از جنس نور بود واقعا از جنس نور بود، پس از آنکه حسابی به آن نگاه کردم پرسیدم:" این را بقیه افراد هم خواهند دید؟"

گفتند:" نه تا زمان موعود آن و نه تا زمانیکه خودت نخواهی "

می دانستم این هم از همان موضوعاتی است که نباید زیاد در مورد آن پرس و جو کنم برای همین هم پرسش هایم را ادامه ندادم.

و تنها پرسیدم:" او چطور؟ "

و سپس به آن دختر اشاره کردم و ادامه دادم:" او حلقه ای نخواهد داشت؟"

هر دوی آنها پاسخ دادند:" او نیز حلقه ای خواهد داشت"

با تعجب به آنها نگاه می کردم و آنها ادامه دادند و گفتند: " او نیز تو را در قلب خودش احساس خواهد کرد، این احساس در ابتدا اندک است و کم کم رشد خواهد کرد"

پرسیدم:" و من چگونه خواهم فهمید که چه زمانی او مرا پذیرفته است "

و آنها گفتند:" خودت خواهی دید در آن روز حلقه ای را خواهد پوشید و آن را از دستش خارج نخواهد کرد و جان آن حلقه نام تو را حمل می کند"

و سپس آن دختر در میان اتاق به هوا بلند شد و در فضای اتاق معلق گردید راهی نبود که بتوانم چیزی را ببینم نگاهم را به زمین انداختم و تنها صدای او را و وردهای آنها را می شنیدم و نوری را که به هوا برخواسته بود تا آن زمان که دوباره خودم را در همان خیابان نزدیک هتل در حال قدم زدن دیدم. اما یک تفاوت عمده وجود داشت و آن این بود که حلقه ای از جنس نور بر دستم می دیدم و از خوشحالی آن را با دست دیگرم گرفتم و بوسیدم و با خوشحالی تمام به هوا پریدم و این برای من اوج زیبائی و خوشحالی بود.

نمی دانستم که از خوشحالی چکار باید بکنم پس به پارکی در همان نزدیکی رفتم بر روی یک صندلی نشستم و به آسمان نگاه کردم دلم می خواست این زیبائی و خوشحالی را با آسمان شریک شوم.

در آسمان فرشتهٔ عدالت را دیدم و از این موضوع بسیار خوشحال تر شدم آرام به زمین آمد و در کنارم روی صندلی نشست مطمئن بود که سایر افراد قادر به دیدن وی نیستند.

فرشتهٔ عدالت رو به من کرد و گفت:" می دانی چرا برای دیدنت آمده ام ؟"

پاسخ دادم: " نه، دقیقاً "

او ادامه داد:" اول برای اینکه به سوالی که ذهن تو را درگیر خودش کرده است پاسخ بدهم "

گفتم:" اگر بگوئی واقعاً لطف بزرگی به من کرده ای "

و فرشتهٔ عدالت گفت:"می خواهی بدانی که آن حلقه که او بر دستش می کند چه شکلی است؟ و چگونه می توانی آن را تشخیص بدهی ؟"

با حالتی همراه با خجالت گفتم:" دقیقاً این سوالی است که ذهنم را به خودش مشغول کرده است"

فرشته عدالت گفت:" فراموش نکن آن حلقه را خودش انتخاب خواهد کرد و ظاهری مانند حلقه های دیگر خواهد داشت تنها در جان آن حرف اول نامت را حک کرده اند همین"

پرسیدم:" خب از کجا می توانم آن را تشخیص بدهم؟"

فرشتهٔ عدالت با لحنی همراه با مهربانی گفت:" اول آنکه بر انگشت حلقهٔ او خواهد درخشید و دوم اینکه از لحظه ای که عشقت را پذیرفت و آن را به دستش کرد دیگر آن را از خودش جدا نخواهد کرد"

در دلم خوشحال بودم و لبخندی زدم و در دلم گفتم:" خب تا اینجای کار که کاری نداشت"

که ناگهان فرشته عدالت با صدائی کاملاً جدی گفت:" هنوز برای گفتن این حرف زود است"

به او نگاهی کردم و گفتم:" آنچه که من با خودم گفتم شنیدی؟"

پاسخ داد:"آری، همانطور که تو قادر هستی حرف های دیگران را بشنوی ما هم قادر هستیم"

و سپس ادامه داد: "اما فراموش نکن که تو امروز این حلقه را بدست داری پس از امروز به او متعهد هستی، و او از روزیکه وجود تو را در قلبش احساس بکند"

با وجود اینکه سوال های زیادی در مورد این فرمان ها داشتم اما به دلیل جدیتی که در فرشته عدالت می دیدم ترجیح دادم نپرسم ..

در همین زمان مقلد مادر از پشت سرم گفت:" خیلی مراقب باش، زیر ا که مانند تو در این جهان تنها یکی خواهد بود و در این مورد تنها خواهی بود"

به سمت او برگشتم و پرسیدم:" حالا چکار باید کرد؟"

و مقلد مادر ادامه داد:" به زندگی ادامه بده، زندگی به راحتی راه خودش را خواهد یافت"

شب بود و در آن پارک نشسته بودم و فرشته عدالت و مقلد مادر هم نشسته بودند

مقلد مادر گفت:" به آن انگشتر نگاه کن چه می بینی؟"

درخشان بود، پاسخ دادم:" درخشان است و زیبا"

با شنیدن پاسخ من مقلد مادر گفت:" هر وقت که آن دختر حلقه ای به دستش کند همان حلقه ای که فرشته عدالت به تو گفت این

حلقه تو در دستت درخشان تر خواهد شد اما زمانی که قلبش را بدست آوری این حلقه زیبا تر خواهد شد اما مهمتر این است که تنها در این زمان زیبا خواهد درخشید"

با گفتن این جمله فرشته عدالت و ملکه مادر رفتند...

ناگهان چشمم به سایر مقلد ها افتاد که در محوطهٔ پارک در حال قدم زدن بودند و با رفتن مقلد مادر و فرشتهٔ عدالت آنها هم کم کم رفتند آن روز و این شب بسیار متفاوت و عجیب تر از آنچه که فکر می کردم گذشت، اما نباید تک تک حرف های آنها را فراموش کنم.

با رفتن آنها اما از پارک نرفتم و روی همان صندلی نشستم و به انگشتری که آنها به من داده بودند نگاه می کردم به نورش که کم و زیاد می شد و علائم و نشانه هایی که بر روی آن ظاهر می شد و همینطور چهره های مبهمی که گاهی روی آن دیده می شد، هدیه های زیادی تا این سنم که بودم گرفته بودم اما بی شک این هدیه یکی از زیباترین و بهترین های آنها بود، همینطور سرگرم نگاه کردن به آن بودم که ناگهان سنگینی نگاهی را بر روی خودم احساس کردم و نمی دانم چرا اما اول دستم را مشت کردم و سپس

با دست دیگرم روی آن را پوشاندم تا دیده نشود و سپس سرم را بلند کردم کمی آن طرف تر پیرزنی را دیدم که به دستم خیره شده بود و لبخند می زد، لبخندش به شکل عجیبی دلهره آور بود، جلوتر آمد و به من نگاه کرد بدون هیچ مقدمه ای به من گفت: " آن حلقه را نمی فروشی؟"

سوال او را با سوال پاسخ دادم: "کدام حلقه؟"

بدون آنکه تغییری در رفتارش مشاهده بکنم ادامه داد: " همان حلقه ای که با دستت رویش را پوشانده ای ناجی"

او مرا می شناخت! تعجب کردم و پرسیدم: " تو مرا می شناسی؟"

لبخندی زد و گفت:"آری"

از او پرسیدم: " از کجا مرا می شناسی؟"

انگار این سوال و جواب او را کلافه کرده بود اخم کرد و جلوتر آمد و بر روی صندلی کنارم نشست و بدون هیچ حرفی دستم را کنار زد و دستی را که حلقه در انگشت آن بود گرفت و بلند کرد و گفت: " حلقه روشنایی، چه کسی این حلقه را به تو داده است؟ "

پاسخش را ندادم یعنی در آن لحظه اصلا ضرورتی برای پاسخ دادن به او که اصلا او را نمی شناختم در خودم احساس نمی کردم، دو مرتبه سوالش را تکرار کرد، اما با ز هم به او پاسخی ندادم تا اینکه دو مرتبه لبخند زشت و کریح خودش را زد و ادامه داد: " البته باید جناب ناجی این بی ادبی من را بپذیرند، من باید پیش از هر چیز خودم را معرفی می کردم"

سپس از جایش بلند شد و یک قدم عقب رفت و تعظیم کوچکی کرد اما بسیار با دقت تا در آن پارک شخص دیگری متوجه این کارش نشود و سپس دو مرتبه کنارم نشست و گفت: " حاضرم برای این حلقه پول خوبی به تو بدهم، خیلی بیشتر از آنچه فکرش را بکنی"

و سپس برای اینکه من را نسبت به این موضوع مطمئن بکند قطعه ای الماس را که در قاب زیبایی از طلا قرار داده شده بود نشان داد و گفت: "همینطور جواهرات زیبا اگر بخواهی"

اما جواب من همچنان منفی بود و از او پرسیدم: " چرا این حلقه تا این اندازه برایت اهمیت دارد؟"

و او پاسخ داد: "با این حلقه چندان آشنا نیستی و از ویژگی های آن خیلی نمی دانی اما من از تمام ویژگی های آن جوانیش را می خواهم، این حلقه در صورتیکه درست استفاده گردد می تواند جادوگران را جوان بکند"

از جایم بلند شدم و گفتم: " جادوگر!!!"

در حالیکه اصرار داشت بنشینم گفت: " آری جادوگر، من هم یک جادوگر هستم مانند تعداد زیادی دیگری که در بین انسان ها زندگی می کنند، این موضوع نباید برای تو که ناجی هستی این قدر تعجب داشته باشد"

و سپس با دستش فرد دیگری را در آنطرف نشان داد و گفت: " آن فرد را می بینی او تئودور پیر است یکی از جادوگران قدیمی شهر"

به او نگاهی انداختم و با تعجب گفتم: " تئودور"

در حالیکه انگار کم کم این مکالمه برای او جذاب تر شده بود ادامه داد: " آری تئودور، او در ابتدا در این شهر ساکن نبوده است و مدتها پیش در شهر خودش بر اساس یک خرافه شخصی به نام

تئودور قصد سوزاندن او را به جرم جادوگری داشته است و او پس از کشتن او نام خودش را تئودور گذاشته است"

با تعجب به او نگاه کردم و او که کاملا می توانست تعجب را در قیافه من ببیند ادامه داد: " آری در گذشته بر اساس خرافه هایی که وجود داشته است جادوگران را می سوزتدند تا اینکه ما هم روش مقابله با آن را یافته ایم، بنابراین افرادی را که قصد سوزاندن ما را داشته باشند ابتدا می کشیم و سپس نام آنها را بر روی خودمان می گذاریم، البته این روزها کسی به دنبال جادوگرها نمی گردد"

و پس از این مرا به زور کنار خودش نشاند و محو تماشای حلقه شد. سپس به من نگاهی کرد و ادامه داد: "تو ناجی هستی و من توانایی گرفتن این حلقه را از تو ندارم، اما پیشنهادی برایت دارم، من به تو رازهایی از این حلقه را که می دانم می گویم و در مقابل تو هم باید لطفی به من بکنی"

بلافاصله پرسیدم: " چه لطفی؟"

و او پاسخ داد: " تمام جادوگرها می توانند کاری بکنند که جوانتر به نظر برسند اما این موضو کوتاه مدت است و با تابش نور ماه از بین خواهد رفت اما تو می توانی کاری بکنی که من از این قید ماه رها شوم، آیا حاضری این کار را انجام بدهی؟"

پذیرفتم و این کار را برای او انجام دادم و او نیز در مقابل به من گفت که حلقه ای که در دست من است تا زمانیکه حلقه جفت آن در انگشت آن دختر باشد میزان مهر و محبت او را به تو نشان می دهد هرچه او بیشتر به تو علاقه مند شود درخشش این حلقه هم بیشتر خواهد شد تا زمانیکه علاقه آن دختر به عشق تبدیل گردد که در این زمان درخشش این حلقه به زیباترین حالت خودش خواهد رسید، اما در مقابل زمانیکه آن دختر حلقه اش را از دستش در بیاورد درخشش در این حلقه مشاهده نخواهی کرد و در مقابل نگینی بر این حلقه خواهی دید که تصویر چهره دختران دیگری را به تو نشان خواهد داد، این دختران دخترانی هستند که آنها به تو علاقه دارند.

زمانیکه صحبت به اینجا رسید او از جای خودش بلند شد و قصد رفتن داشت و گفت: " برای آخرین مرتبه می پرسم آن حلقه را به من نمی دهی؟"

خیلی محکم به او پاسخ دادم: " نه"

و در حالیکه از من دور می شد گفت: "اگر روزی آن دختر به تو خیانت کرد حاضرم این حلقه را از تو بخرم"

از این حرفش عصبانی شدم و با خشم به سمت او نگاه کردم آنچه می دیدم باور نکردنی بود او تغییر قیافه داده بود و بشکل جدیدی در آمده بود، صورتش را که برگرداند و توانستم چهره اش را ببینم تازه یادم آمد که او را در کجا دیده ام، آری او همان دختری بود که قبلا در آن رستوران دیده بودم و به نامزدش خیانت کرده بود و پس از آن او را در لابی هتل دیده بودم، در حالیکه دور می شد گفت: " فراموش نکن که ما جادوگران از هیچ کاری برای رسیدن به هدفمان فرو گذار نمی کنیم پس شاید روزی برای فریب آن دختر که به آن علاقه داری هم آمدم، آنروز که به عشق تو مطمئن شد از هر سمتی به سمت او خواهم رفت تا عشق او نسبت به تو را تضعیف بکنم...

۳۵۷

به سمتش که دویدم غیبش زد و به حلقه نگاه کردم و با خودم
گفتم امیدوارم که آن دختر فریب این جادوگران را نخورد و به
عشقمان پایبند بماند.

سهراب، سهراب.. صدای ساینا در گوشم پیچید و به من گفت:"
سهراب حواست کجاست؟ این ها دیگر چیست که می گوئی؟ اصلاً
چه ارتباطی با آن پاهای چوبی دارد؟"

به خودم آمدم و متوجه شدم که وقایعی را برای ساینا گفته ام که
مدت ها بعد از این باید برای او تعریف می کردم رو به سوی او
کردم و گفتم:" تمام این وقایع را بعد از این و به تدریج برایت
توضیح خواهم داد، فقط اکنون سوالی نپرس"

نگاهی به من انداخت و حتی یک کلمه هم نگفت و خودش را به
تماشای آن بخش مشغول کرد.

دلخوری را می شد از تمام اعمال و رفتارش دید حتی نگاهش هم
تغییر کرده بود این اولین مرتبه بود که واقعاً از رفتارم شرمنده شده
بودم، اما گذشت زمان همه چیز را تغییر می داد و او می دانست
که دلخوری او بی دلیل است.

بخش هشتم: کالبدهای بی ادراک

می دانی ساینا مدت ها قبل از این در آزمایشگاه بیولوژیک مشغول کار روی نمونه هایی که از آن موجود بدست آورده بودم، اما چند روزی گذشت و من بعلت مشغله کاری نتوانسته بودم به آنجا بروم، برای همین هم کمی دغدغه برایم بوجود آمده بود که زودتر به آنجا بروم و کمی هم نگران بودم، هر چند که سیستم خودکار آزمایشگاه به صورت خود به خود بیشتر فرآیندهای آزمایشگاه را از جمله غذا دهی نمونه ها، تنظیم رطوبت و دمای هوا و جمع آوری نتایج را انجام می داد. اما با این وجود هنوز هم دلم راضی نبود و باید برای سرکشی به آنجا می رفتم. تقریباً ظهر بود که توانستم به آن آزمایشگاه بروم. به محض ورود با منظره ای شگفت آور مواجه شدم؛ تمام نمونه ها با سرعت زیادی رشد کرده بودند و تقریباً تمام آنها به شکل جسم های انسانی در آمده بودند و این خودش نظیر معجزه بود. در جا میخکوب شده بودم تمام جسم آنها از نظر علمی زنده بود و سلول ها به تازگی سلولهای جسم یک انسان طبیعی و زنده بود و این نشان می داد که فرآیندهای حیاتی تمام سلول ها به درستی در حال انجام است اول باید جانب احتیاط را بسیار رعایت می کردم. قصد نداشتم که به میان آنها وارد شوم. با خودم گفتم که شاید یک عمل اشتباه باعث بروز اتفاقی ناخواسته گردد، برای

همین هم چند دقیقه ای را در همان کنار در آزمایشگاه باقی ماندم و سعی کردم که از دور به بررسی اوضاع و شرایط بپردازم، باگذشت زمان کم کم جرأت آن را پیدا کردم تا به آنها نزدیک شوم نزدیک و نزدیک تر شدم البته با احتیاط فراوان و پس از گذشت مدتی مشغول بررسی آنها شدم. تمام آنها بصورت کاملاً مشابه بودند و تمام سلول های تشکیل دهندهٔ آن کالبدها کاملاً طبیعی به انجام وظایف خودشان می پرداختند و کاملاً سالم بودند، اما هیچکدام از آن جسم ها روح و شعور نداشتند و این نشان می داد که این فرآیند ها اگر چه سلول مرده را به سلول زنده تبدیل کرده بود اما مرده را به مرده ای دیگر تبدیل کرده بود زیرا که این کالبدها درک و شعوری که باید نداشتند و شاید از این فرآیندها و همینطور این روش های مختلف می شد از یک قسمت از بدن یک انسان تمام آن را مدل سازی کرد اما این جسم تازه تشکیل شده دارای شعور نبود و به عبارتی ارتباطی که باید در بین بخش های مختلف آن وجود می داشت، وجود نداشت که بتواند آن را بصورت یک پارچه در آورد و در واقع تمام آن سلول های زنده بصورت مستقل عمل می کردند و واحدی که بتواند آنها را تدبیر کند در آنها وجود نداشت، حس چندان خوبی نداشتم و همواره احساسی به من می

گفت که آن کالبدها در خطر هستند اما چه خطری می توانست آنها را تهدید بکند.کمی این طرف و آن طرف را گشتم و بررسی کردم و از آزمایشگاه خارج شدم و به خانه قدیمی رفتم و در آنجا چشمم به محلی افتاد که آن گل هایی را که مدتی قبل بوجود آورده بودم در آن پنهان کرده بودم. با دیدن آن کالبدها فکر کردم که خوب است به آنجا هم سری بزنم و آنها را هم بررسی کنم و ببینیم که تغییری کرده اند و یا نه. اما خوشبختانه آنها هیچ تغییری نکرده بودند نمی دانم چرا اما یکی دو تا از آنها را برداشتم و همراه خودم به این طرف و آن طرف بردم. باید برای آن کالبدها فکری می کردم اگر آنها به رشد خود همچنان ادامه می دادند چه اتفاقی می افتاد؟! و اصلاً آنها تا چه اندازه ای امکان رشد کردن داشتند؟ اگر رشد آنها متوقف نمی شد بی گمان با غول هائی در عصر مدرن روبرو می شدیم و یا اگر آنها زنده می شدند چه پیامدهائی می توانست داشته باشد؟ پس بهترین فکری که در آن زمان به ذهنم رسید این بود که رسیدن مادهٔ غذائی به آنها را قطع کنم اما این کار می توانست آنها را از بین ببرد و این موضوع نتایج آزمایش را با خطر نابودی مواجه می کرد پس چه راهی می توانستم بیابم؟

گلویم خشک شده بود و احساس بدی داشتم. به سراغ یخچال رفتم چند قطعه یخ درون لیوانی انداختم و کمی هم آب در آن ریختم و کمی نوشیدم حالم بهتر شده بود اما هنوز در حال قدم زدن بودم، به کنار پنجره رفتم و به در آزمایشگاه نگاه کردم. با دیدن دوباره آزمایشگاه و فکر آنچه که در آن در حال رخ دادن بود احساس می کردم که دمای بدنم در حال بالا رفتن است. برای آرام شدن لیوان آب یخ را به پیشانیم چسباندم و این اتفاق کمی باعث آرام تر شدنم گردید پس از آن لیوان را کمی روی پیشانی ام جا به جا کردم و هنگامی که خواستم آن را بر روی لپ هایم قرار دهم لیوان از مقابل چشمانم عبور کرد و بصورت اتفاقی در آزمایشگاه را از پشت یخ های لیوان دیدم. پس بهترین راه حل شاید همین باشد که آن کالبدها را برای مدتی منجمد کنم. این موضوع می توانست کمک زیادی به شرایط موجود کند. اما آماده کردن و ساختن بخشی که بتوانم این تجهیزات را در آن قرار دهم، حتماً باید مخفی باشد. همینطور این تجهیزات را نمی توان به این راحتی تهیه کرد اطراف را نگاه کردم استخر قدیمی خانه می توانست محل مناسبی برای این کار باشد باید دست به کار می شدم ابتدا می خواستم از چند نفر کمک بگیرم اما این موضوع باید مخفی می ماند. برای همین

هم ابتدا به آزمایشگاه رفتم و غذا رسانی به آن بدن های در حال رشد را کم کردم هدفم از این کار تنها این بود که از رشد سریع تر آنها جلوگیری کنم. اما نیازهای غذایی آنها باید تامین می شد و گرنه احتمال می دادم که این موضوع می توانست باعث تغییر در نتایج آزمایش گردد. سپس به بازار رفتم و لوازم لازم برای سقف زدن آن استخر را خریداری کردم و قرار شد تا فردا برای من ارسال شود. چاره ای به جز این نبود باید راهی برای تهیه و یا خرید تجهیزات لازم برای انجماد آن کالبدها را از محلی تهیه می کردم اما در آن شرایط امکان تهیه آنها با این سرعت غیر ممکن بود. در عین حال که شرکت های سازندهٔ آنها بسیار کم بود سرم را بر روی فرمان اتومبیل گذاشته بودم و به راه حلی که باید انجام بدهم فکر می کردم. ابتدا به سردخانهٔ بیمارستان فکر کردم که ناگهان به یاد سردخانه های کوچکتر افتادم که به راحتی هم قابل تهیه بود این کالبدها از سلول های زنده تشکیل شده بود اما جاندار نبود شاید می شد از این طریق برای آنها راه حلی اندیشید.

قبلاً یک نمونه از این کپسول های انجماد را در انبار بیمارستان دیده بودم اما اینجا تعداد بیشتری از این کالبدها بود و همینطور آوردن آن کپسول از بیمارستان کار آسانی نبود. شاید می شد از

روی آن الگو گرفت؛ با سرعت به بیمارستان رفتم و در آنجا به هر شکلی که بود خودم را به انبار بیمارستان رساندم و در آنجا مستقیم به محل نگهداری آن کپسول انجماد رفتم. کار سختی نبود زمانیکه آنرا دیدم مدتی فقط و فقط به آن نگاه کردم حتی دیدن آن هم می توانست حس کنجکاوی هرفردی را برانگیزد. اما وقت چندانی نداشتم، بعد از ظهر بود و ساعت اداری به اتمام رسیده بود و تنها نگهبان آن انبار در آنجا بود که او هم خیلی کم اتفاق می افتاد که به آن قسمت از انبار بیاید. پس باید هر چه زودتر دست به کار می شدم شروع به جمع آوری داده های مختلفی از آن کپسول انجماد کردم اما از آنجائیکه آن کپسول بیشتر جنبه ی آزمایشی داشت دفترچۀ راهنمای همراه آن از دفترچه های عادی بسیار کامل تر بود و داده های زیادی را در اختیارم قرار داد. تصمیم داشتم از روی آن چند نمونه بسازم پس باید تمام نکات مربوط به آن را می دانستم بنابراین به جزئیات آن دقت زیادی می کردم این جمع آوری داده ها یک هفته طول کشید. هرشب تا صبح در انبار بیمارستان به سر بردم. در طول این هفته سرعت رشد آن کالبدها کم شده بود اما متوقف نشده بود. در طول این مدت به جز ساعت هائی که در خواب بودم باقی ساعات روز را به مطالعه و جمع آوری

داده ها در مورد آن کپسول ها و نوع مواد سازندهٔ آنها پرداختم با استفاده از سایت شرکت سازندهٔ آنها توانستم به داده های ارزشمند بیشتری دست یابم مانند مواد خریداری شدهٔ آن شرکت که با قراردادن آنها در کنار داده های حاصل از بیدار خوابی های شبانهٔ انبار بیمارستان توانستم جنس بیشتر قطعات آن کپسول انجماد را هم بدست آورم. مدارهای الکتریکی کپسول های انجماد از پیچیده ترین بخش هائی بود که هنوز هم مدت بیشتری برای کشیدن نقشهٔ مدارهای آن لازم بود و ۳ روز هر روز ۲۰ ساعت زمان برد و این ۱۰ روز تنها آغاز راه ساختن آنها بود. لوازم مورد نیاز برای ۲۰ عدد از آنها را سفارش داده بودم و همین امروز و فردا می رسید.

لوازم سقف زدن آن استخر داخل حیاط هم چند روز قبل رسیده بود مطمئن بودم که کپسول ها را باید در محل قرارگیری نهایی آنها بسازم تا نصب آنها در محیط آن استخر راحت تر باشد پس باید قبل از آغاز ساخت آنها سقف آن استخر را به اتمام می رساندم پس شروع به سقف زدن آن کردم؛ برای تیرها و پل ها نیاز به کمک گرفتن از چند نفر داشتم که البته می شد تعجب آنها را از اینکه استخر را سقف می زدم در چهره هاشان دید، و سایر مراحل آن را هم به تنهایی انجام دادم فضای ایده آلی شده بود که یک ورودی

پنهان در حیاط خانه شامل چند بخش و پله هائی که به آن ختم می شد داشت و این بخش هم کار خودم بود. دری که ورودی آن پله ها به سطح زمین بود با چمن مصنوعی پوشانده می شد، این کار یک هفته کامل وقت گرفت و در روز آخر فقط سقف های کاذب و سیستم تهویهٔ آنجا را نصب کردم و با وجود فشار کاری این چند روز پس از اتمام کار احساس رضایت که از اتمام بخش اصلی این کار داشتم خستگی من را از بین برد. به آزمایشگاه رفتم با اندازه گیری اولیه مشخص شد که هر یک از آن کالبدها در حال حاضر حدود ۲ متر قد دارد و مطمئن بودم که اگر با همان سرعت قبل به رشد خود ادامه می داد و رسیدن مادهٔ غذائی به آنها کم نمی شد قد آنها اکنون در حدود ۳ متر بود. کم کم لوازم را باید به استخر منتقل می کردم و پس از آن در این بین یک روز استراحت برای خودم در نظر گرفتم که البته این روز هم بیشتر آن به مرتب کردن نقشه های ساخت کپسول های انجماد گذشت.

از خواب بیدار شدم می دانستم که امروز و چند روز آینده کارهای زیادی برای انجام دادن دارم برای همین هم بدون اتلاف وقت به خانهٔ قدیمی رفتم و شروع به ساختن کپسول های انجماد کردم. اولین مرحلهٔ کار در این مرحله تراشکاری و ریخته گری قطعات بود

که به نظرم سخت ترین بخش این کار به شمار می رفت. هر یک از قطعات را دقیقاً براساس نقشه هائی که آماده کرده بودم شماره گذاری کردم تا در زمان نصب و روی هم قرار دادن آنها با مشکلی مواجه نشوم. تقریباً ۳ روز طول کشید تا با روزی ۲۰ ساعت کار کردن بتوانم قطعات این بخش از کپسول های انجماد را آماده کنم و نصف روز هم طول کشید تا آنها را به داخل استخر قدیمی که اکنون تبدیل به یک بخش جدید و مدرن شده بود ببرم. پس از آن باید منتظر می ماندم تا قطعاتی که سفارش داده بودم از محل سفارش آنها برسد. تا زمان رسیدن قطعات کار زیادی نداشتم، در حیاط پشتی خانه قدیمی قدم می زدم و از نزدیک به آنچه باید می ساختم نگاه می کردم. به نظرم رسید بخشی از تاسیسات این بخش جدید را در خارج از فضای استخر قدیمی نصب کنم و برای همین هم شروع به کندن بخشی در خارج از استخر کردم تا بخشی از تأسیسات در درون آن قرار بگیرد. کندن و حفر کردن زمین یک روز زمان برد و در نصف روز باقی مانده هم آنرا آماده کردم و سقف و دیوارهای اطراف آن را ابتدا با لایه ای از چوب های ضخیم و سپس با لایه ای از پوشش های مخصوص پوشاندم و بعد دیوار پوش های مخصوص و عایق صوت و حرارت را نصب کردم و کانال

های تهویه و کابل های برق ورودی به آن بخش که از تابلو برق محوطه حیاط گرفته بودم آخرین بخش های آن بود. پس از آن به خانه بازگشتم و به این ترتیب یک بعد از ظهر تقریبا بدون کار خاصی برای انجام دادن آغاز شد. اما گوئی در اینگونه زمان ها بیشتر از آنکه بدنبال استراحت باشم به دنبال یک فعالیت جدید می گشتم حوصله ام سر رفته بود بنابراین به خانه قدیمی بازگشتم و شروع به قدم زدن در محوطهٔ آن کردم و بالا و پائین و اطراف این بخش جدید را بررسی کردم. اما نکته ای که توجهم را جلب کرد یک پای عروسک بود که احتمالاً در خاکی که از کندن و حفر کردن بخش جدید در آورده بودم بوده است و اکنون به هر دلیلی روی زمین جا مانده بود. آنرا حرکت دادم و به اطراف گرداندم. به یاد آن دست های چوبی افتادم. من هم که این بعد از ظهر زمان کافی داشتم پس چرا برای آن دست ها یک جفت پای چوبی درست نکنم. برای همین هم به آزمایشگاه بیونیک و رباتیک رفتم دو قطعه چوب سخت را برداشتم هر دوی آنها از پای طبیعی یک انسان بزرگتر بودند به آنها نگاهی انداختم و لمسشان کردم می شد روح یک درخت کهنسال را در آنها حس کرد زمان به سرعت در حال طی شدن بود پس بهتر بود که تراشیدن آن را شروع کنم اما قبل از آن

به فکر فرو رفتم؛ شاید یک انسان بتواند با ۴ دست فعالیت کند اما مطمئناً با چهار پا نخواهد توانست حتی یک قدم را به راحتی بر دارد. پس فکری به ذهنم رسید چرا آن پاهای چوبی را اینگونه نسازم که اگر فردی نیاز داشت آنها را بپوشد. خب این فکر بهتری بود، پس کار تراشکاری آنها را آغاز کردم. در طول انجام این کار به این موضوع فکر می کردم که آیا می شود از همان سیستم انتقال نیرو که برای دست ها استفاده کرده بودم برای پاهای در حال ساخت هم استفاده کنم. اما نمی شد چرا که پاهای انسان عملکردی تقریباً قرینه داشت و اگر از آن سیستم استفاده می کرد بروز عملکردی یکسان برای هر دو پا قابل پیش بینی بود که عملکرد مناسبی از آن حاصل نمی شد. برای همین هم راه حلی به ذهنم رسید و آن ایجاد یک بخش واسطه بود به این ترتیب که اگر فرد فقط یک پا می داشت و از این پای مصنوعی چوبی استفاده می کرد این بخش واسطه کابل های ساخته شده از تار عنکبوت را ابتدا به پای سالم او وصل می کرد و سپس این کابل های ساخته شده از تار عنکبوت حرکت های پای سالم را به بخش واسط منتقل می کرد در آنجا این حرکت ها بصورت انرژی پتانسیل در فنر ها و بخش های کششی مختلف ذخیره می شد و در مرحلۀ بعدی بخشی

مانند یک جعبه دنده فرآیند انتقال نیرو را برعکس می کرد و این
انرژی ذخیره شده آزاد می شد و کابل های ساخته شده از تار
عنکبوت برای پای چوبی مصنوعی توخالی را می کشید و در یک
حرکت عکس این نیروهای ذخیره شده از حرکت پای طبیعی در
بخش واسطه بودند که پای مصنوعی چوبی را به حرکت وا می
داشتند و به این ترتیب حرکت به آن منتقل می شد. یک بعد از
ظهر روی این بخش کار کردم تا طرح های آن آماده شد و به این
ترتیب زمان خالی که در اختیار داشتم را پر کردم ولی برای انجام
باقی مانده مراحل ساخت پای چوبی زمان کافی نداشتم و سایر
کارهای مربوط به ساخت پای چوبی را به بعد موکول کردم. آماده
رفتن به خانه بودم که یکی شرکت هایی که بخش هائی از قطعات
کپسول های انجماد را قرار بود برای من بفرستد تماس گرفت و
خبر داد که این بخش یک الی دو روز دیرتر خواهند رسید، از آنها
تشکر کردم و در این زمان بدست آمده به سرعت ادامۀ مراحل
ساخت پای مصنوعی را به اتمام رساندم و اکنون پای مصنوعی
آماده شده بود و به این ترتیب پای مصنوعی ساخته شده بود که
برای استفاده توسط یک فرد معلول کاربرد داشت و هم اگر به بخش
واسطۀ آن موتورهائی اضافه می کردم می توانست حرکت آن معلول

را راحت تر کند و یا در یک ربات کامل مورد استفاده قرار بگیرد. آنها را پس از اتمام در محفظه ای شیشه ای قرار دادم و کنار دست های قبلی گذاشتم هنوز چند دقیقه ای از ساخته شدن این بخش ها نگذشته بود که خوشبختانه لوازم مورد نیاز من برای ادامه ساخت بخش جدید هم رسید و باید کم کم برای ساختن آن کپسول های انجماد آماده می شدم. کمی به آن دست ها و پاها نگاه کردم و سپس صندلی گوشهٔ آزمایشگاه را روبروی آنها قرار دادم و مدتی از این جهت به آن ها نگاه کردم، به نظر زیبا می آمدند. از آن آزمایشگاه خارج شدم و در راهرو در حال رفتن بودم که احساس کردم صدای صوتی آرام از جیبم می آید دستم را داخل جیبم کردم و جعبه ای که یک گل رز سیاه در آن بود را بیرون آوردم صدا از داخل جعبه می آمد و این خودش جای تعجب داشت در جعبه را باز کردم با تعجب دیدم که گل رز سیاه به رنگ قرمز در آمده است اما این چه معنی می توانست داشته باشد!

از داخل حیاط صدائی به گوشم رسید به آرامی به داخل حیاط نگاه کردم و ...

آه ببخشید ساینا نباید از اصل موضوع خارج می شدم پاهای چوبی که در این محفظه شیشه ای می بینی این گونه ساخته شد خب اگر دیگر اینجا کاری نداری به بخش بعدی برویم.

اما ساینا از جایش تکان نخورد و گفت:" بهتر است قبل از اینکه بخش بعدی را ببینیم، ماجرائی که نیمه کاره مانده را به پایان برسانیم "

پرسیدم:" کدام ماجرا؟"

و او گفت:"صدائی را که از درون حیاط شنیده بودی!"

به ساینا گفتم:" گمان می کردم که دلت نمی خواهد ادامهٔ آن را بشنوی و یا اینکه برایت خسته کننده باشد"

ساینا گفت:" نه، اتفاقاً دلم می خواهد که ادامه ماجرا را بشنوم، مانند آن ماجرای نیمه کاره قبل از این..."

به او گفتم: " کدام ماجرا !؟ ولی آنچه که من به خاطر دارم تنها ماجرای صدای داخل حیاط بود که شنیده بودم "

اما ساینا نگاهی مغرورانه کرد و گفت: " نه ماجرای دیگری هم هست، داستان آن دفتر هم باقی مانده است!"

نگاهی به او کردم خیلی جدی بود و به گونه ای اصرار می کرد که مطمئن بودم به این راحتی ها نمی توانم از تعریف کردن آن ماجرا طفره بروم.

خب می دانی ساینا از پنجرهٔ خانه به داخل حیاط نگاه کردم و دو موجود را دیدم که در داخل حیاط خانه به جستجوی چیزی مشغول بودند! گوئی به دنبال چیز خاصی آمده بودند، اما جستجوی چه چیزی می توانست آنها را به حیاط پشتی خانه قدیمی بکشاند؟ اما قبل از این باید می دانستم که آنها چه نوع موجوداتی بودند؟

خوشبختانه چراغ آن اتاقی که ایستاده بودم و از آن به بیرون نگاه می کردم خاموش بود و به راحتی می شد بدون اینکه از بیرون از خانه دیده شوم آنها را ببینم.

ظاهر آنها وحشی و خطرناک بود و با کمی دقت به آنها می شد فهمید که در صورت مشاهده من رفتار دوستانه ای نخواهند داشت.

پشت آنها به سمت من بود اما با برگشتن یکی از آنها به سمت من دقیقاً به یادم آمد که آنها را کجا دیده ام آری در گورستان شهر آنها را دیده بودم و شاید خودش بود همان موجودی که آن شب در گورستان شهر به دنبال آن جنازه آمده بود تا به حال با این موجودات روبرو نشده بودم و تنها آنها را از دور دیده بودم و دقیقاً نمی دانستم که در حیاط خانه به دنبال چه می گردند و اصلا چگونه اینجا را یافته اند؟ با کمی فکر کردن به وقایع مرتبط به آنها به این نتیجه رسیدم ارتباط مستقیمی بین آنها و آن کالبدها داخل آزمایشگاه وجود دارد. یکی از آنها شروع به ضربه زدن به در آزمایشگاه کرد، و نمی دانستم که آن در تا چه مقدار از آن ضربه ها را می تواند تحمل کند. از اتاق خارج شدم و می خواستم هر طور که شده برای مقابله با آنها به حیاط بروم که در سالن نشیمن خانه با چند مقلد مواجه شدم در آن شرایط دیدن آنها باعث دلگرمی من بود به محض دیدن آنها به سمت آنها رفتم و با آنها دربارهٔ آن موجودات صحبت کردم، مقلدها آنها را به خوبی می شناختند و به من گفتند:" مراقب باش تماس یک مقلد با آن موجودات که به آنها نگهبانان مردگان می گویند تأثیری بر هیچکدام نخواهد گذاشت و تنها شاهد نبردی سخت بین آنها

خواهیم بود، اما تماس یک انسان با آنها می تواند نتایج غیرقابل پیش بینی را به دنبال داشته باشد که در بهترین شرایط مرگ می باشد اما در سایر موارد بسته به قدرت و میزان تحمل آن انسان می تواند اتفاقات بسیاری رخ بدهد، به عنوان مثال اگر آن فرد روحی پاک داشته باشد از این اتفاق رهائی می یابد اما اگر روح او به پلیدی آلوده باشد به عذابی ابدی مبتلا خواهد شد و در بسیاری موارد در اثر این عذاب آن انسان دیوانه خواهد شد، پس مراقب باش ناجی تا به آنها برخورد نکنی، زیرا روحی پاک داری اما قدرت زیادی هم در وجودت هست و با توجه به آنچه ما می دانیم نمی توانیم اتفاق بعدی را پیش بینی کنیم زیرا تا کنون برخورد بین یک نگهبان مردگان و ناجی سابقه نداشته است"

فکری به خاطرم رسید دست های چوبی را از آزمایشگاه آوردم و پوشیدم به این ترتیب چهار دست در اختیار داشتم، مقلدها به من نگاهی کردند و گفتند تو به آنها نیازی نداری از قدرت خودت استفاده کن و سپس از پنجره های خانه به حیاط خانه نگاه کردند و منتظر بودند تا سایر مقلد ها هم برسند. آن دست ها را سرجایشان گذاشتم و کنار مقلدها رفتم آنها گفتند دیگر برای منتظر ماندن زمان نداریم، از آنها پرسیدم:"چرا؟"

مقلدها پاسخ دادند:" زیرا که آنچه در آن آزمایشگاه تولید کرده ای یعنی آن کالبدها بی ادراک، اگر در اختیار این دو قرار بگیرد باید به جای مبارزه با ۲ نفر با ۲۲ نفر از آنها مقابله کنیم که نبردی خونین خواهد بود"

از مقلدها پرسیدم:"بیست و دو نفر؟ مگر این دو نگهبان مردگان چه تغییری در آن کالبدها می دهند؟"

و مقلد ها پاسخ دادند:" این دو نگهبان مردگان از ضمیر خودشان خلاء آن کالبدها را پر خواهند کرد"

پرسیدم:" یعنی چه؟ منظورتان چیست؟"

و مقلد ها پاسخ دادند:" خلأ آن کالبدها شعور و ادراک است و ضمیر پلید این نگهبان های مردگان در جان آن ها می نشیند و آنگاه این کالبدها به نگهبان های مردگان جدید تبدیل خواهند شد در واقع یک نوع تولید مثل برای آنها به شمار می آید و هیچ چیزی برای این هدف آنها بهتر از آنچه تو ساخته ای نیست"

صدای صوت داخل جیبم دو مرتبه بلند شد و توجه آنها را به خودش جلب کرد و آنها پرسیدند:" این صدای رز سیاه است "

جعبه گل ها را از جیبم بیرون آوردم به آنها نشان دادم و گفتم: "
منظورتان این است؟"

با دیدن آنها بسیار خوشحال شدند و بالا و پائین پریدند. با دیدن
خوشحالی آنها، باقی رزهای سیاه را هم از جاییکه پنهان کرده بودم
بیرون آوردم و به آنها نشان دادم، در بین خودشان از آن به عنوان
گنجینه یاد کردند و بدون آنکه چیزی بپرسند یا بگویند هر یک
چند عدد برداشتند و سپس آنها را بلعیدند یکی از آنها هم مأمور
آن شد تا باقی گل های رز سیاه را به محل امنی ببرد و سپس رفت
و تعدادی از آنها را هم به من دادند.

از آنها پرسیدم:" چرا؟ این کارها برای چیست؟ و این رزهای سیاه
برای مقابله با نگهبان های مردگان چه کمکی می تواند به ما
بکند؟"

و مقلد ها پاسخ دادند:" تنها سلاح تأثیر گذار بر نگهبانان مردگان
همین رزهای سیاه است، زمانی که به آنها نزدیک شدی رز سیاه را
در قلب آنها فرو کن"

به آن مقلد گفتم:" اما این گل های رز سیاه به حالت افروخته در آمده اند"

مقلدها گفتند:" تنها در زمانیکه نزدیک نگهبانان مردگان قرار بگیرند به رنگ افروخته و سرخ درخواهند آمد و این نشان می دهد که نگهبانان مردگان نزدیک شده اند"

در حال این گفت و گو بودیم که یکی از مقلد ها پنجره را گشود و خودش را به بیرون انداخت و بلافاصله باقی آنها هم همین کار را کردند...

نبرد بین آنها آغاز شده بود به پشت پنجره دویدم و به بیرون نگاه کردم، حق داشت که به بیرون پرید زیرا که تقریبا در آزمایشگاه توسط نگهبانان مردگان شکسته شده بود.

از بالا و از پنجره نبرد سخت بین آنها را می دیدم مقلد ها اگر چه از نظر تعداد بیشتر بودند اما ظاهراً از نظر قدرتی قابل مقایسه با نگهبانان مردگان نبودند می دیدم که مقلد ها رزهای سیاه را با چنان شدتی از دهان خود به بیرون پرتاب می کردند که با برخورد به نگهبانان مردگان آسیب های شدید به آنها وارد می کرد. اما از

آنجائیکه به قلب آنها برخورد نمی کرد باعث مرگ آنها نمی شد و تنها به آنها آسیب می رساند از نظر حرکتی نگهبان های مردگان با چنان سرعت بالائی حرکت می کردند که هدف گیری آنها برای مقلدها بسیار دشوار بود و این نبرد ادامه داشت تا اینکه یکی از مقلدها در اثر ضربه ای که یکی از نگهبانان مردگان به او زد جان باخت و کشته شد. شدت خشم در من به حالت غیر قابل کنترلی تبدیل شد و اژدهای خشم از من خارج شده بود و در آسمان حیاط می غرید و در ظرف چند ثانیه همچون ماری به دور هر دوی آنها پیچیده بود و آنها دیگر توانائی فرار و یا جنگیدن با مقلدها را نداشتند مقلد ها را می دیدم که هر کدام زخمی و مجروح به گوشه ای افتاده بود و از میان آنها یکی که به نظر زخم کمتری داشت از جای خودش بلند شد به سمت پنجره آمد و گفت:" رز سیاه، بینداز"

آنها را که همراه من بود از بالا برایش انداختم و او آنها را بلعید و سپس به قلب هر کدام از آن نگهبانان مردگان یکی از آنها را فرو کرد و با فرو رفتن رزهای سیاه به قلب نگهبانان مردگان ابتدا غباری تیره از بدن آنها خارج شد و سپس جسمی متعفن بر زمین افتاد جسمی که با دیدن آن مطمئن شدم که جسدی بوده است که با

گذشت مدت زمانی از دفن شدن آنها توسط یک نگهبان مردگان دو مرتبه از گور خارج شده است و سپس تبدیل به یک نگهبان مردگان شده است. به حیاط پشتی خانه قدیمی رفتم و به اطراف نگاهی انداختم. همه چیز بهم ریخته بود در همین زمان چند مقلد دیگر هم رسیدند و مقلد مادر هم سر رسید همهٔ آنها به اطراف نگاه کردند و هر کدام چیزی گفتند، به نزد مقلد مادر رفتم و به او خوش آمد گفتم.

در حالیکه به اطراف نگاه می کرد گفت: " رز سیاه، بابت آن ممنونیم "

گرم این گفتگو بودیم که یکی از مقلد ها چند رز سیاه به میان درختان پرتاب کرد و ناگهان یک نگهبان مردگان از بین درختان گریخت و به آسمان رفت، مقلد مادر رو به من کرد و پرسید:" او تو را دید یا نه ؟"

گفتم:" فکر می کنم دید، اما چرا این موضوع اهمیت دارد؟"

رو به سایر مقلدها کرد و گفت:" به جز سه نفر شما بقیه برای پیدا کردن و کشتن آن نگهبان مردگان بروید"

سپس رو به من کرد و گفت:" به خانهٔ آن دختر برو و در آنجا بمان و تا زمانیکه ما نزد تو نیامده ایم او را تنها نگذار"

به او گفتم:" چرا؟ چه اتفاقی افتاده است"

مقلد مادر فریاد زد:" فقط برو"

و سپس به آن ۳ نفر دستور داد تا تمام آن محوطه را مثل قبل این نبرد تمیز و مرتب کنند و خودش هم ناگهان غیب شد.

بخش نهم: عبور از خطر

من نیز با استفاده از همان نیروهای ماورائی خودم که هر روز به وجود آنها در خودم پی می بردم و یا مقلد مادر وجود آنها را به من می گفت، در کمتر از چشم به هم زدنی به خانۀ آن دختر رفتم. از در ورودی وارد شدم راهروها و اتاق نشیمن را گشتم و اتاق های دیگر خانه را هم همینطور...اما او آنجا نبود. نگران شده بودم، اما چرا مقلد مادر چیزی در این مورد به من نگفته بود و حتی نمی دانستم که چه اتفاقی قرار است که رخ بدهد. تنها و تنها در آن خانه به دنبال آن دختر می گشتم برای دیدن محوطه اطراف خانه به پشت بام خانه رفتم توانستم کمی از پشت بام فاصله گرفتم. در حالتی معلق بین زمین و آسمان بودم و سرانجام او را در حیاط خانه دیدم تنها بود و آن وقت شب داشت وارد خانه می شد اما از طرف دیگر و از پشت یکی از درختان آن نگهبان مردگان را دیدم که به سرعت به سمت او می رفت و قبل از اینکه به آن دو برسم ضربۀ محکمی به آن دختر زد وگردن او را گرفت و او را کمی از زمین بلند کرد قبل از اینکه بتواند کاری بکند اژدهای خشمم نیرو گرفته بود و تمام نیرو به بدن آن نگهبان مردگان فرو رفت بگونه ای که در آن لحظه آن نگهبان مردگان مسخ شده بود و کمی بعد هم در حال جان دادن بود که در همین لحظه مقلد مادر رزی سیاه

را به قلب او فرو کرد و او و در همان لحظه جان داد مقلد مادر آن دختر را در آغوش گرفت و به داخل خانه برد و پس از آن مقلدهای دیگر یکی یکی رسیدند و مشغول جمع آوری و به حالت قبل بازگرداندن آنجا شدند. همراه مقلد مادر به داخل ساختمان رفتم در حالیکه مدام به آن دختر نگاه می کردم و نگران او بودم، به در اتاق خواب آن دختر رسیدیم به مقلد مادر گفتم:" چه اتفاقی برای او افتاده است؟ "

در اتاق را بست و پاسخی نداد. مدتی منتظر ماندم و گاهی از این طرف راهرو به آن طرف راهرو قدم می زدم از پنجره می دیدم که مقلد ها با چه دقتی تمام حیاط را به حالت قبل آن باز می گرداندند. تقریباً کارشان تمام شده بود آنها حتی فیلم های دوربین های مدار بسته را هم بدون هیچگونه تماسی بازسازی کرده بودند و این قابلیت آنها جای تعجب داشت. در اتاق باز شد مقلد مادر بیرون آمد و از من خواست تا همراه او به درون اتاق بروم زمانیکه وارد اتاق شدم با منظره ای متفاوت مواجه شدم آن دختر روی تخت خودش بود و لباسی جدید به تن داشت. لباسش در نظر اول متفاوت بود و به گونه ای با آنچه این روزها پوشیدن آن متداول است فرق داشت. مقلد مادر شروع به توضیح دادن بسیاری از

ماجراهای امروز کرد و گفت: "نگهبانان مردگان گونه هائی از موجودات ماورائی هستند که در انتخاب مسیر دچار اشتباه شده اند این موجودات راهی به جز راه حقیقت را درپیش گرفتند و به همین دلیل به حامیان کوردل تبدیل شدند اما از این بگذریم امروز وظیفه ای مهم را باید به انجام برسانی. این دختر در اثر تماس با آن نگهبان مردگان تا ۲۴ ساعت آینده در حالتی خواب و بیداری به سر خواهد برد و در این مدت هیچ فردی به جز تو نباید با او در ارتباط باشد فراموش نکن آنچه که می بینی و آنچه که می شنوی باید به صورت رازی میان تو و او باقی بماند.

هنوز حرفش را تمام نکرده بود که از او پرسیدم:"چرا او به این حال در آمده است؟"

مقلد مادر پاسخ داد: "در اثر تماس با آن نگهبان مردگان این حالت برای او به وجود آمده است اما این را هم باید بدانی او دارای قلبی مهربان و پاک است و اگر غیر از این می بود در اثر تماس آن نگهبان مردگان اکنون مرده بود"

به آن دختر نگاه کردم، که در آن لباس جدید به خواب رفته بود، مقلد مادر به من گفت:"من باید بروم، کارهای زیادی است که باید انجام دهم "

سپس رفت و من ماندم و آن دختر، چند قدم جلوتر رفتم و کنار تخت او روی زمین نشستم و به او نگاه کردم مردمک چشمانش دائما تکان می خورد اما در ظاهر خواب بود، بی اختیار کنار تختش نشستم و دستش را در دستم گرفتم تا شاید کمی او آرام تر بشود اما اتفاق عجیبی رخ داد تمام رخ دادهای زندگی او از لحظهٔ تولدش بدون هیچ کم و کاستی با سرعت اعجاب آوری از جلوی چشمانم گذشت؛ ثانیه به ثانیه. زمانی که به خودم آمدم وقایع زندگی او با زمانی که در آن بودیم یکی شد. در این لحظه او و من هر دو گوئی دوباره متولد شده بودیم و تازه چشم باز کرده بودیم. من چشمم به دنیای او باز شده بود و آگاه به لحظه لحظهٔ زندگی او شده بودم و او نیز دوباره متولد شده بود گوئی تمام آلام ها و دردهای خودش را فراموش کرده بود و اکنون یک انسان تازه متولد شده بود او توانسته بود در طی این چند ساعت از شر انسان گذشتهٔ خود رها شده و به انسانی جدید تبدیل شود.

با دیدن اینکه او دارد هوشیاری خودش را بدست می آورد دستش را رها کردم تا حضور من را احساس نکند، مقلد مادر هم آمده بود و داخل اتاق بود کنار او رفتم و همانجا ایستادم، او به من گفت:"طی ۲۴ ساعت گذشته او سختی زیادی را پشت سر گذاشته و با تمام خاطرات بد دوران گذشتهٔ خودش دست و پنجه نرک کرده است "

تازه متوجه شده بودم که بدون آنکه متوجه شوم در بیست و چهار ساعت گذشته در کنار او در حال دیدن وقایع زندگی او بودم.

به مقلد مادر گفتم:" اما او اکنون احساس خوشایندی دارد این را می شود از چهره اش فهمید"

مقلد مادر به من نگاهی کرد و پرسید:" آیا دیشب دست او را گرفته ای؟"

به او پاسخ دادم:" آری، دستش را گرفته بودم "

مقلد مادر عصبانی شد و گفت: " چرا؟"

گفتم:" برای اینکه کمی از رنجی که می برد بکاهم"

مقلد مادر گفت:" پس علت این حس خوشایند او نیز همین است"

پرسیدم:" منظورتان چیست؟"

مقلد مادر پاسخ داد:" او اکنون احساسی در درون خودش یافته است که جدید و نو است و خودش ریشه و علت آنرا نمی فهمد اما باعث وجود این حس خوشایند در او شده است، در ضمن او اکنون می تواند تو را احساس کند و تنها او می تواند مکان تو را اگر از نزدیک او عبور بکنی درست احساس کند"

پرسیدم:" منظورتان چیست؟ هر فردی می تواند فرد دیگر را احساس کند"

مقلد مادر پاسخ داد:" آری ولی او اکنون حتی زمانی که در حالت نامرئی هستی هم تو را احساس خواهد کرد فقط شدت این احساس کم و یا زیاد خواهد شد و این نتیجهٔ آن است که دست او را گرفته بودی، و فراموش نکن می دانم که وقایع زندگی او را نیز به همین علت دیده ای این وقایع رازی میان تو و اوست هیچگاه به هیچ فردی حتی من نباید چیزی بگویی، تو اکنون نزدیک ترین فرد به او به شمار می روی و هیچ فردی به اندازهٔ تو او را نخواهد شناخت"

با گفتن این حرف ها مقلد مادر از آنجا رفت و اکنون من و آن دختر که جلوی آینه نشسته بود و با انگشتانش بازی می کرد تنها بودیم به او که نگاه کردم دیگر خبری از آن لباسی که دیشب تنش کرده بود نبود و لباسی دیگر به تن داشت، برای اینکه کمی بیشتر فکر کنم به اتاق نشیمن رفتم و روی همان مبل ۳ نفره نشستم. حدود نیم ساعت که گذشت ناگهان خودم را در خانهٔ قدیمی دیدم از پنجره به بیرون نگاه کردم همه چیز به حالت عادی بازگشته بود و این خود نشان می داد که آن مقلد ها تا چه اندازه در کار خودشان مهارت داشتند.

به حیاط پشتی خانه قدیمی رفتم حتی در آزمایشگاه هم تعمیر شده بود به آزمایشگاه وارد شدم در آنجا با منظره ای متفاوت مواجه شدم تمام آن کالبدها به جز یکی از آنها که باقی مانده بود ناپدید شده بودند ظاهراً مقلدها تنها یکی از آن کالبدها را باقی گذاشته بودند و بقیهٔ آنها را به محل دیگری منتقل کرده بودند. آن ابزارهایی که شبیه به قالب بودند و گل های رز سیاه را تولید می کردند هم دیگر در آنجا نبودند و ظاهراً آنها را هم به مکان دیگری برده بودند، علت این کار هر چه که بود حتماً دلیل آن را بعدها به من خواهند گفت، تنها یک جسم و یک ابزار گل سازی برای من باقی مانده بود

و من هم ابزار گل سازی را در محل امنی پنهان کردم و سپس به محل کپسول های انجماد رفتم و در آنجا به ساختن و سرهم کردن آنها مشغول شدم پدر و مادرم هم امروز از سفر باز می گشتند بنابراین مدت زیادی در آنجا نماندم و به خانه رفتم. در آنجا پدر و مادرم از خاطرات سفر می گفتند و پس از آن همه ماجرا، این خودش آرامش زیادی برایم به همراه داشت. مادرم برای چند دقیقه به اتاقش رفت و پدرم پرسید که چرا سفرم را که او بلیط و رزرو اتاق را انجام داده بود نیمه کاره رها کرده ام؟ تازه یادم آمد که من با استفاده از نیروی خودم به اینجا آمده ام و نه تنها تمام لوازم من هنوز در آن هتل است و هنوز با هتل تسویه حساب هم نکرده ام بعلاوه بلیط بازگشتم که در همان هتل و روی میز کنار تخت بود و با اتفاقاتی که در این چند روز رخ داده بود همه اینها را فراموش کرده بودم! نمی دانستم که در آن لحظه چه جوابی باید به پدرم می دادم بنابراین به پدرم گفتم:" داستانش مفصل است بعداً و از روی فرصت..."

که در همین لحظه مادرم به اتاق نشیمن آمد و حرف بین ما ناتمام ماند...

صبح با طلوع خورشید از خواب بلند شدم و به اطراف نگاه کردم نور ملایمی از پنجره به داخل اتاق می آمد. از پنجره به بیرون نگاه کردم و جوجه های پرنده ای را که داخل تراس لانه داشت را می دیدم که بزرگ شده بودند و او برای آنها دانه و غذا می آورد.

امروز تصمیم داشتم که هر طور شده است کار ساخت حداقل یک کپسول انجماد را به پایان برسانم اما از آنجائیکه آنها ۲۰ عدد بود راحت تر این بود که آنها را بصورت سری بسازم پس به خانۀ قدیمی رفتم و مشغول ساخت آنها شدم. این کار به راحتی ساخت تخت های ایزوله نبود و از پیچیدگی بیشتری برخوردار بود بخصوص ایزوله کردن لوله های انتقال گاز ها به ویژه گاز نیتروژن.

این کار حدود ۱۵ روز طول کشید. شب هنگام آن جسمی که برایم باقی گذاشته بودند را از آزمایشگاه به کپسول انجماد منتقل کردم و بعد از اینکه مهر و موم آن کپسول انجام شد تمام دستگاه های مربوطه را از خود کپسول و سایر کپسول ها و کابل های برق و منبع تأمین برق در صورت قطع برق شهری و بخش های تأسیسات و کانال هوا را کنترل کردم و پس از اطمینان از درست کار کردن آنها به بیرون رفتم و در محل ورودی به آنجا را با چمن پوشاندم.

به این ترتیب هیچ فردی از آنجا مطلع نمی شد پس از انجام این کارها به آزمایشگاه بازگشتم و تمام لوازم آنجا را ضدعفونی کردم و تمام لوازمی را که گمان می کردم دیگر به آنها نیازی ندارم در کوره سوزاندم تازه چند ساعتی از روز گذشته بود و تقریبا کارهای مربوط به آن آزمایشگاه و کپسول های انجماد انجام شده بود بنابراین به خانه بازگشتم .

ساینا میان حرفم پرید و گفت:" خب آن دختر چه شد؟"

فکر می کنم که این پرسش او از روی کنجکاوی بود اما نمی دانم از بین این همه ماجراهای مختلف که رخ داده بود چرا روی آن دختر اینقدر حساس شده بود؟!

به اوگفتم:" ساینا وقت برای توضیح این موضوع زیاد داریم اما فکر می کنم که اگر برای دیدن بخش بعدی برویم بهتر باشد"

ساینا قبول کرد اما فکر می کنم که از روی ناچاری پذیرفت و همراه هم سوار بر اتو کره به بخش بعدی رفتیم.

در این بخش شبکه عصبی شبیه سازی شده انسان با استفاده از مواد هادی وجود داشت که در حال درخشیدن بود.

در آنجا اولین چیزی که ساینا پرسید این بود:" این ها نوعی چراغ یا لامپ است؟"

به او توضیح دادم وگفتم:" هم آره و هم نه "

سپس ادامه دادم: ساینا به خوبی این را می دانی که تمام انسان ها در بدن خود دارای یک شبکه عصبی هستند و این شبکه عصبی چه وظایفی دارد این رشته های نورانی هم که می بینی در واقع یک مادۀ ابرهادی است که برای هدایت نور در مسیرهای مشخص و بدن ربات ها ساخته و استفاده شده است.

ساینا گفت:" خیلی زیاد و به شکل عجیبی گسترده است"

به او توضیح دادم که آری اما برای گرفتن بهترین عملکرد مجبور بودم که دقیقاً شبکۀ عصبی یک انسان را پیاده سازی کنم که نتیجۀ آن هم این مجموعۀ نورانی است که مشاهده می کنی اما تفاوت هائی هم بین شبکه عصبی انسان و این مجموعه وجود دارد و آن این است که در این مجموعه ابرهادی ها بصورت یک پارچه و پیوسته از محل سنسور تا محل پردازش و دریافت اطلاعات ادامه پیدا می کنند اما در شبکۀ عصبی انسان سلول های عصبی از

یکدیگر جدا هستند و بصورت متفاوتی نسبت به این سیستم عصبی که من ساختم عمل می کنند.

ساینا پرسید:" ساخت این مجموعهٔ عصبی با ابرهادی ها حتماً خیلی وقت گیر بوده؟"

پاسخ دادم:" اگر از ابتدا تا انتهای آنرا بخواهی بررسی کنی یعنی از نقطهٔ اول علم بکار رفته در آن را خب زمان زیادی لازم داشت اما اگر تنها منظورت ساخت همین شبکه عصبی باشد خیلی به زمان نیاز نداشت زیرا که طرح سه بعدی مادهٔ ابرهادی را به چاپگر سه بعدی وارد کردم و سپس تنها کاری که لازم بود انجام بدهم قرار دادن مخازن ماده اولیه در جای خودشان بود البته نقشه ای هم از شبکهٔ عصبی بدن یک انسان را برای ابعاد خودم از منابع علمی موجود در سایت های معتبر علمی تهیه کردم و داده های انتقالی از کامپیوتر مرکزی خانهٔ قدیمی به چاپگر سه بعدی این اثر را بوجود آورد. فقط نکته ای که زمان زیادی نیاز داشت ساخت سنسورهای مختلف و پل های ارتباطی بین شبکه عصبی و سایر بخش های بدن و نصب آنها در جای خودش بود که البته برای این موضوع هم راه حلی پیدا کردم که می توانست مدت زمان انجام

آنرا کاهش دهد. البته باید بگویم در آن زمان به فکر صنعتی سازی این طرح بودم که می توانست در حالت صنعتی سازی شده انجام این مرحله زمان بسیار کمتری را به خودش اختصاص بدهد.

پس از این مرحله....

که ساینا گفت:" می شود سنسورها و پل های ارتباطی را ببینیم"

پاسخ دادم:" البته، اگر با عینک مخصوصی که به چشم داری نگاه کنی در انتهای هر کدام از رشته های عصبی ساخته شده از ابرهادی یک برآمدگی می بینی اگر آن برآمدگی کروی شکل باشد یک سنسور را تشکیل می دهد و اگر به شکل یک نیم کره باشد یک پل ارتباطی است که به بخش بعدی متصل خواهد شد.

ساینا پس از بررسی دقیق آن گفت:" برویم"

اما هنوز گوئی دلش راضی نشده بود و می خواست دربارهٔ آن دختر بپرسد.

سوار بر اتو کره به بخش بعدی رسیدیم در آنجا شبکهٔ رگ و مویرگی بدن قرار گرفته بود و مشابه با شبکهٔ عصبی ساخته شده

بود، با این تفاوت که به جای رشته های عصبی لوله هایی به جای رگ ها مورد استفاده قرار گرفته بود ساینا با دیدن آن حسابی تعجب کرد و گفت:" مگر ربات ها هم تغذیه می کنند که نیاز به شبکۀ مویرگی داشته باشند و یا اینکه مگر آنها هم دارای جسم هستند که این شبکۀ مویرگی آنها را تغذیه کنند؟"

ترجیح می دادم پاسخ این سوالات را در مراحل بعدی به او بدهم برای همین هم بطور خلاصه به ساینا گفتم:" این شبکۀ مویرگی نقش متفاوت از شبکۀ مویرگی بدن دارد و در نمونه های اولیۀ ربات ها در نقش یک رادیاتور عمل می کرده و به خنک کردن و تنظیم دمای بدن ربات کمک می کند اما در نمونه های بعدی نقش آن هم تغییر کرده است"

همراه با ساینا به بخش بعدی رفتیم و در آنجا شبکه ای از مدارهای الکتریکی مختلف روی زمین در قفسه ها قرار داشت ساینا با دیدن آنها به من نگاه کرد و گفت:" این اولین بار است که این همه بهم ریختگی می بینم، آنهم در این مجموعۀ و آنهم برای تو که نظم همیشه یک اولویت بشمار می رود"

به ساینا گفتم:" درست می گوئی اما این خودش دلیل دارد، و آن هم این است که در اینجا پس از اینکه مدارهای مختلف را برای یک ربات طراحی کردم به مجموعه تکنولوژی هائی دست پیدا کردم که فراتر از این علم بود و مجبور شدم تمام این مدارهای قدیمی را با آن جایگزین بکنم بنابراین در این بخش این مدارها را بصورت بهم ریخته قرار دادم تا نشانه ای از همین موضوع باشد"

و پس از گفتن اینها همراه با ساینا به بخش بعدی رفتیم .

در این بخش مقدار زیادی از دست و پاهای فلزی از ربات باز هم بصورت بهم ریخته وجود داشت این مرتبه ساینا به من نگاهی کرد و سپس به آنها نگاهی کرد اما چیزی نپرسید، به او گفتم: "ساینا نمی خواهی سوالی بپرسی؟"

بدون آنکه به من نگاه کند و در حالی که به آنها نگاه میکرد گفت:" حتماً تکنولوژی آنها هم قدیمی شده بود که این کار را کردی "

گفتم:" نه، دلیل دیگری دارد"

ساینا:" پس چرا بالای هر کدام از این اعضا یک کد متفاوت نمایش می دهد مگر آنها مربوط به یک ربات نیستند؟"

به او گفتم:" نه این باقی مانده ای از چند ربات است که به این جا منتقل کردم "

با شنیدن این موضوع به سمت من نگاه کرد و کمی هم خیره شد و سپس گفت:" بیشتر توضیح می دهی؟"

و من شروع به گفتن ماجرای آن بخش کردم

راستش ساینا ساخت ربات ها در آن زمان برای من از اهمیت زیادی برخوردار شده بود و گمان می کردم که این موضوع می تواند کمک شایانی به انسان ها بکند. همانطور که می دانی ساخت ربات ها را از ساخت نمونه های چوبی با سیستم های انتقال نیروی ساده شروع کرده بودم اما پس از مدتی تکنولوژی های مدرن تری را به آنها اضافه کردم و برای ساخت بدن آنها هم از فلزات مختلف استفاده کردم. این فلزات در هر نمونه ای نسبت به نمونهٔ قبلی آن سبک تر و محکم تر می شد تا سرانجام نمونه ای، به نام B_1 ساختم این نمونه نسبت به نمونه های قبلی به مراتب برتری های زیادی داشت از جمله قدرتی که بعدها به آن ادراک و حافظه گفتم و از نمونه های قبلی به مراتب کاربردی تر بود این نمونه می توانست راحت تر از سایر نمونه ها با محیط اطراف ارتباط برقرار کند. اما یک روز

که برای ادامهٔ مطالعات خودم به محل آزمایشگاه رباتیک و بیوتیک
آمدم با واقعه ای عجیب مواجه شدم از پشت در آزمایشگاه صدای
کار کردن و حرکت را می شد به وضوح شنید. با احتیاط در را
گشودم و از بین در به داخل نگاه کردم به جز دست ها و پاهای
چوبی داخل محفظه های شیشه ای و همان شبکه مویرگی و عصبی
که قبل از این دیده ای، بقیهٔ ربات های ساخته شده هر یک به
قطعات جدا از هم تبدیل شده بودند و انگار از هر کدام از آنها
قطعاتی کم شده بود. کمی در آزمایشگاه را بیشتر باز کردم و به
اطراف نگاه کردم تازه علت آن اتفاق را متوجه شدم. در بخش
مرکزی آزمایشگاه یک ربات جدید وجود داشت که با دقت و تبحر
خاصی ساخته شده بود انگار شخص دیگری در نبود من به ساخت
آن در آزمایشگاه من اقدام کرده بود اما هیچ کسی به جز من به
این مکان رفت و آمد نداشت! به داخل آزمایشگاه رفتم و تمام وقت
مراقب اطراف بودم تا اتفاق بدی نیفتد و یا فرد دیگری به من حمله
نکند زیرا به هر حال یک نفر دیگر آن ربات را ساخته بود این
احتیاط تا زمانی ادامه داشت که به نزدیک این ربات جدید و تازه
ساخته شده رسیدم، زیرا در پای آن با چیزی غیر قابل باور روبرو
شدم؛ خودش بود او آخرین نمونه آزمایشی رباتی بود که ساخته

بودم!... او تمام قطعات مختلف را از سایر ربات ها جدا کرده بود و به ساخت این ربات مشغول شده بود و دست آخر هم برای قطعات مورد نیاز این ربات آنقدر از قطعات خودش استفاده کرده بود که در نهایت از کار افتاده بود و خوشبختانه نتوانسته بود آخرین مرحله از چیزی که ساخته بود یعنی روشن کردن و فعال کردن ربات دست ساختهٔ خودش را اجرائی کند.

ساینا گفت:" پس این قطعاتی که اینجا دیده می شود مربوط به آن ربات هائی است که آخرین نمونه ربات آزمایشی از آنها برای ساخت ربات جدید خودش استفاده کرده است؟ اما خود آن ربات و رباتی را که ساخته است را به اینجا منتقل نکردی؟"

به ساینا گفتم:" چرا کمی آنطرف تر است، نزدیک که شدیم با روشن شدن چراغ های آن بخش می توان آنها را هم به همان شکلی که داخل اتاق بودند ببینیم"

و سپس آرام آرام و با نگاه کردن به آنچه که در آنجا از باقی ماندهٔ ربات ها وجود داشت به سمت آن دو ربات رفتیم تا سرانجام به آنها رسیدیم. فضای آنجا به یکباره روشن شد آنچه دیده می شد یک ربات نصفه و نیمه بود که در کف آن محفظهٔ شیشه ای قرار داشت

و در حال تقلا برای روشن کردن ربات دیگری بود و از طرف دیگر رباتی با ظاهری متفاوت بود که گوئی آن ربات قدیمی در آن جا گرفته بود. در واقع ربات قدیمی مرده بود تا این رباط جدید شکل و حیات بگیرد

به ساینا گفتم:"می دانی اسم این ربات را چه گذاشته ام ؟"

ساینا در حالیکه محو تماشای آن بود گفت:" نه، اما خیلی مشتاق هستم تا نام آنرا به من بگوئی"

به او گفتم:" نام این ربات ققنوس است چون از خاکستر ربات کهنه سر برآورده است"

ساینا همانطور به آن ربات نگاه می کرد پرسید:" این ربات با ربات های قبلی چه فرقی دارد"

به ساینا گفتم:" می دانی ساینا من هیچ وقت این ربات را روشن نکردم چون واقعاً از نتیجهٔ آن مطمئن نبودم اینکه یک ربات درمدت زمان کوتاهی با از بین بردن خودش و سایر ربات ها یک ربات جدید بسازد سوالی با جواب های متعدد می تواند باشد از طرفی من واقعاً از عملی که این ربات می توانست انجام بدهد نگران بودم و در

بعضی موارد حدس می زدم این کار می تواند تأثیر یک ویروس کامپیوتری بر عملکرد ربات باشد که قصد تکثیر خودش را داشته است اما به جای اینکه در فضای نرم افزاری به تکثیر خودش اقدام کند در دنیای واقعی به تکثیر خودش به شکل یک رباط روی آورده است. پس همواره این ربات خاموش باقی مانده است تا این زمان، اما تقریباً در یک چیز مطمئن هستم و آنهم این بود که آخرین نمونه ربات ساخته شده من تحت تاثیر عاملی ناشناخته توانسته بود رباتی چند نسل پیشرفته تر از خودش را بسازد و این جای تعجب داشت و من هم با استفاده از این تکنولوژی در پیشرفت دادن ربات های بعدی خودم استفادهٔ زیادی کردم.

ساینا گفت:"نمی شود حدس زد که آن ربات قصد داشته است تا با ساختن این ربات به گفتهٔ خودت چند نسل جلوتر از تکنولوژی خودش به تو در ساخت ربات ها کمک کرده باشد؟!"

به ساینا گفتم:" البته این هم یکی از حدس های من بود اما تجربهٔ آن با ریسک همراه بود برای همین هم از استفاده از آن ربات منصرف شدم در عین حال که از تکنولوژی ساخت آن در مراحل

بعدی استفاده کردم و عملا نیازی به استفاده از ربات ساخته شده توسط آن ربات نداشتم."

این مرحله هم تمام شده بود و باید به بخش بعدی می رفتیم به ساینا گفتم دوست داری قبل از اینکه به بخش بعدی برویم از یک محل متفاوت در کرۀ مرکزی دیدن کنیم و او هم با لبخند پذیرفت، پس سوار بر اتو کره به قسمتی بین این بخش و بخش بعدی رفتیم در آنجا ابتدا من و سپس ساینا پیاده شد و به سمت دری در چند قدم آنطرف تر رفتیم در را بازکردیم وارد بخشی سر سبز با درختان زیاد و حیوانات در حال بازی شدیم و پرندگانی که پرواز می کردند.

نسیمی که می وزید، رودخانه های جاری و امواجی که به سمت ساحل می آمد ساینا نگاهی کرد و گفت:" این ممکن نیست، این ممکن نیست آخر چطور امکان دارد این همه موجودات زنده را به یک محل آورد و آنها در کنار یکدیگر زندگی کنند بدون آنکه به یکدیگر آسیبی برسانند مثلاً آنجا را ببین آن یک خرگوش در کنار یک روباه نشسته و یا آنجا یک کبوتر در خانۀ عقاب جوجه کرده است"

به او گفتم:" ساینا، در این قسمت هیچ چیزی واقعی نیست".

به من نگاهی کرد و گفت:"یعنی چی؟! اینجا هیچ چیزی واقعی نیست! من خودم دارم با چشم های خودم می بینم که این حیوانات حرکت می کنند و آن درختان با وزش نسیم برگهایشان جابه جا می شود"

به ساینا گفتم:" ساینا، عزیز من تمام اینها ربات هائی دست ساخته من هستند"

ساینا نگاهی به من انداخت و گفت:" خیلی حیف شد فکر می کردم بعد از دیدن آن همه تکنولوژی بی روح سرانجام وارد فضائی با درون مایه طبیعی شده ایم"

به ساینا نگاه کردم به نظر شوق و اشتیاق اول ورود را نداشت برای اینکه دو مرتبه او را سر شوق بیاورم به او گفتم:" دوست داری همراه یکدیگر غذائی برای نهار درست کنیم"

ساینا لبخندی زد و گفت:" حتماً کمی سیم و چند تا پیچ و مهره را باهم مخلوط می کنی و بعد هم به خورد هر دوتامون می دهی!"

در این هنگام لرد دراکولا گفت:"نه، از این وسیله استفاده خواهد کرد"

این اولین مرتبه بود که لرد دراکولا قبل از رسیدن به نتیجه نهائی،
به این شکل نتیجه را جلوتر از وقوع آن می گفت.

به لرد درآکولا نگاهی انداختم و مطمئن شدم که حضور ساینا بر
لرد درآکولا تأثیر گذاشته است به گونه ای که او هم اکنون دارای
حساسیت فعالی شده است.

به ساینا گفتم:" شروع کنیم؟"

و او پاسخ داد:"آری، حتماً باید به پشت آن دستگاه بیایم؟"

با لبخندی به ساینا گفتم:"البته"

ساینا آمد و پشت دستگاه قرار گرفت آنگاه به او گفتم:" ساینا هر
چیزی را که دلت می خواهد تصور کن و او هم تصور کرد، تصورش
یک ساندویچ بود جالب بود که او در آن شرایط هوس خوردن
ساندویچ کرده بود.

به او گفتم:" ساینا اگر دلت خواست می توانی همین الان ساندویچ
خودت را آماده داشته باشی وگرنه می توانی مثل من از مرحلهٔ اول
آن را خودت انجام بدهی"

ساینا پرسید:"مگر می شود"

به او پاسخ دادم:" آری"

سپس مشغول شدم. ساندویچی را که او تصور کرده بود را از ابتدا در ذهنم درست کردم یعنی ابتدا نان را برش زدم و سپس هر یک از محتویات داخل آنرا به مقداری که فکر می کردم مناسب است به آن اضافه کردم و ساینا تمام این مراحل را در صفحهٔ نمایشگر دستگاه می دید و در نهایت هم با نشان دادن شعله آن ساندویچ آماده شد و نوشت زمان لازم برای تهیه و کامل شدن پخت آن ۲۰ دقیقه، بلافاصله بعد از من ساینا هم همین مراحل را تکرار کرد و بعد از گذشت ۲۰ دقیقه هر دوی ما مشغول خوردن ساندویچی شدیم که تکنولوژی برای ما پخته بود.

پس از صرف نهار به ساینا گفتم: " دوست داری کمی بیشتر اینجا بمانیم؟"

ساینا گفت:" نه، احساس می کنم اینجا همه چیز بی روح است مثلاً آن رودخانه را نگاه کن بسیار واقعی است اما با نزدیک شدن به آن متوجه خواهی شد که تنها حاصل تصویرهائی است که نمی

دانم چطور در آنجا متمرکز کرده ای که اینقدر واقعی نشان داده شود. تا اینجا قابل قبول است اما چطور وقتی که به آن دست می زنیم دستهایمان خنک و نمناک می شود؟ این را نمی دانم"

قبل از اینکه به ساینا پاسخ سوال آخرش را بدهم به سمت در آن قسمت رفت و همراه با یکدیگر از آنجا خارج شدیم و به سمت قسمت بعدی رفتیم. گویی خودش هم نمی خواست با دانستن علت این وقایع زیبایی آن را از بین ببرد.

سوار اتو کره بودیم و در مسیر مشخص و دایره ای از آن حرکت می کردیم به ساینا نگاه کردم، می شد فهمید که از دیدن آن همه ربات در قالب حیوانات احساس متفاوتی را تجربه کرده است خصوصاً زمانیکه به ربات بودن آنها پی برده است.

به بخش بعدی رسیدیم در این بخش ربات های زیادی که ساخته بودم با توجه به نسل های آنها قرار داشت ساینا به هر کدام از آنها نگاهی می انداخت و به سراغ ربات بعدی می رفت تا سرانجام به ربات آخری رسید که از لحاظ تکنولوژی و جنس مواد سازنده در اوج خودش قرار داشت. ناگهان با صدای جیغ ساینا به سمت او برگشتم، ساینا دستهایش را روی صورتش قرار داده بود، به کنارش

رفتم و گفتم اتفاقی افتاده است، به آن ربات اشاره کرد، چشمهای
ربات باز شده بود و به او نگاه می کرد، لبخندی زدم و گفتم این
یکی از پیشرفته ترین ربات هاست و می تواند مانند انسان فکر کند
و همینطور مانند انسان عملکرد های اجتماعی دارد بعلاوه که
سیستم نرم افزاری آن هم بگونه ای است که عملی مانند چرت
زدن را در زمان هائی که به انجام کاری مشغول نیست برای آن
شبیه سازی می کند و اکنون حضور ما و سرو صدای ناشی از آن
باعث بیدار شدن او شده است. ساینا کمی عقب وجلو رفت و به
چشم های ربات نگاه کرد که چگونه حرکت او را دنبال می کرد.

در گوشۀ این بخش رباتی وجود داشت که روی آن کاملاً پوشانده
شده بود، و به هیچ شکلی نمی شد آن را دید ساینا با تعجب به
رباتی که در زیر آن پارچۀ ابریشمی بود نگاه کرد و سپس رو به
من کرد و پرسید:" چرا روی این را که فکر می کنم آخرین نسل
از ربات هاست را پوشاندی؟"

پاسخی نداده بودم که لرد درآکولا را دیدم که در داخل آن محفظه
درحال حرکت بین ربات ها بود و با شنیدن اینکه ساینا دلش می
خواهد آخرین نسل از ربات ها را هم ببیند به سمت آن ربات رفت

و قبل از اینکه چیزی بگویم پوشش روی آن را کنار زد و ای کاش این کار را نمی کرد. چرا که باعث شد ساینا تا مدتی بصورت شوکه باقی بماند و سپس سوار اتو کره شود و به سمت در خروجی حرکت کند. شاید حق هم داشت، من هم به دنبال او رفتم چون می دانستم که برای خروج از کره مرکزی تنها برعکس راهی که آمده بودیم را برویم کافی نیست.

لرد درآکولا هم از داخل آنجا نگاهی به آن ربات کرد و نگاهی به ما که در حال دور شدن از آنجا بودیم.

راهنماهای طول مسیر را روشن کردم و راهنماهای موجود در طول مسیر به گونه ای تنظیم شده بود که ساینا به درب خروجی برسد. او کنار درب خروجی ایستاد، زمانی که از اتو کره پیاده شد جلوی او را گرفتم و گفتم:" چرا آن بخش را ترک کردی؟چرا نماندی؟ هنوز بخش های زیادی برای دیدن باقی مانده است"

با حالتی که انگار ترسیده بود گفت:" تو چرا ربات من را ساخته ای؟"

و سپس بدون اینکه چیزی بگوید از کره مرکزی خارج شد، لرد
دراکولا هم تازه رسید. از او خواستم که به دنبال ساینا برود و کاملا
مراقب او باشد، می دانستم که اگر خودم بخواهم بدنبال او بروم
ممکن بود اتفاقی ناخواسته رخ بدهد، آنجا ایستاده بودم و دور شدن
آنها را نگاه می کردم و پس از آن از آنجاییکه از این رفتار ساینا
کمی گیج شده بودم به آن بخش بازگشتم و در شرایطی بودم که
نمی دانستم دقیقا باید چه کار بکنم...

گل سرخ

(کتاب سوم)

بخش اول: روبوسایِنا

رباتی که مقابل ما بود کاملا شبیه ساینا بود و ساینا با دیدن آن شوکه شده بود، و من هم با دیدن ساینا در این حالت سعی کردم به هر شکلی که امکان داشت این اتفاق را برای او توجیح کنم اما او بدون اینکه به من و آنچه می گفتم توجه کند دست هایش را روی دهانش گرفته بود و انگار می خواست جلوی خودش را بگیرد. به آن بخش از صورتش که بعد از دستهایش دیده می شد نگاه کردم به وضوح مشخص بود که قصد دارد فریاد بزند اما چیزی مانع او می شد و یا عمدا قصد داشت جلوی گریه اش را بگیرد و یا اینکه .... چشم هایش را برای لحظه ای بست و پس از آنکه چشم هایش را باز کرد به من نگاه کرد... من هم به او نگاه می کردم هر دوی ما در جا خشکمان زده بود و من که قبل از این دائما در حال توضیح دادن این اتفاق بودم، اکنون قدرت سخن گفتن نداشتم. چشم های ساینا پر از اشک و قرمز شده و صورتش برافروخته بود و به راحتی می توانستم ترس را در چهره اش ببینم، اما چرا؟! نمی توانستم علت این واکنش شدید را که او با دیدن آن ربات از خودش نشان داده بود، درک کنم. چیزی که او لحظاتی قبل دیده بود فقط و فقط یک ربات بود! خب البته با ربات های دیگر یک تفاوت عمده داشت و آن هم این بود که کاملاً شبیه به ساینا ساخته شده بود؛

بدنش، صورتش و حتی نوع نگاهش.... اصلاً ای کاش مانع از آمدن لرد دراکولا به اینجا می شدم، این اما و اگر ها دیگر فایده نداشت آنچه که نباید اتفاق می افتاد رخ داده بود و دیگر این اما و اگر ها تنها افسوسی بود برای کاری که شده بود و اتفاقی که افتاده بود... چاره ای نداشتم به جز اینکه منتظر واکنش بعدی ساینا بمانم...

مدتی گذشت و من همچنان به ساینا نگاه می کردم، به نظرم کمی آرام تر شده بود. به نظرم فرصت مناسبی بود پس به سمتش رفتم، می دانستم که شرایط او در این وضعیت برای توضیح دادن این ماجرا مناسب نیست. اما باید به او توضیح می دادم، اما چطور؟

چگونه می توانستم برای ساینا که از دیدن یک ربات شبیه خودش شوکه شده بود، در مورد چیزی که دیده بود توضیح بدهم؟ اما باید دلم را به دریا می زدم... برای این کار باید بیشتر به او نزدیک می شدم. در حالیکه چشم از او بر نمی داشتم، و او نیز به من نگاه می کرد، به او نزدیک شدم اما در آخرین لحظه که می خواستم در این مورد حرفی بزنم صورتش را برگرداند و پشتش را به من کرد. اما من بی توجه به این موضوع به شرح آن چه اتفاق افتاده بود پرداختم، در حالیکه نمی دانستم او در این شرایط به انبوهی از

توضیحات علمی من و گاهی توجیحات مختلف این موضوع نیازی نداشت و تنها خواسته او در این شرایط این بود که کمی او را درک کنم، همین! اما من همچنان روابط و توضیحات علمی را شرح می دادم و او به هیچ کدام از حرف هایم گوش نمی کرد و این موضوع باعث نگرانی من شده بود. استرس داشتم و می خواستم که مطمئن بشوم که حرفهایم را می شنود برای همین هم خواستم شانه اش را لمس کنم و از این موضوع مطمئن شوم که ناگهان خودش به سمت من برگشت و من که درست پشت سرش ایستاده بودم را به شدت با کف دستهایش هل داد! و این عکس العملی بود که اصلاً انتظار آن را از او نداشتم و این مرتبه این من بودم که از این کارش شوکه شده بودم. با ضربه او به گوشه ای پرت شدم. به او نگاهی انداختم و برای لحظاتی سکوت بین ما حکم فرما شد...

هر دوی ما در سکوت به همدیگر نگاه می کردیم تا اینکه ساینا به سرعت به سمت اتو کره دوید و سوار بر آن از آنجا دور شد. با دیدن این اتفاق من هم به سمت اتو کره ای که با آن به اینجا آمده بودم دویدم همینکه می خواستم سوار آن شوم از اینکار منصرف شدم چرا که فکری ذهنم را به خودش مشغول کرد و آن فکر این بود که اگر او را تعقیب می کردم با آنچه که در این چند دقیقه اتفاق افتاده

بود و شوکی که به او با دیدن رباتی شبیه به خودش وارد شده بود،
این کار من یعنی تعقیب او با اتوکره می توانست باعث ترس بیشتر
او شود و در نتیجه می توانست منجر به عکس العمل ناخواسته او
شود که خودش می توانست باعث بروز خطر و یا آسیب دیدگی او
شود. برای همین هم از تعقیب او منصرف شدم و به لرد دراکولا
نگاهی انداختم که همچنان مات و مبهوت به دور شدن ساینا نگاه
می کرد و به او گفتم: " همراه او برو و کاملا مراقبش باش و مطمئن
شو که او سالم به اتاقش برسد"

دلم نمی خواست که در کره مرکزی سرگردان شود، لرد دراکولا در
حالیکه هنوز هم خیلی متعجب از این وقایع من را نگاه می کرد در
یک چشم برهم زدن غیبش زد. مطمئن بودم که او کاملاً مراقب
ساینا خواهد بود؛ پس از رفتن آنها به سمت آن ربات رفتم و از
پشت شیشه محفظه نگهداری، به آن ربات نگاه کردم و با خودم
گفتم: "این ربات هیچگاه ساینا نبوده و تنها رباتی در قالب یک
جسم و یک کالبد شبیه به او بود، اما چرا ساینا با دیدن آن اینگونه
رفتار کرد؟!"

آن ربات یکی از پیشرفته ترین ربات هایی بود که در این مجموعه نگهداری می شد و دلیل نگهداری آن هم در کره مرکزی همین موضوع بود. این کار ساینا باعث شده بود تا نتوانم سایر بخش های این کره مرکزی را به او نشان بدهم اما شاید مصلحت بود... درست در همین لحظه بود که دیدم آن ربات هم فعالیت خودش را از سر گرفت و روند فعالسازی او شروع شد چشم هایش را باز کرد و به من نگاهی انداخت من هم به او نگاه کردم. باز شدن چشم های این ربات مرا به یاد روزی انداخت که ساینا برای اولین بار چشم هایش را پس از آن خواب بلند در آن اتاق از مجموعه باز کرده بود، چرا باید این اتفاق می افتاد؟ من از آن زمان تا کنون هرگز باعث رنجش او نشده بودم و تمام سعیم را هم کرده بودم که باعث رنجش او نشوم اما این اتفاق کاملاً ناخواسته، توانسته بود تا این اندازه او را برنجاند! و این موضوع تا حدودی مرا کلافه کرده بود... اما آیا واقعا ناراحتی زیاد او تا این حد به خاطر دیدن این ربات بود؟! البته شاید او حق داشت... اما باید قبول می کرد که این اتفاق یعنی افتادن کاور پوشاننده ربات و دیدن این ربات با ظاهر ساینا کاملا اتفاقی بود آنهم نه توسط من بلکه کاری بود که توسط لرد دراکولا انجام

شده بود و من هم نقشی در آن نداشتم، اما تمام ناراحتی ساینا مرا نشانه گرفته بود!

ربات که در حال راه اندازی خودش بود دوباره به من نگاه کرد و این مرتبه بدن خودش را هم حرکتی به سمت من داد، این ربات در واقع نسخه ای آرشیو از نسخه اصلی خودش بود که اکنون در حال انجام ماموریت خودش بود، در واقع این نسخه یک پیش بینی بود که اگر اتفاقی برای ربات اصلی بیفتد بسرعت این ربات جایگزین آن می شد و...

به مسیری که ساینا از آن رفته بود نگاه کردم و از اینکه او رفته بود ناراحت بودم و همین احساس ناراحتی شدید باعث شد که کمی به سمت اتوکره بروم، مردد بودم بروم یا نروم؟ اما شاید رفتن دنبال ساینا در آن زمان نتیجه مطلوبی بدنبال نداشت مطمئناً او آنقدر عصبانی بود که ممکن بود حتی نخواهد که حداقل آن زمان مرا ببیند و من فقط امیدوار بودم که لرد دراکولا موفق شده باشد تا کمی او را آرام کند و به اتاقش ببرد، و این تجربه ی احساسی ناخوشایند بود. به سمت آن ربات برگشتم که اسم او را روبوساینا گذاشته بودم، بله اسم او این بود و این اسمی بود که من برای او

انتخاب کرده بودم و این انتخاب نام هم برای آن ربات خودش دارای داستانی مخصوص به خودش بود.

به روبوساینا نگاه کردم او پارچه ای را که قبل از این روی او کشیده شده بود، از روی کف آنجا برداشت و روی شانه هایش انداخت و به من گفت:" خودت را ناراحت نکن، اگرچه من یک ربات هستم اما من هم به نوعی زن هستم و البته این موضوع را هم می دانید که یک زن از نوع ربات هستم و احساسات ساینا را بهتر از یک مرد درک می کنم. با خودم به پیچیدگی های یک زن فکر می کردم و اینکه آنها خودشان یکدیگر را به راحتی درک می کنند کاری که ما مردها پس از سالها زندگی با یک زن نمی توانیم انجام دهیم و اکنون به این ربات نگاه می کردم و با خودم می گفتم که یک زن حتی اگر ربات باشد زنی دیگر را بهتر از یک مرد درک خواهد کرد، که در همین لحظه روبو ساینا گفت: " او تو را می بخشد اما این موضوع زمان می برد..."

زیر چشمی به او زیر نگاهی کردم و گفتم: " خودت بهتر می دانی که در این مورد من هیچ نقشی نداشتم و برداشت او اشتباه بود"

روبوساینا به من نگاهی کرد و پارچه ای را که روی شانه هایش کشیده بود مرتب کرد و خودش را در آن پیچید. و گفت: سهراب هیچگاه نباید در اینطور مواقع دنبال مقصر بگردی و یا سعی کنی به ارائه راهکارهای عقلی و منطقی بپردازی... فراموش نکن ما زن ها در این مواقع نیاز به همراهی و دلداری داریم و حتی شاید یک آغوش کوچک بتواند به جای هزاران توجیح منطقی عمل کند"

سپس دوباره پارچه ای که روی شانه هایش بود را محکم تر به دور خودش پیچید، می توانستم حدس بزنم که سنسورهای تازه فعال شده او هنوز خودشان را با دمای محیط وفق نداده اند و به همین دلیل او احساس سرما می کرد. کمی جلوتر رفتم و لباس روئی خودم را در آوردم و روی شانه هایش انداختم و همانجا کنار او روی زمین نشستم به دیوار تکیه دادم و به دور دستها خیره شدم. در این لحظات احساس بدی را تجربه می کردم، به روبرو خیره شده بودم و گاهی به اتو کره نگاه می کردم. آنقدر غرق در افکار مختلف بودم که با وجود اینکه به همه آن چیزی که مقابلم بود خیره شده بودم اما گوئی آنها را نمی دیدم. ساینا تمام حواسم را به خودش مشغول کرده بود روبوساینا هم کنارم نشست انگار تازه سنسورهای

راه اندازی او کاملا فعال شده بودند و حالا فعالیت او در سطح هوشیاری انسانی بود.

خیلی دلم می خواست با او کمی راجب به اتفاق هائی که افتاده بود حرف بزنم اما هنوز هم نسبت به این سطح از تکنولوژی باید احتیاط می کردم هر چند که این تکنولوژی ساختۀ خودم بود... اما این چه فکری بود که می کردم و این چه احتیاط احمقانه ای بو که داشتم... شاید بتوانم کمی با او درد دل کنم. به روبوساینا گفتم: " تو می دانی چرا ساینا با دیدن تو اینقدر شوکه شد؟"

روبوساینا در حالیکه به من خیره شده بود پاسخ داد: " آن موقع من تازه فعالیت های سنسوری و درک شهودی از پیرامون خودم را شروع کرده بودم و اطلاعات کاملی در این مورد ندارم به همین خاطر نمی توانستم بطورکامل نظر خودم را بیان کنم "

با خودم گفتم شاید حق با من باشد که هنوز هم در مورد این ربات ها محتاط عمل بکنم.

به او نگاهی کردم و گفتم: " می دانی روبوساینا، خیلی شبیه به ساینا هستی؟"

روبوساینا پاسخ داد: "بله، همینطور است و داده های طبقه بندی شده من هم تایید می کند که من نسخه ای کپی شده از ساینا هستم"

به او نگاه کردم و گفتم: " شاید همین شباهت باعث ناراحتی ساینا شده باشد و یا شاید...."

اما دیگر حرفم را ادامه ندادم و سرم را به دیوار پشت سرم تکیه دادم و به روبوساینا گفتم: " روبوساینا می دانی این روزها تمام سعیم را برای شاد کردن ساینا کرده ام و سعی کردم تا مرحله به مرحله تمام اتفاقات اخیر را برای او تعریف کنم اما این اتفاق ناخواسته و تصادفی خیلی از برنامه هایم را به هم ریخت، شاید مقصر این حادثه هیچ کسی نباشد و یا شاید...."

هنوز حرفم تمام نشده بود که روبوساینا گفت:" فکر می کنم بهتر است بروید و سعی کنید تا علت این اتفاق را از خود ساینا بپرسی "

با شنیدن این جمله از روبوساینا به او نگاه کردم، در نگاهش چیزی بود که قبل از این سراغ نداشتم، برق خاصی در نگاهش بود که مرا

به تفکر و تعمق واداشت، او این حرف را مانند یک زن دنیا دیده و با تجربه زد.

به او گفتم: " روبوساینا، چرا باید علت آن را بپرسم؟ واقعا فکر می کنی این کار فایده ای دارد؟ و حتی ممکن است این کار باعث ناراحتی بیشتر او شود"

روبوساینا به روبرو نگاه کرد و گفت:" برو و حتماً این کار را انجام بده حتماً فایده دارد، حتی اگر امروز نخواهد تو را ببیند و حتی اگر جوابت را ندهد برو... چون باعث می شود او بداند که برای او اهمیت قائل هستی و فراموش نکن این تو هستی که باید برای رفع ناراحتی او خیلی چیزها را به او توضیح بدهی نه او..."

هرچند که هنوز راضی به این کار نبودم اما از جای خودم بلند شدم و به سمت اتو کره رفتم تا به آنجا بروم دوباره به روبوساینا نگاه کردم همچنان مصمم به من نگاه می کرد. پس از آن سوار بر اتوکره به سمت خروجی کره مرکزی حرکت کردم. مدتی بعد از خروج از آنجا در حالیکه در راهروهای مجموعه به سمت اتاق ساینا می رفتم به این فکر می کردم که رفتار او در مواجهه با من چگونه خواهد بود و یا اینکه چه پاسخی ممکن بود به من بدهد؟ برای همین هم

باید خودم را برای هر نوع برخوردی از جانب او آماده می کردم. برای این کار بهتر بود که چند جمله را که فکر می کردم لازم است به او بگویم را قبل از اینکه او را ببینم آماده کنم. در حال تکرار این جملات با خودم بودم که به اتاقش رسیده مقابل درب ایستاده بودم ناگهان لرددراکولا بر درب اتاق ظاهر شد و گفت: "خانم نمی خواهند شما را ببینند"

و بدون هیچ جمله ی کم یا اضافه ای غیبش زد.

بیچاره من آن همه جمله های رنگارنگ و مختلف که برای این لحظه آماده کرده بودم، همه آنها بی استفاده ماند، مدتی همانجا یعنی پشت درب ماندم اما انگار انتظار کشیدن در آنجا بی فایده بود. چاره ای به جز رفتن به اتاقم نداشتم.

شب شده بود، هرچند که در آن مجموعه شب معنای متفاوتی داشت، به نوعی شب در آن مجموعه مجازی بود اما فکر و خیال آن واقعی بود و همچنان در ذهنم جولان می داد و این موضوع باعث شده بود که خوابم نبرد. بنابراین از تختخواب بلند شدم لباس پوشیدم و به سمت اتاق ساینا رفتم نگران حالش بودم و می خواستم حالش را بپرسم، به درب اتاق که رسیدم دوباره لرددراکولا

بر درب اتاق ظاهر شد و بدون هیچ پرسش و پاسخی گفت: " حال خانم خوب است، و نمی خواهد شما را ببیند"

و دو مرتبه غیبش زد، این دفعه، از این رفتار لرددراکولا متعجب شده بودم بنابراین او را صدا کردم دو مرتبه بر درب اتاق ظاهر شد اما این مرتبه چیزی نگفت، و منتظر بود تا من شروع کننده این گفتگو باشم، به او گفتم: " چرا رفتارت عوض شده است؟"

نگاهی به من انداخت و دوباره غیبش زد، دلیل این رفتارش را نمی فهمیدم اما ترجیح دادم در آن شرایط زیاد هم در این مورد پرس و جو نکنم. هنگام بازگشت به اتاقم ناگهان تصمیم گرفتم به دیدن روبوساینا بروم، علت این موضوع دقیقا برایم مشخص نبود، شاید تنهایی... زمانیکه به محل نگهداری روبوساینا رسیدم، او را دیدم که لباسی کاملاً شبیه به ساینا پوشیده بود و موهایش را هم مشابه او شانه زده بود طوری که هر فردی به جز من در تشخیص او دچار اشتباه می شد.

با دیدن من لبخندی زد و از جایش بلند شد و به سمت من آمد، از اتو کره پیاده شدم و به سمت او رفتم.

احساس کردم می خواهد دستم را بگیرد، اما به هر شکلی که شده بود از انجام این کار طفره رفتم هنوز هم آن برق و شوق خاص در چشمانش جلب توجه می کرد این اولین مرتبه بود که رفتاری به این شکل را در یک ربات تجربه می کردم. نگاهی به اطراف انداختم محیط آنجا کاملاً بی روح برنامه ریزی شده بود و خبری از احساسات نبود. بعلاوه روبوساینا تاکنون در محیط های انسانی نیز زندگی نکرده بود که بشود این تغییر رفتار او را مرتبط با این موضوع دانست! شاید حضور من در آنجا باعث بروز این رفتارها در روبوساینا شده بود.!

روبوساینا نگاهی به من انداخت و گفت: " از پاسخی که به پیام من دادید ممنونم"

اما کدام پیام؟! یادم آمد که مرتبه قبل که اینجا بودم او پیش از ترک اینجا از من خواسته بود تا اجازه تغییر اندکی در محیط اینجا را به او بدهم بعبارتی او در خواست احداث کرده بود، اما احداث چه محیطی؟ دوباره پیام را در ذهنم مرور کردم، درخواست احداث یک محل زندگی جدید بود، و من هم به او پاسخ مثبت داده بودم اما پاسخ مثبت به این درخواست تا اینجای کار تغییرات زیادی را

در اینجا بوجود نیاورده بود. اما کمی بعد که روبوساینا از من خواست تا محل زندگی جدید او را ببینم نظرم کاملا در این مورد عوض شد. این اولین مرتبه بود که از میان نسل های مختلف ربات هائی که ساخته بودم رباتی از من درخواست تغییر محل زندگی می کرد و این اولین بار بود که یک ربات می توانست برای محل زندگی خودش و چگونگی آن تصمیم بگیرد و این موضوع برایم خیلی عجیب بود هر چند که در آن شرایط چندان حوصله بررسی بیشتر این سوالات را نداشتم اما در خواست او را پذیرفتم چون به نظرم در خواست بدی نمی آمد مطمئنا دیدن آن محل که او برای زندگی و اقامت خودش ساخته بود می توانست حداقل پاسخ بخشی از این سوالات را بدهد، پس با او به سمت محلی رفتم که او بنا بر آن درخواست برای خودش احداث کرده بود، با استفاده از تکنولوژی کرهٔ مرکزی ساخت این مکان ها زمان چندان زیادی نیاز نداشت، به محض رسیدن به آن محل اولین اتفاق تعجب آور و شگفت انگیز را تجربه کردم و آن شباهت زیاد در ورودی محل احداث شده در کره مرکزی با درب ورودی اتاق ساینا در آن مجموعه بود. شباهت و یا شاید چیزی فراتر از شباهت و هماهنگی، شاید خودش بود؟! اما این امکان نداشت، در حال نگاه کردن به در آنجا بودم که

روبوساینا گفت:" تعجب نکن این در اصلی نیست و یک کپی از آن است"

با دقت بیشتری به آن نگاه کردم اما ترجیح می دادم که در مورد آن حداقل فعلا چیزی از روبوساینا نپرسم اما همچنان نمی توانستم نگاهم را از آن در بردارم تا اینکه روی آن در صفحه ای ظاهر شد و تصویری از لرددراکولا را نمایش داد که مانند لرددراکولا حرف می زد و رفتار می کرد و تنها تفاوت آن این بود که بجای خروج از در در صفحه همان نمایشگر محبوس شده بود تصویر لرد دراکولا از ما خواست تا وارد آن اتاق بشویم، برگشتم و به روبوساینا که کمی عقب تر از من بود نگاه کردم، روبوساینا از این اتفاقات به وجد آمده بود و احساس شادی را می شد در صورتش دید. فکر نمی کردم سنسورها بتوانند با این دقت شادی را در یک ربات شبیه سازی کنند. دوباره صدای تصویر داخل نمایشگری که روی در ظاهر شده بود ما را به داخل اتاق دعوت کرد و همراه با روبوساینا به آن اتاق وارد شدیم این اتاق یک نسخهٔ کپی شده از اتاق ساینا در مجموعه بود. با تعجب به تمام قسمت های آن نگاه کردم. آری بدون شک این یک نسخه کپی شده اما با دقت فوق العاده ای از همان اتاق بود و شاید تنها تفاوت آن در این بود که از مایع نور در

بخش های مختلف آن استفاده نشده بود و به عبارتی می توانم بگویم با این تفاوت روح موجود آن اتاق در اینجا وجود نداشت. و این متفاوت ترین تفاوت احساسی بین آنها بود که در اینجا وجود نداشت، احساس غریبگی می کردم.

کمی که جلوتر رفتیم بخش های بالائی آنجا بهتر دیده می شد همه جزئیات با این دقت بالا کپی برداری شده بودند و این موضوع مرا به فکر فرو برده بود که این اتفاق چطور امکان پذیر شده است؟

در آن لحظه هر فردی به جز من بود نمی توانست تفاوتی بین اصل و کپی قائل شود و این ترسناک بود. دو پدیدۀ کاملاً شبیه به هم اما متفاوت از یکدیگر، به یاد نظریۀ جهان های موازی افتاده بودم که در زمان خودش تحولی عظیم را در تفکر بسیاری از دانشمندان ایجاد کرده بود و اینجا خودم شاهد دو پدیدۀ همسان بودم که جدای از یکدیگر شکل گرفته بودند و موازی از یکدیگر به حیات خود ادامه می دادند اگر در این مجموعه اتفاقات دیگری هم بصورت موازی شکل می گرفت چه اتفاقی می افتاد؟ آیا هیچ فردی به وجود آن جریان و سلسله حوادث موازی آگاه می شد یا نه؟

به هر حال بعداً هم زمان کافی برای فکر کردن به این موضوع داشتم، دلم می خواست اکنون در زمان حال زندگی کنم و از غرق شدن در دریایی از سوالات دوری کنم برای همین هم روی یکی از مبلهایی که آنجا بود نشستم و روبوساینا هم روی مبل دیگری مقابل من نشست، به من نگاه می کرد، نمی دانستم چگونه باید سر صحبت را باز کنم؟! تا اینکه خود روبوساینا پرسید:" از ساینا چه خبر؟ توانستی با او دربارهٔ اتفاقی که افتاده بود حرف بزنی ؟"

با افسوس گفتم: " نه، او حتی حاضر نشد من را ببیند"

به چهرهٔ روبوساینا نگاهی انداختم اما اصلاً از این موضوع ناراحت به نظر نمی رسید! اما چرا؟ سنسورهای او معمولاً در این مواقع واکنش های احساسی نشان می داد.

گویا متوجه تغییر حالت من شده بود بنابراین کمی به اطراف نگاه کرد و گفت: " من بروم و یک فنجان چای بیاورم"

از پیشنهادش بدم نیامد در این شرایط یک فنجان چای گزینه خوبی بود، مطمئنا چای می چسبید.

از جایش بلند شد و رفت، یادم آمد که در زمان ساخت روبوساینا برای ساخت بدنش گزینه های مختلفی به ذهنم می رسید تا اینکه سرانجام تصمیم گرفتم که از آن گوشت تجدید پذیر که در آزمایشگاه علوم زیستی خانه قدیمی تولید کرده بودم استفاده کنم و این موضوع باعث شد تا بفکر ساخت بخشی در بدن این ربات بیفتم که بتواند قابلیت خوردن و نوشیدن داشته باشد چون جنس بدن او می توانست مواد خوراکی را به راحتی جذب کند و اینگونه بود که این ربات قادر به خوردن و آشامیدن شد البته این موضوع خیلی بهتر از آن بود که فکر می کردم چون از این طریق ربات می توانست بخشی از انرژی خودش را تأمین کند اما بخش عمدهٔ انرژی او از ساختاری متفاوت تامین می شد که کشف و ساختهٔ خودم بود و به آن فرا باور انرژی می گفتم ... در همین فکر بودم که روبوساینا با دو فنجان وارد شد، از دیدنش خوشحال شدم و از او خواستم که به جای مبل روبروی من، روی مبل کناری بنشیند اما او نپذیرفت و پیشنهاد داد که به جای صرف چای در آنجا به بخش دیگری از آن اتاق برویم و این عمل او چقدر شبیه به روزهای اولی بود که ساینا را به بخش های مختلف این مجموعه می بردم و این موضوع در نوع خودش و در آن شرایط جالب بود، پس قبول کردم، چرا که

این موضوع جذابیت خاصی برایم پیدا کرده بود، مثل آن بود که جای من و ساینا عوض شده باشد.

همراه با روبوساینا به طبقهٔ بالا رفتیم. آنجا او مرا به کتابخانه ای که در این مجموعه ساخته بود، برد شبیه به آنچه که در اتاق ساینا در آن مجموعه وجود داشت و من قبلا ساینا را به آنجا برده بودم بلافاصله و ناخودآگاه به او گفتم: " روبوساینا اینجا کتابخانه نیست! و اینها هم کتاب نیستند در این مورد من مطمئن هستم، اینها دفترهائی هستند که خاطرات را در خودشان محفوظ داشته اند، لوح هائی که خاطرات بر آنها حک شده اند اما روبوساینا مجوز دسترسی به این الواح در اختیار شما نیست و تنها من می توانم به آنها دسترسی داشته باشم پس ..."

هنوز حرفم تمام نشده بود که یادم آمد اینها یک کپی از آنها هستند و روبوساینا هم گفت: " اینها تنها ظاهری مشابه به آن دفترهای خاطرات دارند و هنوز هم برای دسترسی داشتن به محتوای آنها اجازهٔ شما لازم است، و ما تنها برای نوشیدن یک فنجان چای به اینجا آمده ایم"

سپس در حالیکه یکی از صندلی های آنجا را که چرخدار هم بود به سمت من می آورد گفت:" البته اگر شما بخواهید"

روی آن صندلی نشستم و خودم را نزدیک میزی رساندم که فنجان چای روی آن قرار داشت. روبوساینا هم روی صندلی ای مثل صندلی من در آن طرف میز نشست و پس از نوشیدن چای گفت:" سهراب، نمی خواهی بدانی چرا ساینا نمی خواهد تو را ببیند؟"

روبوساینا به خوبی می دانست که ساینا چقدر برای من مهم بود و می دانست که این موضوع پیش آمده در آن روز و اینکه او اکنون از من دلخور بود برای من اهمیت خاصی داشت. به او گفتم: " چرا، اتفاقاً خیلی دلم می خواهد بدانم و از زمانی که آن اتفاق باعث ناراحتی ساینا شده دائماً در حال حدس زدن دلایل مختلف رفتارهای او هستم"

سپس از روی صندلی بلند شدم و کمی در کتابخانه قدم زدم و رو به روبوساینا کردم و گفتم:" می دانی روبوساینا در طول زندگی ام تاکنون بدون شک مسائل علمی مختلفی را حل کرده ام و راه حل های علمی زیادی را هم مطالعه کرده ام اما هیچ موضوع علمی به اندازهٔ شناخت یک زن برایم سخت نبوده و همینطور باید بگویم

رفتارشناسی یک زن شاید سخت ترین کاری باشد که یک مرد هرگز قادر به درک دقیق آن نیست"

بعد چند قدم به سمت روبوساینا رفتم و گفتم: " راستی تو نمی دانی چرا این موضوع یعنی شناخت زن ها تا این حد پیچیده است؟"

انگار روبوساینا هم منتظر بود تا من این سوال را از او بپرسم. پس پاسخ داد:" چون برای دانستن هر یک از رفتارهای یک زن از عقل خودتان استفاده می کنید و به دنبال پاسخی منطقی برای آن می گردید در حالیکه رفتار یک زن از احساس او نشات می گیرد"

با تعجب گفتم: "احساس؟!"

رو بو ساینا هم پاسخم را اینگونه داد: "آری احساس، همان چیزی که برای شما آقایان تا به این اندازه عجیب است"

و سپس روبوساینا از روی صندلی بلند شد و ادامه داد: "تضاد زیادی بین عقل و احساس انسانها وجود دارد، زن ها برای فردی که عاشقش هستند از احساس خود می بخشند و با احساس تصمیم

می گیرند در حالیکه مردها منطق را جایگزین آن می کنند و این شاید بزرگترین تناقص هستی باشد"

به روبوساینا نگاهی انداختم و با خودم گفتم: " این حرف ها را حتماً از جائی خوانده چون او به عنوان یک ربات هرگز تجربه ای از این نوع نداشته است"

بخش دوم: مرور دفتر خاطرات

روبوساینا نگاهی به من انداخت و ادامه داد:" سهراب می شود امروز که اینجا هستیم یکی از این دفترهای خاطرات را با هم ببینیم؟ می دانم که بدون مجوز تو هرگز هیچکس نمی تواند آنها را بخواند یا ببیند، اما اگر من قول بدهم که به هیچ کسی در این باره چیزی نگویم، امکان دارد یکی از آنها را با هم مرور کنیم؟"

مرور خاطرات، به ویژه اگر خوب هم باشد خیلی زیباست و این مرور دلنشینی خاصی دارد این موضوع باعث شد تا با وجود اینکه مردد بودم اما پیشنهاد او را بپذیرم، پس به سراغ دفترها رفتم و به تک تک آنها نگاه کردم تا یکی از آنها را همراه با روبوساینا انتخاب کنیم. به دنبال خاطرات خوب بودم مثلاً جشن تولدها، فارغ التحصیل شدن و....، که یک مرتبه با صدای روبوساینا حواسم جمع شد و به روبوساینا نگاه کردم، درست کنارم ایستاده بود و دفتر خاطراتی را در مقابل من گرفته بود. به آن دفتر نگاه کردم و به صورت او خیره شدم در چهره اش چیزی فراتر از یک تمایل عادی به دانستن خاطرات آن دفتر خاطرات وجود داشت شوق کنجکاوی همراه با میل و عطش زیاد برای دانستن آن چه در آن دفتر خاطرات وجود داشت. دفتر خاطرات را از او گرفتم و به عنوان آن نگاه کردم دفتر خاطرات مربوط به اولین دیدار من و ساینا بود اما چرا آن دفتر

ناجی

را انتخاب کرده بود، از اینکه این خاطره را مرور کنم خیلی احساس خوبی به من دست می داد نوعی شادی وصف نشدنی اما آیا درست بود که آنها را برای روبوساینا بگویم؟! مگر او می توانست این احساس را تجربه کند؟ او یک ربات بود و من نمی دانستم که چرا این دفتر خاطرات را انتخاب کرده بود؟

همین موقع روبوساینا با صدائی صد در صد شبیه به ساینا گفت: " خواهش می کنم واقعاً به شنیدن این خاطره نیاز دارم".

به چهره اش نگاه کردم چشمهایش پر از اشک بود چشمهایش که درست مانند چشم های ساینا بود اما...

وقتی که دوباره درخواستش را به این شکل مطرح کرد دیگر نتوانستم بیشتر از این در مقابل خواسته اش مقاومت کنم، اما این تنها دلیل من برای پذیرفتن درخواست او در آن شرایط نبود بلکه دلیل اصلی آن نیازی بود که در آن لحظه در خودم احساس می کردم؛ نیاز به مرور یکی از زیباترین خاطرات زندگی خودم. بنابراین باید امکان بارگذاری داده ها را در آن دفتر خاطرات تأئید می کردم و تایید این امکان برای آن دفتر خاطرات و مرور خاطرات آن همراه با روبوساینا می توانست جالب ترین موضوعی باشد که این روزها

۴۳۹

در دل این همه اتفاق های خوب و بد برای من اتفاق می افتاد. مرور خاطرات اولین دیدار من با یک نفر همراه با یک نسخه ربات ساخته شده از او، این می توانست اولین تجربه من به این شکل باشد و برای انجام آن شاید مشتاق تر از روبوساینا بودم اما از این موضوع که بگذریم به این نتیجه رسیده بودم که در حال حاضر با وجود اینکه ساینا خودش را در اتاقش حبس کرده بود و حاضر نبود مرا ببیند، مرور خاطرات گذشته می توانست کمی از ناراحتی ناشی از این اتفاق بکاهد.

بنابراین بارگذاری داده ها در آن دفتر خاطرات را تأئید کردم و داده های نسخهٔ اصلی برای مدت مشخصی در آن دفتر خاطرات قابل خواندن شد. اما چیزی که آن لحظه از همه عجیب تر بود این بود که تا آن لحظه گمان می کردم خودم بسیار علاقه مند به مرور آن خاطرات هستم اما آنچه که به نظر می رسید اشتیاق روبوساینا برای شنیدن این خاطرات از من هم بیشتر بود.

اما اولین دیدار من و ساینا چگونه اتفاق افتاد؟ شاید اولین دیدار من و او در زمان حال به شکل اتفاقی رخ داد یعنی همان زمانی که او را در آن اتومبیل بزرگ سیاه در حال عبور از خیابان کنار پارک

دیده بودم، اما این فقط یک دیدار در یک نگاه بود که احساسات گذشتهٔ من را زنده کرده بود، می توانی این موضوع را بفهمی روبوساینا؟!

روبوساینا در حالیکه به من نگاه می کرد با تعجب پاسخ داد: " نه؟"

پس ادامه دادم: " حتماً می دانی روبوساینا در بین هفت آسمان مرا به چه نامی می خوانند؟"

روبوساینا به من نگاهی کرد و گفت: " بر طبق داده های طبقه بندی شده موجود در آرشیو داده ای من، نام شما در هفت آسمان "ناجی" است".

گفتم: پس می دانی که ناجی چیست؟

روبوساینا پاسخ داد: "بله"

کمی به او نگاه کردم و گفتم: "روبوساینا یکی از ویژگی های معمولی و عادی ناجی حد زمان است"

روبوساینا به من نگاه کرد و با تعجب گفت: "حد زمان چیست؟"

به او گفتم: " حد زمان یعنی رفع تمام محدودیت های زمانی که یک فرد می تواند داشته باشد"

روبوساینا هنوز هم با تعجب به من نگاه می کرد بنابراین ادامه دادم: " یعنی برای بودن در زمان های گذشته و حال و آینده هیچ محدودیتی ندارد"

با شنیدن این موضوع روبوساینا مشتاق تر شده بود و پرسید: " سهراب حد زمان چه ارتباطی با ساینا دارد؟"

به روبوساینا گفتم: " می دانی اولین دیدار من و ساینا در یکی از سفرهای من در زمان اتفاق افتاد"

و سپس ادامه دادم: در یک بعدازظهر جمعه روی تراس خانه ایستاده بودم و به افق و غروب خورشید نگاه می کردم که حضور مقلد مادر را در کنار خودم احساس کردم اما این مرتبه دقیقاً می توانستم احساس کنم که او تنها نیست و شخصی یا موجودی که در آن لحظه آن را نمی دیدم نیز همراه اوست، کمی متعجب شده بودم، مقلد مادر همیشه بسیار با احترام و سنجیده اما راحت سخن می گفت اما این مرتبه در مورد تک تک کلمات خودش نهایت دقت

را بکار می برد و با وجود اینکه می توانست حرکت کند از جایش تکان نمی خورد و تمام مدت با حرکات خاصی احترام خاصی را برای آن فرد نامرئی به نمایش گذاشته بود این رفتارهای او باعث تعجب من شده بود طوری که مدتی به او خیره شدم و رفتارهایش را زیر نظر گرفتم او که همیشه بسیار مهربان بود این مرتبه از بروز این مهربانی طفره رفت. به او نگاه کردم و پرسیدم:" موضوعی پیش آمده ؟"

به من نگاهی کرد، سرش را پائین انداخت و گفت: " ناجی باید موضوع مهمی را به اطلاع شما برسانم"

از نحوه صحبت کردن او متعجب شده بودم گفتم:" مقلد مادر چرا امروز به این شکل عجیب رفتار می کنید؟"

او نگاه مهربانانه ای به من کرد و گفت: " نترس، این هم جزئی مهم از زندگی توست که باید از آن آگاه بشوی و من امروز برای بیان این موضوع به اینجا آمده ام"

با شنیدن این حرف های او حدس می زدم این گفتگو طولانی تر از آنچه فکرش را می کردم بشود برای همین هم به او گفتم: " مقلد مادر، می شود باقی حرف ها را داخل خانه با هم بزنیم؟"

اما مقلد مادر نپذیرفت و گفت: "این مرتبه ناجی باید همراه با ما به جای دیگر بیائید"

این اولین مرتبه بود که مقلد مادر به این شکل رفتار می کرد یعنی مرا برای رفتن به جای دیگری دعوت می کرد پس بدون اینکه چیزی در این مورد بپرسم، دعوت او را پذیرفتم و قبول کردم که همراه او بروم اما قبل از رفتن پرسیدم: " ما؟! منظورت از ما کیست؟ اینجا که جز من و شما کسی نیست؟!"

او با دست به گوشه ای از تراس اشاره کرد و گفت: " ایشان نیز حضور دارند"

به سمتی که او اشاره کرد نگاه کردم و به تدریج توانستم عضو سوم این مکالمه را که کم کم در حال مرئی شدن بود، ببینم، تا به حال او را ندیده بودم موجودی زیبا اما قدرتمند بود، این را می شد از جثهٔ و نگاه او به راحتی فهمید، او غرق در نور بود و وقتی که کاملاً

برای من قابل دیدن شد تعظیمی از روی خوشحالی کرد. از وضعیت بوجود آمده کمی احساس گیجی می کردم، دوباره به مقلد مادر نگاهی انداختم و با نگاهم از او توضیح بیشتری در این مورد خواستم. که این مرتبه آن موجود لب به سخن گشود و گفت: " ناجی"

هنوز نمی دانستم که علت حضور و همراهی او با مقلد مادر چیست؟

او ادامه داد: " من یکی از نگهبانان آتش هستم و مجموعه فعالیت هایم هم محدود به مهار آن و نیروی آتش است این روزها ما نگهبانان آتش متوجه این موضوع شده ایم که مهار نیروی آتش به دست شماست و پس از اینکه این موضوع را به مقلد مادر گفتم، او مرا به اینجا آورد. به او نگاه می کردم هنوز هم متوجه منظور اصلی او نشده بودم که صدائی در آسمان شنیدم. به آن سمت نگاه کردم و پس از من نگهبان آتش و مقلد مادر هم به آن سمت نگاه کردند از محل صدای شنیده شده، نوری دیده می شد گوئی آسمان در آن محل شکافته شده بود و ارتباطی بین زمین وآسمان برقرار شده بود شی ای با سرعت بی نظیر از آن محل به سمت ما حرکت می کرد، با خودم فکر کردم که این شی هر چه باشد بدون شک توسط

رادارهای زمینی رهگیری خواهد شد که در همین لحظه نگهبان آتش گفت: " نه، ناجی رهگیری این شی برای شما ساکنان زمین امکان پذیر نخواهد بود و شاید و بصورت اتفاقی تنها عده ای از شما آن را ببینید که البته رسانه های شما با پوشش های مختلف خبری حضور او را نادیده گرفته و یا دلایلی واهی به آن نسبت می دهند"

محو در تماشای آن پدیده بودم به همین دلیل به نگهبان آتش نگاه نمی کردم و تنها صدای او را می شنیدم، آن شی تمام توجهم را به خودش جلب کرده بود، تا اینکه سرانجام به بالای خانهٔ ما رسید اما آن شی در ارتفاعی بسیار زیادی بود و هنگام رسیدن به بالای خانه می توانستم خروج شی یا موجودی از آن را تشخیص دهم و این باعث شد تا نگاهم را از آن شی بر ندارم تا از دیدن اتفاقاتی که می افتاد جا نمانم، پس از خروج آن شی یا موجود از شی نورانی اولیه، شی اولیه نورانی آسمانی محو شد و تنها آن شی یا موجود دوم در آسمان باقی مانده بود که البته آن هم کمی بعد غیب شد، رفتن شی دوم باعث شد که گمان کنم این ماجرا تمام شده است. همینکه خواستم به مقلد مادر نگاه کنم با کمال تعجب دیدم که موجودی شبیه به فرشته ها بین من و مقلد مادر ایستاده است، غرق در نور

بود ظاهری انسانی داشت و لبخند می زد بیشتر شبیه به دختران زمینی بود تا مردان، انگار امروز وقایع عجیب تمامی نداشتند.

یک قدم به جلو آمد و گفت: "ناجی برای رفتن آماده ای؟"

احساس خوبی نسبت به او داشتم اما هنوز هم نیاز داشتم تا بیشتر در مورد او بدانم، پس با وجود اینکه او بین من و مقلد مادر قرار گرفته بود به هر زحمتی که بود به مقلد مادر نگاه کردم و با نگاهم از او راهنمائی خواستم مقلد مادر کمی جا به جا شد و با سر اشاره ای کرد، منظورش را کاملاً متوجه شدم منظورش واضح بود، باید همراه با آن موجود می رفتم، اما من هنوز به درستی نمی دانستم که آن موجود کیست یا حتی چیست؟

اما با اعتمادی که به مقلد مادر داشتم خودم را برای رفتن آماده کردم و برای آخرین بار به مقلد مادر نگاه کردم. می توانستم از نگاهش بفهمم که بابت این موضوع خوشحال است اما طاقت دوری را هم ندارد.

فکر نمی کنم دیگر بیشتر از این جائی برای اتفاقات عجیب در امروز باقی مانده باشد به آن موجود نگاه کردم و گفتم: " باشد، برای رفتن آماده ام"

هنوز جمله ام تمام نشده بود که وارد سرزمینی دیگر شدیم، من، نگهبان آتش و آن موجود که به نظر من شبیه به فرشته ها بود.

بخش سوم: ملکه

سرزمینی آباد بودیم سرزمینی سبز، شکوفا و آباد. به آن موجود نگاهی کردم و گفتم: " مطمئناً اینجا زمین نیست اما بهشت هم نمی تواند باشد پس کجاست؟"

او در حالیکه لبخند می زد گفت: " به زودی می فهمی، ملکه و پادشاه این سرزمین انتظار شما را می کشند و درست نیست بیشتر از این منتظر بمانند"

با خودم گفتم: " مطمئن هستم که اینجا زمین نیست"

هر چقدر جلوتر می رفتیم زیبائی های بیشتری از آن سرزمین نمایان می شد، زیبائی هاییکه بی نظیر بود و امکان نداشت مانند آن را در زمین بیابم، از درختانی گرفته که گل هائی مسحور کننده داشت تا حیواناتی که در زیبائی بی نظیر بود اما زیباترین چیزی که به چشمم می آمد رفتار آن موجودات با یکدیگر بود که مطمئن بودم بخشی از زیبائی رفتار آنها بر پایهٔ صلح مطلقی بنا شده بود که در سرزمین آنها وجود داشت. مردم این سرزمین توانسته بودند حسادت، غرور و سایر صفات زشت انسانی را از خودشان دور کنند و این موضوع توانسته بود زیباترین ها را برای آن سرزمین به ارمغان بیاورد، پس از طی کردن مسیرهائی که در آن سرزمین وجود داشت

سرانجام به دالانی از طلا رسیدیم که انتهای آن به تالار اصلی آن سرزمین می رسید وارد آن دالان که شدیم بوی خوبی به مشام می رسید و این عطر دل انگیز بگونه ای بود که خاطرات خوبی که در ذهن انسان بود را برای او تداعی می کرد، و به این ترتیب بصورت ناخودآگاه این دالان را با خاطرات خوبی که داشتی و در طول زندگیت رخ داده بود طی می کردی و طولانی بودن مسیر را اصلا در آن احساس نمی شد، از دالانی به دالان دیگر رفتیم تا سرانجام با عبور از دالان های مختلف به درب تالار اصلی شهر رسیدیم، در آنجا نگهبان آتش و آن موجود ایستادند و دستهایشان را برروی شانه هایشان قرار دادند این رفتار انگار نوعی احترام محسوب می شد و بدون گفتن حتی یک کلمه از آن جا رفتند البته سرعت رفتن آنها بگونه ای بود که شاید بهتر بود می گفتم غیبشان زد.

در ورودی که باز شد با حرکت دست های موجودی که درست کنار در ایستاده بود فهمیدم که باید وارد آنجا بشوم. وارد تالار که شدم لباس هایم بدون آنکه نقشی در آن داشته باشم عوض شدند شاید این رسم آن سرزمین بود! لباس هایم عوض شده بود و اکنون لباسی بر تن داشتم که بیشتر شبیه به ردایی بلند بود. در کف آن تالار آب زلالی روان بود که می شد با نگاه کردن به آن تمام

کهکشان ها را دید، طلوع و غروب خورشید ها را هم همینطور...
شاید این تالار مرکز کنترل کهکشان ها و خورشیدهای آن ها بود،
غرق در تماشای این منظره شگفت انگیز بودم که صدائی توجهم را
به خودش جلب کرد سرم را بالا آوردم دو نفر بودند یک خانم و
یک آقا با آنچه که امروز شنیده و دیده بودم مطمئن بودم که این
دو نفر همان ملکه و پادشاه این سرزمین هستند.

می دانستم که مردم این سرزمین برای ملاقات با یکدیگر رفتارهای
خاصی از خودشان نشان می دهند اما من نمی دانستم در این
شرایط باید چگونه رفتار کنم تا مطابق با فرهنگ رفتاری موجوداتی
که به نظر من فرشته بودند باشد. یکی از آنها جلو آمد و به نحو
زیبایی خوش آمد گویی کرد و یکی دیگر از آنها مرا به جایگاهی
ویژه در آن تالار دعوت کرد پس از این آن دو نفر هر کدام در
جایگاه مخصوص به خودشان نشستند. تا اینجای کار به نحو
مناسبی پیش رفته بود اما هنوز هم برای من هدف آنها از دعوت
من به این مکان مشخص نبود و هنوز هیچ گفتگویی بین ما صورت
نگرفته بود و تنها من و آنها به یکدیگر نگاه می کردیم تا اینکه
سرانجام یکی از آنها که به نظر ملکه آن سرزمین به نظر می رسید
پرسید:" ملکهٔ شما کجاست؟"

از این سوال او جا خوردم و پرسیدم:" ملکه؟! منظور شما چیست؟"

این بار پادشاه آن سرزمین خنده ای بلند زد گفت:" هر مردی یک ملکه دارد دیگر... دانستن این موضوع بسیار ساده و آسان است تعجب ندارد"

از این برخورد آنها می توانستم حدس بزنم که منظورشان همان همسر در سرزمین انسانهاست، اما چه زیبا این رابطه بین زن و شوهر را بیان می کردند... و از چه تفسیر زیبایی برای همسرانشان استفاده می کردند، من هم لبخندی زدم و گفتم: " اگر منظورتان همسر است من هنوز ازدواج نکرده ام "

هر دوی آنها خندیدند و زیر لب چیزی به یکدیگر گفتند، این کارشان عجیب بود، کمی جا خورده بودم که ناگهان پادشاه آن سرزمین از جایش بلند شد و به سمت من آمد و با دستش به قلبم اشاره کرد و گفت: " اما آنجا می درخشد، ملکه ای در وجود توست، منظورت از ازدواج نکرده ام این است که هنوز به او نرسیده ای؟ و یا اینکه هنوز رسما او را به سایرین معرفی نکرده ای؟ "

به او نگاه کردم و گفتم: " آری شاید چیزی مثل این و ...."

هنوز حرفتم تمام نشده بود که ملکهٔ او ادامه داد: " اما قلب تو ملکه خودش را یافته است ناجی"

و هنوز جوابی نداده بودم که تصویر گل سرخ در میانهٔ تالار نمایان شد از آنها پرسیدم: " چطور؟! چطور این کار را انجام دادید؟"

هر دوی آنها لبخند زدند... لبخندی بلند و با یکدیگر و یکصدا گفتند: " در سرزمین عشق، مگر می شود عشق را پنهان کرد"

آنگاه ملکه آن سرزمین ادامه داد:" زیبائی این سرزمین را دیدی؟"

پاسخ دادم: "بله"

با لبخند گفت: "تمام آن از همین عشق سرچشمه می گیرد"

سپس رو به پادشاه خودش کرد و به او نگاه کرد تا به حال نگاهی به این زیبائی ندیده بودم و ادامه داد: " ناجی"

به او نگاه کردم و گفتم: "بله"

ملکه ادامه داد:"تو خودت هم آن چه قلبت یافته است را پذیرفته ای و برای آن در تلاش هستی"

به آنها نگاه می کردم و هیچ چیزی نمی گفتم شاید دوباره همان پسرک خجالتی شده بودم که در این مواقع دست و پایش را گم می کرد، لپهایش قرمز می شد و... پادشاه آن سرزمین نگاهی به من انداخت و چند قدم به سمت مرکز تالار رفت سیارهٔ زمین را از روی آب روانی که بر روی کف تالار در جریان بود انتخاب کرد کرهٔ زمین بزرگ شد و در فضای آن تالار نقش بست...

به من اشاره کرد و منظورش این بود که نزدیک او بروم و من هم همین کار را کردم. نزدیک او که رسیدم دستم را گرفت ناگهان از تمام مرزها گذر کردیم و زمانی به خودم آمدم که هر دو بر زمین ایستاده بودیم اما در زمانی بسیار قبل تر از زمانیکه همراه آن نگهبان آتش و آن فرشته به سرزمین عشق رفته بودیم. دوباره پادشاه سرزمین عشق از من خواست تا پلک بزنم، ما به آینده رفتیم و او دست من را رها کرد دوباره به آن تالار بازگشتیم آنگاه پادشاه سرزمین عشق به جایگاه خود بازگشت تصویر کره زمین هم به آب بازگشت، سپس پادشاه سرزمین عشق گفت:" می توانی به راحتی یک پلک زدن در زمان سفر کنی و این یعنی حد زمان. چرا از این نیروی خودت برای رسیدن به خواسته ات استفاده نمی کنی؟"

این را گفت: و همراه با ملکه خودش تالار را ترک کرد، همراه با فرشته ای که آنجا بود به سمت دربی از تالار که از آن وارد شده بودم رفتم. با خارج شدن از آن تالار همراه با نگهبان آتش و فرشتهٔ عشق برای بازگشت به خانه آماده شدیم و لحظاتی بعد همراه با دو دوست جدید خودم یعنی فرشتهٔ عشق و نگهبان آتش در اتاقم بودم و مقلد مادر هم کمی بعدتر به جمع ما پیوست.

مقلد مادر که کمی نگران بنظر می رسید گفت: " فکر می کنم حالا متوجه موضوع شده باشی سهراب"

نگاهی به او و پس از آن به آن موجود کردم و هیچی نگفتم؛ این بار واقعاً به فکر فرو رفته بودم.

می شد فهمید که منظور ملکه و پادشاه سرزمین عشق چیست؟ آنها از من بصورت غیر مستقیم خواسته بود که دیر یا زود پرده از راز بزرگ عشق خودم بردارم و برای رسیدن به او بیشتر تلاش کنم و یک راه عالی برای اینکار به من یاد داده بودند پس من باید...

که در همین زمان فرشته آتش گفت: " ناجی، خودت را ناراحت نکن تو می توانی، اما سعی کن در این یک مورد از شتاب زدگی پرهیز کنی"

حرف او درست بود باید اول و قبل از هر کاری او را بهتر می شناختم اما چگونه باید این کار را می کردم؟

اشک در چشمان مقلد مادر حلقه زده بود و به من نگاه می کرد، فرشتۀ عشق گفت: "مطمئن هستم که تو می توانی، پس سعی خودت را بکن و اجازه نده نا امیدی بر تو غلبه کند"

در حالیکه به او نگاه می کردم گفتم: " از همۀ شما متشکرم اما این دفعه دیگر مثل مرتبه های قبل نیست و به مراتب سخت تر است چون باید همانطور که قلبم را به او بخشیده ام قلبش را بدست بیاورم در غیر اینصورت همه چیز خراب می شود. همین موقع به یاد کوردل و قلب او افتادم و با خودم گفتم: " این خود نشان می دهد که چرا آن روز، کوردل آنطور اشک می ریخت..."

در همین زمان نگهبان آتش و فرشتۀ عشق همراه یکدیگر بدون اینکه حتی یک کلمه بگویند رفتند.

بخش چهارم: مادر۱

بلافاصله پس از آنها مقلد مادر نزد من آمد و گفت: " ناجی، می
دانی چرا یک مادر کودکش را اینقد عاشقانه دوست دارد؟"

پرسیدم: " شاید بدانم اما الان واقعاً نیاز دارم تا در این مورد بیشتر
برایم بگوئی"

مقلد مادر ادامه داد :"چون فرزندش علاوه بر اینکه بخشی از جسم
او را همراه با خود دارد بخشی از روح او را نیز همراه خودش به
یادگار دارد! تا به حال برایت پیش آمده که درد و ناراحتی تو را
مادرت بدون آنکه به او چیزی بگوئی احساس کرده باشد؟"

به مقلد مادر نگاه کردم و گفتم: "بله، اما تو از کجا این موضوع را
می دانی؟"

و او پاسخ داد: " ناجی، من هم به نوعی مادر هستم اما مادر تعداد
زیادی از مقلدها که هر روز با آنها مواجه می شوی"

به او نگاه کردم و با خودم گفتم: " بی شک او راست می گوید،
مادرم هر مرتبه که از موضوعی ناراحتم بدون هیچ مقدمه ای و یا
اینکه حرفی به او گفته باشم به نوعی سر صحبت را با من باز می
کرد و سعی می کرد تا ناراحتی من را برطرف کند و شاید این یکی

از زیباترین حالات انسانی باشد که تا بحال در وجود انسانی خودم کشف کرده بودم آری انسان ها یکدیگر را اینگونه نیز درک می کنند"

این تعبیر و تفسیر مقلد مادر بسیار زیبا بود. پس رو به مقلد مادر کردم و گفتم: " برایم بیشتر بگو در حال حاضر به دانستن هر چه که به این موضوع مرتبط می شود نیاز دارم"

مقلد مادر خندید و گفت: " ناجی تو خودت می دانی که در تمام این مدت آشنائی ما شاید مانند مادری مهربان همواره مراقب تو بوده ام اما این مرتبه این تو هستی که باید به شناخت کامل از خودت و او برسی و بعد از آن من و تمام دوستانت یاری گر تو خواهیم بود"

مقلد مادر پس از گفتن این جملۀ آخر بی مقدمه رفت اما هنوز هم در دلم شوری برپا بود. تصمیم گرفتم برای آرام شدنم کمی قدم بزنم. به یاد شور و دلهره ای افتادم که در آن غار با آن مواجه شده بودم همان شور و دلهره ای که منجر به یافتن قلب کوردل در محل مخفی شده اش در دیوارۀ غار شد.....

شبیه همان غوغا در دلم برپا شده بود و این التهاب را پس از بازگشت از سرزمین عشق بیشتر از قبل حس می کردم. خب برای این کار راحت ترین راه این بود که همانطور که بقیه آنرا انجام می دهند، می توانستم بروم همه آنچه را که در قلبم می گذشت برای گل سرخ تعریف کنم و به راحتی بگویم و امیدوار باشم که او پس از شنیدن داستان عشق من به خودش به من پاسخ مثبت بدهد اما حرف های نگهبان آتش را به خاطر آوردم و به یادم آمد که گفته بود در این کار نباید عجله کنم و این موضوع باعث شد که کمی احساس کلافگی کنم. من می توانستم در هر مکانی که دلم می خواست حضور داشته باشم پس چرا نباید از این قدرت برای رفتن به محلی که او درست در همین زمان در آن حضور داشت بروم و با او در این مورد صحبت کنم؟!

این توانایی را داشتم پس نباید فرصت را از دست می دادم، اما از طرف دیگر می دانستم که هر کاری که بدون فکر انجام دهم می تواند باعث شود او هیچگاه من را به عنوان نیمه گمشدهٔ خودش نپذیرد پس چکار باید می کردم؟

جای فکر کردن نداشت من می توانستم به راحتی از قدرتم استفاده کنم و بدون آنکه کسی بتواند جلوی من را بگیرد او را وادار کنم که مرا دوست داشته باشد و این یعنی قدرت....

اما در همین لحظه به فکر فرو رفتم و روی صندلی ای که در تراس اتاقم بود نشستم و با خود گفتم: " در این صورت من تنها مالک جسم او خواهم بود نه روح و نه قلب او و این چیزی نبود که قصد رسیدن به آن را داشتم، و این چیزی نبود که به آن افتخار بکنم در عین حال این موضوع به صورت کلی با الگوهای خانوادگی ما در تضاد بود"

گیج شده بودم و به مرغ های عشقی که در تراس اتاقم لانه داشتند نگاه می کردم که چقدر زیبا زندگی خودشان را بر پایهٔ عشق پیش می بردند...

فکر کردن به راه حل هایی که برای انجام اینکار می توانست نتیجه بدهد ساعت ها زمان برد و دست آخر هیچکدام از آنها که خودم به خودم پیشنهاد می دادم را قبول نکردم و درست زمانیکه می خواستم به اتاق برگردم از دور پدر و مادرم را دیدم که در باغ خانه

قدم می زدند به آنها نگاه کردم و با خودم گفتم: " شاید بتوانم از آنها راهنمائی بخواهم ..."

برای همین هم با سرعت به سمت پله های خانه رفتم تا خودم را به آنها برسانم که در میانهٔ راه پایم به یکی از اسباب و لوازم اتاق گیر کرد و به زمین خوردم همین که خواستم از جایم بلند شوم دیدم که ملکهٔ سرزمین عشق جلوی من ایستاد و گفت: " پسر پسر پسر این قدر عجول نباش اجازه بده تا عشق خودش جوانه بزند و راه خودش را طی بکند"

به او گفتم: " آخر چگونه؟ من این جا و او در جائی دور از من مگر می شود؟"

ملکهٔ سرزمین عشق لبخندی و گفت: " در اولین دیدار با او، چگونه روح او را لمس کردی؟"

همین موقع روبوساینا صدا زد:" سهراب سهراب سهراب..."

به خودم که آمدم دیدم مدت هاست به فکر فرو رفته ام و دفتر خاطرات اولین دیدار من و گل سرخ هم در دستم است برای همین

هم کمی به آن دفتر خاطرات نگاه کردم و بعد به روبوساینا نگاه کردم و پرسیدم: " چه مدت در فکر و رویا به سر بردم؟"

او با تعجب نگاهی به من انداخت و پاسخ داد: "طبق ساعتی که زمان را به من نشان می دهد مدت چند دقیقه است اما مطمئن هستم که برای شما در همین مدت چند دقیقه خاطرات چند روز برایتان مرور شده است. لبخندی زدم وگفتم: "روبوساینا، چرا این موضوع را اینطوری بیان می کنی؟"

روبوساینا گفت: " دقیقاً نمی دانم شاید نوعی احساس باشد"

با خودم گفتم: " هنگام ساخت روبوساینا عملکردهای احساسی دقیقی را پیش بینی کرده و جایگذاری کرده بودم اما هیچ وقت به خاطر ندارم از تکنولوژی که بتواند حس ششم را در او بوجود بیاورد استفاده کرده باشم، شاید این اتفاق هم مثل دیگر اتفاق ها تصادفی باشد"

اما نکته ای که توجهم را به خودش جلب کرده بود این بود که نابرابری زمانی پدیده ای علمی بود که اگر شخص می توانست در یک زمان در چند مکان مختلف حضور داشته باشد با آن مواجه می

شد یعنی ممکن بود در یک مکان تنها کمتر از یک ثانیه در مکانی دیگر سالها زندگی کند و این پدیدهٔ ...

در همین زمان روبوساینا از جای خودش بلند شد و گفت: " تصمیم خودت را گرفتی؟"

به او نگاه کردم ظاهرش نشان می داد برای دانستن آنچه که در آن دفتر خاطرات بود بی تابی می کرد. خب من هم که حالا واقعاً نیاز به مرور برخی از خاطرات گذشته داشتم برای همین هم به روبوساینا گفتم: "بیا شروع کنیم و داده های آن دفترچه که تقریباً بارگذاری شده بود را مطالعه کردم که ..."

روبوساینا به سرعت روی صندلی کنار من نشست و سر تا پا گوش شد بدون آنکه حتی پلک بزند به من گوش می کرد.

دقیقاً خاطرم بود که آن روز ملکهٔ سرزمین عشق به من گفت: " سهراب شاید عشق در وجود تو در یک نگاه به درختی بارور تبدیل شده باشد اما عمق و زیبایی این اتفاق باید باعث شود تا اجازه بدهی تا این عشق در گل سرخ تو ابتدا جوانه بزند و بعد به درختی بارور تبدیل شود، سهراب این تو هستی که این عشق را در قلبش می

کاری و سپس با توجه و تلاش خودت بارور می کنی پس شروع کن قلبت تو را راهنمائی می کند و راه درست را به تو نشان می دهد از او پیروی کن تا راه درست را پیدا کنی "

او با گفتن این حرف ها غیبش زد گوئی از ابتدا هم آنجا نبود.

ابتدا سعی کردم آرامش خودم را حفظ کنم برای همین هم روی اولین مبل در آن نزدیکی نشستم و به عقربه های ساعت نگاه کردم که پی در پی مسیری دایره ای را طی می کردند پس باید کاری می کردم... صدایی شنیدم و بعد از آن مادر و پدرم را دیدم که چمدان بدست مقابل من ایستاده اند و این نشان می داد که آنها دوباره قصد سفر به جائی را داشتند البته در آن شرایطی که من با آن روبرو بودم سفر آنها می توانست تنهائی بیشتری به من بدهد که این موضوع با می توانست مفید باشد یعنی تنهائی و خلوتی که می خواستم. در این حالت نیازی به حضورم در خانه نبود و من می توانستم راحت تر غیبت کنم و مدت بیشتری را بدنبال یافتن راه حل مورد نظرم باشم. بعد از خداحافظی با آنها و مطمئن شدن از رفتن آنها دو مرتبه روی همان مبل نشستم و ثانیه های ساعت را یکی پس از دیگری می شمردم.

بخش پنجم: اولین قرار

راه حل های مختلفی به ذهنم می رسید که یکی از آنها استفاده از نیروهایی بود که داشتم بنابراین از نیروی خودم استفاده کردم و تصمیم گرفتم که از همانجا او را ببینم و این اتفاق افتاد و این موضوع که می توانستم او را از هر جائیکه بودم ببینم برای من خوشایند بود. در حالیکه او را نگاه می کردم به آنچه باید انجام بدهم هم فکر می کردم تا اینکه سرانجام فکری به ذهنم رسید و ایده ی مناسبی یافتم باید آنرا عملی می کردم گل سرخ در فاصلۀ کمی از طرفداران خودش ایستاده بود و تعداد زیادی خبرنگار او را احاطه کرده بودند و در حال تهیه گزارش و عکس گرفتن بودند از طرف دیگر چند نفر بادیگارد هم در اطراف او در حال کنترل اوضاع بودند خب این فرصت خوبی بود سراغ کمد لباسم رفتم و یک دست کت و شلوار مشکی را انتخاب کردم و پوشیدم و آمادۀ رفتن شدم برای رفتن به آنجا نیازی به گریم نداشتم چون این بار می خواستم که او مرا ببیند. لحظه ای بعد خودم را بین آن جمعیت دیدم ابتدا آن ازدحام جمعیت کمی گیجم کرد اما بالاخره توانستم از جایی دور گل سرخ را ببینم. از جایی که بودم خودم را به داخل هتل رساندم فکری به خاطرم رسید می توانستم یادداشتی به او بدهم و امیدوار باشم که او آن را بخواند، پس کاغذی از پذیرش هتل گرفتم

و چون عجله داشتم آنرا به دو نیم تا زدم اما موقع پاره کردن آن
خیلی بد پاره شد می خواستم کاغذ دیگری برای اینکار بگیرم اما
زمان زیادی برای اینکار نداشتم پس روی همان کاغذ نوشتم و به
این ترتیب یادداشتی هم برای اینکار تهیه کردم و در آن آدرس
یکی از رستوران های آن شهر را نوشتم جای مناسب و دنجی بود
این یادداشت را در جیب پیراهنم قرار دادم و بین افرادی که داخل
هتل بودند گل سرخ را زیر نظر گرفتم و منتظر لحظه ای بودم که
بتوانم آن یادداشت را به او بدهم. کمی خودم را به او نزدیک تر
کردم و وقتی خبرنگارها و عکاس ها او را احاطه کرده بودند من هم
خودم را نزدیک او رساندم. همان موقع بود که تعدادی از خبرنگارها
بدون رعایت حدود مناسب قصد نزدیک شدن به او را داشتند و در
عین حال یکی از طرفدارهای او قصد داشت تا خودش را به او
برساند این موضوع باعث شده بود تا توجه بادیگاردهای او به
خبرنگاران و عکاس ها جلب شود و چند نفر از بادیگاردهای او هم
برای جلوگیری از نزدیک شدن جمعیت طرفدارها که می خواستند
خودشان را به او برسانند جلوی او ایستاده بودند و این بهترین
فرصت بود تا خودم را به او برسانم. آن یادداشت را از جیبم در
آوردم سرم را پائین انداختم و زمانیکه از کنارش عبورکردم آن را

در دستش گذاشتم و به سرعت از آنجا دور شدم. می دانستم که اگر کمی مکث می کردم توجه بادیگاردها یا بقیۀ افرادی که در آن محل بودند جلب می شد. امیدوار بودم که چهرۀ من را دیده باشد اما زمانیکه از دور به او نگاه کردم دقیقاً می دیدم که حالتی از شک و تردید داشت و نمی شد فهمید که آیا چهرۀ من را دیده یا نه!؟

به هر حال وقت آن بود که به آن رستوران بروم و منتظر آمدن او بمانم، هر چند که احتمال آمدن او خیلی کم بود اما من همچنان امیدوار بودم، زمان همچنان سپری می شد و تنها کاری که از دست من بر می آمد نشستن روی صندلی پشت آن میز بود، این مدت زمان بسیار طولانی شده بود و زمان بسیار دیر می گذشت، خب اگر او می آمد چه اتفاقی می افتاد، دلم گرفته بود مثل یک هوای مه گرفته که برای باز شدنش باران می خواست. در همین فکر بودم که رعد و برقی زد و باران شروع به باریدن کرد نگاهم به در مانده بود و یک یک آدم هائی که وارد می شدند را بدقت نگاه می کردم و انتظار می کشیدم و انتظار می کشیدم انتظار گل سرخ خودم را... و این شاید شیرین ترین انتظاری بود که تا کنون تجربه کرده بودم البته اگر او می آمد.

که ناگهان او را خیس باران در درگاه در ورودی رستوران دیدم که یادداشت بدست ایستاده بود و کنجکاوانه به داخل رستوران و افراد داخل آن نگاه می کرد تا اینکه نگاهش به من رسید و لبخندش در آن لحظه زیباترین هدیهٔ خداوند بود، از جایم بلند شدم و می خواستم تا دستم را برای او تکان بدهم و خودم را به او نشان بدهم اما در آن لحظه آن پسر بچهٔ خجالتی شده بودم که دست و پایش را گم کرده است. واقعاً دست و پایم را گم کرده بودم گونه هایم سرخ شده بود و با انگشتانم بازی می کردم، با وجود دنیائی از حرف هائی که برای این لحظه آماده کرده بودم حتی نمی توانستم یک کلمه به زبان بیاورم و تنها به او خیره شده بودم و مات و مبهوت به او نگاه می کردم غرق در زیبائی چشمهایش شده بودم لبخندی بی اراده و بدون آنکه علت آنرا بدانم برلبانم نقش بسته بود و با خودم می گفتم: " گل سرخ زیبای من، تو کجا و اینجا کجا؟"

در همین لحظه بود که از شدت خجالت تنها برای چند لحظه نگاهم را از گل سرخ برگرفتم و به زمین نگاه کردم می خواستم نفسی تازه کنم و این بار او را صدا بزنم. همین موقع صدای اطرافیان را شنیدم که یکی به دیگری می گفت: " او همان هنرمند بزرگ است؟"

و او پاسخ داد: "شباهت زیادی به او داری اما فکر نمی کنم، او کجا و اینجا کجا ..." و حرف هائی از این جنس...

سرم را بالا آوردم و همین که می خواستم او را صدا بزنم، پسر دیگری را دیدم که در باز کردن سر صحبت با او از من پیشی گرفته بود و مشغول صحبت کردن با او شد، خودم را لعنت کردم که اگر دستپاچه نمی شدی می توانستی زودتر از آن خودت را به گل سرخ برسانی و ...

اما آن موقع کار زیادی از دستم بر نمی آمد، فقط خودم را به صندلی میز کنار آنها رساندم و به حرف های آنها گوش دادم.

از همانجا به آن دو نگاه می کردم و با خودم می گفتم: " این پسر دیگر از کجا پیدایش شد؟"

گارسن برای گرفتن سفارش غذا کنار میزی که روی آن نشسته بودم ایستاده بود و به من نگاه می کرد اما وقتی شدت عصبانیتی که در چهره ام موج می زد را دید از گرفتن سفارش منصرف شد و داشت برمی گشت که او را صدا کردم و از او خواستم تا یک لیوان آب خنک به من بدهد.

دوباره به من نگاه کرد و پرسید: " اتفاقی افتاده ؟"

گفتم: "نه"

او در حالیکه چند قدم به سمت من برگشته بود نگاهی به من انداخت و بعد به سمت در ورودی آشپزخانه رستوران رفت و چند دقیقه بعد با یک لیوان آب خنک برگشت، لیوان آب را نگاه می کردم که در دمای داخل آن رستوران اطرافش بخار گرفته بود و چقدر در آن زمان به این لیوان آب یخ نیاز داشتم و تمام آن را یکجا سرکشیدم سپس دوباره به گل سرخ نگاه کردم که مشغول صحبت کردن با آن پسر بود، گوش هایم را تیز کردم و به حرف های آنها گوش می دادم گل سرخ به آن پسر گفت:" همان لحظه که یادداشت شما را گرفتم احساس کردم که شما باید با بقیه پسرها فرق داشته باشید"

آن پسر با شنیدن این حرف های دختر با وجود اینکه می دانست او هیچوقت یادداشتی به گل سرخ من نداده است گفت: " بله، من هم در مورد شما همین فکر را می کنم، برای همین هم بود که آن یادداشت را به شما دادم"

از اینکه می دیدم آن پسر با آرامش تمام در حال دروغ گفتن به گل سرخ است عصبانی شده بودم به حدی که از شدت عصبانیت لیوان در دستم در حال ترک خوردن بود. اما با این حال سعی می کردم بر خودم مسلط باشم و دو مرتبه به حرف های آنها گوش دادم، گل سرخ گفت: "وقتی یادداشت را در دستم گذاشتید نتوانستم صورت شما را بطور کامل ببینم چون سرتان را پائین گرفته بودید"

آن پسر شیاد هم ادامه داد: " بله، من معمولاً این کار را انجام می دهم"

گل سرخ کمی جا خورد و پرسید: " یعنی شما به افراد دیگری هم از این یادداشت ها داده اید؟!"

و آن پسر ادامه داد: "نه، منظورم در رفتارهای روزانه ام است"

از دروغ هائیکه آن پسر به گل سرخ من می گفت عصبانی بودم تا اینکه متوجه نگاههای آن پسر به گل سرخ شدم، نگاهش شیطنت آمیز بود و می شد به راحتی به نیت پلید او پی برد این مرتبه تصمیم گرفته بودم حسابی خدمت آن پسر شیاد و دروغ گو برسم.

از روی صندلی میز کنار آنها بلند شدم و در حالیکه دستم را مشت کرده بودم قصد داشتم با زدن یک مشت توی صورت آن پسر دروغ گو درس بزرگی به او بدهم اما همینکه می خواستم به سمت آنها حرکت کنم همان گارسن به همراه همکار دیگرش به سمت من آمدند با دیدن آنها دستم را درون جیبم بردم و سعی کردم تا کمی عادی باشم. به من که رسیدند ایستادند و گفتند: " می شود یک سوال از شما بپرسیم؟"

با لبخندی ساختگی و در حالیکه با گوشهٔ چشمم به آن پسر و گل سرخ نگاه می کردم پاسخ دادم: " البته، چرا که نه "

یکی از آن گارسن ها دست دیگرم را گرفت و من را به گوشهٔ سالن رستوران کشید و گفت:" شما آن پسر را می شناسید؟"

پاسخ دادم: " چطور مگه؟"

و او ادامه داد: " او یکی از پسرهای بدی است که گاهی اوقات به این رستوران می آید و از آنجائیکه از دور متوجه نحوهٔ نگاه شما به آن دختر شدم خواستم این موضوع را با شما در میان بگذارم شاید شما بتوانید به آن دختر در مورد این پسر هشدار دهید"

و بعد از گفتن این موضوع به همراه همکارش رفتند. دو مرتبه به میز کنار آنها برگشتم و روی صندلی نشستم با خود تصمیم گرفته بودم هر طور شده به این موضوع خاتمه بدهم. می توانستم کارهای زیادی بکنم اما اول از همه گل سرخ باید به بد بودن آن پسر پی می برد دستم هنوز توی جیبم بود و همینکه مشتم را باز کردم تکه کاغذی را در جیبم لمس کردم آنرا بیرون آوردم و دیدم که آن نیمه دیگر همان کاغذی است که یادداشت گل سرخ را برروی آن نوشته بودم.

در آن شرایط همراه داشتن این تکه کاغذ می توانست نشانهٔ خوبی باشد به دست های گل سرخ نگاه کردم یادداشت خودم را در دستش دیدم می توانستم با نشان دادن نیمهٔ دیگر آن یادداشت او را از اینکه شخص دیگری را به جای من دیده است آگاه کنم و بگویم که این پسر آن فردی که یادداشت را در بین آن جمعیت به او داده نیست... برای همین هم از جایم بلند شدم و همینکه اولین قدم را به سمت او برداشتم دیدم که گل سرخ و آن پسر دروغ گو هم از جای خودشان بلند شدند و به سمت در خروجی رفتند.

پشت سرشان به راه افتادم و متوجه شدم که آن پسر دروغگو با چرب زبانی و دروغ گل سرخ را فریب داده است. پول لیوان آبی را که خورده بودم روی میز گذاشتم و به آن گارسن نگاه کردم او در حالیکه من را نگاه می کرد علامتی به نشانهٔ موفقیت به من نشان داد و من به سرعت به دنبال گل سرخ و آن پسر رفتم.

این اولین قرار ملاقاتی بود که می توانستم داشته باشم که تنها به علت خجالتی بودن من داشت داستان کاملاً متفاوتی را رقم می زد اما دست خودم نبود این روزها با دیدن گل سرخ دست و پایم را گم می کردم و گونه هایم سرخ می شد و زبانم بند می آمد.

چند قدمی که از در دور شدند او از گل سرخ خواست که او را به هتل برساند گل سرخ هم ابتدا مایل به انجام اینکار نبود اما با چرب زبانی آن پسر قانع شد و صدای آنها را می شنیدم که گل سرخ می گفت: " فقط تا هتل همراه شما خواهم آمد"

باید کاری می کردم: " احساسی از درون به من اجازه می داد که از هر قدرتی استفاده کنم حتی اگر آن پسر نابود می شد هم مهم نبود اما قلبم از من می خواست که همراه آنها بروم پس برای اینکار

تنها یک راه حل وجود داشت باید نامرئی می شدم و این اتفاق می
توانست در کمتر از یک ثانیه رخ دهد.

نامرئی بودم و بدون آنکه دیده بشوم به محض باز شدن در خودرو
وارد آن شدم و در صندلی عقب نشستم، و این تازه آغاز ماجرا بود.

آن پسر اتومبیل را استارت زد اتومبیل گران قیمتی بود و سپس
شروع به حرکت کردند آن پسر در طول مسیر پشت سرهم حرف
می زد سعی می کرد تا موضوعات بی ارتباطی را برای ادامه صحبت
خودش پیش بکشد، اما گل سرخ مدام در حال پافشاری برای
دانستن آن بود که او چگونه آن یادداشت را به او رسانده بود.

مطمئن بودم که گل سرخ با دیدن رفتارهای آن پسر به اینکه آیا
او واقعاً یادداشت را به او رسانده است و یا نه به شک افتاده بود و
این موضوع می توانست دلیل پرسش های پی در پی او باشد. به
دست های گل سرخ نگاه کردم و یادداشتی را که به او داده بودم
می دیدم که هنوز هم آنرا در دستش داشت و به آن نگاه می کرد
و دوباره اما جدی از پسر پرسید: " راستی چرا خودت یادداشت را
به من ندادی و از آن دختر بچه خواستی که آنرا به من برساند؟"

آن پسر که هنوز هم نمی خواست اعتراف کند که او این کار را انجام نداده پاسخ داد: " خب دیگر این هم روش من است، شاید می خواستم با این روش جدید تو را بیشتر تحت تاثیر قرار بدهم و باعث خوشحالی تو شوم"

فکر می کنم پاسخ پسر دروغگوی آن رستوران باعث شد تا گل سرخ دقیقاً بفهمد که این پسر آن کسی که جلوی هتل یادداشت را به او داده نیست و این موضوع را می شد به راحتی در تغییر حالت چهره اش دید. خودش را کمی جمع کرد و به در اتومبیل چسبید.

اما نباید فراموش می کردم که بعد از آنکه آن یادداشت را به او داده بودم مسئولیت او بر عهدهٔ من بود پس باید دقت بیشتری می کردم، چاره ای نداشتم باید اول ذهن آن پسر را می خواندم اما کاش این کار را نمی کردم چرا که در ذهن او پر از افکار زشت و بد بود خب تصمیم خودم را گرفته بودم باید آن پسر را به سزای این افکارش می رساندم اما اول باید ماهیت او را برای گل سرخ روشن می کردم، همین موقع نگاهم را به مناظر اطراف معطوف کردم و دیدم که او

بر خلاف قولی که به گل سرخ داده بود به سمت هتل نمی رفت و این خودش جای شک داشت؟

در تصمیم خودم مصمم بودم و باید تا قبل از اینکه دیر بشود او را به سزای کارهایش می رساندم برای همین هم فقط یک فرصت کوچک لازم بود تا خدمتش برسم یعنی نیاز به زمانی داشتم که او تنها در دسترس من قرار بگیرد. باید منتظر این فرصت باقی می ماندم به صورت گل سرخ خیره شدم، می شد فهمید که او هم مثل چند دقیقه قبل نیست و احساس می کردم که او هم از اینکه مقصد آنها هتل نیست خبر دارد. اما با کمال تعجب دیدم که به آن پسر می گفت: " می شود به جای آن هتل به مکان دیگری من را برسانی؟"

آن پسر با تعجب پرسید: " باشد اما کجا؟"

گل سرخ گفت: " مثلاً یک رستوران در خارج از شهر که بتوانیم در آنجا چیزی بخوریم"

نگاه شیطانی آن پسر را می شد به وضوح دید گوئی داشت به هدف خودش می رسید و این موضوع را برای او جالب تر می کرد اکثر

دخترها در این مواقع جیغ می زدند و یا سعی می کردند اتومبیل
را متوقف بکنند اما چرا گل سرخ این درخواست را از آن پسر دروغ
گو کرد؟! این رفتار گل سرخ باعث تعجب من شده بود.

آن پسر دروغ گو چند خیابان جلوتر که رفت در اولین چهارراه به
سمت خارج از شهر ادامه مسیر داد اما در آن بخش از شهر هیچ
رستورانی وجود نداشت؟ تنها چیزی که در آن قسمت در خارج از
شهر بود چند کافهٔ کوچک و البته قدیمی بود و این موضوع باعث
نگرانی من شده بود، البته هنوز هم مطمئن بودم که این آرامشی
که در چهرهٔ گل سرخ هست بی دلیل نیست. کمی مانده بود که به
آن رستوران در خارج از شهر برسند که گل سرخ از آن پسر دروغ
گو خواست تا به یکی از کافه هایی که کمی جلوتر است برود این
کافه کمی از شهر فاصله داشت اما نسبت به آن رستوران در محل
دور افتاده تری واقع می شد، این تازه آغاز ماجرا به نظر می رسید،
این سوال برای من پیش آمده بود که علت این درخواست گل سرخ
چه بود؟! واقعاً چه نقشه ای در سر داشت؟! می توانستم ذهن او را
بخوانم اما در آن زمان این کار را نکردم شاید به این دلیل که این
موضوع را به نوعی نادیده گرفتن محدودهٔ شخصی او می دانستم
در همین افکار خودم غرق بودم که به آن کافه رسیدیم کمی از

جاده اصلی فاصله داشت، آن پسر با اشتیاقی زیاد و غرق در افکار بد به آن فرعی پیچید تا مقابل در آن رستوران رسید، اتومبیل را نگه داشت که گل سرخ به او گفت: " می شود بپرسی که آیا غذای... هم دارد و یا خیر؟! اگر نداشته باشد می توانیم به جای دیگری برویم"

پسر از او پرسید: " مگر تو همراه من نمی آیی؟"

گل سرخ پاسخ داد: " زیر این باران؟ شاید بهتر باشد که تو بروی و بپرسی اگر این غذا را داشته باشد فقط من را از همانجا صدا بزن من هم بعد از آن خواهم آمد، اما اگر این غذا نداشته باشد هر دوی ما باید به کافهٔ بعدی برویم"

پسر هم ابتدا با تردید به او نگاه کرد اما پس از آن که کمی فکر کرد پذیرفت و از خودرو پیاده شد گل سرخ در حالیکه به او لبخند می زد با دست اشاره می کرد که برو- برو و آن پسر هم در فاصلهٔ اتومبیل تا آن کافه چند بار به عقب نگاه کرد و با دیدن لبخند های گل سرخ گوئی دلگرم شده بود.

اما به محض اینکه آن پسر وارد رستوران شد گل سرخ دیگر لبخند نزد خیلی آرام یادداشت داخل دستش را تا کرد و در جیبش گذاشت سپس اتومبیل را روشن کرد و به راه افتاد تا به جادهٔ اصلی رسید در آنجا توقف کرد و سپس با تلفن همراهش با شخص دیگری تماس گرفت و تنها چند کلمه گفت و به راه خودش ادامه داد و جالب تر از همهٔ این ماجرا، این بود که هنوز چند ثانیه نگذشته بودکه دو اتومبیل سیاه رنگ و بزرگ از کنار ما عبور کردند و به سمت آن کافهٔ قدیمی رفتند کمی جلوتر گل سرخ اتومبیل آن پسر را کنار خیابان پارک کرد پیاده شد و در زیر باران شروع به قدم زدن کرد و در مسیری که به سمت شهر می رفت آرام آرام و پیاده به راه افتاد و من هم کمی عقب تر از او به دنبالش می رفتم، کمی جلوتر دستش را به داخل جیب خودش برد و یادداشتی را که جلوی هتل به او داده بودم را از جیبش در آورد و به نوشته های روی آن نگاه کرد و آن را در دستش مشت کرد اول گمان کردم که آن یادداشت را دور خواهند انداخت اما با کمال تعجب دیدم که آن یادداشت را با دو دستش محکم گرفته بود و روی سینه اش نگه داشت. و این موضوع باز هم برای من عجیب بود!

او به راهش ادامه داد و من هم مطمئن از اینکه او مرا نمی بیند به دنبال او می رفتم کمی جلوتر که رفتیم خودم را به او رساندم و کنارش حرکت کردم، از اینکه کنارش زیر باران و پیاده می رفتم حس خوبی به من دست داده بود و در اینجا بود که می توانستم معجزه باران، پای پیاده و خلوت دو نفره را لمس بکنم اما می دانستم که حسرت گرفتن دستش را زیر باران خواهم داشت تا اینکه در کنار جاده به درختی رسیدیم که چند قدمی از حاشیهٔ خیابان فاصله داشت و او به کنار آن درخت رفت و زیر آن روی تخته سنگی نشست. هنوز چند دقیقه نگذشته بود که آن دو خودروئی که قبلاً دیده بودیم به آنجا رسیدند و در حاشیهٔ خیابان توقف کردند دو مرد درشت هیکل از آن خودروها پیاده شدند و یکی از آنها چیزی شبیه به اسلحه و یا میله در دستش بود برای هر اقدامی از سوی آنها آماده بودم تا اینکه توانستم زیر نور رعد و برق چهرهٔ یکی از آنها را ببینم. بله او یکی از محافظان گل سرخ بود جلوتر که آمدند آن شی هم که همراه آنها بود را واضح تر دیدم، یک چتر بود او جلوتر آمد چتر را باز کرد و بالای سر گل سرخ گرفت، و سپس همه با هم به سمت آن خودروها به راه افتادند و من هم همراه آنها رفتم و این مرتبه در اتومبیل کنار گل سرخ

نشسته بودم و به او نگاه می کردم هنوز هم می شد در بین قطرات بارانی که بر روی صورت او نشسته بود قطرات اشک را دید. آنها درخششی متفاوت از قطرات باران داشتند پس از گذشت مدتی گل سرخ از یکی از محافظان خودش پرسید: " سر آن کلاهبردار چه آوردید؟"

و او هم بدون معطلی یک ویدئو را به او نشان داد و من هم که کنار گل سرخ نشسته بودم دقیقاً می دیدم که چه بلائی سر او آورده اند با دیدن آن فکر نمی کنم که دیگر آن پسر هوس اینگونه کارها به سرش بزند، پس از آن گل سرخ به راننده اش گفت که برای رفتن او به خانۀ پدر و مادرش او را به فرودگاه برسانند.

بخش ششم: مادر ۲

در طول مسیر به او نگاه می کردم مدام با دستمال اشکهایش را پاک می کرد اما هیچ چیزی نمی گفت، تا اینکه بعد از مدتی به فرودگاه رسیدند و به شهری که خانهٔ پدر و مادرش بود رفتند و من هم در همان هواپیما و در راهروی آن در تمام طول مسیر ایستاده بودم. به آن شهر که رسیدیم داخل فرودگاه برای چند دقیقه او را گم کردم اما به راحتی می شد او را از جمعیت عکاس ها و خبرنگارها که در محلی تجمع کرده بودند شناخت. قبل از اینکه او به اتومبیلش برسد من به خودرویی که منتظر او بود سوار شدم و منتظر آمدن او ماندم. به خانهٔ پدر و مادرش که رسیدیم او پس از سلام و احوال پرسی به اتاق خودش رفت و من هم در اتاق نشیمن نشستم درست در کنار مجسمه ای که در آنجا بود. اما در آنجا احساس راحتی نمی کردم و به همین دلیل به سمت دیگر اتاق نشیمن رفتم اما در میانهٔ راه متوجه یک مبل ۳ نفره و راحت در آنجا شدم و روی آن نشستم و از آنجا که مدت زیادی بود که نخوابیده بودم همانجا و روی همان مبل خوابم برد.

از خواب که بیدار شدم پدر او را دیدم که روی مبل کناری در حال مطالعهٔ مطلبی بود اول تعجب کردم و ناخودآگاه به او صبح بخیر گفتم اما چون نامرئی بودم تنها نجوائی از من به گوش او رسید. و

تنها کمی به سمت من نگاه کرد بعد از آن دستی به گوشش کشید و به ادامهٔ مطالعهٔ خودش پرداخت، خب الان نوبت من بود که تا آمدن گل سرخ کمی در خانهٔ پدری او قدم بزنم و نگاهی به اطراف بیندازم. گاهی تابلوهای عکسی که بر دیوار زده شده بود توجهم را جلب می کرد و گاهی قطعه ای دکوراتیو در گوشه ای ...

اما از تمام آنها که بگذریم در خانهٔ آنها یک چیز مشهود بود و آن این بود که در آن خانه هویت یک خانواده کاملاً حفظ شده است و این موضوع در آن زمان یکی از زیبا ترین موضوعاتی بود که در مورد گل سرخ فهمیده بودم...

در یکی از راهروهای خانه گل سرخ را دیدم که در حال عبور بود. خودم را به گوشه ای رساندم و به دیوار چسباندم با وجود اینکه نامرئی بودم هنوز هم از روبرو شدن مستقیم با او دوری می کردم نمی دانم چرا اما با دیدن او بسیار کمرو و خجالتی می شدم، دمای بدنم بالاتر می رفت و دستپاچه می شدم و لپ هایم گل می انداخت و سرخ می شد. مطمئن بودم که در آن شرایط نمی توانستم راحت با او حرف بزنم شاید به این دلیل که محو تماشای چشمهایش می شدم...

او تازه از اتاقش بیرون آمده بود و داشت به طبقهٔ پائین می رفت. با رفتن او بلافاصله به اتاقش رفتم و متوجه شدم که یادداشت من را بر روی میز کنار تختش گذاشته، آنرا برداشتم و دوباره آنچه روی آن نوشته بودم را خواندم اما چیزی که آن موقع من نوشته بودم تنها بخشی از آن یادداشت بود گل سرخ چیزهایی به آن اضافه کرده بود اما زیباترین بخش این یادداشت این بود که در پائین آن نوشته شده بود: " تو را خواهم یافت، تو را خواهم یافت همچون یک جستجوگر همچون یک یابنده که پس از مدت ها آنچه را که خواهد جست خواهد یافت"

اما یک واژه بین یادداشت هایش جلوه نمایی می کرد و آن واژه هم این بود:" عشق واقعی"

با خواندن این جملات جدید در آن یادداشت فقط می شد فهمید که او از این لحظه به بعد به دنبال یافتن عشق واقعی خودش خواهد بود و این اتفاق چقدر زیبا بود و شاید فرصتی برای من بود تا تمام تلاشم را بکنم. پس این برای من یک آغاز دوباره بود.

گوشهٔ اتاق ایستاده بودم که او آمد و آن یادداشت را برداشت دو مرتبه خواند و آنرا در گاو صندوق اتاقش گذاشت. اما همچنان در

گاو صندوق باز بود که او بلند شد و از پنجره به بیرون از اتاق نگاه کرد خب این فرصت مناسبی بود که من هم جمله ای را در نیمهٔ دیگر این یادداشت بنویسم و آنرا در درون آن گاو صندوق بگذارم. بنابراین از روی میز یک خودکار برداشتم و روی آن نوشتم: " نیمهٔ دیگر من، روزی که تو را بیابم کامل خواهم شد همچنان که این یادداشت کامل خواهد شد"

و آنرا درون گاو صندوق گذاشتم و او هم بدون آنکه توجهی کند آمد و در گاو صندوق را بست و رفت و شاید این آغاز ماجرائی بزرگ بود.

در اتاق او روی یک صندلی کنار تخت او نشسته بودم که فرشتهٔ عشق آمد و بدون آنکه چیزی بگوید گاو صندوق را باز کرد و آن یادداشت و نیمهٔ دیگر آن را برداشت بدون آنکه چیزی بگوید رفت این رفتار او برای من عجیب بود اما علت آن هر چه که بود مطمئناً در آینده آن را می دانستم.

خب زمان آن رسیده بود که برگردم شاید این اولین تجربهٔ من در این مورد بود اما درس های زیادی از آن آموخته بودم. پس به طبقه پائین رفتم تا قبل از برگشتن به خانه خودمان دوباره او را ببینم و

بعد به خانه برگردم. این موضوع باعث شد تا ناخواسته حرف هائی
که بین پدر و مادرش در رابطه با خانهٔ قدیمی آنها زده می شد را
بشنوم کمی بعد تر گل سرخ هم آمد و به جمع ما اضافه شد اما
زمان رفتن برای من فرا رسیده بود و من با دیدنش رفتم. وقتی
دوباره چشم هایم را باز کردم خودم را در خانهٔ خودمان و روی
تراس اتاقم دیدم.

بخش هفتم: حقیقت عشق

کمی که از بازگشتم به خانه گذشت به اتاق برگشتم اما هنوز هم
بی تاب بودم و دلم می خواست هوای بیشتری برای تنفس داشته
باشم و در تراس خانه احساس راحتی بیشتری داشتم و شاید این
بخاطر این بود که آنجا هوای تازه تری جریان داشت و یا شاید
دیدن آن منظرهٔ زیبا کمی آرام ترم می کرد اما هر چه که بود مرا
وادار کرد تا به آن تراس برگردم و روی صندلی راحتی که آنجا بود
بنشینم و برای مدتی بی هیچ دغدغه ای به مناظر روبرو نگاه کنم.
اما هنوز چند دقیقه ای نگذشته بود که دو مرتبه افکار مختلفی به
ذهنم هجوم آوردند و اولین آنها این بود اگر که او دنبال عشق
واقعی خودش می گردد پس بهتر است که کاری کنم که مرا پیدا
کند اما این کافی نبود، باید کاری می کردم که او عاشق من می
شد و برای این کار نمی دانستم چکار کنم یا از کجا باید شروع کنم
...

همین موقع بود که فرشتهٔ عشق ظاهر شد و کنارم نشست و گفت:
" چرا آن یادداشت را نوشتی؟ چرا آنرا نزدیک قلبت قرار دادی؟

این اولین بار بود که سوالی به این شکل مطرح و پرسیده می شد!
با تعجب پرسیدم: "چرا؟ فکر می کنید کارم خوب نبوده است؟"

در حالیکه به او نگاه می کردم کمی بیشتر به این کارم اندیشیدم، خب شاید حق با او بود بنابراین گفتم: " می دانم، خودم هم به همین نتیجه رسیدم، اما چرا نباید آن یادداشت را نزدیک قلبم قرار می دادم؟"

فرشتهٔ عشق گفت: " یعنی این قدر نسبت به اسرار عشق کم می دانی! "

با گفتن این جمله به من خیره شد و ادامه داد: " فراموش نکن هر کسی که عاشق می شود از معجزهٔ عشق لبریز می شود و با توجه به شدت این عشق و پاکی روح او این معجزه پایدار تر و قوی تر خواهد بود اما برای تو موضوع کمی فرق می کند"

پرسیدم: " معجزه عشق! چه فرقی؟"

و او ادامه داد:" در مورد تو این معجزه آنقدر قوی است که علاوه بر خودت بر اشیاء یا افراد اطرافت هم تأثیر می گذارد. همانطور که دیدی یادداشتی که به او دادی باعث شده بود تا عشق تو را به راحتی حس کند و این احساس به مرور در او زیاد خواهد شد و این کاریست که تو آنرا انجام داده ای"

با تعجب به او نگاه کردم، هنوز هم کاملاً حرف های او را نفهمیده بودم خیلی دلم می خواست از او بخواهم بیشتر برایم بگوید. همینطور که به او نگاه می کردم او ادامه داد: " سهراب آنچه که تو باعث آن شده ای این است که او عشق تو نسبت به خودش را احساس کرده است و این موضوع در قلب او نشسته است بنابراین قلب او آرام نخواهد شد تا زمانیکه او بتواند تو را پیدا کند اما با شرایطی که من می دانم این اتفاق باید در زمان معینی صورت می گرفت اما تو آنرا قبل از آن زمان انجام داده ای "

هنوز هم نمی دانستم چه پاسخی باید به او بدهم و همچنان مات و مبهوت به او نگاه می کردم.

فرشتهٔ عشق این ها را گفت و رفت.

اگر این اتفاق یعنی لمس یادداشتم باعث شده بود تا او عشقم را نسبت به خودش حس کند پس از امروز تمام گل های خانه او را هر روز صبح لمس خواهم کرد تا هر مرتبه که او آن گل ها را ببوید این عشق در او دوباره بیدار شود و هر روز بیشتر و بیشتر شود.

شاید من هم باید کمی بیشتر استراحت می کردم شاید این استراحت باعث می شد که راحت تر و با ذهنی بازتر می توانستم در این مورد تصمیم بگیرم پس به اتاقم رفتم و روی تخت دراز کشیدم در حال فکر کردن به موضوعات مختلف این روزها بودم و آنچه که گذشته بود را مرور می کردم. این روزگار برای هر کسی واقعه ای پس از واقعه ای دیگر رخ می داد اما انگار روزگار برای من عجیب ترین ها را در نظر گرفته بود. در همین افکار خودم غرق بودم که خوابم برد.

خواب عجیبی می دیدم خواب می دیدم که در مزرعه ای در حال عبور از درختان آنجا هستم و این درختان باعث لطافت زیاد آن منطقه شده و منظره ای زیبا را بوجود آورده بودند همه چیز عالی بود تا اینکه ناگهان اتفاقی عجیب رخ داد. انگار شخصی من را صدا می زد اول فکر می کردم که این صدا از خیالات من سرچشمه می گیرد اما اینطور نبود چون هر لحظه واضح تر می شد و من به دنبال منشأ آن صدا می گشتم، هر چه که از شنیده شدن صدا بیشتر می گذشت واضح تر می شد تا جاییکه مطمئن بودم آن صدا از خانه ای به گوش می رسد که در نزدیکی همین مزرعه است. باید به دنبال صدا می رفتم و علت اینکه آن صدا را می شنیدم را پیدا می

کردم، نزدیک تر که شدم دقیقاً می شد تشخیص داد که آن صدا مربوط به یک کودک است که صدا می زند.

اما شنیده شدن صدای یک کودک در آن مزرعه چه چیزی را می خواست به من نشان بدهد؟ اصلا معنای آن چه بود؟! اما از همه اینها مهمتر این بود که از کجا مرا می شناخت؟ و چرا نامم را صدا می کرد؟ و اینها همه دست به دست هم داده بودند و این موضوع باعث می شد تا لحظه به لحظه متعجب تر شوم و همینطور بر کنجکاوی من برای یافتن منشأ آن صدا افزوده می شد تا سرانجام به نزدیک آن خانه رسیدم ابتدا کمی مردد بودم اما سرانجام تصمیمم را گرفتم که بالاخره وارد آن خانه بشوم یا نه؟ نمی توانستم بر حس کنجکاوی خودم غلبه کنم، باید می دانستم که منشأ آن صدا از کجاست؟ او چرا مرا به خود می خواند؟

به در آن خانه رسیدم و دستگیرهٔ آن را گرفتم و فشردم در باز شد اما همزمان با باز شدن در آن خانه من نیز از خواب پریدم، خیلی دلم می خواست بدانم که در آن خانه چه خبر بود؟ و آن وقایع چه ارتباطی به من داشت؟ اما از خواب پریده بودم صبح شده بود با این حال دلم می خواست تا بقیهٔ آن خواب را ببینم برای همین

هم چشم هایم را دوباره بستم و سعی کردم تا دو مرتبه به خواب بروم تا شاید ادامه آن خواب را ببینم اما انگار کار من فایده ای نداشت و دیگر خوابم نمی برد. از جایم بلند شدم نفس عمیقی کشیدم و به این ترتیب یک روز جدید برای من آغاز شد. از تخت خواب بلند شدم و روز خودم را با یک دوش آبگرم شروع کردم و پس از آن یک صبحانه مفصل...

می خواستم بلافاصله بعد از آن آماده شوم و بیرون بروم اما امروز زودتر از روزهای قبل از خواب برخاسته بودم پس هنوز هم تا وقت مناسب برای بیرون رفتن کمی زمان داشتم برای همین هم تصمیم گرفتم تا قبل از بیرون رفتن از خانه کمی در باغ خانه قدم بزنم و یا شاید بهتر بود بگویم دلم برای گل سرخ داخل باغ خانه تنگ شده بود و می خواستم در این مدتی که زمان داشتم کمی با آن خلوت کنم. به باغ رفتم و کنار آن گل سرخ نشستم به آن نگاه می کردم وگاهگاهی دستی بر گل برگ های آن می کشیدم و گاهی آنها را نوازش می کردم اما از همهٔ اینها که بگذریم بیشتر از همه با آن بوته گل سرخ درد دل می کردم و می گفتم: " گل سرخ، ببین چگونه می شود به او نزدیک شد در حالیکه آن تجربه بد روز گذشته

باعث شده است تا او تغییری اساسی در نگاه و نگرش خودش نسبت به سایر افراد داشته باشد"

با خودم می اندیشیدم که شاید آن بوتهٔ گل سرخ با من حرف نزند اما با صحبت کردن با او دلم که کمی باز می شود و این حداقل اتفاق خوبی بود که می توانستم تجربه کنم. اما با کمال تعجب واکنش های زیبائی از آن گل می دیدم مثلاً وقتی حرف های غم انگیز به آن بوتهٔ گل می زدم برگ هایش پژمرده می شد و وقتی حرف های شاد به او می زدم سر زندگی را می شد در آن دید. اما اکنون باید منتظر چه واکنشی از طرف او می بودم؟!

با خودم فکر می کردم که انگار آن بوتهٔ گل سرخ هم تمام سعی خود را می کند تا کمکم باشد و حتی فکر کردن به این موضوع هم برای من خوشایند بود. احساس خوبی که این فکر در من بوجود می آورد مدتها همراه من بود پس دستی به نشانهٔ تشکر بر غنچه های آن بوته گل سرخ کشیدم اما همین که خواستم از آنجا بروم خاری از آن گل به انگشتم فرو رفت ناخودآگاه دستم را به دهانم بردم به آن گل نگاه کردم و ناگهان حرف های پدر و مادر گل سرخ را به خاطر آوردم که از خانهٔ قدیمی شان صحبت می کردند و

چقدر آنچه گفته بودند با آنچه که من در خواب دیده بودم به هم شباهت داشت. مطمئناً فرو رفتن خار در دستم اتفاقی نبود! چون اینطوری توانسته بودم این موضوع را به خاطر بیاورم و این اتفاق بی ارتباط با آن بوتهٔ گل نبود... اما شاید زمان مناسبی بود که همین الان تجربه ی جدیدی را شروع کنم و این تجربه می توانست استفاده از حد زمان باشد یعنی برای اولین مرتبه از این قابلیت یعنی عبور از زمان استفاده می کردم و شاید این خودش می توانست راه حلی را جلوی پای من بگذارد. آری درست است شاید با عبور از زمان می توانستم خودم را بارها بارها و بارها به گل سرخ نزدیک کنم و از این طریق شاید او در یکی از این برخوردها عاشق من می شد و این بهترین اتفاقی بود که می توانست در آن شرایط برای من بیفتد.

خودم را آماده کردم و سعی کردم تا از چیزی که آنها به آن حد زمان می گفتند استفاده کنم اما تا به حال این کار را نکرده بودم و اصلاً نمی دانستم چگونه می توانم از آن استفاده کنم. خب شاید باید اراده می کردم تا آن را به انجام برسانم، این کار را هم کردم ولی خبری نبود، خب باید راه دیگری را امتحان می کردم شاید تمرکز کافی نداشتم و بهتر بود که کمی در باغ می دویدم و دوباره

رفتن به آن زمان را امتحان می کردم ولی این کار هم بی فایده بود. چندین روش دیگر را هم امتحان کردم و جوابی نگرفتم ولی مطمئن بودم که حد زمان، یعنی همان قابلیتی که آنها از آن حرف زده بودند وجود دارد و من نسبت به این موضوع مطمئن بودم زیرا بر خلاف انسان ها که براحتی ممکن بود دروغ بگویند تا حالا ندیده بودم که بقیه گونه های موجودات دروغ بگویند پس این قابلیت در من وجود داشت که آنها آن را به آن وضوح به من گفته بودند...

خب شاید امروز نتوانسته بودم از این قابلیت استفاده کنم اما روزهای دیگر حتماً آن را انجام خواهم داد. کنار بوتهٔ گل سرخ نشستم خواستم یک طوری از او خداحافظی کنم و به اتاقم بروم و در آنجا راهی برای دیدن دوبارهٔ گل سرخ پیدا کنم. اما همینکه از جایم بلند شدم یک لحظه تعاریف با هم ترکیب شد خانهٔ قدیمی که تعریف آن را شنیده بودم و خوابی که دیده بودم یکی شدند و بدون هیچ مکثی خودم را در دالان زمان دیدم. همینکه خواستم به اطراف نگاه کنم از دالان زمان عبور کردم و درست جلوی در خانهٔ قدیمی گل سرخ ایستاده بودم. از داخل خانه صدای دو کودک را می شنیدم که در حال بازی با یکدیگر بودند... از پنجرهٔ خانه به داخل آن نگاه کردم، آن دو کودک داخل خانه یعنی یک دختر و

پسر در حال بازی با یکدیگر بودند. به آنها نگاه کردم اگر این زمانی که در حال حاضر در آن هستم واقعاً زمان گذشته باشد پس آن دختر بچه باید کودکی های گل سرخ باشد و آن پسر که کوچکتر از او بود باید برادر کوچکترش باشد که اکنون در حال بازی با هم هستند. به آنها نگاه می کردم که چقدر زیبا با یکدیگر بازی می کردند گل سرخ در حالیکه بسیار مهربان بود در بازی سعی می کرد بیشتر نقش یک حمایتگر را برای برادر کوچکترش داشته باشد تا یک همبازی و این موضوعی بود که کمتر در بازیهای کودکانهٔ دیده بودم معمولاً کودکان در این سن فقط به بازی فکر می کردند تا حمایت کردن از همدیگر...

در حال تماشای بازی آنها بودم که مادرشان از آشپزخانه بیرون آمد و سبد به دست در حال رفتن به جائی بود، اما کجا؟ حتماً آنها را هم با خودش می برد پس باید تمام سعیم را می کردم تا او مرا نبیند اما این چه فکری بود که من با خودم می کردم! و درست همین زمان بود که من نامرئی شدم و از این بابت خیالم راحت شد. کمی به اطراف نگاه کردم و دوباره به تماشای آن ها مشغول شدم که در همین زمان مادرشان در حالیکه آن سبد را در دست داشت از آنها خواست تا کار خطرناکی را انجام ندهند دختر بچه از او

پرسید که کجا می رود و او هم پاسخ داد که آن سبد را برای پدرشان می برد و به سرعت باز می گردد ظاهراً پدرشان در همان نزدیکی مشغول انجام کاری بود...

با رفتن مادرشان بهترین فرصت بود که بدون دغدغه از پشت پنجره به بازی کودکانه آنها نگاه کنم. ظاهراً آنها داشتند قائم باشک بازی می کردند. دختر بچه چشم گذاشته بود و پسر بچه در حال پنهان شدن بود، دختر بچه اعداد را می شمرد و پسر بچه هم در حالیکه پشت پردهٔ اتاق قائم شده بود منتظر آمدن او بود، با کنجکاوی زیادی به پسر بچه نگاه می کردم کمی که بیشتر دقت کردم متوجه شدم پسر بچه چیزی در دهانش دارد، شاید آبنبات و یا چیزی مثل آن بود، شمارش دختر بچه تمام شده بود او برای پیدا کردن برادرش به اطراف نگاه کرد اما به جای آمدن به اتاق نشیمن و نگاه کردن پشت پرده به سمت دیگر خانه رفت... به برادرش نگاه می کردم همچنان آن چیزی را که در دهانش بود را می مکید... اما نه! آن چیزی که در دهانش بود خوراکی نبود و او در حال بازی کردن با چیزی در دهانش بود و این می توانست برای کودکی در سن و سال او خطرناک باشد.

با نگرانی به او نگاه می کردم آری بالاخره حادثه ای که نباید اتفاق می افتاد، اتفاق افتاد و آن چیزی که در دهانش بود به گلویش پرید و این باعث شده بود تا راه تنفس او بند بیاید. خبری هم از آن دختر بچه نبود، او کجا رفته بود و داشت چکار می کرد؟ خب اینکه پرسیدن نداشت او در حال جستجوی برادرش در جاهای های دیگر آن خانه بود....

اما آن لحظه چکار باید می کردم؟ اگر می ایستادم و منتظر آمدن آن دختر بچه می شدم ممکن بود برادر کوچکترش خفه بشود و اگر هم آن دختر بچه به موقع می رسید مطمئن نبودم که بتواند آن شئ را از گلوی برادرش در بیاورد و حتماً دنبال مادرش می رفت و این موضوع می توانست موجب خفه شدن برادرش بر اثر گیر کردن آن جسم در گلویش شود. پس شاید این کار ارزش آن را داشت بلافاصله وارد خانه شدم و سراغ آن پسر بچه که چیزی در گلویش گیر کرده بود رفتم انگشتم را در گلویش فرو بردم و...

تا بالاخره آن جسم خارجی را از گلویش در آوردم به صورتش نگاهی انداختم کبود شده بود اما راه تنفسی اش که باز شد شروع به سرفه کردن کرد و خدا را شکر انگار می توانست راحت نفس

بکشد کم کم رنگ و رویش هم به حالت عادی برگشت. ناگهان از پشت سرم صدایی شنیدم، آن دختر بچه در حالیکه هنوز هم در حال جستجوی برادرش بود به اتاق نشیمن وارد شد به سرعت پشت مبل آنجا پنهان شدم جالب است که یکبار دیگر هم این اتفاق افتاده بود. یادم بود که وقتی در آینده هم برای اولین مرتبه به خانه او رفته بودم هم پشت مبل پنهان شده بودم با این تفاوت که در آینده یک گربهٔ بازیگوش تا صبح به من نگاه می کرد اما در این خانه خداروشکر جان برادرش را نجات داده بودم. از پشت مبل خیلی با احتیاط به او نگاه کردم متوجه شدم که آنها یکدیگر را بغل کرده اند و دختر در حال خواندن شعری برای برادرش است.... ظاهراً دختر بچه که گمان می کرد برادرش به زمین خورده است و به همین علت گریه می کند می خواست او را آرام کند.

چهار دست وپا پشت مبل ها حرکت کردم تا بالاخره خودم را به راهروی خروجی رساندم و از خانهٔ آنها خارج شدم تازه یادم آمد که من نامرئی بودم و نیازی به این کار نداشته ام مدتی از دور به آن خانه نگاه کردم و بعد به زمان حال بازگشتم و خودم را در کنار بوتهٔ گل سرخ دیدم. شاید حکمتی در کار بود و آن خواب من بی دلیل نبود و شاید همهٔ اینها دست به دست هم داده بود تا برادر او زنده

بماند... دستی دوباره بر گل های بوته گل سرخ کشیدم و به خانه بازگشتم هنوز در حال خواندن دفتر خاطرات بودم که روبوساینا گفت: "حتما گل سرخ برادرش را خیلی دوست داشته، مطمئن هستم که اگر این موضوع را به او می گفتی علاقه اش به تو بیشتر می شد"

لبخندی زدم و گفتم: " شاید، اما روبوساینا فکر می کنی او قبول می کرد که من به گذشته سفر کرده باشم؟! و برادر او را نجات داده و پس از آن دو مرتبه به زمان خودم برگشته باشم؟! مطمئنا قبول آن نه تنها برای گل سرخ که برای هر فرد دیگری هم سخت است"

روبوساینا نگاهی به من انداخت و گفت: " چرا نباید باور کند؟! "

لبخندی زدم و گفتم: "این موضوع خودش برای ما انسانها داستانی طولانی دارد، حال چه برسد توضیح آن برای شما گونه ربات ها... می شود امروز در مورد آن صحبت نکنیم"

روبوساینا پس از چند ثانیه پرسید: "سهراب، عشق چگونه است؟ می توانی کمی آنرا برای من توضیح بدهی؟"

به روبوساینا نگاهی انداختم. از این درخواست او تعجب کرده بودم این اولین بار بود که یک ربات از من چنین درخواستی کرده بود یعنی از من خواسته بود تا دربارهٔ عشق برای او توضیح بدهم. برای همین هم از او پرسیدم: "روبوساینا، مطمئنی که از من می خواهی دربارهٔ عشق برایت توضیح بدهم؟!"

و روبوساینا خیلی مطمئن تر از دفعهٔ قبل گفت: " بله، برای من از عشق بگو "

خب برای من هم فرصت مناسبی بود بالاخره بعد از مدت ها می توانستم بی دغدغه در این مورد برای کسی چیزی بگویم هر چند که او یک ربات بود و این خودش باعث اطمینان می شد اما چرا؟ خب پاسخ واضح بود در روزگار ما انسان ها اگر از عشق برای یک انسان خودخواه بگویند مطمئناً از آنجائیکه فقط خوبی های معشوق را برای او می گویی ممکن است خودش برای تصاحب معشوق تو دندان طمع تیز بکند و پس از کشیدن نقشه ای خودش وارد عمل بشود چون همهٔ ما انسان ها خودخواه هستیم خوبیها را تنها برای خودمان می خواهیم و اگر انسان تا آن زمان تجربه ای از عشق نداشته باشد، تو را درک نمی کند که در این وضعیت در بهترین

حالت ممکن تو مورد تمسخر او واقع خواهی شد و چه بسا که در چشم او احمق هم به نظر برسی زیرا خودش تجربه ای از آن حالتی که تو آن را تجربه کرده ای ندارد، راستی روبوساینا می دانستی که تجربه عشق هم مانند اثر انگشت انسانها برای هر انسانی منحصر به فرد است؟ و این یعنی اینکه هیچگاه تجربه عشق دو نفر مشابه همدیگر نخواهد بود، اما اگر در مورد عشق به شخصی بگوئی که حسود است دیگر هیچ وقت رنگ آرامش نخواهی دید چون او به هر طریقی سعی می کند رابطهٔ زیبایی بین شما پا نگیرد چون هیچ وقت طاقت دیدن خوشبختی تو را ندارد...

از همهٔ اینها که بگذریم روبوساینا یک ربات بود و فکر نمی کنم در بخش نرم افزاری او تعاریفی مانند حسادت و خودخواهی ... فعال شده باشد پس این موضوع باعث می شد که راحت تر بشود در مورد عشق با او صحبت کرد.

بنابراین به او گفتم: "می دانی روبوساینا دربارهٔ عشق باید بگویم که عشق عجیب ترین و خارق العاده ترین پدیده ای که شاید بتوانی آنرا تجربه کنی چون همانقدر که مطمئن هستی عاشقی به همان اندازه هم مطمئن هستی که علت عشق را نمی توانی توضیح دهی

و این خیلی جالب و عجیب است عاشق کسی که باشی با یقین می گوئی که عاشق هستی اما اگر بپرسند چرا؟ آن موقع است که زبان بند می شوی و هیچ پاسخی نداری که بدهی! می دانی چرا روبوساینا؟

دلیل آن واضح است عشق واقعی دلیل نمی خواهد، و تو تنها عاشق خواهی بود و این زیباترین حس دنیاست پس برای آن دلیل نمی خواهی، باید عاشقی باشی تا بدانی که من چه می گویم".

اندکی به چهره روبوساینا که اکنون غرق در گوش دادن به حرف های من بود نگاه کردم و سپس ادامه دادم: "روبوساینا می دانی که عشق زیباست؟! شاید زیباترین تجربه ای باشد که هر انسانی در طول زندگی خودش می تواند داشته باشد... اما بی شک دردناک ترین آنها هم هست. آیا این موضوع را می دانستی؟"

اما روبوساینا پاسخم را نداد! و این اولین بار بود که پاسخی به سوالات من نمی داد اما چرا؟ خب آن موقع شاید چندان هم مهم نبود چرا که می خواستم با تمام وجود برای او از عشق بگویم. که در همین لحظه روبوساینا گفت: " سهراب، نمی خواهم از تعریف

هایی که از عشق وجود داشته و دارد برایم بگویی، می خواهم که برایم از عشق خودت بگویی"

به روبوساینا گفتم: " از عشق خودم ؟!"

و روبوساینا گفت: "بله"

و بلافاصله به سراغ قفسه کتابخانه رفت و دفترچه خاطرات اولین دیدار را در جای خودش قرار داد و دفتر دیگری را برای من آورد و آن را مقابل من روی میز گذاشت و گفت: " مثلاً این دفتر را برای من باز کن و اجازه بده بتوانیم با هم آنرا بخوانیم. برای اولین بار به چهرهٔ روبوساینا خیره شدم اما چرا نوع نگاهش و احساسش متفاوت شده بود!

به روبوساینا گفتم: "روبوساینا، چقدر مشتاق خواندن این دفتر خاطرات هستی؟"

با کمال تعجب دیدم که از اشتیاق زیاد به دانستن آن خاطرات بی تابی می کرد، و این موضوع برای من بسیار عجیب بود، اما واقعاً چرا یک ربات باید تا این حد برای دانستن یک موضوع از خودش تمایل نشان بدهد؟ بخاطر همین تعجب زیاد سعی کردم که از

خواندن این دفتر خاطرات طفره بروم و برای همین هم به روبوسایینا گفتم: "روبوساینا، خیلی دلم می خواهد که این دفتر خاطرات را هم با هم بخوانیم اما برای انجام کاری باید به مجموعه برگردم"

و بلافاصله بعد از گفتن این جمله سوار بر یک اتوکره شدم و از درب کرۀ مرکزی خارج شده و به مجموعه بازگشتم.

بخش هشتم: اتاق مخفی

پس از خروج از کره مرکزی مستقیم به یکی از اتاق های مجموعه رفتم که نامش جنگل بود و بلافاصله چهره ای بر درب آن ظاهر شد که هنوز هم دیدن آن مرا بیاد روزهائی می انداخت که همراه با ساینا از این اتاق ها دیدن می کردیم. آن چهره با دیدن چهره غرق در افکار مختلف و خسته ی من که تنها به آنجا آمده بودم باتعجب از من پرسید: " ساینا کجاست؟"

دیگر طاقت این یک موضوع را نداشتم این روزها به هر بخشی از این مجموعه که می رفتم مسئول آن بخش اولین سوالی که از من می پرسید همین سوال بود" ساینا کجاست؟" و گفتم: "چرا این سوال را پرسیدی؟"

و او بدون هیچ معطلی پاسخ داد: " این روزها وصف مهربانی این خانم جوان بین ساکنان این مجموعه دهان به دهان می گردد و تقریباً همهٔ ما می خواهیم که او مدتی مهمان ما باشد"

با شنیدن این حرف گفتم: " بله تو راست می گوئی اینها همه از خوبی و مهربانی و همینطور قلب مهربان سایناست و خودم هم به درستی آن را می دانم، می دانی چرا؟"

چهرهٔ روی درب با تعجب به من نگاه می کرد و گفت: "چرا این سوال را از من پرسید؟!"

به او گفتم: "چون من هم مثل شما هر روز برای دیدنش دقیقه شماری می کنم"

با گفتن این حرف درب باز شد وارد اتاق جنگل شدم و با سرعت خودم را به بخشی از آن رساندم که آن را بصورت یک محل مخفی در آن اتاق تعبیه کرده بودم، درب آنجا که پوشیده از گیاهان مختلف بود را گشودم و باید بگویم این درب تنها درب در این مجموعه بود که بدون چهره ای بر آن باز و بسته می شد و باز و بسته شدن آن توسط یک کلید و قفل قدیمی صورت می گرفت نمی دانم چرا در زمان ساخت آن بخش پنهان در اتاق جنگل از یک کلید و قفل استفاده کرده بودم در حالیکه می توانستم از پیشرفته ترین ابزار برای درب آن استفاده کنم و در حال حاضر اتفاق مهم این بود که کلید این بخش را فقط به ساینا داده بودم و او هم از ابتدا آن را بر گردن خودش انداخت. او این کار را بعلت ذوق و قریحهٔ زیبایش انجام داد زمانیکه کلید را برگردنش انداخت، من از شادی لبریز شدم. خودش بارها به من گفته بود که علت این

کارش این است که روزیکه آن کلید را هدیه گرفته هیچ وقت فکر
نمی کرده که من برای او این محل را ساخته باشم و از آن روز به
بعد حتی به خود من هم اجازهٔ ورود به آن بخش را به جز زمان
هائی که خودش همراه من بود نمی داد. پس از مدتی آن کلید را
در مکانی که تنها خودش از آن خبر داشت پنهان کرد و دیگر آن
کلید را بر گردن او ندیدم. تنها وقتهایی که واقعاً دلتنگ می شد
آن کلید را بر گردنش می دیدم.

هنوز هم به یادداشتم که روزیکه او را به آن مکان مخفی در اتاق
جنگل بردم نمی توانست جلوی شادی خودش را بگیرد. در واقع
این من بودم که با دیدن شادی او در آن روز از شادی در پوست
خودم نمی گنجیدم، آن مکان مخفی در واقع مکانی بود که در آن،
خانه ای که مدتها خودم طراحی کرده بودم را برای او ساخته بودم.
خانه ای که نماد عشق من بود و در بند بند و ذره ذرهٔ آن نشانه
های عشق خودم را به جای گذاشته بودم ...

اما اکنون که دلتنگ شده بودم نمی توانستم به آن جا بروم و با
خاطرات خوشی که در آنجا با هم داشتیم مدتی را سپری کنم. اما
شاید این موضوع راهی را جلوی پای من قرار می داد تا بتوانم از

آن برای یادآوری خاطرات خوشمان که با هم داشتیم برای ساینا استفاده کنم تا شاید خاطرۀ روبرو شدن با روبوساینا در آن کرۀ مرکزی را از یاد ببرد. بله درست بود! به عنوان اولین راه حل مفید می توانستم هر روز از گل های رزی که در اطراف درب آنجا روئیده بود یک عدد را چیده و برای او ببرم پس خوب بود که از همین امروز این کار را شروع کنم پس اولین شاخۀ گل را چیدم و بلافاصله به سمت اتاق ساینا به راه افتادم با رسیدن به آنجا چهرۀ لرد درآکولا بر درب آن اتاق ظاهر شد و گفت:" خانم..."

مطمئن بودم که می خواهد بگوید: " خانم اجازه ورود به شما را نمی دهد"

اما علت تعجب او را و اینکه جمله اش را ناتمام گذاشته بود را نمی دانستم پس از او پرسیدم: " لرددرآکولا، خانم چی؟ چه چیزی می خواستی بگوئی؟"

و لرددرآکولا گفت: "خانم گفتند شما اجازه ورود به این اتاق را ندارید"

به او گفتم: " باشد، اما می شود این گل سرخ را به او بدهی"

لرددرآکولا گفت: " حتماً"

سپس گل را به او دادم و در حالیکه به اتفاقات این چند ساعت
اخیر فکر می کردم به اتاقم برگشتم. گاهی ساده ترین داشته های
یک انسان هم به آرزویش تبدیل می شود مانند بودن در کنار ساینا
که در گذشته به راحتی داشتم و اکنون در آرزوی آنم...

بخش نهم: آینه

در اتاقم روبروی آینه نشستم و با خودم حرف می زدم. سعی کردم خودم را برای روبرو شدن با ساینا آماده کنم اما کمی که گذشت به تصویر خودم در آینه خیره شدم چقدر تغییر کرده بودم، آیا این همان پسری بود که من می شناختم!؟

همان پسری که در آن شب باعث شده بود تا برای اولین بار ساینا با او همراه شود و به غار کوردل برود، همان غاری که بر سر هر دوی آنها فرو ریخت، همان غاری که بعدها آغاز گر حوادث زیادی شده بود. داشتم به این موضوع فکر می کردم که چقدر تغییر کرده بودم دیگر از آن لبخندها و شیطنت ها و بازیگوشی ها خبری نبود، دیگر ...

در طول مدتی که در زمان سفر می کردم چیزهای زیادی راجع به زندگی ساینا فهمیده بودم. یکی از آنها این بود که او در یکی از شب ها برای مدتی در مقابل خانه شان که تازه خریده بودند خواهد ایستاد و با توجه به چیزهایی که در مورد اتفاقات آن روز می دانستم تقریبا مطمئن بودم که او در شرایط خوبی برای دانستن میزان علاقه من به خودش است، آن شب را به درستی به یاد داشتم به گذشته بازگشتم و در آنجا ساینا را دیدم که آن طرف خیابان

ایستاده است، این اولین باری بود که می خواستم مستقیما با او صحبت کنم، در ترکیب نور ماه و چراغ های خیابان که بر صورتش می تابید چهرهٔ فرشته گونه اش همچون ماه می درخشید دل در دلم نمانده بود. چند قدم به سوی او رفتم اما باز هم ترس از نوع برخوردی که ممکن بود با من داشته باشد باعث شد تا به عقب برگردم. این پا و آن پا می کردم و روی زمین دنبال چیزی می گشتم، اما چه چیزی؟ درست است؟ هیچ چیز! در واقع این رفتاری بود که شاید در آن لحظه برای اینکه ساینا به حضور من در آنجا شک نکند از خودم بروز می دادم. اما بالاخره تصمیم خودم را گرفتم باید با او حرف می زدم، نباید این فرصت را از دست می دادم، به سمت او رفتم و درست مقابل او ایستادم. برای اولین بار شکسته و بسته به او گفتم آنچه در دلم بود، به او گفتم:" دوستت دارم"

اما فراموش کرده بودم که شاید من او را مدت هاست می شناختم اما او مرا هرگز نمی شناخت و به همین دلیل فکر کرد قصد مزاحمت برای او دارم. برای همین هم اخم کرد و ناراحت شد و خواست از آنجا برود. احتمالاً اگر می رفت یکی دیگر از کارهایی که برای مواجه شدن با او انجام داده بودم شکست می خورد، شاید این یکی از بزرگترین مشکلاتی بود که مدتها مطالعه و کار برای حل

مسائل مختلف برای من بوجود آورد. یعنی در بیان احساساتم چندان موفق نبودم بر عکس پسرهای هم سن و سالم که چه واقعی و یا به دروغ و یا صرفا برای تفریح ابراز عشق و علاقه می کردند من در این مورد تجربه ای نداشتم، در این مورد هم وضع به همین شکل بود. تقریبا تمام طرح هایم برای بیان عشق و علاقه ام به نوعی نتیجه دلخواهم را نداشت، آن لحظه به یاد یکی از حرف های روبوساینا افتادم که گفته بود: "سهراب، عشق بیشتر از اینکه طرح و نقشه بخواهد جسارت می خواهد"

با یادآوری این حرف روبوساینا کمی سکوت کردم و سپس تصمیم به ادامه کار گرفتم، اما این مرتبه دست پاچه شده بودم و نمی دانستم که دقیقاً چه کاری باید انجام بدهم که ناگهان نوری از پشت درختان دیدم. آن نور به سمت ساینا رفت و باعث شد که تمام خاطرات چند دقیقهٔ گذشته را از یاد ببرد خب این شانس دوباره ای برای من بود، به خودم آمدم و آن ماجرای اتومبیل پدرم و گم شدن کلید آن را سر هم کردم و او هم بسیار محترمانه به آن گوش می کرد اما نمی دانم که چرا بدون هیچ پرسشی درخواست مرا برای رفتن به غار کوردل آن هم با اتومبیل پدرش پذیرفت...

پس از این اتفاق برای اینکه راحت تر به این موضوع فکر بکنم به خانه بازگشته بودم و در حال نگاه کردن به بیرون از اتاقم بودم که درست در همین لحظه فرشتهٔ عشق را دیدم که پشت سرم ظاهر شد از جلوی آینه بلند شدم و کنار او ایستادم. از ظاهر شدن ناگهانی او تعجب کرده بودم و به او نگاه می کردم.

فرشتهٔ عشق گفت: " سهراب این اتفاق کار من بود، من باعث فراموشی موقتی در ساینا شدم، و اینکه او حرف های تو را پذیرفت و با تو همراه شد هم کار من بود "

به فرشتهٔ عشق نگاه کردم و از او پرسیدم: " چرا؟"

و او با لبخند پاسخ داد: " شاید تو در علم و سایر موضوعات سرآمد باشی اما به همان اندازه در عشق بی تجربه ای و من نمی خواستم به تو اجازه بدهم تا با رفتاری غیر معمول باعث خراب شدن رابطه ای بشوی که عاشقانه به آن نگاه می کردی"

فرشتهٔ عشق این را گفت و رفت. من هم از آن زمان به زمانی بازگشتم که از آن آمده بودم و خودم را در آن مجموعه دیدم در این شرایط واقعاً نیاز داشتم تا با فردی صحبت کنم. می دانستم

این روزها ساینا مرا به اتاق خودش را نمی دهد پس به سراغ روبوساینا رفتم.

روبوساینا که با دیدن من خیلی خوشحال شده بود از جای خودش بلند شد و به سمت من آمد و سپس لبخند زنان برای من یک فنجان چای آورد و درست مقابل من نشست و بدون اینکه چیزی بگوید به من نگاه می کرد.

از رفتار او تعجب کرده بودم. پس من با تعجب بیشتری از مرتبه های قبلی به او نگاه می کردم. پس از خوردن فنجان چای روبوساینا با اشتیاق خاصی مرا به اتاق کتابخانه که در آن دفتر خاطرات زیادی وجود داشت، برد.

با خودم فکر می کردم که چرا این ربات تا این حد احساسات دارد؟ و آیا این اندازه از احساسات در رفتار یک ربات طبیعی بود؟

در آنجا به او نگاه می کردم که بین قفسه های کتابخانه به دنبال دفتر خاطرات خاصی می گشت و این کار او داشت کم کم جالب می شد. با چشم هایم مسیر حرکت روبوساینا را دنبال کردم و از رفتارش می دیدم که مرور این خاطرات چقدر برای او مهم شده

است. حرکاتش را زیر نظر داشتم و می دیدم که با چه دقتی دفتر خاطرات مورد نظرش را از بین آن همه دفترهای مختلف انتخاب می کند. او آن را از جای خودش در قفسه برداشت و برای من آورد و گفت: "این... این... می توانیم این دفتر خاطرات را با هم بخوانیم"

و همینطور نگاهش را به چشمهایم دوخته بود نگاهی که این روزها هیچ تفاوتی با نگاه ساینا نداشت.

نمی توانستم دلیل این شباهت زیاد را در نگاه روبوساینا و ساینا بفهمم اما هر چه که بود مربوط به چیزی فراتر از ظاهر چشم هایش بود که این شباهت را بوجود آورده است چیزی که مرا در نگاهش غرق می کرد. برای پی بردن به این موضوع کمی بیشتر به او نگاه کردم می توانستم حدس هایی بزنم اما مهمترین آنها تنها یک چیز بود و آن احساس بود. بله، در نگاه روبوساینا احساس جاری بود اما احساس برای یک ربات؟ در همین فکر ها بودم که روبوساینا دوباره صدایم زد و گفت: " می شود؟..."

این بار بدون اینکه شکی به خودم راه بدهم پاسخ دادم: "بله"

او از خوشحالی به هوا پرید و دست هایش را جلوی صورتش گرفت و خندید اما هنوز هم سوالات زیادی برای من وجود داشت که اولین آنها این بود....

چرا یک ربات باید تا این اندازه برای دانستن خاطرات یک فرد دیگر اشتیاق از خودش نشان بدهد؟!

خب زمان می توانست بزرگترین راه حل برای جواب این سوالات باشد. آن دفتر خاطرات را از روی میز برداشتم و به نامش نگاه کردم، عجیب بود بعد از دفتر خاطرات قبلی که با همدیگر خوانده بودیم انتخاب این دفتر خاطرات نباید بی دلیل بوده باشد.

اما این دفتر خاطرات مگر به جز خاطرات من چه چیز دیگری را در خود داشت که باعث این اشتیاق شده بود؟!

بنابراین دفتر خاطرات را برگرداندم و روی آن را نگاه کردم، آری این شور و اشتیاق او بی دلیل هم نبود، روی دفتر خاطرات نوشته شده بود: " خانه درختی- مثل پرندگان"

اما چرا روبوساینا دفترهای خاطراتی را برای مرور کردن انتخاب می کرد که من قصد داشتم آنها را هیچ وقت برای هیچ فردی نگویم و

مثل راز برای خودم باقی بگذارم حتی این خاطرات را برای ساینا
هم تعریف نکرده بودم!

اول دلم نمی خواست خاطرات مربوط به آن بخش را به اشتراک
بگذارم اما برای خود من هم مرور آنها جذابیت داشت پس همراه
روبوساینا شروع کردیم به خواندن خاطرات آن دفتر. درست در
غروب یک روز پائیزی آرام و ساکت بود که از جای خودم بلند شدم
دلم تاب و قرار نداشت از پنجرهٔ اتاقم به بیرون نگاه کردم باید کاری
می کردم دلم هوای گل سرخ را کرده بود پس به باغ خانه رفتم و
در کنار بوته گل سرخ نشستم و به آن نگاه می کردم که کم کم
داشت رنگ پائیز به خودش می گرفت. ناخودآگاه به یاد بهار افتادم
که در آن گل ها و درختان از نو بیدار می شوند و گوئی دوباره
متولد می شوند و...

اما صبر کن ببینم اینکه می گویند تولد دوباره ... من در زمان سفر
کرده بودم یعنی استفاده از حد زمان پس چرا دوباره این کار را
نکنم؟ اما به چه مرحله ای از زندگی او بروم؟

خب من که به هر مرحله ای از زمان سفر می کردم دوباره به همان
زمان دلخواه خودم باز می گشتم پس چرا دو مرتبه به زمان کودکی

او نروم به این ترتیب می توانم از همان کودکی با ویژگی های او آشنا شوم و از این طریق به روش بهتری بتوانم او را عاشق خودم کنم. پس دیگر نباید زمان را از دست می دادم تمام تمرکز و سعی خودم را کردم و به همان خانه آنها در چند سال قبل رفتم. جالب بود درست به روز بعد از آن واقعه رفته بودم یعنی روزیکه آن شی در گلوی برادرش گیر کرده بود.

کمی نزدیک تر رفتم. می شد آنها را از دور دید که در حال بازی کردن در گوشهٔ حیاط خانهٔ خودشان هستند و مادرشان هم از کمی آنطرف تر مراقب آنها بود و در عین حال کارهای خودش را هم انجام می داد. به اطراف نگاهی انداختم در نزدیکی آنجا یک درخت تقریباً بلند بود که می شد از روی آن بدون آنکه دیده شد داخل خانهٔ آنها را به طور کامل دید. خب فرصت مناسبی بود که می شد بدون اینکه دیده بشوم او را هم ببینم، زمانیکه بالای درخت رفتم به اطراف نگاه کردم طبیعت زیبائی در اطراف من جلوه نمائی می کرد روی شاخهٔ درخت نشستم و ناگهان متوجه شدم که بین آن زمان و زمان آینده در حال جابه جائی های مکرر هستم به گونه ای که کنترل آن از دستم خارج شده بود مدتی به همین منوال گذشت تا اینکه سرانجام در زمان آینده یعنی در زمان خودم تثبیت

شدم، تجربهٔ چنین حالتی را پیش از این نداشتم و برایم کمی عجیب بود. به هر حال اتفاقی بود که افتاده بود پس نباید زیاد وقتم را برای آن صرف می کردم دوباره به خانهٔ گل سرخ در زمان گذشته رفتم اما این بار به زمانی رفتم که اولین روز مدرسهٔ او بود. لباس زیبائی به تن کرده بود و کیف و لوازم مدرسه در دستش آمادهٔ رفتن به مدرسه بود. همراه با پدر و مادرش و برادرش که بغل مادرش بود به مدرسه رفتند و من هم عقب خودروی آنها نشستم و گاهگاهی به صورت گل سرخ نگاه می کردم، غرق در اشتیاق کودکانه برای مدرسه بود گوئی آنقدر این روز برای او جذابیت داشت که فقط به آغاز شدن آن می اندیشید.

به مدرسهٔ او رسیدیم تعداد زیادی از دانش آموزان، هم دانش آموزان جدید الورود و هم دانش آموزان قدیمی تر آنجا بودند تعدادی از والدین هم همراه با فرزندان خودشان در حیاط مدرسه ایستاده بودند و تعدادی تنها فرزندان خودشان را می رساندند و می رفتند و البته این تازه شروع ماجراهای مدرسه او بود....

به آنجا که نگاه می کردی می توانستی چیزهای زیادی ببینی تعدادی از دانش آموزان که دوستان قدیمی بودند مشغول صحبت

و بازی با یکدیگر هستند و جدید الورودها از دور به تماشای سایر دانش آموزان مشغول بودند بعضی از آنها خندان بودند مثل گل سرخ و برخی هم از اینکه برای اولین مرتبه است پدر و مادرشان را ترک می کردند گریان بودند و این تازه آغاز ماجرا برای آنها و پدر و مادرشان بود که چگونه آنها را راضی به ماندن در مدرسه کنند...

نوعی احساس غریبگی داشتم، در جمع بودم اما حس تنهائی می کردم این موضوع باعث شد تا با توجه به اینکه کسی نمی توانست من را ببیند به کنار تنها خانواده ای که می شناختم بروم. پس به کنار خانواده گل سرخ رفتم و بین او و پدرش ایستادم در این زمان احساس بسیار بهتری داشتم مراسم آغاز سال نو تحصیلی شروع شد و همینطور یکی پس از دیگری بخش های آن اجرا می شد اینگونه مراسم ها همیشه برای من خسته کننده بود اما این بار خسته کننده نبود که هیچ، بلکه آنقدر خوب بود که گذر زمان را هم متوجه نشدم. رفتار گل سرخ برایم بسیار با اهمیت بود. با شروع هر بخش از مراسم بر می گشت و با نگاهش به دنبال خانوده اش می گشت و با دیدن آنها گوئی آرامش خود را باز می یافت و با خیال راحت نظاره گر ادامه مراسم می شد. من هم که کنار پدرش ایستاده بودم به راحتی شاهد این کارش بودم، احتمالاً در آینده

بسیار به آن مدرسه خواهم آمد پس بهتر بود کمی بیشتر با بخش های مختلف مدرسه آشنا بشوم، کم کم مراسم هم رو به اتمام بود بنابراین به سرعت به بخش های مختلف می رفتم مدرسه ای زیبا بود.

مجددا که به کنار خانوادهٔ گل سرخ بازگشتم، در حال سوار شدن به خودروی خودشان بودند من هم عقب آن نشستم و به خانهٔ آنها رفتم ورودی خانه ایستاده بودم که با خودم اندیشیدم حالا که همه آنها به داخل خانه رفته اند اما آیا رفتن من به داخل خانه کار درستی بود؟

پس کمی در جای خودم باقی ماندم و با خودم اندیشیدم و نهایتاً تصمیم گرفتم که همان بیرون بمانم پائیز بود اما هوا هنوز خیلی سرد نشده بود به درختی که قبلاً از آن بالا رفته بودم نگاه کردم رنگ پائیزی به خودش گرفته بود اما هنوز هم می شد در لا به لای برگ های آن پنهان شد. به آنجا رفتم روی شاخه ای ضخیم از آن نشسته بودم و به خانهٔ آنها نگاه می کردم زیبا بود اما بیشتر از همهٔ اینها در آنجا چیزی بود که آرامم می کرد...

از آن جائی که من نشسته بودم می توانستم داخل خانه را از پنجره های آن ببینم. کمی به اطراف نگاه کردم این درخت قابلیت آنرا داشت که بتوانم یک خانهٔ درختی کوچک برای خودم بسازم.

بخش دهم: خانه درختی

بفکر ساختن یک خانه درختی برای خودم در آنجا افتاده بودم، اما این خانهٔ درختی اگر دیده می شد به راحتی جلب توجه می کرد زمان همچنان می گذشت، با فرا رسیدن شب تصمیم گرفتم به زمان خودم برگردم.

لحظه ای بعد در خانهٔ خودمان و در زمان خودمان بودم این خانه و آن خانه هر دو...

ناگهان توجهم به موضوعی جلب شد و آن این بود که اگر من در زمان گذشته نامرئی بودم پس تمام لوازم همراه من هم باید نامرئی باشد پس اگر این موضوع درست باشد می شد با استفاده از این قابلیت لوازم و ابزار مورد نیاز را با خودم به گذشته ببرم و در آنجا و در بالای آن درخت یک خانهٔ درختی کوچک و زیبا بسازم...

همین لحظه روبوساینا گفت: " مانند خانهٔ درختی که در اتاق..."

هنوزحرفش تمام نشده بود که پرسیدم: " جریان آن خانهٔ درختی را از کجا می دانی؟ مگر به آن اتاق رفته ای؟"

دست و پایش را گم کرده بود و با عجله کتابخانه را ترک کرد و با یک فنجان چای برگشت و ادامه داد: " جائی در مورد آن خوانده ام"

این موضوع عجیب بود از او پرسیدم: "کجا؟"

و او پاسخ داد: " زمانیکه برای ساخت این قسمت مشغول جمع آوری داده بودم می توانستم به داده های اتاق ساینا دست پیدا کنم. در آنجا بود که دفترچه ی کوچکی دیدم که در بخش هائی از آن خاطراتی نوشته شده بود"

گفتم: " کدام دفترچه را می گوئی؟"

و او گفت: " دفتر خاطراتش دیگر، البته الان دیگر در اتاقش نیست"

می شد حدس زد که ساینا آن دفترچه خاطرات را در کجا پنهان کرده است. آری در آن بخش مخفی که کلیدش هم دست خودش بود، پس در این شرایط بهترین کار این بود که به ادامه خواندن آن خاطرات مشغول شویم.

و شاید بهتر بود که به این موضوع و اینکه چرا خاطرات ساینا توسط روبوساینا خوانده شده بود بعداً رسیدگی می کردم الان زمان مناسبی برای این کار نبود.

کمی که گذشت مقداری از چای خوردم دقیقاً با همان طعم همان طعم چای هائی بود که ساینا درست می کرد اما چطور امکان داشت؟!

به او نگاهی انداختم مشتاق بود تا ادامهٔ خاطرات را با یکدیگر بخوانیم و ...

بلافاصله با دانستن این موضوع چند وسیلهٔ مختلف را از جاهای مختلف خانه برداشتم و به زمان گذشته و کنار درخت نزدیک خانهٔ گل سرخ رفتم، خب حالا زمان آزمایش بود. بهتر بود اول امتحان می کردم. وسیلهٔ اول را به زمین انداختم فوراً مرئی شد آن یک بستهٔ خوراکی بود که از یخچال برداشته بودم یعنی خوراکی ها قابلیت نامرئی ماندن را نداشتند باید بیشتر بررسی می کردم، آنرا برداشتم و وسیلهٔ دوم را بر زمین انداختم ابتدا کمی مات بود اما بالاخره هم مرئی شد جالب بود این وسیله پیچ گوشتی کوچکی بود که گاهگاهی از آن استفاده می کردم و پس از آنکه آن را از

روی زمین برداشتم نوبت به انداختن وسیله ای دیگر بود اما به
جای آن وسیله هائی که همراه خودم آورده بودم این بار ساعتم را
به زمین انداختم جالب بود اینبار این ساعت نامرئی باقی ماند، اما
علت این اتفاق چه چیزی می توانست باشد؟!

باید این اتفاق و تفاوت این ابزار و لوازمی را که از آینده با خودم
آورده بودم بیشتر بررسی می کردم، در نگاه اول نوع مادهٔ سازندهٔ
آنها مهمترین و بارزترین اختلاف آنها بود اما این اختلاف نمی
توانست به تنهایی دلیلی بر این اتفاق باشد، مدتی همانجا روی
زمین نشستم و به اطراف نگاه می کردم و گاهی هم به آن سه
وسیله ای که همراه خودم آورده بودم نگاه می کردم، به راستی
دلیل رفتار متفاوت آنها در چه بود؟ در همین زمان بود که فرشته
عشق و فرشته آتش همراه یکدیگر جلوی من ظاهر شدند با دیدن
آنها آن سه وسیله را روی زمین انداختم و از جای خودم بلند شدم
و لبخند زنان به سمت آنها رفتم از آنجا خانه گل سرخ دیده می
شد، هر سه همراه هم به آنجا نگاه می کردیم سرانجام فرشته عشق
این سکوت را شکست و گفت: " این تنها کار خوبی است که این
روزها انجام می دهی، یعنی تلاش برای بدست آوردن آنچه لایق
آن هستی "

به او نگاه کردم و گفتم: " تا به حال اینقدر از دیدن شما خوشحال نشده بودم، می دانید تنهایی خودش زیبا نیست و تصور اینکه در زمان های گذشته هم تنها باشی خودش سختی آن را چند برابر می کند، راستی شما هم می توانید در زمان سفر کنید؟"

هر دوی آنها با شنیدن این پرسش من خندیدند و گفتند: " شما انسانها موجودات عجیبی هستید با وجود اینکه به محدودیت های خود آگاهید اما اگر محدودیت های شما ساده ترین قابلیت در سایر موجودات باشد اینقدر تعجب می کنید!"

از حرف های او چیزی نفهمیدم و همچنان به او نگاه می کردم که فرشتۀ آتش ادامه داد:" بله، در نوع و گونۀ ما سفر در زمان یک فرآیند عادی به شمار می رود "

با شنیدن این پاسخ فرشته آتش فهمیدم که سفر در زمان برای این موجودات فرآیندی عادی محسوب می شود در حالیکه انسان از راه علم به دنبال دست یافتن به آن است که در همین لحظه فرشته عشق گفت: " ناجی می دانی زیباترین صفت یک انسان چیست؟"

برای یک لحظه حس شیطنتم گل کرد و گفتم: " انسان به این زیبائی ..."

هنوز حرفم تمام نشده بود که هر دو با هم گفتند: " زیبا بود اگر حفظش می کرد"

با شنیدن این حرف از آنها دقیقاً می دانستم که منظورشان چیست، آنها غیر مستقیم می خواستند به من بگویند که انسان زیبا متولد می شود اما در نهایت تحت تأثیر کارهایی که انجام می دهد خودش را به موجودی زشت تبدیل می کند. البته در همان روزهای ابتدایی آغاز این ماجراجویی و در غار کوردل مقلد مادر به من گفته بود که بسیاری از موجودات ماورایی انسان را بر اساس کارهایی که انجام داده است می بینند یعنی زشت و زیبا بر اساس اعمال او و به این ترتیب اگر اعمالش خوب بود او را زیبا می دیدند و اگر اعمالش زشت بود او را زشت می دیدند اما به هر حال ادامهٔ صحبت در این موضوع به نظرم جالب نیامد.

که فرشته عشق ادامه داد: " یکی از ویژگی های انسان این است که محدودیت هایش را با تلاش و علم رفع می کند مثلاً انسان نمی توانست پرواز کند اما هواپیما را ساخت "

ظاهراً صحبت کردن دربارهٔ زیباترین صفت انسان را فراموش کرده بودند که فرشتهٔ عشق گفت: " عشق واقعی زیباترین دارائی انسان است"

ناگهان چشمش به آن ۳ وسیله ای که روی زمین انداخته بودم افتاد و با نگرانی به من گفت: " زود باش آنها را بردار"

آنها را برداشتم و همینکه می خواستم به او توضیح بدهم با حالتی بین ناراحتی و عصبانیت گفت: " هیچ وقت لوازمت را در زمانی غیر از زمان خودت جای نگذار این موضوع خیلی مهم است"

به او توضیح دادم که قصد و هدفم برای این کار چه بوده است که در همین زمان فرشتهٔ آتش گفت: " میزان نامرئی شدن اجسام در این زمان به میزان در ارتباط بودن آنها با تو ارتباط دارد. به این ترتیب که هرچه آن شی مدت زمان بیشتری با تو در ارتباط بوده باشد مدت بیشتری می تواند نامرئی بماند و اگر این مدت ارتباط با تو از مدت خاصی بیشتر باشد نامرئی بودن آن هم دائمی خواهد شد اما اگر آن وسیله مدت کمی در ارتباط باشد پس از جدا شدن از تو در زمان های دیگر مرئی خواهد شد، و شاید این مهمترین

دلیلی باشد که گاهی شما انسانها وسیله هایی را می یابید که از آینده در گذشته وجود داشته اند..."

با این توضیح او آنچه که می خواستم بدانم را دانستم، با اتمام توضیحی که درباره چگونگی مرئی و نامرئی بودن اجسام بود آنها باید به سرزمین های خودشان بازمی گشتند و من هم باید برای رفتن به زمان خودم آماده می شدم، با رفتن آنها آن ۳ وسیله را برداشتم و به زمان خودم برگشتم.

به خانهٔ قدیمی رفتم و در آنجا ابتدا تمام مشخصات آن درخت را در یک نرم افزار سه بعدی ترسیم کردم و سپس یک خانهٔ درختی کوچک و زیبا را بر روی شاخه های آن درخت طراحی کردم تا بتوانم در مواقعی که آنجا بودم از آن برای استراحت و زندگی استفاده کنم، طراحی این خانهٔ درختی کمی بیشتر از آنچه فکر می کردم طول می کشید، برای همین هم تصمیم گرفتم تا ادامه آن را برای فردا بگذارم. به خانهٔ خودمان برگشتم و به اتاقم رفتم و از آنجا به تراس رفتم، دلم می خواست مدتی را در کنار پرنده هایی که در تراس اتاقم لانه داشتند سپری کنم. آنها هم انگار با دیدن من خوشحال شده بودند و برای نشان دادن این موضوع پر زدند و روی

دستم نشستند. این لحظات برای من که مدتها با آن پرنده ها
دوست بودم زیبا بود اما انگار زمان در لحظات زیبای خودش سریع
تر طی مسیر می کند.

چشم هایم را که گشودم سقف اتاقم اولین چیزی بود که می دیدم
و این نشان می داد که دیشب خیلی زود خوابم برده است، یادم
آمد که باید روی طرح آن خانۀ درختی کار کنم و آن را کامل کنم.
بدون آنکه صبحانه بخورم لباسهایم را پوشیدم و به خانۀ قدیمی
رفتم در آنجا طرح های درخت را نگاه کردم و در ذهنم بخش هایی
از آن را تغییر دادم و شکل های گوناگونی را برای خانۀ درختی
طراحی کردم. وقتی طرح خانۀ درختی تمام شد، از جایم بلند شدم
و ایستادم چند قدم عقب تر رفتم و از دور به صفحۀ نمایش گر نگاه
کردم زیبا شده بود تمام آن صفحات را چاپ کردم و سعی می کردم
که یک به یک آنها را دوباره ببینم و کنترل کنم. تقریباً به وسط
عکس ها که رسیدم چیزی به خاطرم رسید، پس سهم گل سرخ
در این طرح ها چه می شد؟چرا نظر او را در این طرح ها در نظر
نگیرم؟

بنظرم زیباتر بود اگر این خانه درختی را براساس نظر او می ساختم.
تمام طرح های چاپ شده را به گوشه ای پرتاب کردم و تصمیم
گرفتم که هر طور شده است نظر او را در مورد خانه های درختی
بدانم اما چگونه ؟

شاید در دفتر خاطراتش چیزی می شد یافت، و یا اینکه می شد از
دوستانش پرسید و یا اینکه...

سوالاتم که به اینجا رسید، به نظر می آمد که ساختن آن خانه
درختی مطابق نظر گل سرخ سخت تر از آن چیزی که فکر می
کردم باشد، اما شدنی بود. پس باید تلاش خودم را می کردم به
همین خاطر دوباره تصمیم گرفتم به گذشته برگردم. وقتی تصمیم
به انجام این کار گرفتم، چند ثانیه ای نگذشته بود که به گذشته
رفتم. با وجود اینکه چندیدن مرتبه بین زمان های مختلف جابجا
شده بودم اما هنوز هم تجربه کافی در این کار نداشتم به گذشته
رفته بودم اما به زمانی غیر از زمانی که قصد رفتن به آن را داشتم
و پیش از این به آن زمان رفته بودم فکر می کنم زمان گذشته بود
اما زمانی در چند سال بعد از آن بود. به سمت خانهٔ آنها رفتم خانهٔ
آنها از دور دیده می شد نمی خواستم زندگیم تحت تأثیر زیاد

نیروهایم باشد بنابراین به جای اینکه در کسری از ثانیه از آنجا که بودم غیبم بزند و در جلوی آن خانه ظاهر بشوم تصمیم گرفتم این فاصله را پیاده طی کنم. مسیری پر از درخت بود و من تنها و پیاده به آن سمت رفتم، از میان درختان عبور کردم تا اینکه به آن درختی رسیدم که قرار بود خانهٔ درختی را روی آن بسازم، دستی به تنهٔ آن درخت زدم و نگاهی به آن انداختم و سپس به راهم به سمت خانهٔ کودکی گل سرخ ادامه دادم اما با کمال تعجب دیدم که آنها در آن خانه نیستند ظاهراً از آنجا رفته بودند، دوباره نه، حالا چطور باید آنها را پیدا می کردم؟

خب البته چاره ای هم نبود باید به نحوی از آدرس جدید آنها آگاه می شدم، در این زمان و در آنجا کسی من را نمی شناخت پس بهتر بود که به جای سخت تر کردن کار از شخصی در همان حوالی از گل سرخ و خانواده اش بپرسم پس از مدتی جستجو در همان حوالی سرانجام فردی را یافتم که از محل جدید خانهٔ آنها اطلاع داشت. ظاهراً آنها به شهر دیگری رفته بودند و این یعنی ماجرائی تازه در پیش روی من قرار گرفته است. از اطلاعاتی که بدست آورده بودم می توانستم خانهٔ جدید آنها در شهر جدید را به راحتی پیدا کنم؛ از طرز نگاه کردن افرادی که از آنها در مورد گل سرخ و

خانواده اش پرسیده بودم می توانستم بفهمم که از دیدن ظاهر و نوع لباس پوشیدن من تعجب کرده بودند و این نشان دهندهٔ تأثیر عجیب مد بر انسان بود.

پس در همان زمان فقط لازم بود که به مکان دیگری بروم و رفتم. با دیدن او و خانواده اش خیالم از یافتن آنها راحت شده بود از همان دور به او نگاه می کردم انگار تازه از مدرسه برگشته بود اما این بار او به جای اینکه در اولین سال از مدرسه اش باشد در دبیرستان مشغول به ادامهٔ تحصیل بود، خب این هم از مزایای سفر در زمان بود که تنها با یک تغییر کوچک ممکن بود سالهایی که قصد رفتن به آن زمان را داشته ای کلی جا به جا شود. اما بهتر، شاید از این طریق می توانستم راحت تر نظر او را در مورد خانه های درختی بدانم. من تا زمانیکه می خواستم می توانستم نامرئی بمانم، او و دوستش در حال صحبت با یکدیگر بودند با توجه به نا مرئی بودنم بهترین موقعیت را داشتم پس کنار او و دوستش رفتم و کنارشان ایستادم، این اولین بار بود که دوستانی اینقدر صمیمی می دیدم آنها از هر دری با یکدیگر حرف می زدند و می خندیدند و بودن در کنار آنها باعث می شد کمی دغدغه هایم کمتر شود و از همه مهمتر این بود که زمانیکه آن دو در مورد موضوعات مختلف

صحبت می کردند من هم بیشتر با روحیات آن دو آشنا می شدم. روزها این چنین سپری می شد و من نتوانسته بودم در مورد نظر او در مورد خانه درختی چیزی بفهمم تقریباً از طراحی خانۀ درختی منصرف شده بودم، در خانۀ گل سرخ بخشی بود که تقریباً در طول روز کمتر کسی به آنجا می آمد و من هم وقتی که در زمان آنها بودم اوقات تنهائی خودم را در آنجا می گذراندم. البته باید بگویم که در تمام مدت حریم خصوصی او و خانواده اش را رعایت می کردم و این موضوع برایم اهمیت زیادی داشت. هر چند که نامرئی بودم اما به اصول اخلاقی پایبند بودم و این موضوع باعث ایجاد حس خوشایندی در من می شد.

روزها را یکی پس از دیگری به همین شکل می گذراندم طوری که در آن زمان یکی از اعضای خانوادۀ او محسوب می شدم اما نامرئی! و بدن آنکه خودشان بدانند، اما از ویژگی های سفر در زمان این بود که اگر چه در زمان خودم تنها چند ساعت گذشته بود اما در زمان گذشته، ماهها گذشته بود و این یعنی تناقضی بزرگ که تنها زمانی آن را درک می کردی که تجربه اش کرده باشی، روبوسالینا گفت: " سهراب، زمان یک بازی به وسعت انسان هاست "

این جمله برایم آشنا بود چون در مراحل پایانی ساخت روبوساینا این جمله را خودم به او گفته بودم. خنده ام گرفت البته این خنده ناخواسته بود و به او گفتم: " روبوساینا هنوز هم جملاتی را که برای تست قدرت شنوائی ات به کار برده ام را به یاد داری؟"

روبوساینا هم با دیدن لبخند من لبخندی زد و گفت: " بله، ربات ها حجم داده های زیادی را در حافظهٔ خود ذخیره می کنند، اما سهراب چرا این جمله را برای تست شنواییم بکار بردی؟ معنای خاصی برای تو دارد ؟"

حالا روبوساینا شده بود تنها کسی که ساعت ها با او صحبت می کردم پس شاید ایرادی نداشت اگر که در این مورد کمی بیشتر به او توضیح می دادم بنابراین به او گفتم: "روبوساینا"

به من نگاه کرد و سپس ادامه دادم: " می دانی طرح ها و نقشه های ساخت این مجموعه را چه زمانی کشیدم؟"

روبوساینا پاسخ داد: "درسیستم بایگانی طبقه بندی شدهٔ من پاسخی برای این سوال یافت نمی شود"

سپس به من نگاه کرد و منتظر توضیحات بیشتری در این مورد شد.

به روبوساینا گفتم: " وقت هائی که برای دیدن گل سرخ می رفتم بیشتر آنها را در همان زمان طراحی کردم"

روبوساینا نگاهی به من کرد و پرسید: " خیلی طول کشید؟"

پاسخ دادم: " مدت آن چندان مهم نبود چون آن را مرحله به مرحله انجام می دادم و به صورت پیوسته نبود اما طراحی آن خیلی سخت بود"

و ادامه دادم: "راستی روبوساینا گفتی زمان، نمی خواهی نظرت را در مورد زمان به من بگویی؟"

روبوساینا پاسخ داد: " من یک ربات هستم و داده هائی طبقه بندی شده را در خودم دارم و یک دانشمند نیستم اما اگر می خواهی می توانم از داده های آرشیوی خودم برایت بگویم"

حرفش تأثیر گذار بود، داده های طبقه بندی شده، ادامه دادم: "
روبوساینا می دانی در کل عالم هستی بعدی به نام زمان وجود
ندارد؟"

با تعجب به من نگاه کرد و سپس گفت: "امکان ندارد!"

به او گفتم: " روبوساینا، این تنها حقیقت مطلق موجود در عالم
هستی است هیچ بعدی به نام زمان وجود ندارد و بعد زمان تنها
ساخته و پرداخته ذهن بشر است، همین و بس!"

روبوساینا به من نگاه کرد و با تعجب گفت:" دقیقا در مورد کدام
زمان حرف می زنی؟! منظورتان همین زمان به معنای عمومی آن
است؟ سهراب..!"

سپس از جای خودش بلند شد و به اطراف نگاه کرد و گفت: " مگر
تو هر روز از جای خودت سر ساعت معینی بلند نمی شوی و در
ساعت معینی نمی خوابی؟"

به او نگاهی کردم و گفتم: " روبوساینا این بعد زمان وجود ندارد و
نباید آنچه گفته می شود باور کنی، من این موضوع را در نظریه ای
به نام زمان بزرگترین فریب بشر در هشت جلد نوشته ام و ..."

ناگهان به خودم آمدم، در حالیکه به او نگاه می کردم با خودم
اندیشیدم اگر حتی یک در صد هم احتمال آن وجود داشته باشد
که این داده ها به جائی نشر پیدا کند چه اتفاقی می افتد؟ هرگز
نباید دوباره از داده هائی با این ارزش برای احدی می گفتم برای
همین هم به روبوساینا گفتم: " روبوساینا از این موضوع بدون ادامهٔ
آن بگذریم، راستی فکر می کنم برای امروز کافی باشد، بهتر است
وقت دیگری ادامهٔ این دفتر خاطرات را با یکدیگر بخوانیم"

بعد بدون آنکه چیزی بگویم از آنجا خارج شدم.

در راهروهای مجموعه تک و تنها می رفتم. به دیواره های آنجا نگاه
می کردم، به درب های اتاق هائی که یکی پس از دیگری از کنار
آنها می گذشتم و تنها من می دانستم که در پس هر کدام از آن
درب ها دنیای جدیدی وجود دارد تا اینکه بالاخره به مقابل درب
اتاق جنگل رسیدم و در آنجا مستقیما به آن بخش مخفی رفتم و
کنار درب آنجا بر روی تخته سنگی مجازی نشستم و به اطراف نگاه
کردم به همهٔ آنچه که در آنجا وجود داشت به گل های اطراف درب
که در زیبائی نظیر نداشت به یاد بوته گل سرخ خودم در باغ خانه

افتادم و بلافاصله یک شاخهٔ گل سرخ را از بوته ای در کنار درب ورودی آن بخش مخفی چیدم.

شاخهٔ گل سرخ در دستم بود و آنرا برای ساینا می بردم. نمی دانستم این ماجرا تا چه زمانی ادامه خواهد داشت اما به اینکار امیدوار بودم... به درب اتاق او رسیدم باید منتظر می ماندم البته خودم اینطور می خواستم باید صبر می کردم و می دیدم که آیا این بار هم لرد درآکولا بر درب ظاهر می شود یا نه؟

مدتی گذشته و خبری از لرد درآکولا نشد اول خواستم وارد آن اتاق شوم، چند ضربه به آن درب زدم تا شاید کسی متوجه حضورم بشود اما باز هم خبری از کسی نبود، کمی نگران شدم دو مرتبه چند ضربه محکم تر به درب زدم اما بازهم خبری نشد، نگرانیم در این مورد بیشتر شده بود این موضوع تا آن زمان سابقه نداشت بنابراین بر خلاف میلم وارد اتاق ساینا شدم و با اتاقی خالی مواجه شدم. به سرعت تمام بخش های آنجا را گشتم اما باز هم کسی را پیدا نکردم، از شدت نگرانی تمام قسمت های آنجا را می دویدم تا اینکه بالاخره جلوی میز آرایش اتاق خواب ساینا با یادداشتی مواجه شدم که روی آن نوشته شده بود: "برای مدتی به همان محل مخفی

در اتاق جنگل خواهم رفت تو هم بیا اما نمی توانی داخل بیائی و تنها تا درب آن بیا، امیدوارم که مرا درک کنی..."

انتظار این یادداشت و آنچه در آن نوشته شده بود را نداشتم بعلاوه که تا پیش از این ساینا هرگز این اتاق را بدون من ترک نکرده بود. باید می دانستم و مطمئن بودم که این موضوع آغاز ماجرائی تازه خواهد بود....

بلافاصله برای دیدن ساینا به اتاق جنگل رفتم و در کنار درب بخش مخفی روی یکی از صندلی هائی که در آن نزدیکی بود نشستم شاخۀ گل همچنان در دستم بود که لرد درآکولا جلوی من ظاهر شد و گفت: " لطفاً گل را به من بدهید"

گل را به او دادم و او رفت.

من هم به اتاق خودم برگشتم، روی صندلی نشستم و دوباره به خودم در آینه نگاه می کردم آیا این من بودم که این چنین مات و مبهوت شرایط شده بودم!؟

مدتی که گذشت از روی بی حوصلگی سعی کردم که بخوابم اما باز هم خوابم نبرد به ناچار راهی کرۀ مرکزی شدم تا شاید بتوانم با

گفتگوی با روبوساینا کمی با شرایط موجود کنار بیایم به محض رسیدن به آنجا روبوساینا را دیدم که با دیدن من به سمتم دوید اما از من خواست کمی کنار او بنشینم و اندکی بعد درخواستی عجیب داشت!

او از من می خواست که همراه با هم اتاق های آن مجموعه را ببیند... اما کدام اتاق ها؟ زمانیکه این موضوع را از او پرسیم و سپس پاسخ او را شنیدم متوجه این موضوع شدم که منظور او دقیقا همان اتاق هاییکه در زمان های قبل به هر دلیلی با ساینا موفق به دیدن آنها نشده بودیم!

اما من با این درخواست او مخالفت کردم، آخر چرا؟ واقعاً چرا می خواست که همراه من به دیدن بخش های مختلف آن مجموعه بیاید؟! وقتی با مخالفت من روبرو شد می شد ناراحتی را در چهره اش دید به گوشه ای رفت و آرام اشک هایش را پاک کرد، این اتفاق نادری بود که می افتاد. یک ربات هر چقدر هم که پیشرفته باشد نمی توانست احساساتی به این قدرت داشته باشد!

کمی با خودم فکر کردم و دیدم که از ابتدای راه اندازی مجدد او تا کنون بعلت شباهت زیادی که با ساینا داشت هیچ وقت جواب

رد به خواسته هایش نداده بودم و شاید این علت این واکنش او بوده باشد اما اگر هم این موضوع دلیل رفتار او باشد باز هم احساسات قوی او به این شکل توجیح پذیر نبود.

اما برای اینکه به ناراحتی او خاتمه بدهم از او خواستم تا همراه با هم ادامهٔ دفتر خاطراتی که ناتمام مانده بود را بخوانیم، لبخندی زد و با دستهایش اشک هایش را پاک کرد و گفت: " برویم"

چهره اش در این حالت بسیار کودکانه شده بود همچنان در حال نگاه کردن به او بودم که از جایش بلند شد. با هم به کتابخانه رفتیم و من دفتر خاطرات را از روی میز برداشتم.

آنروز یک روز تعطیل بود گل سرخ و دوستش همراه یکدیگر در اطراف خانه شان در حال گشت و گذار بودند و من هم کمی آنطرف تر از آنها همراه آنها می رفتم. نمی دانم دقیقاً چطور شد که گفتگوی آنها به خانهٔ درختی رسید اما هر چه بود مرا به یاد آن خانهٔ درختی انداخت که قبلاً طراحی کرده بودم و چه بهتر امروز می توانستم نظر گل سرخ را هم در این مورد بدانم. دقیقاً به حرف های آنها گوش می دادم و هر چه که گل سرخ می گفت را دقیقاً به خاطرم می سپردم، یکی پس از دیگری و بخش به بخش خانهٔ

درختی مورد نظرش را برای دوست صمیمی خودش تعریف می کرد و من هم گوش می دادم این موضوع کمک زیادی به من کرد به زمان خودم و خانۀ قدیمی بازگشتم و در آنجا مشغول کشیدن بخش های مختلف خانۀ درختی و محاسبۀ بارهای وارد بر آن شدم. این هم از مزایای خواندن مهندسی عمران بود.

بلافاصله پس از اتمام کشیدن طرح های خانۀ درختی و محاسبات آن لیستی از لوازم مختلف برای ساخت آن را تهیه کردم میخ، چوب و.... اما اواسط این لیست متوجه موضوعی شدم. برای اینکه آن خانۀ درختی جلب توجه نکند باید نامرئی باشد و برای اینکه نامرئی باشد باید مصالح مورد استفاه در ساخت آن مدت ها در تماس با من می بود پس نباید برای ساخت آن از لوازم تازه خریداری شده استفاده می کردم و این خودش مشکل جدید و جدی ای برای ساخت خانۀ درختی به شمار می رفت پس ادامۀ کار را به وقت دیگری موکول کردم و مدتی در باغ خانه قدم زدم. اما انگار به فضای بیشتری برای راحت شدن از این همه فکرهای گوناگون نیاز داشتم. پس از خانه خارج شدم و مسیر پیاده رو را در پیش گرفتم تا به پارک نزدیک خانه رسیدم. در آن پارک پس از مدتی قدم زدن به یاد صندلی همیشگی خودم افتادم که قبلاً مدت های زیادی روی آن نشسته

بودم اما این روزها کمتر به این پارک آمده بودم و علت آن هم شاید بیشتر شدن حجم کارهایم بود. اما نه، این تنها دلیل آن نبود در حال حاضر من در دو زمان مختلف زندگی می کردم یکی در زمان حال که زمان اصلی من بود و دیگری زمان گذشته که در گذشتهٔ گل سرخ زندگی می کردم و این شاید دلیل دیگر آن بود.

به آنجا که رسیدم چشمم به خیابانی افتاد که برای اولین مرتبه گل سرخ را سوار بر آن اتومبیل دیده بودم ...

در دلم هوای دیدنش در زمان حال افتاد اما کجا می توانستم او را پیدا کنم و ببینم، مطمئن بودم که این روزها با توجه به مشغله کاری ای که داشت تنها در یک شهر ساکن نیست و دائماً در حال مسافرت بین شهرهای مختلف است. پس فقط یک راه برای من باقی مانده بود خودم را به دلم سپردم و برای اولین بار به قدرت عشق اطمینان کردم. در چشم بر هم زدنی به جائی رفتم که گل سرخ هم آنجا بود بله، در خانه ای بودم که گل سرخ هم در آن بود ظاهراً این خانه متعلق به گل سرخ بود، اما در شهری دیگر... با دانستن این موضوع احساس آرامش بیشتری کردم گل سرخ در حال صحبت کردن با تلفن همراه خودش بود و من هم از این

فرصت استفاده کردم و بدنبال مکانی برای ماندن در آن خانه برای
خودم گشتم، یکی از اتاق خواب ها مکان مناسبی بود، به نظر ایده
آل می آمد و ظاهراً به فرد خاصی هم تعلق نداشت. پس از یافتن
آنجا خودم را به اتاق نشیمن که گل سرخ در آنجا بود رساندم او
هنوز هم در حال مکالمه با فرد خاصی بود مکالمهٔ آنها بیشتر شبیه
به برنامه ریزی برای انجام کارهای مهمی در چند روز آینده بود.
روی مبل مقابل او نشستم به او نگاه کردم، امروز خیلی جذاب تر
شده بود و در نگاهش شوقی دیدنی موج می زد. نوع لباس های
امروز او بسیار هماهنگ با هم شده بود و از همه مهمتر اینکه لبخند
بر لبانش داشت پس از پایان مکالمه اش به سرعت پیامی از یکی
از دوستانش دریافت کرد ظاهراً گل سرخ در این زمان هم دوستانی
صمیمی علاوه بر آن دوست صمیمی قدیمی خودش داشت و امروز
قرار بود که یکی از همین دوستانش به خانهٔ او بیاید.

کمی ماندم اما با توجه به کارهائی که این روزها به آن مشغول بودم
باید می رفتم بنابراین در چشم بر هم زدنی خودم را به خانه
خودمان رساندم همینکه وارد اتاقم شدم چشمم به تخت خوابم
افتاد، آری گمان می کنم که بخشی از مصالح مورد نیاز خودم را
یافته بودم، خودش بود تخت خوابی از جنس چوب که مصالح اصلی

مورد نیاز من برای ساخت آن خانه درختی بود و تعدادی پیچ و میخ. پس از آن تخت به سراغ صندلی و مبل و... رفتم و آنها را در یک گوشه جمع کردم و سپس آنها را به خانهٔ قدیمی بردم و پس از آن برای خرید لوازم جدید به فروشگاهی در شهر رفتم و دقیقا مشابهٔ همین لوازم اتاقم را که شامل تخت و مبل و... می شد را خریدم و به خانه بردم به این ترتیب همه چیز در اتاقم مثل قبل شده بود و من هم مصالح مورد نیاز خودم را بدست آورده بودم.

قطعه قطعه اجزای خانهٔ درختی را براساس طرح هائی که کشیده بودم ساختم و شمارهٔ آنها را برروی آنها نوشتم و در گوشهٔ زیر زمین خانهٔ قدیمی گذاشتم. این کار چند روز زمان برد. هیچ وقت فکر نمی کردم که نجاری و ساخت بخش ها و قطعات یک خانه درختی اینقدر زمان بر باشد. با اتمام ساخت بخش های مختلف آن دیگر نوبت به بردن آنها به درخت نزدیک خانهٔ جدید گل سرخ بود. همان خانه ای که در زمان تحصیلش در دبیرستان او و خانواده اش در آن ساکن بودند. پس باید کار را شروع می کردم اما از آنجائیکه حمل این قطعات به محل آن درخت در زمان گذشته و سرهم کردن آنها کاری نبود که بشود در عرض چند ساعت انجام داد، تصمیم گرفتم تا امشب را راحت بخوابم و فردا صبح، بخش های

مختلف خانه درختی را به زمان گذشته ببرم و آنها را کنار آن درخت بگذارم.

نمی دانم چطور خوابم برد تنها چیزی که در یادم مانده بود این بود که در مسیر رفتن به اتاقم، از آشپزخانه تا آنجا یک ساندویچ را که قبلا آماده کرده بودم برداشتم و با خودم به اتاق بردم اما الان... به کنار تخت نگاه کردم، آنجا بود. ظاهرا دیشب از دستم افتاده بود. آنها را درون سطل زباله ریختم و دست و صورتم را شستم و سپس به گذشته برگشتم. پس از انتقال کلیۀ بخش های خانه درختی و لوازم و ابزارهای مورد نیاز برای ساخت آن خانه درختی به زمان گذشته مشغول ساختن خانۀ قدیمی شدم. در مورد مواد غیر جاندار که یک فصل کامل و مفصل از نظریه زمان را به خود اختصاص می داد دقیقا نوشته بودم که چگونه اگر یک ابزار از زمان آینده به گذشته می رفت تاثیر خودش را می گذاشت و هنوز هم به علت جذابیت بیش از حد آن از مرور این فصل لذت می بردم بخصوص زمانیکه فهمیدم وقتی ابزاری را از آینده به گذشته می بریم با گذشت زمان اگر با همتای خود در آینده تماس داشته باشد هیچ اتفاقی بین آنها نخواهد افتاد چرا که شاید ابزار از نظر شکلی همان شکل را داشته باشد اما بعلت تغییر در ماده سازنده آن دیگر آن

ابزار نیست و از لحاظ ماهیت مواد تشکیل دهنده با یکدیگر متفاوت هستند... من چرا به این موضوع فکر می کردم؟! فکر می کنم بجای فکر کردن به این فصل و آن نظریه فقط باید حواسم را جمع می کردم تا چیزی را جا نگذارم، بین ساختن کلبهٔ درختی متوجهٔ این موضوع شدم که بخش های تشکیل دهنده خانه درختی علاوه بر نامرئی بودن قابل لمس هستند پس باید کاملاً مراقب می بودم که ساخت آن خانهٔ درختی تغییری در وضعیت طبیعی شاخه های درخت بوجود نیاورد. بعد از چند روز کار مداوم سرانجام خانهٔ درختی در بالای آن درخت ساخته شد. از آنجا می توانستم به راحتی خانهٔ گل سرخ را ببینم اما من اگر می خواستم می توانستم هر مکانی را ببینم و چه نیازی به ساخت این خانهٔ درختی بود؟! این خانهٔ درختی تنها برای اینکه خانهٔ آنها را ببینم نبود بلکه می خواستم مکانی مستقل از دنیای گذشته ای که به آن وارد می شدم در اختیار داشته باشم و این مکان مناسب ترین محل برای من بشمار می رفت.

بخش یازدهم: مدرسه کودکی

درون خانهٔ درختی ایستاده بودم، چندان بزرگ نبود اما راحت و زیبا بود و از پنجرهٔ آن به خانهٔ گل سرخ نگاه می کردم باران می بارید و هوا...

راستی این چه فصلی از سال بود، در زمان خودم پائیز بود اما بله، در این زمان یعنی در گذشته بهار بود و این تغییر فصل ها در جابجایی زمان چه زیبا بود. به اطراف نگاه کردم همه چیز در حال نو شدن بود از دور می دیدم که گل سرخ دارد از خانه خارج می شود، چهره اش را در آن حالت خیلی دوست داشتم، زمانی که تعجب می کرد را می گویم یعنی زمانیکه با تعجب به چیزی نگاه می کرد. تا آن زمان هیچ فردی را ندیده بودم که اینقدر زیبا هیجانات خودش را نشان بدهد، او حالا با دیدن یک پروانه آنقدر هیجان زده شده بود و به طرف آن پروانه می رفت شاید پروانه ای که بر اثر باران خودش را به آن گوشه رسانده بود، پس از گذشته چند دقیقه با آمدن مادرش سوار اتومبیل شدند. با دیدن کیفی که در دستش بود مطمئن بودم که به مدرسه می رفتند، پس قبل از آنکه او برسد خودم را به مدرسه رساندم. با توجه به اینکه این کار برای من تنها کسری از ثانیه طول می کشید باید مدتی تا رسیدن گل سرخ و مادرش به مدرسه منتظر می ماندم، خب این فرصت

خوبی بود تا کمی در مدرسه گردش کنم و اطراف را ببینم، وقتی از راهروی مدرسه عبور می کردم یکی یکی کلاس ها را سرک می کشیدم. به یاد دوران مدرسه خودم افتاده بودم، در واقع این گشت و گذار در مدرسه آغازی برای مرور خاطرات خودم بود، در حیاط پشتی مدرسه چند دانش آموز اطراف یک دانش آموز تنها را گرفته بودند و یکی از آنها در حالیکه دست دیگری را گرفته بود با حالتی میان قلدری و تمسخر آن دانش آموز را کتک می زد دیدن این اتفاق خوشایند نبود پس مدتی منتظر ماندم تا کارشان تمام شود، با تمام شدن کار او آن دانش آموز گریه کنان و دوان دوان از آنجا رفت و بقیهٔ آنها هم متفرق شدند، آن دانش آموز بی تربیت هنوز هم جلوی چشمم بود دنبال او به راه افتادم و منتظر فرصت مناسبی برای گوش مالی دادن به او بودم باران موقتا بند آمده بود و شاید با گذشت ۵ الی ۱۰ دقیقه از این اتفاق بود که او با دیدن یک دانش آموز دیگر در آن گوشهٔ حیاط مدتی ایستاد و سپس به سرعت شروع به دویدن به سمت او کرد مطمئن بودم قصد اذیت کردن او را داشت خب فرصت مناسبی که منتظرش بودم پیدا شده بود. خیلی راحت بود تنها باید پایم را جلوی پایش می گذاشتم و دیگر کار تمام بود، او به شدت به زمین افتاد و چند جا از بدنش خراش

برداشت اگر چه این تنبیه او نسبت به رفتار زشتش کم بود اما برای امروز کافی بود، کم کم بچه ها به کلاس هایشان رفتند و من به خاطر آن دانش آموز بی تربیت رسیدن گل سرخ را از دست داده بودم پس باید یکی یکی کلاس ها را دنبال او می گشتم، تا کلاس درس او را پیدا کنم و اینکار مدتی زمان برد. معلم آنها در حال تدریس درسهای آن روز به آنها بود وارد کلاس شدم و به سمت گل سرخ رفتم و کنار او ایستادم بیشتر دانش آموزان مشغول گوش کردن به معلم بودند ولی گل سرخ در حال نوشتن چیزی بود و این موضوع کنجکاوی مرا به شدت تحریک کرده بود کمی جا به جا شدم و بالای سر او رفتم، شروع به خواندن آن متن کردم شعر بود، بله یک شعر زیبا بود که از نظر من فراتر از سن او بود می دانستم که او با استعداد است و با خواندن این سطر دیگر مطمئن شده بودم دلم می خواست از خوشحالی بالا و پائین بپرم اما باید رعایت برخی کارها را می کردم که کسی متوجه حضور من در کلاس نشود اما با کمال تعجب دیدم که گل سرخ در حال نگاه کردن به من بود مطمئن بودم که مرا نمی بیند اما شاید حضورم را حس کرده بود....

گاهی که معلم به سمت او می آمد دفترش را می بست و به معلم گوش می کرد و باز با رفتن معلم و مناسب شدن شرایط دوباره به

نوشتن شعرهایش مشغول می شد و گاهی هم شکل هایی را روی دفترش نقاشی می کرد.

به یاد خودم افتام و دورانی که در دبیرستان مشغول به تحصیل بودم...

کمی که گذشت نگاهی به اطراف انداختم یکی از صندلی های کلاس خالی بود. ظاهراً یکی از همکلاسی های گل سرخ امروز به دلایلی به کلاس درس نیامده بود. به سمت آن صندلی خالی رفتم و روی آن نشستم و منتظر ماندم تا زنگ تفریح بخورد در انتهای کلاس یکی از دانش آموزان طوری که معلم نبیند، داشت خوراکی یواشکی می خورد و چقدر این خوراکی های یواشکی می چسبید...

کمی آن طرف تر دو تا از دانش آموزان یواشکی و طوری که معلم آنها را نبیند یادداشت رد و بدل می کردند و یواشکی می خندیدند و این هم یکی از اتفاق های پر هیجانی بود که در دوران مدرسه برای بچه ها بسیار جذاب بود و همه دانش آموزان حداقل یک بار این کار را در طول دوران مدرسه انجام داده بودند. البته گاهی هم کارها آنطوریکه باید پیش نمی رفت مثلا در مورد این دو نفر وضع به همین شکل بود چون همان موقع معلم بالای سر یکی از آنها

رفت و یادداشت را از او گرفت و بدون اینکه چیزی بگوید به ادامهٔ درس پرداخت و تنها با اشارهٔ ابرو به آن دانش آموز فهماند که کارش صحیح نیست و او هم با دیدن این رفتار معلم ساکت شد و در حالیکه سرخ شده بود به درس دادن معلم گوش می کرد. در حالیکه سرم را روی میز جلوی خودم گذاشته بودم با صدای زنگ تفریح سرم را از روی میز برداشتم گل سرخ و بقیه دانش آموزان به بیرون از کلاس رفتند. چند ثانیه داخل کلاس ماندم قصد داشتم تا یادداشت هائی را که او داخل دفتر و بعضی قسمت های کتابش داشت بخوانم اما به خودم این اجازه را ندادم برای همین هم از کلاس خارج شدم داخل راهرو به اطراف نگاه کردم اثری از گل سرخ نبود باید داخل حیاط مدرسه رفته باشد پس من هم به همان سمت رفتم، اما در راه همان دانش آموز بی تربیت را دوباره دیدم فکر می کنم که گوشمالی قبل از کلاس برای او کافی نبود چون در حال صحبت کردن ما دانش آموز دیگری بود و آن دو قصد داشتند تا گل سرخ را در حیاط مدرسه دست بیندازند، این را می شد از حرف هایشان فهمید...

خب باید منتظر ماندم چون قصدم این بود که مانع از انجام این کار آنها شوم. وقتی حرف هایشان را زدند و از یکدیگر جدا شدند به

دنبال او راه افتادم. در راه سر به سر چند دانش آموز دیگر گذاشتند و بعد به سمت سرویس های بهداشتی رفتند، کاری که او می خواست انجام دهد باعث ناراحتی من شده بود اما باید خودم را کنترل می کردم چون ممکن بود آسیب سختی به او بزنم. در سرویس های بهداشتی همان دانش آموز بی تربیت و دوستش ایستاده بودند و کیفی که در دست او بود نشان می داد که قصد دارد پس از زنگ تفریح از مدرسه فرار کند. آنها آنجا ایستاده بودند و من هم به آنها نگاه می کردم دانش آموز بی تربیت برای رفتن به دستشوئی کیفش را به دوستش داد و این خودش فرصت مناسبی بود که می شد روی آن حساب کرد، به محض اینکه آن دانش آموز رویش را برگرداند ضربه ای که به کیف دانش آموز بی تربیت که محکم آنرا در دستش نگه داشته بود زدم و آنرا به زمین انداختم. کف سرویس های بهداشتی هم آب ریخته بود و این باعث شد که کیف خیس و کثیف بشود . البته این موضوع با خروج دانش آموز بی تربیت از سرویس بهداشتی همزمان بود، خب اتفاق بعدی مشخص بود او به سمت دانش آموز دیگر که اتفاقا دوستش هم بود حمله کرد و آن دو نفر شروع به دعوا و کتک کاری با یکدیگر کردند، این موضوع جالب نبود اما در آن شرایط لازم بود از سرویس های

بهداشتی که خارج شدم دیگر زمان زیادی از زنگ تفریح باقی نمانده بود. به حیاط رفتم و در یک گوشهٔ آن گل سرخ و دوست صمیمی اش را در کنار هم دیدم و این خیلی خوب بود. کمی که گذشت زنگ مدرسه به صدا در آمد و دانش آموزان به کلاس بازگشتند. در راهرو و پشت در دفتر مدرسه آن دو دانش آموز با ظاهری به هم ریخته منتظر تصمیم ناظم مدرسه بودند و من هم همراه گل سرخ به کلاس درس او بازگشتم، معلم مهربانی داشت اما از همه زیباتر دیدن چهرهٔ خندان گل سرخ سر کلاس درس بود.

کلاس که تمام شد قبل از خروج دانش آموزان از کلاس درس از مدرسه خارج شدم و به خانهٔ درختی برگشتم. اول تصمیم داشتم تا زمان بازگشت گل سرخ منتظر بمانم اما کمی که گذشت به زمان خودم بازگشتم. این کارم دلیلی به جز کارهای زیادی که برای انجام دادن داشتم نداشت. صبح بود و انجام دادن کارهای روزانه را شروع کردم بخش زیادی از کارهای روزانه آن روز را انجام دادم و وسط روز به محل کار پدرم رفتم و تقریباً تا نیمه های شب مشغول انجام کارهای مربوط به آنجا بودم. حجم کارهایی که در آنجا برای انجام دادن داشتم بسیار بیشتر از آن بود که انتظار داشتم.

بخش دوازدهم: میهمان ناخوانده

در راه بازگشت به خانه متوجه حضور فردی غریبه و مشکوک در نزدیکی خانه خودمان شدم فردی چهار شانه و قد بلند بود که کلاهه سویی شرت خودش را بر روی سرش کشیده بود و سعی می کرد که چهره اش به صورت کامل دیده نشود. سوار بر اتومبیل از کنارش عبور کردم اما با گوشه چشم به راحتی می دیدم که سرش پائین بود و در حال نگاه کردن به من است.

به خانه رسیده بودم و منتظر باز شدن در بودم که بدون اینکه اجازه بگیرد سوار اتومبیل شد. اول خواستم واکنشی دفاعی از خودم نشان بدهم اما او به جز ورود بدون اجازه به خودرو واکنش تهاجمی دیگری از خودش نشان نداده بود این موضوع باعث شد که برای نشان دادن واکنش بعدی خودم کمی صبورتر باشم، کلاه را از روی سرش برداشت و به من نگاه کرد یک مرد بود درشت جثه و عضلانی که بر خلاف هیکل بزرگ و ترسناکش در چهره اش اثری از شرارت نبود به من نگاه کرد و گفت: " کمکم کنید"

به فکر فرو رفتم که در آن شرایط چه کمکی به او می توانستم بکنم؟ اصلا چه مشکلی برای او بوجود آمده بود که اینگونه درخواست کمک می کرد؟!

دستم را گرفت و گفت: " برو"

پرسیدم: " کجا؟"

و او پاسخ داد: " جائی که بتوانم راحت با شما صحبت کنم "

دوباره به او نگاه کردم اصلا خطرناک به نظر نمی رسید در عین حال که اگر بنا بر آسیب زدن بود من می توانستم آسیب بیشتری به او بزنم...

با شنیدن این حرف او در خانه را بستم و سمت خارج از شهر حرکت کردم در راه به همه چیز خیره می شد و گاهی حتی به شیشه اتومبیل می چسبید و به اطراف نگاه می کرد، می شد ترس را در چشمانش دید اما چه چیزی می توانست او را تا این حد ترسانده باشد؟!

با دیدن این حالات و رفتارهای او کمی نسبت به او مشکوک شده بودم، وقت آن رسیده بود که... البته شک داشتم که درست است یا نه اما در آن شرایط این بهترین کاری بود که می توانستم انجام بدهم، ذهنش را خواندم وای خدای من این امکان نداشت بلافاصله روی ترمز اتومبیل کوبیدم و او با تمام هیکلش به شیشهٔ جلوی

اتومبیل برخورد کرد، ظاهرا در تمام طول مسیر کمربند ایمنی خودش را نبسته بود، اتومبیل را در گوشهٔ خیابان نگه داشتم و به او نگاه کردم و او هم به من نگاه می کرد از او پرسیدم: " چطور این اتفاق برای تو افتاد؟!"

با تعجب پاسخ داد: " اینجا احساس نا امنی می کنم بهتر است به یک مکان خلوت تر برویم"

با آنچه در ذهن او دیده بودم بهتر بود که او را به خارج از شهر می بردم و برای اینکار باید هنوز نیم ساعت دیگر رانندگی می کردم وقتی به خارج از شهر رسیدیم از اتومبیل پیاده شدم و او هم بلافاصله از اتومبیل پیاده شد و در حالیکه تعجب کرده بود هاج و واج به من نگاه می کرد

به او گفتم: " چطور از زمان گذشته به این زمان آمده ای؟"

پاسخ داد: " دقیقاً نمی دانم در حال عبور از بین درختان بودم که این اتفاق افتاد"

با شنیدن پاسخ او کمی مشتاق تر شدم و باید از او بیشتر می
پرسیدم بنابراین ادامه دادم و از او پرسیدم: " دقیقاً کجا و چه زمانی
و چه تاریخی؟"

همه را گفت، درست بود، زمان، تاریخ و محل... همه و همه با آنچه
که می دانستم مطابقت می کرد تمام آنها با زمانیکه من آن لوازم
رابرای ساخت آن خانه درختی به گذشته برده بودم مطابقت داشت
پس شاید این اتفاق در همان زمان رخ داده بود و این احتمال وجود
داشت که در این بین او را به صورت کاملاً اتفاقی به زمان حال
آورده باشم، برای روشن شدن موضوع از او خواستم تا کمی بیشتر
توضیح بدهد و او گفت: " روی زمین در بین درختان شی ای
درخشان دیدم کمی که جلوتر رفتم متوجه شدم که پیچ و یا میخ
و چیزی شبیه آن است کمی آنطرف تر هم وسیله ای دیگر را دیدم
که به نظرم ظاهری عجیب داشت همینکه خواستم آنها را از روی
زمین بردارم نیروئی عظیم و عجیب من را به این زمان منتقل کرده
بود تمام طول مسیر را بیهوش بودم و زمانیکه بهوش آمدم خودم
را در گوشهٔ همین خیابان دیدم.

دیگر مطمئن شده بودم که او به صورت اتفاقی همراه من به این زمان آمده است اما چرا اینقدر نگران و پریشان بود؟

از او در مورد علت نگرانی اش پرسیدم و او گفت که در لحظهٔ به هوش آمدن هنوز متوجه اتفاقی که برای او افتاده است نبوده است تا اینکه پس از کمی پرس و جو متوجه شده که در شهری دیگر و در چند سال آینده است زمانیکه ماجرا را برای افراد مختلف تعریف کرده هیچکسی حرف او را باور نکرده و حتی برخی او را دست انداخته بودند و حتی چند نفر هم با او درگیری فیزیکی پیدا کرده بودند تا اینکه سرانجام گروهی او را به بیمارستان شهر رساندند و در آنجا از پرستاران شنیده بود که قرار است به تیمارستان منتقل شود که این موضوع علت فرار او از بیمارستان شده بود اما چرا نزد من آمده بود و اصلاً من را از کجا می شناخت؟

این را از او پرسیدم و او پاسخ داد که: " از همان لحظه ای که آن نیروی عظیم را احساس کرده است من را می دیده است"

سپس چند قدمی آنطرف تر رفت و ادامه داد تا اینکه آن شخص در خیابان من را به آنجا آورد و گفت که شما را می توانم آنجا بیابم.

با شنیدن حرف های او بهترین کار این بود که او را به زمان خودش ببرم و می توانستم این کار را در کسری از زمان به انجام رساندم زمانیکه هر دو نفرمان به زمان او رسیدیم او بیهوش بود. او را به کنار یکی از صندلی های پارک در شهر خودش کشاندم و روی آن گذاشتم و خودم کمی دورتر ایستادم تا بهوش بیاید اما این فکر درستی نبود چون که بعدا دائماً سوالات مختلف مربوط به این اتفاق برای او پیش می آمد و مطمئنا گفتن این اتفاقات به سایر افراد می توانست باعث ایجاد مشکلاتی برای او بشود پس باید کاری می کردم که این اتفاق برای او به شکل دیگری به نظر برسد بنابراین کنار او رفتم کیف پول او را از جیبش بیرون آوردم و کارت شناسائی او را خواندم ظاهراً او در کارهای ساختمانی فعالیت داشت و محل کار او هم روی تکه ای کاغذ نوشته شده بود او را روی شانه ام گذاشتم و به آن محل که چند خیابان فاصله داشت بردم در آن شهر آن ساعت شب هیچ کسی در خیابان ها نبود با رسیدن به آن محل با توجه به خواب بودن نگهبان وارد محوطه کارگاه شدیم و او را به یکی از طبقات بردم و ابزار و لوازم را بگونه ای در اطراف او قرار دادم که گمان کند از نردبان به پائین افتاده است، سپس از آن کارگاه خارج شدم مطمئن بودم که او پس از بهوش آمدن فکر می

کند آنچه که دیده است یک رویا بوده است که بعلت بیهوشی حاصل افتادن از نردبان بوجود آمده است.

به زمان خودم بازگشتم در کنار اتومبیل نگهبان آتش ایستاده بود و از من پرسید: " او را به زمان خودش بردی؟"

پاسخ دادم: " بله، اما آیا شما او را به محل خانه من راهنمائی کرده بودید؟"

و او پاسخ داد: "بله، و فکر می کنم اکنون دانسته باشی که چه قدر یک بی احتیاطی کوچک می تواند مشکل آفرین باشد!"

زیر چشمی به او نگاهی کردم و گفتم: "بله"

او رفت و من دوباره تنها شدم.

سوار ماشینم شدم و به سمت خانه حرکت کردم. در راه چند بار به خودم قول دادم که از این لحظه به بعد بیشتر احتیاط کنم.

وقتی به خانه رسیدم بعد از گذشت مدتی برای انجام کاری به خانه قدیمی رفتم در آنجا نگهبان آتش را دیدم که همراه با موجودی عجیب در خانه قدیمی انتظارم را می کشید اما این موجود دیگر

چه بود؟ چشم هائی سرخ رنگ داشت و بدنی عضلانی که پوشیده از ماده ای با جنس جدید و ناشناخته برایم بود که مشابه آن را در زمین نمی شد پیدا کرد با دیدن پوشش بدن او دقیقا متوجه شده بودم که او یک موجود زمینی نیست، این پوشش به او این امکان را می داد که در کسری از ثانیه ناپدید شده و دو مرتبه به حالت مرئی تبدیل شود ظاهرش هولناک بود. دستهای نیرومندی داشت که مطمئن بودم می توانند به راحتی حتی فلز را فشرده یا پاره پاره کند و پاهائی که با اطمینان می شد فهمید که در دویدن و یا پریدن رکوردهای زمینی را جا به جا خواهد کرد.

همان ابتدا نگهبان آتش من را با عنوان ناجی به او معرفی کرد و سپس او را با عنوان مبارز به من معرفی کرد.

مبارز نامی که به شدت با ظاهر این موجود هماهنگی داشت، صدای کلفت و بمی داشت و زمانی که با او دست دادم می شد سختی فولاد را در دستانش احساس کرد.

با اشاره به نگهبان آتش از او خواستم تا در مورد این موجود توضیح بیشتری به من بدهد و نگهبان آتش گفت: " حتماً از جهان های موازی مطالب زیادی می دانی"

به او گفتم: " اگر منظورت نظریه ای به همین نام است، خب ، بله می دانم"

نگهبان آتش ادامه داد: " پس نباید انتظار داشته باشی که نظریات مشابه آن وجود نداشته باشد"

در پاسخ به او گفتم: " مطمئناً، همینطور است، اما این دو چه ارتباطی با یکدیگر دارند"

و نگهبان آتش ادامه داد: "حضور مبارز ها در اینجا به دلیل نظریۀ هفتم خودت می باشد که در ادامه نظریۀ زمان فریب بزرگ... آورده ای"

به او گفتم: " می شود کمی بیشتر توضیح بدهی"

و نگهبان آتش گفت: " در نظریۀ هفتم خودت آورده ای که در صورت عدم وجود بعد زمان، سفر در زمان نیز به شکلی که در ذهن مردم شکل رفته است وجود نخواهد داشت"

به نگهبان آتش گفتم: " بله، درست است اما آیا تو نظریه مرا خوانده ای؟"

بدون اینکه پاسخ سوالم را بدهد ادامه داد: " به این مبارز نگاه کن این موجود دقیقاً نشان دهنده و تأئید کننده نظریهٔ هفتم توست " و با گفتن این موضوع رفت و مرا با آن مبارز تنها گذاشت.

دقیقاً یادم هست که در نظریهٔ هفتم خودم آورده بودم که زمان تخیلی کودکانه و غریبی است که ساختهٔ ذهن بشر است و ما بعدی به نام زمان نداریم.

تنها و تنها و تنها شرایط حاکم بر جهان هستی یکپارچگی زمان در حلقهٔ مکان است و اینکه می گوئیم زمان در حال تغییر است نیز امری ساختگی برای درک بهتر شرایط زندگی انسان و امکان برنامه ریزی برای اوست. در حقیقت انسان به علت جهل بر بخشی از علم که گستردگی بسیاری دارد از فاکتور مجهولی به نام X استفاده می کند که نام آنرا بین خودشان و در گفتگوهای رایج بین خودشان، زمان گذاشته اند که همانطوریکه می بینیم بر این اساس به اعداد و ارقام باور نکردنی زیادی در علم رسیده ایم مثلا: اگر بخواهیم عرض یک کهکشان را بیان کنیم باید بگوئیم عرض این کهکشان فلان مقدار سال نوری است و برای سال نوری نیز تعریفی آورده ایم که می گوید یک سال نوری برابر با مسافتی است که نور

در مدت یک سال می پیماید و این یعنی ترکیب یک بعد حقیقی یعنی مکان و یک بعد مجازی یعنی زمان و بر همین اساس انسان دوره های تکامل خودش را از لحظهٔ شکل گیری زمین دسته بندی کرده و برای زندگی خودش و به عبارتی تمدن بشری دوره های مختلف با طول مدت متفاوت تعیین کرده است که این حقیقت مجازی یعنی زمان خطاهای زیادی هم دارد اما بعلت گستردگی زیاد استفاده از آن در زندگی بشری مطرح کرده است. نظریهٔ هفتم از نظریات من ممکن بود مرا با چالشی جدید روبرو کند و نیاز به مدتها توضیح در مورد این نظریه به سایر دانشمندان داشته باشم که این موضوع برایم اصلاً جذاب نبود و در این مورد معتقد بودم که بی خبری خودش خوش خبری است پس چرا باید دنیایی را که طی قرن ها دانشمندان بر مبنای یک بعد مجازی به نام زمان ساخته بودند، از بین می بردم. در عین حال آگاهی آنها از این نظریه می توانست عواقب خطرناکی هم برای بشر داشته باشد مثل همین موجودی که روبروی من ایستاده بود...

بشر می توانست بر مبنای این نظریات در زمان سفر کند یا به دنیاهای دیگری راه پیدا کند و این موضوعی بود که نمی شد حدس زد چه پیامدهائی می تواند در پی داشته باشد. اما باید اول ببینم

که چه اتفاقی که رخ داده که نگهبان آتش این موجود را به اینجا آورده یا اینکه چه موضوعی پیش آمده که می خواسته به من نشان دهد؟!

به مبارز گفتم: " چرا امروز به اینجا آمده ای؟"

به من نگاهی کرد و پاسخ داد: " همانطور که گفته شد این مشکلی است که نظریهٔ هفتم شما برای ما بوجود آمده است و اکنون برای حل آن نزد شما آمده ام"

با خودم گفتم: " اول آن مرد که ناخواسته او را از گذشته به زمان حال آورده ام و بعد هم این موجود، گویا حوادث عجیب امشب قصد تمام شدن ندارد؟"

بعد به مبارز گفتم: " خب که اینطور، پس علت این اتفاقات عجیب نظریهٔ هفتم من است، اما چطوری؟"

و او پاسخ داد: " حتماً می دانید که شما انسان ها زیباترین مخلوقات جهان هستی هستید اما نباید انتظار داشته باشید که تنها موجوداتی باشید که از قدرت تفکر برخوردارید ما هم در دنیای خودمان از قدرت تفکر برخوردار هستیم با این تفاوت که قدرت

خلق علم و کشف واقعیت های علمی را نداریم اما شما انسان ها دارید. ما فقط توانایی عمل به علم را داریم و در عمل به علم حتی توانایی ما بیشتر از شما انسان هاست. به جز این، ویژگی دیگر ما این است که علم را در سراسر جهان هستی جستجو می کنیم و برای تکامل جامعهٔ خودمان از علمی که در این جستجو می یابیم استفاده می کنیم. ما از هر راهی به علم دست پیدا می کنیم و این شاید راز بقای ما در طول قرن هاست و برای اینکار گونه ای از ما به نام جستجو گران، تکامل یافته اند که جستجوگران ما در یکی از جستجوهای خودشان توانستند به محلی که نظریات شما در آنجا پنهان شده بود راه پیدا کنند و پنهانی و مخفیانه بخش هائی از آن نظریات را همراه با خودشان آورده بودند که این بخش ها شامل نظریه هفتم شما بود. دستگاه هائی که براساس این نظریه ساخته شدند توانستند ما را با ابعاد جهان هستی آشنا کنند.

براساس آن نظریات توانستیم دروازه ای را برای عبور از دنیای خودمان و ورود به دنیاهای دیگر بسازیم. ابتدا از این اتفاق بسیار خوشحال بودیم چون با آنچه یافته بودیم می توانستیم علوم مختلف را از سرتاسر جهان برای تکامل جامعه خودمان جمع آوری کنیم اما آنچه از زمین و سیاره شما بدست آمد وحشتناک بود. فقط

بخشی از آن که مربوط به تاریخ گذشته زمین و شما انسانها بود باعث بوجود آمدن رفتارهایی در ما شد و مردم سرزمین ما را دچار چند دستگی کرد که پیامد آن اختلاف بود. اختلافاتی که الان باعث نزاع و درگیری های مختلف در بین مردم سرزمین من شده است. حالا پیش شما آمده ام تا این مشکل را حل کنید.

از او پرسیدم: "چرا فکر می کنی که این مشکل به دست من حل می شود؟"

او پاسخ داد: " اولاً اگر از ناجی کمک بخواهیم تمام سعی خودش را برای حل آن مشکل می کند. اما این مشکل براساس نظریهٔ شما بوجود آمده و شما بهتر از هر فرد دیگری می توانید آن را حل کنید"

نگاهی به او کردم و با خودم گفتم: " خب، از کجا شروع باید کنیم؟"

اولین کاری که باید انجام می دادم پنهان کردن دوباره ی نظریاتم بود که آن موجودات یعنی همان جستجوگرها نتوانند به بخش های بیشتری از آنها دسترسی پیدا کنند.

اما قبل از آن باید به این موضوع هم فکر می کردم که در حال حاضر مشکل دسترسی جستجوگرها به آن بخش از علم هائی بوده که باعث بروز اختلاف بین آنها شده و این به گمانم آغاز ماجرائی تازه بود.

رو به آن مبارز کردم وگفتم: " می توانی من را به سرزمین خودتان ببری؟"

و او پاسخ داد: "بله، اما برای اینکار باید کمی صبر کنیم"

اما چه دلیلی می توانست برای این موضوع که او قصد داشت کمی بیشتر در زمین باقی بماند وجود داشته باشد.

او ادامه داد: " چند جستجو گر در زمین هستند و من باید اول آنها را پیدا کنم و همراه خودم به سرزمین خودمان برگردانم پس تا وقتی که آنها را پیدا کنم باید صبر کنیم. چون بازگشت آنها با توجه به آن چیزی که از زمین با خود به همراه می آورند مشخص نیست دوباره چه مشکلی را برای سرزمین ما به وجود بیاورد.

مبارز این را گفت و رفت.

هنوز چند ساعتی وقت داشتم. بنابراین به اتاقم رفتم تا شاید بتوانم کمی استراحت کنم، وقتی روی تختم دراز کشیده بودم به این فکر می کردم که چقدر خوب است که نظریات را در جائی پنهان کردم و به هیچ کسی مکان آنها را نگفته ام، در غیر این صورت معلوم نبود که چه اتفاقی می افتاد. بعد از خوردن یک صبحانهٔ مفصل باید خودم را برای یک روز پر از کار جدید آماده می کردم. پس به سرعت آماده شدم و برای انجام آنها از خانه خارج شدم، شب موقعی که به خانه برگشتم یکی یکی کارهائی که انجام داده بودم را در لیست آنها تیک زدم. از این لیست فقط یک کار باقی مانده بود آن هم برنامه ریزی برای فردا بود.

می خواستم که تمام وقت فردا را به گل سرخ اختصاص بدهم. پس شروع به برنامه ریزی کردم، ساعتی که برای دیدنش می رفتم صبح بود خب، چه بهتر که این کار در همان ابتدای صبح باشد. با طلوع خورشید به خانهٔ او رفتم او هنوز از خواب بیدار نشده بود. من بودم و گربه هایش و یک خانهٔ بزرگ و خالی همراه با آن گربه ها. شروع به قدم زدن کردم؛ از این اتاق به آن اتاق، از این سمت خانه به آن سمت خانه تا اینکه سرانجام جلوی یک قاب عکس ایستادم و به آن نگاه می کردم که ناگهان صدایی از پشت سرم بلند شد. خودش

بود اما آیا متوجه حضور من شده بود یا نه؟ صدا خیلی به من نزدیک بود برگشتم و به عقب نگاه کردم، پشت سرم ایستاده بود و در حال بازی کردن با یکی از گربه هایش بود همان گربه ای که درشت تر بود، نفس راحتی کشیدم و انگار روز ما شروع شده بود. از اینکه او را می دیدم خوشحال بود کمی بعدتر او مشغول صبحانه خوردن شد و من هم روی صندلی مقابل او نشسته بودم و به صبحانه خوردن او نگاه می کردم. بعد از آن روی مبل نشست و من هم روی مبل مقابل او نشستم و دوباره به او نگاه می کردم و به این ترتیب روز خودم را با او می گذراندم. در تمام طول زندگی ام هیچوقت فکر نمی کردم که زمانی برسد که اینگونه روزهایم را بگذرانم و این خودش شاید بزرگترین اتفاق زندگی من بود. از روی مبل بلند شد و به اطراف نگاه کرد، انگار داشت برای گفتن مطلبی به کسی آماده می شد. چند قدمی جلوتر رفت و بعد موبایلش را در آورد شماره ای را گرفت و مشغول صحبت کردن با آن شد. هنوز یک تماس او تمام نشده بود که شمارهٔ دیگری را گرفت. شاید یک یا دو ساعت مشغول صحبت کردن با تلفن همراه خودش بود. از بین حرف هایش متوجه شدم که او امشب قرار است به یک میهمانی برود، خب این می توانست تجربهٔ جدیدی برای من باشد،

بعد از ظهر ظاهراً با فردی جلسهٔ کاری داشت و در این جلسه کاری آنها دربارهٔ موضوعات مختلف صحبت می کردند تا اینکه سرانجام باید برای رفتن به آن میهمانی آماده می شد. برای اینکار به اتاقش رفت و من هم در اتاق نشیمن خانه او منتظر آماده شدن و آمدن او ماندم پس از گذشت مدت زمانی تقریباً طولانی او از اتاقش بیرون آمد، متفاوت شده بود و متفاوت هم رفتار می کرد. از پله ها پائین آمد و درست از مقابل من عبور کرد و سوار بر اتومبیلش شد. من هم بدون اینکه شکی به خودم راه بدهم سوار بر ماشین او شدم و کمی آنطرف تر از او نشستم. به محل برگزاری میهمانی رسیدیم، او از ماشین پیاده شد و من هم بعد از او پیاده شدم، عکاسها و خبرنگاران زیادی منتظر ورود او و سایر شرکت کنندگان در آن میهمانی بودند و ظاهراً این مراسم فقط یک مهمانی نبود شاید نوعی جشن یا مراسم ویژه بود و برای من هم جالب بود که در آن مراسم شرکت می کردم. البته از آنجائیکه نامرئی بودم و هیچکس من را نمی دید شرکت کردن در آن مراسم برای من راحت تر از سایر دعوت شدگان بود. عکاس ها عکس می انداختند و من از اینکه آنها پی در پی عکس می گرفتند خیلی خوشم می آمد، با وجود نامرئی بودن احساس خوشایندی داشتم. هر چند که اکثر

مهمان های آن مراسم طوری رفتار می کردند که به نظر می رسید از عکاس ها وخبرنگارها دل خوشی ندارند، اما برای من تنوعی شده بود و حسابی داشت بهم خوش می گذشت، صدای عکس گرفتن های پی در پی و عکاس ها و خبرنگارهائی که مدام در حال صدا کردن میهمان ها بودند خودش شور و هیجان زیادی داشت، جالب بود که بعضی از این میهمان ها برای عکاس ها دست تکان می دادند و حتی لبخند هم می زدند و این رفتار آنها بسیار مودبانه بود. البته گل سرخ هم همین کار را کرد، این کار او در آن شرایط بسیار بامزه بود.

بعد از ورود به سالن هر چند نفر همراه با یکدیگر دور یک میز نشستند. بعضی خیلی کم صحبت می کردند و بعضی ها هم دربارۀ موضوعات مختلف کاری و هنری گفتگو می کردند. خب مسلماً با وجود اینکه نامرئی بودم نمی توانستم پشت آن میز بنشینم چون هر لحظه ممکن بود فردی مرا لمس کند. بنابراین کمی آنطرف تر از میز گل سرخ به ستونی تکیه دادم این موضوع باعث می شد که احتمال برخورد ناخواسته من با سایر افراد کمتر باشد، در میز کناری که کمی دورتر از میز گل سرخ بود دو پسر نشسته بودند که هر چند لحظه یکبار در مورد یکی از افراد حاضر در مراسم

صحبت می کردند و نحوهٔ صحبت کردن آنها بسیار وقیح بود، این موضوع باعث ناراحتی من شد اما جائی هم بهتر از کنار آن ستون برای ایستادن وجود نداشت. هم گل سرخ را می دیدم و هم اینکه به کسی برخورد نمی کردم، پس به ناچار باید حرف های آنها را می شنیدم و تحمل می کردم. آن دو پسر افراد حاضر در میهمانی را مسخره می کردند و حتی گاهی کار آنها به توهین کردن میهمان ها در بین خودشان هم می رسید. در مورد خانم های حاضر در آنجا اما موضوع فرق می کرد و آنها دیدگاهی به مراتب زشت تر داشتند و از توصیف هائی استفاده می کردند که تا آن روز حتی فکر هم نمی کردم که روزی این حرف ها را بشنوم.

این موضوع برای من ناراحت کننده شده بود، اما این موضوع زمانی چهره متفاوت به خودش گرفت که آنها یکی از این توصیف ها را در مورد گل سرخ بکار بردند و ناراحتی مرا به خشم تبدیل کردند. بسیار عصبانی شده بودم توصیف آنها بد بود باید کاری می کردم و درس خوبی بهشان می دادم اما ادب کردن آنها را باید برای کمی بعدتر می گذاشتم چون ممکن بود که هر رفتاری از جانب من باعث بهم ریختن مراسم آن شب شود و فکر می کنم که این کار درست نبود. شنیدن ادامه حرف های آنها عصبانیتم را بیشتر کرد تا جائیکه

از شدت خشم می توانستم حرارت زیادی را در صورتم احساس کنم. به آن پسر جوان نگاه کردم که همراه با دوستش مشغول خندیدن بود...

انگار حرارت ناشی از عصبانیت من تاثیر عجیبی بر من گذاشت طوری که چیز هائی می دیدم که قبلاً نمی دیدم. مثلاً انگار گرمای قلب آن پسر را می توانستم لمس کنم و یا به راحتی با فشار دستم آن را از کار بیندازم اما قصد انجام این کار را نداشتم. برای اینکه کمی از فکر این موضوع بیرون بیایم به سمت دیگر سالن نگاه کردم اما آنچه که می دیدم شگفت آور بود. سایه ها در سالن بودند و هر لحظه تعداد آنها بیشتر می شد. سرزمین سایه ها، هنوز هم دقیقاً آن را بخاطر دارم سرزمینی که برای اولین بار از غار کوردل به آنجا رفتم، و این کوردل بود که مرا به آنجا فرستاده بود تا از جایگاه پنهان قلب خودش آگاه شود. اما سایه ها در این سالن برای چه کاری آمده بودند؟!

این سایه ها در تاریکی شب همراه با افراد مختلف وارد سالن می شدند و برای اینکار، خودشان را در سایۀ افرادی که در نور چراغ ها و لامپ ها بوجود می آمد پنهان می کردند و بعد به یکدیگر می

پیوستند، و تشکیل سایه های بزرگتری را می دادند و در سایهٔ افراد پنهاه می شدند. برای همین هم هیچ کسی متوجه آنها نمی شد من هم شاید به دلیل برخوردی که قبلاُ با آنها داشتم و یا بخاطر حال جدیدم می توانستم آنها را ببینم شاید هم این عصبانیت باعث آن شده بود اما هرچه که بود اتفاقی بود که افتاده بود.

به آن پسر جوان که حرف های بدی در مورد گل سرخ گفته بود نگاه کردم سایه های زیادی در اطراف او جمع شده بودند اما این موضوع باعث آن نمی شد که خشم من به او کمتر شود. پس بالای سرش رفتم و همینکه می خواستم با مشت به صورت او بکوبم موجودی دستم را گرفت، بله او مبارز بود اما اینجا چکار می کرد؟! برای چه به اینجا آمده بود؟ شاید آن لحظه ویژگی مشترک من و او نامرئی بودن بود با این تفاوت که او قدی حدود ۳ متر داشت. مبارز با اشاره از من خواست که به بیرون از سالن برویم و من هم همراه او از سالن خارج شدم. او به من گفت: " ناجی آیا قدرتی را که در دستان خودت داشتی را حس کردی این نیروئی است که وقتی در سرزمین سایه ها بودی بدست آوردی، من هم قبلاً مثل تو به آن سرزمین رفته ام سرزمینی سرد و بی روح متفاوت از آن چیزی است که احساس می کنی"

همچنان به او نگاه می کردم و او ادامه داد: " ناجی در سرزمین شما زمین، حیات به شکلی که می شناسی وجود دارد و شما قوانین خاص خودتان را دارید اما فراموش نکن شما تنها موجودات در جهان هستی نیستید"

نگاهی به او کردم و در حالیکه هنوز از آن اتفاق عصبانی بودم گفتم: " بله، می دانم"

مبارز به من نگاه کرد و ادامه داد: " پس این راهم باید قبول کنی که قوانین هر کدام از این سرزمین ها با سرزمین دیگر متفاوت است"

جمله آخرش مرا به فکر فرو برد این موضوع کاملا منطقی بود که هر سرزمینی در جهان هستی دارای قوانین خاص خودش باشد پس به او گفتم: " در این مورد زیاد نمی دانم اما می دانم که وجود قوانین خاص در هر سرزمینی موضوعی کاملا منطقی است"

مبارز نگاهی به من کرد و ادامه داد: " آیا هنوز هم از اینکه آن شخص به گل سرخ توهین کرده ناراحتی؟"

پاسخ دادم: " نمی شود گفت ناراحتم چون حالا دیگر عصبانی هستم "

مبارز ادامه داد:" در سرزمین شما در این حالت یا از آن پسر جوان شکایت می کنند و از این راه پاسخ بی ادبی او را می دهند که اثبات این ادعا در دادگاهها به زمان زیادی نیاز دارد و ... یا اینکه همانطوری که می خواستی با یک مشت جواب بی ادبی او را می دهند، درست است؟"

پاسخ دادم: " بله درست است"

ادامه داد:" اما در هیچ جایی از سرزمین شما جواب بی ادبی نسبت به گل سرخ مرگ آن پسر جوان نیست"

در این مورد جوابی به او ندادم و فقط به او نگاه کردم. نمی دانستم که چرا مبارز به این شکل سوالات را پشت سر هم می پرسد؟! مبارز ادامه داد :" اگر تو آن مشت را به او می زدی آن پسر جوان می مرد"

باز هم به مبارز پاسخی ندادم و تنها به او نگاه می کردم. با طولانی تر شدن این سکوت گفتم :"شاید، اما می توانم بپرسم که علت این سوالات پشت سر هم چیست؟"

مبارز نگاهی به من کرد و گفت:" به جواب این سوالت هم می رسی فقط کمی صبر داشته باش، سایه ها را دیدی؟"

پاسخ دادم: "بله"

مبارز به من گفت: " آنها در آن مراسم به دنبال هدفی بودند"

با خودم گفتم: " مطمئنم که آن موجودات بی هدف به جائی نمی روند"

مبارز ادامه داد:" ناجی، هر چه که امشب دیدی را در خاطر بسپار و صبر کن، بهتر است کمی به خودت مسلط باشی و فراموش نکن که رسالت تو فراتر از آن چیزی است که فکر می کنی، آن پسرها هم نتیجه رفتار خودشان را می بینند"

جمله آخرش را خیلی دقیق متوجه نشدم اما قبول کردم. او ادامه داد آن پسر جوان به خاطر این گستاخی امشب شاید در زمین

جرمی کوچک را مرتکب شده باشد اما در دیگر سرزمین ها جرمی بزرگ را مرتکب شده و فراموش نکن که در سرزمین های دیگر جرم او توهین به گل سرخ است و به نوعی باعث ناراحتی تو شده است پس جزایش مرگ است"

با شنیدن حرف های مبارز، متعجب شدم و من که خودم تا لحظاتی قبل قصد ضربه زدن و تنبیه آن پسر را داشتم اکنون با تمام وجود سعی کردم تا او را از انجام آن کار منصرف کنم اما مبارز گفت این بار این من نیستم که مجازات می کنم سایه ها هستند"

بعد ادامه داد: " آن دوستش که همراه هم توهین می کردند هم مجازاتش مرگ خواهد بود، اما اینبار این من نیستم که مجازات می کنم سایه ها هستند"

و این جمله را دوباره تکرار کرد: " آن دوستش که همراه او توهین می کردند هم مجازاتش مرگ خواهد بود "

اما این بار واقعاً می خواستم که مانع از انجام این کار بشوم. همان موقع مبارزگفت: " تو می توانی دوست آن پسر بی ادب را ببخشی و یا نبخشی، تصمیم با خودت است "

منظورش را نفهمیدم و از او خواستم تا بیشتر توضیح بدهد. برای همین هم مبارز گفت :" اگر او را ببخشی فقط کافیست که از دور حافظه اش را پاک کنی وقتی که در حافظه اش اثری از گناهش نباشد سایه ها هم به او نزدیک نمی شوند.

گفتم:" این کار مثل این است که او توبه کرده باشد و آثار گناهش از او پاک شده باشد؟"

مبارز گفت: " بله"

بعد از شنیدن این حرف به مبارز گفتم: " و اگر نکنم؟"

مبارز هم گفت: " او هم می میرد"

به مبارز گفتم: " پس تا دیر نشده بهتر است داخل سالن برویم"

اما مبارز ایستاد و رو به من کرد و گفت: " از سرزمین شما خوشم می آید راحت می توان انسان ها را مجازات کرد"

پرسیدم :" منظورت چیست ؟"

مبارز گفت: " سایه ها طبیعی ترین مجازات را انجام می دهند، به طوری که علت مرگ برای همه مسئله ای طبیعی جلوه خواهد کرد

و راحت ترین نوع آن برای سایه ها هم وقتی است که آن شخص از مشروبات الکلی استفاده کند. در این حالت علت مرگ او هر چه که باشد توجیح آن مستی و نداشتن کنترل خودش است. همچنان به مبارز نگاه می کردم و او ادامه داد:" البته باید بگویم که سایه ها با افرادی که از مشروبات الکی استفاده نمی کنند کاری ندارند و این خودش شاید بهترین دلیل برای عدم استفاده از مشروبات الکلی باشد"

مبارز در حالی که به آسمان نگاه می کرد کنارم ایستاد،کمی به آسمان نگاه کردم و بعد گفتم: " مبارز، در این جهان هستی مطمئنا جهان ها و سرزمین های مختلف زیادی وجود دارد و شکی در این مورد ندارم اما اگر روزی قرار باشد که این سرزمین ها با همدیگر در ارتباط نزدیکی قرار بگیرند واقعا چه اتفاقی می افتد؟ مطمئنا اولین مشکلی که خواهیم داشت همین قوانین مختلف است"

مبارز در همان حالت گفت: " دقیقا"

بعد بدون آنکه چیزی بگوید رفت و من هم خودم را به سرعت به داخل سالن رساندم. باید قبل از آنکه دیده می شدم حافظه مربوط به توهین دوست آن پسر جوان را پاک می کردم نباید می گذاشتم

که برای گناهی که انجام نداده مجازات شود، این کار را انجام دادم. به آن پسرجوان و دوستش نگاه می کردم، هر دوی آنها بازیگران مشهوری بودند و من هم فیلم هایشان را دیده بودم و بعضی از آن فیلم ها، فیلم های مورد علاقه من هم بودند. جالب بود که بعد از اینکه حافظه اش را پاک کرده بودم قیافه اش تغییر کرده بود. به آن پسر جوان بی ادب نگاه کردم سایه ها با ولع خاصی برای مجازات او لحظه شماری می کردند و تقریباً اطراف او را احاطه کرده بودند. ناگهان توجهم به سایه هائی جلب شد که از اطراف آن پسر جوان بی ادب به سمت همسرش رفتند. انگار سایه ها دست بردار نبودند خودم را به همسر او رساندم می دانستم که آنها دختر کوچکی هم دارند. بین سایه ها و همسر او ایستادم یکی از سایه ها تا مقابل صورت من بالا آمد و گفت: " برو کنار ناجی و بگذار مجازات را کامل کنیم"

به آن سایه گفتم: " مجازات را کامل کنی؟ منظورت چیست؟"

سایه گفت: " یعنی او و خانواده اش را نابود خواهیم کرد"

به آن سایه گفتم: " در مورد آن پسر جوان دیگر کاری از دست من ساخته نیست اما به این زن و دختر نباید آزاری برسانید"

آن سایه به من نگاهی کرد و از آنجا دور شد.

این مراسم و میهمانی هم تمام شد و من با آن همه اتفاقی که امروز و در ادامه اش در این مراسم تجربه کرده بودم ترجیح دادم سریع به خانه برگردم. در خانه به آن اتفاقات و به آنچه دیده بودم فکر می کردم. شاید حضور من در آن مراسم جان ۳ نفر و یا بیشتر را نجات داده بود، امشب با تمام حوادثی که داشت دارای خوبی هایی هم داشت مثلا آن عکاس ها و خبرنگار ها... روزها یکی پس از دیگری می گذشت و این اتفاق همچنان ذهن مرا به خودش مشغول کرده بود که آیا آن پسر جوان مجازات شد یا نه؟ تا اینکه بالاخره خبری از اخبار حوادث به این سوال من پاسخ داد، بله، او در حالیکه به دلیل مصرف مشروبات الکلی حالت عادی نداشت بر اثر برخورد اتومبیلش به یک درخت کشته شده بود. سایه ها کار خودشان را کرده بودند. می دانستم که سایه ها مجازاتگر های خوبی هستند اما اگر باقی افراد هم می دانستند که سایه ها از حالت بی خود شدن آنها بر اثر مشروبات الکلی چه استفاده ای می برند هرگز لب به آن نمی زدند.

مطمئناً آن شب شب سختی برای همسر و دخترش بود اما کسی جز خودش مقصر نبود.

در روز تشییع جنازه او، افراد سرشناس زیادی آمده بودند، دوست صمیمی او هم که در آن شب با هم بودند آمده بود، می شنیدم که در مورد مرگ آن پسر جوان چیزهائی می گفت: اما اگر می دانست که اگر من نبودم او هم حالا در قبر کناری جای گرفته بود از آنچه گفته بود پشیمان می شد. به هر حال این موضوع برایم درس های زیادی داشت و شاید مهمترین آنها شناختن سایه ها بود، سایه هائی که این روزها در هر کجا تنها و یا گروهی آنها را می دیدم که به دنبال هدفی می رفتند.

روبوساینا گفت: " سهراب، خانه درختی چه شد ؟ چرا در این دفتر اینقدر خاطرات در مورد موضوعات مختلف است؟"

به روبوساینا گفتم: " می دانی این دفتر خاطرات در حقیقت ۳ دفتر بوده است که در یک دفتر آورده ام"

و بعد ادامه دادم: " می دانی روبوساینا خانه درختی اگر چه دید کامل به خانۀ گل سرخ داشت اما اکثر اوقات او در خانه خودشان

بود و من تنها پشت پنجره و رو به خانهٔ آنها می ایستادم تا شاید او از خانه خارج شود و یا اینکه به حیاط خانه سری بزند. البته وقت هائی که دوست صمیمی اش می آمد اوضاع فرق می کرد. او خیلی خوشحال تر به نظر می رسید و بیشتر می شد پشت پنجره ها یا حیاط خانه او را دید.

روبوساینا می دانی آن روزها زمانی بود که وقت آزاد بیشتری برای انجام کارهایی داشتم که قبلا دلم می خواست آنها را انجام دهم اما بخاطر نداشتن زمان کافی آنها را انجام نداده بودم، بنابراین شروع به نوشتن کردم. گاهگاهی خاطرات خودم را می نوشتم که تو حالا آنها را می بینی و گاهگاهی هم طرح ها و نقشه های این مجموعه را کامل می کردم. اما چیزی که در آن روزها برای من زیبا بود حضورم در نزدیکی گل سرخ بود.

یک روز صبح گل سرخ همراه پدر و مادرش از خانه خارج شدند و من با خروج آنها از خانه به آنجا رفتم و یکی یکی پنجره هایی که سمت خانه درختی بود را کنترل کردم تا آنچه از آن درخت در آن پنجره ها دیده می شد را کنترل کنم و از دید فردی که در خانه بود محل خانه درخت را ببینم. بعد از اینکار روی مبل های اتاق

نشیمن آنها نشستم اما کمی بعدتر احساس خواب آلودگی زیادی کردم. آنها خانه نبودند برای همین هم روی مبل آنجا دراز کشیدم و خوابم برد... با صدای موسیقی از خواب بیدار شدم، بله گل سرخ در حال نواختن بود. تا آن زمان همیشه صدای نواختن آلات مختلف موسیقی را از خانهٔ آنها می شنیدم اما همیشه فکر می کردم که این کار برادرش باشد. این اولین باری بود که آن را از نزدیک می شنیدم و می دیدم.

روبوساینا نگاهی به من کرد و گفت: " پس آن خانه درختی در آن اتاق از مجموعه هم طرحی نشأت گرفته از همین خانهٔ درختی ای بود که تو براساس نظر گل سرخ ساخته بودی"

نگاهی به او کردم و گفتم: " بله"

از جایم بلند شدم و به او گفتم: " فکر می کنم این بار زمان بیشتری برای خواندن این دفتر خاطرات صرف کرده باشیم، دیگر وقت رفتن است"

روبوساینا نگاهی به من انداخت و گفت: " می شود نروی؟"

در حالیکه برای رفتن آماده می شدم گفتم: " نه باید بروم"

و به سمت مجموعه راه افتادم. روبوساینا در حالیکه دستش را تکان میداد، گفت: " زود برگرد"

این روزها وقایع عجیب زیادی را دیده بودم اما یکی از جالب ترین آنها شنیدن این کلمات و این نوع از احساسات از یک ربات بود.

داشتم در راهروهای مجموعه راه میرفتم بودم و یکی پس از دیگری آنها را طی کردم تا اینکه به اتاق جنگل رسیدم و از آنجا مستقیماً به سراغ آن بخش مخفی رفتم، می خواستم یکی ازگل های سرخ را از بوتهٔ آن جدا کنم که لرد درآکولا ظاهر شد و گفت: " لطفا گل های سرخ را از بوته آنها جدا نکنید، روی شاخه خودشان زیباتر هستند، البته این را از طرف ساینا باید به شما می گفتم"

ناگهان به درب آن بخش مخفی نگاه کردم، یک لحظه چشم های ساینا را دیدم که از لای درب داشت به من نگاه می کرد وای خدای من قلبم از این هیجان و خوشحالی تند تند می زد. به سمت درب ورودی آن مجموعه رفتم اما او در را بست. خب ایرادی ندارد من هم صبر می کنم تا روزیکه علت این کارش را بدانم و او راضی به دیدن دوباره من بشود.

کنار درب ورودی آنجا یک نیمکت بود، روی آن نشستم. از روزی
که به این مجموعه آمده بودم تا امروز هیچ وقت به این شکل
احساس تنهائی نکرده بودم و این موضوع شاید به این خاطر بود که
تا قبل از آمدن ساینا به این مجموعه همیشه اینجا تنها بودم و این
موضوع برای من عادی شده بود اما بعد از آمدن او شرایط تغییر
کرده بود. او روحی تازه در این مجموعه دمیده بود روحی از جنس
زندگی، طوری که حالا با ندیدن او باعث شده بود این گونه احساس
تنهائی می کردم.

به هر حال آنجا نشسته بودم و به اطراف نگاه می کردم. انگار آدم
این طور مواقع به چیزهای اطراف خودش بیشتر از قبل دقت می
کند گیاهان اطراف، جریان هوا و... و همه و همه رنگ و حالتی
متفاوت از قبل داشتند. شاید قبل از این مشغله و کار زیاد باعث
شده بود این همه زیبائی در اطرافم را نبینم... دوباره چشمم به
درب آن بخش مخفی افتاد و باز احساس دلتنگی به سراغم آمد.
طاقت دیدن درب بسته آنجا را نداشتم برای همین به اتاق خودم
برگشتم. روی تخت خواب دراز کشیده بودم، اما خوابم نمی برد و
از این پهلو به آن پهلو می کردم. از روی تخت بلند شدم و با استفاده
از یکی از کامپیوترهای اتاقم به دنبال عکس ها و فیلم هایی از ساینا

گشتم که در طول این مدت دوربین های مجموعه از او ضبط کرده یا گرفته بودند. یکی یکی آنها را دیدم و از بین آنها چند عدد را در پوشه ی مخصوصی ریختم و این شد پوشۀ مورد علاقۀ من! هر وقت دلتنگی به سراغ من می آمد سراغ پوشه و عکس هایش می رفتم و آنها را یکی یکی نگاه می کردم گاهی یک عکس را چندین بار می دیدم و ساعتی بعد دوباره آن را نگاه می کردم، دست آخر آن عکس ها را در نمایشگری کوچک ریختم و همراه خودم هر جائی که می رفتم می بردم. این نمایشگرها اگر در خانۀ خودمان بودم وظیفه ای مثل موبایل داشتند.

ازخواب بیدار شدم این روزها اولین کاری که به محض بیدار شدن از خواب انجام می دادم دیدن چند عکس از ساینا بود، امروز هم قبل از شروع روزی جدید به عکس های ساینا نگاه کردم و به این ترتیب روز من آغاز شد...

امروز برخلاف روزهای دیگر کار چندانی برای انجام دادن نداشتم برای همین هم تصمیم گرفتم خودم برای خودم صبحانه درست کنم اما دل و دماغ این کار را هم نداشتم و بدون آنکه صبحانه بخورم به آن بخش مخفی در آن اتاق رفتم اما خیلی به آن نزدیک

نشدم و از همان دور چند دقیقه ای به آنجا خیره شدم و پس از آن به سمت کرهٔ مرکزی حرکت کردم. در طول مسیر به این موضوع فکر می کردم که این بار روبوسایینا کدام دفتر خاطرات را برای خواندن انتخاب کرده است. به آنجا که رسیدم با تعجب دیدم که این بار روبوسایینا قصد غافلگیر کردن من را داشته و تعجبم زمانی بیشتر شد که دقیقاً همان صبحانه ای را آماده کرده بود که من قصد درست کردن آن را داشتم.

با دیدن من می شد خوشحالی را در چهره اش دید. از این موضوع تعجب نکردم. این موضوعی بود که هر روز با دیدن من تکرار می شد صبحانه ای دو نفره در چنین شرایطی که من با آن روبرو بودم حداقل برای من یکی غیر قابل پیش بینی بود.

بخش سیزدهم: اولین اجرا

چقدر روبوساینا امروز مهربان شده بود. بعد از خوردن صبحانه با هم به کتابخانه رفتیم و او این بار دفتر خاطراتی را آورد و روی میز جلوی من گذاشت که حتی اگر خود ساینا هم می بود آنرا نمی خواندم اما او روبوساینا بود رباتی که این روزها نقش زیبائی در زندگی من بازی می کرد. و بعلاوه تنها یک ربات بود.

به او نگاه کردم و او همچنان معصومیت در نگاهش موج می زد دلم نمی آمد که به او جواب رد بدهم، پس پذیرفتم و همراه هم شروع به خواندن این دفتر خاطرات کردیم که نام آن را ترانه های عاشقانه گذاشته بودم؛

صفحهٔ اول آن را که باز کردم عکس گلی سرخ و خشک شده بود که این گل سرخ خودش یاد آور خاطرات زیادی بود و شاید اولین خاطره ای که از آن بیاد دارم مربوط به آن شبی بود که از بین بوته های گل سرخ در آن مراسم ازدواج از دور به او که در آن اتومبیل بود نگاه می کردم. نگاه های یواشکی و ناگهانی من بارها تکرار شده بود و این تازه اول راه بود، می دانی روبوساینا یادم هست که آن موقع وقتی که درون خانهٔ درختی بودم هر وقت صدای نواختن گل سرخ از خانه شان می آمد به سرعت خودم را به آنجا می رساندم

اول از پنجره نگاهی به داخل می انداختم و اگر شرایط مساعد بود می ماندم و در دریای زیبایی موسیقی که می نواخت غرق می شدم تا سرانجام خودش مرا از این دریا نجات می داد، روبوساینا پرسید: " نجات می داد! منظورت از این حرف چیست؟"

می دانی روبوساینا: " او شعر هم می گفت و گاهی همراه با آن می خواند و این خواندن او روحی تازه در من می دمید و دوباره زنده می شدم"

تغییر حالت و رفتار روبوساینا را می شد از گل انداختن صورتش متوجه شد، نوع نگاهش برایم آشنا بود.

یک روز مقابل او و بر لبه پنجره نشسته بودم و او می نواخت، از تلاش و کوششی که در این راه می کرد شگفت زده شده بودم، ساعت ها پشت سرهم و پی در پی می نواخت و می خواند و این خودش هر روز تحسین مرا بر می انگیخت و گاهگاهی هم که به موقع می رسیدم و او در حیاط خانه در حال نوشتن قطعه ای شعر بود، من هم بالای سرش می ایستادم و بند بند آن را می خواندم. در آن خانهٔ درختی صبح ها با صدای پرندگان از خواب بیدار می شدم و هنوز چشم هایم کاملاً باز نشده بود که می ایستادم و به

خانهٔ آنها نگاه می کردم. تازگی ها متوجه شده بودم که او در گروهی هنری یا چیزی شبیه به آن فعالیت می کند و آنها به او پیشنهاد کرده بودند که شب ها در ساعات خاصی به سالنی در شهرشان برود و در آنجا برنامه ی خاص خودش را اجرا کند و این یعنی فرصتی دیگری که برای من پیش آمده بود. تا بتوانم بیشتر اجرای او را ببینم و این موضوع یک هدیهٔ بزرگ بود.

اولین شب اجرای او در آن سالن بود و او همراه با پدر، مادر و برادرش به آنجا آمده بودند، نگرانی را می شد در چهره اش دید و همینطور می شد فهمید که چقدر حضور خانواده اش در بدست آوردن دوبارهٔ اعتماد به نفسش به او کمک می کند هر چند به نظر می رسید که خودش هم دائماً در حال روحیه دادن به خودش است. از جایش برخاست و روبروی افرادی که در آن جا نشسته بودند ایستاد. ابتدا کمی حرف زد و در مورد آن توضیح داد و سپس اجرای خودش را شروع کرد، باتوجه به تمام شرایطی که من از آن آگاه بودم اجرای موفقی بود. در میانهٔ اجرای او شخصی که بین افراد حاضر در آن سالن بود می خندید. حدس می زدم شاید این خنده های او بر اجرای گل سرخ تأثیر بدی بگذارد، برای همین هم پشت سر آن فرد رفتم و ایستادم و در یک فرصت مناسب ضربهٔ

آرامی به پشت سرش زدم این موضوع باعث شد که او تا آخر اجرا دائماً به اطراف نگاه کند و دیگر مثل قبل نخندد. در میانه های اجرای او حشره ای نزدیک ورودی سالن بود که مطمئن بودم اگر پرواز کند حتماً اجرای او را به هم خواهد زد پس به دنبال راهی برای بیرون انداختن حشره از سالن گشتم. اما از آنجائیکه باز شدن در سالن آن هم بی دلیل خودش در آن شرایط جلب توجه می کرد از کیف یکی از خانم های حاضر در سالن برای به دام انداختن آن حشره استفاده کردم می دانم کار درستی نبود اما در آن شرایط بهترین کار ممکن بود. بعد از اجرا به آرامی آن حشره را از کیفش خارج کردم و آن حشره را با اولین نفری که از سالن خارج شد بیرون انداختم. پس از اجرای او پدر و مادرش او را در آغوش کشیدند و این من بودم که در آن لحظه از فاصله ای نه چندان دور شاهد این لحظهٔ زیبا بودم.

آنها به خانهٔ خودشان برگشتند و جشن خانوادگی کوچکی گرفتند و من هم به خانهٔ درختی خودم برگشتم و یک شب دیگر را در تنهائی گذراندم.

حالا که او شب ها در آن سالن اجرا می کرد چه بهتر بود که من هم از هنر گریم خودم استفاده می کردم و گاهگاهی و نه البته همیشه به آن سالن بروم. هر چه باشد حضور من در قالب نامرئی بودن برایم تکراری شده بود شاید می توانستم...

اما همان ابتدای کار پشیمان شدم این موضوع می توانست تبعات بدی به همراه داشته باشد بنابراین از انجام آن منصرف شدم مدتی به همین منوال گذشت یک روز صبح که با صدای پرنده ها از خواب بلند شدم به خانهٔ گل سرخ نگاه کردم، ظاهراً مادرش در اتومبیل منتظرش بود تا او را به مدرسه برساند و او هم مثل همیشه با وسایل مدرسه اش از خانه خارج شد و سوار بر اتومبیل شان به سمت مدرسه حرکت کردند، امروز تصمیم داشتم تا همراه او به مدرسه اش بروم، در مدرسه ظاهراً یک روز عادی شروع شده بود و من هم در گوشه ای از کلاس ایستاده بودم و به آنچه معلم می گفت گوش می کردم، این موضوع تا زمانیکه زنگ تفریح زده شد ادامه داشت. با صدای زنگ تفریح دانش آموزان به سرعت از کلاس خارج شدند و من هم بعد از آنها از کلاس خارج شدم و در راهروها باکمی فاصله از او به راه افتادم عده ای از دانش آموزان کلاس قصد داشتند گل سرخ را بعد از پایان مدرسه اذیت کنند، نمی دانم

روزهای قبل هم او را اذیت کرده بودند و یا نه اما امروز نباید فکر خودشان را عملی می کردند.

برای همین هم پشت ساختمان مدرسه رفتم و در این مورد فکر کردم، اگر به حالت مرئی در می آمدم خب عواقب غیر قابل پیش بینی ممکن بود داشته باشد و اگر هم ...

شاید بهتر بود راه دیگری را امتحان می کردم برای همین هم به کلاس درس برگشتم و دفتر تکالیف یکی از آنها را از داخل کیفش در آوردم و تکالیف امروز او را پاره کردم و دوباره دفترش را داخل کیفش گذشتم. زنگ تفریح خورد و آنها دوباره به کلاس برگشتند. معلمشان وقتی دید او تکالیفش همراهش نیست از او خواست که پس از تمام شدن کلاس مدتی آنجا بماند تا معلم و ناظم در این مورد با او صحبت کنند و به این ترتیب آنها نتوانستند آن روز قصد و هدفشان را عملی کنند.

از تمام اینها که بگذریم در تمام دورانی که روزها همراه گل سرخ به مدرسه اش می رفتم از دیدن کارهایش و شیطنت هایش، خوشحال می شدم، او قلب پاکی داشت که از مهربانی لبریز بود و

در بسیاری موارد همین مهربانی باعث می شد که توسط سایر افراد مورد تمسخر قرار بگیرد...

دوباره به آن سالن که او در آن به اجرا و نواختن مشغول بود رفتم او آهنگ جدیدی را می نواخت آهنگ زیبائی بود اما حس متفاوتی داشت و ناخودآگاه انسان را در خاطراتش غرق می کرد این روزها او پیشرفت زیادی در نواختن کرده بود و این موضوع کاملاً مشهود بود.

می دانی روبوساینا آن روزها سرشار از خاطرات کوچک و بزرگ بود و من هر روز بیشتر از روزهای قبل گل سرخ را می شناختم و این خودش کلید دیگری از یک ازدواج موفق بود. هریک از این خاطره ها زیبا بود اما شاید یکی از بهترین های آنها زمانی رقم خورد که او برای تمرین بیشتر می نواخت و گاهی اشعارش را می خواند، من آن موقع در گوشه ای می نشستم و به آن گوش می دادم...

فصل چهاردهم: گل سرخ

با تمام شدن این دفتر من هم باید به مجموعه باز می گشتم بنابراین با روبوساینا خداحافظی کردم و او دوباره گفت: " زود برگرد"

شنیدن این جمله باعث می شد چیزی درون دل آدم فرو بریزد و ناخودآگاه بگوید من هم دوستت دارم اما او یک ربات بود و من یک انسان. مطمئنا, این ربات این کلمات و جملات را درجائی جستجو و مطالعه کرده بود و اینک بکار می برد.

امروز هنوز تمام نشده بود و شاید امروز می توانستم دفتر خاطرات دیگری را همراه با او بخوانم بنابراین نرفته بازگشتم و رو به روبوساینا کردم و گفتم: " با خواندن یک دفتر خاطرات دیگر موافقی؟"

بلافاصله روبوساینا دفتر خاطراتی را با عنوان آن پسرک مزاحم به من داد و من هم بلافاصله شروع به خواندن آن کردم. امروز صبح وقتی از خواب بیدار شدم اصلاً تمایلی برای بلند شدن و شروع یک روز جدید نداشتم، و واقعاً دلم می خواست که کمی بیشتر در تخت خواب بمانم، اما موضوعی مانع این کار می شد و آن هم این بود که می دانستم گل سرخ امشب به یک مهمانی دعوت است و من

هم می خواستم در آن حضور داشته باشم اما کارهای زیادی هم برای انجام دادن داشتم پس اگر می خواستم که به میهمانی امشب برسم باید تمام طول روز را فشرده کار می کردم تا درپایان روز با خیال راحت به آن مهمانی بروم، بنابراین نباید اجازه می دادم وقت به بطالت بگذرد. از تخت خواب بلند شدم و به راه افتادم، عجب روز پرکاری بود اما خوشبختانه در پایان روز توانستم تمام کارهایی را که باید انجام می دادم را به انجام برسانم و از این بابت خیالم راحت بود و حالا فقط باید برای شرکت در آن میهمانی آماده می شدم، البته از آنچه که در آن دعوت نامه خوانده بودم مشخص بود که این میهمانی بیشتر مربوط به یک فستیوال یا جشنواره است، دلم می خواست این بار دیگر حضورم به نوع دیگری باشد و به جای اینکه نامرئی باشم کاملاً عادی حضور داشته باشم و یا حداقل با کمی گریم در آنجا حضور پیدا کنم، برای همین هم به خانهٔ قدیمی رفتم و خودم را گریم کردم، مدتی زمان برد اما در نهایت گریم خوبی از کار درآمد. بعد لباسی مثل بقیه بازدید کننده ها پوشیدم و به محل برگزاری مراسم رفتم. در آنجا در بین مردمی ایستاده بودم که آنها هم مثل من برای دیدن شخصیت هنری مورد علاقه شان در محل حضور پیدا کرده بودند. آنها جایی آنطرف تر از خبرنگار ها و عکاس

ها ایستاده بودند و بعضی قلم و یا خودکار به همراه عکس، پوستر و چیزی مانند آن به دست منتظر بودند تا از شخصیت هنری مورد علاقه شان امضا بگیرند اما من هیچ چیزی همراه خودم نیاورده بودم...

خب ایرادی نداشت موبایلم همراه من بود شاید می شد با او عکس بگیرم، تا آمدن آنها مدتی زمان داشتیم من هم مثل بقیه ایستاده بودم و منتظر بودم تا گل سرخ بیاید. در این مدت به این موضوع فکر می کردم که همه می گویند زمانی که شناخت دو نفر از یکدیگر بیشتر شود دوست داشتن آنها هم عمیق تر می شود اما من در یک نگاه به او علاقه مند شده بودم و اگر کسی از من می پرسید چرا؟ چرا عاشق شدی نمی توانستم دلیلی بیاورم...

علاوه بر این با گذشت این مدت زمان به شناخت کاملی از او رسیده بودم اما این شناخت باعث شده بود که او را بیشتر از قبل دوست داشته باشم. در بین جمعیت خیلی اتفاقی گفتگوی دو نفر را می شنیدم که می گفتند پسر دیگری از هنرمندان به گل سرخ علاقه مند شده و قصد دارد با او ازدواج کند.

شنیدن این حرف ها برایم خوشایند نبود پس جایم را عوض کردم و این حرف ها را به پای شایعات گذاشتم اما چند قدم آنطرف تر که رفتم یکی از آنها به دیگری می گفت گل سرخ مدتهاست که با فلان هنرمند پسر تلفنی در ارتباط است دیگر شنیدن این حرف ها برای من ناراحت کننده شده بود. از آنجا خارج شدم. دورتر رفتم و به دنبال محل خلوتی گشتم باید به نتیجه ی قانع کننده ای می رسیدم برای همین هم در کوچه ای خلوت نامرئی شدم و به آن مراسم وارد شدم. تمام جاهای آن مراسم را گشتم و بالاخره جائی را پیدا کردم که از آن جا می توانستم هر سه آنها را ببینم یعنی گل سرخ و آن دو پسر هنرمند را که یکی در چند ردیف آنطرف تر از گل سرخ نشسته بود و دیگری هم کمی دورتر اما سمت دیگر گل سرخ. رفتار و نگاه های آنها را زیر نظر گرفتم اگر بین آنها موضوعی وجود می داشت حتماً رفتار و نگاه آنها آنرا نشان می داد.

پسر اولی هیچ رفتاری که شایعاتی رو که شنیده بودم را تأیید بکند از خودش نشان نمی داد برخلاف پسر دومی که هر چند دقیقه یک بار برمی گشت و به گل سرخ نگاه می کرد. این همان پسری بود که می گفتند قصد نامزدی و ازدواج با او دارد. در این حالت یک قدم جلوتر بودم تا واقعیت را کشف کنم. برای همین هم تا پایان

مراسم صبر کردم و این بار به جای اینکه سوار اتومبیل گل سرخ بشم سوار اتومبیل این پسر شدم. خشم تمام وجودم را فراگرفته بود اما نباید کنترل خودم را از دست می دادم تا زمانی که وقت مناسب آن برسد. در راه، او و دوستش تلفنی صحبت می کردند و آن پسر گفت: " نه بابا مگه من دیوانه ام فقط مدتی باهاش قرار می گذارم و بیرون می رویم و بعد همه چیز تمام است"

این گفت و گو من را به فکر فرو برده بود که قرار است شاهد چه اتفاقی در آینده باشم...

به خانه اش که رسیدم مستقیماً به اتاق خواب او رفتم و روی صندلی که در اتاق خواب بود نشستم. او هم که خسته بود آمد و فوراً روی تخت دراز کشید. به نظر به خواب رفته بود، به او که روی تخت بود نگاه می کردم در آن شرایط می توانستم درس عبرت خوبی به او بدهم بخصوص که شنیده بودم او با دوستش دربارۀ موضوعی حرف می زد که اگر حدس من درست باشد نشان دهنده یک سوء استفاده بود. پس حقش بود اگر کمی گوش مالی اش می دادم از روی صندلی بلند شدم و به سمتش رفتم کمی از حالت نامرئی خودم خارج شدم و به این ترتیب به شکل یک روح دیده

می شدم. ناگهان چشمهایش را باز کرد، فکر می کنم در تاریکی اتاق مرا به شکل یک روح دید، ترس را می شد در چشمانش دید. ترسیده بود چراغ اتاق را روشن کرد و کمی به اطراف نگاه کرد و بعد از اتاق خارج شد. فکر می کنم همین قدر ترس برای امشب او کافی بود. به خانه خودمان برگشتم. عصبانی بودم و خشمگین چون به جز من هیچکس حق نداشت به گل سرخ نزدیک شود. همین موقع فرشتهٔ عشق ظاهر شد و در حالیکه انگار از آنچه در ذهنم می گذشت خبر داشت به من گفت: " ناراحت نباش، به نفع کسی هم نیست که به گل سرخ نزدیک شود"

پرسیدم: " چرا؟"

او گفت: " اگر می خواهی این موضوع را بدانی نزدیک غروب به آن محل بیا "

و بعد رفت.

نگاهی به پنجره اتاق کردم تقریباً صبح شده بود اما من خیلی بی تاب بودم و دلم می خواست زودتر غروب شود تا به آنجا بروم.

با غروب خورشید به آنجا رفتم فرشتهٔ عشق هم بود به او سلام کردم و او گفت: " همراه من بیا"

همراهش به محلی رفتیم که کمی ارتفاع بیشتری داشت و از آنجا می توانستیم افرادی را که در آنجا بودند ببینیم، ناگهان اتفاقی افتاد، انگار پرده ای از جلوی چشمانم کنار رفته بود آنچه می دیدم باورم نمی شد انگار هر نفر همراه خودش چیزی شبیه به زمان سنج داشت که در حال کار بود چیزی شبیه به ساعت های شنی اما متفاوت از آن، از فرشتهٔ عشق در مورد این زمان سنج ها پرسیدم و او گفت: " زمان تولد و مرگ هر فردی در زمین کاملاً مشخص است و آنچه که می بینی به تو نشان می دهد که هر فردی در چه مرحله ای از زندگی خودش قرار دارد"

آنچه می دیدم باور نکردنی بود بعضی در ابتدای مسیر زندگی بودند و بعضی در انتهای آن. آن پسر دیشبی هم در بین جمعیت بود و این موضوع باعث عصبانیت من شد.

فرشتهٔ عشق به من نگاهی کرد وگفت: " سعی کن بر خودت مسلط باشی و گرنه..."

پرسیدم: " وگرنه چه اتفاقی می افتد؟"

با دست به سمت دیگر آنجا اشاره کرد. گل سرخ بود که در حال آمدن به سمت آن پسر بود ظاهراً فرد دیگری هم همراه او بود که با دیدن آن پسر دیشبی از آنجا رفت و گل سرخ و آن پسر مشغول به گفتگو شدند.

آنچه دیدم باعث عصبانیت من شده بود طوری که حرارت عجیبی را در صورتم احساس می کردم، انگار تمام معادلات اطراف در حال تغییر بود. روی آن پسر تمرکز کرده بودم که فرشتهٔ عشق دستم را گرفت و گفت آرام باش...

کمی احساس آرامش کردم. او مرا با خود از آنجا برد، با هم به مکانی دیگر که یکی از پارک های شهر بود رفتیم. آنجا او به من توضیح داد:

اگر عصبانیت تو کمی بیشتر طول می کشید... اما حرفش را ادامه نداد و رفت. از آن محل به خانه رفتم و برای مسافرتی چند روزه آماده شدم زیرا برای انجام آنها نیاز به مسافرت به شهر دیگری بود و برای اینکار نباید از نیروی خودم استفاده کردم به آنجا رفتم و در

طول روز برای انجام کارهای مختلف ناچار بودم به محل های مختلفی بروم اما دائماً به این موضوع و این اتفاق آخر فکر می کردم. سرانجام روزی که به شهر خودم برگشتم اول از همه قصد داشتم که برای دیدن گل سرخ بروم اما وقتی به آنجا رسیدم متوجه شدم که او در خانه نبود. دنبال او گشتم اما اثری از او نبود، کمی جا خورده بودم اما باید به قلبم اعتماد می کردم. در این لحظه خودم را در شهر دیگری و در یک رستوران دیدم، به اطراف نگاه کردم شاید فقط از یک شهر به شهر دیگر نرفته بودم بلکه از کشوری به کشور دیگر رفته بودم احتمالاً گل سرخ برای کاری به کشوری دیگر رفته بود اما آن موقع این موضوع اهمیت نداشت آنچه می دیدم باور نکردنی بود. گل سرخ همراه آن پسر روی یک میز مشغول غذا خوردن بودند و این موضوع خشم غیر قابل کنترلی را در من بوجود آورده بود، در حال نزدیک شدن به آن دو نفر بودم و نمی دانم که اگر فرشتهٔ عشق دستم را نگرفته بود چه بلائی سر آن پسر می آوردم.

فرشتهٔ عشق گفت: " به آنجا نگاه کن که خشم تو چه بلائی سر آن پسر می آورد"

به او نگاه کردم دو مرتبه انگار پرده ای از جلوی چشمانم برداشته شده بود، این اتفاق باور کردنی نبود، خشم من در حال نابود کردن زندگی آن پسر بود طوری که به نظر می رسید خشم من در حال سر کشیدن زندگی آن پسر بود.

فرشتهٔ عشق به من اشاره ای کرد و گفت: "چه بلائی بدتر از این می توانست سر آن پسر بیاید که بدون آنکه بداند از عمرش کم می شود"

از فرشتهٔ عشق پرسیدم: " تا کی این کار ادامه دارد؟"

فرشته عشق گفت: " تا وقتی که از دست او عصبانی باشی یعنی تا وقتی که به گل سرخ نزدیک شود"

گفتم: " یعنی اگر از او دور شود هم این اتفاق ادامه پیدا می کند؟"

فرشتهٔ عشق گفت: " اگر از گل سرخ دور شود تو از او عصبانی باقی می مانی؟"

پاسخ دادم: "نه، دیگر از او عصبانی نخواهم بود"

فرشتهٔ عشق هم گفت: " پس این اتفاق برای او ادامه پیدا نمی کند.
"

و بعد مرا با خود به خانه برگرداند.

در تراس خانه نشسته بودم و به باغ نگاه می کردم اما هنوز هم
چیزی از عصبانیت من کم نشده بود.

آن روز تا شب به همین شکل گذشت امروز اصلاً حوصلهٔ بیرون
رفتن را نداشتم اما با شنیدن این خبر که امشب در مراسمی گل
سرخ و آن پسر هم حضور دارند خودم را برای شرکت در آن مراسم
آماده کردم.

دیگر شب شده بود و زمان رفتن به آن مراسم بود به آنجا که رسیدم
با دیدن گل سرخ به علت ناراحتی که هنوز هم از او در وجود من
باقی مانده بود کمتر به او نگاه کردم و بیشتر حواسم به آن پسر بود
اما چرا رفتارش اینقدر عوض شده بود و سعی می کرد به گل سرخ
نگاه نکند؟!

به گل سرخ نگاه کردم داشت موضوعی را برای یکی از دوستانش
تعریف می کرد و به آن پسر بی توجه بود، مراسم آن شب تمام شد

و بعدها شنیدم که گل سرخ به محض اینکه متوجه نیت آن پسر شده بود با او برخورد شدیدی کرده بود که حساب کار دست آن پسر آمده بود اما این در مقابل عمری که از او کم شده بود هیچ نبود.

روبوساینا به من نگاه می کرد در چشمهایش حس غریبی می دیدم اما تا به حال این رفتارها و حالت هائی مانند این را در یک ربات ندیده بودم شاید استفاده از جسمی متشکل از پوست و گوشت باعث آن می شد اما آن لحظه این موضوع چیزی نبود که بخواهم دنبال دانستن آن باشم. از جایم بلند شدم و دفتر خاطرات را در جایش قرار دادم و دفتر دیگری را برداشتم. به جای خودم برگشتم اما روبوساینا قبل از اینکه حتی نام آن دفتر را بخواند به من گفت: " صبر کن، قبل از اینکه این دفتر خاطرات را بخوانیم فقط کمی صبر کن"

این موضوع باعث شد تا برای چند ثانیه به روبوساینا خیره شوم چون تا قبل از این او بود که برای خواندن دفتر های خاطرات اصرار می کرد اما این بار برای خواندن دفتر خاطرات علاقه ای از خودش نشان نمی داد!

روبوساینا پرسید: " اگر شخصی به گل سرخ کمک کند و یا باعث شادی او شود، چطور؟ چه اتفاقی برای او می افتاد؟"

پاسخ دادم: " در این مواقع معمولاً گروهی از موجودات مانند مقلدها به دنبال او می رفتند و دیر یا زود کاری برای شاد کردن و یا کمک به آن فرد انجام می دادند"

و ادامه دادم: " خب حالا می توانیم ادامه خاطرات را بخوانیم"

روبوساینا پرسید: " نام این دفتر خاطرات چیست ؟"

پاسخ دادم: " این دفتر خاطرات بی نام بود تا قبل از اینکه شروع به خواندن دوبارهٔ آن بکنم اما امروز می خواهم نام آنرا چگونه به گل سرخ گفتم بگذارم "

و نظرش را در این مورد پرسیدم

در حالیکه به سمت دیگر کتابخانه می رفت بدون آنکه پاسخی بدهد پرسید: " چرا ساینا را از این اتاق به آن اتاق می بردی و برای او خاطرات و داستان های مختلفی را تعریف می کردی؟"

برای پاسخ دادن به این سوال او مردد بودم از طرفی چرا باید به او پاسخ می دادم، او یک ربات به نام روبوساینا بود و نباید از همه چیز او را آگاه می کردم، از طرفی در دلم میلی برای گفتن دلیل این کار به او وجود داشت شاید خسته از این همه نگهداری رازهای مختلف در خودم بودم. همین لحظه روبوساینا رو به من کرد و گفت: "متشکرم"

و این موضوع دیگر اوج هیجان را برای من به دنبال داشت من چه کاری برای روبوساینا انجام داده بودم که اینطور با تمام وجود از من تشکر می کرد؟!

با تعجب به روبوساینا نگاه کردم، از اشکی که در چشمانش جاری بود و همینطور از گونه هایش که سرخ شده بود، به چیزی پی بردم که باید مدت ها قبل از این پی می بردم

روبوساینا گفت:" درست فهمیدی، من گل سرخ هستم "

او به سمت من دوید و من هم به سمت او دویدم این ماجرا برای هیچکدام از ما قابل باور نبود

به او گفتم:" چرا؟! چرا این همه مدت این کار را انجام کردی؟ چرا وانمود می کردی که روبوساینا هستی؟ چگونه جای خودت را با روبوساینا عوض کردی؟"

گل سرخ لبخندی زد و گفت:" آنروز وقتی برای اولین بار روبوساینا را دیدم خاطراتی را که فراموش کرده بودم، از اول تا حالا به یادم آمد و دوباره حافظه ام را بدست آوردم. کمی گیج شده بودم اما نمی دانستم که چطور باید احساساتم را بروز بدهم. تا مدتی حتی نمی دانستم که در آن شرایط چه واکنشی باید نشان بدهم از طرفی سوالات زیادی برای من پیش آمده بود که باید خودم به آنها پاسخ می دادم و کلا باید با خودم خلوت می کردم و نیاز زیادی به تنهائی داشتم، پس بهترین کار رفتن به اتاقم و حفظ تنهائی خودم بود. از اینکه می دیدم لرد درآکولا را به دنبال من فرستادی از خوشحالی در پوست خودم نمی گنجیدم و همینطور از اینکه می دیدم به تنهائی من احترام می گذاری به تو افتخار می کردم در چند ساعت اول که در اتاقم تنها بودم، به این نتیجه رسیدم که برای پیدا کردن دوبارهٔ خودم باید مدتی را در کنارت بگذرانم اما طوری که تو مرا نشناسی و باقی کارها را هم لرددرآکولا به انجام رساند یعنی من را

به آن کرهٔ مرکزی منتقل کرد و روبوساینا را به اتاق من فرستاد و باقی اتفاق هائی که خودت دیدی...

به او گفتم: " پس برای همین بود که هروقت به درب اتاقت می آمدم اجازه داخل آمدن نمی دادی؟!

گل سرخ لبخندی زد و گفت:"بله، البته آن زمان روبوساینا در اتاق بود"

هنوز هم آن دفتر خاطرات در دستم بود آنرا به او نشان دادم و برچسبی که روی آن بود را کندم. روی آن نوشته شده بود "من به گل سرخ خودم رسیدم" و گفتم: " نمی خواهی این دفتر خاطرات را با هم دوباره بخوانیم؟"

گل سرخ پاسخ داد: " تمام بند به بند آن روز را در خاطرم دارم و هر روز آن را مرور می کنم"

آن دفتر خاطرات را در جای خودش قرار دادم و هر دوی ما آنجا را ترک کردیم، تصمیم داشتیم تا مدتی را به دور از همهٔ دغدغه ها به آن بخش مخفی در اتاق جنگل برویم. در راه روبوساینا و لرد درآکولا را هم دیدیم که به سمت کرهٔ مرکزی می رفتند، نزدیک

درب آن اتاق که رسیدیم متوجه شدم که گل سرخ برای پرسیدن سوالی مردد است ایستادم و گفتم: " بپرس"

گل سرخ گفت: " آیا در تمام این مدت تک تک این اتاق ها را به من نشان دادی و تک تک خاطرات را برای من تعریف کردی فقط برای اینکه من حافظه ام را بدست بیاورم؟"

به چشمهایش نگاه کردم و پاسخ دادم: " بله فقط و فقط برای همین بود، شاید این تنها راه برای برگرداندن حافظه ات بود، تمام امیدم این بود که با دیدن یکی از آن اتاق ها و یا حتی با شنیدن یکی از آن خاطرات مشترکی که داشتیم و یا خاطراتی که قبلاً برای تو تعریف کرده بودم حافظه ات باز گردد"

گل سرخ در حالیکه پائین را نگاه می کرد به من گفت: " حالا که حافظه ام برگشته است، خوشحالی؟"

گفتم: " خیلی"

تازه علت انتخاب آن دفترهای خاطرات خاص را فهمیده بودم و به او گفتم: " در این مدت آن دفترهای خاطرات و اصرار تو برای خواندن آنها... تازه فهمیدم "

گل سرخ لبخندی سرشار از شیطنت زد و گفت: " درست حدس
زدی، کمی که آنجا بودم حس کنجکاوی زنانه ام به من اجازه نداد
بی تفاوت باشم و همانطور که دیدی آن دفتر های خاطراتی که
هیچ وقت اجازه خواندن آنرا به من نداده بودی را با هم خواندیم"

آن لحظه لبخند او برایم ارزش زیادی داشت و خوشحال بودم که
او دوباره حافظه اش را بدست آورده. بنابراین خندیدم و با خودم
گفتم: " هیچ وقت و در هیچ شرایطی نباید یک زن و حس
کنجکاوی او را دست کم گرفت "

و دستم را برای باز کردن درب آن اتاق جلو بردم ولی او ناگهان
گفت: " صبر کن، فقط یک لحظه به عنوان آخرین سوال، چه اتفاقی
افتاده که من حافظه ام را از دست دادم ؟"

به او نگاه کردم و گفتم ...

نبرد

(کتاب چهارم)

بخش اول: نبرد

این داستان هرچه بود باید تمام می شد و امروز پایان کار بود و همه چیز خبر از نبردی سخت بین من و کوردل می داد. بعد از مدتها بالاخره زمانش رسیده بود که او نتیجه همه پلیدیهای وجودش را ببیند. اگر امروز جلوی بدیها و پلیدیهای او گرفته نمی شد شرارت های او می توانست تا ابد ادامه پیدا کند، و حالا نه تنها آماده انجام این کار هستم بلکه مدتها برای رسیدن به این لحظه، لحظه شماری کرده بودم تا سرانجام زمان انجام اینکار فرا رسیده بود. آرام روی لبهٔ تخت نشسته بودم و به این موضوع فکر می کردم که بالاخره سرانجام آنچه که مدتها منتظر انجام آن بودم چه خواهد شد، اما به هر حال این اتفاق در حال وقوع بود. این فکر آزارم می داد باید همان دفعاتی که فرصت نابودی کوردل را داشتم او را از پای در می آوردم، نباید فرصت ادامهٔ کار را به او می دادم اما همیشه امیدوار بودم که او به راه درست برمی گردد. این موضوع که او را یک مرتبه بخشیده بودم باعث شد که تا این لحظه به زندگی خودش ادامه بدهد. از طرف دیگر شاید این دلرحمی گل سرخ بود که آن مرتبه مانع از آن شد که کوردل را از بین ببرم، از اینکه او را نابود نکرده بودم ناراحت بودم اما فکر کردن به مهربانی ای که در وجود گل سرخ بود، باعث شادی من می شد، مهربانی گل سرخ

زیبا بود درست مثل خودش، و این مهربانی بیش از حد او بود که این روزها باعث می شد که هر روز ناخودآگاه به دیدنش بروم. این مهربانی باعث می شد که وقتی کنارش بودم برای مدتی دغدغه هایم را فراموش کنم و آرامش حقیقی را احساس کنم. در تمام طول این مدت هیچگاه خودم را ملزم به انجام کاری نمی دانستم. اما در تمام طول این مدت مهربانی گل سرخ باعث شده بود تا هر روز بلافاصله پس از اتمام کارهای روزانه هر جایی که می دانستم او آنجاست به آنجا بروم و خودم را به او برسانم تا آن شب که کوردل او را ربود و امروز روزیست که کوردل باید تاوان کارش را پس بدهد.

اما این را هم می دانستم که این بار مانند قبل نیست و کوردل لشکری از مردگان را به اختیار خود در آورده است. ای کاش هیچگاه دستش به آن کتابچه نمی رسید؛ کتابچه ای که در آن اسرار ژنوم انرژی را نوشته بودم، اما او چگونه توانسته بود به آن کتابچه دسترسی پیدا کند؟ در حال حاضر دانستن این موضوع که او چگونه به آن کتابچه دسترسی پیدا کرده بود مهم نبود، مهم آن بود که او به حریم خصوصی من وارد شده بود و از تمام مرزهایی که نباید عبور کرده بود... او باعث رنجش گل سرخ شده بود... و از

همه بدتر گل سرخ را ربوده بود کاری که به گفته هفت پادشاه از هفت اقلیم از گذشته تاکنون هیچ موجودی در هفت آسمان جرآت انجام آن را نداشته است. از جایم بلند شدم، و از اتاق خارج شدم و به سمت راهروهای مجموعه حرکت کردم، مجموعه ای که تا آن زمان روی جنگ به خودش ندیده بود و ای کاش از این زمان به بعد هم نخواهد دید. اما حالا باید آنرا برای نبردی سخت ترک می کردم. به اتاق انتظار رفتم، سیستم فرامین مجموعه را فعال کردم و آنرا به حالت خود گردان در آوردم و بعد از اینکه عملکرد صحیح آن را کنترل کردم راهی خانه شدم. برای رسیدن به خانه خودمان باید از عرض هفت آسمان می گذشتم، اگر می خواستم این موضوع را بصورت علمی مورد بررسی قرار دهم توضیح آن مدتها طول می کشید و براساس علم این روزها طی کردن این مسافت میلیاردها سال نوری زمان لازم داشت تا تحقق پیدا کند. اما در عالم معنا و ماورا هیچ کاری غیر ممکن نبود و این همه معادله و حساب و کتاب در کسری از ثانیه اتفاق افتاد. در هفت آسمان هیچ مکانی را نمی شد با امنیت این مجموعه یافت و دست هیچ موجودی هم به آنجا نرسیده بود مگر اینکه من او را با خودم به آنجا آورده باشم و این ها همه حقایق و رازهایی بود که در دلم سالها پنهان کرده بودم اما

در سرم چه؟ از تمام این ها که بگذریم هدفی به جز نابودی کوردل در آن لحظه در سرم نبود.

به خانه که رسیدم قبل از هر کاری به اتاقم رفتم، می خواستم بلافاصله از آنجا به جنگ کوردل بروم، به قدرت هایم ایمان داشتم اما می دانستم که نبردی سخت در انتظارم خواهد بود و شاید... پس به طبقه پائین رفتم و چند دقیقه کنار پدر و مادرم نشستم و کمی با آنها صحبت کردم، اما چاره ای نبود، نباید رفتنم را زیاد به تاخیر می انداختم، کسی نمی دانست که در آنجا چه چیزی انتظار من را می کشید!؟ بنابراین از آنها خداحافظی کردم و به بهانه رفتن به خانهٔ قدیمی از آنها جدا شدم. در طول مسیر خانه تا خانه قدیمی با خودم فکر می کردم در این مسیر یعنی همین نبرد تنها هستم و این نبرد را باید به تنهائی به پایان برسانم اما وقتی به خانه قدیمی رسیدم، با اتفاق غیر منتظره ای روبرو شدم... بله افرادی از هفت آسمان برای همراهی من در این نبرد به آنجا آمده بودند. از میان آنها ملکه و پادشاه سرزمین عشق جلو آمدند و رو به سایر افرادی که در آنجا بودند کردند و تنها یک جمله گفتند: " برای این نبرد تنها مردمان سرزمین عشق حضور خواهد داشت"

به آنچه که در این چند دقیقه گذشته بود فکر می کردم... تا قبل از این می خواستم به تنهائی به این نبرد بروم اما حالا مردمانی از هفت آسمان برای همراهی من آمده بودند و با این جمله آخر پادشاه و ملکه سرزمین عشق می شد حدس زد که در آخر تنها مردمان سرزمین عشق در این نبرد مرا همراهی خواهند کرد...

پادشاه سرزمین عشق رو به من کرد و با لبخندی گفت: " می دانم قصد داشتی این نبرد را به تنهائی انجام دهی و آن را نبرد خودت می دانستی اما فراموش نکن که این نبرد تنها نبرد تو نیست"

ملکه سرزمین عشق نیز جلوتر آمد و گوهری زیبا اما عجیب را به من داد و گفت: " این گوهر را تا پایان نبرد همراه خودت داشته باش، ممکن است به آن احتیاج پیدا کنی"

به ملکۀ سرزمین عشق گفتم: " چه زمانی، چه زمانی به آن نیاز پیدا خواهم کرد؟"

ملکۀ سرزمین عشق لبخندی زد و گفت: " سهراب به آسمان نگاه کن و درخشش ستارگان را ببین"

بعد سقف اتاق نشیمن خانهٔ قدیمی را به من نشان داد. وقتی به آن نگاه کردم مثل آسمان کویر پر از ستاره های گوناگون و درخشان بود"

آنگاه ملکه سرزمین عشق گفت: " هروقت، گوهر به شکل این ستارگان درخشید زمان آن فرا رسیده است"

سپس پادشاه سرزمین عشق رو به سایر مردمان هفت آسمان کرد و گفت: " دوستان من امروز که سپیدی به جنگ سیاهی خواهد رفت از تمام شما سپاسگزارم که این چنین به من و ناجی لطف داشته اید اما باید بگویم که در این میدان نبرد همراه من نخواهید بود"

مردمان هفت آسمان با شنیدن این سخنان او ابتدا سکوت کردند اما هیچکدام راضی نشدند که در این جنگ شرکت نکنند و تمام آنها یکپارچه فریاد می زدند: "ناجی"

در این میان یکی از بین همهٔ آنها با فریادی بلند گفت: "این کار کوردل یعنی ربودن گل سرخ توهین به ناجیست و این تنها موضوعی است که هیچکدام از ما از آن چشم پوشی نخواهیم کرد"

به آنها نگاه می کردم، بغض گلویم را گرفته بود این همه وفاداری برایم غیرقابل باور بود که در این لحظه پادشاه سرزمین عشق گفت:" برای شکار کوردل به سرزمین مردگان خواهیم رفت، سرزمینی که تا کنون نبردهای زیادی به خودش دیده است و هیچکدام از ما تا قبل از رسیدن به آن سرزمین نمی داند که چه ماجرائی انتظار ما را خواهد کشید، با این وجود آیا باز هم حاضرید؟"

همهٔ آنها یکصدا گفتند:" بله، حاضریم"

بعد از آن هر کدام از مردمان هفت اقلیم در گوشه ای از خانه جمع شدند، از میان همه آنهایی که در آنجا جمع شده بودند تنها پادشاه هر اقلیم همراه با پادشاه و ملکهٔ سرزمین عشق و من به کتابخانه طبقهٔ بالا رفتیم و در کتابخانه منتظر بازگشت چکاوک ها شدیم؛ موجوداتی که در آسمان مانند چکاوک های آزاد بودند و در دریا مانند ماهیانی تیز شنا می کردند و روی زمین هم به شکل هر موجودی که می دیدند در می آمدند. آنها روح بزرگ و حافظه ی قوی ای داشتند طوریکه هر چه می دیدند بدون کمترین نقصانی در آن ثبت می شد. از پنجرهٔ آنجا به آسمان نگاه می کردم و منتظر

بازگشت چکاوک ها بودم اما انگار این مرتبه بازگشت آنها کمی طولانی تر از آنچه که انتظار آنرا داشتیم شده بود.

به پادشاه سرزمین عشق نگاه کردم مضطرب نبود و آرامش عمیقی در چهره اش نمایان بود، اما چرا؟ کمی که گذشت مسیر نگاهش را دنبال کردم و دیدم هر چند لحظه یکبار با نگاهی سرشار از مهربانی و عشق به ملکۀ سرزمین عشق نگاه می کرد. شاید از این نگاه کردن به او بود که آرامشی عمیق پیدا می کرد. من هم این جنس آرامش را تجربه کرده بودم، درست همان موقعی که گل سرخ را پیدا کرده بودم و هر شب با دیدنش از این آرامش سرشار می شدم. غرق در همین افکار بودم که چکاوک ها برگشتند. اولین جمله ای که پادشاه سرزمین عشق از آنها پرسید این بود آیا همۀ شما به سلامت برگشته اید؟

علت این سوال پادشاه سرزمین عشق برای من مبهم بود. تا آن زمان ندیده بودم که اینگونه از سلامتی افراد بپرسد و این خودش خبر از خطر بزرگی می داد که آنجا انتظار ما را می کشید، اما چرا این سوال را پرسید؟! آیا نگران آسیب دیدن آنها بود؟

که جواب سوالم را با پاسخی که یکی از چکاوک ها داد، گرفتم.

چکاوک گفت: " بله، همهٔ ما به سلامت برگشته ایم"

همان موقع پادشاه سرزمین عشق گفت: " خدا را شکر، خیلی نگران خطرهایی بودم که شما را تهدید می کرد، پس هیچ موجودی متوجه حضور شما در سرزمین مردگان نشده است"

و چکاوک پاسخ داد: " نه هیچ موجودی متوجه حضور ما نشد"

بعد از این گفتگوی بین پادشاه سرزمین عشق و چکاوک پادشاهان هفت اقلیم هر کدامشان از جایی که در کتابخانه ایستاده بود چند قدم جلوتر آمدند و همهٔ آنها دور میز بزرگی که در آنجا بود نشستند. چکاوک ها در وسط آن و در ارتفاع حدودا یک متری از سطح آن شروع به پرواز کردند و هر لحظه بر سرعت این پرواز افزوده می شد تا اینکه دیگر تشخیص آنها از یکدیگر غیرممکن شد و در نهایت به شکل یک کرهٔ بزرگ و معلق در آمدند. این کره اول مات بود و می شد به راحتی خطوط حاصل از پرواز آنها را روی آن دید اما کمی که گذشت شفاف تر شد تا اینکه بالاخره به شکل کره ای از بلور در آمد اما بلافاصله روی آن تصاویر مختلفی نقش بست. انگار هر کدام از آن چکاوک ها هر چه که دیده بود را بر سطح آن کرهٔ بلورین به نمایش گذاشته بود. اما جالبتر از همهٔ آنها ها این

بود که تصاویر مشترک و یکسان به یکدیگر می پیوستند و از بین آنها بهترین تصویر بر دیوار کتابخانه خانهٔ قدیمی نقش می بست و در نهایت با فرمان پادشاه سرزمین عشق تصاویر مهم و کاربردی را که لازم بود ببینیم پشت سر هم و پیوسته برای ما به نمایش در می آمدند، اولین تصاویر مربوط به محل ورود به سرزمین مردگان بود.

ما باید از این محل وارد می شدیم پس اینجا بیشترین اهمیت را هم در این نبرد برای ما داشت اما آنجا محلی در دل یک جنگل تاریک و پر از درختان قد به آسمان کشیده بود، طوری که نور خورشید حتی در بهترین زمان روز هم به سختی به کف این جنگل می رسید. اما این تاریکی تنها مشکل آن محل نبود، وجود دستیاران کوردل که در هر مکانی در دل آن تاریکی می توانستند پنهان شده باشد مشکل دیگری بود که احتمالاً در آنجا با آن مواجه بودیم. یکی از پادشاهان هفت اقلیم نگاهی به پادشاه سرزمین عشق کرد و گفت: " دستیاران کوردل، آنها دیگر چه موجوداتی هستند؟"

به او نگاه کردم، به احتمال زیاد سوال او سوال بقیه حاضرین در کتابخانه هم بود و منتظر پاسخ پادشاه سرزمین عشق ماندم، پادشاه

سرزمین عشق هم بدون معطلی پاسخ داد: " گمان نمی کنم این موجودات از نظر قدرتی نسبت به ما خیلی قدرتمند باشند چرا که تنها وظیفهٔ آنها این است که در تاریکی های اطراف ورودی سرزمین مردگان پنهان شوند و ورود و یا خروج هر جنبنده ای را که به آنجا وارد شود را به اطلاع ساکنان سرزمین مردگان می رسانند. تنها کاری که باید برای مقابله با آنها انجام می دادیم این بود که آنها را قبل از اینکه بتوانند حضور ما را به ساکنان سرزمین مردگان اعلام کنند شکار کنیم"

همین لحظه یکی از پادشاهان که از سرزمین دلاوران آمده بود از جای خودش بلند شد و گفت: " شکار این موجودات و موجودات شبیه آنها یکی از مهارت هایی است که من و یارانم در انجام آن به بالاترین درجه رسیده ایم، طوری که می توانیم موجودی به کوچکی یک ذره " اتم" را از دل تاریک ترین مناطق کهکشان شکار کنیم، شکار چند دستیار کوردل که به مراتب آسانتر است"

پادشاه سرزمین عشق پرسید: "از این موضوع مطمئن هستی؟! و آیا می توانی به درستی از عهده انجام این کار برآیی؟! خوب می

دانی که موفقیت در ادامه نبرد به انجام درست و بی نقص این مرحله از نبرد بستگی دارد"

او با لبخندی گفت: "بله، انجام این کار برای ما بسیار آسانتر از آن است که فکر آن را بکنید"

و بعد با کمال میل آن را پذیرفت و در جای خودش نشست. از روحیه بالای او جا خورده بودم حتی در این شرایط بحرانی هم لبخند از لب او دور نشده بود، شاید او قصد داشت تا با این عملش روحیه بقیه افراد را هم بالا ببرد، به هر حال این کار او باعث ایجاد انرژی مثبتی در بین سایر افراد می شد...

بعد از این دوباره به تماشای تصاویر چکاوک ها مشغول شدیم. موضوع مهم دیگری که باید مورد بررسی دقیق ما قرار می گرفت شکارچیان فرصت ها یا کوتوله های وحش بودند؛ آنها معمولاً در فاصلهٔ بین ریشهٔ درختان و ساقه ی آنها ساکن می شدند و در صورتیکه فردی در کنار این درختان می نشست و یا استراحت می کرد و یا پنهان می شد کوتوله های وحش این افراد را به خوابی عمیق فرو می بردند و بعد ذره ذره آنها را به داخل درخت می کشیدند و به این ترتیب آن فرد بدون آنکه بداند اول به خوابی

مرگبار فرو می رفت و بعد در آن درخت بدون آنکه بداند هضم می
شد. همهٔ ما سابقهٔ دیدن تصاویر و یا شکل هائی را بر تنهٔ درختان
داریم که این اشکال بسیار شبیه به چهرهٔ انسان و یا حیوانات
هستند و همه ما مطمئنیم که بوجود آمدن آنها روی تنه درختان
موضوعی اتفاقی است اما داستانی مشابه پشت هر یک این تصاویر
وجود دارد. این تصاویر حاصل شکار افراد و یا موجودات توسط
شکارچیان فرصت ها و یا کوتوله های وحش هستند. همهٔ ما می
دانیم که شب ها در جنگل افراد دچار توهماتی می شوند و فکر می
کنند که شخصی از لابه لای شاخه های درختان و یا از میان تنهٔ
آنها به آنها نگاه می کند، این ها در ظاهر توهماتی بیمار گونه
هستند اما در باطن شکارچیان فرصت ها هستند که به دنبال
فرصتی برای شکار قربانی خود میگردند. برای همین هم می گویند
که هیچوقت نباید شب ها درجنگل ها تنها ماند. همین زمان بود
که یکی دیگر از پادشاهان هفت اقلیم که پادشاه سرزمین بادها بود
نگاهی به تصاویر انداخت و گفت:" مردمان سرزمین من دلاورانی
هستند که در آسمان به پرواز در می آیند این دلاوران به راحتی از
بالا قادر به تشخیص درختان محل سکونت شکارچیان فرصت ها یا
کوتوله های وحش هستند"

سرزمین بادها، سرزمینی است که مردمان آن به سرعت باد از یک مکان به مکان دیگر می روند و به مردمان آن هم بادپا می گویند.

پادشاه سرزمین عشق پرسید: " چگونه؟! چگونه بادپاها این درختان را به راحتی تشخیص می دهند؟"

بعد پادشاه سرزمین بادها نگاهی به من کرد و گفت: " به راحتی! همهٔ ما می دانیم که کوتوله های وحش فقط اطراف درخت خودشان فعالیت و شکار می کنند و اطراف سایر درختان تأثیری ندارند. بنابراین نباید نگران بقیه درختان باشیم"

بعد از جای خود بلند شد و با استفاده از دستانش جنگلی از درختان را بر روی دیوار آنجا نمایش داد و ادامه داد: " به این جنگل درختان نگاه کنید، هیچکدام از این درختان با هم فرقی ندارند اما برای بادپاها تفاوت احساسی دارند چون درختان محل سکونت کوتوله های وحش هستند که قامتی خمیده تر دارند و تشخیص آن برای بقیه سخت است اما برای بادپاهای سرزمین من آسان است"

با شنیدن این حرف ها پادشاه سرزمین عشق به راحتی پذیرفت تا او و بادپاها به شناسائی این درخت ها بپردازند و آنها را برای ما

مشخص کنند. او هم همان لحظه کتابخانه را ترک کرد و بعد از
چند دقیقه بازگشت. ظاهراً به چند نفر از مردمان سرزمینش در
طبقهٔ پائین دستورهای لازم را داده بود و یک نفر از آنها برای
هدایت بادپاهای سرزمین او به محل ورودی دنیای مردگان رفته
بود. پس در حالیکه ما در کتابخانه در حال بررسی ادامه شرایط
نبرد بودیم اولین مرحلهٔ این نبرد در حال انجام بود. با بازگشت آن
پادشاه، نمایش آن تصاویر توسط چکاوک ها بر روی دیوار کتابخانه
دوباره آغاز شد.

اما این مرتبه تصاویر بصورت بریده و تکه تکه نمایش داده می شد
و پیوستگی تصاویر قبلی را نداشت. وقتی علت آن را پرسیدم پادشاه
سرزمین عشق پاسخ داد چون در این مکان ها نگهبانان دروازه
مردگان حضور دارند چکاوک ها برای اینکه توسط آنها دیده نشوند
مجبور بوده اند تا زمان هایی را از دید نگهبانان دروازه مردگان
پنهان شوند. نگهبانان دروازه مردگان ترکیبی از اشباح شرور و اجنه
های کوچک هستند بنابراین می توانند به راحتی یک پر پرنده در
آسمان معلق شوند که در این حالت چکاوک ها باید برای اینکه
توسط آنها دیده نشوند در مکانی پنهان می شدند تا آنها از آنجا
دور شوند و بعد دوباره چکاوک ها به کار خودشان ادامه بدهند. اما

این نگهبانان اجنه های کوچکی هم هستند که به راحتی در دل خاک پنهان می شدند و در این پنهان شدن هاست که به راحتی می توانند به ما حمله کنند. با تمام شدن حرف های او یکی دیگر از پادشاهان هفت اقلیم یعنی پادشاه سنگ و خاک از جای خودش بلند شد و گفت: " آنها را به من بسپارید"

پادشاه سرزمین عشق گفت: "حتما، من قبلاً با قابلیت های مردان جنگ جوی تو آشنا شده ام، آنها هر وقت که بخواهند زمین را آنقدر سخت می کنند که هیچ دانه ای توانائی خروج از آن را ندارد چه برسد به نگهبانان دروازۀ دنیای مردگان. البته می دانیم که گاهی نیز آنقدر زمین را سست می کنید که حتی سنگ هم روی سنگ نمی ایستد پادشاه سنگ و خاک لبخندی زد و گفت: " بله، پس این بخش از نبرد را هم خودم به انجام می رسانم"

و بعد از گفتن این جمله دوباره سرجای خودش نشست، این در حالی بود که می شد رضایت از این موضوع را در چهره اش دید.

اما ادامه تصاویر نشان دهندۀ دروازۀ مردگان بود که تنها دروازه از این سرزمین بود که باز بود و این برای اولین مرتبه بود که می دیدم یک دروازه ورودی باز است!؟ بدون اینکه بسته باشد. در تمام

طول مدت زندگی همیشه هر دروازه ای که از دروازه های مختلف دیده بودم و یا در مورد آنها خوانده بودم بیشتر اوقات بسته بودند و تنها در موارد خاصی باز می شدند، اما در مورد این محل کمی متفاوت بود. باز بودن همیشگی این محل با توجه به اهمیتی که برای کوردل داشت و این همه نگهبانانی که از موجودات مختلف برای دروازه های بسته می گذاشت، برایم تبدیل به یک سوال شده بود، برای همین هم از پادشاه سرزمین عشق پرسیدم: " واقعاً این دروازه باز است یا اینگونه به نظر می رسد؟"

پادشاه سرزمین عشق نگاهی به من انداخت: " نه گول ظاهر آن را نخور این دروازه ظاهرا باز است اما در اصل جادوی سیاه هفت قفل ننگین بر آن زده اند که هر کدام می تواند جان گروهی از موجودات را بگیرد"

بعد رو به یکی دیگر از پادشاهان هفت اقلیم کرد که از سرزمین جادوگران به اینجا آمده بود و گفت: " باز کردن و شکستن این دروازه بر عهدهٔ شما و مردمان شماست"

آن پادشاه از جای خودش بلند شد و گفت: "بله، انجام این کار برای ساحران سرزمین بسیار آسان است اما قبل از آن باید نگهبانان دروازۀ دنیای مردگان را بگونه ای از بین ببرید و یا ..."

هنوز حرف او تمام نشده بود که یکی از پادشاهان خندید و گفت " نگران آنها نباش"

بعد همراه با بقیه پادشاهان مشغول دیدن ادامه تصاویر آنجا شدیم. از اینجا به بعد تصاویر مربوط به زمانی می شد که چکاوک ها از دروازۀ مردگان عبور کرده بودند و وارد دنیای مردگان شده بودند. این تصاویر دلهره آور و ترسناک بود و خبر از دنیائی در دل زمین می داد که حتی تصور آن را هم نمی توانستم بکنم، ((دنیای مردگان))

من و پادشاهان هفت اقلیم با دیدن این تصاویر و تصور سختی ادامه نبرد دیگر تمایلی برای دیدن ادامه تصاویر ضبط شده توسط چکاوک ها نداشتیم. این تصاویر نشان می داد که در آنجا زمین به نبرد با شخصی خواهد آمد که به آن دنیا وارد می شد، زمین را می دیدیم که می غرید و یورش می آورد و گاهی حمله می کرد. وای از آن لحظه ای که موجودی در آن گرفتار می شد یا بدام زمین

می افتاد. آنقدر او را می فشرد که از لا به لای سنگ های زمین خون و آب بدنش روان میشد و صدای شکستن استخوان های او در فضای آنجا می پیچید. انگار فشار و حرارت آنجا برای خوردن گوشت تن آن موجود به وجد آمده بود و در عرض چند ثانیه او را به خاک تبدیل می کرد. انگار همه چیز عذابی از نوع گور بود. همین موقع دیگر هیچکدام از پادشاهان هفت اقلیم از جای خودشان بلند نشدند و آنهایی که در مراحل قبلی برای جنگ با اشتیاق اعلام آمادگی کردند با دیدن این تصاویر هیچکدام حاضر نبودند به همراه مردمانش برای این بخش از نبرد اعلام آمادگی کنند تا اینکه پادشاه سرزمین عشق که دوباره به این تصاویر نگاه می کرد گفت: " ناجی، بلند شو، این مرحله را خودت باید به انجام برسانی"

از اینکه می دیدم پادشاه سرزمین عشق این مرتبه خودش انجام یک مرحله از نبرد را پیشنهاد می دهد آنهم به من کمی تعجب کردم پس از پادشاه سرزمین عشق خواستم تا کمی بیشتر درباره این مورد توضیح بدهد و او ادامه داد: " این مرحله از نبرد دشوار به نظر می رسد اما باید این را هم در نظر گرفت که زمین در ارادهٔ توست"

با حالتی که مطمئن بودم به راحتی نشان دهنده تعجب من بود از او خواستم تا هنوز هم کمی بیشتر در این مورد توضیح بدهد و او هم ادامه داد و گفت: " فقط کافی است تا کمی اراده کنی و قدم به آنجا بگذاری. در آنجا زمین به ارادۀ تو خاموش و آرام می شود، همین، برای تو انجام این کار خیلی سخت نیست"

با شنیدن حرف های او دوباره در جای خودم نشستم و همراه سایر حاضرین به ادامه تصاویر نگاه کردیم، آنچه که می دیدیم باز هم قابل باور نبود. شعله های سرکشی که از گدازه های زیر زمینی سرچشمه گرفته بود و مثل بازوانی خشمگین در تمام عرض آن دالان دست می انداخت و هر چه در مسیر آن قرار می گرفت را به خاکستر تبدیل می کرد. با دیدن آنچه چکاوک ها نشان می دادند تازه همه ما به خطراتی که تا کنون تصور آن را هم در این مسیر نمی کردیم پی برده بودیم و دیگر از آن لبخندهایی که گهگاه برای بالا بردن روحیه همدیگر می زدیم در این لحظات خبری نبود، تا اینکه یکی از پادشاهان هفت اقلیم که از سرزمین آتش آمده بود بلند شد و گفت: " کار این قسمت از نبرد را به من و مردمان سرزمینم بسپارید، آتش خوارها گروهی از مردمان من هستند که

ناجی

می توانند از آتش عبور کنند و من و مردمانم هم می توانیم از این آتش به راحتی عبور کنیم"

همین زمان پادشاه سرزمین عشق به آن پادشاه گفت: " عبور شاید برای شما ممکن و یا حتی راحت باشد اما فراموش نکن که مردمان سایر اقلیم ها هم باید بتوانند از این مرحلۀ نبرد عبور کنند"

در این لحظه همۀ آنها به فکر فرو رفتند. به یاد فرشته عدالت افتادم که دربارۀ آتش و عدالت آن حرف های زیادی با هم زده بودیم. او رازهای زیادی در مورد آتش به من گفته بود اما مهمترین آنها این بود: "نیروهایی در تو وجود دارد که هرگز نباید آنها را فراموش بکنی آنها هر کجا که لازم باشد به کمک و یاری تو می آیند"

و این همان موضوعی بود که باید یک بار دیگر امتحان می کردم. از پادشاهان هفت اقلیم اجازه خواستم و مدتی از کتابخانه خارج شدم، به کارگاه ریخته گری رفتم، کورۀ ریخته گری را روشن کردم و درون آن مقداری فلز و سنگ قرار دادم. می خواستم تا ترکیب آنها پس از ذوب شدن ترکیبی مشابه با آنچه را که چکاوک ها نشان داده بودند و آنرا با دقت دیده بودم را تشکیل بدهد. منتظر ماندم تا گداخته شود سپس نوبت به آزمایش نهائی رسید و باید آن را

۶۵۵

انجام می دادم. بنابراین باید سعی کردم تا تمام انرژی آتش و آن مواد مذاب را جذب کنم. این اولین بار بود و در اولین مرتبه انجام این کار موفقیت آمیز نبود، تکرار دو باره آن هم موفقیت آمیز نبود اما برای سومین مرتبه از ته دل و با تمام شدت فریاد زدم و روی آتش متمرکز شدم. می توانستم آتش را ببینم که دیگر رمقی در آن نمانده بود و توانی برای روشن نگه داشتن خودش نداشت. اما حالا دیگر احساس متفاوتی داشتم، نیروئی چند برابر درون من به وجود آمده بود که هر اتفاقی را می توانست رقم بزند و می توانستم این نیرو را در خودم حفظ کنم. بعد به کتابخانه برگشتم، آنجا متوجه شدم که پادشاهان هفت اقلیم در مورد عبور از این مرحله به نتیجه ای نرسیده اند پس جلوتر رفتم و ماجرا را برای آنها شرح دادم. این موضوع باعث خوشحالی زیاد آنها شد طوری که می شد آن را از چهره هایشان تشخیص داد. بعد از مدتی هر کدام طرح خودشان را برای عبور از این مرحله ارائه دادند. قرار شد اول آتش خوارها از آتش عبور کنند و با نگهبانان مردگانی که در آن طرف آتش حضور داشتند مبارزه کنند تا وقتی که من بتوانم نیروی آتش را جذب کنم و آتش را از پای بیندازم و راه برای عبور همهٔ ما باز شود. بعد از این نوبت به مرحلهٔ ای می رسید که با نگهبانان مردگان

روبرو می شدیم، آنها گروهی از موجودات بودند که تنها راه مقابله با آنها استفاده از همان قالب هایی بود که قبلا در کارگاه ریخته گری پیدا کرده بودم. در این مرحلۀ پادشاهی از هفت اقلیم بلند شد و گفت: " مردم من به همراه مقلد مادر و فرشتۀ عدالت این رزهای کشنده را آماده کرده ایم و برای استفاده از آنها تمرین زیادی انجام داده ایم، اینجا شما با نگهبانان آتش نبرد کنید و ما در فرصت هایی که بدست می آوریم قلب آنها را با همین رزهای کشنده هدف قرار می دهیم"

تا اینجا هر کدام از پادشاهان انجام بخشی از نبرد را بعهده گرفته بودند اما گویا هنوز هم بخش های دیگری در این نبرد انتظار ما را می کشید. بنابراین به دیدن ادامه تصاویری که چکاوک ها ضبط کرده بودند پرداختیم. اما تصاویری که چکاوک ها در این بخش به ما نشان می دادند موجب تعجب همۀ ما شد. آنجا تالاری بزرگ و عظیم بود اما چگونه این حجم از خاک در آنجا جا به جا می شد، و چگونه این غار عظیم زیر زمینی بوجود آمده بود؟ نکته ای که وجود داشت این بود که ایجاد حفره ای به آن بزرگی آنهم در زیر زمین کاری غیر ممکن بود.

بخش دوم: تالار زیر زمینی

همین لحظه یکی از پادشاهان هفتم اقلیم گفت: " آیا این غار عظیم
زیر زمینی را زمین خودش ایجاد کرده است؟ و در اختیار دنیای
مردگان قرار داده است. افرادی که به آنجا رفته اند می گویند صدای
ناله و زاری مردگان بد سرشت در آن غار بسیار واضح شنیده می
شود و گاهی آنقدر زیاد و بلند است که هر موجودی را به جنون
می کشد"

یکی دیگر از پادشاهان هفت اقلیم هم ادامه داد: " گروهی از
مردمان ما در گذشته توانسته بودند پس از عبور از مراحل قبلی به
این غار برسند اما در آنجا با شنیدن نجوای مردگان به جنون مبتلا
شدند و فقط یکی از آنها توانسته بود به سرزمین ما بازگردد اما از
آن زمان تاکنون نتوانسته است حتی کلمه ای از اتفاقاتی که در این
غار افتاده است حرفی بزند پس فکر می کنم که برای رفتن به این
غار باید حساب شده تر عمل کنیم"

یکی دیگر از پادشاهان بلند شد و گفت: " این غار مکانی است که
کوچکترین اشتباهی می تواند عواقب جبران ناپذیری را برای ما
بدنبال داشته باشد پس هیچوقت نباید خطر یک بی دقتی حتی
اگر کوچک باشد را به جان بخریم. باید دقیقاً بدانیم که در این غار

با توجه به اتفاق های احتمالی که ممکن است بیفتد چه برنامه ای باید در پیش بگیریم تا از این راه تجهیزات لازم برای مقابله با آن را مهیا کنیم"

پادشاهان دیگر هفت اقلیم هم حرف های او را کاملا تأیید کردند. تا سرانجام به پیشنهاد پادشاه سرزمین عشق قرار شد به تصاویری که چکاوک ها نشان می دادند با دقت نگاه کنیم. شاید چیزی را در آن غار پیدا کنیم که به ما کمک کند. تصاویر را چند بار دیدیم اما هیچ چیزی که قابل توجه باشد در آنها مشاهده نشد، فقط سنگ بود و سنگ...

از پادشاه سرزمین عشق پرسیدم: " فواصل در این تصاویر چگونه حساب می شوند مثلا این قطعه سنگ ها در کف این غار چه ابعادی دارند؟"

نگاهی به من انداخت و گفت: " آنچه که ما می دانیم این است که چکاوک ها برای نمایش بهتر تمام یک منطقه گاهی در مقیاس آن منطقه تغییراتی می دهند پس شاید بهتر باشد که از آنها بخواهیم که با توجه به این موضوع کمی تصاویر را از نزدیک تر نشان دهند"

با اشاره پادشاه عشق تصاویر بزرگ تر شدند. همان تخته سنگی که در تصاویر با عرض ۵ متر دیده می شد عرضی حدود پانصد متر داشت. تازه داشتیم به عظمت آن غار پی میبردیم که با منظره ای وحشتناک روبرو شدیم. بله! پشت هر کدام از آن تخته سنگ ها شاید هزاران مردهٔ زنده شده در کمین بودند و انتظار حمله به هر موجودی را می کشیدند که به آن غار وارد می شد.

یکی از پادشاهان هفت اقلیم از جای خودش بلند شد و گفت: " او چگونه توانسته است این تعداد از مردگان را زنده کند؟"

به او گفتم: " آنها زنده نیستند و فقط مسخ شده اند و روحی در آنها جاری و ساری نیست، پس زنده هم نیستند و تنها جسمی در حال پوسیدن هستند که ارادهٔ کوردل آنها را کنترل می کند"

نگاهی به من کرد و گفت: "از کجا می دانی؟"

یکی دیگر از آنها از من پرسید: " تا به حال آنجا بوده ای؟"

به آنها گفتم: " من آنجا نبوده ام اما این موضوع را به درستی می دانم"

بعد از جای خودم بلند شدم و برای آنها توضیح دادم که چطور مدتی قبل در گورستان شهر شاهد بودم که نگهبانان مردگان شبها به قبرستان شهر می آمدند و اجساد مردگانی را که تازه دفن شده بودند را مسخ می کردند و با خود می بردند، البته بعد از نبردی که در حیاط پشتی خانهٔ قدیمی صورت گرفت دیگر کسی آنها را ندیده بود تا اینکه بالاخره امروز علت این کار آنها را دانستم، آنها در حال ساخت لشکری از مردگان مسخ شده تحت فرمان کوردل بودند. یکی از پادشاهان هفت اقلیم به من نگاهی کرد و گفت: " آنها چگونه توانسته اند از این کارها بکنند؟ از جادو استفاده می کنند؟ راه مقابله با آن مردگان متحرک چیست؟"

به او نگاه کردم و گفتم: "بله نگهبانان آتش اول از جادو استفاده می کردند اما در این حالت یک مرده تا زمانی در اختیار آنها بود که اجزای آن نپوسیده و از بین نرفته باشد. بعد از فاسد شدن دیگر آن جسم مرده برای آنها کارائی نداشته و باید به دنبال جسد دیگری می رفتند، از هر چند جسد فقط یکی از آنها این قابلیت را داشت

که به یک نگهبان مردگان کامل تبدیل بشود در حقیقت اینکار نوعی تولید مثل برای آنها محسوب می شد تا اینکه ..."

در این لحظه همهٔ آنها با یکدیگر پرسیدند: " تا اینکه چی؟"

که در این لحظه پادشاه سرزمین عشق گفت: " ناجی نیازی به گفتن ادامهٔ این موضوع نیست"

و جلوی ادامه حرف های مرا گرفت و سپس خودش ادامه داد: " فقط باید بگویم که آنها به بخشی از علم دست یافته اند که حاصل مطالعات علمی ناجی بوده است که به آن ژنوم انرژی می گویند"

و یکی از پادشاهان هفت اقلیم گفت: " پس آنها به دنبال سایر بخش های آن نیز خواهند آمد"

و در این لحظه به آنها گفتم: " شاید، تاکنون نیز از نقشه ها و ترفندهای مختلفی استفاده کرده اند تا به تمام آنها دست یابند اما من اجازه نداده ام پس نگران این موضوع نباشید"

یکی دیگر از پادشاهان هفت اقلیم هم از من خواست تا دربارهٔ مردگان مسخ شده کمی بیشتر برای آنها توضیح بدهم و من شروع

به توضیح در این باره کردم مردگان متحرک در واقع موجوداتی زنده نیستند بلکه جسم انسان هائی مرده هستند که با استفاده از جادو و ژنوم انرژی می توانند به فعالیت بپردازند و تنها نکته ای که باید به آن اشاره کرد این است که این موجودان حواس یک انسات کامل و سالم و زنده را دارند و تنها حس درد در آنها از بین رفته است و آن هم بعلت عدم وجود شعور در آنهاست بنابراین شما با موجوداتی باید نبرد بکنید که فاقد حس درد هستند و این برای آنها یک مزیت و برای شما یک عامل سخت کننده نبرد به شمار می آید علاوه بر اینکه باید بگویم این موجودات زنده نیستند که شما آنها را بکشید پس ممکن است بارها و بارها ضرباتی مرگ آور به آنها بزنید و آنها دو مرتبه به نبرد با شما ادامه بدهند اما دانستن این موضوع بسیار مهم است که بدانید آنها بخشی از کوردل به شمار می آیند و او آنها را کنترل و هدایت می کند بنابراین با از بین بردن هر یک از آنها کوردل ضعیف تر خواهد شد.

همان موقع یکی از پادشاهان هفت اقلیم بلند شد و گفت: " فکر می کنم عبور از این مرحله از دشوار ترین مراحل این نبرد باشد"

به او نگاهی کردم و گفتم: " شاید اما نه برای ما"

این جمله آخر باعث توجه و کنجکاوی در بقیه حاضرین در کتابخانه شد، پادشاه سرزمین عشق گفت: " می شود بیشتر توضیح بدهی"

و من گفتم: " وقتی بطور کاملاً اتفاقی یکی از این مردگان مسخ شده را در آزمایشگاهم در همین حیاط پشتی خانه مورد آزمایش قرار می دادم متوجه شدم که این مردگان در ابتدا دارای روح هستند پس از خروج روح از جسم آنها به یک مردۀ مسخ شده تبدیل می شوند و تا قبل از آن روح در درون جسم آنها به اصطلاح در حال جان کندن است. اگر در این زمان نگهبان مردگان بالغ کارش را درست انجام داده باشد او به نگهبان مردگان تبدیل خواهد شد در غیر اینصورت بعد از خروج روح از جسم آنها این جسم دیگر قادر به برقراری ارتباط با روح نیست و در اینجا این ژنوم انرژی است که آنها را در حالت یک جسم مسخ شده نگه می دارد و فراموش نکنید که ژنوم انرژی هم ساختۀ خودم است. پس راه متوقف کردن آن را هم خودم کاملا می دانم و برای اینکار فقط کافی است بدانید که هر کدام از آن جسم های مسخ شده فقط و فقط تا زمانی می توانند با کوردل در ارتباط باشند که کوردل از طریق آنها شما را می بیند در غیر این صورت آنها خود مختارانه عمل می کنند و تنها انرژی و نیروی خود را از طریق ژنوم انرژی

که در وجود آنهاست دریافت می کنند. پس فراموش نکنید که در اولین گام باید از دید آنها پنهان شوید و بعد از اینکه که از دید آنها پنهان شدید آرام خودتان را به آنها برسانید و بعد چشم های آنها را با یک ضربه برق آسا از کاسه در بیاورید یا آنها را نابینا کنید. به این ترتیب ارتباط آنها با کوردل موقتا قطع می شود اما فراموش نکنید که به محض اینکه در معرض دید آنها قرار بگیرید دوباره ارتباط آنها با کوردل برقرار می شود، اما اگر در معرض دید آنها نباشید آنها مانند موجوداتی هستند که فقط از طریق ژنوم انرژی، انرژی مورد نیاز آنها برای فعالیت های بعدی آنها فراهم می شود و در واقع همانطور که در این تصویر می بینید تنها در جای خود ایستاده اند و اطراف را در کنترل خود دارند اما نباید فراموش کرد که آنها به کوچکترین انرژی هم حساس اند.

در این زمان یکی از حاضرین در کتابخانه گفت: " لطفاً در مورد ژنوم انرژی توضیح دهید"

و من ادامه دادم: می دانید در نظریهٔ ششم به حالتی خواهیم رسید که مبحث انرژی دارای بعد و نمایش متفاوتی از تعاریف گذشته خودش می شود در این ...

ناگهان پادشاه سرزمین عشق مانع از ادامه توضیح من شد و گفت:
" بهتر است این موضوع همچنان بصورت یک راز پیش خودت باقی
بماند، بهتر است در حال حاضر توضیح بیشتری دربارهٔ چگونگی
مقابله با آن موجودات بدهی"

در این لحظه به این فکر فرو رفتم که اگر ژنوم انرژی و نحوهٔ از کار
انداختن آن را بگویم ممکن است این موضوع بین بقیه افراد هم
نقل شود و در این صورت اتفاقاتی می افتد که نتیجه چندان خوبی
ندارد. بعبارتی می شد گفت: " که جنگیدن با آن موجودات پلید
به مراتب خطر کمتری تا آشکار شدن راز ژنوم انرژی داشت پس
این موضوع را با تمام افراد حاضر در کتابخانه مطرح کردم و از آنها
نظر خواستم، همهٔ آنها بعد از شنیدن توضیحات من قانع شدند که
این موضوع باید همچنان به صورت یک راز سر به مهر باقی بماند.
اما باید بررسی بیشتر مراحل جنگ را ادامه می دادیم و آن چیزی
که می دیدیم نشان می داد که از این مرحله به بعد هیچ داده ای
دربارهٔ مراحل بعدی وجود ندارد پس باید در طول جنگ با آن
مواجه می شدیم. حالا فقط یک موضوع را می دانستیم و آن هم
این بود که آن تالار زیر زمینی هفت خروجی دارد که فقط یکی از
آنها به کوردل ختم می شد و بقیه خروجی ها به احتمال زیاد به

موجودات خطرناکی که ساختهٔ کوردل بود می رسید، پس باید برای این مرحله و چگونگی نبرد در آن هم به یک نتیجهٔ واحد می رسیدیم. بعد از گفتگوی زیاد و تصمیم گیری در این مورد در نهایت قرار شد تا بعد از اینکه تمام موجودات مسخ شده را از بین بردیم، باقی مانده هر کدام از سرزمین ها به هفت گروه تقسیم شوند و هر یک از این هفت گروه باقی مانده از گروه های شرکت کننده در نبرد مشترک با اجساد متحرک، تحت فرماندهی پادشاه سرزمین خودشان به یکی از این خروجی ها وارد شوند. اما من با کدام گروه باید می رفتم؟ وقتی این سوال را از پادشاهان هفت اقلیم پرسیدم پاسخ دادند: "ناجی تو می توانی بین مکان های مختلف جا به جا بشوی، و یا هر کدام از گروه ها که در مواجهه با موجودات پلید با مشکل مواجه شد تو را خواهد خواند پس در تالار باقی بمان تا وقتی که به کمک تو نیاز شود"

باوجود اینکه دلم راضی به این کار نبود اما قبول کردم و پذیرفتم که همانجا منتظر آنها بمانم.

بخش سوم: عشق یک طرفه

حالا دیگر زمان استراحت رسیده بود. زمان نبرد فردا بود و قرار شد هر کدام از مردمان هفت اقلیم به سرزمین خودشان بروند و فردا با طلوع خورشید به میعاد گاه نبرد بیایند تا براساس این طرح به مقابله با کوردل برویم...

با رفتن آنها من هم تنها شدم، از طبقهٔ بالا به پائین آمدم و راهی خانهٔ خودمان شدم، با رسیدن به خانه باز هم با خانه ای خالی روبرو بودم پس به اتاقم رفتم و در آنجا بعد از اینکه کمی از پنجرهٔ اتاقم به بیرون نگاه کردم روی تختم دراز کشیدم و به فکر فرو رفتم...

چطور شد که کوردل توانست گل سرخ را برباید؟

شاید علت آن بی توجهی من بود و یا چیزی مثل آن، هنوز یادم هست که روزها از زمانی که گل سرخ را از دور می دیدم می گذشت، یکی از آن روزها که به پارک رفته بودم شخصی را دیدم که در پارک گریه کنان روی همان صندلی همیشگی من نشسته بود کنجکاو شده بودم می خواستم بدانم که چرا اینطوری در تنهایی خودش از ته دل گریه می کند.

کمی نزدیک تر شدم و به اطراف نگاه کردم اما او همچنان گریهٔ
می کرد و اصلاً توجهی به اطراف نداشت انگار برای او اینکه چه
اتفاقی در اطرافش در حال رخ دادن است اصلا مهم نبود...

کمی بیشتر به او نگاه کردم و بالاخره دلم را به دریا زدم و به سمت
او رفتم و بدون اینکه چیزی بگویم کنارش نشستم. اول کمی خودم
را مشغول به انجام کاری با وسایلی که همراه داشتم نشان دادم اما
با دیدن اینکه او اصلاً به اطرافش توجهی نداشت من هم کنارش
نشستم و منتظر فرصت مناسبی شدم تا علت این همه گریهٔ او را
بدانم اما انگار دست بردار نبود دستش را گرفتم و کمی او را دلداری
دادم مثلاً به او گفتم: " مرد که گریه نمی کند"

با شنیدن این جمله گریهٔ او چند برابر شد، فکر می کنم اصلاً
دلداری دادنم خوب نبود، و در این مورد حتی نتیجه بر عکس
انتظارم را هم شاهد بودم. دستمالی به او دادم و منتظر ماندم تا
گریه اش تمام شود اما هنوز گریه اش تمام نشده بود که از جایش
پاشد و رفت، از آنجائیکه دلم می خواست به او کمک کنم دنبالش
راه افتادم، هدفم از این کار این بود که اگر کمکی از دستم برای او
بر می آمد انجام بدهم و این خودش شروع ماجرائی تازه بود، او به

خانه شان رفت خب این دنبال او رفتن حداقل باعث شده بود که خانهٔ او را یاد بگیرم. کمی منتظر ماندم اما خبری از او نشد ظاهرا قصد بیرون آمدن از آن خانه را در این زمان نداشت، فکر می کنم برای امروز کافی بود بنابراین تصمیم گرفتم به خانه برگردم و فردا با یک گریم تازه به محل زندگی او بروم. اما او تا یک هفته از خانه بیرون نیامد. نگران شده بودم بنابراین تصمیم گرفتم این بار از قدرت های ماورایی که داشتم استفاده کنم، وقتی که وارد خانه اش شدم متوجه شدم که او با همان لباس های چند روز قبل روی تخت خوابش خوابیده است اما اطراف تختش پر از عکس های مختلف از یک دختر بود. تا حدود زیادی به علت گریه هاش پی بردم چیزی که مشخص بود این بود که او عاشق آن دختر خانم در دانشگاه خودش شده بود. تلفن همراهش را برداشتم و شروع به بررسی آن کردم از روی پیام هایی در بخش پیام ها بود به راحتی می شد فهمید که این خانم کیست و شمارهٔ همراه او چند است. آنرا یادداشت کردم برنامهٔ زمان بندی کلاس هایش را بر روی دیوار چسبانده بود آن را هم به خاطر سپردم شاید می شد که آنها را به هم رساند، در مدتی که آن جا بودم تقریباً هر چند دقیقه دوستانش با تلفن همراه او تماس می گرفتند. خب این موضوع انگیزه مناسبی

بود که امروز به تحقیق در مورد آن دختر بپردازم شاید می شد برای آن پسر کاری کرد و شاید می شد آنها را به هم رساند، بنابراین از محتوای پیام های داخل تلفن همراهش و با نگاهی به برنامهٔ کلاسی او فهمیدم که می شود امروز آن دختر را در دانشگاه دید. به دانشگاه رفتم و پرسان پرسان خودم را به دانشکدهٔ آنها رساندم و سپس به در کلاس آنها رفتم. از روی عکس ها آن دختر را دیدم که روی یکی از صندلی های کنار پنجره نشسته بود، نمی توانستم مستقیماً از او در این مورد سوال کنم اما شاید می شد از بقیه دانشجوها به آنچه که می خواستم برسم. هنوز استاد نیامده بود و دانشجویان هم طبق عادت همیشگی عده ای در راهروی کلاس ها ایستاده بودند و عده ای هم سرکلاس نشسته بودند اما بین آنهائی که در راهرو ایستاده بودند عده ای در حال صحبت کردن با یکدیگر بودند در حالیکه یکی از آنها پشت سر هم شمارهٔ یک نفر را می گرفت و آن نفر پاسخ نمی داد از این کار او می شد حدس زد که آنها باید دوستان آن پسر باشند پس به آنها نزدیک شدم تا کمی به واقعیت ماجرای آنها پی ببرم. وقتی که به آنها نزدیک شدم شنیدم که یکی از دوستان او با نگرانی می گفت: " نکند بلائی سر خودش آورده باشد"

و دیگری می گفت: " نه فکر نمی کنم، البته باید قبول کرد بعد از این همه مدت که عاشق این دختر بود با شنیدن جواب منفی ضربۀ بدی خورده است"

یکی دیگر از دوستانش هم ادامه داد: " البته قبول کنید ساسان به این راحتی پا پس نمی کشید تا اینکه بالاخره شقایق آن برخورد را با با او کرد..."

با آمدن استاد آنها هم داخل کلاس رفتند و کلاس شروع شد. خب تا اینجا که چیز زیادی دستگیرم نشده بود، و تنها همان حدس هائی بود که پیش از این می زدم یعنی این پسر که اسمش ساسان بود عاشق دختر همکلاسی خودش شقایق شده بود و او هم به او جواب رد داده بود، اما علت این جواب رد دادن او چه می توانست باشد؟!

چاره ای نبود، داخل سرویس های بهداشتی دانشکده رفتم و بصورت نامرئی به کلاس درس برگشتم و به آن گوشۀ کلاس که راحت تر می شد شقایق را زیر نظر گرفت رفتم و همانجا ایستادم. به تک تک رفتارهایش با دقت نگاه می کردم، دختری با چهره ای معمولی و ظاهری عادی بود اما باید از چشم ساسان به او نگاه کرد...

اما چرا شقایق دائماً از پنجره کلاس به بیرون نگاه می کرد؟ واقعا چرا!؟

شاید منتظر کسی بود؟ به دفتر حضور و غیاب کلاس که جلوی استاد باز بود نگاهی انداختم اما به جز ساسان در این کلاس دانشجوی دیگری غائب نبود! از پنجره به بیرون نگاه کردم اتفاق خاصی نیفتاده بود پس علت چه می توانست باشد؟!

این نگاه های او به بیرون از کلاس کمی برایم سوال برانگیز شده بود پس بیشتر به رفتار او دقت کردم، از رفتارش می شد حدس زد که منتظر آمدن کسی و یا رخ دادن اتفاقی است، این موضوع کاملاً از رفتارش مشخص بود، بنابراین کنار پنجره رفتم و رفتار او را زیر نظر گرفتم به این شکل می توانستم راحت تر علت این انتظاری که او می کشید را بدانم. تقریباً چیزی به پایان کلاس نمانده بود که از رفتار او و اشتیاقی که با آن به بیرون از کلاس نگاه می کرد متوجه شدم که آن شخص و یا اتفاق رخ داده است، فقط کافی بود برای دانستن علت اشتیاق او مسیر نگاهش را دنبال کنم، نتیجه آن مشخص شد! تمام انتظار او مربوط به پسری بود که داشت به دانشکده می آمد و این شاید پایانی غم انگیز برای ساسان به حساب

می آمد، باید کمی بیشتر تحقیق می کردم تا بلکه خیالم از این بابت راحت تر شود. تا قبل از تمام شدن کلاس کار زیادی از دست من بر نمی آمد با تعطیل شدن کلاس دنبال شقایق به راه افتادم به سرعت خودش را به آن پسر رساند و سعی کرد در مورد درس و کتاب و جزوه و چیزهائی از این نوع به هر شکلی که شده با آن پسر حرف بزند، اما با بی محلی او مواجه شد این مدل را دیگر ندیده بودم. کمی دنبال آن پسر رفتم و متوجه شدم که در کافی شاپ آنطرف تر از دانشگاه منتظر آمدن دختری دیگر است. دیگر قصد ادامه این ماجرا را نداشتم اما زندگی اجتماعی این روزهای انسان ها چقدر پیچیده شده است؟! نمونه اش همین اتفاق امروز: ساسان عاشق شقایق بود و شقایق که عاشق پسر دیگری شده بود و آن پسر هم بدون اطلاع از ساسان و بی توجه به شقایق در پی بدست آوردن قلب دختر دیگری بود و این داستان تکراری این روزهای بسیاری از ما انسان هاست...

با دیدن این اتفاق ها چندان حال و حوصله ای برایم باقی نمانده بود برای همین هم تصمیم گرفتم پیاده در خیابان های آنجا راه بروم، جالب بود باران هم شروع به باریدن کرد و این خودش حال و هوائی دیگر به آن پیاده روی می بخشید اما این اتفاق تأثیر

خودش را حسابی برروی من گذاشته بود... فکرم حسابی مشغول این اتفاق ها شده بود به ساسان فکر می کردم و به عشق یک طرفۀ او نسبت به شقایق و به عشق یک طرفه شقایق به آن پسر و به این زنجیره که ممکن بود تا چند نفر دیگر همچنان ادامه داشته باشد اما این میان سوال اصلی و مهم این بود آیا عشق من به گل سرخ هم یکطرفه بود؟ و یا اینکه او هم به من علاقه داشت؟ اما این سوال، سوال بی موردی بود او حتی از عشق من نسبت به خودش هم بی خبر بود یا شاید تا این لحظه مرا حتی نمی شناخت...

پس باید کاری می کردم تا این فکر عشق یکطرفه دست از سرم بر می داشت...

شب بود که به خانه برگشتم. می دانستم که عشق یک طرفه تنها دردیست است که نمی توان در آن به دنبال درمان گشت... پس فقط می شد برای ساسان آرزو کرد که بتواند با این اتفاق زودتر کنار بیاید.

داخل حیاط از کنار بوتۀ گل سرخ که عبور کردم ایستادم و از جایم تکان نخوردم کمی جلوتر رفتم و همانجا نشستم به آن بوته گل

سرخ نگاه کردم و با خودم گفتم: " ای کاش می توانستی به حرف هایم گوش بدهی تا کمی برایت از خودم می گفتم..."

نشسته بودم و به آن بوتهٔ گل سرخ نگاه می کردم وقتی دستم را به آن نزدیک می کردم گل برگ هایش درخشش بیشتری پیدا می کرد و شاید هم به چشم من اینطوری بود....

شاید بهتر بود کمی با آن بوته گل درد دل می کردم... گل برگ هایش درخشش بیشتری پیدا می کرد و من اینگونه کمی احساس سبکی می کردم ...

شروع کردم به گفتن از آنچه که تا به حال گذشته بود، از لحظه ای که برای اولین بار گل سرخ را دیده بودم، از دور دیدن های یواشکی و از هر چه که در دلم داشتم. در همین حال دستی روی شانه ام زد و گفت: " خوب برای خودت خلوت کرده ای"

آنقدر جا خورده بودم که زبانم بند آمده بود به بالا نگاه کردم مادرم بود، نمی دانستم که حرف هایم را شنیده یا نه؟!

اگر شنیده بود چه اتفاقی می افتاد...

اگر حتی بخشی از آن را هم شنیده باشد چه؟!

خب فقط باید منتظر واکنش بعدی او می ماندم، به او و چشم هایش نگاه کردم تغییری نکرده بود ظاهراً چیزی از حرف هایم را نشنیده بود پس می شد هنوز هم راز خودم را فقط برای خودم نگه می داشتم اما تا کی؟

بالاخره که باید یک روز آن را می گفتم و چه زمانی بهتر از این لحظه... همینکه می خواستم به مادرم ماجرا را بگویم با خودم گفتم: " مگر تو از گل سرخ مطمئن هستی که قبل از آن می خواهی به مادرت چیزی بگوئی؟ مطمئنی ؟"

گل سرخ حتی از وجود من خبر هم ندارد پس از گفتن آن به مادرم منصرف شدم، باید کمی صبر می کردم تا روز موعود آن فرا می رسید.

مادرم کمی کنار من نشست اما بعد از آن به خانه رفت و پس از آن دوباره من و آن بوتۀ گل سرخ تنها شدیم اما این بار با آن اتفاقی که چند دقیقه قبل افتاد حتی جرأت اینکه این همه ماجرا را برای آن بوته گل تعریف کنم را نداشتم ...

از جایم بلند شدم و به اتاقم رفتم صندلی را در تراس اتاقم گذاشتم و روی آن نشستم و به منظرهٔ روبرو خیره شدم باید به هر شکلی که بود نظر گل سرخ را درباره خودم می دانستم...

شب بود و باید برای دانستن آنچه که می خواستم بدانم تا فردا صبر می کردم. صبح که از خواب بیدار شدم اولین سوالی که از خودم پرسیدم این بود: " امروز از کجا باید شروع کنم؟"

این اولین بار در عمرم بود که قصد انجام کاری را داشتم اما شب قبل برنامه ای برای انجام آن آماده نکرده بودم و این موضوع کمی کلافه ام می کرد...

چاره ای نبود باید می رفتم و براساس آنچه که پیش می آمد تصمیم می گرفتم، بعد از خوردن صبحانه کمی در خانه راه رفتم تا شاید راهی پیدا کنم اما باز هم بهترین گزینه همان بود که قبلاً به فکرم رسیده بود باید می رفتم و در آنجا با توجه به آن چه که اتفاق می افتاد تصمیم میگرفتم اما مطمئناً این موضوع یعنی دانستن نظر او نسبت به خودم، خودش مشکل بود و این حالت که برنامه ای هم برای آن از قبل آماده نکرده بودم هم بر سختی آن افزوده بود...

به هر حال تا وقتی آنجا نمی رفتم نمی توانستم به نتیجه ای که می خواستم برسم. تصمیم گرفتم این بار کمی در زمان جلو بروم به نظرم این موضوع می توانست برای من مفید باشد، پس در نهایت تصمیم خودم را گرفتم و لحظه ای بعد روبروی خانهٔ گل سرخ ایستاده بودم و مثل همیشه عده زیادی از خبرنگارها و عکاس ها و همینطور طرفدارانش منتظر آمدن او بودند این موضوع باعث شد کمی بیشتر به حرف های آنها گوش کنم. از حرف های آنها می شد فهمید که گل سرخ خانه نیست پس کجاست؟

هر کدام از آنها حدس هائی می زدند. باید او را پیدا می کردم، داخل خانه رفتم و آنجا روی میز آدرس و شماره تلفن یکی از رستوران ها را دیدم از آنچه که می دیدم می توانستم حدس بزنم که او به آن رستوران رفته است. اما تا به حال ندیده بودم که شماره و آدرس رستوران را قبل از اینکه به آنجا برود روی کاغذ نوشته باشد!

به آن رستوران رفتم، چیزی که می دیدم باورم نمی شد؛ گل سرخ همراه با پسری که او را نمی شناختم در آن رستوران بودند. شاید این یک قرار برای آشنائی بیشتر بود و یا شاید چیزی شبیه به آن

به هر حال این اتفاق نباید می افتاد، من نامرئی بودم و آنها مرا نمی دیدند جلوتر رفتم و به حرف هایشان گوش کردم، جنس حرفهایشان از همان نوعی بود که همگی در اولین جلسهٔ آشنائی خودشان می زنند، اما با کمی دقت متوجه شدم که این اولین جلسه آشنائی آنها نبود آنها قبلاً هم چند بار همدیگر را دیده بودند و آن چیزی که از حرف هایشان مشخص بود این بود که آنها اولین بار همدیگر را در یک جشن دیده بودند و بعد از آن جشن بود که این آشنایی ادامه پیدا کرده بود تا به این مرحله رسیده بودند مگر من چند وقت در زمان به جلو آمده بودم؟! چرا در این همه مدت حواسم به آنها نبود؟! بله این اتفاق فقط در مدت کوتاهی شکل گرفته بود درست همان زمانی که اتفاقاتی ناخواسته مدتی مرا به خودش مشغول کرده بود... اما چرا؟ گویا نبرد تازه ای برای من آغاز شده بود من باید برای گل سرخ با آن پسر جوان می جنگیدم اما این که برای من کاری نداشت و می توانستم هر کاری که دلم می خواست بکنم حتی می توانستم در همان حالت نامرئی با مشت به صورت او ضربه ی محکمی بزنم که تا مدت ها درد آن را فراموش نکند، اما نه، مطمئن بودم که این تصمیم را از روی خشم، ناراحتی و مواجه شدن با آن صحنه گرفته ام. با اولین قدم به سمت آنها دوباره

با خودم فکر کردم که آیا این تصمیم درستی است هنوز نه گل سرخ از علاقه من به خودش مطلع بود و نه آن پسر از وجود من خبر داشت پس بهتر بود که کمی بیشتر فکر می کردم، باید به خودم مسلط می شدم...

روی یک صندلی آنطرف تر از میز آنها نشستم، مهم ترین موضوعی که آن زمان به آن فکر می کردم این بود من برای گل سرخ خواهم جنگید، اما این جنگ با توجه به قدرت و نیروهایم بسرعت و با مرگ آن پسر جوان تمام می شد. در همین فکر بودم که متوجه حضور چند مقلد در سالن رستوران شدم. به آنها نگاه می کردم و آنها با طمع و ولع خاصی به آن پسر نگاه می کردند فکری به ذهنم رسید چرا نباید آن پسر را به دست مقلدها می سپردم؟ آنها خیلی راحت می توانستند این موضوع را برایم حل کنند اما نه این کار درست نبود چون اگر آن پسر را به دست آنها می سپردم به زودی خبر مرگ او تیتر اول روزنامه ها می شد، و این مجازاتی سنگین برای کسی بود که بی خبر از همه جا این کار یعنی آشنایی با گل سرخ را انجام داده بود. از طرفی این موضوع می توانست باعث ناراحتی گل سرخ بشود و من اصلا قصد نداشتم که باعث ناراحتی گل سرخ بشوم. فکر می کنم در این مورد استفاده از این قدرتها با

این شدت اصلا لازم نبود چون او از خطری که او را تهدید می کرد بی اطلاع بود و بر همین اساس هم وارد این رابطه شده بود. به چهرهٔ آن پسر جوان لاغر اندام نگاه کردم، خنده ام گرفته بود که چند لحظه قبل ممکن بود این چهره به راحتی و با یک مشت از بین برود، موهای نرمی داشت که می شد در آنها چنگ زد و راحت تر صورتش را به دیوار کوبید. غرق در این افکار بودم که یکی از مقلدها از کنار آن پسر رد شد و نگاهی به او انداخت و بعدش به من نگاهی کرد مطمئن بودم که با اشاره من هیچ اثری از آن پسر تا فردا صبح باقی نخواهد ماند باید تصمیم می گرفتم...

اما تصمیم من نباید دور از عدالت می بود و از آنجائی که من هنوز از علاقه ام به گل سرخ چیزی نگفته بودم او مقصر نبود. در ضمن از آنجائیکه آن پسر هم از وجود من بی اطلاع بود مقصر نبود پس باید کمی صبر می کردم. از آن رستوران بیرون رفتم و شروع به قدم زدن کردم دلم می خواست همینطور نامرئی باقی بمانم، احساس می کردم نیاز به تنهایی دارم. بعد از چند دقیقه قدم زدن در خارج از رستوران تصمیم گرفتم تا دوباره به آنجا برگردم. همین موقع بود که با اتفاق جالبی روبرو شدم، جالب ترین چیزی که در آن لحظات می شد دید و آن این بود که آن پسر جوان مدیر برنامه

داشت سن و سال کم او و مدیر برنامه داشتن کمی برایم عجیب بود....

جلوتر رفتم و در بین افرادی که برای او کار می کردند ایستادم و به حرفهایشان گوش دادم. مدیر برنامهٔ آن پسر جوان که ظاهرا خواننده هم بود مدام با تلفن همراه صحبت می کرد و مدام جداول کاری اش را ورق می زد و از این طرف به آن طرف می رفت، از این همه شلوغی سرم گیج رفت اما اگر راهی به موفقیت من بدون آسیب زدن به آن پسر وجود داشته باشد از طریق همین فرد بود. پس با او همراه شدم و هر جائیکه می رفت من هم می رفتم و هرچه می گفت می شنیدم. شب که به خانه اش رسید خیلی خسته بود مستقیم به سراغ یخچال در آشپزخانه رفت و نگاهی به داخل آن انداخت و بعد نمی دانم از کجا یکی لیوان شربت خنک برای خودش آماده کرد و در حالیکه از آن می نوشید دوباره شروع به بررسی جداول همراه خودش کرد و بعد از اینکه چند تلفن زد به اتاق خوابش رفت و خوابید. حالا من تنها بودم و کمی فرصت داشتم تا آنجا سر و گوشی به آب بدهم، به اطراف نگاه کردم، می شد فهمید که او هم خانواده دارد و تنها زندگی نمی کند و البته که او هم در کنار زندگی حرفه ای خودش خانواده داشت و این یعنی

بخش نرمال زندگی او، این را می شد از قاب عکسی که در اتاق خوابش دیده بودم به راحتی فهمید...

کمی گزارش یا چیزی شبیه به آن را پیدا کردم از روی آنها برنامه های روزهای آیندهٔ پسر جوان را دیدم و به خاطر سپردم. شاید برای امشب کافی بود اما هنوز هم به نظرم می آمد که باز هم می شود چیزهای بیشتری در مورد آن پسر دانست، اما برای امشب کافی بود. چند روزی را کاملا همراه با این شخص که خودشان به او مدیر برنامه می گفتند گذراندم، چیزهای زیادی دستم آمده بود تا اینکه بالاخره آن روز به واقعیتی پی بردم که حال به هم زن ترین نقشه ای بود که می توانست کسی بکشد. آنها قصد داشتند باعث افزایش محبوبیت آن پسر بشوند و برای این کار قصد داشتند تا از طریق افزایش رفت و آمدهایی که بین آن پسر جوان و گل سرخ به بهانه آشنایی قرار بود اتفاق بیفتد توجه رسانه ها و پشت سر آن توجه طرفداران گل سرخ را جلب کنند و از این طریق به بیشتر شناخته شدن آن پسر جوان کمک کنند. پس رابطه ای بر مبنای علاقه در جریان نبود بلکه صرفا یک رابطهٔ از پیش طراحی شده برای افزایش شهرت آن پسر جوان بین مردم در حال شکل گیری بود، اما آیا گل سرخ از این موضوع خبر داشت؟! مطمئن بودم که

از این موضوع بی خبر است، اما اگر بی خبر باشد این موضوع می
توانست در پایان خودش باعث ناراحتی او بشود! باید بیشتر در این
مورد می دانستم و کمی بیشتر جستجو می کردم، باید کمی بیشتر
از این طرف و آن طرف اطلاعات مختلف بدست می آوردم. بعد از
مدتی جستجو بالاخره فهمیدم که طرح مدیر برنامه های آن پسر
این است که اول آن پسر جوان باید وارد یک رابطه به ظاهر عاطفی
با گل سرخ می شد درحالیکه در حقیقت این رابطه اصلاً وجود
نداشت و او باید این رابطه را تا مدتی ادامه می داد تا مدیر برنامه
های او با استفاده از روابطی که داشت تبلیغات گسترده ای به راه
بیندازد و از این طریق باعث شناخته شدن بیشتر آن پسر جوان
بین افراد و گروه های مختلف مردم بشود و در نهایت به همان
شکلی که آنها می خواستند این ماجرا تمام شود. اما این موضوع از
نظر من خیلی بد بود یعنی گل سرخ از این موضوع باخبر بود؟

اگر بی خبر بود، آیا آنها می دانستند که این کار آنها که به نظر من
بیشتر سودجوئی بود چقدر می توانست به روحیه گل سرخ آسیب
بزند؟

باید کاری می کردم، پس خودم را به خانهٔ گل سرخ رساندم و آنجا با منظره ای ناخوشایند، مواجه شدم، آن پسر جوان، گل سرخ و پدر و مادر گل سرخ همراه با هم از خانه بیرون آمدند و خانه را به مقصدی که نمی دانستم کجاست ترک کردند. با دیدن این صحنه هر کاری که می کردم ممکن بود باعث آسیب بیشتر به روحیهٔ گل سرخ شود پس چاره ای نبود باید کمی صبر می کردم اما با خیانتی که او یعنی آن پسر جوان مرتکب شده بود یعنی بازی با احساسات یک دختر جوان آیا نباید درس خوبی به او می دادم؟

مطمئناً اگر زمان مناسبی این کار را نمی کردم، ممکن بود ناخواسته سبب ناراحتی گل سرخ هم بشوم، پیدا کردن خانه آن پسر جوان با توجه به شهرت او چندان سخت نبود. به خانه اش رفتم و منتظر بازگشت او ماندم. اما او چند شب به خانه اش برنگشت و این موضوع کمی کلافه ام کرده بود تا اینکه بالاخره به خانه برگشت. حالا من و او تنها بودیم و من می توانستم به هر شکلی که دلم می خواست او را گوش مالی دهم. اما آن لحظه تصمیم گرفتم تا تنها او را کمی مجازات کنم تا با دیدن رفتار روزهای آینده او در این مورد تصمیم بهتری بگیرم. پس منتظر ماندم تا خوابش ببرد، حالا وقتش بود که کارم را شروع کنم، او را

مسخ کرده بودم اگر کسی او را روی تختش می دید فکر می کرد که در خواب عمیقی است در حالیکه روح او در آزار و اذیتی ابدی و در رنج بود. او در کابوسی دردناک بسر می برد و تک تک سلول هایش از درد در حال متلاشی شدن بود، در کابوس هولناکی که می توانست تنها نتیجه ی کوچکی از بازی کردن با احساسات گل سرخ باشد، قصد داشتم او را بیشتر گوش مالی دهم اما متاسفانه بدن لاغر اندام او طاقت عذاب بیشتر را نداشت و ممکن بود که در این بین بمیرد. پس همانجا این عذاب را متوقف کردم و او از خواب بیدار شد، نزدیک صبح بود دستی به سرش کشید و یک لیوان آب خورد. مطمئن بودم از عذابی که کشیده بود چیزی به خاطر نداشت چون این عذاب طوری نبود که فرد بعد از بیدار شدن از خواب بتواند درکی از آن داشته باشد یا آن را بخاطر بیاورد. بعد از این او دوباره خوابید و من هم به خانه خودمان برگشتم...

در طول روز کارهای روزمره را انجام دادم، شب در اتاق نشیمن نشسته بودم بخاطر اتفاقات اخیر حال و حوصله زیادی نداشتم و اصلاً دلم نمی خواست کاری به جز فکر کردن به اتفاقات این چند روز اخیر بکنم. باید بگویم حسی در من بیدار شده بود که قبلاً هم تجربۀ آن را داشتم اما حالا این اژدهای خشمگین طور دیگری عمل

می کرد. همین موقع مادرم وارد اتاق نشیمن شد و گفت: " سهراب چرا اینقدر کم حرف شده ای؟"

البته من قبل از این هم کم حرف بودم اما این بار شاید این کم حرفی به چشم مادرم به شکل دیگری خودش را نشان داده بود. به مادرم پاسخ دادم: " نه چیزی نیست، شاید کمی دغدغهٔ کاری و یا چیزی مثل آن ..."

اما مادرم که دست بردار نبود مدام سوالات مختلف می پرسید و من هم پشت سر هم آنها را با جواب هائی کوتاه پاسخ می دادم. در نهایت مادرم با اینکه مطمئن بودم که قانع نشده اما اتاق نشیمن را ترک کرد و به اتاق خودش رفت و من هم چند دقیقه بعد تر به اتاق خودم رفتم. در حالیکه هنوز فکرم مشغول بود روی تختم دراز کشیده بودم که ناگهان تصمیم گرفتم دوباره امشب هم به سراغ آن پسر جوان بروم و چند ثانیهٔ بعد من بودم که روی مبل خانهٔ او چشم به در دوخته بودم تا او به خانه برگردد، من امشب هم او را مجازات می کنم، اما نمی دانم که چرا او اینقدر شب ها دیر به خانه بر می گشت.

قبل از اینکه برای خوابیدن به اتاق خواب خودش برود کمی در اتاق نشیمن نشست و این من بودم که آن لحظه، فرصت مناسبی بدست آورده بودم تا کمی ذهن او را بخوانم. البته باید بگویم از این کار چندان احساس خوبی نداشتم اما رفتار او و آنچه که از او می دانستم باعث شده بود تا برای اینکه مانع از آسیب زدن بیشتر او به گل سرخ بشوم به ناچار ذهنش را بخوانم. باید اعتراف کنم یکی از مشغول ترین ذهن هائی بود که تا آن زمان خوانده بودم و از آن مهمتر این بود که او همزمان که در حال نقش بازی کردن برای گل سرخ بود در حال فکر کردن به چند دختر دیگر هم بود و این موضوع آزار دهنده بود. با کمی جستجو در ذهن او می شد فهمید که این دختر ها هم آدمهای مشهوری هستند اما در کنار آنها تصویر چند دختر دیگر هم در ذهنش بود که از آنچه می دیدم می توانستم حدس بزنم که اینها از طرفداران او بودند، تا به حال این چنین فکری ندیده بودم و از همه بدتر این بود که او به هیچکدام از این دختران علاقه ای نداشت و این موضوع یعنی بازی با احساسات دختران جوان برای او به شکل یک سرگرمی در آمده بود. او صرفا به دنبال این بود که چند روزی سرگرم باشد و بعد دنبال فرد دیگری برود. تا به حال این چنین رفتار حیوانی را ندیده بودم پس

امشب هم او لایق این عذاب بود، همینکه بخواب رفت این عذاب و کابوس هم برای او شروع شد این عذاب بدون اینکه او متوجه باشد از درون او را نابود می کرد و این موضوع کم کم برای من از جنبه شخصی خارج شده بود چون در ذهن او دیده بودم که دنبال چه هدفی برای برقراری ارتباط با دختران است پس تا جائی که باعث مرگ او نمی شد او را عذاب می دادم و صبح قبل از اینکه بیدار شود این کار را قطع می کردم. او با بیدار شدن هیچ چیزی از شب قبل به یاد نداشت و گاهی لرزش کم دستهایش را که بعلت عذاب شب قبل بود را مربوط به خستگی اش می دانست. این موضوع هر شب برای او تکرار می شد تا اینکه یک شب با شنیدن مکالمه ای که با گل سرخ داشت فهمیدم که قرار است فردا با هم بیرون بروند، این موضوع از یک طرف باعث ناراحتی من شد و از یک طرف هم نمی خواستم گل سرخ را برای کاری که درآن گناهکار نیست اذیت کنم. یک جورایی دلم هم اجازه ناراحت کردن او را نمی داد با وجود همه این موارد تصمیم گرفتم که فردا همراه گل سرخ و آن پسر جوان بروم. از همان لحظهٔ اول با هم بودن آنها احساس خوبی نداشتم و از دیدن آنها کنار هم دچار خشم شدم. با بروز حس خشم در خودم متوجه اتفاقی شدم که برای آن پسر جوان می افتاد؛

حالت هائی که در او تغییر می کرد و هاله ای که در اطراف او در حال کم شدن بود. انگار چیزی در او وجود داشت که در حال از بین رفتن بود و یا اینکه به جائی دیگر منتقل می شد دقیقا نمی دانستم که چیست اما بعدها دانستم که این اتفاق و تغییراتی که می دیدم عمر پسر جوان است که در حال کم شدن است اما اگر عمر او کم می شد چرا باید او را هر شب عذاب می دادم، همین موقع متوجه شدم که کم کم حسی مبهم در من بوجود آمده است که همراه با خشم از عذاب افرادی مانند او دچار نوعی لذت می شوم و این دو در کنار هم حس جنگندگی من را به شدت تقویت می کردند. اما اگر زمانیکه نزدیک گل سرخ بود عمر او به علت خشم من کم می شد پس این عمر باید از بین می رفت. خنده ام گرفته بود که چه راحت و از روی نادانی آن پسر جوان خودش را در دامی از بلا گرفتار کرده و حتی روحش هم از این موضوع بی خبر است.

همین موقع یکی دیگر از دوستان آنها به جمع آنها اضافه شد این دوست گل سرخ شخصی بود که در بسیاری از مواقع سختی به کمک گل سرخ آمده بود با کمال تعجب می دیدم عمری که از آن پسر جوان کم شده بود دارد به عمر دوست گل سرخ اضافه می

شود و شاید این موضوع به علت احساس رضایتی بود که نسبت به او به خاطر کمک هایش به گل سرخ داشتم، اما هنوز هم دلیل این وقایع را کاملا نمی دانستم! این اتفاقات حتی برای خودم هم غیرقابل باور بود و مطمئن بودم که حتی اگر آنها را برای مقلد مادر هم تعریف کنم شاید او هم این موضوع را باور نکند...

امروز هم به پایان رسید هر چند که در پایان روز رفتار آن پسر جوان ناراحت کننده شده بود. شب وقتی برای عذاب آن پسر جوان رفتم متوجه شدم که طی چند روز آینده اجرای زنده ای دارد یعنی یک کنسرت و این شاید فرصتی بود که منتظرش بودم می توانستم به او هنگام خواندن درس عبرتی بدهم که دیگر جرأت خواندن جلوی مردم را نداشته باشد، بی صبرانه منتظر روز برگزاری کنسرت آن پسر جوان بودم اما در تمام این مدت هر شب او را تا صبح آزار می دادم و این موضوع باعث شده بود که به شدت حس جنگاوری من رشد کند تا حدی که از پسری دلرحم به یک مرد جنگجو تبدیل شده بودم و این اتفاقی نبود که هر روز بتوانم شاهد آن باشم اما احساسی به من می گفت که هنوز راه طولانی در رسیدن به یک حالت ایده آل در زمینه جنگاوری در پیش رو خواهم داشت...

بالاخره روز موعود فرا رسید، عده زیادی از افراد که اکثرا هم جوان بودند برای دیدن کنسرت او به آن محل آمده بودند، من هم اول بصورت نامرئی در ردیف جلو ایستاده بودم اما بعد از مدتی به بالای سن و صحنه رفتم تا کمترین فاصله را نسبت به او داشته باشم. قصد داشتم بین خواندنش گلویش را بگیرم طوری که دیگر صدائی از آن پسر جوان بیرون نیاید و با چند بار تکرار این کار کنسرت امشب او را به هم بریزم هیچ کسی هم نمی توانست جلوی من را بگیرد و یا حتی من را ببینند. برای شروع اجرای او دقیقه شماری می کردم اما با ورود او به صحنه اجرای او این موضوع چهرهٔ دیگری به خود گرفت و آن این بود که او همراه چند نفر دیگر بصورت مشترک برنامه اجرا می کرد و از این بدتر هم این بود که یکی از آن افراد از دوستان گل سرخ بود در عین حال آن دو نفر دیگر هم بی گناه بودند، با دیدن این صحنه حسابی خشمگین شده بودم نمی خواستم به دوست گل سرخ آسیب برسانم و یا باعث از بین رفتن اجرا و زحمات آن دو نفر دیگر شوم. آنها در قضیه بی گناه بودند پس خشمم را فرو بردم و به پائین سن و محل اجرای نمایش رفتم و در حالیکه حرص می خوردم اجرای آنها را نگاه کردم که در همین حین متوجه موضوعی شدم و آن این بود که تأثیر عذابی که

شب ها به آن پسر جوان می دادم باعث شده بود تا سلامت افرادی که در نزدیک او می ایستادند به شدت تهدید شود. همانجا با خودم تصمیم گرفتم برای جلو گیری از آسیب آنها و بویژه یکی از آنها که دوست گل سرخ بود مقدماتی را بوجود بیاورم تا او از آن گروه جدا شود. اما نمی دانستم که اگر آن دو نفر همچنان در کنار او باقی بمانند چه خواهد شد. پس دوباره به بالای صحنه رفتم و سعی کردم تا هر وقت آن پسر جوان به بقیه افراد گروه نزدیک می شود بین آنها قرار بگیرم تا مانع از تأثیر عذاب آن پسر جوان روی آنها شوم. به این ترتیب شب پرکاری برای من رقم خورد اما از نتیجهٔ کار راضی بودم چون با وجود اینکه آن پسر جوان غرق در عذابی بود که من برای او بوجود آورده بودم اما بقیه اعضای آن گروه در سلامت بسر می بردند.

آن شب بعد از کنسرت، پسر جوان با طرفداران خودش دیدار داشت و عده ای از طرفدارانش برای دیدنش جمع شده بودند اما وقتی ذهن او را می خواندم به افکاری در ذهن او می رسیدم که اگر طرفدارنش می دانستند حتماً از او فاصله می گرفتند قبل از اینکه مراسم آنها تمام شود آنجا را ترک کردم و به خانه برگشتم. این اتفاق ها حسابی خسته ام کرده بود. بعلاوه مشغول شدن به این

کارها این روزها کمی کارهای روزانه من را به تعویق انداخته بود پس برای جبران این عقب ماندگی باید چند روز آینده را به کارهای عقب مانده می پرداختم اما شب ها حتماً برای عذاب آن پسر جوان هر جای دنیا که بود خودم را به او می رساندم تا اینکه در یکی از روزها متوجه شدم اگر چه آن پسر جوان خودش نمی دانست اما بدنش به درک شهودی بالائی رسیده بود طوری که در حال دفع علت آن عذاب بود اگر علت آن عذاب ناراحتی من بود علت بوجود آمدن ناراحتی من هم برخورد و آشنائی ای بود که آن پسر با گل سرخ داشت و بدن او کم کم به این موضوع واکنش نشان می داد طوری که آن پسر جوان بعد از مدتی دیگر تمایلی به دیدن گل سرخ نداشت و قرارهای خودش را کنسل می کرد و بالاخره این رابطه دوام پیدا نکرد و به جدائی رسید. از این موضوع خیلی خوشحال شده بودم چون حالا دوباره گل سرخ از دست رفته خودم را از آن خودم می دانستم. به خانه گل سرخ رفتم، پدر و مادرش آنجا بودند اما ضربه روحی حاصل از این رابطه بی فرجام باعث شده بود که گل سرخ در حالت روحی خوبی نباشد پس سعی کردم که این چند روز را بیشتر در کنار او بمانم اما حضور یک فرد نامرئی چه تأثیری می توانست داشته باشد؟!

شاید با اینکار فقط خودم را آرام تر می کردم، اما چیزی که در تمام لحظات برایم مهم بود این بود که حریم خصوصی او و خانواده اش را حفظ کنم ...

این موضوع چند روزی باعث شد تا گل سرخ کمتر در محل های عمومی ظاهر شود و این اتفاق با توجه به شرایط روحی او به نظرم عادی بود، مدتی طول کشید تا او دوباره روحیه اش را به دست آورد، اینکه گل سرخ روحیه اش را دوباره بدست آورده بود خیلی خوشحالم کرد و آن پسر جوان هم اگر می دانست در این مدت چه بلائی سرش آورده بودم از شدت ناراحتی گریه می کرد. تصمیم گرفته بودم برای عذاب آن پسر جوان به سراغش بروم که مقلد مادر در مقابل من ظاهر شد و گفت: " نه، بیشتر از این نباید به او آزار برسانی ..."

به سمت او نگاه کردم و قبل از اینکه چیزی بگویم مقلد مادر ادامه داد:" چون او اگر بیشتر عذابش بدهی خواهد مرد"

کمی که فکر کردم دیدم هر چقدر هم که او آدم بدی باشد اما لایق مرگ نبود حرف مقلد مادر را قبول کردم و او به من گفت: " اما ناجی چند مقلد همراه چند موجود دیگر همیشه دنبال آن پسر

جوان خواهند بود و باید مطمئن باشی که آنها برای آزار و اذیت او کوتاهی نمی کنند"

از مقلد مادر پرسیدم: " این آزار و اذیت او تا چه زمانی ادامه دارد؟"

و او پاسخ داد: تا زمانیکه خودش به صورت یکی از طرفداران تو در آید فقط آن زمان این آزار و اذیت متوقف می شود. مقلد مادر ادامه داد: "فراموش نکن در چند مرحلهٔ دیگر او سعی می کند به گل سرخ نزدیک شود اما دیگر نمی تواند به هدفش برسد"

با گفتن این حرف ها مقلد مادر رفت. خوابم نمی برد، دلیلش را هم دقیقا نمی دانستم اما می توانستم حدس بزنم که شاید تاثیری باشد که به عذاب دادن هر شب او مربوط می شود و امشب که نتواسته بودم به این کار ادامه بدهم با افزایش ناگهانی انرژی روبرو شده بودم.

دوباره بعد از مرور آن خاطرات به خودم آمده بودم و همه به همراه هم تصاویر را دیده بودیم و تصمیمات لازم را هم گرفته بودیم و پادشاهان هفت اقلیم هر کدام برای آماده کردن مقدمات جنگی که پیش رو داشتیم رفته بودند. من بعد از رفتن پادشاهان هفت اقلیم

تنها نشسته بودم و به نبرد پیش رو فکر می کردم شاید می شد از نظریه هفتم استفاده کنم و گروه مبارزان را برای این نبرد از جهان خودشان به این جهان بیاورم که در همین حال پادشاه سرزمین آتش خودش را به من رساند و گفت:" آنها خودشان در زمان مناسب اگر نیازی باشد می آیند پس در این مورد نگرانی به خودت راه نده"

و بدون اینکه چیزی بگوید غیبش زد نمی دانستم که چرا این موجودات می توانستند به این راحتی و تنها برای پاسخ به یک سوال بی خبر بیایند و همانطور هم بی خبر غیبشان بزند؟ اما با رفتن او دوباره من تنها شدم و در این تنهائی افکار مختلفی به من هجوم آورده بود. از فکر نبرد فردا گرفته تا افکار مربوط به روزهای گذشته که در آن سعی داشتم به هر قیمتی که شده بدانم آیا گل سرخ هم به من علاقه ای دارد یا نه؟

بخش چهارم: دوستان ساینا

این موضوع یعنی دانستن اینکه آیا گل سرخ هم به من علاقه دارد و یا نه در آن روزها برای من اهمیت خاصی پیدا کرده بود در یکی از این موارد دقیقاً یادم هست که آن روزها که گل سرخ به خاطر جدائی از آن پسر جوان روحیهٔ خوبی نداشت سعی می کردم که بیشتر درکنار او باشم هر چند نامرئی بودم اما می دانستم حضورم باعث دلگرمی او می شود. اما حقیقت این بود که حضورم در آنجا بیشتر باعث دلگرمی خودم بود. کمی که گذشت این رفت و آمدها برای من شکل تازه ای گرفت طوری که تقریباً هر جائیکه او می رفت من هم می رفتم و در این رفت و آمدها بود که با دوستان او آشنا شدم. البته بعضی از آنها را قبلاً هم دیده بودم و می شناختم اما این رفت و آمدها باعث شده بود که آنها را بهتر بشناسم و این موضوع باعث شده بود که به دایرهٔ گسترده تری از شناخت گل سرخ دست پیدا کنم. یکی از آن روزها بود که یکی از دوستان گل سرخ که خیلی با هم روابط دوستانه و گرمی داشتند دچار مشکلی شده بود و این مشکلش باعث ناراحتی زیاد دوستش شده بود و در یکی از این دید و بازدید های دوستانه این موضوع را به گل سرخ گفت و من هم ناخواسته حرف های بین آنها را شنیدم. البته گل سرخ هم تمام سعی خودش را برای حل مشکل او بکار برد اما حل

مشکل دوستش کمی طولانی شده بود برای همین هم احساس
کردم که گل سرخ هم از اینکه یکی از دوستانش دچار مشکل شده
باشد ناراحت است این موضوع باعث شده بود که فکری برای
خوشحال کردن گل سرخ به ذهنم برسد، می دانستم که گل سرخ
خیلی مهربان است پس اگر این ناراحتی بوجود آمده برای دوستش
برطرف می شد غیر مستقیم باعث شادی گل سرخ می شد و من
هم برای شادی او حاضر بودم هر کاری بکنم. برای همین هم بود
که به دنبال یافتن راهی برای حل مشکل دوست گل سرخ می
گشتم و خوشحال بودم که با حل شدن مشکل او می توانم باعث
شادی گل سرخ شوم. آدرس آن دوستش را می دانستم پس برای
اینکه بیشتر در مورد مشکل او بدانم به خانهٔ دوستش رفتم. خانه
دوستش در محله ای خوش آب و هوا در حومه شهر بود، خانه ای
بزرگ که استخر حیاط پشتی آن به رنگ آبی زیبائی رنگ آمیزی
شده بود و البته صندلی هائی که کمی آنطرف تر از این استخر
چیده شده بود و این هماهنگی بین آنها هوس نشستن روی آنها را
در آدم بیدار می کرد. البته باید بگویم که آنچه در خانهٔ دوست گل
سرخ خود نمائی می کرد طراحی داخلی زیبای آن بود که فضائی
هماهنگ با فضای بیرونی آنجا را بوجود آورده بود و منظره ای که

از پنجره های آن خانه قابل مشاهده بود زیبائی چشم نوازی داشت که مدت ها آدم را به خودش جذب می کرد اما امروز برای کار دیگری به این خانه آمده بودم و نباید وقت زیادی را برای بررسی طراحی خانه او می گذاشتم اما گاهی این موضوع دست خودم نبود و علت آن هم علاقه ای بود که به طراحی داخلی خانه ها داشتم... نامرئی بودن در آن شرایط باعث شده بود که بی مهابا در آن خانه جستجو کنم و از یک بخش به بخش دیگر بروم، نه یادداشتی و نه پیامی هیچ چیزی نبود که از روی آن بتوانم به جزئیات بیشتری از مشکل او پی ببرم، پس چارهٔ کار چه می توانست باشد؟ برای پی بردن بیشتر به مشکل او باید چه کاری انجام می دادم؟ از جستجو خسته شده بودم برای همین هم روی صندلی ای که کنار استخر بود نشستم و به اطراف نگاه کردم تا اینکه صدائی از داخل خانه توجهم را به خودش جلب کرد. به خانه نگاه کردم از نوری که از پنجره ها به بیرون می آمد می شد فهمید که او به خانه اش برگشته، پس باید خیلی سریع سراغ موبایلش می رفتم و همین کار را هم کردم. او مقابل آینه نشسته بود و من خیلی آرام سراغ موبایلش رفتم که ناگهان حرف هایی که می زد توجهم را به خودش

جلب کرد، اول فکر کردم که او با من حرف می زند اما با کمی دقت فهمیدم که دارد با آینه حرف میزند، اما چرا؟!

می دانستم که از مشکلی که برایش پیش آمده است ناراحت است پس می شد حدس زد که علت این حرف زدنش هم مربوط به آن باشد. شاید هم ممکن بود که او میان حرف هایی که می گوید چیزی و یا نکته ای از ناراحتی خودش بگوید و این فرصتی بود که شاید مرا به نتیجهٔ مورد نظرم می رساند اما او تقریباً نیم ساعت با آینه حرف زد و بعد بدون اینکه کار دیگری انجام بدهد خودش را روی تخت خوابش انداخت و خوابید. از طبقه پائین صدای خدمتکارش می آمد که انگار داشت با فرد دیگری حرف می زد. به طبقه پائین رفتم، می دانستم که اگر کس دیگری به جز او باشد که تا حدودی از مشکلش اطلاع داشته باشد همین خدمتکار است پس به احتمال زیاد او از دلایل ناراحتی او خبر داشت.

خدمتکار در حال آماده شدن بود احتمالا ساعت کاری او تمام شده بود و برای همین هم داشت به خانه اش میرفت. او به اتاق کناری رفت، احتمال می دادم که قصد عوض کردن لباسش را داشته باشد پس همانجا ماندم و فقط به حرف هایش گوش می دادم از حرف

هائی که با خودش می زد می شد فهمید که علت ناراحتی دوست گل سرخ تنهائی بود.

برای برطرف کردن این احساس او راههای زیادی وجود نداشت پس به خانهٔ خودمان برگشتم و به این موضوع فکر کردم، قبلاً از مقلد مادر شنیده بودم که حضورم حتی اگر دیده نشوم و چیزی هم نگویم می تواند تا حدود زیادی باعث دلگرمی باشد و حتی می تواند باعث بوجود آمدن احساس خوبی در بقیه افراد شود و حتی می توانست احساس تنهایی را تا حدود زیادی از بین ببرد این موضوع را زمانی به من گفت که با وجود ناراحتی ای که داشتم برای شادی بقیه سعی در بذله گویی و شوخ طبعی داشتم.

شاید می توانستم با روزی چند دقیقه رفتن و دیدن او کاری برای او انجام دهم و این احساس تنهایی او را که ممکن بود منجر به افسردگی او بشود را از بین ببرم البته هنوز هم مطمئن نبودم که آیا موثر است یا نه ؟

تنها راه فهمیدن این موضوع هم امتحان کردن آن بود.

امروز اولین کاری که باید می کردم این بود که به خانهٔ گل سرخ
بروم. دلم برایش تنگ شده بود نمی دانم چند ساعت از آخرین
مرتبه ای که او را دیده بودم گذشته بود اما برای من انگار هفته ها
گذشته بود. کنار پنجره ایستاده بودم و به بیرون نگاه می کردم بعد
از چند دقیقه که به اتاق برگشتم تلفن همراهم زنگ خورد، پاسخ
دادم و بعد از آن به خانه گل سرخ رفتم. نمی دانم چه اتفاقی افتاده
بود اما امروز بعد از مدت ها لبخند بر لب داشت؛ در حال آماده
شدن برای بیرون رفتن بود ظاهراً برای قرار کاری و با شخص خاصی
می رفت. تصمیم گرفتم که با او همراه شوم ولی ناگهان این فکر
که ممکن است او برای دیدن آن پسر جوان برود باعث شد تا
تصمیم خودم را عوض بکنم و با توجه به وقایع روز قبل دوباره
تصمیم گرفتم که این روز را به دوست گل سرخ اختصاص دهم.
دوستش قد کوتاهتر از او بود و این موضوعی بود که همیشه در
زمانهایی که آنها با هم بودند باعث جذاب تر به نظر رسیدن آن دو
در کنار هم بشود. بعد از رفتن گل سرخ کمی بر روی آن صندلی
همیشگی نشستم و سپس به خانهٔ دوستش رفتم، زمانیکه به آنجا
رسیدم او روی مبل نشسته بود و در حال کار کردن با تلفن
همراهش بود. کمی آنطرف تر نزدیک به در بزرگی که به تراس می

رسید روی مبل نشستم و به اطراف نگاه کردم. اول احساس غریبگی کردم اما با گذشت چند دقیقه دیگر این احساس وجود نداشت خب باید کمی منتظر می ماندم. اما انگار تغییری در او ایجاد شده بود گوئی روحیه ای تازه گرفته بود و خبری از ناراحتی عمیق دیروزش در او نبود چه اتفاقی می توانست چنین تغییری را در او بوجود آورده باشد؟!

کمی منتظر ماندم تا شاید چیزی از علت آن دستگیرم شود، بعد از چند دقیقه متوجه شدم که این تغییر او بر اثر گفتگوئی بوده که با گل سرخ داشته ظاهراً تأثیر مثبت این گفت و گو به این شکل توانسته بود که روحیهٔ از دست رفتهٔ او را برگرداند، اتفاق جالب دیگر این بود که من قصد داشتم با برطرف کردن ناراحتی دوست گل سرخ باعث خوشحالی گل سرخ بشوم ولی حالا با دیدن مهربانی گل سرخ، خودم به وجد آمده بودم و احساس خوشحالی زیادی می کردم امروز روز خوبی بود، و من قصد داشتم پس از خروج از خانه او کمی از کارهایم را که این روزها حسابی رویهم انباشته شده بود را انجام بدهم پس از خانهٔ دوست گل سرخ بیرون آمدم و در شهر به انجام کارهای خودم پرداختم. با تمام شدن کارها قصد بازگشتن به خانه را داشتم که بصورت ناگهانی تصمیم گرفتم که قبل از آن

برای دیدن گل سرخ به خانه اش بروم. وقتی به خیابان خانه اش رسیدم، حس متفاوتی داشتم. هم می خواستم به خانه اش بروم و هم قصد نداشتم حریم خصوصی او را نقض کرده باشم. برای همین هم فقط در حیاط خانه اش و روی صندلی ای که آنجا بود نشستم. به پنجره ای که آنجا بود نگاه می کردم و انتظار می کشیدم تا شاید از جلوی آن پنجره عبور بکند یا اینکه به بیرون نگاهی بیندازد و این متفاوت ترین انتظار عالم بود، تا بالاخره او آمد و از پنجره به بیرون نگاه کرد. می شد مشغولیت ذهنی او را از همان فاصله هم تشخیص داد. به سمت من نگاه کرد، شاید چیزی توجه او را به خودش در اینجا که من بودم جلب کرده بود، در این لحظه بود که نگاهش با نگاهم تلاقی کرد و من آرام زیر لب گفتم:" ای کاش می دانستی که هم اکنون تا چه اندازه به نگاهت نیاز دارم، راستی چگونه می توانی بدون هیچ حرفی اینگونه لبخند را بر لبان من جاری کنی"

از این نوع ادبیاتی که در جمله آخرم بود تعجب کردم اما این که تعجبی نداشت حتما گل سرخ من را هم شاعر کرده بود... همین موقع بود که رویش را برگرداند و از جلوی پنجره رفت و من ماندم و یک دنیا تنهائی... بعد از چند دقیقه به خانه برگشتم ...

به خانه که رسیدم، کم حرف تر از همیشه به اتاقم رفتم از رفتار پدر و مادرم می شد احساس کرد که نگران این تغییر رفتار من هستند خوابم نمی برد از این پهلو به آن پهلو می کردم، انگار چیزی برای اینکه بخوابم کم بود اما آن چیز چه می توانست باشد؟ شاید یک فکر راحت...

به هر حال خوابم نبرد بنابراین از رختخواب بلند شدم و به خانه قدیمی رفتم. آنجا سعی کردم تا خودم را با مطالعهٔ مطالب مختلف مشغول کنم اما باز هم خوابم نگرفت امشب انگار خواب با من سر ناسازگاری گرفته بود اما مطمئن بودم هیچ چیزی بدون علت نیست. بنابراین از جایم بلند شدم و از پنجره به بیرون نگاه کردم چیزی به جز سکوت وجود نداشت و حشره ای که گاه گاه در بیرون از اتاق و از جلوی پنجره عبور می کرد. چشمم به ماه افتاد، ماه روایتی زیبا از انسان های تنها بود، نمی دانم ماه تا حالا داستان چند تا آدم تنها را شنیده و سنگ صبور چند دلباخته عاشق بوده... به اتاقم برگشتم و نگاهی به کتاب ها انداختم انگار این کتاب ها که همیشه جذاب بودند این روزها جذابیت خودشان را از دست داده بودند، همینطور بقیه چیزهائی که می شد مطالعه کرد. برای همین هم شروع به جستجو در تصاویری که در اینترنت موجود بود

کردم و از بین آنها ناگهان چشمم به تصاویر تاج محل افتاد زیبا بود چرا من نباید برای گل سرخ طرحی مشابه آن خانه بکشم، واقعاً چرا؟

همان ساعت شب دست بکار شدم و شروع به طراحی بنائی کردم که یاد آور این روزهای من باشد... بند بند آن و آجر به آجر آن...

با ورود پرتوهای نور صبح به اتاق به خودم آمدم صبح شده بود و چند ساعتی از شروع طراحی آن خانه گذشته بود شاید روزی می توانستم این خانهٔ زیبا را به عنوان هدیه به گل سرخ دهم ...

بخش پنجم: روزمرگی

امروز شروع شده بود و من باید روز جدیدی را آغاز می کردم و چه بهتر بود که این روز را با دیدن گل سرخ آغاز کنم. برای همین هم اول به خانه رفتم لباس هایم را عوض کردم. هنوز بقیه افراد خانه در خواب بودند اما من با اشتیاق به خانهٔ گل سرخ رفتم می دانستم که این موضوع ممکن است چندان عادی نباشد اما به دلتنگی خودم که نمی توانستم جواب منطقی بدهم. در حیاط خانهٔ او ایستاده بودم و منتظر بودم تا از پنجره به بیرون نگاه کند یا از جلوی آن عبور کند اما این موقع صبح فقط پرندگان را می شد دید که در حال جمع آوری دانه و... بودند.

تازه خورشید طلوع کرده بود و صبح خیلی زود بود...

کمی در حیاط خانه قدم زدم و در نهایت تصمیم گرفتم تا برای اولین بار در زندگی خودم روی قواعد معمول زندگی پا بگذارم پس وارد خانه گل سرخ شدم. آن لحظه مثل یک روح آرام و بی صدا از این طرف به آن طرف می رفتم و این تازه آغاز ماجرائی طولانی بود. به طبقه ای که اتاق خوابش بود رفتم دلهره داشتم و نمی دانستم که چرا این کار را انجام می دهم خوشبختانه در اتاقش نیمه باز بود و توانستم داخل اتاقش را ببینم پرتوهای نور صبحگاهی

از پنجره به داخل اتاق آمده و فضای آنجا را روشن کرده بود. آن
نور ملایم، فضای زیبائی را در آنجا بوجود آورده بود. چهره او در
خواب معصومیت دوران کودکیش را برایم زنده می کرد همیشه
چیزی که از چهره اش در خاطرم مانند یک قطعه عکس نگه می
داشتم تصویری از چهره ی مهربانش بود اما وقتی در خواب بود
این مهربانی به مراتب نمود بیشتری داشت محو تماشای چهره اش
بودم که چشمهایش را باز کرد از ترس نمی دانم چطور خودم را به
طبقه پائین رساندم پشت پرده پنهان شدم اما من که نامرئی بودم
پس چرا باید از این موضوع نگران می بودم....

فکر می کنم که برای امروز کافی بود اما از این روز به بعد هر روز
قبل از شروع کارهایم اول به خانه گل سرخ می رفتم و بعد از آن
روزم را شروع می کردم و این موضوع به یکی از بخش های اصلی
برنامه روزانه ام تبدیل شده بود.

کارهای امروزم را سریع تر انجام دادم. با تمام شدن کارهایم قصد
داشتم به خانهٔ گل سرخ بروم که یادم آمد او عصر قرار است همراه
با دوستانش برای یک دورهمی کوچک به خانه یکی دیگر از
دوستانشان بروند پس باید خودم را به آنها می رساندم با رسیدن

به آنجا یعنی به خانه دوستش او و دوستانش را دیدم که مشغول صحبت با یکدیگر بودند. من هم روی یکی از صندلی های آنجا نشستم با وجود اینکه مرا نمی دیدند اما می شد دقیقاً متوجه شد که گاهی گل سرخ به محل نشستن من خیره می شود و این موضوع نشان دهنده این موضوع بود که ممکن است او مرا احساس کند البته نسبت به این موضوع شک داشتم اما نوع نگاهش خیلی متفاوت بود، حرف های آنها و نوع گفتگوی آنها متفاوت از چیزی بود که من با آن آشنا بودم و حدس می زدم که بیشتر هدفشان از این دورهمی کوچک بررسی موضوعات کاری آن ها باشد پس آنها را تنها گذاشتم و به این طرف و آن طرف آن خانه رفتم. فرزند دوست او در حال بازی با اسباب بازی هایش بود. کنارش روی زمین نشستم و به او نگاه کردم به راستی که بچه ها زیباترین دنیا را برای خودشان دارند و این را می شد از نوع رفتار او با اسباب بازی هایش به درستی لمس کرد شاید دنیای کودکانه ریباترین و ملموس ترین دنیای گمشده انسانها بود که من اکنون محو تماشای آن بودم، همچنان به او و بازی های کودکانه اش که نگاه می کردم به یادم آمد که من هم تجربه های متفاوتی را در زمان کودکی خودم داشته ام طوری که زیبائی های آن زمان هنوز هم در خاطرم هست و می

توانم هنوز هم شیرینی آن را احساس کنم. اما شاید این تفاوت در من نسبت به سایر پسر بچه ها از همان کودکی وجود داشته است مثلاً هنوز هم یادم هست که در کودکی و پس از برگشت از مدرسه تا مدت ها وقت زیادی را صرف ساخت یک اتومبیل اسباب بازی برای خودم کردم و بالاخره هم توانستم بدنه آنرا با چوب، چرخ هائی که از بقیه اسباب بازیها باز کرده بودم و چند لامپ و موتور الکتریکی بسازم. لذتی که بعد از ساخت آن احساس می کردم هنوز هم در عمق وجودم حس می شد. خب البته باید بگویم که از خصوصیات هر پسر بچه ای داشتن کمی شیطنت هست که البته برای من گاهی باعث می شد تا برای خودم دردسرهای کوچکی درست کنم مثلاً یکی از آنها که عاقبت خوشی داشت این بود که همیشه دلم می خواست اسلحه ای بسازم که بتواند مثل اسلحه های عادی کار کند و بالاخره این اسلحه را با استفاده از چند قطعه فلزی و چوب ساختم که می توانست کش های کوچک پول را تا فاصله چند متری پرتاب کند، دقیق یادم هست که چند روزی از ساخت آن می گذشت و من غرق در لذت پرتاب های پی در پی با آن و نشانه گیری های دور و نزدیک بودم ...

غرق در خاطرات دور بودم که متوجه شدم گل سرخ در حال ترک خانهٔ دوستش است، من هم همراه او به راه افتادم و این شده بود برنامهٔ دومی که در برنامه ریزی روزانه ام جایی همیشگی برای آن کنار گذاشته بودم البته به جز این زمان ها، هر موقعی از روز که می توانستم به او سر می زدم. سعی می کردم اکثر اوقات که تنهاست کنارش باشم و بقیه مواقع غرق در کارهای روزمره و ... بودم، شب ها هم بیشتر اوقات در حال کار روی آن خانهٔ رویائی شده بودم این مدت شب ها کمتر می خوابیدم و بیشتر کار می کردم طوری که گاهی از توجه به خودم هم غافل می شدم اما بودن با گل سرخ خستگی را از من دور کرده بود و انگار انرژی و انگیزه ای مضاعف به من داده بود. لبخند هایش و هر چیزی که به او مربوط می شد ... و از همه مهمتر آنچه انگیزه بخش من در این مدت شده بود دیدن تلاش و کوشش زیادی بود که گل سرخ در کار از خودش نشان می داد که این موضوع برای من خیلی جذاب شده بود. شاید بخاطر اینکه خودم هم وقت تنهائی بیشتر مشغول به کار بودم تا تفریحاتی مثل بقیه همسن و سالانم این موضوع را برای من جذاب کرده بود ...

و به این ترتیب حدود دو سال گذشت اما برای من این دو سال به
شکل زیبایی گذشت چون می توانستم هر روز گل سرخ را ببینم با
او بیرون بروم و ...

غافل از اینکه گل سرخ این دو سال را در تنهائی خودش گذرانده
بود و فقط خانواده و دوستانش او را از این تنهایی درآورده بودند و
من در آن نقشی نداشتم. اما او جوان بود و زیبا و همیشه مورد
توجه بقیه آدمها قرار می گرفت. این موضوع را به نوعی که باعث
ناراحتی گل سرخ نشود آنهم به شیوهٔ خودم حل کرده بودم مثلاً
در یکی از میهمانی هائی که او هم دعوت بود متوجه توجه بیش از
حد یک پسر جوان به گل سرخ شده بودم برای همین هم اول سعی
کردم تا توجه او را از گل سرخ پرت کنم اما بعد از مدتی که موفق
نشدم نقشه ای کشیدم و دختر دیگری را در سر راه آن پسر جوان
قرار دادم و آنها باهم آشنا شدند و البته بهتر که گل سرخ با او آشنا
نشد چون آن پسر جوان و آن دختر چند ماه بعد از هم جدا شدند.
این اتفاق و اتفاق های مشابه آن بارها و بارها در طول این مدت
رخ داده بود و هر بار من به شکلی مانع آن می شدم تا اینکه در
یکی از میهمانی ها که من حاضر نبودم، گل سرخ با پسر جوانی
آشنا شده بود، البته اولین بار زمانی به این موضوع پی بردم که آن

پسر و گل سرخ اولین قرار آشنایی خودشان را با اطلاع خانواده هایشان در بیرون از خانه گذاشته بودند آن پسر و گل سرخ همراه هم برای صرف غذا به یک رستوران رفتند. آنجا بود که تازه فهمیدم که در آن شب که من در میهمانی نبودم آن پسر توانسته بود خودش را به او نزدیک کند، پسرک چرب زبان...

در رستوران آنها پشت یک میز نشسته بودند من هم کمی آنطرف تر نشستم و به آنها نگاه می کردم و باز هم افکار مختلفی به ذهنم می رسید، دلم می خواست درس خوبی به آن پسر بدهم، حدود دو سال از آن روز که پسر قبلی می خواست با احساسات او بازی کند گذشته بود و من که سرگرم کار و تحقیق و ... شده بودم. گذشت زمان را فراموش کرده بودم و از یاد برده بودم که باید حرف دلم را به او بزنم و این شاید بزرگترین خطای من بود. آری باید حرف دلم را به او می زدم، پس باید به هر شکلی که بود این خطا را جبران می کردم. اولین کار خواندن ذهن آن پسر بود پسری که قدش بلندتر از من بود و صورت بیضی شکلی داشت، همینطور تی شرت هایی که همیشه می پوشید توجهم را به خودش جلب کرد. رنگ موهایش خرمایی بود او هم مانند گل سرخ در کار سازها و نواختن آنها استاد بود اما شهرت چندانی نداشت اما در ذهنش چه

می گذشت در او هیچ علاقهٔ عمیقی نسبت به گل سرخ وجود نداشت، علاوه براین او فقط برای اهدافی که در سرش بود می خواست چند روزی را با گل سرخ بگردد و بعد از آنکه حسابی در مجلات و رسانه ها مطرح شد دنبال طعمه ی دیگری برود، به رفتار او نگاه کردم نسبت به گل سرخ بی تفاوت بود و چندان تمایلی به حرف زدن و یا رفت و آمد نداشت خیالم از این جهت راحت شد که او قصد ماندن ندارد اما همین که او را درکنار گل سرخ می دیدم هم برای من ناراحت کننده بود، در همان رستوران اولین گروه از سایه ها را دیدم که خودشان را به آن پسر جوان رساندند و این موضوع دیگر اتفاقی نبود که بخواهم جلوی آن را بگیرم. در واقع در جهانی که من از آن خبر داشتم وقوع آن اجتناب ناپذیر بود، در بین این موجودات نزدیک شدن هر پسری غیر از من به گل سرخ جرم تلقی می شد. آنها کار خودشان را انجام می دادند و همینطور مقلدهائی که کم کم از اطراف و کنار آن پسر عبور می کردند، و تنها من می دانستم که چه خطری آن پسر را تهدید می کند هر چند که باید بگویم تنها در این موارد بود که من از آزار آن فرد احساس لذت می کردم زیرا بازی با احساسات افراد را جرم

بزرگی می دانستم و این موضوع هم این روزها برای من اجتناب ناپذیر شده بود.

این شب هم به هر شکلی که بود تمام شد و گل سرخ به خانه اش رفت اما آن پسر از مسافری ناخواسته، که در اتومبیل در صندلی کنارش نشسته بود بی خبر بود، من در اتومبیلش و کنار او نشسته بودم و با خشم به او نگاه می کردم و شاید این بزرگترین خطری بود که می توانست او را تهدید کند و خودش از آن بی خبر بود...

دستم را روی فرمان اتومبیل گذاشتم، تصمیم داشتم آنرا بشدت به یک سمت بچرخانم و از ترسی که به او دست می دهد لذت ببرم اما این کار را نکردم. او به خانه اش رسید حسابی سرحال بود و قصد داشت تا تلویزیون تماشا کند اما این کار را نکرد و پس چند دقیقه به خواب رفت. در خانه اش شروع به قدم زدن کردم از چیزی که پیدا کردم حسابی تعجب کردم چون تا حالا قرص هائی مثل آنها را ندیده بودم قرص های کوچکی که هر کدام طرح هائی روی خودشان داشتند و اصلاً جلد و یا بسته بندی نداشتند که بتوانم روی آنها را بخوانم و پی به ماهیت آنها ببرم. به چهرهٔ آن پسر که بی خبر از وجود من در اطراف خودش در حال کار با تلفن

همراه خودش بود نگاه کردم او از وجود من خبر نداشت و در عین حال تنها هم بود پس شاید امشب زمان مناسبی برای کمی آزار او بود، اما قبل از این کار باید به خانه گل سرخ می رفتم، در چشم به هم زدنی به آنجا رسیدم یعنی خانهٔ گل سرخ، او در حال خیال بافی بود و برای خودش و زندگی آینده اش رویا پردازی می کرد با خواندن رویاهایش از ذهنش ناخودآگاه از دست او هم عصبانی شدم، برای همین هم زیاد آنجا نماندم نمی دانم چرا این بار کنترل خشم در من سخت تر از قبل شده بود انگار قدرت بیشتری گرفته بود و حس مبارزه طلبی در من گسترش پیدا کرده بود. اما من قدرت زیادی را در خودم احساس می کردم و در آن لحظه نمی دانستم که چرا این قدرت تا این حد افزایش یافته و با وجود این قدرت، بقیه قدرت هایم هم تقویت شده بود...

به خانه که رسیدم از خستگی ولی بیشتر بخاطر ناراحتی حاصل از اتفاقات امروز، زودتر خوابیدم اما نیمه های شب در حالیکه در اوج خشم بسر می بردم از خواب بلند شدم. به خوابهایی که دیده بودم فکر می کردم، امشب چه اتفاقی افتاده بود که در تمام طول آن فقط و فقط خواب آن چه که امروز اتفاق افتاده بود را می دیدم! گویی دوباره امروز را در خواب مرور کرده بودم... به ایوان خانه رفتم،

آنجا به اطراف نگاه می کردم نسیم خنکی هم می وزید اما با این وجود هم هنوز آرام نشده بودم انگار این بار خشم هم سرناسازگاری داشت و قصد نداشت مرا رها کند. تا صبح در ایوان ماندم و به اطراف نگاه کردم اما با طلوع خورشید خودم را به خانه گل سرخ رساندم اما این خشم همچنان در من ریشه می دوانید تا جائیکه گاهی کنترل آن از دستم خارج می شد و حاصل آن گردبادهایی بود که به هر طرف می تاخت. می خواستم مثل روزهای دیگر به دیدن گل سرخ بروم اما همین حس خشم مانع از اینکار شد نمی دانم چرا اما از وقتی که آن دو را در رستوران با هم دیده بودم احساس بدی در من شکل گرفته و ریشه می دوانید در حالیکه آن پسر از وجود من بی خبر بود و در این مورد نمی شد او را مقصر دانست. اما مطمئن بودم که گل سرخ هر چند مرا نمی بیند اما مرا حس می کند و شاید به همین دلیل او را در ضمیر ناخودآگاه خودم مقصر می دانستم. به همین خاطر وقتی به خانه اش رسیدم تصمیم گرفتم تا فقط در حیاط خانه اش بمانم بنابراین روی چمن های باغچه خانه اش نشستم و به آن پنجره چشم دوختم کمی آرام تر شده بودم، همانجا دراز کشیدم و به برگ های درختی که بالای سرم بود نگاه می کردم اما انگار امروز روزگار هم با من سر

ناسازگاری برداشته بود، صدای زنگ در خانه بود که می آمد ظاهرا آنروز آن پسر زودتر آمده بود هنوز ظهر نشده بود و آن دو برای رفتن به جائی برنامه ریزی کرده بودند. من هم از فرصت استفاده کردم و سوار همان اتومبیلی که گل سرخ در آن سوار شده بود شدم، باز هم به او نگاه کردم و با خودم گفتم مطمئنا من باید به او از علاقه ام می گفتم، این کار باعث آرام تر شدنم می شد اما احساسی در خودم حس می کردم که مانع این کار یعنی آرام شدنم می شد شاید علت آن ناراحتی یا خشم و یا هر چیزی بود اما باعث شد تا با دیدن آن پسر حس مبارزه طلبی ام دوباره اوج بگیرد اما این بار از شدت خشم از بدن او رد شدم این اولین بار بود که این کار را می کردم. مطمئن بودم که اگر این کار را دوباره انجام دهم به اندام های داخلی او صدمه زیادی زده می شد، تنفس او عمیق تر شده بود و قلبش تندتر می زد بیچاره گل سرخ فکر می کرد که آن پسر بخاطر حضور او دچار هیجان شده...

همان موقع تلفن همراه گل سرخ زنگ خورد و او به آن جواب داد یکی از دوستانش بود با این تماس تلفنی فکری به ذهنم رسید، حضور من وقتی که آن دو نفر با هم بودند برای آن پسر از همه جا بی خبر خطرناک بود برای همین هم تصمیم گرفتم در طول مدتی

که آن دو با هم هستند به دیدار و همینطور کمک دوستان و افرادی که در طول این مدت و مراسم های مختلف با آنها آشنا شده بودم بروم این افراد اکثرا ثروتمندان و صاحبان صنایع بزرگ، سیاستمداران، هنر پیشه ها و بازیگران و کلاً گروه های مختلف از هنرمندان و .... بود. مردد بودم بروم و یا نروم؟ شاید بهتر بود امروز به خانهٔ یکی از آنها بروم و یا شاید بهتر از همه این بود که همراه گل سرخ و آن پسر می ماندم؟ اما بالاخره تصمیم خودم را گرفتم و در میانهٔ راه از اتومبیل پیاده شدم و آنها به مسیر خودشان ادامه دادند، نکته ای که کمی خیالم را راحت می کرد این بود که سایه ها هم دنبال آنها رفتند....

کمی بعدتر خودم را به خانهٔ یکی از بانفوذترین افراد در آن شهر رساندم خانه ای مجلل و بزرگ که روی تپه ای قرار داشت، از آنجائیکه او سن بالائی داشت باید در برخورد با او دقت زیادی می کردم تا مبادا از حضور من وحشت زده شود در ایوان خانه روی صندلی خودش نشسته بود و روزنامه ای خوانده شده هم کمی آنطرف تر گذاشته شده بود برای همین هم می شد فهمید که مطالعه روزانه اش را انجام داده است و احتمالاً در حال استراحت مختصری در این موقع روز است. کنارش روی صندلی آنطرف تر

نشستم همیشه از بودن در کنار افراد با تجربه لذت می بردم، کمی به او نگاه کردم در چهره اش تجربه چند دهه زندگی موج می زد، از جایش تکان نمی خورد شاید اتفاقی برای او افتاده بود اما ظاهرش چیزی نشان نمی داد، با کمی دقت می شد فهمید که به خوابی عمیق فرو رفته است... این موضوع باعث شد تا کمی بیشتر به او دقت بکنم علائمی از یک بیماری را می شد در او دید بنابراین به سرعت به اتاقش رفتم شمارۀ دکتر مخصوصش را پیدا کردم و بدنبال آدرس آن دکتر گشتم و با پیدا کردن آدرسش به مطب دکترش رفتم. با مطالعه پروندۀ او هیچ بیماری خاصی که علائمی را که در او دیده بودم توجیه کند نوشته نشده بود دوباره پیش او برگشتم. هنوز هم علائم آن ناراحتی را بصورت ناخودآگاه نشان می داد. شاید خودش هم از آن نشانه ها که مربوط به یک بیماری بود چیزی نمی دانست. مدتی منتظر ماندم تا خوابش ببرد بعد از نزدیک و دقیق تر بررسی کردم تقریباً مطمئن بودم که او بدون آنکه خودش بداند در معرض ابتلا به یک بیماری خطرناک قرار دارد خب کسی که آن اطراف نبود پس می شد از نیروی دست هایم برای بهبود او استفاده کنم و این بهترین گزینه بود دستم را روی پیشانی اش گذاشتم و بعد می توانستم خروج انرژی را از کف دستم

احساس کنم نیم ساعت طول کشید ناگهان از خواب پرید از جایش بلند شد، رنگ و رویش باز شده بود دستش را روی سینه اش گذاشت و خندید، همیشه بعد از اینکه شخصی را اینگونه مداوا می کردم دو حالت پیش می آمد اول اینکه می توانست به صورت خفیف حضور مرا حس کند و دوم اینکه در ضمیر ناخودآگاه خودش حس خوشایندی نسبت به من پیدا می کرد حسی شبیه به نوعی علاقه به من احساسی مانند احساس بین دو دوست که در ضمیر ناخودآگاه او شکل می گرفت.

بیشتر از این نباید اینجا می ماندم چون گمان می کردم ممکن است حضور من را حس کند و اتفاقاتی که ممکن بود بعد از آن می افتاد را نمی توانستم حدس بزنم. بنابراین از خانه اش بیرون آمدم. هنوز تازه غروب شده بود مطمئناً هنوز گل سرخ به خانه برنگشته بود پس وقت داشتم تا به خانهٔ دوست دیگری هم بروم، و از این کلافگی رهایی پیدا کنم، اما چه کسی؟ تصمیم گرفتم به همان جائی بروم که زمانی که گل سرخ دلتنگ می شد می رفت یعنی خانه پدر و مادرش. فکر خوبی بود پس به آنجا رفتم، پدرش روی مبل نشسته بود و مادرش در آشپزخانه بود و برادرش هم در حال کار کردن با تلفن همراه خودش بود ...

من هم همانجا روی مبل نشستم و به اطراف نگاه می کردم، این موضوع تا وقتی که مادر گل سرخ از آشپزخانه آمد و با پدرش گرم صحبت شدند ادامه داشت. آنها هم در مورد این پسر جدید که این روزها به قصد آشنایی با گل سرخ به خانه آنها آمده بود حرف می زدند، مادرش نگران بود و پدرش هم مثل همهٔ پدرها منطقی فکر می کرد و همینطور در مورد آن صحبت می کرد، من هم دلم می خواست نظرم را بگویم اما این کار خیلی راحت می توانست باعث ترس آنها شود پس ترجیح دادم که همانجا بنشینم و به ادامهٔ حرف های آنها گوش کنم. در حرف های آنها شنیدم که دیگر چیزی به آمدن گل سرخ نمانده، بعد از شنیدن این حرف من هم مثل آنها منتظر آمدن گل سرخ شدم، فکر می کنم چند دقیقه ای که گذشت او به خانه آمد پس از احوال پرسی کنار مادرش نشست و مدتی بعد آنها به اتاق گل سرخ رفتند و من ماندم و پدر او که می شد در چشم هایش مهمترین دغدغه های یک پدر را دید....

کمی که گذشت من هم ناگهان دلم برای پدر و مادرم تنگ شد و بیاد آنها افتادم. خیلی نیاز داشتم تا مدتی کنار آنها بنشینم و فقط به حرف هایشان گوش بدهم چیزی که این روزها کمتر فرصت انجام آن را پیدا کرده بودم. بلافاصله به خانهٔ خودمان برگشتم و

بدون اینکه وقتم را مانند روزهای قبل صرف انجام کارهای مختلف بکنم مدت زمانی را کنار پدر و مادرم ماندم و این مدت زمان را با آنها گذراندم، اما گویی دغدغه های یک زندگی متفاوت همیشه راهی برای گرفتن سهم خود از زندگی انسان پیدا می کند. باید کاری را تمام می کردم پس به اجبار برای انجام آن باید به خانه قدیمی می رفتم و مشغول انجام آن کار شدم مدتی طول کشید تا آن کار را انجام دادم اما خیلی حوصله رفتن به خانه را نداشتم. در حالیکه با آن همه مشغله فکری که داشتم اصلا خوابم هم نمی برد پس تصمیم گرفتم همانجا بمانم و برای اینکه کمی از این افکار فاصله بگیرم شروع به طراحی خانه ای کردم که روزها مشغول کار روی آن بودم...

آنقدر مشغول کار روی طراحی آن خانه شدم که ناخواسته تمام شب را در همان خانه قدیمی مانده بودم و زمانی به خودم آمدم که صبح شده بود. امروز شاید می توانستم بیشتر روی این طرح ها کار کنم چون امروز یک روز تعطیل بود و این بهترین روشی بود که تا این لحظه برای فراموش کردن آن پسر چرب زبان پیدا کرده بودم یکی بیشتر کار کردن... از جایم بلند شدم و کمی از پنجره خانه به حیاط پشتی نگاه کردم به آشپزخانه رفتم و کمی چای آماده کردم

و بعد روی مبل در اتاق نشیمن نشستم و منتظر دم کشیدن چای شدم...

با صدای زنگ تلفن همراهم از خواب پریدم روی مبل سه نفره وسط اتاق نشیمن خوابم برده بود به شمارهٔ روی تلفن نگاه کردم مادرم بود جواب که دادم از من خواست که از خانه قدیمی به خانه بروم و من هم همین کار را کردم امروز تعطیل بود و از نظر همهٔ افراد روزهای تعطیل روز خانواده بود و در خانواده ما هم این موضوع کاملا رعایت می شد البته این اواخر من این قاعده را در خانواده رعایت نکرده بودم و فقط و فقط به کارهای خودم در روزهای تعطیل بیشتر از قبل رسیده بودم، برای همین امروز تصمیمی بر خلاف این اواخر گرفتم، قصد داشتم تمام روز را در کنار آنها بگذرانم. مطمئنا این کار باعث می شد تا کمی احساس بهتری نسبت به قبل پیدا کنم. امروز دیرتر از خواب بیدار شده بودم البته کار زیادی هم برای انجام دادن نداشتم به اتاقم رفتم و به رسم روزهای تعطیل سعی کردم تا کمی بیشتر در تخت خواب بمانم اما فکر گل سرخ نمی گذاشت برای همین هم از جایم بلند شدم دست و صورتم را شستم مطمئن بودم زیاد طول نخواهد کشید و پدر و مادرم هم فکر می کردند که من در اتاقم خوابیده ام قصد زیاد

ماندن نداشتم شاید فقط در حد یک دیدن کوچک... تا قبل از نهار بر می گشتم، پس تصمیم خودم را گرفتم و برای دیدن گل سرخ به خانه اش رفتم ...

وقتی به آنجا رسیدم او هنوز خواب بود پس می شد به برنامهٔ روزانهٔ او نگاهی انداخت، امروز هم با آن پسر چرب زبان قرار ملاقات داشت انگار این پسر قصد داشت روند آشنائی خودش را هرچه سریع تر به پیش ببرد اما من که می دانستم که قصد او فقط مطرح شدن بیشتر خودش در رسانه ها بود. خب اگر امروز گل سرخ و آن پسر برنامه بیرون رفتن داشتند، این اتفاق باعث شد تا قصد بازگشتن به خانه را حداقل در این زمان نداشته باشم زیرا مطمئنا در خانه به اتاقم می رفتم و در آنجا هم باید امروز را در تنهائی می گذراندم برای همین هم فکر کردم اگر برای دیدن یکی دیگر از دوستان گل سرخ می رفتم انتخاب خوبی را انجام داده بودم، اما کدامشان؟

این مدت یکی از متفاوت ترین زمان هائی بود که تا حالا داشتم به جای اینکه مثل قبل از ورود آن پسرک چرب زبان به زندگی گل سرخ، زمان زیادی را با گل سرخ بگذرانم، زمان هایی را که او با آن پسر برای آشنائی بیشتر بیرون می رفت من هم برای دیدن یکی از

دوستان و یا آشنایان گل سرخ و یا افرادی که در طول این مدت با آنها آشنا شده بودم می رفتم. با خودم فکر میکردم اگر که آنها می فهمیدند که در تمام این مدت من به شکل نامرئی به خانهٔ آمده و به آنها سر می زدم چه حسی به آنها دست می داد؟! البته باید بگویم در اکثر موارد که به خانه های آنها می رفتم کمی که می ماندم سعی می کردم اگر مشکل و یا ناراحتی دارند بفهمم و نقشی در کمک به آنها و یا حل یکی از مشکلات آنها داشته باشم و به این ترتیب کمکشان می کردم و این مدت به همین شکل طی شد. چند روزی نتوانستم به گل سرخ سر بزنم اما سرانجام روزی که به خانهٔ او رفتم متوجه شدم گل سرخ مثل روزهای قبل نیست، بله عصبانی بود و مدام زیر لب چیزهائی می گفت؛ کمی دقیق تر به حرف هایش گوش کردم علت عصبانیت او آن پسر چرب زبان بود ظاهراً گل سرخ خودش می خواست که این رابطهٔ آشنائی خودش را با آن پسر قطع کند کمی که بیشتر دقت کردم فهمیدم که برای این تصمیم خود جدی است و من هم می دانستم که آن پسر از روز اول قصد ماندن ندارد، ای کاش زودتر این اتفاق می افتاد و دوباره گل سرخ تنها می شد. این دفعه حتماً سعی می کردم که

راهی پیدا کنم تا بتوانم به او نزدیک شوم و از علاقه ام به او بگویم و برای این موضوع در حال برنامه ریزی بودم.

به هر حال بیشتر آنجا نماندم و به خانه بازگشتم، و تصمیم گرفته بودم که فردا دو مرتبه برای دیدن او بروم.

امروز اولین روز از جدائی آن دو بود و من صبح زودتر از بقیه روزها به خانهٔ گل سرخ رفتم. او هنوز خواب بود روی صندلی نزدیک تخت او نشستم و به چهره اش نگاه کردم. همانطور که قبلاً هم گفته بودم این مدت متفاوت از بقیه مواقع بود اما در همین زمان بود که احساسی از من می خواست تا از خانه گل سرخ بیرون بروم. اما من به جای اینکه از خانه بیرون بروم به خانه قدیمی برگشتم.

بخش ششم: آخن ها

آنجا گروهی از موجوداتی که تاکنون ندیده بودم را دیدم که همراه مقلد مادر آمده بودند. نمی دانستم که این موجودات برای چه کاری به خانۀ قدیمی آمده اند اما با دیدن مقلد مادر اطمینان پیدا کردم که آنها حداقل در آن زمان خطری نخواهند داشت. نزدیک مقلد مادر رفتم و موضوع را جویا شدم، او مثل همیشه مهربان پاسخ داد و صحبتش را با لبخندی آغاز کرد و گفت: " ناجی این موجودات که می بینی آخن ها هستند آنها مدتی است که از طریق دروازه ای که در جهان آنها به جهان ما باز شده به این جهان آمده اند و بین مردم رفت و آمد می کنند و قصد دارند که آخرین پدیده هایی را که انسان ها با راهنمائی آنها ساخته اند را ترمیم کنند"

آخن ها ؟!

تا به حال آنها را ندیده بودم آنها موجوداتی بودند با قدهای بلند و کشیده و سفید رنگ و بدن و اندامی فوق العاده قوی...

از مقلد مادر پرسیدم: " منظورتان از آثار و پدیده های آن ها چیست؟"

و مقلد مادر پاسخ داد: " اهرام مصر و ..."

این موضوع برایم جالب شده بود چون همیشه می دانستم که اهرام مثل بناهائی اسرار آمیز هستند که همیشه برای ما انسانها نحوهٔ ساخت آنها سوال برانگیز بوده و این موضوع باعث شده که حالا هر ساله تعداد زیادی از محققان فقط بر روی همین مسئله کار کنند.

از آنجائیکه رشتهٔ خودم هم مهندسی سازه بود تمایلم به دانستن این موضوع بیشتر هم شده بود اما زمانیکه از آنها راجب به این بناهای شگفت سوال پرسیدم فقط به جواب کوتاهی بسنده کردند و گفتند: "اول قرار بود این بناها، بناهائی به نشانهٔ صلح و دوستی میان دو جهان باشد اما حالا که با گذشت مدت ها به این سرزمین بازگشته ایم با مشاهدهٔ آنچه می بینیم شگفت زده و ناراحت شده ایم، شما بناهایی را که نماد صلح بین دو جهان بوده را تبدیل به مقبره کرده اید که در جهان ما به معنای بی احترامی و اعلام جنگ است همینطور باید بگویم که نگهداری شما از این بناها به نحو واضحی نشانه ای از عدم رسیدگی به آنها می باشد که خودش نمایشی از بی احترامی به عهد و پیمان دوستی بین دو جهان است، همینطور بی توجهی شما باعث شده که این بناهای زیبا در معرض خطر نابودی قرار بگیرند بعلاوه اینکه در این آثار دست برده شده است"

منظورشان را دقیقاً نمی فهمیدم و به آنها گفتم :" می شود واضح تر بگوئید؟"

و آنها ادامه دادند که در بعضی از نقاشی ها و همینطور خط نوشته ها تصاویر و یا لغاتی اضافه شده اند که پیش از این و در زمان ساخت آنها وجود نداشته و این موضوع هم نشانه ای از بی اعتمادی بین دو جهان است. شنیدن حرف های آنها من را به فکر فرو برد. به علاوه که هنوز آنها از نحوهٔ ساخت آن چیزی به من نگفته بودند، از آنها در مورد نحوهٔ ساخت این بناها و علت ساخت آنها در مصر و یا .... پرسیدم اما پاسخی از آنها نشنیدم و این موضوع باعث شد که در هنگام صحبت کردن با آنها دقت بیشتری بکنم، برخلاف ظاهرشان به نظر نمی آمد که خیلی صلح طلب باشند، به پیشنهاد مقلد مادر قرار شد که به آن سرزمین ها سفر کنم اما سفر به آن سرزمین ها اینطور که مقلد مادر می گفت ماهها زمان می برد و این موضوع می توانست باعث شود که مدتی را نتوانم در خانه و با پدر و مادرم باشم و این موضوع کمی این سفر را با دشواری مواجه می کرد. در کنار این موضوع ممکن بود نتوانم به جز چند ساعت در روز در کنار گل سرخ باشم آنهم در حالا که به حضور من نیاز داشت، اما اکنون موضوع مهم در اینجا مانع شدن از جنگی بین دو

جهان بود که هر لحظه امکان رخ دادن آن وجود داشت به خصوص که از ظاهر آنها می شد فهمید که انسان ها در مقابل آنها هیچ شانسی برای جنگ نخواهند داشت...

از آنها پرسیدم: " با وجود اینکه به برتری قدرتی خودتان آگاهید چرا صبر کرده اید؟ چرا به ما انسان ها حمله نمی کنید؟"

در پاسخ به من گفتند: " قبل از این، ما فعالیت خودمان را به منظور اعلام جنگ به شما شروع کرده بودیم و مقدمات این کار را هم آماده کرده ایم حتی ..."

حرف او را مقلد مادر قطع کرد و بعد خودش دستم را گرفت، آن زمان توانستم اتفاقاتی را ببینم که باورش برای خودم هم سخت بود آنها مدت ها بود که بین انسان ها حضور داشتند و در پی این حضور خودشان افرادی را که گمان می کردند در این موضوع یعنی بی احترامی به اهرام که نماد صلح بین دو جهان بود نقش داشته اند کشته بودند و مردم زمین گمان می کردند که دلیل مردن این افراد نفرین اهرام و یا شخصی است که در آنها مدفون شده است. اما چیزی که بیشتر از این باعث ترس و وحشت من می شد این بود که آنها این قابلیت را داشتند که به هر شکلی در بیایند و یا

حتی انسانی را که کشته بودند مسخ کنند و مدت ها در جسم او باقی بمانند و این ترسناک بود، از میان این افراد یکی خیلی جلب توجه می کرد و آن فردی بود که بصورت زنجیره ای قتل های زیادی را انجام داده بود در حالیکه قبل از ارتکاب آن قتل ها خودش توسط آخن ها کشته شده بود و در واقع آن موجودی که آن قتل ها را انجام داده بود یک آخن در جسم او بود که مرتکب این قتل ها می شد، آنچه می دیدم باعث شد که با احتیاط بیشتری با آنها صحبت کنم اما نباید از موضع قدرت پائین می آمدم چرا که نشان دادن هرگونه ضعفی در این مورد و در این زمان می توانست عواقب بدی را برای بشر به دنبال داشته باشد. برای همین هم گفتم: " چرا بدون اجازهٔ من به قلمرو من وارد شدید، و چرا بدون آنکه حتی اجازه ورود به سرزمین من را داشته باشید به مردم من حمله کرده و آنها را از بین برده اید؟ "

همهٔ آنها یکه خورده بودند و متحیر به من نگاه می کردند.

از آنها رو برگرداندم و گفتم: " خودتان را برای نبرد آماده کنید و بعد به سمت در خروجی رفتم در حالیکه زیر چشمی به آنها نگاه می کردم و رفتار آنها را زیر نظر داشتم آنها هنوز با حیرت به من

نگاه می کردند تا پیش از این، آنها فکر می کردند که قدرت بیشتری نسبت به انسان ها دارند اما با دیدن این رفتار من به فکر فرو رفته بودند و به قدرت خودشان شک کرده بودند... نزدیک در خروجی مقلد مادر که به نقشه من پی برده بود جلویم ایستاد و گفت: " به خاطر من ناجی، کمی صبر کن شاید بتوانیم راه حلی پیدا کنیم"

صدای آنها را می شنیدم که گفتگو می کردند و یکی از آنها به دیگری گفت: " او یک ناجی است و تا قبل از آمدن او انسان ها ضعیف تر از ما بودند اما حالا با وجود او، این موضوع کلاً متفاوت از گذشته است"

و دیگری می پرسید: " ناجی ها همان هائی هستند که بر زمان تسلط دارند؟"

و دیگری به او پاسخ داد: " بله، شاید بتوانیم سر همین موضوع با او معامله کنیم "

اما ناگهان یکی از آنها از من درخواست عجیبی کرد و گفت: " ناجی، ما هم به قدرت تو آگاهیم و می خواهیم این موضوع بدون

جنگ تمام شود حالا خودت پیشنهادی برای حل این اختلاف پیش
آمده بده "

به سمت او برگشتم و گفتم: " این اتفاقاتی که شما می گوئید بر
سر نمادهای صلح بین دو جهان توسط انسان ها بوجود آمده است
حقیقت دارد و من هم تاکنون نسبت به این موضوع بی تفاوت بوده
ام، اما باید این را هم بگویم که این موضوعی اتفاقی و غیر عمد
بوده است و بر اثر عدم آگاهی انسان ها رخ داده و من هم مطمئن
هستم که این اتفاق در صورت آگاهی انسان ها پیش نمی آمد"

البته در دلم می گفتم: " می دانم که ترمیم این آثار ارزشمند هم
از عهدهٔ کشور مصر بر نمی آید"

و ادامه دادم: "البته من با شما می آیم... و برای بازدید از اهرام مصر
می رویم شاید در آنجا بتوانیم راه حل بهتری بیابیم"

هنوز حرفم تمام نشده بود که یکی ازآنها گفت: " پس به جهان ما
می رویم "

هنوز هم دقیقا نمی دانم چرا این پیشنهاد او را قبول کردم شاید
برای جلوگیری از خطری که انسان ها را تهدید می کرد و یا...

که یکی دیگر از آنها گفت: " برای جبران این موضوع خواسته ای داریم"

از او خواسته اش را پرسیدم و او پاسخ داد: " یکی از ما را با خودت به زمان جلوتر و در جهانی دیگر ببر تا بتواند راه حل یکی از مشکلات جهان ما را بیابد"

تاحالا این کار را انجام نداده بودم یعنی جابجایی بین زمان ها و در دو جهان مختلف، اما قبول کردم چون تنها راه باقی مانده برای جلوگیری از این جنگ بود.

همان موقع مقلد مادر جلو آمد و گفت: " من به قدرت های تو بیشتر از خودم آگاهم ناجی، پس به آنها قول بده که مشابه این نمادها را برای آنها در جهان آنها می سازی"

به مقلد مادر گفتم: "باشد، اما..."

هنوز حرفم تمام نشده بود که مقلد مادر به آنها گفت: " البته ناجی برای برقراری صلحی پایدارتر برای شما همانند این نمادهای صلح را خواهد ساخت"

آنها خوشحال شدند و من هم مات و مبهوت به آنها نگاه می کردم.

آخن ها یک صدا گفتند: "برویم"

که مقلد مادر جلو آمد و گفت: " با آنها برو، ما مراقب گل سرخ هستیم"

می دانستم که در طول این مدت زمان کمتری را می توانستم با گل سرخ بگذرانم اما برای جلوگیری از حادثه ای به آن بزرگی، این کار لازم بود پس عازم جهان آنها شدیم ...

روزها در آن جهان می گذشت و من فقط گاه گاهی برای دیدن گل سرخ به جهان انسان ها می آمدم. این موضوع برای من خوشایند نبود و مطمئن بودم که گل سرخ هم اگر می دانست رضایت نمی داد اما چاره ی دیگری هم نداشتم البته این موضوع با وجود اینکه گل سرخ از وجود من و علاقه ی من بی اطلاع بود چندان تفاوتی در صورت مسئله ایجاد نمی کرد اما من هنوز هم نگران افرادی بودم که می دانستم به دنبال نزدیک کردن خودشان به گل سرخ بودند اما به مقلد ها هم امیدوار بودم ...

مطمئنا زندگی من در جهان آنها با فراز و نشیب هائی همراه بود اول اینکه ساخت بناهائی به شکل اهرام مصر برای آنها فقط با نیروی من انجام می شد یعنی من باید از این نیروها برای ساخت آن بنا استفاده می کردم که تاکنون این کار را نکرده بودم... بعلاوه که سفر در زمان خودش سخت بود حالا که انتقال از یک جهان به جهان دیگر هم به آن اضافه شده بود و از همه مهمتر دوری از گل سرخ ...

می دانستم که تمام این وقایع باید مانند رازی سر به مهر در دلم باقی بماند هر چند که مطمئن بودم آدم ها حتی اگر اتفاقاتی که در زندگی ام رخ داده را بشنوند، باز هم باور نمی کردند و این موضوع برای من باعث اطمینان بود، اگر آنچه من تجربه می کردم را برای آنها می گفتم بیشتر شبیه به یک داستان علمی و تخیلی بود....

روزها همچنان می گذشت و من فقط گاه گاهی می توانستم به جهان خودمان برگردم و به خانه خودمان بروم یا برای دیدن گل سرخ بروم و این اتفاق همچنان تکرار می شد. روزها گذشت تا اینکه پس از گذشت مدتی سنگینی نگاه یکی از مردمان آن جهان را روی

خودم احساس کردم. در آن جهان چندین گونه از موجودات در کنار هم زندگی می کردند که از این میان جمعیت باهوش ترین آنها یعنی آخن ها بر دیگر گونه ها غالب بود این افراد از لحاظ جنسیتی به ۳ گروه تقسیم می شدند گروه اول نرها که به آن ها آخن می گفتند و موجوداتی فوق العاده قوی، جنگ طلب و قدرتمند بودند گروه دوم سان ها که از لحاظ جنسیتی ماده بودند و فوق العاده زیبا، لطیف و احساساتی بودند تا جائیکه در اوج احساسات خودشان از رنگ سفید به رنگ صورتی تغییر رنگ می دادند و در بین خودشان در این حالت به سان ها والد می گفتن و نکته قابل توجه این بود که پس از ازدواج یک آخن با یک سان، تغییر شکل آنها به صورت والد بصورت دائمی در می آمد و پس از ازدواج تمام سان ها به شکل والد و بصورت دائمی بودند اگر بخواهم این موضوع را بهتر شرح بدهم باید بگویم که سان ها در آن سرزمین به همین شکل خودشان زندگی می کردند تا اینکه عاشق یک آخن می شدند و پس از آن با تغییر ظاهری که از خودشان نشان می دادند دیگران می توانستند به اینکه آنها عاشق شده اند پی ببرند مانند همان رنگ صورتی که گفتم و همینطور رفتارهای دیگری که از خودشان نشان می دادند ... و البته مهمترین آنها این بود که این

عشق را به آن آخن نشان بدهند و پس از این آن آخن هم دچار تغییراتی می شد نه از نظر ظاهری بلکه از نظر روحی و رفتاری، شاید می شد گفت که پس از آن رفتار بالغ تری از خود نشان می داد بعد این موضوع تا مدتی که هر دو یعنی سان و آخن در عشق و علاقه خودشان تثبیت می شدند ادامه داشت بعد از آن مراسمی مطابق با سنت های خودشان برگزار می شد که بسیار با شکوه بود و از آن به بعد آنها به تعبیر ما زمینی ها زندگی مشترک خودشان را آغاز می کردند یکی از قابل احترام ترین رفتارهای این مردمان این بود که تمام سان ها فقط عاشق یک آخن بودند و نسبت به آن آخن بسیار وفادار بودند و جالب تر این بود که نسبت به بقیه آخن ها بی تفاوت بودند به نظرم این آخن ها خیلی خوشبخت بودند که سان ها یعنی همسرشان این طور به آنها وفادار بودند. فقط به یک نفر وفادار بودن حداقل در زمین برای یک مرد یک گنج محسوب می شد از این نظر باید به مردمان آن جهان نسبت به مردمان زمین غبطه خورد و جنسیت سوم آنها هم وایدها بودند گروهی از جمعیت آنها جنسیتی نداشت و نه نر بودند و نه ماده بلکه جنگ جویانی خون آشام، خون ریز و ترسناک بودند که فکر می کنم در جنگ هیچ موجودی جلودار آنها نیست...

اما این روزها متوجه اتفاق عجیبی شده بودم، نگاه های آن سان همواره توجهم را جلب می کرد روزها در محلی نزدیک به محلی که در آن مشغول ساخت آن نمادها بودم می ایستاد و دقیقا در جهتی قرار می گرفت که در راستای دیدش قرار بگیرم و از آنجا مرا زیر نظر می گرفت. تا اینکه بالاخره یک روز جلو آمد انگار دلش را به دریا زده بود، پرسید: "چرا همیشه به جهان خودتان می روید و بعد باز می گردید؟"

از این حرف او دقیقا متوجهٔ منظورش نشدم اما پاسخ دادم: "چون ..."

به چهره او نگاه کردم حالتی عادی نداشت و مردمک چشمهایش بزرگتر شده بود، با دیدن این حالت او پرسیدم: " چرا می خواهی این موضوع را بدانی؟"

و او ادامهٔ حرفش را خورد به او نگاه کردم رنگ سفید او کم کم در حال تغییر به رنگ صورتی بود... و گفت: " فقط کنجکاوی بود"

و ادامه این گفتگو را نیمه کاره گذاشت و رفت

این روزها کار ساخت بناهای نمادین صلح را در جهان آنها به پایان رسانده بودم و فقط باید کار سفر در زمان و جهان دیگر به پایان می رسید که پس از اتمام آن به جهان خودم بر می گشتم فقط چند روزی به پایان این کار مانده بود. که آخن اعظم من را به اقامتگاه خودش که برکوهی دور و مشرف به محل احداث بناهای صلح بود دعوت کرد و من هم به آنجا رفتم با ورود به آنجا تازه متوجه موضوع مهمی شدم آن سان که روزهای قبل دیده بودم و از من درباره علت رفتنم به جهان خودمان پرسیده بود آیسان تنها فرزند سان و آخن اعظم آن سرزمین بود و خانواده آخن اعظم از هفت آخن و یک سان تعداد زیادی واید تشکیل شده بود که از بین همهٔ آنها به فرزند سان خود یعنی آیسان علاقه ی زیادی داشت و این موضوع در آن زمان می توانست خودش شروع ماجرائی تازه باشد. در حالکیه همهٔ افراد مشغول لذت بردن از آن میهمانی با شکوه بودند آخن اعظم مرا به محلی در آن اقامتگاه برد از او پرسیدم: " علت این که اصرار داشتید تنها به این مکان بیائیم چیست؟"

و او پاسخ داد :" حتماً متوجه شده ای که باید در مورد موضوع مهمی با هم صحبت کنیم "

به او نگاه کردم و گفتم: " با توجه به نحوهٔ درخواست ناگهانی شما برای این جلسه دو نفره و همینطور اتفاقاتی که اخیرا شاهد آن بوده ام این موضع را تا حدودی می توانم حدس بزنم"

و او ادامه داد: " در گذشته معمول بوده است که در هنگام بروز اختلاف و درگیری بین جهان های مختلف پیوندی بین آن جهان ها برقرار می کردند که این پیوند تضمینی بر صلح در بین آن جهان ها به شمار می رفت همانطور که در جهان شما این پیوند به شکل ازدواج بین مردم دو کشور معمول بوده است ..."

با شنیدن این حرف های آخن اعظم به آنچه می خواست بگوید و من پیش از این آن را حدس زده بودم مطمئن شدم. در همین حال و هوا بودم که صدایی از پشت سر من را از عالم خاطراتم به این جهان برگرداند. به سمت آن صدا نگاه کردم گروهی از مانتیس ها بودند و به خانه قدیمی آمده بودند تا راجع به موضوع مهمی با هم گفتگو کنیم. بعد از رفتن آنها دوباره غرق در خاطرات آن زمان شدم اما این بار خاطرات زمان بازگشت از آن جهان را مرور می کردم آنهائی که مربوط به بازگشت از آن جهان و جهان آخن ها و سان ها بود. از مرور خاطرات سان آخن اعظم حتی برای خودم

هم طفره رفتم در عوض خاطرات زمان بازگشت به زمین را برای خودم مرور می کردم.

بخش هفتم: پیر پسر

بیاد دارم که به محض برگشتم به زمین به خانه رفتم، در نشیمن
خانه نشسته بودم و این طبیعی بود که با توجه به مدتی که نتوانسته
بودم به زمین بیایم از روی دلتنگی برای دیدن گل سرخ رفتم اما
آنچه که می دیدم برای من به هیچ وجه قابل باور نبود چرا که این
بار پسری بسیار مسن تر از گل سرخ طرح آشنائی با او را ریخته
بود، عصبانی و ناراحت بودم مگر من چه مدت بود که در جهان
آخن ها مشغول ساخت آن بناها بودم؟ با نگاهی به تاریخ خودم به
طولانی بودن این موضوع پی برده بودم... اما چرا اینگونه بود؟! به
محض اینکه مدتی از او غافل می شدم فرد دیگری برای تصاحب او
پیدا می شد؟؟؟ تمام مقلد ها را به آنجا احضار کردم و علت را جویا
شدم و آنها هم توضیحی در این مورد به من دادند به آنها همه چیز
را گفته بودم و همینطور برایشان اوضاع را شرح داده بودم اما آنها
کوتاهی کرده بودند اما این بار این پیر پسر واقعاً باعث ناراحتی من
شده بود خصوصاً که از او بیشتر از بقیه پسرهائی که سعی کرده
بودند تا قلب گل سرخ را بدست بیاورند بدم می آمد...

اول از همه دلم می خواست نسبت به مقلدها سخت گیری کنم اما
خیلی عصبانی بودم بنابراین ترجیح دادم حداقل فعلا در این مورد
تصمیمی نگیرم برای همین بدون آنکه چیزی بگویم به خانه
برگشتم از آنجائیکه در تمام طول این مدت من مثل یک مسافر
زمان رفته و آمده بودم کسی متوجه غیبت من در خانه نشده بود

در اتاق نشیمن نشسته بودیم من و پدر و مادرم از هر موضوعی که اشاره ای به آن می شد حرفی برای گفتن بود اما من دلم می خواست موضوع دیگری را از مادرم بپرسم موضوعی که امروز بیش از اندازه ذهنم را به خودش مشغول کرده بود، با خودم فکر می کردم گل سرخ یک جورهایی حق داشت چون او حتی از وجود من هم در زندگیش بی خبر بود از این نظر که به این مسئله نگاه می کردم حق را به او می دادم چون من در تمام این مدت از دور او را دیده بودم یا به شکل نامرئی همراهش به میهمانی و جشن رفته بودم، و هر جا همراه او بودم اما در تمام این مدت او تنها بود هر کجا که من همراه او بودم او همراه تنهایی خودش بود و...

که ناگهان متوجه شدم که مادر و پدرم در مورد مراسم نامزدی فرزند یکی از دوستانشان صحبت می کنند خب این موضوع باعث شدکه من هم از مادرم یکی از سوالاتی را که ذهنم را مشغول کرده بود بپرسم، سوالم این بود که اگر پسری نسبت به دختری احساس علاقه بکند، راهش چیست؟ باید چکار کند؟ و او در جواب این سوالم پاسخ داد: " ببین پسرم اول از همه باید بگویم اگر پسری به دختری علاقه داشت اول باید آن را بسنجد و به حقیقی بودن احساس خودش پی ببرد، فراموش نکن هیچگاه نباید برای احساسی که هنوز پی به حقیقی بودن آن نبرده ای با احساس یک دختر بازی بکنی... و پس از آنکه مطمئن شدی باید به آن دختر بگویی

مطمئن باش تا دختر ها از حس ششم فوق العاده ای برخوردارند دیر یا زود احساس تو را درک خواهند کرد اما هیچ دختری نمی تواند به صورت صد در صد از آنچه که یک پسر در ذهن خودش دارد نسبت به احساسی که دارد آگاه شود. اگر خودش خجالت می کشد می تواند از پدر و مادرش بخواهد که این کار را به شیوه ای که خودشان در آن تجربه دارند پیش ببرند"

مادرم این را گفت و همچنان به من نگاه می کرد و مطمئن بودم که منظورش از ادامه این انتظار این بود که اگر حرفی در دلم دارم به او بگویم. خب جواب مادرم تا اینجا درست بود پس باید یک پسر از علاقه اش به یک دختر بگوید و او را از این علاقه آگاه کند شاید این همان کلید دیگری بود که برای موفقیت در ازدواج لازم بود و یک پسر باید آن را در کنار صداقت و ... داشته باشد. اما در جایی خوانده بودم که اگر از عشقت به کسی بگویی دیر یا زود آن را از دست خواهی داد و این موضوع باعث شد تا در آن لحظه از گفتن این موضوع به مادرم خودداری بکنم، بعد از گذشت چند ثانیه بود که مادرم از اینکه من چیزی به او بگویم نا امید شده بود و ادامه داد: " اما در کنار اینها نباید این نکته را فراموش کنی که یک دختر هم حق انتخاب دارد و باید در تصمیم گیری خودش آزاد باشد و نباید او را مجبور به پذیرش خواسته خودت بکنی زیرا عشق به اجبار به وجود نمی آید خب پس این موضوع هم کلید طلائی دیگر

یک ازدواج موفق بود عشق با اجبار ساخته نمی شود. البته فراموش نکن این اتفاق می تواند به یک عشق یک طرفه ختم شود که در این حالت هم چندان خوشایند نخواهد بود.

مادرم ادامه داد اگر به دختری علاقه ات را ثابت کردی و او هم از روی علاقه پذیرفت و به صداقت تو در ابراز علاقه ات یقین پیدا کرد آنگاه این موضوع قابل قبول است اما پایان کار نیست بلکه یک شروع تلقی می شود. با تعجب از مادرم پرسیدم: " یک شروع ؟! یعنی چه؟"

و او جواب داد: " که بعد از این نوبت آشنائی بیشتر شماست که اصولاً ما معتقد هستیم در این مرحله بهتر است آشنائی با اطلاع خانواده ها صورت بگیرد تا فرزندان بتوانند از راهنمائی والدینشان هم استفاده کنند اما اگر خودشان هم با یکدیگر آشنا بشوند ایرادی ندارد به شرط آنکه همواره چهارچوب هایی را رعایت کنند."

با این جواب مادرم به فکر فرو رفتم پس این کلید دیگر یک ازدواج موفق بود هنوز در فکر بودم که مادرم گفت: " سهراب حواست هست، مادر"

به مادرم نگاه کردم و او گفت: " پسرم فراموش نکن هر دختری در زندگی خودش با توجه به شرایطی که دارد خواستگاران زیادی دارد و این خودش است که به آنها اجازه می دهد تا برای آشنائی قدم

پیش بگذارند یا نه... اما این موضوع یعنی آشنائی آنها ممکن است با تفاهم همراه نباشد و پس از اثبات به تفاهم نرسیدن ممکن است که آن رابطه به پایان برسد پس هر وقت به دختری علاقمند شدی ممکن است در زندگی، او هم در گذشته خواستگارهای زیاد و یا مدت های آشنائی زیادی وجود داشته باشد پس در مورد آنها از او پرس و جو نکن او اگر خودش بخواهد به تو می گوید."

با شنیدن حرف های مادرم کمی آرام تر شده بودم و می دانستم که گل سرخ هم در تمام این مدت با اطلاع خانواده اش و رعایت چهار چوب خودش سعی در آشنائی با آنها داشته است پس این موضوع عادی قلمداد می شد اما این ها باعث نمی شد که آن پیر پسر را آزار ندهم خودم هم علت این کار و این تمایل جدید شکل گرفته در خودم را نمی دانستم در این مورد احساس جنگ جوئی را داشتم که از دیدن ضعف دشمن خودش لذت می برد. امروز صبح اول وقت به خانه گل سرخ رفتم و در حیاط آنجا منتظر بیدار شدن گل سرخ ماندم. از دور پنجره اش را دیدم که چراغ اتاقش روشن شد ظاهراً امروز زودتر از بقیه روزها از خواب بلند شده بود اما تا یکی دو ساعت خبری از بیرون رفتنش نبود داخل خانه که شدم فهمیدم به مسافرت رفته ظاهراً همراه خانوادش به شهر آن پیر پسر رفته بود به نظر می آمد که این پیر پسر با تجربه تر از پسرهای

قبلی است و با تجربه ای که در این سالها اندوخته بود بهتر عمل می کرد...

برای اینکه به محلی که گل سرخ در آن بود بروم نیازی به دانستن محل نداشتم، فقط کافی بود که به قلبم اجازه بدهم من را به آنجا ببرد و لحظه ای بعد در آنجا بودم. پیر پسر را از دور می دیدم او با تلاش زیادی سعی داشت تا تصویر خوبی از خودش در ذهن گل سرخ بوجود بیاورد برای همین هم خیلی در رفتارش دقت می کرد...

تجربهٔ او را از آنجا می شد فهمید که یک قرار برای بیرون رفتن در شهر خودش ترتیب داده بود که مادرش هم همراه آنها بود و این موضوع برای جلب اعتماد گل سرخ می توانست مؤثر باشد. به هر حال این قرار ملاقات آنها هم با تمام دغدغه هایی که برای من داشت تمام شد و آنها داشتند به خانه و هتل بر می گشتند. اما او خبر نداشت که خطری مثل من همه جا دنبال آنها بود، آن شب وقتی خواب بود حسابی اذیتش کردیم وقتی صبح زود پیر پسر با دیدن زخم های روی بدنش فکر می کرد زخم روی دستش کار نیش پشه است من و مانتیس ها می خندیدیم چون آن محل ورود یکی از خارهای مانتیس به دستش بود...

یا اینکه وقتی در ساحل همراه با گل سرخ قدم می زد برای او پشت پا گرفتم و خیلی خوش شانس بود که به زمین نیفتاد، همینطور زمانی که ...

اما از همه اینها مهمتر جایی بود که بدون آنکه بداند بخاطر ناراحتی و عصبانیتی که من از نزدیکی او به گل سرخ داشتم، لحظه لحظه از عمرش کم می شد.

یکی از خاصیت های آدم حافظه اش است و تسلط ما بر حافظهٔ او باعث می شد که وقتی تنها بود تا صبح او را اذیت کنیم و صبح ها با پاک شدن آنها هیچ چیزی از آنچه بر او گذشته بود به یادش نیاید و اگر اثری از ضرباتی که می خورد بر بدنش باقی نمی ماند به جز احساس گرفتگی عضلات و یا سردرد، چیزی از آنها را بخاطر نمی آورد. تا اینکه بالاخره به مرحله ای رسید که می دانستم اگر امشب با نجواها برخورد کند حتما می میرد. نجواها موجوداتی ماورائی و فرای باور انسان بودند که فقط شب ها به شکل پروانه ها یا شب پره ها در می آمدند و در شهرها به گشت و گذار مشغول می شدند از اینکه آنها چه کار می کردند و چه می خوردند بگذریم اما آنها برای انسان خطرناک بودند و برخورد و تماس زیاد آنها با انسان باعث می شد که آدم عقلش را از دست بدهد. اما در مورد آن پیر پسر تعداد نجواها آنقدر زیاد بود که می توانست باعث مرگ او شود. آن پیر پسر یک بازیگر سینما بود و بهتر از بقیه برای گل

سرخ نقش بازی می کرد و این موضوع باعث شده بود تا تصمیم بگیرم امشب برای همیشه به این نقش بازی کردن او خاتمه بدهم و درس خوبی به او بدهم. اما همینکه برای عملی کردن این تصمیم از خانه خارج شدم گروهی از نجواها را دیدم که به انتظار آمدن من نشسته اند و بلافاصله پس از آن بود که مقلد مادر همراه، با پادشاه سرزمین عشق و مبارز آمدند اما چرا اینقدر یکباره و ناگهانی؟

از آنها خواستم کمی منتظر بمانند تا من برگردم اما هیچکدام قبول نکردند و از من خواستند تا از این کار منصرف شوم. اما اصرار آنها بی فایده بود و من قصد نداشتم که از این تصمیم خودم منصرف بشوم پس به راه خودم ادامه دادم خشم و عصبانیت در آن لحظه بر من مسلط شده بود و این خشم جنگاوری از من، موجودی ساخته بود که هیچ کسی نمی توانست جلوی او را بگیرد، نمی دانم دلیل اصلی این رفتارم چه بود اما هرچه که بود حتی برای خودم هم قابل باور نبود.

اول از همه مقلد مادر از نجواها خواست که از آنجا بروند و آنها را متفرق کرد ظاهراً نمی خواست که آنها شاهد آن چه قرار بود اتفاق بیفتد باشند و بعد از آن پادشاه سرزمین عشق سعی کرد تا مانع از رفتن من شود اما من او را به کناری پرتاب کردم این موضوع برای من تازگی داشت و تا آن زمان این رفتار که دور از ادب بود را از خودم ندیده بودم و اصلا انتظار آن را نداشتم. اما آن لحظه فقط

خشم و عصبانیت بر من مسلط بود و دیگر هیچ... پس از آن مبارز تمام سعی خودش را کرد اما آنچنان گردن او را گرفتم و به دیوار فشردم که او هم ناتوان به گوشه ای افتاد و حالا فقط من مانده بودم و مقلد مادر تمام سعیم را کردم که مانع خودم بشوم اما این جنگاوری که خشم را در من بیدار کرده بود انگار تمام اختیارم را در دست گرفته بود اما مقلد مادر از راهی استفاده کرد که موفق بود. بله او موفق شد او آینده ای را که می خواستم به من نشان داد. به من نشان داد که آشنائی گل سرخ و آن پیر پسر هم بزودی به پایان خواهد رسید طوری که آن پیر پسر تا آخر عمر خودش احساس بد این رابطه و تلخی این جدایی را همراه با تمام خاطراتش خواهد داشت. این موضوع کمی من را آرام تر کرد تا اینکه بالاخره توانستم کنترل خودم را بدست بیاورم پس از آن مقلد مادر فقط یک جمله گفت: " تو باید همراه مبارز برای مدتی به جهانی دیگر بروی و بدون آنکه چیزی اضافه تر بگوید رفت و بعد از آن پادشاه عشق رفت و من ماندم و مبارز. به او نگاهی انداختم و بعد در حالیکه زمین را نگاه می کردم گفتم: " می دانم رفتارم دور از ادب بود، نباید اینگونه رفتار می کردم ..."

که مبارز جلوی ادامهٔ حرفم را گرفت و خودش ادامه داد: " به اتفاقی که این جا افتاد اصلاً فکر نکن"

ناجی_____

بخش هشتم: یک مبارز واقعی

من و مبارز عازم جهان آنها شدیم جهانی که دروازهٔ آن براساس نظریهٔ خودم باز شده بود. در طول مسیر از بالای خانهٔ گل سرخ هم عبور کردیم و من در حالیکه آن را نگاه می کردم از آنجا گذشتم و کمی بعد وارد جهان مبارز شدیم.

هنوز هم به فکر رفتاری بودم که در مقابل پادشاه سرزمین عشق و مقلد مادر از من سر زده بود که مبارز گفت: " شروع شد"

پرسیدم: " چه چیزی شروع شد؟!"

مبارز گفت: " آغاز آموزش برای ناجی جوان"

تعجب کرده بودم و پرسیدم:" آموزش؟! آموزش چه چیزی؟!"

مبارز پاسخ داد: " یعنی خودت نمی توانی حدس بزنی؟"

به او گفتم: " شاید تا حدودی بتوانم، اما بهتر است که خودت به صورت کامل آن را برایم بگوئی"

و مبارز ادامه داد: " ناجی آنچه که می بینی برنامه و طرح و نقشه ای نیست که مربوط به امروز باشد و یا موضوعی اتفاقی باشد که رخ دادن آن از روی تصادف بوده و ما در آن نقشی نداشته باشیم، این موضوعی است که ما مدت هاست که طرح و نقشهٔ آنرا روی تو اجرا کرده ایم"

با شنیدن حرف های مبارز بسیار متعجب شدم و از او خواستم که بیشتر توضیح بدهد و او ادامه داد: " زمانی که ما رفتارهای تو را می دیدیم متوجه شدیم که قلبی بسیار مهربان داری طوری که این مهربانی تو مانع از آن می شد که به کسی یا موجودی آسیبی برسانی یا از قدرت خودت بر علیه بقیه موجودات استفاده کنی، معمولاً سعی می کردی از خود گذشتگی کنی و در کنار این ما شاهد رشد هر روزهٔ نیروها و استعدادهای تو بودیم این استعدادها باید پرورش پیدا می کرد علی الخصوص قدرت جنگاوری تو که باید با این استعدادها عجین می شد ما خودمان به این موضوع آگاه بودیم که نمی شود به راحتی تو را خشمگین کرد و این موضوع را زمانی فهمیدیم که افرادی قصد داشتند با آوردن نام فردی که تو از آن متنفر بودی و خاطرات خوبی از او نداشتی خشم تو را برانگیخته کنند و یا اینکه اگر بعد از ظهر می خوابیدی تو را از آن خواب به دلایلی واهی بیدار می کردند یا اینکه سعی می کردند که اگر چیزی گفتی برعکس آن را انجام بدهند تا شاید باعث ناراحتی تو شوند در حالیکه اگر حرفی به آنها گفتی به صلاح خودشان بود و یا ..."

حرفش را قطع کردم و به مبارز گفتم: "خودم می دانم و این افراد را می شناسم آنها بارها سعی در عصبانی کردن و ناراحتی من داشته اند و تو خودت دلیل این کار آنها را می دانی ..."

و مبارز ادامه داد: " باتوجه به حساسیتی که نسبت به گل سرخ داشتی تصمیم گرفتیم با وجود اینکه می توانستیم مانع آنها شویم اما گاهی اجازه بدهیم که پسری به گل سرخ نزدیک شود تا از فرصت بوجود آمده برای تقویت نیروی خشم تو استفاده کنیم اما امروز تو به بالاترین سطح این قدرت رسیدی و نیازی به ادامهٔ بیشتر این کار نداریم و فقط باید به تو آموزش بدهیم که چگونه آن را به کنترل خودت در آوری و از آن در جهتی که می خواهی استفاده کنی، از همین لحظه این آموزش آغاز خواهد شد"

به مبارز گفتم: " اما مبارز این کار شما درست نبود..."

مبارز حرفم را قطع و گفت: " می دانم... اما چاره ای نداشتیم"

و بعد از این گفتگوی کوتاه بود که آموزش من شروع شد. جهانی که مبارز از آن می آمد جهانی متفاوت بود که زندگی در آن سخت و جانکاه بود و ساکنان آن برای ادامهٔ زندگی مجبور بودند با مشکلات زیادی دست و پنجه نرم کنند تا اینکه با استفاده از علم بقیه جهان ها آن را بهبود داده بودند و امروز به سرزمینی آباد و زیبا تبدیل شده بود. روزها آموزش من ادامه داشت، به جز خانهٔ خودمان اجازه رفتن به مکان دیگری را نداشتم و حتی نباید به تقویم نگاه می کردم. گویی برای بهترین فراگیری آنها قصد داشتند زمان و مکان را از این دوره از زندگی من حذف بکنند با اینکه علت آن را نمی دانستم اما حرف های مبارز را مو به مو اجرا می کردم و

در نهایت به موجودی تبدیل شده بودم که اگر آن را به جهان انسان ها بخواهیم توصیف کنیم فقط میشد گفت: " ماشین کشتار"

اما این قابلیت ها تا این اندازه چه استفاده ای می توانست برای من داشته باشد؟ این موضوع را از مبارز پرسیدم و او گفت: " برای دانستن این موضوع حساسیت زیادی داری و فقط باید بگویم اگر بخواهی ناجی تمام انسان های جهان خودت باشی گاهی مجبور می شوی که از تمام قابلیت های خود برای حفاظت آنها استفاده کنی "

بعد به سمت من آمد و کنارم نشست و پرسید: " این سرزمین را می بینی؟"

پاسخ دادم: "بله"

او گفت: " هر کدام از ما مردمان این جهان برای آبادانی آن مبارزه کرده ایم تا جهانی زیبا برای خودمان بسازیم."

با شروع روز خودم را برای آموزش های جدید آماده می کردم که مبارز گفت: " امروز آموزش تو به پایان رسیده، ناجی می توانی بروی و در مسیر برگشت به جهان انسان ها راه ارتباطی دو جهان را هم ببند راز آن را هم در سینه خودن حفظ کن"

باید به زمین باز می گشتم بنابراین از جایم بلند شدم و او را در آغوش گرفتم در طول مدت آموزشم توسط مبارز، چیزهای زیادی از او یاد گرفته بودم و این جدائی برای من کمی دلتنگ کننده شده بود اما او به من نگاهی کرد و گفت: "هر وقت اراده کنی آن دروازه بین دو جهان فرو می ریزد و آنگاه می بینی که چگونه مردمان جهان من برای یاری تو می آیند"

با شنیدن این حرف او کمی آرام تر شده بودم، از او خداحافظی کردم و بعد از بستن دروازهٔ میان جهان انسان ها و جهان مبارزین به خانهٔ خودمان برگشتم. احساس می کردم آنچه امروز هستم خیلی متفاوت از آنچه که قبل از این آموزش بودم هست. وقتی به خانه رسیدم عصر هنگام بود اما همان موقع به خانهٔ گل سرخ رفتم. در میانهٔ راه مقلد مادر و پادشاه عشق را دیدم. با دیدن آنها جلو رفتم آنها لبخند می زدند و من هم خیلی خوب علت این لبخند آنها را می دانستم پس به آنها گفتم: " چرا از این روش برای ایجاد خشم استفاده کردید؟"

خندیدند و گفتند: " چون مهربان بودی"

کمی با هم حرف زدیم و من دوباره به سمت خانه گل سرخ رفتم. او خانه نبود، روی صندلی داخل حیاط نشستم و به اتفاقات گذشته فکر می کردم. می دانستم که آن پیر پسر دیگر با گل سرخ برای آشنائی بیشتر در ارتباط نیست این را مقلد مادر به من نشان داده

بود اما حالا گل سرخ چکار می کرد؟ مدت ها بود از او بی خبر بودم با توجه به اینکه از او خبری نبود و کسی هم داخل خانه نبود به داخل خانه رفتم و به اطراف نگاهی انداختم، او نبود اما احساس بدی داشتم در سرتاسر خانه همراه من بود دیگر شب شده بود در همان خانه یکی از مقلدها را دیدم که خبری که اصلاً خوب نبود را به من داد و آن خبر این بود که در حال حاضر پسر جوانی که از من و گل سرخ کوچکتر است در حال آشنائی بیشتر با گل سرخ است، دوباره خشم، دوباره عصبانیت برای من و ... مگر من چند وقت بود که از او بی خبر بودم ؟ دوباره به تاریخ نگاه کردم، چند ماه از آخرین باری که به اینجا آمده بودم گذشته بود...

بدون آنکه بخواهم از مکان گل سرخ آگاه بشوم خودم را به آن پسر جوان رساندم، در خانه خودش و روی تختش خوابیده بود و بی خبر از اینکه من بالای سر او ایستادم. براساس آنچه می دانستم و براساس قوانین جهان سایه ها و همینطور مقلدها و ... حکم آن پسر فقط مرگ بود. از پشت پنجره مقلد ها و سایه ها را می دیدم که در آن خانه جمع شدند، این بار نجواها هم بودند. داشتم به او نگاه می کردم. چهره ای بچه گانه و موهائی بور داشت. در حال نگاه کردن به او بودم که متوجه حضور کسی در راهرو شدم مادرش بود او هنوز هم با پدر و مادرش زندگی می کرد. در این لحظه بود که توانستم جلوی خشم خودم بگیرم و این نتیجه آموزش های مبارز

بود، از خانه بیرون آمدم و همراه چند مقلد شروع به قدم زدن کردم اما نجواها، بقیه مقلدها و سایه ها در خانه آنها باقی ماندند، و من تنها کسی بودم که از آنچه در آن خانه اتفاق می افتاد خبر داشتم.

دیگر صبح شده بود، برای خوردن صبحانه به یکی از رستوران های همان شهر رفتم اما مقلدها همراه من نیامدند و به خانهٔ او برگشتند. انگار این پسر جوان برای آنها به یک سرگرمی تبدیل شده بود. در حالت نامرئی نمی توانستم چیزی سفارش بدهم بنابراین از آنجا خارج شدم و به پارکی در همان نزدیکی رفتم و این بار تصمیم گرفتم که کمی بیشتر فکر کنم اما مطمئن بودم که این اتفاق بدون علت نیست در همین لحظه مقلد مادر را دیدم که جلو آمد و گفت: " آفرین، بالاخره توانستی بر خشم خودت غلبه کنی، این مرتبه آموزش تو به پایان رسیده است"

و رفت. تازه دانستم که علت این تکرار این بود که آنها مرا بیازمایند که آیا توانایی غلبه بر خشمم را بدست آورده ام و یا خیر؟

به خانهٔ آن پسر رفتم. او را که در حال لباس پوشیدن بود دیدم. بعد از پوشیدن لباسهایش از خانه بیرون رفت و من در خانه اش ماندم. به اطراف نگاه کردم و به لوازمی که در اتاقش داشت به طبقهٔ پائین رفتم و در آنجا پدر و مادرش را دیدم که همراه با برادر کوچکش سرگرم گفتگو بودند. تا شب در آنجا ماندم تا بالاخره آن پسر دیر وقت برگشت و مستقیم به اتاقش رفت و خوابید. در حالیکه

خواب بود دائماً گلویش را می گرفتم نفسش بند می آمد و دوباره رها می کردم اما توانائی کنترل خودم را داشتم در عین حال که او مقصر نبود... از اینکار دست کشیدم و تصمیم گرفتم به خانۀ خودمان برگردم و این کار را کردم. اما ذهنم هنوز هم مشغول این موضوع بود می دانستم که آن پسر کم سن و سال در مقابل من هیچ قدرتی ندارد و اگر می خواستم می توانستم هر کاری بکنم اما سعی کردم در آن موقعیت به این موضوع فکر نکنم. تا چند روز به این موضوع فکر نکردم تا اینکه شنیدم او قرار است به خانه گل سرخ بیاید، من هم به خانۀ گل سرخ رفتم و در همان اتاق نشیمن که خانوادۀ گل سرخ، خودش و آن پسر بودند نشستم، از دیدن چهره بچه گانه او و اخمی که داشت خنده ام گرفته بود خیلی دلش می خواست از سن خودش بزرگتر جلوه کند، سعی می کرد شمرده صحبت کند و حرف زدنش با لهجه خاصی همراه بود، به او نگاه کردم با خودم فکر می کردم که این پسر نباید خودش را وارد این بازی می کرد.

روزها به همین شکل می گذشت و آنها گهگاهی همدیگر را می دیدند تا اینکه بالاخره یک روز تصمیم گرفتم اشاره ای به شکل نوعی احساس به گل سرخ بکنم و از این طریق وجود خودم را در کنارش به او بفهمانم و بهترین روز همان روزی بود که او میهمانی با دوستانش داشت. آن روز می دانستم که آنچه می خواهم بداند

را احساس می کند پس از طریق احساس او به او فهماندم که به
تراس آن خانه بیاید و زیبائی این کار زمانی بیشتر شد که از حضور
خانواده اش هم در آنجا آگاه شدم من در مدتی که در این چند
سال گذشته بود زمان های زیادی را بدون آنکه آنها بدانند میهمان
این خانواده بودم.

آن روز یکی از بهترین روزهائی بود که در آن مدت گذرانده بودم
چون توانسته بودم به نوعی احساسم را با او به اشتراک بگذارم و از
آن روز به بعد هر زمان دلتنگش می شدم او هم احساس دلتنگی
می کرد و می توانست مرا حس کند اما هنوز هم نمی دانست که
این احساس دقیقاً منشا آن چیست؟! و چرا در او بوجود آمده است.
در عین حال من هنوز هم می دیدم که آن پسر جوان چه از طریق
تلفن و چه از طریق دیدارهائی که با خانواده داشتند به دنبال بدست
آوردن قلب گل سرخ من بود و این موضوع موجب خشم من می
شد و باعث شده بود که روز به روز آسیب بیشتری به آن پسر برسد
اما آن زمان من فقط یک احساس در قلب گل سرخ بودم که او می
توانست احساس کند و آن پسر جوان یک خواستگار جوان که از
هر راهی برای بدست آوردن قلب گل سرخ استفاده می کرد اما من
در قلب گل سرخ خانه داشتم بعلاوه که آن پسر بیشتر به یک
سرگرمی برای من تبدیل شده بود یعنی گاهی اوقات که خواب بود
چیزی را به بینی او فرو می بردم و او بینی اش را می مالید یا اینکه

وقتی راه می رفت برایش پشت پا می گرفتم. در یکی از میهمانی هائی که هم گل سرخ بود و هم آن پسر از جسم او عبور کردم دقیقاً می شد حس کرد که این عمل اگر تکرار شود می تواند باعث آسیب جدی به او شود.

اما این موضوع برای من چندان اهمیتی نداشت چون او خواسته یا ناخواسته به مرزهای من نزدیک شده بود. همینکه خواستم دوباره از جسمش عبور کنم یادم آمد که گل سرخ به آن پسر گفته بود که از تو محافظت می کنم این حرف باعث شد که از جسمش عبور نکنم و البته این کار را به احترام گل سرخ انجام ندادم، از دور نگاهش می کردم خیلی سعی داشت خودش را جدی نشان بدهد و این موضوع باعث خنده ام می شد چون که اگر می دانست که چه خطری درست روبرویش ایستاده و او را نگاه می کند مطمئناً گریه می کرد. سایه ها هم پی در پی دنبال او بودند و مقلدها هم در آن میهمانی گاهی او را تعقیب می کردند و این کار باعث می شد که آن پسر احساس نا امنی و نگرانی کند که حتی خودش هم علت آن را نمی دانست، شاید بهتر بود که خود گل سرخ در این مورد تصمیم بگیرد....

آنجا را ترک کردم و در حالیکه غرق در افکار مختلف بودم به یاد طرح هائی افتادم که از آن خانهٔ رویائی کشیده بودم و ...

بخش نهم: روبوساینا

از همه اینها که بگذریم امشب خیلی دلم می خواست که به آزمایشگاه بیوتیک و رباتیک بروم دلیل این احساسم را نمی دانستم. به آنجا که رسیدم قبل از هر کاری داده های حاصل از مدت های زیاد تلاش و تحقیقم را بررسی کردم اما یک فکر مرا آزار می داد اگر گل سرخ آن پسر را انتخاب می کرد چه می شد؟ برای همین هم تصمیم گرفتم داده های مختلف را کنار هم بگذارم و با استفاده از آنها و بقیه داده هائی که داشتم رباتی مشابه گل سرخ بسازم و برای اینکه کاملاً شبیه به او شود فقط نیاز به نقشهٔ ژنتیک گل سرخ داشتم که به راحتی می توانستم آن را بدست بیاورم. اما نباید فراموش می کردم که داده های کلی و ژنتیکی گل سرخ را بصورت کامل در مجموعه داشتم از همان روزیکه او را به مجموعه معرفی کردم. اما با این وجود باز هم دلم می خواست دو مرتبه هم حداقل به این بهانه برای دیدنش بروم. داده های ژنتیک، برای اینکار یک تار مو و یا یک بافت کوچک از او هم کفایت می کرد.

امشب قبل از اینکه گل سرخ به خانه اش باز گردد به خانهٔ گل سرخ رفتم کسی آنجا نبود و یک تار مو و آنچه که می خواستم را برداشتم و به آزمایشگاه برگشتم. به این ترتیب کار ساخت آن ربات که در واقع یک ربات کپی شده از گل سرخ بود را شروع کردم در طول مدت ساخت این ربات گاهی به خانهٔ گل سرخ می رفتم و گاهی بیرون از خانه او را همراهی می کردم. البته گاهی هم وقتی

او و آن پسر بیرون از خانه برای قدم زدن می رفتند من هم همراه آنها می رفتم و می دیدم که چگونه لحظه به لحظه از عمر آن پسر بخاطر خشم من کم می شد یا مقلدها و نجواها و سایه ها را اطراف آنها می دیدم، اما بخاطر کم سن و سال بودنش چندان به این اتفاق راضی نبودم اما آنچه که نباید، اتفاق افتاده بود. او به قلمرو من وارد شده بود و این یعنی گناه و در قوانین سایر موجودات مجازات او امری اجتناب ناپذیر محسوب می شد.

گاهی به خانهٔ خودمان می رفتم و آنجا با پدر و مادرم صحبت می کردم و این تقریباً باعث شده بود که پدر و مادرم و علی الخصوص مادرم به این تغییر رفتارم که در این مدت وقت بیشتری را با آنها می گذراندم مشکوک شود و با لبخند مرا نگاه کند. می دانستم که او از علاقه ی من به شخص خاصی (گل سرخ) حدس هایی زده است. همینطور در بعضی وقت ها که آن پسر برای دیدن گل سرخ می آمد من هم به خانهٔ آنها می رفتم و معمولاً همراه پدرش تلویزیون نگاه می کردم.

ساخت این ربات چند ماه زمان برد تا اینکه بالاخره این پدیدهٔ علمی ساخته شد و حالا باید نامی برای آن انتخاب می کردم. نام روبو را برای ابتدای آن در نظر گرفتم و پس آن هم باید نام گل سرخ را می گذاشتم و به این ترتیب نام آن روبوساینا شد؛ رباتی پیشرفته شبیه به ساینا که جسمش از گوشت انسان و بقیه قسمت ها با

عملکرد ربات ساخته شده بود. با پایان ساخت آن و گذشت یک ماه و اطمینان از عملکرد صحیح آن تصمیم گرفتم چند روزی به سفر بروم و این موضوع می توانست تأثیر زیادی بر بهبود روحیهٔ من داشته باشد. البته خاطراتی که از ساینا به صورت ذخیره شده داشتم و همینطور کارهای روزانه اش را هم در حافظه ربات بارگذاری کرده بودم اما مدتی زمان لازم بود تا عملکرد پردازش آن کامل شود بیشتر این پردازش ها هم برای این بود تا ربات بتواند بر اساس این داده ها نحوه عملکرد و رفتار خودش را منطبق بکند. برای همین هم مشغول بستن ساک هایم بودم که یکی از مقلدها با عجله پیش من آمد و گفت: " مقلد مادر می خواهد شما هر چه سریع تر پیش او بروید"

خب تاحالا پیش نیامده بود که مقلد مادر از من چنین در خواستی داشته باشد. علت را از آن مقلد پرسیدم و او پاسخ داد که نمی داند و فقط می داند که ما باید به خانهٔ قدیمی برویم.

و من بلافاصله به خانه قدیمی رفتم و در آنجا با مقلد مادر و هفت پادشاه از هفت جهان یا اقلیم روبرو شدم. بعد از آن از خبری که شنیدم شوکه شدم ساینا توسط کوردل ربوده شده بود و این موضوع در آن زمان خیلی بد بود خیلی، درست وقتی که فکر می کردم همه چیز مرتب است و می توانم کمی استراحت کنم باید این اتفاق می افتاد! از خشم و عصبانیت بر افروخته شده بودم و گفتم: " چرا؟

چگونه؟چرا مقلدهایی که مراقب او بودند نتوانسته بودند کاری انجام بدهند؟"

همین موقع پادشاه سرزمین عشق بلند شد و گفت: " ما هم مثل شما از این موضوع ناراحت هستیم اما بهتر است بدون برنامه دست به هیچ اقدامی نزنیم"

و بعد از آن مقلد مادر کنار من آمد و گفت: " چیزی که می دانیم این است که کوردل با استفاده از فرصت پیش آمده دست به انجام این کار زده است"

پرسیدم: " فرصت؟! منظورتان چیست؟"

مقلد مادر ادامه داد: " منظورمان آن پسر جوان است، در قوانین مربوط به هفت جهان و عالم مردگان اگر ..."

پرسیدم: " اگر چه؟ می شود زودتر بگوئی"

او ادامه داد: " تنها راهی که می شد از چشم مقلد ها پنهان ماند نفوذ در جسم در یک فرد ساده بود و این پسر جوان این خاصیت را داشت"

از مقلد مادر پرسیدم: " چه کسی؟ واقعاً چه کسی در جسم آن پسر پنهان شده؟ و چرا؟"

مقلد مادر گفت: " کوردل، کوردل برای اینکه بتواند به تو صدمه بزند این کار را کرده است"

دیگر امکان نداشت بتوانم جلوی خودم را بگیرم. در عرض چند ثانیه خودم را به آن پسر جوان رساندم دستم را دور گردنش حلقه کردم و او را به هوا بلند کردم سزای او مرگ بود که در همین لحظه مقلد مادر ظاهر شد و گفت: "ممکن است برای برگرداندن حافظه ساینا به او نیاز پیدا کنیم"

منظورش را نمی دانستم اما می دانستم که بی گمان حرفش درست است برای همین هم او را روی تخت پرت کردم و از مقلد مادر پرسیدم: " دیگر چه اتفاقی افتاده است؟ "

و او ادامه داد: " کوردل برای اینکه خشم خودش نسبت به تو را نشان بدهد توانسته بود مدتها در بدن این پسر رخنه کند و در این مدت در محیطی نزدیک به ساینا زندگی کند بدون آنکه مقلدها متوجه حضور او شوند و سرانجام در یک فرصت مناسب مقلد ها را کشته و ساینا را ربوده است"

به مقلد مادر نگاه کردم و با خودم گفتم کوردل علاوه بر ربودن ساینا چند مقلد را هم کشته است دوستانی که مدت ها با آنها زندگی کرده بودم نمی توانستم جلوی خشم خودم را بگیرم که مقلد مادر گفت :" پادشاهان هفت اقلیم هر کدام برای انجام کاری

در این مورد رفته اند باید منتظر بازگشت آنها باشیم بهتر است به خانۀ قدیمی بر گردیم "

بدون آنکه چیزی بگویم به مکانی رفتم که هر زمانی تنها می شدم به آنجا می رفتم قلۀ کوهی در دل طبیعت که مشرف به دره ای پر از درخت بود و آدم می توانست در آنجا آسمان، کوه و درخت و ابرها را در یک قاب ببیند. بعد از مدتی که نمی دانم چقدر طول کشید تصمیم گرفتم برای نابودی کوردل به تنهائی به جنگ او بروم.

گل سرخ عشق من بود و نباید بقیه را درگیر این موضوع می کردم ...

همانطور که از مبارز آموخته بودم برای مدتی چشم هایم را بستم و فقط و فقط سعی کردم تا روی هدفم تمرکز کنم. سپس با احساس اینکه به اوج قدرت خودم برگشته ام و خشم و عصبانیت من در کنترلم قرار گرفته به خانه قدیمی برگشتم. باید مقدمات کار را برای این نبرد آماده می کردم. به خانه بازگشتم تا در اولین فرصت مناسب به خانه قدیمی رفته و از آنجا برای مبارزه با کوردل بروم.

به خانه قدیمی که رسیدم آنچه می دیدم باورم نمی شد پادشاهان هفت اقلیم و مردمانشان برای این نبرد آمده بودند اول از آنها تشکر

کردم و گفتم که این نبرد من است و تنهایی به نبرد کوردل می روم اما هیچکدام از آنها اینکه در این مبارزه من را تنها بگذارند را قبول نکردند. آنها این عملکرد کوردل را گناهی نابخشودنی می خواندند و قصد نداشتند که از آن به این راحتی بگذرند و این نبرد را نبردی برای همه می دانستند پس برای طرح نقشهٔ نبرد به کتابخانه طبقه بالا رفتیم.

همانطور که از قبل طرح آن را چیده بودیم باید عمل می کردیم. کنار پنجره ایستاده بودم و به عکس گل سرخ در تلفن همراهم نگاه می کردم عکس هائی که از او در تمام این مدت به شکل های مختلف گرفته بودم صدائی از پشت سرم آمد برگشتم مقلد مادر بود به او نگاه کردم و گفتم: " این نبرد چقدر طول می کشد؟"

نگاهی به من کرد و گفت: " نمی دانم اما مطمئن هستم نبرد سختی در پیش خواهیم داشت"

به مقلد مادر گفتم: " می دانی که ساینا، هنرمند مشهوری است و نباید غیبت او در این مدت باعث شود تا رسانه ها در مورد او متن ها و خبرهای مختلف بنویسند"

بعد از او پرسیدم: " فکر نمی کنی اگر در این مدت از روبوگل سرخ به جای او استفاده کنیم یعنی به نوعی روبوساینا را به جای او بگذاریم بهتر باشد"

مقلد مادر کمی به من نگاه کرد و گفت: " ارزش امتحان کردن را دارد"

پس قبل از آمدن هفت پادشاه باید این کار را انجام می دادیم. به سرعت همراه مقلد مادر و چند مقلد دیگر به آزمایشگاه روبانتیک و بیوتیک رفتیم و در آنجا روبوساینا که اکنون خاطرات و آنچه مربوط به ساینا بود در آن بارگذاری شده بود را برای انتقال به خانهٔ ساینا آماده کردیم. کمی بعد روبوساینا در خانهٔ ساینا به جای او قرار گرفته بود و مثل او حرف می زد، صحبت می کرد، راه می رفت و بدون هیچ اختلافی رفتار می کرد. این کار باعث می شد که بقیه از ربوده شدن ساینا مطلع نشوند. بعد از اینکه تمام کارها را انجام دادم متوجه شدم که آن پسر به دیدن ساینا آمده و خبر ندارد که آنچه امروز می بیند یک ربات به نام روبوساینا به جای ساینا است...

بخش دهم: نبرد

به خانهٔ قدیمی برگشتم و همراه با مقلد مادر به اتاق نشیمن وارد شدیم هفت پادشاه برای آغاز نبرد انتظار ما را می کشیدند، به این ترتیب همهٔ ما برای آغاز این نبرد عازم محلی که کوردل در آن پنهان شده بود، شدیم ...

در محل نبرد همهٔ ما در اطراف ورودی مخفیگاه کوردل طوری که هیچ کدامامان دیده نشویم پنهان شده بودیم تا پادشاه سرزمین دلاوران و افرادش به شکار یاران کوردل بروند. یاران کوردل در تاریکی های اطراف ورودی مخفیگاه کوردل پنهان بودند. پادشاه سرزمین دلاوران نگاهی به من و بقیه پادشاهان کرد و بعد با تأئید ما فرمان آغاز شکار یاران کوردل را به افرادش داد. این مرحله از نبرد خیلی آرام و بی صدا بود طوری که فقط ما که از شروع این کار اطلاع داشتیم با چشمانمان به تعقیب افراد پادشاه دلاوران می پرداختیم و می دیدیم که هر چند ثانیه یکبار یکی یکی آنها یاران کوردل را از پای در می آورند. اما ناگهان اتفاق ناخوشایندی افتاد؛ اگر یاران کوردل فقط در سایه ها پنهان می شدند شکار آنها آسان بود اما در برخی از سایه ها دو یا سه یار کوردل پنهان شده بودند و این موضوع باعث سخت تر شدن شکار آنها می شد. در این میان عده ای از شکارچیان سرزمین دلاوران کشته شدند اما این یک نبرد بود و باید انتظار این وقایع را هم می داشتیم. همه می دانستیم که زخم های جنگ درمان می شوند اما اشتباهات جنگ هرگز...

بعد از اینکه تمام یاران کوردل شکار شدند نوبت به آغاز مرحلهٔ بعدی نبرد بود...

اما هنوز مرحلهٔ بعدی نبرد را آغاز نکرده بودیم که یاران کوردل دوباره در حال زنده شدن بودند. انگار مرگ برای آنها معنی نداشت از گور برخاسته بودند و دو مرتبه به شکارچیان سرزمین دلاوران حمله ور شدند. این بخش از نبرد سخت تر از آنچه که فکر می کردیم پیش می رفت. در همین زمان سایه ها را دیدم که به سمت آنها حمله ور شدند و هر کدام از یاران کوردل را در سایهٔ خودشان حبس کردند طوری که یاران کوردل مسخ سایه ها شده بودند و فقط می توانستند اطراف را ببینند اما قادر به حرکت کردن یا ایجاد صدائی از خودشان نبودند سایه ها طعمه های جدید خودشان را از آن محل بردند و شکارچیانی هم که زنده بودند به جمع بقیه افراد پیوستند. این نوید بخش پایان موفقیت آمیز مرحلهٔ اول نبرد بود بعد از این نوبت به اجرای مرحلهٔ دوم نبرد رسید. در این مرحله باید آن منطقه را از شر کتوله های وحش یا شکارچیان فرصت پاک می کردیم چون برای رسیدن به ورودی مخفیگاه کوردل باید با احتیاط کامل حرکت می کردیم طوری که دیده نشویم و برای این کار ضروری بود که پشت درختان پنهان بشویم و اگر آن درخت محل پنهان شدن یک کوتوله وحش می بود افراد ما را ابتدا به خواب عمیقی فرو می بردند و این مقدمه از بین بردن یاران ما بود.

پس انجام این مرحله هم ضروری و هم پر خطر بود. بعد از آن به آسمان نگاه کردم بادپاها در آسمان در حال پرواز بودند اما هیچکسی به جز پادشاه سرزمین بادها من و هفت پادشاه دیگر آنها را نمی دیدند هر کدام از آنها بر سر درختی که یک کوتوله وحش در آن مخفی شده بود نشسته بود. به این ترتیب درختانی که در آنها کوتوله های وحش پنهان شده بودند برای ما مشخص شد. بعد از آن افراد پادشاه سرزمین بادها تیری نشان دار بر هر یک از این درختان پرتاب کردند و آن درختان از بقیه درختان برای کلیه افراد ما مشخص شد تا هنگام نزدیک شدن به ورودی محل پنهان شدن کوردل در کنار این درختان پنهان نشوند. از آنجائیکه کوتوله های وحش نمی توانستند از محدودۀ درخت خودشان خارج شوند و یا کاری انجام دهند افراد ما می توانستند در این منطقه پیشروی کنند. فقط نباید به این درختان نزدیک می شدند. پس این مرحله هم با موفقیت انجام شد اما انگار هنوز کاملا تمام نشده بود که با هجوم گسترده ای از نجواها روبرو شدیم که به سمت این درختان نشاندار حرکت کردند و در سایۀ آنها نشستند ظاهراً کوتوله های وحش هم شکارچی بودند و هم شکار اما شکارچی آنها همین نجواها بودند، تا پیش از این نجواها نمی توانستند محل پنهان شدن کوتوله های وحش را به راحتی پیدا کنند اما حالا هر کدام از درختان محل پنهان شدن آنها نشانه ای داشت و این بهترین موقعیت برای حمله به کوتوله های وحش بود. نجواها هم به راحتی

این موقعیت پیش آمده را از دست ندادند و به راحتی می شد دید که چگونه کوتوله های وحش برای رهائی و فرار تقلا می کردند اما این امکان را نداشتند و این مرحله یکی از مراحل موفق این نبرد به شمار می آمد، می دیدم که هر کدام از نجواها قطعه ای از کوتوله های وحش را به دهان گرفته بودند و راهی همان راهی شدند که از آن آمده بودند. پس این محل برای ورود افراد من تقریباً آماده و امن شده بود و فقط باید افراد زیادی از ما که در آن اطراف پنهان شده بودند از محل پنهان شدن خودشان خارج می شدند و به سمت آن محل پیشروی می کردند و دوباره در نزدیکی در ورودی مخفیگاه کوردل پنهان می شدند.

با اشارۀ من ابتدا گروه اول و پشت سر آن گروههای بعدی ما به سمت محل پاکسازی شده از کوتوله های وحش حرکت کردند بعضی از آنها دو لا شده بودند تا دیده نشوند و عده ای هم از این درخت به آن درخت می دویدند تا بالاخره محل مناسبی برای پنهان شدن رسیدند. من و هفت پادشاه هم محل مناسبی که دید کاملی به آنجا داشت را پیدا کردیم و از آنجا به دروازه مردگان نگاه می کردیم و آنجا را زیر نظر گرفتیم. نگهبانان مردگان در اطراف آن در حال گشت زنی بودند و ما می دانستیم که این موجودات می توانستند بسیار سریع به داخل خاک می رفتند و از آنجا به ما حمله می کردند در حال حاضر فقط چند تا از آنها جلوی در ورودی

حالت معلق بین زمین و آسمان ایستاده بودند و آنطوریکه پادشاه خاک و سنگ می گفت نباید گول تعداد کم آنها را که در بین زمین و آسمان معلق شده بودند، می خوردیم چون عده ی زیادی از آنها در دل زمین پنهان شده بودند که در صورتیکه احساس خطر می کردند بلافاصله افراد آنها که در زمین پنهان شده بودند حمله خودشان را به ما آغاز می کردند و دیگر کسی نمی توانست به این راحتی ها از حملهٔ آنها جان سالم بدر ببرد چون آنها در زیر زمین حرکت می کردند و فقط برای حمله و آنهم برای چند ثانیه به سطح زمین می آمدند. پس پادشاه خاک و سنگ باید خیلی دقت می کرد زیرا کوچکترین عاملی می توانست آنها را به خطر جبران ناپذیری بیندازد. او همراه با افرادش برای نبرد با آنها رفت. عده ای از آنها به سمت دروازه مردگان رفتند و قصد داشتند چند نگهبان مردگانی که به گشت زنی می پرداختند را بی صدا و بدون اینکه جلب توجه کند از بین ببرند و بقیه آنها هم هر کدام در قسمتی از زمین های آنجا نشسته و منتظر فرمان پادشاه خاک و سنگ بودند که به محض اینکه پادشاه خاک و سنگ فرمان می داد در یک لحظه زمین را سخت کنند تا نگهبانان مردگانی که در دل خاک بودند نتوانند از زمین بیرون بیایند.

تعدادی از آنها همچنان آرام آرام به سمت نگهبانان مردگان معلق در هوا می رفتند و بخش اعظم آنها هم در اطراف دروازهٔ مردگان

به انتظار فرمان پادشاه خاک و سنگ نشسته بودند تا حمله خودشان را آغاز و خاک آنجا را همچون سنگ سخت کنند. بالاخره پادشاه خاک و سنگ فرمان حمله را صادر کرد و در چشم به هم زدنی زمین مثل سنگ سخت شد و نگهبانان دروازه مردگان معلق در هوا هم توسط افراد این پادشاهی کشته شدند. تا زمانیکه ما نبرد را به پایان نمی رساندیم این افراد از پادشاهی خاک و سنگ نمی توانستند از جایشان تکان بخورند، اگر از آنجا به جای دیگری می رفتند نگهبانان دروازه مردگان که در زمین بودند آزاد می شدند و کسی نمی دانست که در این صورت چه اتفاقی می افتاد...

به این ترتیب بعد از چند مرحله نبرد دشوار به دروازهٔ مردگان رسیده بودیم. جادوگران سرزمین جادوگران با فرمان پادشاه سرزمین خودشان شروع به باز کردن هفت قتل ننگین جادو که بر دروازهٔ مردگان زده شده بود کردند این مرحله خیلی عجیب بود و آنچه را که می دیدم باور نکردنی نبود. جادوگران با باز شدن هر قفل ننگین گروهی از موجوداتی را آزاد می کردند که در صورت شکسته نشدن قفل آنها که مسخ جادوی قفل شده بودند به افرادی که به آن دروازه وارد می شدند حمله می کردند. آنچه که از این موجودات می دیدم به این راحتی ها قابل مبارزه و شکست دادن نبود چون موجوداتی عجیب و غریب اما قدرتمند بودند.

زمان همینطور می گذشت و جادوگران مشغول به کار خودشان بودند اما کار آنها کمی بیشتر از آنچه پیش بینی کرده بودیم طول کشید و این موضوع کمی برای من نگران کننده شده بود...

روی تخته سنگی نشسته بودم و به آنها نگاه می کردم واقعاً انتظار کشنده بود...

بالاخره قفل های دروازهٔ مردگان باز شد، دیگر نوبت من بود که وظیفهٔ خودم را در این بخش از نبرد انجام دهم. از روی تخته سنگ بلند شدم به آسمان نگاهی انداختم و بعد به سمت دروازهٔ مردگان رفتم. وقتی به دروازهٔ مردگان رسیدم به پادشاهان هفت اقلیم و افراد آنها نگاهی انداختم و با انگشت اشاره آسمان را نشان دادم و وارد دروازهٔ مردگان شدم، آنجا فقط و فقط تاریکی بود و چشم هایم در تاریکی نمی توانست به راحتی جایی را ببیند. کور مال کورمال در آن تاریکی پیش می رفتم، دقیقاً نمی دانستم چه چیزی ممکن است که در تاریکی انتظارم را بکشد در آن تاریکی فقط قدرت حافظه ام مرا یاری کرد، آنچه که چکاوک ها نشان داده بودند را دوباره به خاطر آوردم و براساس آن راه خودم را در آن تاریکی مطلق ادامه دادم، تا بالاخره از دالانی که مربوط به دروازهٔ ورودی آنجا بود عبور کردم. چیزی که می دیدم متحیر کننده بود. آیا واقعا چنین پدیده ای می توانست وجود داشته باشد؟ آنچه که در زمین و در این مکان وجود داشت عجیب و وحشتناک بود آنجا روشن

بود اما منشأ این روشنائی مشخص نبود مطمئن بودم که هیچ نوری
از خورشید به آن مکان راه پیدا نمی کند پس علت این نور چه بود،
از چه منبعی می توانست باشد؟ تا اینکه متوجه شدم نوری که آنجا
وجود دارد با نوری که همه ما می شناسیم فرق می کند و آن نور
نیست در واقع نوری که همه ما با آن آشنایی داریم پدیده ای
فیزیکی و اثبات شده بود اما این نور، نور خرد بود که از جان آدمی
سرچشمه می گرفت و نتیجه آگاه شدن به حقایقی بود که در اینجا
کمک رسان آدمی و همه موجودات می شد و...

زمان زیادی نداشتم باید دل به دریا می زدم و وارد این بخش می
شدم. آنچه می دیدم کمی گیج کننده بود زمین برخلاف آنچه
چکاوک ها نشان داده بودند هیچ حرکتی نداشت اما بین خاک و
سنگ می شد به وضوح استخوان های زیادی را دید و خون آبه
هائی که بر روی سنگ و خاک خشک شده بود جمجمه هائی که
حالا جزئی از خاک به شمار می رفت و از بین همه این مناظر
هولناک فقط یک مسیر به سمت مکانی نامشخص می گذشت. تنها
مسیر روبروی من مسیری هولناک و باریک بود که در دیواره های
اطراف آن جمجمه هایی بدون چشم به سمت هر جنبنده ای که
از آنجا می گذشت خیره می شدند پس چاره ای نبود باید در این
مسیر قدم می گذاشتم ...

با اولین قدم هیچ اتفاقی نیفتاد، دومین و سومین هم همینطور اما همینکه کمی از دروازهٔ ورودی دنیای مردگان فاصله گرفتم همه چیز تغییر کرد و دگرگون شد. زمین آنچنان می غرید که می خواست گوش ها را کر کند و آنچنان مواج حرکت می کرد و لرزشی به خودش می داد که هیچ موجودی نمی توانست از آنها به راحتی بگریزد زمین تنگ تر و تنگ تر می شد تا بالاخره به من رسید. در این زمان حجمی از خاک و سنگ و ریشهٔ درختان همراه با استخوان های زیادی که در آن بود در مقابل من برخاست مانند جسمی انسان گونه که مقابل صورت من ایستاده باشد. انگار همه چیز ساکن و راکد شده بود. ناگهان همه چیز فرو ریخت و فقط همان حجم، جسم و هرچه می شود نام آنرا گذاشت باقی ماند همانی که مقابل صورت من ایستاده بود تکانی به خودش داد به حرف زدن در آمد و گفت: " ناجی، ما را از شر طلسم کوردل نجات بده ...."

و بعد بدون هیچ حرکت اضافی ای به همان جایی که از آن آمده بود فرو رفت، درست در همین لحظه بود که نوری از دروازهٔ مردگان به داخل تابید و بدنبال آن پادشاهان هفت اقلیم و مردمان آنها به آن جا وارد شدند دنیای مردگان دنیای هراس و ترس بود ...

همه ما در ابتدای آن مسیری که حالا در مقابل ما فراخ تر شده بود ایستاده بودیم و به اطراف نگاه می کردیم. چهره هائی در خاک بود که در اوج نا امیدی لبخند به لب داشت و چهره هائی هم انگار، از

ترس آنچه که به آن آگاه شده بودند نالان بودند اما این خاک بود که همهٔ آنها را در بر گرفته بود .... پادشاهان هفت اقلیم و مردمان آنها به این منظره هولناک با تعجب نگاه می کردند، می توانستم صدای ذهن آنها را بشنوم انگار قالب تهی کرده بودند و به این فکر می کردند که در این جنگ ممکن است سرنوشتی مانند آن استخوانهای باقی مانده در خاک انتظار آنها را بکشد و این شاید خطرناک تر از تپش ها و حرکت های راز آلود چند دقیقه قبل زمین بود چون شاید می شد با هزار ترفند از امواج خاک و سنگ رها شد اما از افکاری مثل این نه... البته نمی شد حق را به آنها نداد زیرا همه می دانستیم که در هر جنگی چه بخواهیم و چه نخواهیم این سرنوشت گروهی از جنگجویان خواهد بود، جنگ جنگ جنگ ... چند قدم جلوتر رفتم استخوان جمجمه ای را از میان خاک بیرون کشیدم و با دست بالا بردم و با دست دیگرم استخوان دیگری را از قسمت دیگر خاک بیرون کشیدم و آنها را محکم به هم کوبیدم. بخاطر مدت زمان زیادی که آنها در خاک بود بر اثر شدت این ضربه هر دوی آنها فرو ریختند، بعد از این فریاد زدم این تنها سرنوشتی است که انتظار دشمنان ما را خواهد کشید.... همه آنها فریاد زنان به وجد آمده بودند اینکار روحیه از دست رفته آنها را برگرداند.....

نباید زیاد در این مکان می ماندیم چون امروز روز نبرد بود و بیشتر ماندن در آن مکان تاثیر خوبی بر روحیه افراد نداشت مطمئن بودم که این مکان خودش رازهائی در دل خود داشت، که کنجکاوی هر فردی را به خودش جلب می کرد. در همین لحظه پادشاه عشق شروع به صحبت کرد و گفت: "مرحلهٔ بعدی هم پیش روی ماست بهتر است سریع تر حرکت کنیم ..."

هنوز جزئیات زیادی از آن جلسه ای که با پادشاهان هفت اقلیم داشتیم در خاطرم مانده بود و بر این اساس مرحلهٔ بعدی نبرد عبور از آتش بود آتشی که خشمگین به هر سوئی می تاخت اما این مرحله با بقیه مراحل فرق داشت. چون بلافاصله بعد از آن با اولین گروه از مبارزان کوردل روبرو می شدیم تا به حال هر چه که گذرانده بودیم فقط عبور از موانعی بود که کوردل در مسیر مخفیگاه خودش ایجاد کرده بود. اما بعد از این مرحله نبرد حقیقی شروع می شد و ما وارد حقیقت نبرد یعنی نبرد رو در رو می شدیم...

به آتش رسیدیم آتش گداخته که به نظر می رسید هیچ چیزی را یارای مقابله با آن نبود. آتش خوارها به سرعت از آتش عبور کردند، صدای مبارزهٔ آنها با نگهبانان مردگان در آنسوی آتش شنیده می شد از آن صداها می شد فهمید که این مبارزه و مقابله بین آنها با شدت زیادی در جریان است امیدوار بودم که آنها در این نبرد موفق شوند. ما هم باید خودمان را سریع تر به آنها می رساندیم جلوتر

رفتم فریاد بلندی زدم و کار خودم را شروع کردم انرژی آتش که به بدنم وارد شد همچون خشم به کمال می رسید احساس در اوج بودن را می توانستم در تک تک سلول هایم جاری ببینم...

مدتی طول کشید تا زبانه های آتش گداخته در مسیری باریک به سردی گرائید و افراد هفت پادشاهی از طریق آن مسیر باریک خودشان را به آتش خوارها رساندند و همراه آنها به جنگ نگهبانان مردگان رفتند نگهبانان مردگان زیاد و قوی بودند. همان موقع گروهی از مقلد ها را دیدم که بسته بسته رزهای خاکستری و سربی تولید شده توسط قالب های ریخته گری و اسرار آمیز را آورده بودند و بخشی را بین افرادی که در این سوی زبانه های آتش بودند توزیع کردند و مقدار زیادی را هم به آن سوی آتش بردند. احتمالاً آنها را برای آتش خوارها و بقیه مبارزان و جنگجویان می بردند، هنوز هم آتش خطرناک و درنده بود و من باید مدت بیشتری را در آنجا می ماندم تا مسیری امن تر در دل آتش برای جنگجویان هفت اقلیم بوجود بیاورم. در همین زمان جنگجویان گروه گروه به آن سوی آتش می رفتند مدت زمان زیادی طول کشید تا آن مسیر امن در دل آتش بوجود بیاید. من هم بوسیله این آتش انرژی زیادی جذب کرده بودم صدای مبارزه در آن سوی آتش کم شده بود اما در مقابل صدای ناله ها زیادتر شده بود. صدای ناله هایی که به گوش می

رسید خودش نشان می داد که از هر دو طرف تعداد زیادی مجروح شده اند....

کارم اینجا تمام شده بود و باید از مسیر بوجود آمده در دل آتش به آن سوی آتش رفتم، آری، دقیقاً می شد دید که این نبرد اولین نبرد بود اما خیلی سهمگین تر از آنچه انتظارش را داشتیم... نگهبانان آتش نسبت به گذشته قویتر شده بودند و این می توانست تاثیر حضور کوردل در آنجا باشد....

تعدادی از جنگجویان ما کشته شده و تعداد بیشتری هم زخمی، هر کدام یک جایی افتاده بودند و این وحشتناک بود...

مقلد مادر را دیدم که از پشت سر خودش را به مجروحان رسانده بود و در حال مداوای زخمی ها بود. بقیه مقلد ها هم همراه او بودند مانتیس ها هم بلافاصله رسیدند وظیفه مانتیش ها ظاهراً اطمینان از مرگ تمام نگهبانان مردگان بود....

به اجساد نگهبانان مردگان نگاه کردم، هر کدام یک گل رز خاکستری سربی در قلب خودش داشت و این نشان می داد که مرگ آنها فقط از همین طریق امکان داشته است و نمی شد تصور کرد بدون این رزهای سربی این بخش از نبرد چگونه پیش می رفت... البته من این مرگ را قبلاً هم در حیاط پشتی خانه قدیمی دیده بودم هنوز هم یادم هست که گل های رز خاکستری سربی

چگونه در هنگام مواجهه با نگهبانان مردگان گداخته می شدند.
قرار بود که فقط مقلد ها از رزها استفاده کنند اما عده زیاد نگهبانان
مردگان باعث شده بود که همهٔ جنگجویان از گل های رز
خاکستری و سربی استفاده کنند و این موضوع توانسته بود نقش
زیادی در پیروزی بهتر این مرحله داشته باشد... اما این تازه مقدمه
ای از نبرد اصلی بود که انتظار ما را می کشید.

بعد از نابودی نگهبانان مردگان همه ما در مرکز آن بخش گرد هم
آمدیم. می دانستیم که بعد از این به یکی از سخت ترین مراحل از
این نبرد وارد خواهیم شد طرح و نقشهٔ قبلی را همهٔ ما به خاطر
داشتیم اما حالا وقت بازنگری در آن بود چون برخلاف محاسباتی
که داشتیم تعداد زیادی از جنگجویان ما در این مرحله کشته و
زخمی شده بودند برای همین هم من پیشنهاد دیگری دادم و آن
این بود که مبارزه با آن موجودات مسخ شده را بر عهدهٔ من و مقلد
ها و مانتیس ها بگذارند.

همین موقع پادشاه عشق پرسید: " اما ما باید چکار کنیم؟! ممکن
است این کار برای شما خطر زیادی داشته باشد"

به او نگاه کردم و ادامه دادم: " هیچکدام از ما دقیقاً نمی دانیم که
در هر کدام از آن خروجی ها چه چیزی انتظار ما را می کشد. پس
نباید همهٔ ما خودمان را درگیر تنها یک بخش از نبرد بکنیم و
سپس خسته از این نبرد وارد آن هفت خروجی بشویم به نظر من

باید به چند دسته تقسیم شویم و بعد هر کدام به مبارزه با بخشی از این موجودات بپردازیم"

پادشاهان هفت اقلیم هم با این نظر من موافق بودند پس قرار شد اول من و مقلدها و مانتیس ها شروع به مبارزه با آن اجساد مسخ شده کنیم و راهی برای هفت گروه جنگجویان هفت اقلیم باز کنیم تا آنها خودشان را به آن هفت خروجی برسانند در طول مدتی که ما مشغول باز کردن این راه بودیم پادشاهان هفت اقلیم و جنگجویان آنها می توانستند کمی استراحت کنند و به این ترتیب انرژی از دست رفته شان را بدست بیاورند و این برای مقابله موفق با آنچه که انتظارشان را می کشید خیلی مفید بود. به این ترتیب سرنوشت بخشی از این جنگ به آنچه که در آن خروجی ها انتظار ما را می کشید مربوط می شد....

با قبول نقشهٔ جدید جنگی من، مقلدها و مانتیش ها به سمت آن بخش حرکت کردیم و قرار شد به محض اینکه توانستیم راهی برای جنگجویان هفت اقلیم به سوی هفت خروجی از میان اجساد مسخ شده باز کنیم آنها خودشان را به آن هفت خروجی برسانند. اول باید سعی می کردیم تا آن اجساد ما را نبینند تا بتوانیم ارتباط آنها با کوردل را قطع کنیم اما چنین چیزی امکان پذیر نبود چون به هر حال یکی از آنها ما را می دید و با دیدن ما فریادی بلند می زد که این فریاد خود به خود توجه تمام آنها را به سمت ما جلب می

کرد و این موضوع کاملاً باعث تغییر نقشه ای می شد که پیش از این در کتابخانۀ خانه قدیمی کشیده بودیم....

لحظۀ رفتن بود مقلد مادر نزدیک من آمد و گفت: "به دستت نگاه کن "

با نگاه به دستم متوجه شدم که حلقۀ نور در دستم بسیار زیبا می درخشد.

مقلد مادر ادامه داد: " ناجی، این نشانه ای برای توست، این انگشتر تو را به سوی گل سرخ راهنمائی می کند، پس از درخشش آن غافل نشو"

بعد دستش را به سمت من دراز کرد و گفت: " بگیر "

به دستش که نگاه کردم شمشیری از بلور خالص بود پرسیدم: " این چیست؟"

مقلد مادر گفت: " برای مبارزه با این موجودات به آن نیاز خواهی داشت"

این را گفت و به سمت مقلدها رفت تا آنها را برای این نبرد آماده کند.

ابتدا به آن انگشتر از جنس نور نگاه کردم می درخشید و درخشش آن به انسان آرامش می داد و بعد از آن به آن شمشیر نگاه کردم و

متوجه شدم که آن هم کم کم شروع به درخشش کرده است، به مقلد ها و همینطور مانتیس ها نگاه کردم آماده و منتظر زمان حمله بودند برای همین هم به مقابل نگاه کردم و شمشیر را به سمت جلو گرفتم و فرمان حمله را صادر کردم و خودم پیشاپیش همهٔ آنها شروع به دویدن به سمت آن اجساد مسخ شده کردم، شدت خشم در من آنچنان افزایش یافته بود که اژدهای خشم از من خارج شده بود و همراه من به سمت آن اجساد مسخ شده حمله می کرد اما آنچه که مبارز به من یاد داده بود، از من جنگجوئی تمام عیار ساخته بود که می توانست آن اژدهای عظیم را کنترل کند. با رسیدن به اولین گروه از اجساد مسخ شده شمشیرم را در قلب اولین نفر از آنها فرو کردم اما هیچ تأثیری نداشت او که قبل از این مرده بود اما با فرو رفتن شمشیر در سینه اش نه تنها نمی مرد بلکه دردی هم احساس نمی کرد. فقط شکافی در سینه اش باز شده بود و چند لحظه حرکتش کندتر شد اما پس از آن دوباره شروع به جنگیدن کرد. حرکات وحشتناک و وحشیانه ی او طوری بود که اگر لحظه ای از آن غافل می شدم مطمئناً باعث مجروح شدن من می شد، با عجله به اطراف نگاه کردم تا شرایط مانتیس ها و مقلدها را ببینم مانتیس ها با چنگ های خودشان اجساد مسخ شده را به قطعات کوچکتر تکه تکه کردند اما باز هم آن قطعات به سمت آنها حمله می کردند. مقلد ها هم شمشیرهائی بلورین داشتند و با استفاده از آنها به مبارزه با این اجساد مسخ شده می

پرداختند اما در کل شرایط اصلاً خوب نبود و این نشان می داد که نبرد سختی پیش روی ماست به اژدهای خشم نگاه کردم که گویا در بهترین شرایط مبارزه خودش به سر می برد و با آتشی که از دهانش خارج می شد به بهترین شکل آن اجساد مسخ شده را از بین می برد.....

فکری به خاطرم رسید اگر قرار بود انرژی ذخیره شده در خودم را آزاد کنم حالا زمان آن بود. اما آزاد کردن انرژی درونم چندان مناسب به نظر نمی رسید بخصوص که ممکن بود به مبارزان هفت اقلیم هم آسیب بزند. بنابراین ذهنم را متمرکز کردم و آن انرژی عظیم را به تعداد مقلدها و مانتیس ها تقسیم کردم و مانند یک منبع انرژی این انرژی را به آنها منتقل کردم این موضوع باعث شد تا شمشیرهای مقلدها و پنجه های مانتیس ها در آتش سرد غرق بشود طوری که درخشش زیاد شمشیرها و پنجه های مانتیس ها باعث روشن شدن فضای آنجا شد اما این آتش بعد از برخورد با بدن آن اجساد مسخ شده آنچنان سوزان و کشنده می شد که آن جسد مسخ شده در آن آتش می سوخت و این آتش تا نابودی کامل جسد مسخ شده به سوزاندن آن ادامه می داد و در آخر هم به شکل کره ای معلق از آتش در می آمد و در فضای آنجا بالا می رفت تا خاموش می شد. در حال مبارزه بودم و برای انتقال انرژی به آنها فشار زیادی را تحمل می کردم در میانهٔ مبارزه با یکی از آن اجساد

مسخ شده بودم که نگاهم با نگاه مقلد مادر گره خورد، می شد
نگرانی را از چشم هایش خواند، نگران من بود و فشاری که در آن
شرایط برای انتقال انرژی تحمل می کردم و تعداد زیادی از آن
اجساد که مرا محاصره کرده بودند...

همچنان می جنگیدم تا کم کم احساس کردم که روح یک مبارز
در من بیدار شده است همان چیزی که در تمام مدت آموزشم
مبارز وجود آنرا به من گوشزد کرده بود در این لحظه بود که دیگر
هدفی به جز نابودی آن اجساد مسخ شده نداشتم و یکی پس از
دیگری آنها را از سر راه خودم بر می داشتم. با از بین بردن هر کدام
احساس لذت خاصی به من دست می داد و این مرا برای ادامه
مبارزه تشویق می کرد طوری که دیگر احساس خستگی نمی کردم
یکی پس از دیگری آنها را ضعیف می کردم و با ضربه شمشیرم
جسم آنها را تا نیمه می شکافتم و ...

این مبارزه را آنقدر ادامه دادیم تا بالاخره توانستیم مسیری در دل
آن لشکر اجساد مسخ شده باز کنیم. با دستم به پادشاهان هفت
اقلیم اشاره کردم و خبر باز شدن آن مسیر را دادم و به این ترتیب
هفت لشگر از هفت اقلیم پادشاهی به آن خروجی ها وارد شدند. با
نگاهم آنها را بدرقه کردم و امیدوارم بودم در این نبرد موفق باشند
و به سلامت برگردند...

اما نبرد هنوز ادامه داشت خوشبختانه هنوز برتری در این میدان نبرد با ما بود و توانسته بودیم بخش قابل توجهی از آنها را از بین ببریم یک شمشیر در یک دستم بود و شمشیری دیگری را از روی زمین برداشتم و با دو دست می جنگیدم از خروجی های این میدان نبرد گاهگاهی صدائی از درون هر یک از هفت خروجی می آمد که خبر از نبرد و جنگی می داد که بین جنگجویان هفت اقلیم و موجودات داخل آن خروجی ها در حال انجام بود....

همچنان می جنگیدم که احساس کردم طوفانی از انرژی در درونم در حال جان گرفتن است می توانستم آن را متمرکز کنم و به هر سمتی که می خواستم هدایت کنم. هر دو شمشیر را در زمین فرو بردم و با استفاده از دستانم این حس تازه را پرورش دادم تا اینکه به شکل کره ای بزرگ در مقابلم در آمد و در برخورد با شمشیر یکی از مقلدها شعله ور شد. در این لحظه فریادهایی که یکی از مقلدها می زد و خبر از ورود لشکر تازه ای از آن اجساد مسخ شده را می داد توجهم را به سمت دیگر آنجا جلب کرد. گروهی دیگر از این اجساد مسخ شده بودند، اما این موجودات تمامی نداشتند؟! در حال حمله به سمت ما بودند بهترین زمان برای امتحان این کره شعله ور بود آنرا به شکل گردبادی به سمت آنها راندم، کره بین آنها حرکت می کرد و آنها را به درون خودش می کشید و از بالا جسد سوخته شده آنها را به بیرون پرتاب می کرد. در همین لحظه

ضربه ای را روی شانه ام احساس کردم یکی از آن اجساد مسخ شده سنگی را به سمت شانهٔ چپم پرتاب کرده بود آسیب دیده بودم اما در این شرایط مهم نبود دوباره شمشیرها را از درون زمین در آوردم و به سمت آنها حمله کردم گوئی تمامی نداشتند هر کدام را که از بین می بردی یکی دیگر ظاهر می شد...

با گذشت مدت زمانی که نمی دانم چقدر بود، کم کم تعداد آنها کم شده بود اما این خوشحالی چندان ادامه نیافت چون این بار با اتفاقی متفاوت روبرو شدیم حیوانات مسخ شده هم به این اجساد انسان مسخ شده اضافه شده بودند و با توجه به قویتر بودن آنها این موضوع باعث سخت تر شدن نبرد می شد... خونی که روی صورتم پاشیده شده بود را پاک کردم تا راحت تر بتوانم آنچه که اتفاق می افتاد را ببینم، حلقه ای روشنایی در انگشتم همچنان می درخشید در حالیکه تقریباً بدنم از خون و قطعات زیر بدن این موجودات پوشیده شده بود، آن انگشتر را از آنچه بر روی آن ریخته بود پاک کردم، کمی به آن نگاه کردم و به مبارزه ادامه دادم. عده ای از مقلدها به سمت من آمدند انگار می خواستند برای مقابله با آن موجودات در کنار من مبارزه کنند تا کمی از شدت این مبارزه بر من کاسته شود. این فرصت مناسبی بود تا بتوانم دو تای دیگر از آن گردبادههای آتشین درست کنم و به سمت آن موجودات بفرستم وجود این گردبادها کمک زیادی به ما بود به اطراف نگاه

کردم آنچه می دیدم باورکردنی نبود. پشته هائی از اجساد روی هم بوجود آمده بود و تعداد زیادی از مقلدها و مانتیس ها در این بین کشته شده بودند ناگهان نگاهم به مقلد مادر افتاد که گروهی از این اجساد به سمت او می رفتند و او تنها در میان آنها گیر افتاده بود به هر شکلی که بود خودم را به او رساندم و همراه با او آنها را یکی پس از دیگری از پای در آوردیم. اما در آخرین لحظات یکی از آن اجساد با شمشیر یکی از مقلد ها که مرده بود ضربه ای به من زد و این جراحت هم بر زخم های دیگر روی بدنم افزوده شد. اما مگر آنها پیش از این می توانستند از شمشیر استفاده بکنند و یا اینکه در میدان نبرد آموخته بودند ظاهرا این پایان ماجرا نبود. از جائی که بودم دید کاملی به میدان نبرد داشتم و می دیدم که دیگر تعداد زیادی از اجساد مسخ شده در حال حرکت باقی نمانده بودند و آنهایی هم که باقی مانده بودند رمق آخرشان بود به مقلد مادر نگاه کردم که مثل یک قهرمان کهنه کار شمشیر می زد. ناگهان متوجه درخشش زیاد حلقهٔ در دستم شدم که مانند یک ماه کامل می درخشید. درد شانه ام و زخم های تنم را فراموش کردم و به سمتی رفتم که حلقه مرا هدایت می کرد. در همین لحظه صدای مقلد مادر و بقیه مقلدها را می شنیدم که می گفتند تو برو ما مقابل این موجودات می ایستیم....

همچنان دنبال آن مسیری که حلقهٔ نور در دستم نشان می داد می
رفتم به دیواره ای از سنگ رسیدم قبلاً هم آنرا دیده بودم، بله
خودش بود، شبیه به دیوارهٔ غاری بود که قبل از این در آن بودم
همان غار کوردل که اولین روزهای آشنائی من با کوردل در آنجا
رقم خورده بود، پس اگر این دیواره مشابه آن دیواره درون غار باشد،
باید جای قلب کوردل در آنجا باشد خودم را به آنجا رساندم و آن
محل مخفی را باز کردم درون آن یک دستگیره از جنس چوب بود
آن را فشاردادم، راهی مخفی در دل آن دیوار باز شد و من بلافاصله
وارد آن شدم...

دالانی تو در تو و پیچ در پیچ بود که من درون آن شمشیر بدست
به هر سمتی که حلقهٔ نور در دستم مرا هدایت می کرد می دویدم
تا بالاخره به تالاری رسیدم که مانند سرداب در انباری قدیمی در
بیمارستان شهر بود با این تفاوت که در مرکز آن هیچ چیزی نبود
اما در اطراف آن تعداد زیادی از کوردل ها انتظار آمدن مرا می
کشیدند اما کوردل چطور توانسته بود از سر تا سر جهان این تعداد
کوردل را در اینجا جمع کند؟ کسی نمی دانست؟

اما رفتار آنها نشان می داد که در حال آماده شدن برای حمله به
من هستند، در یک چشم بر هم زدن خودشان را به من رساندند...
می جنگیدم، با تمام وجود می جنگیدم چهرهٔ ساینا مقابل چشمانم
بود و می دانستم که اگر کوتاه بیایم او را از دست خواهم داد و این

خودش انگیزه ای برای ادامهٔ نبرد بود. اما این کوردل ها به جای استفاده از شمشیرهایشان از گرزهای چوبی استفاده می کردند که ضربات آنها بر بدنم اثری از خودش برجای نمی گذاشت اما گرفتگی زیادی در عضلاتم ایجاد می کرد که تا مدتی باقی می ماند. دیگر تاب ماندن روی پایم را نداشتم اما دوباره شمشیرهایم را به سمت بالا گرفتم و فریادی بلند زدم و به سمت آنها حمله ور شدم یکی پس از دیگری آنها را با شمشیرها می زدم اما انگار فایده ای نداشت تعداد آنها زیاد بود تا اینکه اژدهای خشم هم خودش را به من رساند و در این کار به من کمک کرد. گروهی که به من حمله کرده بودند تقریباً تمام شده بود خودم را به بقیه کوردل ها رساندم که در گوشه ای ایستاده بودند و با کشتن آخرین نفر آنها گمان کردم که آنها تمام شده اند و این بخش از نبرد به پایان رسیده اما این گونه نبود. با چشم هایم می دیدم که گروه دیگری از کوردل ها در حال خروج از دیوارهای آن تالار هستند و برای حمله به سمت من آماده می شدند. شمشیرم را به سمت بالا گرفتم در حالیکه از شمشیر دیگری برای ایستادن استفاده می کردم، فریاد بلندی زدم. این فریاد انگار حقیقتی خفته را در من بیدار کرده بود و آن امید بود ناگهان احساس کردم که جریانی از نیرو در حال شکل گیری است و خروج این نیرو به شکل رعد و برقی از شانه هایم بود که برخورد آنها با کوردل ها آنها را به خاکستر تبدیل کرد و در مدت زمان کوتاهی همهٔ آنها را از بین برد. خودم را به دیوارهٔ آن غار تکیه

دادم و به آن انگشتر نگاه می کردم تا دوباره مرا به سمت ساینا
هدایت کند اما برای مدتی درخشش آن کم شده بود و نمی شد
فهمید که به کجا باید رفت به صحن آن تالار نگاه کردم، نور کمی
را در آن بوجود آورده بود تا اینکه دوباره صدائی را از ورودی ای که
آمده بودم شنیدم. خودم را برای مقابله با گروه دیگری از کوردل
ها آماده کرده بودم اما این صداها مربوط به مقلدها، مانتیس ها و
پادشاهان هفت اقلیم بود که خودشان را به من رسانده بودند. هفت
پادشاه و مقلد مادر به سمت من آمدند، به آنها گفتم: " باید منتظر
بمانیم تا حلقه روشنایی راه را به ما نشان بدهد"

کمی طول کشید تا بالاخره حلقه روشنایی، شروع به درخشیدن
کرد اما این بار راهی که نشان می داد به سمت بالای آن تالار بود.
اما هیچ راهی برای رسیدن به آن وجود نداشت در همین زمان
پادشاه عشق گفت: " من به این گونه پنهان کردن ها بیشتر از شما
آشنائی دارم همه کنار بروید"

با عقب رفتن ما شروع به خواندن وردی زیر لب کرد، سقف آنجا
شکافت و پله هائی از سقف و کف آنجا رشد کرد و به همدیگر
رسیدند و به این ترتیب راهی در دل سقف آنجا شکل گرفت و راه
پله آن هم ایجاد شد. از آن پله ها به سمت بالا رفتم ولی در میانهٔ
پله ها متوجه شدم که گروهی از موجودات خبیث، هفت پادشاه را
در سالن پایین را محاصره کرده اند، هفت پادشاه و مقلد مادر فریاد

می زدند تو برو ما جلوی آنها می ایستیم. وقتی از آن پله ها وارد فضای بالائی شدم با اتفاقی غیر منتظره مواجه شدم ساینا در مرکز فضای تالار مانند روی سنگی از مرمر دراز کشیده بود و دور تا دور این فضا هم شمع هائی معطر روشن شده بود که هم نور خیره کننده و هم عطر خوبی داشت. به خودم نگاه کردم غرق در خون و گوشت کنده شده از پیکر آن اجساد مسخ شده بودم کمی نزدیک تر رفتم بالای سر ساینا موجود کوچکی پشت به من نشسته بود و کمی آنطرف تر هم موجوداتی که تا به حال مشابه آنها را ندیده بودم ایستاده بودند آن موجود کوچک به سمت من برگشت و گفت: " ناجی، بالاخره آمدی؟"

از این که می شنیدم به این شکل صحبت می کند جا خورده بودم، نمی شد تشخیص داد که دوست هستند یا دشمن ....

کم کم آن موجودات دیگر هم در مقابل من در یک صف ایستادند و آن موجود کوچک هم در جلوی همهٔ آنها ایستاد و به من گفت: " دیر رسیدی"

از این حرف او جا خوردم! منظور او از اینکه می گفت دیر رسیده ام چه بود؟ برای چه کاری دیر رسیده بودم؟

او ادامه داد: " کوردل رفت، اگر برای کشتن او آمده ای او از اینجا رفته است"

با شنیدن این موضوع تعجب کردم که او ادامه داد: " اما توانستی ساینا را نجات بدهی "

و بعد گفتن این جمله بود که همهٔ آنها به سمت من حمله ور شدند. تعداد آنها زیاد بود و هر کدام از چندین سنگ تیز مانند نیزه که بر سر چوبی بلند از جنس ریشهٔ درختان بود برای مبارزه استفاده می کردند و من تنها دو دست و دو شمشیر داشتم و این برای مبارزه با آنها کم بود. در همین زمان بود که اژدهای خشم هم دوباره خودش را به آنجا رساند و همراه من با آنها مبارزه کرد. این بخش از نبرد نفس گیر بود و سخت، سختی و نفسگیری این مبارزه از یک طرف و اینکه باید در اطراف تخت مرمرینی که ساینا روی آن بود می دویدم تا مانع از آسیب رسیدن به او از طرف آن موجودات شوم، از طرف دیگر بر سختی این کار افزوده بود. به علاوه صدایی که از سالن پایین می آمد خبر از شدت نبردی می داد که در طبقه پایین در حال انجام بود. این موجودات از دیوارهای آنجا پشت سر هم وارد سالن می شدند و هر لحظه بر تعداد آنها افزوده می شد. دیگر راهی برایم باقی نمانده بود هرچه نیرو در توان داشتم جمع کردم و با آن گردبادی از رعد و برق ساختم آنچنان قدرتمند که هیچکدام از آنها از آن جان سالم به در نبردند و فقط تعداد کمی از آنها با خنجرهای طلایی باقی مانده بودند. در مقایسه با چند لحظه قبل، از بین بردن این تعداد اندک کاری نداشت، یکی پس

از دیگری آنها را از بین می بردم و درست در لحظات آخر این مبارزه بود که متوجه شدم یکی از آن موجودات کوچک با خنجری از جنس طلا قصد داشت تا ساینا را بکشد بالای سر او ایستاده بود و خنجر را در هوا بلند کرده بود و می خواست در قلب ساینا فرو کند که در همین لحظه هر دو شمشیر را به سمت او پرتاب کردم هر دوی شمشیرها به سینۀ او فرو رفت و او به زمین افتاد. در این لحظه فقط من مانده بودم و دستهای خالی از شمشیر و چند موجود که از سقف آنجا خودشان را به داخل آن تالار پرتاب کردند، دستهایم را مشت کردم تا با آن چند موجود باقی مانده مبارزه کنم. به سمت آنها حمله ور شدم مطمئن بودم که با دست های خالی هم می توانم همه آنها را از پای در بیاورم و خوشبختانه در این زمان بود که هفت پادشاه از هفت اقلیم خودشان را به بالا رساندند و با مبارزه ای کوتاه آنها را از بین بردند و دیگر نیازی به مبارزۀ من نبود، من هم همراه مقلد مادر خودم را به ساینا رساندم او بی هوش بود و مقلد مادر نگذاشت که او را از جایش تکان بدهم. لحظاتی بعد من، هفت پادشاه از هفت اقلیم و مقلد مادر بالای سر او ایستاده بودم و مقلد مادر گفت: " او را نباید از جایش تکان بدهیم او در این مدت تحت تأثیر جادوی سیاه کوردل بوده است و من مطمئن هستم که اگر او را از جایش تکان بدهیم و او بیدار شود دچار شوک بزرگ و چه بسا مرگ خواهد شد"

بعد از این همهٔ ما اطراف او حلقه زدیم و به او نگاه می کردیم. مقلد مادر ادامه داد: " جادوی سیاه کوردل تاثیر خودش را بر او گذاشته و اگر کمی دیرتر به او می رسیدیم حتماً مرده بود اما حالا او فقط حافظه اش را از دست داده "

با شنیدن حرف های مقلد مادر پاهایم سست شد و اشک در چشمانم حلقه زد. گفتم: " هیچ راهی برای درمان او نیست؟"

پادشاه عشق گفت: " نه وجود ندارد مگر اینکه برای ساختن حافظهٔ او دوباره زندگی کند"

گفتم: " من تمام خاطرات زندگی او را دارم و آنها را در حافظهٔ روبوساینا ذخیره کرده ام، می توان از آن استفاده کرد؟"

همهٔ هفت پادشاه گفتند: " نه، او باید دوباره تمام آن خاطرات را زندگی کند"

پرسیدم: "دوباره زندگی کند؟ اما چطوری؟"

مقلد مادر گفت: "در حال حاضر مهم این است که او را به جای امنی برسانیم اما کجا؟"

به آنها گفتم: " منظورتان از امن چیست؟ مگر هنوز هم خطری او را تهدید می کند؟"

آنها گفتند: " هم اکنون خطری از جانب کوردل او را تهدید نمی کند، خطری که او در حال حاضر با آن مواجه است اینست که اگر بهوش بیاید و در مواجهه با بقیه بفهمد که حافظه اش را از دست داده، دیگر هیچ وقت نمی توان او را درمان کرد"

همهٔ آنها در حال صحبت با یکدیگر برای محلی بودند که ساینا را به آنجا ببریم که من گفتم: " اجازه بدهید من او را به جائی ببرم که هیچ کسی در آنجا نیست به جز موجوداتی که آنها هم متفاوت هستند "

همه با تعجب پرسیدند: "کجا؟!"

و من ادامه دادم: "همهٔ شما به قابلیت حد زمان آگاهید و می دانید که من این قابلیت را دارم. همهٔ آنها این موضوع را تأئید کردند و من ادامه دادم :" من مدتهاست مشغول ساختن مجموعه ی عظیمی در مکانی ناشناخته بر پایه علم و فن آوری براساس همین حد زمان هستم مجموعه ای که حتی باور آن هم برای شما سخت است..."

در این زمان پادشاه عشق گفت: "هر کاری می کنید و هر تصمیمی که می گیرید فقط زودتر بگیرید، دارد دیر می شود بهتر است زودتر تصمیم نهایی خودتان را بگیرید "

همهٔ آنها با فکر من موافق بودند. پس این موضوع از جانب همهٔ آنها تأئید شد اما حمل او به مرزهای حد زمان چگونه امکان پذیر بود؟ که من گفتم: " برای بردن او به آنجا من فکری دارم و از یکی از موجودات همان مجموعه استفاده می کنم او می تواند به جسم او برود و او را به آنجا برساند"

آنها هم این موضوع را پذیرفتند و مرا در آنجا تنها گذاشتند و خودشان برای رسیدگی به جنگجویانشان به تالار پائین رفتند من ماندم و ساینا و مقلد مادر که کمکم می کرد. آن موجود را از مجموعه فراخواندم، آن موجود با شنیدن صدای من در چشم برهم زدنی خودش را به اینجا رساند و در جسم ساینا رفت و شروع به حرکت دادن او کرد، در چهرهٔ ساینا گاهی نشانه هائی از درد می دیدم در حالیکه هنوز بیهوش بود و مقلد مادر گفت: " نگران نباش، این درد از نشانه های جادوی سیاه بر او و جسم اوست و او هنوز هم دردهای ناشی از آن را حس می کند، او تا مجموعهٔ ساخت تو برسد در عالمی از رویا به سر خواهد برد و تو اگر بعد از بهوش آمدن ذهن او را بخوانی می فهمی که او در راه انتقال به مجموعه چه رویا یا کابوسی را دیده، پس نگرانش نباش، اما زمانیکه به آنجا رسید برای او مکانی آرام را آماده کن تا چند روز به راحتی بتواند در آن بخوابد در طول این مدت که در خواب است جسم و روح او

می توانند با اثرات کم باقی مانده از جادوی سیاه کوردل که در اوست مقابله کنند و آنها را از بین ببرند"

و پس از این گفتگو آن موجود ساینا را به مجموعه منتقل کرد و من به همراه مقلد مادر به تالار پائین رفتیم. هفت پادشاه از هفت اقلیم به همراه باقی ماندۀ جنگجویان آنها در حال کمک به مجروحان بودند و ما هم به آنها ملحق شدیم. پادشاه عشق گفت: " اگر این موجودات به زمین راه پیدا می کردند زمین باید شاهد سالها جنگ های خونین می بود"

بعد به همراه یکدیگر از آن تالار خارج شدیم و کمی بعدتر به کلی از آن مجموعه خارج شده بودیم. در بخشی از آنجا زمین به سخن آمده بود و از اینکه از جادوی کوردل رها شده بود تشکر می کرد. با خروج از مخفیگاه کوردل و دروازۀ مردگان، مردمان سرزمین سنگ و خاک، آن موجودات را رها کردند و نگهبانان دروازۀ مردگان که آنها هم از این جادوی کوردل ها رها شده بودند در مقابل ما تنظیم کردند. اما مقلد مادر از آنها خواست که بلند شوند و آنها هم در مقابل قول دادند که با تمام وجود از دروازۀ مردگان مراقبت کنند که دیگر مشابه این حادثه رخ ندهد. در مقابل دروازۀ مردگان ایستاده بودیم و به هم نگاه می کردیم که پادشاه عشق گفت: " خب وقت رفتن است و هر کدام از ما باید به محل زندگی و سرزمین

خودمان برگردیم اما ناجی کار تو هنوز هم تمام نشده، بهبود و سلامتی ساینا به تو بستگی دارد پس تمام سعیت را بکن"

بعد همه آنها در یک چشم برهم زدن غیبشان زد و من هم در حالیکه شمشیر بلورین هنوز در دستم بود آن را در زمین فرو بردم... در پای درختی و روی تخته سنگی نشستم تا بعد از کمی استراحت دوباره کارم را شروع کنم، آن لحظه خستگی امانم را برید بود...

از همانجا به نگهبانان دروازهٔ مردگان نگاه می کردم که پس از رهائی از دست مردمان سرزمین خاک و سنگ و جادوی کوردل در حال سازماندهی خودشان برای نگهبانی از دروازهٔ مردگان بودند.....

کم کم زمان رفتن بود از جایم بلند شدم شمشیرم را برداشتم و به خانهٔ قدیمی رفتم اولین کاری که انجام دادم پنهان کردن آن شمشیر بود و پس از آن بلافاصله به حمام رفتم باید آن خون و ... را از بدنم می شستم، در حمام متوجه شدم که روی شانه هایم آثاری بوجود آمده که احتمالاً مربوط به خروج آن نیروها به شکل رعد و برق بود که کوردل ها را از بین برده بود اما جای خوشبختی داشت که شبیه به اثر جوش صورت بود و کسی نمی توانست بین آنها تفاوتی احساس کند. وقتی از حمام بیرون آمدم به ساعت نگاه کردم نیمه های شب بود اما تقویم چیز عجیبی را نشان می داد که بیانگر این موضوع بود که نبرد ما در مخفیگاه کوردل روی زمین

بیش از یک ماه طول کشیده و این در حالی بود که در زیر زمین این مدت به نظر چند ساعت بیشتر نمی آمد...

با پوشیدن لباس هایم اولین کاری که کردم این بود که با استفاده از حد زمان به آن مجموعه رفتم تا از ایده آل بودن شرایط ساینا مطمئن شوم، موجودی که در آنجا قرار بود کارهای ساینا را در آینده انجام دهد و به نوعی خدمتکار او محسوب می شد زخم هایش را بسته بود و ساینا در حال حاضر در تخت خودش خوابیده بود و من باید منتظر بیدار شدن او می ماندم. اما می توانستم در این مدت ذهن او را بخوانم که در طول انتقال به این مجموعه چه رویا و یا چه کابوسی دیده است؟

آنچه می دیدم عجیب بود او خودش را سوار بر خودروئی می دید که در حال رانندگی با آن در یک جادهٔ جنگلی است و موجودی که او را به این مجموعه آورده است هم در جسم اوست و از این جا به بعد این رویا تبدیل به ترس شده بود و آن موجود با عبور از جسم او باعث دردهای زیادی در او شده بود در حالیکه این موضوع فقط در ذهن او اتفاق افتاه بود و حقیقت نداشت. آن دردها هم حاصل جادوی سیاه کوردل بود که در بدن او باقی مانده بود که ذهن او با ترکیب این دو آن کابوس را شکل داده بود و دست آخر هم آن موجود او را روی دستانش به اینجا آورده بود، چون آن

لحظه نمی دانستم که این رویا و کابوس او را چگونه باید برای او توجیه کنم .....

روی صندلی کنار تخت او نشستم و به چهرهٔ او نگاه کردم. این درست نبود که او حافظه اش را از دست بدهد برای همین هم باید از تمام امکانات خودم برای او استفاده می کردم اما منظور آنها از اینکه می گفتند با او باید حافظه اش را زندگی کند چه بود....؟!

کمی که فکر کردم تازه متوجه شدم، بله من حاضر بودم این کار را بکنم برای همین هم تا وقتی او از خواب بیدار می شد باید مقدمات این کار را آماده می کردم. از آنجا خارج شدم و تمام مراحل زندگی او را دوباره و به شکل اتاق هائی در آن مجموعه ساختم به این ترتیب می توانستم به ترتیب هر بار یکی از آن اتاق ها را به او نشان بدهم و با این کار باعث یادآوری یکی از خاطرات دوران زندگی او بشوم و دست آخر او می توانست با دیدن تمام اتاق ها تمام خاطراتش را به خاطر بیاورد.

همین لحظه ساینا پرسید: " سهراب آیا واقعاً تمام این کارها را برای من انجام داده ای؟ حالا می فهمم که علت تمام این اتفاق ها چیست؟"

به ساینا نگاه کردم و گفتم: " اما ساینا هنوز هم تمام نشده، هنوز کارهایی مانده که باید همراه با هم انجام دهیم"

ساینا با تعجب پرسید: " چه کاری؟"

به ساینا گفتم: " ساینا تو باید به زمین و به خانه ات درست به مدت ها قبل از این زمان و درست همان موقع که توسط کوردل ربوده شدی، برگردی "

ساینا گفت: " یعنی بعد از این همه مدت می خواهی مرا به گذشته برگردانی؟ نمی شود همین جا بمانم؟ یا حتی با خودت به زمین بر گردم؟ دلم دیگر دوری از تو را نمی خواهد"

به ساینا گفتم: " ساینا؟ کمی صبر کن تو باید به آن زمان برگردی و در آنجا این مدت زمان را زندگی کنی"

هر چند که مطمئن بودم قلبم به این کار راضی نیست اما باید این دورهٔ بازگشت حافظه اش کامل می شد. در چشم برهم زدنی او به آن روز و زمانی بازگشت که کوردل او را ربوده بود با این تفاوت که این بار کوردلی وجود نداشت که او را بدزد و زندگی او به شکل عادی جریان پیدا کرد، از آنجائیکه در زمان ربوده شدن ساینا آن پسر جوان در آنجا حضور داشت و کوردل در واقع از جسم آن پسر خارج شده بود آن پسر هم در آنجا بود و من از دور به آنها نگاه می کردم و از اینکه موفق شده بودم ساینا را نجات بدهم خوشحال بودم اما از اینکه می دیدم آن پسر جوان هنوز هم در کنار ساینای من است خشمگین بودم ....